FUIMOS MOMENTOS

GRACE H.

FUIMOS MOMENTOS

Planeta

Ilustraciones de interiores: Freepik

Bajo el sello editorial PLANETA M.R.
Avenida Presidente Masarik núm. 111,
Piso 2, Polanco V Sección, Miguel Hidalgo
C.P. 11560, Ciudad de México
www.planetadelibros.com.mx

Primera edición impresa en México: junio de 2025
ISBN: 978-607-39-2796-3

Impreso en los talleres de Corporación en Servicios
Integrales de Asesoría Profesional, S.A. de C.V.,
Calle E # 6, Parque Industrial
Puebla 2000, C.P. 72225, Puebla, Pue.
Impreso y hecho en México / *Printed in Mexico*

A todos los que esperan vivir un amor que
trascienda los momentos, el tiempo y la vida misma.
Que este libro te recuerde que el universo
conspira a tu favor.
Para mis intensas, con amor.

LA LEYENDA DE LAS LLAMAS GEMELAS

Según una antigua leyenda, al inicio de esta experiencia terrenal, algunas almas que fueron creadas como una sola se separaron para habitar cuerpos diferentes. Se dice que estas almas comparten la conexión más profunda y poderosa que existe con otro individuo, un vínculo intenso y magnético que trasciende el tiempo y el espacio: las llamas gemelas.

Se cree que las llamas gemelas están conectadas energéticamente, pese a la separación física, y que, cuando logran reencontrarse, el choque es tan fuerte que el tiempo se detiene por un instante, y la tierra vibra bajo sus pies, como si el universo mismo se rindiera ante la magnificencia de esta unión.

La vida de las llamas que logran un reencuentro jamás será la misma. Experimentarán un reconocimiento mágico que resonará en su interior. Su afinidad, profunda e inexplicable, hará que vivan el amor más puro, pasional e incondicional que existe, lleno de transformación y complicados desafíos que tendrán que superar para vivir su perfecta unión en armonía.

Las llamas gemelas que no logren superar los obstáculos estarán destinadas a encontrarse en una y otra vida, hasta que vayan aprendiendo cada lección y cada uno de los dos crezca. Y entonces, el amor trascenderá y podrán volver a su hogar, al lado del otro.

PRÓLOGO

Christian

El rugido del motor rompió la tranquilidad del silencioso vecindario. Frené en seco, derrapando las llantas en el pavimento, tal y como lo había hecho en la pista gran parte de la tarde. Aún segregaba adrenalina, y en cuanto mis pies tocaron el piso me percaté de la energía que todavía me recorría el cuerpo. Tomé el casco y emprendí mi camino hacia el interior del edificio, esquivando al grupo de mujeres que salía en medio de parloteos. Odiaba las estúpidas fiestas a las que había sido arrastrado durante casi toda mi existencia para complacer a los patrocinadores, y Halloween no era la excepción.

—Hola, Christian. —No identifiqué a la dueña de la voz que me saludó con un tono meloso, pero correspondí con un breve asentimiento que aumentó los murmullos de las mujeres que dejé atrás. Me dirigí hacia la puerta de cristal abierta que el portero sostenía y, como de costumbre, no me detuvo, me permitía pasar como si habitara en ese sitio.

Esperé el ascensor con paciencia, estaba retrasado y me importaba una mierda. Las puertas dobles se abrieron frente a mí justo en el momento en el que el teléfono vibró dentro de la chamarra de cuero.

—¿Dónde estás? —Era el idiota de Abel, mi jefe de prensa. Odiaba responder ese tipo de preguntas, no solía darle explicaciones de mi vida a nadie, ni siquiera a él.

—No es tu jodido problema.

—Christian, te recuerdo que en dos horas debes estar en la fiesta de Fabio. No puedes hacerle un desaire así a un patrocinador como él. Envié el disfraz a tu departamento. Póntelo, todos estarán atentos a ti.

—Esta es la última vez que accedo a algo así. Jamás vuelvas a aceptar una invitación de ese tipo, quiero concentrarme en las últimas carreras de la temporada, no figurar en una maldita fiesta.

—Luego hablaremos de eso. Ve a la fiesta, por favor.

—Lo haré, no vuelvas a llamarme para recordármelo.

—No puedes quedarte solo diez minutos, tienes que hacerte fotos y socializar un poco. No te comportes como de costumbre…

Colgué la llamada mientras el ascensor se encargaba de llevarme hasta el piso en el que estaba el departamento de Lena, la mujer que en los últimos seis meses había llevado de la mano a todos los eventos. Abrí la puerta que se hallaba cerrada con seguro y dejé el casco sobre la mesa. Pese a las luces encendidas y el bolso sobre una silla, el departamento parecía estar solitario.

Ella no tenía idea de que vendría a recogerla, habíamos discutido por mi falta de interés en verla. La mayor parte del tiempo ella era incapaz de comprender lo concentrado que me encontraba en mi entrenamiento.

Marqué su número para localizarla, escuché zumbar el teléfono sobre el sofá de cuero. Colgué convencido de que se encontraba ahí y me dirigí hacia su cuarto. Afiné el oído en medio del pasillo, por los sonidos que provenían desde el fondo. Mis pasos se ralentizaron conforme me acercaba a la puerta entreabierta, avancé con sigilo, atento a unos murmullos inentendibles.

Reconocí el ruido de la cabecera golpeando la pared y el gemido femenino que retumbó por el pasillo. Empujé un poco la puerta y la imagen de mi novia encima de otro hombre apareció ante mis ojos. Saltaba desnuda sobre un desconocido, cogiéndose a otro sobre la cama en la que yo había despertado esa mañana.

Sentí un estruendo fuerte en mi interior, y emergió una rabia visceral que había experimentado pocas veces. La vieja herida que creía haber cerrado hace mucho tiempo se abrió otra vez ante una nueva traición.

CAPÍTULO 1

Abril

Cuando Franco me propuso que fingiéramos una relación, supe que algo saldría mal. Decidí enterrar la sensación fatalista que se anidó en mi pecho desde el primer momento. Sí, estúpidamente opté por ignorar todas las señales que mi desarrollada intuición envió, y es que aquella propuesta era tal vez lo único bueno que me había pasado en el último año.

No recordaba exactamente cuánto tiempo llevaba enamorada de él, quizá desde la adolescencia, cuando apareció en casa, al lado de mi hermano, con un casco en la mano y su cabello castaño alborotado. Mi platónico enamoramiento se fortaleció con los años, y fue así como consideré una especie de regalo del universo su singular petición. Pensé que la vida me estaba premiando después de haberme golpeado tanto.

Por primera vez, después de muchos tristes meses, me hallaba llena de entusiasmo. La carga de todos mis problemas se aminoró ante el panorama que se vislumbraba. La idea de Franco y yo fingiendo ser novios ocupó todos mis pensamientos. Olvidé mis responsabilidades, mis temores, y el dolor de mi última pérdida se tornó más tolerable.

A lo largo de mis veintidós años había experimentado muchas pérdidas, y cuando vi morir a la única persona que me quedaba, me sumí en la oscuridad.

En medio de la confusión a la que me enfrenté tras la muerte de mi tía, tuve que reunir todas mis fuerzas para hacerme cargo de su más preciado legado: el Bride's Paradise, un exclusivo y complejo concepto de organización de bodas, al que apenas podía mantener a flote. Franco y su plan de fingir una relación fue para mí un aliciente en ese momento.

—¿Tiraste las cartas para ti misma? —preguntó Diana a mis espaldas.

Y aunque mi mirada se apartó de la baraja, mi atención seguía en ella, porque la estaba interpretando.

—La desconcentraste, se quedará de nuevo en trance y nos vamos a retrasar más —se quejó Mich, quien se delineaba frente al espejo.

La noche estaba cargada de una densa energía que, por alguna razón, sacó a flote mi sensibilidad. Mi aguda percepción estaba más despierta que nunca, como si quisiera alertarme, tal y como lo había hecho siempre, o quizá, como si quisiera advertirme de un encuentro que movería mi mundo. No tenía muy clara la razón de mi inquietud, y lo único que sabía con certeza era que debía hacer algo para que por fin pudiera liberarme de ella. Y ahí estaba, buscando alguna respuesta en las cartas.

—¿Alguien puede decirle que no es normal que esté jugando a la adivina en este momento? —preguntó Maia.

Diana, Maia y Mich eran mis mejores amigas, en realidad eran las únicas que tenía. Nos conocimos en la escuela y desde entonces se convirtieron en mis compañeras constantes. Aunque con los años las vidas de las cuatro tomaron rumbos distintos, intentábamos reunirnos de manera constante. Y aquella noche era una de esas ocasiones, arreglándonos en medio de un caos, entre risas y mi inesperado nerviosismo.

—No estoy jugando a la adivina —le repliqué a Diana, observando cómo Mich sujetaba las alas de mi disfraz—. Ten cuidado con eso.

—¿Estás así por Franco o porque es la primera vez que te diviertes después de lo tu tía? —La pregunta de Mich me dejó en el limbo, pues no tenía del todo claro el motivo de mi agitación—. Abril, reacciona, se nos hará tarde.

Al ser la única que estaba en ropa interior, Mich era la menos indicada para apresurarme. Aún no terminaba de decidir lo que se pondría para la fiesta en la que iniciaría mi falsa relación, pequeño detalle que todas ellas desconocían. Ocultárselos contribuía a mi malestar. No solía hacerlo, sin embargo, no pude negarme a la petición de discreción que me hizo Franco.

Le di la espalda y me concentré de nuevo en las cartas que yacían sobre una mesa frente a mí, contemplando en absoluto silencio cada una de ellas. El ruido de los pasos de Maia me puso en alerta. Observé de reojo cómo se acercaba, mientras me relajaba con el cuarzo que sostenía en la mano derecha.

—Toma, termina de maquillarte —sugirió Diana. El neceser rosa que lanzó aterrizó sobre la mesa, varios envases de maquillaje se desperdigaron sobre las cartas, otros las hicieron moverse, creando un caos que me hizo refunfuñar. Molesta, comencé a guardar todo dentro del neceser para luego apilar las cartas en un solo mazo. Odiaba dejar una lectura a medias, aunque en realidad mi concentración se había roto un par de horas atrás, cuando ellas cruzaron la puerta de mi cuarto. Maia me observó con una sonrisa de disculpas en los labios que no funcionó.

—Sabes que odio que me interrumpan. Mi tía decía que es un mal augurio.

—Abril, eres tan supersticiosa.

Me moví con brusquedad para alejarme de la mesa, y las cartas que sostenía entre las manos cayeron al piso. Cuando bajé la vista y observé las tres cartas que terminaron de cara hacia mí me sorprendí. Aquello no podía ser una casualidad, eran las mismas que vi antes de que Maia tirara el maquillaje sobre ellas.

Mis rodillas se flexionaron y se clavaron sobre la alfombra afelpada, y casi sin darme cuenta el aire se atascó en mi garganta.

—¿Qué haces?

Ignoré la pregunta de Maia y eché mi cuerpo hacia adelante, contemplando con atención las tres cartas, su posición y el orden en el que se hallaban sobre la mesa.

—Abril, en serio, date prisa —ordenó Diana.

«Los enamorados, el emperador y la rueda de la fortuna», mi mente recordó aquellas tres cartas mientras me levantaba del piso. Mis siguientes movimientos fueron automáticos, no era consciente de lo que hacía, porque mi cabeza estaba en otro sitio, analizando la posición recta en la que cayeron las cartas.

En algún momento terminé de recoger todo y me planté frente al espejo, y fue entonces que mi reflejo me hizo reaccionar.

—Te quedaste en la luna. Siéntate, yo me voy a encargar de ti. Serás el ángel más sexy de la fiesta —ordenó Mich todavía en ropa interior. Me quedé quieta aguardando que terminara de preparar mi rostro, con el ruido de las voces de mis otras dos amigas de fondo y mi mente divagando en la interpretación de lo que vi.

—El emperador —susurré, fue como un pensamiento en voz alta que llamó la atención de Mich.

—¿Qué? ¿Franco se disfrazará de emperador?

Moví la cabeza negando enérgicamente a la pregunta de Mich, lo que me llevó a recordar que debía repasar todas las indicaciones de mi novio falso. Alargué el brazo y a ciegas, puesto que mi amiga estaba sobre mí, busqué mi teléfono, que encontré después de un par de segundos. Como pude le eché un vistazo al mensaje que recibí la noche anterior, y me sentí ligeramente ansiosa ante la lista de cosas que debía hacer; sin embargo, no ahondé en ello. Me concentré en mantener los ojos cerrados mientras Mich me hacía un delineado de ensueño, palabras de ella.

—Se disfrazará del Zorro, es un requerimiento de uno de sus patrocinadores, o eso fue lo que dijo ayer después de la cena.

—No puedo creer que al fin esté pasando algo entre ustedes dos.

—Ni yo.

Mich sonrió. Mis amigas lo conocían desde hacía años y todas estaban al tanto de la atracción desmedida que siempre sentí por él, por eso estaban emocionadas por mí y nuestra supuesta reciente relación, de la que se enteraron apenas la noche anterior.

No quería pensar en las consecuencias de haberles mentido, pero no pude huir del remordimiento anticipado que me atacó al ver sus sonrisas. Sin embargo, me negaba a fallarle a Franco. Una parte de mí moría por ponerlas al tanto de la razón por la que él necesitaba que me hiciera pasar por su novia, solo para que alentaran la loca teoría de que aquella era su manera de acercarse a mí. Teoría que formulé la madrugada anterior, en la que no pude dormir por culpa de su propuesta.

—Te puse un labial indeleble para que puedas besarlo sin preocupaciones —dijo Mich.

El anhelo vibró bajo mi piel al imaginar sus labios tocando los míos, y de la nada tuve la urgente necesidad de averiguar cómo sería besarlo. Mientras el resto de mis amigas agregaban comentarios pícaros como el de Mich, me pregunté si nuestra falsa relación incluiría que nos diéramos besos suaves y apasionados o si solamente nos limitaríamos a darnos abrazos. Las dudas flotaron como burbujas de jabón alrededor de mí, y evitaron que pudiera concentrarme en la conversación que sostenían.

Aprovechando la distracción de todas me puse de pie y caminé hacia la ventana, corrí la pesada cortina que cubría el balcón de mi habitación para echarle un vistazo a la calle, con más movimiento que de costumbre. Al ver el pórtico mi mente me llevó al momento exacto en el que me senté tan cerca de Franco que nuestras piernas se rozaban. Aquello evitó que pudiera concentrarme al cien por ciento en todo lo que salió de su boca, en los detalles que lo empujaron a buscarme un día para pedirme que fingiera salir con él.

—Abril, quiero verte. —Giré para ceder a la petición de Diana—. Mierda, te ves jodidamente perfecta. Franco va a querer sacarte de la fiesta para llevarte a su cama —bromeó.

Me mordí la lengua y me limité a sonreír con candidez. El objetivo de nuestra supuesta relación era que nos vieran. Franco tomaría mi mano y me pasearía por toda la fiesta para acabar con los rumores que acechaban su vida y amenazaban de alguna forma su carrera.

Un pequeño traspié en víspera de su salto de categoría había sido el motivo por el cual necesitaba mi ayuda. Una noche descontrolada en la que tomó más alcohol del que podía soportar estuvo a punto de truncar su sueño. Y no era para menos, pues fue alarmante que un piloto de motociclismo profesional hubiera terminado estrellándose en una pequeña tienda de servicios, ocasionando destrozos por conducir completamente alcoholizado.

Franco era una promesa del motociclismo, como algún día lo fue mi hermano. Sin embargo, y pese al talento que todos decían que tenía, su momento de levantar la copa mundial de Moto2 y dar el gran salto a la categoría reina se había retrasado, por ello no podía darse el lujo de poner en riesgo su contrato para formar parte de uno de los grandes equipos. Suficiente con el que había perdido gracias a un piloto inseguro que tenía miedo de ser destronado, palabras de Franco.

—Hablando de eso, ¿te irás con él después de la fiesta? Lo pregunto porque pensaba pasar la noche aquí, pero si tienes planes, me quedó con Maia —agregó Mich desganada.

—No hay ningún plan, puedes quedarte aquí —afirmé con seguridad.

Pasar la noche juntos aún no formaba parte de nuestra falsa relación. El equipo de prensa de Franco había diseñado un sencillo plan para limpiar su mala imagen, ya que el choque había sido un escándalo, al menos en el ámbito local. Mi única función en dicho plan se limitaba a ser la novia que lo ayudara a parecer un hombre estable y confiable, enfocado en las carreras y en una chica, en lugar de en las noches de juerga, muchas mujeres y alcohol.

Halloween estaba lejos de ser mi festividad favorita, y la densa energía que tenía el día me desgastaba más de lo que pudiera explicar. Todo se debía a mi sensibilidad. Mi tía solía decir que era un don, pero yo comenzaba a verlo como una especie de maldición. Pese a la pequeña aversión que me generaba la fecha, me había entusiasmado elegir mi disfraz. La idea de ponerme unas espectaculares botas largas y las alas más geniales que vi jamás provocó que marcara el día en mi calendario.

—Mich, casi estoy lista —tarareé en voz baja mientras subía las botas por mis rodillas.

Aquello era una forma de ejercer presión en mi amiga, puesto que continuaba moviéndose de un lado a otro en ropa interior. Maia me miró por encima del hombro con una sonrisa en los labios, estaba vestida de diabla, y ¡Dios!, era la diabla más sexy del mundo.

—Mich, tienes cinco minutos para prepararte —esta vez fue Diana la que intervino. Se plantó frente al espejo acomodando su audaz disfraz de bruja.

El ligero entusiasmo que me recorría todo el cuerpo se diluyó lentamente, mientras pensaba en mi tía y en lo que hubiera opinado del escote pronunciado que mostraba el inicio de un par de pechos levantados por un *push up* que adornaban mi atuendo. Tal vez era muy pronto para salir de fiesta, para actuar como si no hubiera nada que afectara mi corazón, pero ya era muy tarde para echarme para atrás. Cerré los ojos y me permití recobrar la calma con un largo suspiro. Lo habría aprobado, tuve la certeza de ello al ver las mangas acampanadas, aquel simple detalle la hubiera convencido.

—¡Estoy lista! —gritó Mich al fin y todas suspiramos.

—¿Ese es tu disfraz?

—Sí, seré la despampanante chica con un vestido rojo, infaltable en una fiesta.

***

La ansiedad se deslizó por todo mi cuerpo hasta asentarse en mi estómago, me causó una sensación molesta que intenté ignorar mientras caminaba al lado de mis amigas hacia el lúgubre túnel que debíamos atravesar para entrar a la fiesta.

—¿Por qué no mencionaste que esta sería la mejor puta fiesta del año? —La voz de Maia sonó lejana, como si no estuviera a mi lado, sujeta a mi brazo. La volteé a ver y sonreí, al mismo tiempo que encogía los hombros. No tenía idea de la magnitud de aquel evento, lo único que había dicho Franco era que debía asistir disfrazada y que mis amigas podían acompañarme, me aseguró que las cuatro estaríamos en la lista de invitados.

Nos detuvimos de forma abrupta a causa de las dos personas que hacían un *show* de fuego a unos pasos del inmenso umbral que enmarcaba la entrada al lugar. Algo ardió en mi piel al ver el fuego que lanzaban por sus bocas, una sensación que me recorrió de pies a cabeza y me hizo sentir más nerviosa. Me encontraba hipersensible a lo que me rodeaba, porque en el fondo tenía la certeza de que algo trascendental estaba a punto de ocurrir.

—¿Tenemos una mesa? —El grito de Diana resonó en mi oído derecho. Asentí, aturdida por el ruido. Franco se encontraba a punto de hacer su debut como piloto de MotoGP, y las atenciones que nos estaban ofreciendo se debían a su nuevo estatus, algo a lo que debía acostumbrarme, por la relación que fingiríamos mantener. Una sonrisa se dibujó en mis labios al leer su nombre en el pequeño letrero de reservado; quería empujar la inquietud que hacía eco en mi cabeza para disfrutar el momento con el que alguna vez fantaseé. Nos sentamos a nuestra mesa.

—¿A qué hora vendrá? —la pregunta de Maia me arrancó de mi ensimismamiento. Ella sabía que estaba pensando en él, me conocía tanto que adivinó quién me inquietaba.

—Entre las diez y las once.

—¿Por qué no fue por ti?

—Está ocupado.

—Por Franco —dijo Mich, y todas levantamos nuestros respectivos tragos—. Me siento tan feliz por ti, Aby —susurró a mi oído.

Me tragué el nudo que se formó en mi garganta por la nostalgia que experimenté al escucharla llamarme así. Me era inevitable recordar a mi tía y a mi hermano cada vez que usaban el diminutivo de mi nombre. Dejé ir la emoción con una sonrisa en los labios y sorbí el alcohol de golpe; la risa de mis amigas por mi cara arrugada me hizo sentir ligera y un poco viva. Más tragos llegaron a la mesa, esta vez servidos en vasos con forma de cráneos. Sin embargo, por muy animado que estuviera todo, decidí solo tomar uno, no dos o tres, como lo hicieron mis acompañantes. Quería estar lo suficientemente lúcida cuando Franco apareciera.

Me levanté y bailé con mis amigas, meciendo mi cuerpo al ritmo de la música, como no lo hacía hace mucho. Giré moviendo la cintura instada por Diana, que me grababa con su teléfono, y entonces mi mirada se dirigió como una flecha hacia arriba, donde se encontraba la barra, con tanta fuerza que resistirme fue imposible. Mis ojos enfocaron una camisa negra. Parpadeé y dejé de moverme para concentrarme en el hombre que me observaba desde un punto más alto. Pese a las luces de colores, el ruido y el aturdimiento provocado por el movimiento del resto, distinguí la capa negra, el antifaz, y el sombrero que ocultaba su bonito cabello castaño claro.

Alcé la mano, presa de un entusiasmo irrefrenable, y todas voltearon hacia donde yo lo hacía.

—¿Franco? —cuestionó Diana a mi oído. Asentí, contemplando cómo levantó el vaso que sostenía en la mano para saludarnos—. ¿Por qué no baja?

—No lo sé, iré por él.

Mi entusiasmo fue avasallante e intenso. Me moví en medio de los cuerpos danzantes y sudorosos, rozando mis alas con todos a medida que me abría camino. Pese al bullicio comencé a percatarme de la respuesta de mi cuerpo ante lo que estaba haciendo, pude sentir mi pulso en los oídos al mismo tiempo que escuchaba con claridad el taconeo de mis botas sobre los escalones que me llevaron hasta el piso superior. La sensación de calor volvió a manifestarse, sin embargo, ya no me causó intranquilidad. Me recogí el cabello sin dejar de caminar, desnudando mi cuello, zona que sentí más caliente.

Parecía que los únicos dos tragos que tomé desinhibieron todos mis sentidos. Jamás experimenté algo parecido al fuego líquido que recorría mis venas mientras caminaba hacia él, agitada por las ansias de tenerlo de frente, como si aquello fuera algo que llevara siglos esperando. Una emoción parecida al aleteo de mariposas bailó en mi estómago al verlo a un par de pasos, y mi reacción fue reír, reír como una adolescente en su primer enamoramiento.

—¿Por qué no...?

Mis palabras fueron interrumpidas antes de que pudiera hacer la pregunta. Franco me sujetó la cintura con una sola mano y de manera brusca acortó de golpe la distancia entre nuestros rostros. Me quedé sin aire al sentir la presión de sus labios sobre los míos, un roce áspero que me tomó desprevenida y me obligó a actuar por instinto.

Ahí, en medio de todos, separé los labios, dándole acceso a mi boca en un abrasador beso que me erizó la piel. Algo explotó dentro de mi pecho ante la cálida y húmeda presión de su boca, una sensación desconocida, y al mismo tiempo familiar, que me dejó en medio del limbo.

Años atrás había soñado con los besos de Franco, imaginando una caricia amable y amorosa, pero él estaba lejos de besar de esa forma. Franco tenía una boca exigente, un aliento cautivador y unas manos que se aferraban con fuerza en mi cintura, desprendiendo un calor que fue capaz de filtrarse bajo mi vestido. Pese a ser el primero, estaba convencida de que aquel hombre no daba besos tiernos. Era un besador egoísta, intenso y dominante. Con una mano presionó mi mejilla y se aseguró que siguiera su ritmo, sin darme la oportunidad de tomar aire.

Una ola caliente chocó con mi espalda y me hizo estremecer. Rompí el exquisito contacto de su boca para ver hacia atrás y solo entonces me di cuenta de que el *show* de fuego se había acercado demasiado. Las personas se movieron para dejar un espacio para los dos hombres que abrían la boca lanzando llamas como dragones, y me obligué a hacer lo mismo. Franco, con la mano enroscada en mi muñeca, me arrastró por el pasillo, para alejarnos de aquel tumulto.

—Franco —dije su nombre, pero la música evitó que me escuchara. No volteó para verme por encima del hombro, tampoco se detuvo. Fue hasta que estuvimos cerca de una puerta con un letrero de «ACCESO RESTRINGIDO» que lo hizo.

Nuestras miradas se encontraron y la inquietud volvió a apoderarse de mí. Un desasosiego excitante zumbaba bajo mi piel y me llenó de cosquillas de pies a cabeza. Justo en ese instante me pregunté por qué me había besado de esa manera. ¿Acaso era una forma de anunciarle al mundo que era un hombre de una sola novia? ¿O por qué se le antojó hacerlo? La teoría de que nuestra relación falsa era únicamente una excusa para acercarse a mí cobró fuerza.

Tenía sentido algo así. Yo era la pequeña hermana del que fue su mejor amigo. Tal vez por el respeto que le tenía a su memoria había querido mantener la distancia, hasta que la atracción lo rebasó, y aquí estábamos, uno frente al otro, respirando agitados.

Franco abrió la puerta al lado de nosotros, un empujón que nos dejó adentro y a media luz en un pequeño cuarto que parecía ser una bodega de sillas y mesas. El ruido de gritos se escuchó más cerca y él cerró la puerta, dejándome congelada por la impresión. Mi mente luchó por trabajar a marchas forzadas, sin embargo, su cercanía anuló mi capacidad de análisis y de reacción. Mi espalda chocó con la pared, las alas me lastimaron y dos grandes brazos se colocaron a cada lado de mi cuerpo, justo a la altura de mi cabeza.

Inhalé, pero el aire no llegó a mis pulmones, porque Franco bajaba la cabeza para besarme. Ardí en segundos, más de lo que lo había hecho cuando la llama de fuego envió olas de calor a mi espalda. Cuando la punta de su lengua rozó mis labios una fuerte descarga sensorial punzó entre mis piernas y me llevó a doblegar mi voluntad. Me puse en puntitas y rodeé su cuello con mis dos brazos, atrayéndolo con una palpable desesperación que se adueñó de cada parte de mi cuerpo.

Me atreví a seguir la danza de su lengua, un roce lento que se sentía pesado, húmedo y adictivo. Una chispa de excitación se encendió entre mis muslos, escaló hasta asentarse en mi pecho y lo único que pude hacer fue jadear. Su boca sabía a whisky, a deseo y a algo conocido, una combinación peligrosa en ese momento en el que había perdido el control de mis acciones. Quería frenar mis propias reacciones, pero terminé sumergiéndome más en la bruma de excitación que empañó mi prudencia. Mis dedos apretaron sus hombros al mismo tiempo en el que me balanceé hacia adelante para poder sentir la presión de su cuerpo. Tenía la urgencia de doblegar su voluntad hasta que terminara cercando mi cintura. Me aferré a sus brazos hasta que finalmente sucedió lo que esperaba. Franco me pegó contra su pecho, inmovilizándome contra la pared.

Sentí celos por todas las mujeres a las que besó antes, por tener algo que solo quería para mí, por gozar del desborde de pasión y dominio al que me vi sometida en cuestión de pocos minutos. Para ese momento el ruido de la fiesta se había silenciado por completo, lo único audible era su pesada respiración y los pequeños jadeos que se escapaban de mis labios en contra de mi voluntad.

Nunca me había dejado consumir en algo parecido, por ello quise ponerle un alto antes de que fuera demasiado tarde, pero entonces el calor de sus manos se percibió en la parte trasera de mis muslos, arrastrándose hacia arriba en una estela caliente que se detuvo en mis nalgas. Mis dedos se aferraron a la capa ante el aturdimiento que experimenté cuando apretó ambas y me acercó contra su pelvis.

—¿Te gusta esto?

El sonido profundo de satisfacción que acompañó su pregunta hizo que mi ropa interior se sintiera pesada. La voz de Franco sonaba completamente distinta excitado, más grave, más oscura.

La reacción de mi cuerpo ante ese sonido fue un impulso irrefrenable. Le acuné con la mano derecha la erección que se rozaba contra mi estómago, un suave apretón que me hizo sentir un latido sordo entre las piernas. Estaba claro que yo no estaba pensando, que mi mente se hallaba fuera de ese lugar, y que ni un poco de prudencia le quedaba a mi cuerpo, porque quería continuar hasta sentirlo sin ropa de por medio.

Un fuerte tirón en mi cabeza me obligó a echarla hacia atrás. Franco empuñó mi cabello y tiró de él para poder tener otro ángulo de mi cuello, en el que pasó la lengua y me provocó un profundo escalofrío. Supe que, si él lo quería, podría tener todo de mí al instante. Su boca se deslizó por el borde de mis pechos, los llenó de besos mientras sus manos seguían bajo mi vestido, apretándome en contra de él para que sintiera lo duro que estaba.

En ese calor deslicé mis manos por sus hombros, las subí suavemente hasta que las puntas de mis dedos rozaron su cabello. La pasión de su boca me empujó a continuar acariciándole el cabello, deseosa de tomar un puñado y tirar de él, tal como alguna vez fantaseé. Su sombrero cayó al piso, pero eso no me detuvo.

El aire hervía entre los dos. Abría la boca para recuperar el aliento. Franco tenía la cara inclinada sobre mis pechos, estaba por tomarlo de las mejillas cuando la imagen de unos mechones negros y desordenados me desconcertó por completo.

La respiración se me cortó de golpe y la excitación se disipó en un suspiro. Alarmada, levanté los brazos para empujarlo, y aunque no lo logré en el primer intento, fui capaz de ser increíblemente rápida para arrebatarle el antifaz negro que llevaba puesto.

Me mostró una hilera de dientes blancos en una sonrisa que encontré perversa. Deslicé la vista por el rostro masculino y atractivo, de mandíbula marcada, nariz respingada y labios delgados estirados en una sonrisa. Parecía burlarse de mi desconcierto, de mi respiración acelerada y del rubor en mis mejillas.

—Suélteme —pedí con debilidad.

—Creo que puedes tutearme.

Logré abrir la puerta antes de que pudiera procesar todo lo que estaba ocurriendo, y salí de la habitación. No vi hacia atrás, solo avancé entre la gente que bailaba.

Había estado besando a Christian Baxter, el imbécil al que Franco acusó de sabotear su primer contrato.

CAPÍTULO 2

Christian

El agua helada que golpeaba mi piel no era capaz de enfriar mi temperatura. Mi cuerpo estaba caliente, como consecuencia de haberlo llevado al límite. Cada uno de mis músculos sufría pequeños espasmos involuntarios mientras me esforzaba por llevar aire a mis pulmones. La mejor parte de los entrenamientos era esa, cuando cruzaba la línea de mis capacidades y le cerraba la puta boca a Román, mi preparador físico.

—Mañana nos vemos en la pista, correremos diez kilómetros, si no es que te desmayas a medio camino —gritó desde fuera del baño.

—Vete a la mierda.

Mi voz agitada hizo eco en el baño, silenciando un poco la carcajada seca del idiota que buscaba cómo provocarme. Aumenté el flujo de la ducha y eché la cabeza hacia atrás, aguardando con impaciencia que el agua me relajara.

—Señor Christian.

Una voz monótona, sin emoción alguna, se filtró dentro de la ducha. Se trataba de Mariam, la mujer de cuarenta y tantos que mantenía el orden en casa y actuaba con una rigurosidad casi inhumana.

—¿Qué quieres, Mariam?

Me sequé la cabeza mientras estudiaba su rostro inexpresivo. Estaba completamente desnudo frente a ella, aguardando que perdiera la compostura, que me gritara por no tener pudor o se quejara de la alfombra empapada. Me fastidiaba que actuara como un puto robot.

—Abel está abajo, lo dejé pasar sin preguntarle si quería atenderlo porque dijo que era una emergencia. Se ve preocupado.

—Dile que me espere, voy a vestirme.

Me tomé mi tiempo solo porque odiaba las visitas inesperadas y a los extraños en mi espacio. Abel lo sabía a la perfección, por ello intuí que las cosas habían salido tal y como preví, para que se viera obligado a buscarme. Experimentando un atípico buen humor, bajé para reunirme con mi jefe de prensa.

—¿Se puede saber en qué estabas pensando?

Mis pies se detuvieron en seco a mitad de las escaleras ante el reclamo con el que fui recibido. No permitía que nadie me levantara la voz de aquella forma, sin embargo, encontré una retorcida fascinación en el evidente enojo de Abel, señal de que todo estaba saliendo mejor de lo que esperé. Retomé mi camino con una sonrisa en los labios, que desapareció al detenerme frente a él. Mi jefe de prensa me encaró con una actitud rabiosa.

—Estás siendo muy valiente esta mañana.

Abel levantó su teléfono, poniéndolo casi en mi cara, para que lo tomara, cosa que por supuesto no hice. No aceptaba órdenes directas, o indirectas, de nadie.

—De lo único que se está hablando es del anillo que pusiste en el dedo de la última rubia con la que decidiste dormir. Acabas de ganar una temporada en la que no dejaron de señalarte por comportamiento antideportivo. Se suponía que nos encargaríamos de limpiar tu imagen, de intentar que te vieran como un piloto disciplinado solo enfocado en su trabajo. Esto no es lo que necesitamos ahora mismo, Christian.

—Hace mucho que no duermo con rubias —respondí con aburrimiento.

—¿Vas a casarte? ¿Es cierto?

—Le di un anillo de compromiso a Lena.

Abel se dejó caer sobre un sillón, adoptando una actitud de derrota que me parecía exagerada. Me fue fácil intuir que no me conocía tanto como presumía; se le notaba tan tenso y preocupado que no me quedó duda de ello.

—Te casas en tres meses.

—¿Eso es lo que dicen en redes? —Mi indiferencia solo lo perturbó más.

—Sí, Lena lo está gritando a los cuatro vientos. Hizo una transmisión en vivo para contar detalles de la noche en la que le diste el anillo. Mientras que en Motorsport hablan del novato que acaba de firmar con Yamaha, en Instagram hablan de tu boda con una mujer que monetiza hasta sus suspiros. Te convertiste en lo que criticabas, un bufón que entretiene a la audiencia.

—Insisto, estás siendo demasiado valiente.

Mi advertencia disfrazada de comentario despreocupado no acabó con su insolencia. Abel se puso de pie sin dejar de despotricar por mi supuesta imprudencia. De no haber estado tan entusiasmado porque Lena se había comportado tal como lo planeé, jamás hubiera reaccionado con esa paciencia. Tomé asiento y le permití desahogarse por lo que consideré un largo lapso, hasta que finalmente se cansó de quejarse y decidió recurrir a la única persona a la que no podía ignorar.

—Javi al teléfono —soltó, extendiendo el aparato.

—¿Qué quieres, Javi?

El largo suspiro que salió del otro lado de la línea no me tomó por sorpresa. Javi era un hombre sereno e inteligente, pocas veces perdía la compostura, y estaba seguro de que en ese momento estaba luchando por mantenerse tranquilo.

—¿Estás seguro de lo que estás haciendo?

Mierda, no debí reír, sin embargo, me fue imposible mantenerme serio.

—Lo estoy —dije, tras retomar la compostura.

—Pusiste un anillo de compromiso en el dedo de Lena. ¿Olvidaste lo que pasó en Halloween?

Javi era la única persona que sabía exactamente lo que había ocurrido aquella noche, y lo mucho que me jodió lo que descubrí al llegar a buscarla. Había esperado que lo mencionara; sin embargo, mi reacción no fue fría. La ira burbujeó en mis venas ante los recuerdos aún frescos. Un mes y un par de días no eran suficiente para borrarlos.

No iba a estar tranquilo hasta que Lena se sintiera humillada, estúpida y usada.

—Jamás. Está presente en mi mente.

—¿Entonces? ¿Cómo diablos vas a casarte con ella?

—No lo voy a hacer —respondí. Noté cómo Abel estaba atento a la conversación que no podía escuchar del todo.

—No entiendo una mierda, Christian.

—No hay nada que entender por el momento, lo sabrás en unos meses.

—Tengo miedo de lo que está pasando por tu cabeza. Te recuerdo que no quería que te metieras en la cama de esa muchacha. Se hizo famosa mostrando su vida en internet. ¿Te das cuenta de lo peligroso que puede ser para tu imagen que algo salga mal con ella?

La diversión se asomó de nuevo, esta vez con más intensidad. Sería humillante para Lena, eso era lo único que me interesaba. Mi imagen me importaba una mierda. Levantaría un trofeo al final de la temporada y ni un escándalo podría evitarlo.

—Tengo todo controlado, no te preocupes.

***

Odiaba la Navidad y todo lo que conllevaba: las luces adornando las fachadas de las casas y edificios, la música cursi y tonta que sonaba en cualquier parte y el exasperante y colectivo buen humor que manifestaban todos. Entrar al departamento de Lena aumentó mi rechazo a aquella época del año, el sitio entero se encontraba decorado como si fuera una villa navideña.

—¡Lena! —grité, tras guardar las llaves en mi bolsillo.

Me quedé de pie en medio de la sala, el límite que marqué la última tarde que puse un pie en ese lugar. Aunque era capaz de actuar con frialdad, no podía entrar de nuevo a su cuarto, no mientras tuviera que fingir que todo estaba bien.

—Llegaste antes. ¿Me esperas un segundo, bebé?

—Lena, tengo cosas que hacer.

Ninguna relevante, pero cualquiera más importante que acompañarla a una puta tienda de novias. Tomé asiento, Lena apareció por el pasillo. Una falsa sonrisa adornó su cara cuando nuestras miradas se encontraron. Me quedé sentado en el mismo sitio, solo observando cómo rompía la distancia que nos separaba con pasos rápidos y una fingida alegría.

—Ayer me quedé esperando tu llamada.

Eché la cabeza hacia atrás, evitando a toda costa que sus labios tocaran los míos. Sabía perfectamente con quién había pasado la noche, me negaba a que me besara después de chuparle la verga al tipo con el que según ella me engañaba. No existía tal engaño, lo sabía todo, cada puto detalle.

—Estuve entrenando hasta tarde.

Me levanté de un solo tirón, obligándola a dar un paso hacia atrás, dejando claro que no la quería cerca. Fingir que todo estaba bien me resultaba complicado. Para mi buena suerte, Lena no reclamaría nada. No le importaba la forma en que la tratara, estaba tan interesada en el anillo en su dedo que ignoró con eficiencia mi comportamiento hostil.

—Espera, necesitamos una foto —dijo antes de que pudiéramos cruzar la puerta. Puse mi mejor sonrisa, tan falsa como la de ella, y finalmente entrelacé mi mano con la suya para salir de ese sitio al que desarrollé aversión.

Conocí a Lena en una fiesta casi un año atrás, y la atracción que me despertó con su vestido ajustado y su pelo suelto me llevó a abordarla directamente. La facilidad con la que congeniamos provocó que termináramos pasando la noche en un hotel, y desde entonces no dejé de frecuentarla. Al principio como una relación casual, una salida divertida a la semana que terminaba con largas sesiones de sexo y nada más. Pero esa aventura entretenida se convirtió en algo más serio cuando mi jefe de prensa comenzó a notar los beneficios de que me fotografiaran con ella.

Abel era el culpable de aquella cercanía que desarrollé con la mujer frívola que caminaba a mi lado. La lesión que me mantuvo un par de semanas inactivo también contribuyó. Jamás pasé tanto tiempo con alguien, y aunque había muchas cosas de Lena que me desagradaban, su compañía me fue placentera en un momento en donde lo único que necesitaba era distraerme.

—¿A dónde vamos?

Mi pregunta acabó con el monólogo que mantenía con su teléfono. Solía irritarme su manía de grabar y publicar cada uno de nuestros pasos. En ese momento, en que me convenía lo que hacía, callé todos mis reclamos, incluso le sonreí cuando abrí la puerta del auto al que se deslizó con rapidez.

—Mi agencia consiguió una cita en el Bride's Paradise. Quiero que ellos se encarguen de organizar nuestra boda. ¿Puedo pedirte algo? —agregó de inmediato.

—Habla.

—Aunque esté a punto de irse a la quiebra, aún es muy difícil conseguir un espacio en su agenda, no lo arruines.

—¿Por qué habría de arruinarlo?

—Porque te conozco.

Ni siquiera intenté contradecirla, me relajé sobre el asiento y puse el coche en marcha. El silencio que nos rodeó tras acelerar fue breve, Lena se encargó de llenarlo con el montón de estupideces por minuto que salían de su boca. Mientras la observaba de reojo me pregunté por qué opté por no seguir el consejo de Javi, que desde que la conoció me alentó a no involucrarme con ella. Me habría ahorrado un trago amargo y muchos dolores de cabeza de haberlo obedecido.

Javi era tal vez el hombre más inteligente y racional que conocía, confiaba en él como no lo hacía en nadie, simplemente porque era el único que jamás me había decepcionado. Siempre tomaba en cuenta su opinión, por ello no podía dejar de recriminarme no haberlo escuchado. No haberle hecho caso a su intuición respecto a Lena fue un error.

—¿Qué se supone qué haremos en ese lugar? —pregunté después de unos diez minutos de silencio y mucha velocidad. La miré y sonreí al encontrarla pálida—. Se supone que no puedo verte con tu vestido de novia.

Continué hablando como si no me diera cuenta de lo que le ocurría, de lo asustada que se mostraba sujeta de la manija del auto. Bajé la velocidad gradualmente, hasta que me movilicé con normalidad sobre la autopista.

—No iré a ver vestidos.

—Dijiste que vamos a una tienda de novias.

—Sabes que me asusta la velocidad, ibas tan…

—Lo había olvidado —la interrumpí.

Lena respiró hondo, desvió la vista hacia mi cara y me clavó sus ojos azules.

—Es algo más que una simple tienda de novias. En ese lugar se encuentran las oficinas de las mejores organizadoras, tienen contacto con las diseñadoras más importantes de vestidos de novias, y no hay nadie como su equipo de decoración. Es como el paraíso para una novia —agregó, de nuevo sonriente.

—No pienso perder el resto de mi tarde en ese sitio.

—No lo harás —dijo rápidamente—. Tendremos una cita con la dueña, necesitamos que nos ofrezcan la mejor de las atenciones.

—¿Por qué tengo que estar presente?

Lena ignoró mi irritación, como solía hacer siempre. Nunca le importó nada más que las apariencias, así que mientras me mostrara molesto solamente cuando estábamos a solas no era un problema para ella.

—Porque también vas a casarte, no puedes dejarme sola con todo esto.

Llegamos al lugar. Me quité el cinturón de seguridad y abrí la puerta para abandonar el auto. Observé con curiosidad el sitio, pues desentonaba con el resto de edificios de la calle. Mi acompañante bajó dando un portazo, por el que se ganó una mala mirada. No la esperé, me adelanté para abrir la verja negra que protegía la propiedad y di dos pasos para llegar a los escalones.

—¡Christian! Espérame —pidió Lena molesta.

—No tengo tu tiempo, date prisa.

Le ofrecí mi mano que, por supuesto, tomó. Lena no iba a desaprovechar la oportunidad de fingir algo que no éramos. Ella adoraba vender una imagen falsa de cada faceta de su vida. Apenas cruzamos las puertas fuimos abordados por una elegante mujer vestida toda de negro y con el pelo recogido, a la que Lena saludó con una amabilidad tan falsa como el tono oscuro de su pelo. Lo había teñido para verse con más carácter, según ella.

—Él es Christian, mi prometido.

—Qué placer, Christian.

Permití que me besara la mejilla, pero no fui capaz de corresponder su sonrisa. Me limité a permanecer en silencio mientras Lena se encargaba de hablar por ambos. Me sorprendía su capacidad para nunca quedarse callada.

La amable mujer nos guio hacia unas escaleras a las que subimos después de que me liberara del agarre de su mano. Era una casa antigua y muy bien cuidada. Cada una de las que supuse en algún momento fueron habitaciones, eran ahora oficinas y distintas secciones de aquel lugar. El color blanco imperaba en cada detalle, incluso en todas las flores que decoraban el sitio.

—¿Esta es la oficina de Elizabeth?

Las dos mujeres que caminaban a mi lado se detuvieron frente a una puerta doble de madera. Aproveché la oportunidad para poner distancia con Lena, su cercanía había rebasado mi tolerancia al contacto físico desde hacía varios minutos atrás.

—Sí, pero Eli no podrá atenderlos hoy. Está indispuesta desde hace unos días, su cita fue programada con…

—¡La dueña del lugar! —exclamó Lena. Crucé los brazos y sonreí, divertido con la situación. Adoraba cuando se le olvidaba que fingía una personalidad ante el ojo público.

—Sí, la atenderá la dueña. Elizabeth es la persona que lleva las riendas, pero…

En cuanto a Lena se le ocurrió interrumpirla de nuevo decidí alejarme de ambas. La discusión estaba destinada a extenderse, algo que mi paciencia no soportaría. Caminé por el pasillo, observando las fotografías en la pared. Eran novias, y algunas de las caras me parecieron conocidas, por lo que supuse que más de una pudo haber sido una figura pública. Avancé con aburrimiento un par de pasos más, hasta que la exaltación de mi supuesta prometida me obligó a detenerme.

—Lena —mi voz cargada de autoridad silenció su parloteo. Me importaba una mierda la forma en la que tratara a los demás, sus gritos simplemente lograron impacientarme—. Contrólate.

—Nos prometieron un trato especial.

—Lo tendrán —dijo la empleada, cada vez más nerviosa.

—Llévanos con la persona que va a atendernos.

—Pueden sentarse.

Ignoré la sugerencia de la persona que nos atendía por la curiosidad que me despertó aquel lugar al que nos adentramos. Era otro espacio lleno de muebles antiguos y bien cuidados, con flores blancas y alfombras peludas. Olía a incienso, velas o algo similar, el aroma inundaba el aire pese a las ventanas abiertas, era un olor que me resultó conocido, de un modo desconcertante.

—Eli, por favor, hazlo por mi tía, no por mí.

Mi concentración, que había estado analizando unas delicadas plumas que decoraban un jarrón, se vio atrapada por el sonido de una suave voz. Una sensación cálida se extendió por mi pecho cuando giré la cabeza hacia la dirección de donde provenía el sonido, justo tras de mí, en la puerta entreabierta.

Mi vista se quedó fija en ese punto hasta que la silueta de una mujer atravesó el umbral a paso lento. Volteé por completo, guiado por la curiosidad mientras observaba de pies a cabeza a la persona que acababa de aparecer. No parecía una empleada de la tienda, no estaba vestida con el traje negro y formal que llevaban las que nos recibieron abajo. Usaba una falda larga y suelta, combinada con un pequeño top que dejaba al descubierto gran parte de su torso. El movimiento de su melena castaña que se mecía con cada paso inseguro contrastaba con el peinado soberbio de pelo recogido que había visto en las otras mujeres.

Se detuvo en medio de la oficina, con el teléfono aún pegado a la oreja y una tensión palpable en su cuerpo. Parecía estar congelada frente a Lena y la otra mujer, que soltó un largo suspiro de alivio apenas la vio.

—Abril, te estábamos esperando.

—Hola —dijo, la voz suave de nuevo llenó la estancia, atrapando por completo mi total atención.

Lena tomó la iniciativa, se levantó de la silla y se acercó hasta detenerse frente a ella. Su actitud confrontativa estaba ahí, asomándose en su mirada cargada de fingida amabilidad. Mi prometida estaba molesta porque no la atendió la persona que se le había prometido.

—Soy Lena, supongo que me conoces. Me dijeron que la dueña estaría aquí para recibirme y…

—Estoy aquí —dijo la chica con la falda estampada de flores.

Bajé la mirada para contemplar su piel bronceada, que la abertura de la falda dejaba al descubierto. No solía estudiar con detenimiento a las personas; sin embargo, sentí una intensa curiosidad por ella, que aumentó cuando giró y pude observar su rostro.

Su cara me era conocida, y aunque no sabía de dónde, estaba seguro de que la había visto en algún lado. Sus ojos cafés enmarcados por unas largas pestañas me resultaron familiares, así como la nariz perfecta y los labios ligeramente abultados. En un parpadeo estudié cada facción de su rostro, esforzándome por recordarla.

Debió sentir mi mirada quisquillosa, porque de la nada su mirada se desvió hacia mí. Hubo estática en el aire ante el encuentro de nuestros ojos.

—Te he visto antes —afirmé, sin un ápice de duda en mi voz, lo que atrajo la atención de las tres mujeres.

—¿Entonces tú eres la dueña? —intervino Lena, evitando que me respondiera.

Sin embargo, eso no hizo que se interrumpiera el contacto visual entre ambos. Me esforcé por buscar en cada rincón de mi mente la información que necesitaba, la silueta de su rostro que debía estar escondida en mi memoria a largo plazo. Una idea se reveló poco a poco al verla chuparse los labios en un gesto que evidenció nerviosismo.

—Sí. ¿Gustas tomar asiento?

—Claro, solo me gustaría ir al baño antes —respondió Lena.

—La acompaño, señorita —se ofreció la empleada.

Lena movió su cuerpo hasta la puerta, con pasos rápidos que denotaban su molestia. Era como una pequeña cretina malcriada cuando algo no salía como ella quería. En cuestión de segundos ambas cruzaron la puerta y me dejaron a solas con la desconocida.

—Puede tomar asiento, vuelvo en un segundo.

La confusión se hizo más fuerte al darme cuenta de su intención de huir. Pese a ello actué con rapidez y me acerqué a la puerta, siguiendo un impulso que se vio recompensado cuando ella pasó a mi lado. El olor de su pelo, una mezcla de canela, flores y miel fue lo que necesitó mi mente para encontrar mi respuesta. Lo reconocí de inmediato.

—Claro que te he visto antes, eres el ángel.

Mi mano se cerró en su muñeca, y en respuesta el ángel se movió con inquietud. El nerviosismo brilló en su mirada, mientras se esforzaba por sostener la mía, sin atreverse a dar un paso hacia atrás.

—Perdón, creo que se está confundiendo.

—No, ángel, no estoy confundido. Y como te dije, puedes tutearme. ¿Lo recuerdas?

CAPÍTULO 3

Abril

Esa mañana, cuando desperté y leí el mensaje de Eli, jamás imaginé a todo lo que iba a enfrentarme en el trabajo. La mujer que tenía enfrente era el tipo de cliente del cual huía despavorida cada vez que mi tía insistía en enseñarme cómo abordarlos. Nunca me interesó aprender a lidiar con clientes exigentes y poco amables. Se suponía que ella lo haría, que iba a sanar y a vivir muchos años para quedarse conmigo y estar frente a su gran pasión, su empresa.

—Y esta es nuestra área de decoración —anunció Caro—. Helen está al tanto de su visita, una de las asistentes puede agendar una cita en caso de que ya tengan una fecha elegida —continuó explicando.

Aunque la voz de Caro era suave y pausada, la expresión de enfado era permanente en el rostro de Lena Miller, la influencer. Eli se encargó de averiguar todo sobre ella; sin embargo, aún no teníamos la certeza de que aquel fuera su nombre real. Las celebridades de internet buscan ser identificadas por un nombre que suene atractivo, fresco y sofisticado, aquellas habían sido las palabras de Elizabeth, la cabeza de Bride's Paradise hasta hacía poco.

—Hazme una cita para la otra semana —ordenó Lena, como si Caro trabajara para ella.

Con todo y lo mucho que me estaba irritando su actitud, nada me perturbó más que su novio. Su fuerte presencia me mantenía incómoda, alerta y vulnerable. Pese a haber intentado ignorarlo, no podía huir de la sensación de sus ojos buscando los míos, ni de la densa energía que desprendía. El aire se sentía pesado gracias a él, y su imponente lenguaje corporal demostraba lo decidido que estaba a no dejarme escapar.

—Está bien, continuemos con el recorrido.

Mi presencia obedecía a una absurda formalidad que no pude

esquivar, y no podía soportar. Pese a todo mi esfuerzo estaba tensa, tan rígida que mis movimientos eran torpes y lentos. Todo era culpa del piloto egocéntrico y envidioso del que Franco me habló tanto que sentía que ya lo conocía. Su forma de enfrentarme cuando nos quedamos solos en la oficina alteró mis nervios y mi respiración. De no haber sido por Caro, cuando regresó delante de Lena, tal vez no habría encontrado la manera de salir del aprieto en el que me hallé cuando sus palabras me hicieron recordar lo que pasó entre nosotros en Halloween.

¿Cómo diablos terminé besándolo aquella noche? ¿Por qué permití que me tocara así? ¿Cómo no pude darme cuenta de que no se trataba de Franco? ¿Por qué aquel arrebato se percibía tan familiar? Me había hecho esas preguntas cada vez que me encontraba en silencio, y aún no hallaba una respuesta que me otorgara calma. La constante alteración que vivía gracias a ese asunto se acentuó al verlo con su prometida. Me era imposible dejar de pensar que aquella noche él le fue infiel y que yo fui partícipe de ello.

—¿Dona está en su estudio?

La voz de Lena acabó con los cuestionamientos que inundaban mi mente. Le clavé la mirada y noté la forma en que la expresión en su rostro cambió ante la respuesta positiva de Caro. Tal vez fue mi forma de ignorar a su novio, que no dejaba de verme.

—Claro que puede atenderla —intervine por primera vez ante su siguiente pregunta.

Cuatro simples palabras hicieron que Caro sonriera orgullosa. Aunque no había externado su preocupación se notaba afligida por mi silencio, y por el descontento de Lena al no ser atendida por Eli.

—Entonces no perdamos tiempo. Lo siento, Christian, no puedes entrar ahí conmigo —agregó, mostrando una sonrisa genuina por primera vez—. Quiero que Dona sea la diseñadora de mi vestido.

—No te preocupes, buscaré con qué entretenerme.

La respiración se me cortó de inmediato y no pude hacer nada para evitarlo. Fue como si mis pulmones hubieran colapsado por culpa de los nervios que desató aquella frase. Completamente congelada por la impresión dirigí mi mirada hacia Lena, que no reaccionó ante las palabras de su novio. Continuó conversando con Carol, quien la guio de buena gana hacia las puertas que enmarcaban el estudio de Dona, nuestra mejor y más codiciada diseñadora. Me quedaba sola de nuevo con un hombre que me alteraba más de lo normal, y no pude moverme, tampoco emitir algún sonido para pedir ayuda.

—Abril, un proveedor al teléfono pregunta por Eli.

Como caída del cielo, Scarlett apareció en el pasillo. La recepcionista novata me observó con preocupación, y mi mente perturbada por la presencia de Christian al fin reaccionó. Tomé aire lentamente sintiéndome viva de nuevo y sin mediar palabra caminé tras ella.

—Cuando alguien quiera comunicarse con Eli deberás decir alguna mentira. Nadie debe saber que renunció.

Scarlett no me prestó atención. Su cabeza se movía hacia atrás constantemente hasta que me vi obligada a voltear hacia la misma dirección para entender qué le ocurría.

—¿Por qué nos sigue? —cuestionó en susurros, emulando el tono en el que le hablé.

—No lo sé.

—Es Christian Baxter, el piloto —continuó explicando, como si yo lo necesitara—. Es endemoniadamente guapo, Abril. ¿No te pusiste nerviosa cuando hablaste con él?

—Deberías hablar más alto, estoy segura de que aún no te escucha —murmuré con ironía.

—Eso no es necesario, pude escucharla.

Mis pies se detuvieron en el acto, de una manera tan abrupta que a Christian no le dio tiempo de reaccionar. Chocó con mi espalda, propiciando un acercamiento que envió un fuerte golpe de energía a mi cuerpo. El tacto de su mano sobre mi hombro aumentó mi rigidez, su mano era pesada, cálida, e hizo que me sintiera agitada.

—¿Abril? —dijo Scarlett.

—Voy a atender la llamada, vamos —le indiqué.

No supe cómo fui capaz de reunir lucidez para alejarme de él y del magnetismo que poseía, solo fui consciente de que caminé al lado de la recepcionista, a paso rápido y sin ver atrás.

—Qué vergüenza, no pensé que me escuchara.

—Olvídalo.

—Perdóname, me siento mal, no debí ser tan descuidada.

—Tranquila, solo fue un pequeño error.

¿Cómo podía culparla por decir en voz alta lo que yo pensaba? Ella tenía razón, Christian Baxter era endemoniadamente guapo.

***

Un ruido proveniente del pasillo me puso en alerta. El reloj marcaba las ocho de la noche, no quedaba nadie del personal dentro, por ello aquel sonido me preocupó. Respiré hondo con la vista puesta en el humo del incienso. Necesitaba encontrar calma, mi mente estaba agitada, algo que no solía permitirme muy a menudo. Alargué la mano para tomar uno de mis cuarzos, pero otro ruido evitó que consiguiera mi objetivo.

—¿Quién está ahí?

No hubo respuesta, aunque tampoco silencio. La manija de la puerta giró y, por instinto, tomé una de las piedras de mi tía, la más grande.

—¿Abril?

La voz de Franco me calmó y me quedé quieta detrás del escritorio, con la mirada puesta en su cabello castaño y en la sonrisa que me ofreció tras asomar la cabeza.

—¿Qué haces aquí? ¿Quién te dejó entrar?

—El vigilante, le dije que venía a verte.

Me costó trabajo decidir moverme. Las dudas con respecto a eso que teníamos hacía que todo fuera más complicado. Rodeé el escritorio percibiendo cómo mi pulso aún no se regulaba y me acerqué con pasos vacilantes a él, que se hallaba en medio de la oficina.

—No te esperaba —confesé, sin tener idea de cómo debía saludarlo.

La última vez que estuvimos juntos, unas dos semanas atrás, nos despedimos con un pequeño beso en los labios, el único gran contacto que habíamos tenido en el mes y medio que llevábamos fingiendo ser novios. Franco se mostró mucho más tranquilo, con actitud despreocupada apoyó la palma de la mano en mi espalda y me acercó solo un poco a él. Respiré hondo y capté el olor de su perfume, esforzándome por no cerrar los ojos cuando inclinó el rostro.

—Intenté comunicarme contigo, pero nunca respondes el teléfono.

Sonreí tras escucharlo, mientras ignoraba las cosquillas en mi mejilla, el lugar donde depositó un suave beso.

—Lo siento, ya sabes que de repente olvido dónde lo dejo.

—Lo único que no eres capaz de olvidar es dónde tienes la cabeza, y eso solo porque la llevas puesta.

Que pasara las manos por mi cabello, despeinándolo un poco, me sentó terrible. Solía hacer eso cuando apenas me conoció, una caricia ofrecida a una niña que le parecía dulce y hasta divertida, a la hermanita de su amigo.

—¿Me llamabas por algo en específico? —lo cuestioné con seriedad, quería que notara que me molestó su mano revoloteando sobre mi cabeza.

—Sí, ¿ya estás de salida?

Miré hacia el escritorio lleno de carpetas con documentos que aún no terminaba de leer y un sentimiento de aversión se apoderó de mí. De pronto me sentí incapaz de realizar todas esas tareas. Incluso pensé en llamar a Eli y rogarle que volviera a hacerse cargo de todo.

—Dame cinco minutos.

—Te acompañaré a casa y te cuento todo.

—Lista.

—Vamos.

Me até el cabello en un chongo. Avancé hacia Franco, que me esperaba luciendo algo impaciente. Me cedió el paso y se encargó de apagar la luz antes de cerrar la puerta. Caminamos el uno pegado al otro, en el silencio que rodeaba los pasillos.

—¿Puedes apagar esta también?

—Claro.

Al llegar al borde de las escaleras ocurrió el primer contacto entre los dos. Franco tomó mi brazo para guiarme en la oscuridad, para bajar con cuidado. Al llegar al rellano me soltó y emprendió el camino hasta la puerta. Me despedí del vigilante con una sonrisa, pero esta se borró al contemplar la moto roja y grande aparcada a la orilla de la banqueta. Un casco se encontraba sobre ella, el cual Franco tomó.

—¿Llegaste hasta aquí en ella?

—Sí, ven. Sube.

Mi cuerpo se tensó, el miedo me recorrió de pies a cabeza y la angustia explotó en mi pecho. Pasaron varios segundos antes de que pudiera respirar con normalidad. El mero hecho de recibir aquella invitación encendió todos los temores que me esforzaba por dejar a un lado. Con la garganta cerrada por la emoción negué con la cabeza, el movimiento fue tan brusco que el chongo se deshizo y los mechones de mi cabello cayeron por mi espalda con libertad.

—Yo, no…

—¿Tú no qué?

—Yo no voy a subir a eso —logré decir después de tragar con dificultad. La angustia, el dolor y la incertidumbre me dificultaban el habla.

—Abril, ¿por qué no?

—No me he subido a una desde la muerte de Sam. Las odio, Franco. Por culpa de una motocicleta perdí a mi hermano.

La expresión en su rostro reflejó conmoción, me observó fijamente, como si no supiera qué hacer conmigo. El aire frío de la noche sopló sobre mi piel y provocó el impulso de abrazarme. Me sentí sola y dolida en medio de la banqueta, viendo la maldita motocicleta.

—Tranquila, cielo, no llores, por favor. —La dulzura en su voz no tuvo ningún efecto. Franco dejó el casco en su sitio y se acercó con pasos lentos—. Iremos caminando, dejaré esto aquí. Tranquila —repitió.

Le comentó algo al vigilante al mismo tiempo que pasaba el brazo por mis hombros y me instó a caminar, viendo hacia los lados antes de cruzar la calle. La casa que mi tía también me había heredado, y en la que vivía, se encontraba apenas a unas calles de la tienda. Cruzamos y luego caminamos por la acera, hasta que giramos en la esquina para avanzar una calle más. Todo el camino fue silencioso, lo cual odié. Quería que hablara, que me distrajera de todas las imágenes que inundaron mi mente cuando me propuso subir en la motocicleta; además era roja, como en la que se mató mi hermano.

—¿Qué era lo que ibas a contarme? —pregunté cuando no pude más, cuando la angustia me dejó sin salida.

Mis pies se detuvieron cuando llegamos a la casa, y él tuvo que apartarse. Mientras esperaba a que respondiera bajé la cabeza para buscar dentro de mi bolso las llaves de la casa. Vivía en una pintoresca casa con apariencia antigua que tenía un pequeño jardín al frente y un pórtico, era de dos plantas, con paredes blancas y bien cuidadas. Lo mejor de toda la casa estaba en la parte más alta. La terraza abierta y llena de flores era una maravilla que mi tía le había agregado a aquel lugar. Ahí solía sentarme en las noches solitarias para sentirla cerca.

—Tengo una cena a la que necesito que me acompañes. Es un evento distinto a la fiesta de Halloween, es algo un poco más… formal —agregó, como si le costara trabajo encontrar la palabra—. Es para recaudar fondos para caridad.

—¿Estarán pilotos de todos los equipos? —pregunté. Él asintió de inmediato—. ¿Habrá muchas personas?

—Sí, por eso es importante que me acompañes. Ponte un vestido lindo y ven conmigo esa noche.

Aquella estaba lejos de ser la invitación más romántica del mundo; sin embargo, y tal vez por las emociones desatadas minutos atrás, me sentí regocijada en ese momento. Sonreí aún con mis mejillas húmedas y asentí, observando su reacción un tanto fría.

—¿Cuándo es?

—En dos semanas, justo una semana antes de Navidad.

—Iré contigo.

—Gracias, Abril.

La sonrisa de Franco siempre me pareció uno de sus mejores atributos, lucía muy apuesto mientras sus labios se curvaban y sus ojos brillaban. Mi mirada se quedó un momento en su boca, mientras me preguntaba cómo se sentiría besarlo. Una imagen llegó a mi cabeza en ese momento, una que rompió mi tranquilidad. Pensar en Christian y la manera en la que me besó me aceleró el pulso.

—¿Quieres pasar? Aún no ceno y pensé que tal vez podrías acompañarme.

—Lo siento, debo irme. Ya sabes, dormir temprano para los entrenamientos. Mañana haré un poco de motocross en las primeras horas del día.

—Está bien, lo entiendo.

Mi intención de moverme se quedó a medias cuando se acercó.

Mi corazón olvidó cómo latir. Me quedé atenta a sus movimientos, y contemplé cómo sus manos me sujetaron el rostro. Me lamí los labios, nerviosa.

—Franco —susurré su nombre de manera involuntaria por el cosquilleo que sentí en los labios ante la antelación de un beso.

—Descansa, Abril.

Jamás agachó el rostro, nunca buscó mi boca, solo aplastó los labios en mi frente con un beso fraternal, tal vez hasta tierno, pero en definitiva no el que yo esperaba. Antes de que se percatara de mi decepción di un paso hacia un lado y me encaminé hacia la puerta.

—Buenas noches.

—Eh, Abril —me llamó cuando me hallé en medio del corto camino—. ¿Tienes un vestido apropiado o puedo acompañarte a comprar uno? Me encargaría de eso —agregó, haciéndome sentir incómoda.

—No es necesario.

—¿Segura? —insistió, y tuve que voltear una vez más. Jamás me hizo falta ropa en mi clóset, de hecho, tenía por montones. No por elección propia, mi tía adoraba gastar dinero en mí—. La ocasión necesita algo diferente, no tan…

Me miró de arriba hacia abajo y entonces me cohibí al sentirme analizada. Aun así, me paré derecha y con los hombros hacia atrás, un poco molesta y decidida a que no me afectara su mirada, que por un momento me pareció despectiva.

—¿Tan cómo?

—Tan… bohemio —agregó, como si al fin hubiera encontrado la palabra—. Quiero que te veas sofisticada.

—Bueno, lo intentaré —afirmé despreocupada, ocultando lo mucho que me irritó escuchar su petición.

***

No solo lo intenté, sino que puse todo mi esfuerzo en conseguirlo. Me había molestado tanto su sugerencia que quería cerrarle la boca. O quizás fue también mi urgencia de que me viera como una mujer atractiva que provocó aquel sentimiento que me acompañó durante las dos semanas antes de aquella noche.

—Hola, ¿estás lista? —preguntó Franco desde el umbral de la puerta.

Cuando salí, su mirada vagó por mi cuerpo más rápido de lo que esperé. Fue un vistazo distraído que no me dejó satisfecha, pero con el que me conformé. Asentí, y con seguridad di un paso hacia el frente, tomando la mano que Franco me ofrecía.

Me soltó la mano tras haber dado unos cuantos pasos, y se movió hasta mi espalda, mi nerviosismo aumentó por la cercanía.

—¿Estás ansioso por la cena?

—Un poco —confesó, su mirada me examinó de nuevo y una pequeña sonrisa se dibujó en sus labios—. Luces increíble.

Le agradecí con una modesta sonrisa y subí al auto mientras él me sostenía la puerta. Mantenerme tranquila por el resto del camino no fue tan difícil como imaginé. Franco me ayudó a relajarme al darme detalles de las personas que asistirían a la cena. Lucía muy apuesto con un traje azul sin corbata, su cabello castaño perfectamente peinado y una sonrisa que iluminaba su rostro

La confianza que tenía se disipó poco a poco al llegar a la cena. Aunque antes de entrar Franco me llevaba sujeta de su mano, y posó conmigo para los medios reunidos, en los veinte minutos que llevábamos saludando solo se dirigió a mí para presentarme con sus compañeros y otros señores que debían ser importantes para el gremio.

De la nada, un escalofrío erizó mis pequeños vellos en la nuca, una sensación extraña se coló bajó mi piel y me estremeció. Miré hacia los lados mientras percibía el calor de los dedos de Franco en los míos, mi mirada se vio arrastrada en contra de mi voluntad hacia la entrada principal. Fue como una fuerza magnética la que llevó mis ojos hasta ahí y no pude hacer nada para evitarlo.

Me sorprendió encontrar a Christian avanzando por el ancho pasillo formado por mesas, caminando con seguridad, como si fuera dueño del lugar, sin ofrecerle sonrisas a nadie. Su densa energía llenó el sitio, imponiendo su presencia avasalladoramente. Aunque me recuperé de la impresión de inmediato, él pudo sentir mi mirada, su cabeza moviéndose hacia mi dirección me lo indicó. Lo vi romper la distancia a paso lento, y cuando se acercó vi cómo sus ojos se fijaron en nuestras manos entrelazadas.

Franco estaba hablando con Lorenzo, un tipo al que parecía admirar con intensidad. Este se volteó y saludó con entusiasmo al recién llegado.

—Christian —dijo.

Por pocos segundos el rostro de Franco se desencajó. Le tomó un momento poner una máscara de indiferencia y sonreír, como si le diera gusto ver al tipo engreído que se detuvo frente a todos.

—Lorenzo —lo saludó ofreciéndole mano—. No sabía que estarías aquí esta noche.

—No podía perderme esto. ¿Conoces a Franco? Es el campeón de…

Franco estiró la mano, sin embargo, Christian no lo saludó, se limitó a mover la cabeza en un gesto cargado de mala educación. Yo tenía ganas de sujetarlo de los hombros y sacudirlo por ser tan grosero.

—Nos conocemos, sí —dijo mi novio con una sonrisa. Bueno, novio de mentiras, pero mi novio al fin—. Pero creo que Christian aún no conoce a mi novia, Abril. Cielo.

La tensión flotó en el aire en el momento en que nuestras miradas se encontraron. Sentí que tardé una eternidad en ofrecerle mi mano, pero aun así sonreí tras el ligero apretón.

—Ya nos conocemos. ¿Cierto, Abril?

—Sí, tengo el gusto de conocer a su novia también —agregué, mostrándole al idiota provocador frente a mí que no me había intimidado.

Christian soltó mi mano, y tras un par de palabras más se marchó tal como llegó, con paso lento y sin ver a nadie.

Me percaté de que su presencia me había alterado más de lo que debí permitirme. Tras acomodarme en una mesa, con Franco a mi lado, me esforcé por olvidar aquel encuentro. Para mi sorpresa, lo conseguí con facilidad, pues en lo único que pensaba era en Franco y en la poca atención que me prestaba. Era obvio que se hallaba más entretenido hablando con sus compañeros de mesa que conmigo.

El aburrimiento se apoderó de mí. Así que solo empujé un poco mi silla hacia atrás y me moví inquieta.

—¿Pasa algo?

—Necesito un poco de aire.

Pensé que se ofrecería a acompañarme, pero solo asintió y continuó conversando como si nada. Aunque me levanté con la excusa de buscar un poco de aire, me dirigí hacia la barra. Mis pasos eran inseguros e inestables por culpa de los zapatos. La posibilidad de marcharme desfiló un momento por mi mente, me sentía totalmente fuera de lugar, ajena a lo que sucedía a mi alrededor e ignorada por un hombre que me atraía demasiado.

—Buenas noches —dijo el barman—. ¿Puedo ofrecerle algo?

—Agua.

Mi respuesta le pareció graciosa, me miró fijamente y luego rio. Tras agradecerle miré hacia mi derecha, en dirección a la mesa de Franco, que continuaba hablando animadamente. Sorbí la copa e intenté relajarme. Quería pedirle que me llevara de regreso a casa. No quería permanecer un momento más en ese sitio.

—¿Dónde dejaste las alas, ángel?

Debí reconocer su olor o percibir su presencia antes de que terminara de acercarse, Christian y su fuerte energía eran difíciles de ignorar. Por ello me sorprendió que me tomara desprevenida. Al oír su voz mi cuerpo dio un pequeño salto, que evidenció mi agitación.

Volteé el rostro para verlo en el momento en el que se sentaba a mi lado. Christian era el tipo de hombre que sabía llenar un traje. Se veía cómodo y elegante con su traje negro a la medida, sin corbata, con una camisa de cuello alto, con el cabello negro corto y ni un solo vello sobre su cara.

—En mi clóset, no me las pongo todos los días —le respondí, puesto que me molestó que se pavoneara frente a mí.

—Esa es una mala elección, deberías utilizarlas a diario. Aunque esta noche desentonarían con tu vestido. No luces como un ángel.

—No soy uno.

—¿Así que te gustan los perdedores? —Mi mirada volvió hacia él en cuanto hizo esa pregunta. Fruncí el ceño y lo observé fijamente, esperando que sonriera o hiciera algún gesto que indicara que bromeaba, pero aquello no sucedió. Christian estaba serio—. Involucrarte con uno te convierte en una.

—¿Perdón?

—Ahora que sé que tienes novio me siento un poco irritado contigo, no me agradan las mujeres infieles.

—¿Qué?

—Lo que escuchaste —respondió, con despreocupación. Se lamió los labios tras sorber un poco el líquido ambarino en su vaso—. ¿O piensas seguir fingiendo que no sucedió nada entre los dos?

No solía enojarme muy seguido, fue extraño experimentar cómo quería salir de mi pecho esa emoción. Christian era un extraño, lo que pensara no debía importarme en lo absoluto; sin embargo, en aquel instante me importó.

—Lo que pasó fue una confusión de la que tú te aprovechaste.

—¿Yo me aproveché? —preguntó, en cuanto se acabó de un solo trago todo el contenido de su vaso—. Otro.

—Por favor —agregué, cuando él no lo hizo—. Sí, lo hiciste. Una extraña se lanza a tus brazos. No es algo que pase a menudo. ¿No se te pasó por la cabeza que pude haberte confundido? Tenías puesto un disfraz, un sombrero y un antifaz.

—Te asombraría saber cuántas veces me ha pasado, tal vez por eso no se me ocurrió que estuvieras confundida.

La pequeña risa irónica que salió de mis labios borró su sonrisa. Nerviosa por su mirada directa, intenté librarme de ella por un momento, volteando la cara de nuevo hacia mi mesa.

—Te confundí, pensé que eras mi novio. En todo caso, si hay un infiel aquí, eres tú. Tienes una novia y tomaste a una desconocida entre tus brazos.

—Estábamos en algo así como un tiempo fuera. —Su mirada divertida no me pasó inadvertida—. Era libre de hacer lo que quisiera aquella noche. Y eso fue exactamente lo que hice.

Me sentí absorta en el magnetismo de su mirada, arrastrada a algo oscuro de lo que quise huir al instante, por lo intenso que me resultaba. Como si intuyera lo que yo estaba a punto de hacer, puso una mano sobre mi rodilla descubierta, evitando así que me levantara. Su tacto atravesó la suave tela que me cubría y envió una ola de calor por todo mi cuerpo. La sensación fue abrumadora y desconcertante.

—Por mi parte todo fue una confusión de la que no quiero volver a hablar. Estoy involucrada en la organización de tu boda, y seguramente tendremos que vernos en alguna competencia por mi novio. No quisiera que esto fuera incómodo.

—Nunca había estado tan cómodo, no te preocupes por mí.

—Lo digo por mí.

—¿Entonces te incomoda haberme besado? Te recuerdo que no fue lo único que hicimos.

Entendí que se estaba divirtiendo con mi enojo, así que opté por hacer lo que me pareció más inteligente. Aparté su mano de mi rodilla y me puse de pie, llevándome conmigo mi copa de agua. Christian no hizo el intento de detenerme, permitió que me marchara, directo hacia uno de los balcones. En ese instante sí necesitaba aire, para dejar ir el enojo que me inundó al escucharlo. Además, mi frustración por lo de Franco hacía que estuviera más susceptible.

—¿Por qué me sigues?

—Es impresionante lo bien que te queda el rojo. ¿Por qué ese perdedor te deja tanto tiempo sola?

Tocó el botón adecuado para hacerme rabiar. Me llené de ira hacia él, aunque era consciente de que con la única que debía estar molesta era conmigo. Fui yo quien tejió planes absurdos con alguien que no estaba interesado en mí.

—No es tu problema, Christian. Deberías estar ahí adentro y no siguiendo a la novia de alguien más.

Christian no abrió la boca para responderme. Varios segundos después él seguía ahí, podía sentir su mirada y su presencia a mi espalda, a unos cuantos metros. Cerré los ojos por instinto cuando escuché que se acercaba, debí voltear e irme, pero en lugar de ello me quedé quieta, percibiendo el calor de su cuerpo al rozar el mío.

—Espero que no vuelvas a confundirte. A tu novio le rompería el corazón que lo hicieras —susurró por detrás.

Mi corazón se aceleró cuando descansó su barbilla en mi cabeza. Lo tenía tan pegado a mi espalda que pude sentir todo de él. Helada por la impresión, abrí la boca para tomar aire, el cual se cortó al instante que percibí la yema de sus dedos en mi espalda. Me arqueé por instinto ante el tirón en las cintas de mi vestido, que se aflojaron en el acto. Christian las había desatado antes de marcharse, y me dejó sola y medio desnuda en el balcón.

CAPÍTULO 4

Christian

Las calles se encontraban desiertas, pues la mayoría de las personas se hallaban en sus casas pasando tiempo en familia en la mañana de Navidad. Como para mí aquel era un día más, cuando el investigador privado me comunicó a través de un mensaje que tenía noticias que compartirme, no dudé en citarlo.

Mi teléfono vibró dentro de mi bolsillo, lo saqué, y al ver el nombre en la pantalla mis pasos se ralentizaron. El pecho me punzó por la rabia que me provocaba que insistiera tanto en buscarme. En lugar de ignorarla, como las últimas cinco veces, presioné el botón verde que enlazó la comunicación.

—Chris. —Su voz cargada de entusiasmo solo incrementó mi molestia. Tal vez porque me llamara Chris, aquel diminutivo que nadie usaba, solo ella—. Hijo, ¿me escuchas?

—Te escucho.

Silencio. Un largo silencio, como el que había existido por largos años entre los dos. Mi atención por un momento se apartó de aquella llamada. Observé al sujeto que me esperaba dentro de su auto. El único lugar en el que nos reuníamos.

—Feliz Navidad —dijo la voz al fin.

Solía llamarme pocas veces al año, en fiestas, en mi cumpleaños, o cuando la conciencia la martirizaba. Acostumbrado a ignorarla, me sentí incómodo respondiéndole.

—Gracias, igual para ti.

—¿Y qué hiciste anoche? —cuestionó, tras aclarar la garganta—. Pensé mucho en ti mientras preparaba la cena, te envié un par de mensajes para pedirte que vinieras a cenar con nosotros. Tu hermana tiene muchas ganas de verte.

No era mi hermana, odiaba su insistencia por relacionarme con su hija. Me había cansado de repetirle que la bastarda a la que dio a luz no tenía ningún vínculo sanguíneo conmigo.

—Lo que hago siempre en las vísperas de Navidad. Cené con Javi y con Daisy.

Enfaticé las últimas palabras para hacerle daño, el cual no se igualaba con el que ella me había hecho a mí, pero que de igual forma disfruté. Mis palabras la afectaron. La forma en la que aclaró la garganta me lo indicó.

—¿Tu novia estuvo con ustedes? Vi que vas a casarte.

—No, siempre somos solo ellos y yo. Nos sentimos más cómodos así.

—Me alegra mucho saber que estuviste cómodo y tranquilo con Javi y Daisy. ¿Crees que podamos vernos? Compré un obsequio para ti.

—Revisaré mi agenda, te aviso luego.

—Chris —me llamó, como si supiera que estaba a punto de colgarle—, de verdad quiero verte, necesito hacerlo. ¿Puedes hacer un esfuerzo para que podamos reunirnos?

—Está bien.

—Cuídate, mi amor. Tu madre siempre piensa en ti, aunque sé que no lo crees.

No esperé a que dijera algo más, colgué y me prohibí con firmeza que sus palabras me traspasaran. Me sacudí cualquier malestar y entré al coche del investigador, que me observaba con cara de pocos amigos.

—¿Qué tienes? —pregunté yendo directo al grano.

De inmediato me entregó un sobre. Supuse que eran fotografías, como las otras veces. Lo abrí con cuidado, y luego proseguí a sacar una a una las imágenes de mi supuesta prometida.

—Son de la semana pasada. Lo ha visto a diario, incluso los días que ustedes fueron juntos a la tienda de novias, y la noche en que la acompañó a la cena. En cuanto usted se marchó, él llegó y salió hasta la mañana siguiente.

—Es una zorra —dije, hasta con algo de diversión—. ¿Hay algo más? Cuando llamaste dijiste que era urgente.

—Hay algo más. Hace dos semanas, cuando hackearon una de sus cuentas, lograron tener acceso a algunas fotografías. Supe de buena fuente que van a publicarlas.

—Pero atraparon al tipo que hackeó sus cuentas.

—No se trata de un solo sujeto, es un equipo. La extorsión a celebridades es un mercado que están explotando.

—¿Lena una celebridad? Es una idiota hablando de ropa frente a una cámara. Ni siquiera sabe mantener una conversación inteligente. ¿Qué tipo de fotos son?

—Desnudos.

—¿En alguna está mi cara? —pregunté, puesto que no recordaba si alguna vez hicimos algo igual.

—No, señor.

—¿La del imbécil que se la coge?

—Tampoco, son imágenes solo de ella. Conozco a las personas, podríamos frenar la publicación dándoles una buena cantidad de dinero.

—¿Ya contactaron a Lena para extorsionarla?

—Aún no, pedí que me permitieran tener esta conversación antes con usted.

—No pienso gastar ni un centavo en ella. Tendrá que resolver este problema sola. Me da igual lo que pase con ella. ¿Eso es todo lo que tenías que decirme?

—Sí. Aún no está completa la investigación acerca de su fundación. En cuanto tenga novedades me comunicaré con usted.

—Perfecto. Quiero desenmascararla por completo. Si de verdad solo está usando el dinero de las donaciones para su beneficio, es justo que todos lo sepan.

Me importaba una mierda la justicia, solo quería humillarla y hundirla más.

—Tendrá noticias pronto. Feliz Navidad, señor.

Tomé el sobre con las fotos y abrí la puerta para marcharme. Había guardado cada imagen que me proporcionó el investigador para entregárselas a Lena en el momento adecuado.

***

—Tiene una llamada de nuevo.

Mariam se plantó cerca de la pantalla de televisión, en donde estudiaba mis errores en una de mis últimas carreras. Estiró el brazo ofreciéndome el teléfono que, desde luego, no tomé. Aunque odiaba las vacaciones porque no había nada que hacer y moría de aburrimiento, me negaba a atender la llamada de Lena.

—Dile que no estoy.

—No me cree.

—¿Por qué te importa que lo haga?

—Porque es su novia.

—Ni siquiera a mí me importa, Mariam.

A pesar de que transcurrieron un par de días desde la llamada y las novedades del investigador, me encontraba igual de agitado. La culpa era de Cecilia. Lena no tenía el poder de alterarme ni medianamente. Mi madre era la única capaz de sacar lo peor de mí con facilidad. Se me antojaba consumirme en mi rabia a solas, sin las miradas minuciosas de mi ama de llaves y sin el ruido que hacía mientras ponía en orden un departamento completamente ordenado.

—¿Quiere que le prepare algo especial para comer? —preguntó desde la cocina.

—No, sigue el menú de la nutricionista.

—Son vacaciones.

—Yo no tengo vacaciones —le respondí, mientras me ponía de pie.

Román se había negado a entrenarme, al igual que cualquier preparador físico que conociera. Completamente harto por mi inactividad, tomé mi teléfono para echarle un vistazo a las estupideces que Lena decía en internet. Sin embargo, mi intención quedó en el olvido cuando la notificación de seguimiento de la cuenta del Bride's Paradise apareció en la parte superior de la pantalla. Me recargué en el ventanal, desde el que se podía apreciar una vista panorámica de la ciudad, para entrar al perfil que acababa de seguirme.

Víctima del aburrimiento, busqué la cara de la dueña en las imágenes que compartía la cuenta. La búsqueda fue breve, Abril apareció sonriente en una de las primeras fotografías que observé. No solía hacer este tipo de cosas, sin embargo, la curiosidad que me generaba esa mujer me llevó a buscar más de ella en su perfil personal.

Le gustaban las flores, el incienso, las piedras de colores y tomarles fotos a las nubes. Lo supuse al ver todas sus fotos. Aunque encontré sus gustos bastante ridículos, continué examinando su perfil, en busca de alguna que llamara mi atención. Fue así como llegué a la imagen que la mostraba con el disfraz de ángel, una captada en la noche que la vi por primera vez.

Recordaba todos los detalles de lo que ocurrió entre los dos, incluso un par de noches soñé con ello, con sus ojos que me resultaban familiares, y lo desconcertante que fue besarla. La ira que me había aturdido, gracias a Lena, desapareció en el momento en el que esa foto de Abril estuvo frente a mí.

Abril fue un destello de diversión en toda la oscuridad que me consumía. Estaba vestida de blanco, con unas alas en su espalda, caminando con una enorme sonrisa, aquello fue lo primero que atrapó toda mi atención. Lo segundo fue la manera en la que me miraba.

El alcohol lograba tumbar las barreras que yo había erguido a mi alrededor, por ello evitaba tomar. Pero aquella noche no hubo nada que me contuviera, por lo que el anhelo en sus ojos me afectó.

Recordar el breve intercambio de palabras en nuestro último encuentro me llevó a actuar. Mis dedos se movieron con agilidad en la pantalla para dejar un corto comentario en la imagen, que tenía el propósito de incomodarla. Sonreí al mismo tiempo que presioné el botón de enviar, nadie entendería por qué la llamé ángel despistado, solo ella y yo.

—Vendrá a buscarlo.

Aparté mi atención del teléfono al escuchar a Mariam. Estaba saliendo de la cocina con su andar rígido y su rostro inexpresivo.

—¿Quién?

—Su novia. Llamó de nuevo y me dijo que le avisara que vendrá a buscarlo.

—Maldita sea.

No quería moverme, no obstante, me negaba a quedarme en casa. No quería ver a Lena, no confiaba en mi capacidad de actuar como si nada pasara. Aún seguía perturbado por los últimos eventos, pero mi necesidad de continuar con lo que había planeado me empujó a actuar con inteligencia. Subí para cambiarme, dispuesto a marcharme antes de que llegara. No esperé que el timbre sonara en el momento exacto en el que me encontraba a mitad de las escaleras, menos que Mariam decidiera abrir sin preguntarme antes.

—Christian.

—¿Qué haces aquí?

La analicé con frialdad de pies a cabeza, notando la intranquilidad que mostraba hasta en su postura. Lena se veía tensa y preocupada. La curiosidad que me produjo su estado me obligó a ignorar mi rabia. Bajé los escalones hasta encontrarme solo a uno por encima de ella.

—Vine a verte. Pensé que como no tienes tiempo para buscarme en casa, yo podría venir para ahorrarte el trabajo. Hace una semana no sé nada de ti, Christian.

—He estado ocupado, Lena.

—¿Ocupado en plenas fiestas? Ni siquiera me llamaste en Navidad y haces que tu sirvienta responda por ti el teléfono.

—Mariam no es mi sirvienta.

—Soy su ama de llaves, un término diferente, señorita.

Mariam, que sabía controlarse y comportarse siempre, le ofreció una mala mirada en la que me recreé por varios segundos. No quería que nadie de mi entorno fuera amable con la idiota de Lena.

—¿Podemos hablar? En privado —agregó un momento después.

Caminó hasta mi cuarto, donde fue directo a mi cama y se sentó en la orilla, luciendo cada vez más incómoda. Lo que fuera que le estaba ocurriendo, la angustiaba lo suficiente como para acudir a mí.

—¿Por qué estás molesto conmigo? No me llamas, no me buscas. Christian, estamos comprometidos y no pasamos juntos la noche de Navidad, tampoco te quedas en casa conmigo desde hace meses y… ni siquiera tenemos sexo. ¿Qué pasa?

La desesperación palpable en el tono de su voz acrecentó mi deseo de investigar a fondo la razón de aquella visita. Caminé hacia la ventana, en donde enfoqué mi vista por un momento, mientras controlaba el enojo que sentía hacia ella.

—Estoy ocupado, eso es todo.

—¿Pasó algo? Lo que sea que haya ocurrido, dímelo.

—No.

—Vamos a casarnos, y cada vez estamos más alejados. Algo está mal, he intentado no pensar en ello, pero las cosas me están rebasando. Christian —me llamó al notarme indiferente ante sus palabras.

Me volteé para verla cuando escuché sus pasos. Puso su mano en mi brazo y me apretó con suavidad, al mismo tiempo que me ofrecía una sonrisa.

—Te extraño, siento que ya no eres el mismo. Dejé algo en tu teléfono —susurró a mi oído—, unas fotos que me tomé para ti.

Mis manos presionaron con fuerza su cintura en respuesta a su descaro. Me fue tan fácil atar cabos que tuve que hacer un esfuerzo sobrehumano para contenerme. Lena sabía que sus fotos estaban a punto de filtrarse, fotos que probablemente le envió al tipo con el que se veía a escondidas. Un aspirante a modelo sin los medios para detener el escándalo que se le aproximaba.

—¿Fotos?

—Sí. —Su voz fue un susurro que se apagó en mi cuello, lugar donde dejó un beso.

No hice el intento de rechazarla, permití que se humillara buscando un contacto que no me nacía ofrecerle. Lena hizo el intento de besarme los labios, y entonces me vi obligado a sujetarla para evitarlo. Sus ojos se clavaron en los míos por largos segundos en un silencio que solo se rompió cuando agaché la cara para besarla justo detrás de la oreja, para esquivarla. Un pequeño jadeo escapó de su boca, un jadeo que probablemente fingió.

—Estás enojado —afirmó en cuanto la sujeté de los hombros para apartarla.

—¿Quieres dejar de repetir eso?

—Es evidente que te pasa algo, Christian. Sea lo que sea, dímelo. —Su voz se quebró de la nada, al mismo tiempo que sus ojos se cargaron de lágrimas. Habría podido engañar a cualquiera, menos a mí. Lena lloraba por las fotos que la meterían en un escándalo. Estaba seguro de que su desesperación nacía de ello—. Te extraño.

Mi determinación de salirme con la mía me llevó a romper la distancia que nos separaba y la abracé. No solía hacerlo seguido, ni cuando las cosas estaban bien entre los dos, por ello le tomó un momento acomodarse entre mis brazos. Le besé la cabeza y la apreté contra mi pecho, fingiendo un cariño que no sentía en lo absoluto.

—Tengo un problema con mi papá que me mantiene preocupado. Necesito ordenar mis ideas, eso es todo.

—¿Seguro no es nada que tenga que ver conmigo?

—Seguro, Lena.

Echó la cabeza hacia atrás, propiciando que nuestras miradas se encontraran, y su siguiente movimiento fue tan rápido que no tuve tiempo de predecirlo. Aplastó su boca contra la mía, para darme un beso que no logré esquivar. Fue breve, incómodo y desagradable.

—¿Cuándo pasarás la noche conmigo? No te quedas en casa desde hace mucho.

«Exactamente, desde que la encontré cogiendo con otro en la cama en la que dormimos juntos».

—Mañana, hoy debo reunirme con Javi.

—Ya quiero que sea mañana.

Volvió a besarme. Esta vez, para asegurarse de que no pudiera esquivarla, colocó las manos sobre mis mejillas y me mantuvo pegado a ella. Corresponder al movimiento de sus labios me tomó varios segundos. Lena fue deslizando las palmas de sus manos por mi pecho, bajando con una intención clara que frustré al moverme. Podía besarla, pero cogérmela de nuevo, jamás.

—¿Qué te pasa? —preguntó risueña. Como si mi actitud se tratara de un juego—. Christian, ven.

—¿Qué haces? —le pregunté en cuanto tiró de mi mano.

Se sentó en la orilla de la cama y no soltó mi mano, para que no me alejara. La manera en la que me miró a través de sus pestañas postizas evidenció sus intenciones. Yo poseía un control riguroso de mis impulsos, tenía la habilidad de pensar con la cabeza fría y nunca me dejaba llevar por mis necesidades, por lo cual no me inmuté cuando tiro de mis pantalones hacia abajo. Sí, extrañaba el sexo, pero no perdía el raciocinio por ello.

—Me aseguro de que irás a dormir a casa mañana. Creo que me estabas esperando —agregó, tras una pequeña risa, al percatarse de que no llevaba nada bajo los *joggers*.

Aunque Lena era desinhibida y muy sexual, debió sentirse

humillada en aquel momento en el que comenzó a chupármela solo para congraciarse. Se estaba prostituyendo. Dado que a ella no le importó caer tan bajo para conseguir algo de mí, no dudé en aprovecharme de ello. Mi cuerpo reaccionó de manera natural al estímulo de su lengua, se me puso dura porque era una respuesta fisiológica ante sus habilidades orales, no porque ella me despertara algún tipo de deseo.

En algún momento mi mente desasoció el rostro de Lena de sus acciones. Cerré los ojos y eché la cabeza hacia atrás mientras ella continuaba chupándomela con habilidad. Tal vez si no se hubiera atrevido a gemir como si estuviera experimentando satisfacción, habría conseguido calentarme de verdad. El sonido que emitió solo despertó mi ira. La sujeté de las mejillas, lo cual la sorprendió, y hundí mis dedos en su piel mientras sus ojos me observaron con desconcierto.

—Abre bien la boca, Lena.

No esperé a que siguiera mi sugerencia, la inmovilicé al mismo tiempo que impulsé las caderas hacia adelante, obligándola a atragantarse con mi verga. Lo hice una y otra vez, permitiéndole que tomara aire en el proceso. Quería llevarla al límite, que me pidiera que parara; sin embargo, aquello no sucedió. Lena se dejó hacer, observándome con los ojos llorosos sin apartar la mirada en ningún momento. La rabia se convirtió en una excitación oscura de la que me liberé hasta que los primeros indicios de satisfacción me sacudieron el cuerpo.

—Christi… —No permití que terminara de hablar. Lena tosió por un momento y luego sonrió al verme así, al límite.

—Vas a tragar.

No esperé que asintiera en medio de una sonrisa, ni que cerrara los ojos mientras me venía dentro de su boca. Tampoco sentir el calor de su lengua lamiéndome como si no quisiera quedarse sin una sola gota. Empuñé su pelo y tiré de él, obligándola a echar la cabeza hacia atrás, para verle la cara.

—Te amo.

Aún con la respiración agitada y todos mis sentidos en alerta, no pude controlar que una pequeña risa irónica se escapara de mis labios.

Negué sin poder dejar de reír mientras me subía los pantalones y ella me observaba esperando una respuesta.

—No sabía que fueras tan cursi. Creo que hay muchas cosas de ti que no conozco.

—Señor Christian. —Mariam nunca cometía ese tipo de imprudencias, jamás se acercaba a tocar la puerta cuando me encontraba encerrado en mi habitación con una mujer, tal vez por ello me sobresaltó la interrupción.

—¿Qué quieres?

—¿La señorita se quedará a comer?

—Ya la escuchaste, ¿vas a quedarte?

Miró su reloj y asintió con una expresión en el rostro que no intenté descifrar. Caminé hacia el baño, en donde permanecí varios minutos para reponerme, lejos de ella. Necesitabas ese momento a solas para tomar el control de la situación y dejar la ira a un lado. Al momento de salir no encontré a Lena dentro la habitación, bajé sin prisa y sin nada de ganas de pasar tiempo con ella.

—Hace tanto tiempo que no comemos juntos que, para celebrarlo, puse la mesa y saqué un vino de tu cava —anunció Lena al verme entrar a la cocina.

***

Mariam se había marchado, tomé las llaves sobre la mesa del recibidor y emprendí mi camino hacia el estacionamiento, dispuesto a no perder ni un segundo. El motor de mi Ducati rugió en cuanto estuve en la calle, aceleré para relajarme y permití que la velocidad que alcancé distrajera mi mente. Los minutos que transcurrieron mientras recorría el par de kilómetros de distancia se me hicieron lentos. Tal vez por ello me sentí impaciente al apagar el motor justo frente a la entrada de Bride's Paradise, en donde pensaba reunirme con la encargada del lugar para explicarle la supuesta nueva decisión que Lena y yo tomamos con respecto a la boda. Iba a asegurar que ella prefería rechazar el patrocinio que había ofrecido la tienda, pues su padre se encargaría de pagar todo, para seguir una tradición de la familia.

Dejé el casco sobre la moto y me adentré al breve camino que conducía hacia los escalones de concreto. La puerta de cristal a varios metros de distancia se abrió cuando me hallé a punto de subirlos, y la silueta de una mujer apareció en mi campo visual.

—¡Maldita sea! —se escuchó tras el ruido de unos objetos que caían al piso.

Mis pies se detuvieron en seco ante la imagen de Abril de rodillas en el suelo, recogiendo algunos frascos, telas y otros objetos que no identifiqué. Sobre su brazo colgaba un bolso de tela en el que metía todo con prisa, tan concentrada en su labor que parecía no haberse dado cuenta de que llevaba un par de segundos viéndola a pocos centímetros de distancia.

—¿No se supone que los ángeles no maldicen?

Levantó la vista de inmediato, siguiendo el sonido de mi voz. El gesto de sorpresa en su rostro la delató. Por un largo momento me observó aún desde el piso, para luego desviar la mirada y lamerse los labios, nerviosa.

—¿No se supone que eres un caballero? Deberías ayudarme.

—No lo soy.

Abril puso en blanco los ojos ante mi respuesta mientras hacía el intento de guardar todo lo que estaba en el piso. Me incliné para ayudarla, acercándole las cosas que se encontraban más lejos. Había velas, frascos y platos de formas extrañas. Ninguno quedó roto pese al golpe que se llevaron al caer.

—Gracias —murmuró cuando le pasé una pequeña caja de madera—. ¿Necesitas algo? ¿Tienes cita con alguien?

—No, pero quiero hablar con la encargada de la tienda. Que no me queda claro quién es.

—Eli, ella está arriba. Aunque ya es tarde, es probable que esté a punto de marcharse.

—¿Qué es esto?

—Un portaincienso en forma de hongo, ¿no lo ves? —respondió, antes de arrebatármelo de las manos—. Podrías pedir una cita con Eli. Caro todavía está en su puesto.

—¿Por qué pedir una cita? Podría atenderme de inmediato —repliqué mientras me ponía de pie.

—Porque está ocupada. ¿Crees qué todo el mundo debe estar a tus pies para atenderte en cuanto lo requieras?

Su comentario mordaz me hizo reír, era la primera vez que lo hacía de forma genuina en semanas. Abril estaba a mis pies en ese instante en el que levantó la mirada, evidentemente molesta. Le extendí mi brazo tras un largo enfrentamiento visual, y le ofrecí mi mano para ayudarla a levantarse. Dudó mucho en aceptarla, pude notar la inseguridad en sus ojos cuando su delicada palma hizo contacto con la mía. Con un suave tirón la ayudé a ponerse de pie, las agarraderas del bolso de tela se deslizaron por sus hombros y todo estuvo a punto a caer al piso de nuevo.

—¿Estás molesta conmigo o solo es impresión mía? —La provoqué al ver de nuevo cómo ponía los ojos en blanco.

—¿Olvidaste lo que hiciste en la fiesta de beneficencia? Christian, me dejaste claro que estás acostumbrado a este tipo de cosas, pero conmigo te equivocaste. No te he dado ese tipo de confianzas. Tiraste de las cintas que sostenían mi vestido. ¿Tienes idea de lo que tuve que hacer para volver a la fiesta después de la manera en la que me dejaste en el balcón?

A lo único que le presté atención del montón de palabras que soltó molesta fue a la manera en la que pronunció mi nombre, con una irritación palpable, que me divirtió. Abril parecía ser tranquila y amable, fue como un logro hacerla perder la paciencia.

—Pensé que sí teníamos ese tipo de confianzas.

—Esto no es gracioso. Puedes entrar a buscar a Eli, gracias por tu ayuda.

Se movió hacia los escalones con dificultad, puesto que el bolso que llevaba consigo parecía pesado. En el momento en que pasó a mi lado varias cosas cayeron de nuevo al piso, y me incliné para ayudarla a recogerlas.

—Dame eso, voy a ayudarte.

—Dijiste que no eras un caballero.

—Pero tampoco soy un cretino. Dámelo —insistí.

—Creo que sí lo eres.

Ignoré su comentario y le quité el bolso de los hombros. En la mano izquierda cargaba una pequeña maleta de la que no me había percatado. Me la entregó y después hizo un gesto de alivio por librarse del peso.

—¿A dónde llevas todo esto?

—A casa. Son las cosas que estaban en la oficina de mi tía —noté la manera inconsciente en la que habló, como si necesitara decir aquello que no pregunté.

La miré a los ojos mientras se acariciaba el hombro, aprovechando su distracción para estudiar la expresión en su rostro. Abril lucía apagada, no como las otras veces que me topé con ella.

—¿Dónde está tu coche?

—No llegué en auto, vivo cerca.

—¿Pensabas llevarte esto tú sola caminando?

Encogió los hombros y bajó los escalones, pasos cortos que no la llevaron muy lejos, puesto que volteó para verme después de bajar el tercero.

—Puedo hacerlo.

—No lo creo, no pudiste dar un paso sin que todo cayera al piso.

—No te preocupes, dame mis cosas y ve a buscar a Eli.

—No me preocupo, pero voy a ayudarte —pasé a su lado, evitando escuchar otra réplica—. Debes saber que no me gusta recibir órdenes.

Abril resopló con fatiga, como si estuviera demasiado agotada para llevarme la contraria. Bajó las escaleras con pasos perezosos, atándose el pelo que llevaba suelto en el proceso. Le eché un rápido vistazo, recordando el vestido rojo de la fiesta que resaltaba su atractivo, y lo mal que me pareció que se paseara de la mano del perdedor de su novio.

—¿Piensas acompañarme hasta mi casa?

—Dijiste que está cerca.

—La percepción de la cercanía puede ser relativa. Lo que para mí puede ser cerca, para ti puede ser muy lejos.

—Deja de hacerte la graciosa y vamos. Acompañarte será mi forma de disculparme por lo del vestido.

Entrecerró los ojos como si no creyera en mis palabras, y no podía culparla por ello, puesto que le mentía. No quería disculparme en absoluto. Mientras cruzábamos la calle me percaté de que mi enojo se había apaciguado un poco, aun así, tenía el firme propósito de regresar y hablar con la tal Eli.

—¿Pasa algo con los preparativos? —preguntó, como si pudiera leer lo que pasaba por mi mente.

—No, vine porque quiero tratar otro asunto. Sé que la agencia de Lena hizo un contrato para recibir servicios gratis a cambio de la publicidad que les dará.

—Sí, Eli se encargó de cerrar las negociaciones.

—Quiero hablar de eso con ella. Deberías llamarla y decirle que me espere en su oficina.

—Tú no haces nada gratis —comentó entre risas.

—Creo que ya me estás conociendo. ¿Por qué sacaste todas las cosas de tu tía?

—Porque murió hace un año y todo el mundo dice que ya era momento de que lo hiciera.

Tras aquella respuesta, Abril se sumió en un silencio que, pese a las circunstancias, se percibió cómodo. Me guio hasta su casa manteniendo algo de distancia. Recorrimos un par de calles hasta que nos detuvimos frente a una casa de dos plantas. Abril buscó sus llaves y luego con un gesto me instó a cruzar el camino en medio del pequeño jardín, que llevaba hacia la puerta. Me di cuenta de que no se mostraba nerviosa como las otras veces, parecía encontrarse enfocada en otra cosa, no en mi presencia.

Abrió la puerta y entró primero que yo. El lugar entero olía a aquella mezcla extraña de aromas que desprendía su pelo: miel, canela y otras especias que no logré identificar. El color blanco predominaba, igual que en su oficina, y se encontraba llena de pequeñas plantas. Sin molestarme en ocultar mi curiosidad, caminé buscando alguna mesa en la cual dejar sus pertenencias, había cojines en el piso alrededor de una mesa baja de madera. Esos cojines de colores llamativos atraparon mi atención, hasta que el sonido de unos pasos me tomó desprevenido.

—¡Nala! —gritó de repente Abril, volteé y me encontré con un labrador que ladró frente a mí, pequeño y de pelaje blanco. El perro ladró sin parar mientras movía la cola con exceso de energía—. Nala, basta.

—¿De veras tienes un perro? ¿En serio?

—Es una chica, no es un macho.

—No te acerques —le advertí al animal, que comenzó a olfatearme—. Nunca me gustaron los perros.

—Los animales son capaces de percibir la energía, seguro por eso nunca les agradaste.

—Dije que nunca me gustaron, no que yo no les agradara. ¿Por qué me olfatea?

—Te está conociendo. Nala, no te le acerques. Este humano es peligroso, te puede morder.

Dejé el bolso sobre la mesa y la maleta en el piso, antes de erguirme y clavarle los ojos a la mujer que se encontraba frente a mí. Aunque aún lucía apagada, había una pequeña sonrisa en sus labios.

—¿Por qué me calumnias? Tuve la oportunidad de morderte y no lo hice, ángel.

—Me llamo Abril, no «ángel».

—Abril.

Ambos volteamos hacia la puerta que ninguno de los dos cerró, justo en el umbral estaba su novio, el perdedor, observándonos a ambos con el rostro desencajado por la sorpresa.

CAPÍTULO 5

Abril

El sobresalto que me provocó escuchar la voz de Franco consiguió que el teléfono que sostenía se resbalara de mis manos. Me sorprendió tanto verlo en el umbral de la puerta que por varios segundos no supe cómo reaccionar. ¿Debía correr y saludarlo con un beso y un abrazo? ¿O aguardar que fuera él quien se acercara? En aquel breve instante en el que no me reponía del estupor en el que me dejó su presencia, las dudas afloraron en mi cabeza.

—¿Estás nerviosa? —preguntó Christian mientras se me acercaba, y fue todo lo que necesité para salir de aquel estado. Di un pequeño salto al percibir la manera en la que su brazo rozó mi pierna en el momento que se inclinó para recoger el teléfono que yacía sobre la alfombra. El calor de su piel se filtró a través de mi ropa y me produjo un cosquilleo. Me pareció que sus siguientes movimientos los hizo en cámara lenta. Se irguió despacio y durante todo el proceso mi atención no se apartó de él, hasta que nuestros ojos se encontraron y no pude sostenerle la mirada.

Su pregunta no solo me pareció inoportuna, sino también inapropiada. Nunca le di la confianza para que me hablara en aquel tono bajo y ronco, tampoco para que me susurrara al oído frente a mi novio —al menos él creía que lo era—. Christian se tomaba libertades conmigo por lo que pasó en Halloween, un hecho que parecía me iba a perseguir mientras lo tuviera cerca.

—¡Franco! —La sorpresa se filtró en mi voz al igual que el entusiasmo que me generó verlo, apreté mis manos en un gesto que denotó mi nerviosismo; aunque mi atención estaba en Franco de pie en el umbral, seguí los movimientos de Christian, que en lugar de salir como pensé, tomó asiento en una de las sillas tras de la barra de la cocina.

—Pasa, no te quedes ahí —dijo Christian, provocándole una incomodidad perceptible a mi novio falso.

Nala, que le había ofrecido toda su atención a Christian, corrió hacia la puerta. Mi perra ladró en una actitud poco amistosa con la vista puesta en Franco, que era un desconocido para ella. Recuperada por completo de la impresión que me causó verlo, fui directamente hacia Nala, me incliné y la tomé entre mis brazos para calmarla.

—Lo siento, está aún adaptándose a mí y a la casa.

—Fui a buscarte a tu oficina. Me dijeron que acababas de marcharte. Llegué aquí y como la puerta estaba abierta, me asusté.

El ruido de una tos falsa inquietó un poco más a Nala. La puse sobre el piso al darme cuenta de que estaba ladrando en dirección a Christian, el otro extraño en casa. Nala corrió hacia él con tanta energía que tropezó con la pata de una mesa.

—Nala, basta.

Mis palabras no tuvieron ningún efecto en mi perra. Continuó ladrando en posición de ataque, frente a Christian, que se mostró indiferente ante su actitud. Cuando sentí unos dedos largos que envolvían mi muñeca mi atención cambió de foco. Deslicé la mirada hacia mi antebrazo, justo al punto donde Franco me sujetaba.

—¿Qué hace él aquí?

—Lo encontré a la salida de la tienda y se ofreció a ayudarme a cargar algunas cosas pesadas. ¡Nala, por favor! —supliqué, levantando la voz, sus ladridos agudos me perturbaron.

—No sabía que eran amigos.

—Es un cliente —expliqué en voz baja, en el mismo tono que él usaba.

—¿Sabes qué necesita tu perro?

No supe qué responderle a Christian, aún me encontraba aturdida. No sabía cómo interpretar la seriedad de Franco. Una parte de mi mente quería creer que estaba celoso por la presencia de Christian en mi casa; la otra, la más racional, sabía que yo no tenía nada que ver con su enojo.

—No tengo idea.

—Que la des en adopción.

Christian se puso de pie y entonces experimenté un poco de alivio. Supuse que se marcharía, pero en lugar de ello avanzó hasta nosotros para plantarse a mi lado, frente a Franco.

—Gracias por ayudarla.

—Ella ya me dio las gracias.

La respuesta de Christian solo aumentó la tensión que se respiraba. La postura de los dos era confrontativa, y la mirada de Christian, insistente. Podía sentir cómo la energía de ambos chocaba y me consumía, dejándome en medio de todo. Incómoda, aclaré la garganta para romper su enfrentamiento de miradas.

—Mi amor, ¿por qué no invitas a Christian a la exhibición de motocross? —Ante la presión, se me ocurrió esa idea, pues pensé que tal vez solo necesitaban interactuar más para agradarse, o al menos tolerarse—. Franco está organizando una exhibición para los niños de la cuna de campeones. Es la escuela en la que él se preparó.

Mi animada explicación no cambió los ánimos de ninguno de los dos. Christian continuaba mostrándose desafiante, su sola presencia provocaba aquel efecto, que hacía que todo fuera más denso.

—No creo que Christian tenga tiempo. Supongo que tiene la agenda llena.

—Siempre tengo tiempo para demostrar mis habilidades. ¿Cuándo será la exhibición?

Me arrepentí de mi idea en el instante en que el rostro de Franco cambió, de verse serio y molesto a lucir francamente incómodo. De manera instintiva me aflojé del suave agarre que mantenía en mi muñeca, para sujetarle la mano. Tuve la necesidad de reconfortarlo, ya que sentí que había cometido un error. Mi acto impulsivo tuvo una respuesta que no esperé. De primer momento Franco apartó la mano, sorprendido, pues aquel tipo de acercamientos no era común entre nosotros. Y lo entendía, pero el problema de aquella acción fue que Christian la notó. Para cuando mi novio falso reaccionó, ya fue tarde.

—El próximo sábado. No habrá medios, no habrá nada a lo que estás acostumbrado. Solo serán niños disfrutando alegres del espectáculo.

Aunque Franco hizo un esfuerzo por no evidenciar su tensión, aquello fue imposible. Pude notar la rigidez en sus movimientos y la falta de emoción en sus palabras. La disputa que mantenía con Christian parecía ser más profunda de lo que yo había imaginado.

—No era necesario que lo aclararas. No me es relevante. Estaré ahí, envíame un mensaje con la hora y el lugar. Tienes mi número —agregó con una actitud aún más desafiante.

—Eli aún debe estar en la oficina, le enviaré un mensaje para que te atienda.

No me detuve a considerar si estaba siendo maleducada al recordarle de manera indirecta que debía marcharse.

No pude pensar en ello, porque en ese momento lo único que existía en mi cabeza era la necesidad de interrumpir aquel momento.

—Creí que tenía que hacer una cita. Gracias, ángel, eres muy amable.

Debí sentir alivio ante aquello que se percibió como una despedida; sin embargo, que me llamara «ángel» frente a Franco me causó la suficiente preocupación como para frenar mi sosiego.

Christian murmuró una apresurada despedida y dio un paso hacia el frente, dejando claro su intención de avanzar hasta la puerta, pero en lugar de rodearnos decidió pasar entre los dos, rompiendo sin nada de tacto el contacto de nuestras manos.

—¿Qué hacía aquí?

Esa fue la primera cosa que dijo Franco tras la salida de Christian. Me soltó la mano y se ubicó frente a mí, ignorando los ladridos de mi perra, que se desataron una vez más ante el sonido de la puerta al cerrarse.

—Lo encontré cuando salía de la tienda, venía cargada y se ofreció a ayudarme.

—Me cuesta creer que ese imbécil pueda ser amable con alguien.

—Lo estamos ayudando a planear su boda. Tal vez por eso es amable.

—¿Por qué te dice «ángel»?

El corazón se me aceleró de golpe ante aquella pregunta, era estúpido que me sintiera de aquella forma, pero me sentía nerviosa por mentirle. Aparté unos cuantos libros que yacían sobre la mesa y me senté frente a él.

—No se sabe mi nombre. A veces me dice Ángel, otras veces Ana, o el nombre que se le ocurra que inicie con «a».

—Sé que tienes las mejores intenciones, pero no lo quería en el *show* de exhibición. Querrá ser el centro de atención, es ese tipo de persona.

—Lo siento.

Franco alargó los brazos y mi respiración se vio afectada por su siguiente movimiento. Me tomó las manos en una actitud cariñosa, que me tranquilizó un poco.

—No te preocupes, no lo conoces bien. Solo quisiste ser amable. Christian no es un sujeto de fiar. Lo llamé antes de mi fichaje, pues supe que a él no le agradaba la idea de que entrara al equipo satélite de su equipo. Solo quería ser amistoso, pero él decidió no responderme.

—Me estoy sintiendo muy tonta por haberlo invitado.

—No te sientas mal. Sabré manejarlo, no te preocupes.

Sin pensarlo incliné mi cuerpo hacia adelante, para ofrecerle un abrazo que él recibió con algo de dudas. Apoyé la cara en su hombro y cerré los ojos para gozar de ese contacto cálido que me ofreció al rodearme con sus brazos. Para mi sorpresa, Franco me besó la cabeza, y aquello solo aumentó la sensación agradable que me rodeaba.

—¿Por qué estás aquí?

—Quería saber si vendrías a la exhibición. Intenté llamarte, pero o tu teléfono se averió o nunca lo contestas.

—La segunda es la respuesta correcta.

—¿Vendrás conmigo?

—Sí —respondí, aún abrazada a su cuello.

***

Miré a mi alrededor con absoluta fascinación, hacía mucho tiempo que no me veía envuelta en una atmósfera igual. Había risas, voces sonando a la vez, comida chatarra en la mesa y una calidez que me calentaba el corazón.

No solía ser así de sentimental, nunca había sido consciente de qué tan valiosos podrían ser esos momentos hasta que murió mi tía y no volví a disfrutar de uno de ellos. Esa noche se sentía especial porque era la segunda vez desde su muerte que me permití gozar sin ningún tipo de peso en el pecho.

—Mírala, se ve tan linda —dijo Maia, tras darle un largo trago a su soda.

Todas dirigieron la mirada hacia Nala, que estaba recostada sobre la alfombra. Aquel momento tierno se vio interrumpido por Diana, quien apareció con las manos llenas de bolsas de papas que lanzó hacia nosotras.

Nos encontrábamos en la terraza iluminada con focos colgantes, disfrutando del aire fresco de la noche, después de una larga lectura de cartas. Aquel sitio me hacía sentir conectada, era mi lugar favorito para relajarme.

—¿Cómo está yendo todo con Nala? —preguntó Diana.

—Aún nos estamos adaptando la una a la otra, pero estoy feliz con ella.

Maia siempre tenía ideas brillantes, por eso no dudé cuando me habló del pequeño cachorro que estaba dando en adopción una conocida de ella. Mis amigas, preocupadas por mi soledad, llevaban meses insistiendo en que necesitaba una mascota como apoyo emocional.

—¿Qué haremos en Año Nuevo? —preguntó Mich, y todas la volteamos a ver, recordando lo que había hecho el año anterior, cuando se emborrachó y se quedó dormida sobre una mesa antes de la cuenta regresiva de la medianoche. Era la única que no le había recriminado, puesto que esa noche me sentía tan mal que irme de la fiesta por cuidarla fue un alivio.

—Antes de pensar en Año Nuevo quiero que planeemos lo que haremos el fin de semana. Franco organizó una exhibición de motocross para los niños de la escuela de campeones… Ya saben, el lugar en el que él y mi hermano se conocieron.

—¿Vas a ir? —preguntó Mich.

Todas sabían lo difícil que me era superar la muerte de mi hermano. Me ocasionó traumas que nunca traté y que estaba lejos de superar. Entre ellos estaba mi aversión a todo lo que tuviera que ver con motocicletas, odiaba aquel mundo porque la decisión de mi hermano por pertenecer a él lo llevó a morir.

—Quiero hacerlo, pero las necesito a ustedes.

—¿Para qué? —preguntó Mich, la menos sutil de las tres.

—¡Michelle! —replicaron las otras dos a la vez.

—No quiero estar sola, pensando en todo lo que pasó. Su compañía hará que todo sea más llevadero.

—Sí, te acompañaremos. Me alegra mucho que intentes hacer cosas a las que te habías negado antes. Franco está haciéndote bien —aseguró Maia.

Aquello no era del todo cierto, pues desde antes de su propuesta había considerado la idea de enfrentarme a mis viejos fantasmas. Era cansado huir de ellos cuando insistían en perseguirme.

—¿Quién es Christian Baxter? —cuestionó Mich.

El cambio repentino de tema me puso en alerta. Me moví sobre el asiento que compartía con Maia. Era una especie de sillón largo y cómodo en el que siempre encontrábamos la forma de caber más de una. Mi amiga bajó los pies que mantenía sobre mi regazo al percatarse de mi inquietud.

—¿Por qué lo preguntas? —agregué.

De repente sentí que la atención de todas estaba sobre mí, incluso la de Nala, que había abierto los ojos hacía poco. Mich alargó el brazo para mostrarme la pantalla de su teléfono. Lo había estado viendo antes de hacer aquella pregunta, fue fácil deducir que había encontrado algo sobre él ahí.

—Toma, lee lo que comentó en una de nuestras fotos. Me llegó la notificación temprano, pero no le presté atención, hasta que me di cuenta de que es una cuenta verificada.

Le arrebaté el teléfono de la mano, con nada de tacto. Rápidamente me limpié los dedos llenos de papas y los deslicé por la pantalla, ávida de curiosidad. Por alguna extraña razón el corazón me latía desbocado.

—Es ofensivo que no sepas quién es Christian Baxter, Mich. Ha sido el maldito campeón en las últimas cinco temporadas de MotoGP. Les hablé de él, la última vez que fui a una carrera me colé en el *paddock* para sacarme una foto con él.

El recuerdo de mi hermano llegó a mi mente tras la respuesta de Diana. Él solía conversar mucho con ella, porque era la única de mis amigas a la que le gustaban de verdad las carreras y no solo asistía para acompañarme.

—¿Qué comentó? —pregunté.

Maia acercó su cara a mi hombro para ver la pantalla. Sin quererlo había apretado aquel comentario, el que se remarcó en azul, haciendo que no pudiera apartar mi atención de aquellas palabras.

—«Ángel despistado». ¿Lo conociste por Franco? —preguntó Diana.

—¿Cómo se atreve a comentar esto? —cuestioné.

El enojo hizo que ignorara a Maia. No me pude concentrar en otra cosa que no fueran aquellas dos palabras que me hicieron hervir por dentro. Eran un recordatorio de algo que quería olvidar. Me sentía avergonzada por haberlo besado.

—Bueno, estás disfrazada de ángel, por eso el «ángel». Ahora, lo de «despistado» nos lo tendrás que contar —concluyó Maia.

—Abril, cuéntanos —suplicó Maia.

—No lo conocí por Franco —comencé a explicar.

—¿Entonces? Ven, cuéntanos —insistió Diana.

—¿Recuerdan la fiesta de Halloween? Lo conocía ahí —dije, al verlas asentir—. Hubo una confusión y terminé pensando que era Franco, porque llevaba el mismo disfraz que se suponía debía usar él.

—Siento que te estás saltando muchísimos detalles. Cuenta todo, Abril —agregó Maia, impaciente.

Chasqueé los dientes en respuesta. Me conocía tan bien que no tenía caso que intentara darles una versión corta para no entrar en detalles. Ellas sabrían que no había dicho todo. Resignada, tomé un cojín y me abracé a él, para relajarme.

—Estaba bailando con ustedes, vi de lejos a un hombre vestido con el disfraz del zorro y creí que era Franco. Fui a buscarlo, y cuando estuve frente a él, sin decirme una sola palabra me besó… O lo besé —reflexioné—. Esa parte no la recuerdo muy bien. Ustedes debieron ver esa parte.

—¡No! —gritaron al unísono.

—En algún punto de ese beso me llevó a una especie de bodega en donde…

—¿Te cogiste a Christian Baxter? —me interrumpió Diana con mucho asombro.

—Por Dios, no nos arruines un chisme. Respeta el ritual, la aludida es la que lo cuenta y todas nos callamos —dijo Maia.

—Lo siento.

—Solo me besó, me… nos tocamos —agregué, mis mejillas se sintieron calientes tras aquella confesión—. En medio de eso le quité el sombrero y noté el pelo negro. Hasta entonces supe que no era Franco.

—¡Espera! ¿Besaste a otro y no lo sabías? —negué, cuestión que aumentó la confusión de Mich—. ¿Cómo no ibas a reconocer a Franco? En un beso puedes identificar a tu novio, Abril. Los hombres no te besan todos igual, tampoco te tocan de la misma forma.

—Estaba confundida, no lo sé, tal vez un poco tomada. Eso no es lo importante de todo esto. Christian va a casarse, y adivinen quiénes están organizando la boda.

—¿Ustedes? —preguntó Maia.

—Sí, es nuestro cliente. Lo que hace que todo sea más inapropiado. Dejando ese hecho a un lado, Christian no deja de recordarme lo que pasó esa noche. Me llama ángel, como para que yo no olvide lo que ocurrió.

—Ahora entiendo lo de «despistado».

Todas rieron, menos yo. Apenas si pude desviar la conversación y no quedar en evidencia. No pude reconocer los besos de Franco porque simplemente nunca le había dado uno.

—Si te está haciendo sentir incómoda, ponlo en su lugar. Pídele que no te vuelva a llamar así.

Todas le dieron la razón a Mich, y cada una dio su opinión a la vez, como acostumbraban. En medio del murmullo de voces inentendibles tomé mi teléfono, decidida a ponerle un alto a Christian.

***

Me tapé los oídos en un reflejo de la incomodidad que sentía. El ruido ensordecedor de los motores me mantenía tan alterada que percibía el silencio como una necesidad. Me encontraba completamente arrepentida de hallarme en aquel sitio. Mi cuerpo estaba manifestando el estrés que me provocaba todo lo que me rodeaba. Los aplausos, el viento bullendo por la velocidad, el olor a tierra, y el sol, que no era capaz de calentarme como deseaba.

—Dios, miren eso —dijo alguien del público. No levanté la vista como lo hicieron mis amigas, me negué a ver la manera en que Christian Baxter se elevaba en el aire con cada salto que daba sobre su moto. Los niños que estaban atentos al espectáculo aplaudieron con más intensidad. Centré mi atención en ellos, desesperada por distraerme. Había sufrido desde que puse un pie ahí, los recuerdos me golpearon y los viejos temores afloraron. Podía ver por la televisión un espectáculo como ese, pero presenciarlo me resultaba una odisea.

—Tengo ganas de vomitar —murmuré, pero nadie me escuchó.

El ruido que nos rodeaba lo hacía imposible. Las celebraciones y aplausos solo crecían a medida que la presentación de Christian avanzaba. Pese a que hacía algo de frío, mi frente estaba perlada por el sudor. Respiré hondo, como lo había hecho cuando Franco se encontraba sobre su moto, a quien también fui incapaz de ver. Lo ignoré, como hice con todos los pilotos que emocionaron al público.

Dejé la zona de la tribuna con toda la prisa que mis piernas me lo permitieron. Pese a alejarme del bullicio, me di cuenta enseguida de que Christian se estaba robando los aplausos. Ningún otro piloto había recibido tantas ovaciones. Según mis cálculos, el programa estaba a punto de terminar. Tras diez minutos, en los que no logré calmarme, caminé de regreso, como si no sintiera que llevaba una eternidad padeciendo aquel infierno.

—Abril, te tardaste —se quejó Mich, tras colocarse a mi lado.

—¿Qué está pasando? —pregunté.

—Acaban de anunciar que Christian y Franco van a competir en una carrera de cinco vueltas.

—¿Qué?

—Eso no estaba en el programa.

—Por supuesto que no, Franco nunca me dijo que iba a competir —le respondí a mi amiga—. ¿Por qué hace esto?

—¿Estás bien, Aby?

—Sí, solo me siento un poco cansada. Desperté temprano.

Intenté distraerme con mi teléfono para dejar de pensar en lo que ocurría.

—¡Mierda! —gritó Diana.

El ruido hubiera pasado inadvertido si el resto del público no hubiera emitido un ruido parecido a lamentos. Me puse de pie de golpe, lo cual me hizo marearme un poco, y solo unos segundos después vi a Franco tirado en el piso.

—¿Qué le pasó?

—Un pequeño accidente, gajes del oficio —comentó Maia, como si quisiera tranquilizarme.

—No fue un accidente —la corrigió Diana, la única atenta a la carrera—. Baxter es un tramposo, lo rebasó y se puso frente a él, lo que hizo que Franco se descontrolara.

Me cubrí la boca con una mano en respuesta a la imagen de Franco aún tirado en el piso. El equipo médico lo estaba asistiendo, pero no podía dejar de preocuparme. Cuando pensé que no podría sentirme peor, Christian, que dio una última vuelta, pasó cerca del punto donde se encontraba Franco y levantó polvo a su paso.

—Es un hijo de puta, me encanta —dijo Mich, y todas la vimos con la misma desaprobación Antes de que alguien dijera algo más me moví para salir de aquel sitio. Con todo y mi temor bajé al circuito, cruzando las barreras que restringían el acceso. Nadie se atrevió a detenerme, y cuando me vieron llegar al lado de Franco debieron haber supuesto que era su novia, o al menos eso pensé, en el momento que se apartaron para que pudiera acercarme.

—Franco, ¿estás bien? —le pregunté.

—Sí, no es nada.

Ni siquiera se sorprendió por mi presencia, se apoyó en los codos para ver su rodilla, zona que revisaba la que la mujer que parecía ser paramédica.

—Parece que solo es el golpe, ponte de pie, campeón —le dijo.

El tono suave en la voz de la bonita pelinegra que lo atendía acaparó toda mi atención. Franco le sonrió, un gesto amplio y honesto que se extendió por un par de segundos, hasta que volteó el rostro y me vio ahí, de rodillas en la tierra, casi a su lado.

—Abril, estoy bien, no te preocupes.

Sin decirle nada a Franco, a quien estaban ayudando a ponerse de pie, me dirigí hacia la derecha, la zona en la que se encontraba Christian bajando de su moto y rodeado del inmenso equipo que llevó consigo. Experimenté la misma rabia que expresó Franco al verlo llegar con tanta parafernalia, sin embargo, mis razones eran distintas. A mí no me importaba que quisiera ser el centro de atención, ardía de enojo por lo que le había hecho a Franco, y la poca empatía que mostró al pasar a su lado y llenarlo de polvo, aun viéndolo en el piso.

—Disculpe, Christian no está atendiendo a fanáticos —dijo una chica vestida con los colores del uniforme de Christian. Estaba resguardando la puerta de una caravana grande y vistosa, que sobresalía entre todas las de los demás pilotos

—No soy una fanática. ¡Christian! —grité, esperando que me escuchara.

El ruido de una de las pequeñas ventanas alertó a la chica que se oponía a mi paso. Christian asomó la cabeza por ella y sonrió al percatarse de mi presencia.

—Cristal, déjala pasar.

No reparé en la reacción de ella, ni en la de ninguna de las personas que estaban cerca. Cegada por el enojo avancé, hasta hallarme frente a la puerta que empujé con violencia. Un agradable olor masculino me envolvió tras el primer paso. Una fragancia densa que me hizo sentir que me había adentrado a su terreno. No me molesté en recorrer el lugar con los ojos, me concentré solo en él, quien se acercó sin ningún titubeo.

Se encontraba con el traje bajado parcialmente, con la mitad superior del cuerpo descubierto, y en la mano sostenía una lata de energizante, de la cual sorbía con absoluta parsimonia, como si no le importara que yo estuviera frente a él, con la vista fija en su pecho cubierto con uno que otro tatuaje. Lucía imponente sin necesidad de hacer algo, solo existiendo, con su actitud cargada de prepotencia.

—¿Vienes por un autógrafo, ángel?

—Eres un idiota, Christian. No tengo el hábito de insultar a la gente, pero lo que hiciste fue una canallada.

—Perdón, pero ¿qué hice?

—¿Todavía lo preguntas? Hiciste que Franco perdiera el equilibrio para lanzarlo al piso. Y luego tuviste el descaro de pasar a su lado y a hacer que tus llantas lanzaran polvo a propósito.

—Qué susceptible eres. No hice nada malo, solo le gané.

—Pudiste matarlo. Eres un tramposo inescrupuloso. Que pasaras a su lado mofándote de lo que pasó lo demostró.

Su risa incrementó mi molestia. No entendía cómo podía divertirse con algo así.

—Estás exagerando un poco. Una caída a esa velocidad lo único que habría causado es una pequeña lesión. Y era poco probable que le ocurriera.

Algo detonó mi enojo. Tal vez fue su actitud, la forma en la que me miraba o mis palpitaciones alteradas. No supe con certeza qué me empujó a acercarme sin temor, tan molesta que no dudé en acortar la distancia casi por completo.

—¿Por qué actúas así? ¿Es envidia? ¿Miedo a que llegue a ser mejor que tú?

Todo mi valor se esfumó al verlo moverse, solo fueron un par de pasos firmes hacia mí que me hicieron reaccionar. Retrocedí, sin apartarle la mirada, y me percaté de la oscuridad que lo rodeaba y que me absorbía con intensidad. Mi espalda chocó con una pared y supe que no había escapatoria. El aire se cargó de su energía oscura, se tornó espeso y difícil de respirar después de que colocó su brazo al lado de mi cabeza, apresándome contra la pared.

—¿Envidia? Lo único que me causa envidia de ese perdedor es que es tu novio —aseguró, rozándome la cara con su fresco aliento.

CAPÍTULO 6

Christian

Me removí sobre la cama, ante el nuevo sonido que provino de la puerta. Fueron dos fuertes golpes que advertían la presencia de alguien que decidí ignorar. Bostecé aún aletargado por la larga siesta de la que acababa de despertar. Me negaba a moverme de la cama, pese a la insistencia con la que tocaban, sabía a la perfección quién rabiaba chocando los nudillos contra la madera, por ello solo me estiré sobre el colchón.

—Christian, abre la jodida puerta. ¡Mariam, las llaves!

Segundos después el tintineo de unas llaves se mezcló con el ruido de voces que, aunque identifiqué, no me hicieron reaccionar. Acomodé la almohada bajo mi cabeza con toda tranquilidad, la cual sentí que se acabó de manera abrupta cuando la puerta se abrió con brusquedad.

Los pies de Javi se arrastraron con prisa hasta detenerse al pie de la cama, y solo entonces le dirigí la mirada. La expresión cargada de irritación estuvo a punto de hacerme perder la seriedad. Pocas veces había visto a Javi perder la compostura de esa forma.

—Tienes cinco minutos para vestirte y poner tu culo abajo. Ni un puto segundo más.

—Cuida la maldita forma en la que me hablas —sentencié, viéndolo a los ojos.

—Tú cuida la manera en la que me hablas —me enfrentó. Apuntándome como si quisiera llevarme al límite, me estaba provocando—. Cinco minutos, Christian.

Azotó la puerta al salir, y ese ruido se quedó resonando en mi cabeza mientras me levantaba. Javi acabó con mi tranquilidad de golpe, poniendo a prueba mi autocontrol en el proceso. Era la única autoridad que reconocía en mi vida; sin embargo, no estaba dispuesto a permitir que me pasara por encima. Ya no tenía diez años, ni me encontraba vulnerable como cuando él me acogió en su vida.

Me puse la camiseta mientras caminaba hacia la sala en la que me esperaba, por el simple placer de fastidiarlo. Javi era un fanático de los buenos modales. La primera que cayó en mi provocación fue Mariam, quien arrugó el rostro cuando pasé a su lado. Tenía suerte de caerme bien, y sus malos gestos jamás me irritaban, al contrario, me divertían. El atisbo de sonrisa en mis labios murió al llegar frente a mi *coach*. Javi estaba sentado con las piernas cruzadas y una taza de té en las manos, observándome fijamente.

—Espero que tengas un buen motivo para llegar a mi casa y tocar de esa forma la puerta de mi cuarto.

—Tu carrera se está yendo a la mierda. ¿No te parece un motivo suficiente? —Javi odiaba que riera en momentos como ese, cuando él estaba alterado, por eso lo hice. Solté una corta risa que lo puso aún más molesto—. ¿Te parece divertido, estúpido?

—Si no controlas el tono de tu voz te patearé el culo, que seas un anciano no me va a detener. Me conoces. —El amago de una sonrisa apareció al fin en su cara. Sorbió la taza y volvió a concentrar su fría mirada en mí—. ¿Qué estás haciendo con tu vida, Christian?

—Descansando después de una larga sesión de entrenamientos. La terapeuta a la que me obligas a ir me recomendó hacerlo más seguido.

—¿Qué opina tu terapeuta de lo que piensas hacer con la tal Lena?

—No es tu problema.

—Claro que lo es. ¿Por qué crees que estoy aquí? Mira esto —indicó mostrándome la pantalla de su teléfono. La curiosidad me empujó a tomar el aparato, en el que se reprodujo un video en el que apareció Lena e imágenes de nosotros juntos—. Te negaste a grabar los videos para los patrocinadores, cuando tenemos un contrato firmado, un maldito contrato, Christian, pero para las estupideces de esta cabeza hueca sí te prestas.

—No sabía nada de esa entrevista.

—Eres el maldito campeón mundial, pero de lo único que se habla es de lo tuyo con esa mujer. Ponte algo decente, vienes conmigo ya mismo. Vas a grabar todo de una vez. Y sin peros, ni quejas. Abel quiere renunciar. Es el mejor jefe de prensa que pudimos conseguirte. Debes poner en orden de una maldita vez en tus prioridades.

Aunque lo estaba escuchando, mi atención estaba enfocada en las imágenes en la pantalla. La cuenta de Instagram oficial del campeonato compartió fotos y videos por San Valentín, de todos con sus respectivas parejas. Observé el desfile completo de ridículas publicaciones, buscando entre ellas a una sola persona. Comenzaba a hartarme de perder el tiempo cuando al fin su cara apareció en la pantalla.

—¿Se puede saber qué te pasa? —reclamé, molesto por el golpe que Javi me dio en la parte trasera de la cabeza.

—¿Me estás escuchando?

Abril aparecía al lado del fracasado con el que dormía, sonriendo mientras él la abrazaba por la cintura. La imagen llevó a mi mente a mi último encuentro con ella, de ahí nació el enojo que experimenté repentinamente.

—Estaré listo en diez minutos.

No estaba acostumbrado al rechazo, esa era la razón de la molestia que llevaba guardando desde la última vez que tuve a Abril de frente. La manera en la que evitó que la besara era un recuerdo recurrente y mi mente se negaba a olvidarlo, tal vez porque fue la primera vez que una mujer me dio un rodillazo en las pelotas por intentar besarla.

Pese a mi enojo por la foto y la manera en la que Javi me habló, opté por vestirme rápido. Mi *coach* tenía algo de razón, debía cumplir con mis obligaciones, a pesar de lo harto que estaba de todo. Mientras me abotonaba la camisa sentí mi teléfono vibrando dentro de mis bolsillos. Como supuse que se trataba de Lena continué preparándome, no tenía humor para lidiar con ella.

Las cosas con Lena se encontraban igual de jodidas. No la quería tener cerca, y ella, aunque se percataba de eso, no dejaba de buscarme. Comenzaba a creer que lo único que quería era fastidiarme. Era evidente que, además de no desear verla, todo el tema de la boda me hartaba, y ella no dejaba de hablar de eso en cualquier oportunidad que se presentaba. Comprendía que la solución al problema estaba en mis manos; sin embargo, estaba dispuesto a soportarla si aquel era el único medio para lograr lo que yo buscaba. No quería dejar el pasado atrás, como me aconsejaba la terapeuta. Toda la mierda de sanar y avanzar ni siquiera la consideraba, tenía el firme propósito de humillarla.

—¿Puedes darte prisa? —gritó Javi en cuanto me vio bajando las escaleras.

—¿Hay más publicaciones como las que me mostraste?

Javi se puso de pie sin responder mi pregunta, obligándome a averiguarlo por mi propia cuenta. Disminuí la velocidad de mis pasos cuando llegué a su lado, pues la pantalla de mi teléfono ocupó toda mi atención. Aunque mi intención había sido comprobar si la entrevista de Lena era lo único en lo que estaba involucrado, terminé echándole un vistazo al resto de las fotos, buscando una vez más a Abril.

Javi dijo algo mientras apretaba los botones del elevador. Yo asentí como si le hubiera estado prestando atención, cuando en realidad me encontraba viendo de nuevo la foto que detonó mi mal humor. La imagen de Abril acorralada en la caravana llegó a mi cabeza: su respiración agitada y la manera en que me observó cuando rompí del todo la breve distancia que nos separaba. En el momento en el que nuestros labios se rozaron estuve seguro de que correspondería al beso que intenté darle, por ello me tomó desprevenido el rodillazo con el que se libró de mi cercanía. Estaba convencido de que el perdedor de su novio era el principal motivo de aquel rechazo que aún no terminaba de procesar.

—¿Qué sabes de este imbécil? —pregunté a Javi. Él alargó el brazo para sujetar mi teléfono y ver al idiota que aparecía en mi pantalla. Solía evaluar a mi supuesta competencia, aun así, mi *coach* frunció el ceño al reparar en la foto.

—Un *rookie*[1] que ganó con la mayor cantidad de puntos en los últimos cinco años de Moto2. ¿Te preocupa? ¿Por eso lo tiraste en la exhibición a la que fuiste sin permiso?

—¿Por qué habría de pedirte permiso? —Mi tono relajado no tuvo ningún efecto. Javi salió en cuanto las puertas se abrieron, dirigiéndose al auto blanco en el que llegó.

—¿Desde cuánto te preocupan los novatos?

---

1. Término empleado en el ámbito del deporte de motor para referirse a los novatos.

—No me preocupa en lo absoluto, te pregunté porque tengo un especial interés en patearle el culo.

—¿Porque crees que puede ser competencia?

—Todos son competencia, Javi. Me lo enseñaste cuando tenía doce y no lo he olvidado. Pero mi interés no tiene nada que ver con eso.

—¿Entonces?

—Tiene algo que me gusta mucho.

El sonido que emitió el pequeño control con el que le quitó el seguro a las puertas llenó el breve silencio que se formó entre los dos tras mi respuesta. Javi era la única persona con la que tenía aquel tipo de conversaciones, aunque la mayoría de las veces se mostraba desinteresado en las idioteces que podía decirle, la curiosidad siempre terminaba ganándole.

—¿Qué?

—Su novia —respondí despreocupado mientras me acomodaba sobre el asiento. Su risa resonó por un par de segundos, aligerando un poco la tensión que había entre ambos. Con él las cosas solían ser así, los enojos que me provocaba no duraban tanto.

—Tu vida es un puto desastre. Vas a casarte con la tal Lena y te gusta la novia del *rookie*. Pon orden en todos tus asuntos, lo digo en serio. Toda esta mierda comienza a afectar la parte profesional.

—Primero, no voy a casarme con Lena, y segundo, que me guste la novia del perdedor no afecta en nada la parte profesional de mi vida.

—¿Crees que no te conozco? Querrás aprovechar cada oportunidad para fastidiarlo.

—¿Y?

—Terminas metiéndote en problemas cada vez que pasa algo parecido. No puedo permitirte más conductas antideportivas, Christian. La temporada pasada dijeron muchas cosas sobre ti.

—¿Sí? No las pude escuchar, desde el podio del primer lugar no se oye la mierda que dicen los que están abajo.

El rechinido de las llantas amortiguó el sonido de mi risa, que no le causó nada de gracia a mi *coach*. Aceleró para salir del estacionamiento con una expresión de seriedad que auguraba más reclamos.

—Tu imagen es casi tan importante como los puntos que tienes que ganar para levantar el trofeo. Tienes que acabar con lo de Lena y evitar meterte en otro problema. Lo que piensas hacer con una cabeza hueca te dejará mal parado solo a ti. Lo de esa maldita boda está en todos lados. Christian, esto no es divertido —me reprendió cuando me reí.

—Lo es, quiso alargar la boda porque más marcas quieren colaborar con ella.

—A nadie le va a importar que ganes el campeonato, en lo único que se van a enfocar es en lo que le hiciste a Lena.

—O en lo que pudo hacerme Lena a mí. ¿Te imaginas lo que pasaría si la hago quedar mal? Perdería contratos, seguidores y su vida se iría a la mierda.

—¿Y si solo la mandas a la mierda tú de una vez?

—No sin que antes me las pague.

—Tengo el presentimiento de que lo único que has hecho en estos años en terapia es perder el tiempo.

—Te lo dije, pero tú insististe en que la tomara.

***

—Corte. Vamos de nuevo.

Dirigí mi mirada hacia el fondo del set, en donde se encontraba Javi observando todo recargado en la pared. Su cara de fastidio no podía ser peor que la mía, llevábamos toda la mañana ahí, grabando todas las estupideces que tenía pendientes.

—Te ves tenso, si te relajas un poco te prometo que es la última toma.

Miré con desdén a la mujer que dirigía todo, su tono condescendiente me estaba hartando. La había soportado por el simple hecho de no buscarme más problemas con Javi; no obstante, mi paciencia estaba a nada de agotarse.

—Christian —dijo Javi, que se había acercado como si hubiera adivinado mi intención de ponerla en su lugar—, todos queremos terminar, date prisa. Solo haz lo que te piden.

—Eso he hecho desde que llegué.

—Vamos a tomarnos un momento.

Me levanté de la silla y fui directo a tomar una botella de agua, pues haber pasado tanto tiempo frente a las luces me había dado ya mucha sed.

Consideraba un fastidio y una pérdida de tiempo pasar horas sentado frente a una cámara fingiendo ser simpático mientras una idiota me hacía preguntas estúpidas.

—¿Puedes poner de tu parte? Quiero irme a casa. Ve y hazlo bien de una vez. Ya no eres un niño, parezco tu puta niñera.

—Puedes irte cuando quieras.

—Lo haría, pero te conozco bien. Lleva tu culo hasta esa silla y termina con esto de una vez. Hazlo por Daisy, que me está esperando en casa para celebrar San Valentín.

Sorbí la botella de agua y regresé a la silla más irritado con el idiota que usaba a su esposa para manipularme. Mientras me colocaban el micrófono de nuevo le eché un vistazo a mi teléfono, todas las llamadas de Lena ocupaban mis notificaciones.

Asumí que su interés en hablar conmigo tenía que ver con la estúpida fecha que todos celebraban, por ello bloqueé la pantalla, lo guardé en su sitio y esperé paciente a que todo se reanudara.

Cuando la cámara se encendió me concentré tanto en lo que debía hacer que pude grabar el resto de mis cápsulas en una sola toma. En cuanto me quitaron todo de encima me levanté de la silla, con la disposición de marcharme de una vez antes de que me hicieran grabar algo más.

—Tenías prisa por marcharte y ahora no te mueves.

Mi *coach* no le prestó atención a mi queja y se tomó su tiempo para despedirse de todos, como si no me hubiera apresurado antes. En lugar de esperarlo salí del set y me dirigí hacia el estacionamiento, en el que me alcanzó un momento después.

—La próxima semana tienes una sesión. Espero que no sea necesario que esté presente para que te comportes. Lo digo de verdad, ya no eres un niño, ni Abel ni yo tenemos que soportarte. Irás por tu propia cuenta y te comportarás como lo que eres, el puto campeón, un adulto capaz de controlarse.

—¿Algo más?

—Me acompañarás a comprarle un regalo a Daisy. No voy a retrasarme por llevarte a casa primero.

Lo único que evitó que me negara con firmeza a aquella imposición fue la sospecha de que Lena podría llegar a buscarme, como hacía cada vez que no le atendía el teléfono. Opté por acompañarlo sin rechistar, un poco más relajado de lo que había estado en días. Las últimas semanas las había dedicado a mis entrenamientos, cada vez más exigentes conforme se acercaba el inicio de la temporada. Mi meta: ganar.

Mientras Javi escogía flores y chocolates para su esposa, fui a la tienda deportiva que se encontraba enfrente, con el fin de entretenerme. Me encontraba a nada de entrar cuando volteé y observé a un perro que corría a toda velocidad arrastrando una correa. En lugar de cruzar la puerta me quedé observando al animal que me pareció tan conocido que mis alertas se encendieron.

—¡Nala! —gritó una mujer que sonaba agitada.

No levanté la vista para comprobar de quién era la voz, solo me incliné para tomar la correa del perro cuando pasó a mi lado y así obligarlo a detenerse. Fui tan rápido que Nala se lastimó ante su intento de continuar corriendo. Tras asegurar la correa en mi muñeca miré hacia los lados, esperando encontrar una cara que tenía más de un mes sin ver de frente.

—Nala, tranquila —le exigí, ante sus intentos de escapar.

El ruido de unos pasos me hizo voltear, pero no eran los que yo esperaba. Una mujer con el cabello rizado caminaba a toda prisa hacia mi dirección, con un par de bolsas en las manos y luciendo fatigada por la persecución.

—Nala, vas a matarme.

Me incliné para ver a la perra de cerca, para verificar que no me hubiera confundido. Era la perra de Abril, el collar sobre su cuello era el mismo que yo recordaba. Aunque me parecía más grande que la última vez, tras sostenerle la cara me hallé convencido de que se trataba del mismo animal.

—No lo vuelvas a hacer —le advertí cuando se echó hacia adelante con la intención de lamerme la cara.

—Muchas gracias, se me escapó, pensé que no podría detenerla a tiempo —dijo jadeando por el esfuerzo físico—. Nala, estarás castigada eternamente.

—¿Qué haces con el perro de Abril?

La mirada de la mujer se detuvo en mí; tomó aire, en un intento de reponerse, y luego sonrió. Parecía conocerme, aunque yo estaba seguro de que jamás la había visto.

—La estoy cuidando, mucho gusto, soy Maia.

—Christian —dije, sin ofrecerle la mano u otro tipo de acercamiento—, cuéntale a Abril que salvé a su perro.

—Es una perra.

—Me da igual.

—No puedo decirle que lo hiciste, porque sabrá que se me escapó y estaré en problemas.

—Entonces quieres mi silencio —afirmé, ella asintió de inmediato mientras luchaba con la perra que se movía con impaciencia—. No lo tendrás gratis, me deberás un favor, Maia.

Di por terminada aquella conversación tras sonreírle, y me dirigí hacia la puerta de la tienda sin ver atrás, aunque la escuché reír. Había evitado otro encuentro con Abril por lo que ocurrió la última vez entre los dos, y aunque no creía en las señales y en estupideces similares, tomé como una el haberme topado con su perra. Así que, además de buscar los guantes por los que llegué a la tienda, tomé un par de rodilleras blancas que hacían juego con el vestido que llevaba el día en que la conocí.

—¿Por qué tardaste tanto? —preguntó Javi cuando llegué de regreso con él.

—Ponlas en una caja con uno de esos moños ridículos —le pedí a la chica que lo atendía, en lugar de responderle—. Aquí, comprando un obsequio de San Valentín.

—Me da miedo cada cosa que pasa por tu retorcida cabeza. ¿Ahora le darás un regalo a Lena?

—No, a la novia del perdedor.

—Christian.

—No tendrás que llevarme a mi departamento, iré primero a otro sitio.

—Mierda, ¿en qué me metí cuando acepté entrenarte?

Pese a sus quejas me llevó hasta donde lo pedí, sin hacer preguntas al respecto. No quería involucrarse en nada de lo que estuviera haciendo, eso fue lo que me dijo cuándo se detuvo frente a la tienda de Abril.

Encontré algo extraño en el lugar apenas entré. El ruido habitual no estaba presente, tampoco las mujeres con atuendo sobrios que siempre salían a atender. De no haber escuchado unos pasos, habría pensado que estaba solo en la tienda.

—Buenas tardes, ¿cómo puedo ayudarlo?

La vista de la mujer que se plantó frente a mí se dirigió hacia la caja que llevaba entre las manos. No podía culparla, el moño rojo y grande era llamativo. Aclaré la garganta para atraer su atención, notando cómo se movía nerviosa ante aquel sonido.

—¿Abril está arriba?

—¿Tiene una cita con ella?

—Claro, en dos minutos para ser exacto —mentí viendo mi reloj.

—Sí, está en la oficina de Elizabeth. Lo acompañaría, pero todo el personal está trabajando en un evento. No puedo dejar la recepción, estas fechas son complicadas.

—No te preocupes, sé cómo llegar.

Subí con confianza, como si tuviera la seguridad de que sería recibido de la mejor manera, a pesar de que la última vez que la vi me dejó doblado sobre el piso gracias a la patada que aún no olvidaba. El olor a incienso me llevó hasta la puerta entreabierta, estuve dispuesto a entrar; sin embargo, la voz de Abril me obligó a detenerme. Asomé la cabeza y entonces la vi, la sacudida en mi cuerpo fue inmediata. Aún no la perdonaba por su rechazo, eso fue lo que pensé por mi reacción. Estaba sentada detrás del escritorio, sosteniendo un teléfono pegado a la oreja.

Me quedé oculto tras la ancha madera de la puerta, escuchando cómo planeaba su cita para la noche, sonando tan animada que me arrepentí de no haberle provocado una caída más fuerte al perdedor con el que hablaba. Esperé ocultó casi por un minuto, hasta que finalmente la escuché despedirse y esa fue mi señal para entrar.

El sonido del portazo provocó que Abril se sobresaltara, lo cual me encantó. Cuando se percató de mi presencia su nerviosismo fue evidente. La tensión llenó el aire y una retorcida satisfacción se me asentó en el pecho. Disfrutaba de lo que fuera que estaba ocurriendo, hallé satisfacción en mi capacidad de alterarla.

—Ángel, tanto tiempo.

—Christian… —No pudo ocultar la sorpresa que le causó verme. Le clavé los ojos con la intención de intimidarla; sin embargo, no pude sostenerle la mirada. Sobre su escritorio había cristales y el humo del incienso la rodeaba, aquello obtuvo toda mi atención—, ¿qué haces aquí?

—Te traje un obsequio por San Valentín.

Me acerqué sin prisa hasta su escritorio, notando cómo su mirada viajaba hasta el regalo en mi mano derecha. Se llevó las manos hasta su pelo suelto y lo echó hacia atrás, actuando con tanto nerviosismo que estuve a punto de reír frente a ella. Puse la caja sobre la mesa al mismo tiempo en que la observaba con detenimiento. Abril usaba poco maquillaje, pero aquella tarde sus ojos delineados se veían llamativos.

—No era necesario, Christian.

—Te maquillaste los ojos —comenté, tomando asiento, como si me lo hubiera ofrecido.

—Sí, un poco —respondió, luciendo un poco extrañada.

—Toma, es para ti. —Tomó la caja después de un par de segundos, mostrándose dudosa de sus siguientes movimientos—. Deberíamos cenar juntos para limar asperezas por lo que hiciste la última vez.

Tenía la clara intención de provocarla, de hacerla enojar y ganarme una mala mirada, y como siempre, ella atrapó el anzuelo. Abril levantó la vista y me clavó los ojos con reproche mientras le sonreía, para continuar retándola. En aquel breve instante en que nos mantuvimos en silencio, solo viéndonos fijamente, me pregunté qué hacía yo ahí. Después del rodillazo me decidí a dejar aquel juego a un lado. La envié a la mierda mentalmente por rechazarme.

—¿Lo que yo hice? Christian, fuiste tú el que cometió más de un error. Lo del regalo no era necesario, y lo de cenar juntos, olvídalo. Tienes una prometida, sal con ella.

—Abre el regalo —ordené, ignorando su nuevo rechazo.

Me recosté sobre la silla y la contemplé en absoluto silencio. Algunos mechones caían por su frente, y seguí el movimiento de su mano al apartarlos, en un gesto delicado. El ruido que hizo el papel que envolvía el obsequio no apartó mi atención de ella. Llevaba un par de collares en su cuello, uno tan largo que se perdía entre sus pechos, que se asomaban a través del escote. Dejé mi mirada ahí por un momento, sin disimular lo mucho que me gustó ver la media luna que colgaba sobre el inicio de estos.

—¿Son unas rodilleras?

Volví mi atención una vez más a su cara, encantando con la expresión de sorpresa que se dibujaba.

—Sí, no quiero que te lastimes las rodillas la próxima vez que intentes patearme las pelotas.

Aunque intentó mantenerse seria, una pequeña sonrisa se asomó en sus labios, la cual duró poco, porque de la nada se cubrió la boca para acallar una carcajada que la hizo perder la compostura.

—No habrá una próxima vez, porque tú nunca harás lo que provocó mi rodillazo.

—¿Quién puede asegurarlo, ángel?

Hice mi cuerpo hacia adelante, y en respuesta ella llevó el suyo hacia atrás. La situación me divirtió aún más. La manera en la que reaccionaba a mi presencia me alentaba a continuar provocándola. Me levanté lentamente, sin apartarle la mirada de encima.

—Me llamo Abril.

—Está bien, Abril. Me voy, cuídate y, por cierto, te perdono por lo del rodillazo, gracias por disculparte.

—Te tomaste atribuciones que jamás te di. Intentaste besarme —argumentó, sonando serena.

Me detuve antes de llegar a la puerta, para encararla. Quería eso, que me diera réplica, que no se quedara callada cada vez que se enfrentaba conmigo.

—¿Por qué actúas como si nunca lo hubiera hecho? Yo no olvido lo que pasó en Halloween, y tú tampoco.

—Salúdame a tu prometida. Feliz San Valentín para ambos.

Cerré la puerta con la satisfacción de haberla sorprendido, de haber obtenido aquella reacción y por haberla irritado lo suficiente como para que perdiera la compostura. Busqué mi teléfono mientras bajaba por las escaleras y le marqué a quien le había huido gran parte del día.

—Christian, ¿por qué no respondías?

—¿Tienes planes para esta noche? —Estuve a punto de tocar el tema de su amante, mi entusiasmo me estaba dejando sin filtro.

—¿Con quién tendrías planes si tú me has ignorado?

—Iremos a cenar, encárgate de hacer una reservación en Oye, Bonita.

—¿Así nada más? ¿No piensas disculparte por haberme ignorado?

—Lo siento, Lena. Estaba ocupado trabajando. Haz la reservación.

—No me gusta ese lugar.

—Cenaremos ahí, no hay otra opción. Nos vemos a las ocho en el restaurante.

—No, Christian, ven por mí.

La única razón por la que no me negué fue porque la necesitaba. Le colgué sin dejarle claro si estaba de acuerdo con su imposición y salí para buscar un taxi. Cenar con Lena era un sacrificio al que me sometería solo por la urgencia de comprobar mi teoría. Pese a lo poco que me animaba pasar tiempo con ella, me encontré de estupendo humor cuando llegó la hora de nuestra cita.

En lugar de ir por ella en uno de mis autos, lo hice en una motocicleta por el simple placer de fastidiarla. Como ella odiaba subirse a una, tendría que llegar por sus propios medios al restaurante. El camino despejado me permitió llegar con varios minutos de anticipación. Supuse que tendría que esperar a Lena, así es que me adentré al estacionamiento subterráneo de edificio, buscando los puestos reservados para mi supuesta prometida.

Dos fuertes luces me cegaron por un breve momento. Me estacioné y dirigí la mirada hacia el sitio de donde provenían. Justo frente a mí estaba un coche negro, ocupado por dos personas a las que no les presté atención hasta que de nuevo las luces se encendieron. Aunque las apagaron de inmediato, noté que lo que sea que estuvieran haciendo activaba el cambio de luces. Me acerqué y me percaté de que se besaban, tal y como lo sospeché. Estaba a punto de voltearme para dirigirme al elevador cuando las dos personas se separaron. La puerta del copiloto se abrió y una mujer salió de ella. La conocía de algún sitio, estaba seguro de ello, pero dejé de pensar en ello cuando vi la cara del imbécil tras el volante, al que reconocí con facilidad.

Era el novio de Abril, el perdedor de mierda la engañaba.

CAPÍTULO 7

Abril

La expectación se asentó en mi estómago mientras observaba el camino que recorríamos. No tenía idea de lo que podía esperar esa noche, y el desfile de las posibilidades que pasaban por mi cabeza solo lograba alterarme. Me negaba a crearme falsas expectativas, pero en ese punto me era casi imposible. Cuando Franco me llamó para preguntar por mis planes en San Valentín, percibí algo sumamente íntimo en su: «Quiero que cenemos juntos en algún lugar lindo».

Mientras lo observaba conducir, me preguntaba qué pasaría después de la cena. ¿Me invitaría a su departamento? ¿O esperaría a que yo lo invitara a quedarse un rato más conmigo? Debí mantener a raya mis emociones después de nuestros últimos encuentros, en los que nada salió como esperé; sin embargo, me era imposible controlar mi mente fantasiosa, que se ilusionaba con facilidad. Suponía que era algo normal, que todas pasábamos por algo similar cuando alguien que nos atraía nos ofrecía un poco de interés.

—¿Por qué estás tan pensativa?

Encogí los hombros ante su pregunta, sin saber qué responderle. Me había ensimismado en mis pensamientos contemplando las flores que descansaban en mi regazo. Me tomó desprevenida que se apareciera en mi puerta con un ramo.

—Solo estaba viendo mis flores.

—¿Te gustaron? Tenía miedo de ser demasiado predecible.

—Las flores son siempre un buen regalo. Me encantaron.

La imagen de otro regalo llegó a mi mente en ese momento, y una breve sonrisa se formó en mis labios. Debía reconocer que Christian, además de imbécil, era ingenioso, nunca me habían obsequiado un par de rodilleras envueltas de manera tan elegante.

Franco tomó mi mano de la nada y la llevó hasta sus labios. Adiós al control de mis expectativas. No había cámaras cerca, tampoco gente a la que hacerle creer algo. Solo éramos él y yo dentro del auto, avanzando en medio de la autopista, para tener una cita el día de los enamorados. Como si necesitara una ayuda extra, en el estero sonaba «You Belong With Me» de Taylor Swift. Estaba viviendo un momento que esperé por años, por ello decidí disfrutarlo.

Como si quisiera acabar con mi nerviosismo después de ese beso, Franco me contó acerca de su entrenamiento y las sesiones de fisioterapia para uno de sus hombros, que se había lastimado una semana atrás. Con el inicio de la temporada tan cerca se encontraba más concentrado que nunca en su preparación, y encontré fascinante escucharlo hablar de todo lo que le importaba.

Para cuando llegamos al restaurante el nerviosismo había quedado atrás y me sentí cómoda caminando de su mano hacia el interior del lugar, pese a algunas miradas que nos siguieron al cruzar la puerta.

—Te ves muy linda, Abril. Deberíamos tomarnos un par de fotos.

Elegí un vestido rosa pastel a la altura de las rodillas, y suelto debajo de mis pechos. Aunque tuve algunas dudas al respecto, Maia que había pasado la noche anterior conmigo terminó de convencerme de que lo usara. El escote en forma de corazón y su estilo romántico era lo ideal para aquella noche, o ese fue el argumento del que se valió para persuadirme.

—Las que quieras. —Franco sonrió complacido por mi respuesta, antes de que lo interceptara el anfitrión y nos diera la bienvenida. Ambos lo seguimos, aún con nuestras manos unidas—. ¿Es nuestra mesa? —pregunté en voz baja.

La mesa para dos estaba decorada para una cena romántica, había velas, rosas y corazones de chocolates en el centro. Las mariposas en mi estómago revolotearon sin que pudiera evitarlo. Me sentí ridícula mientras tomaba asiento, por no poder controlar lo que experimentaba.

—Les ofrecemos una copa del mejor vino de nuestra cava —dijo el mesero al llenar nuestras copas—. Es un honor tenerlo aquí esta noche. —Aunque sus palabras las dirigió solo a Franco, sonreí con genuina alegría. Estaba teniendo el reconocimiento por el que luchó por años, me sentía sumamente orgullosa.

—Esto está precioso.

Mi comentario le sacó una sonrisa a Franco. De verdad estaba impresionada por todo lo que había preparado para mí. Sorbí la copa, degustando el vino que se deslizó por mi garganta y provocó que me sacudiera un poco sobre mi silla.

—¿Es muy fuerte?

—No lo sé, no acostumbro tomar vino.

Las cosas estaban surgiendo con mucha naturalidad, y me encontré complacida con ello, aunque no se percibiera ni un poco de intimidad.

—¿Estás bien? —preguntó al verme tomar agua de nuevo.

—Sí, pero voy al tocador. No tardo.

Me puse de pie lentamente, un poco cohibida por su mirada. La cantidad de agua que tomé para contrarrestar el sabor del vino provocó que mi vejiga se llenara.

No supe si me observó mientras caminé, pero me esforcé por hacerlo de una manera atractiva. Cayendo en la vanidad, tras usar el baño me retoqué un poco el labial frente al espejo. Me sentía a gusto con mi imagen, esa mañana había tenido una cita en el salón de belleza para recortarme el cabello, así que se acomodaba bien, y tras un par de tratamientos estaba más brillante que nunca. En definitiva, me tomé muchas molestias para esa cita, y no me arrepentía de ninguna.

Salí del baño decidida a continuar disfrutando sin preocuparme por lo que vendría después. Mis pasos fueron rápidos y largos hasta que, a mitad del pasillo, noté un movimiento un tanto inusual: había más de tres meseros sobre una mesa, atendiendo a las personas con especial cuidado. Empujada por la curiosidad aceleré mis pasos, disminuyéndolos de nuevo cuando estuve cerca de la mesa.

—La mejor botella de nuestra cava para el campeón.

La manera en la que mis ojos se vieron atraídos hacia ese lugar no fue normal, y es que aquella energía solo la percibía de una persona. Por más que me esforcé por ver hacia otro sitio no gané la batalla, me quedé con la vista puesta ahí, enfrentando los ojos del hombre que, además de sostenerme la mirada con intensidad, me sonrió, provocando que algo caliente se deslizara dentro de mi pecho.

—Ángel. —Leí perfectamente esa palabra de sus labios.

Christian estaba a poca distancia de nuestra mesa, con su prometida, en lo que parecía una cita tan romántica como la mía. Había flores, velas y los mismos corazones. Me obligué a apartar la mirada al darme cuenta de que Lena siguió el mismo punto en el que su novio se encontraba concentrado. Avancé buscando a Franco, el único que podía quitarme el mal sabor que me dejó esa impresión. Pese a las miradas, caminé erguida y con fluidez hasta mi silla.

—¿Qué pasa? —Fue lo primero que pregunté al tomar asiento. Franco había dejado de sonreír, en su rostro no había una pizca de diversión, y sí mucha incomodidad.

—No sé si creer en las casualidades o en la mala suerte. Estábamos teniendo una atención de primera, aparece ese idiota —dijo, apuntando hacia la mesa de Christian— y echa a perder todo. Nos trajeron una copa, y a él una puta botella.

—Franco, pero eso no es importante.

Alargué el brazo sobre la mesa para tomarlo de la mano, no pensé en si iba a incomodarse o algo parecido, solo quería reconfortarlo. A Franco le importaban mucho esas cosas, lo entendía. Estaba ingresando a un mundo muy competitivo, donde Christian era una figura muy fuerte que lo eclipsaba sin proponérselo… o tal vez sí se lo proponía.

—Lo es, Abril. Mi jefe de prensa consiguió esta mesa. Nos ofrecieron de todo, las flores, las velas. Se suponía que iba a recibir un trato de cliente vip, a cambio de un par de fotos comiendo aquí.

Sentí su desilusión como un fuerte golpe en la boca del estómago. Pese a toda la experiencia que tenía respecto al dolor, no me vi preparada para ese gancho, me quedé sin aire con la mirada fija en Franco, mientras la realidad me sacudía el cuerpo una y otra vez en cuestión de segundos. Retomar la compostura necesitó de toda mi concentración. Respiré hondo y me tragué la emoción que se me atascaba en la garganta.

—Entonces vámonos de aquí. Si tan mal te hace sentir que Christian se robe la atención, vamos a otro lado.

Tuve que haber sonado tan irritada como me sentía, porque Franco me miró con asombro. Tomé la copa de vino que no me terminé antes, y la sorbí de golpe. Fue un impulso al que cedí porque la hostilidad había ganado terreno y no me arrepentía por ello.

—Disculpen, el caballero les envía una copa —anunció el distinguido mesero.

Franco apretó la mandíbula mientras yo miré por encima del hombro en dirección a la mesa de Christian. Él me estaba viendo fijamente, a la vez que sostenía en lo alto su copa llena, tomé la que me ofrecían e hice lo mismo, brindando a lo lejos con el hombre que le provocaba tanta envidia a mi supuesto novio.

—Agradézcale, por favor.

—Yo no quiero nada —respondió Franco con enfado. Aquello era lo peor que podía hacer, pues Christian se regodeaba ante su incomodidad. Saboreé el vino de mis labios y le ofrecí una falsa sonrisa, pero estaba tan molesta que solo quería marcharme.

—¿Nos vamos? —sugerí.

—No, no quiero que ese idiota nos arruine la noche.

—En realidad eres tú con tu actitud lo que la puede arruinar. Debiste aceptarle la copa, así no le hubieras dado el gusto de salirse con la suya.

—¿Por qué suenas molesta?

Tenía muchas razones, y decírselas sería innecesario. Además, temía terminar llorando, por ello negué y actué como si nada. Los siguientes minutos transcurrieron con lentitud. Nos llevaron dos platillos que no pude disfrutar, pues la desilusión me quitó el apetito. Y después un postre que rechacé y dos copas más que tampoco acepté. Justo cuando retiraron los platos busqué dentro de mi bolsa el regalo en el que tanto había pensado y lo puse sobre la mesa.

—Tengo un obsequio para ti. Es una tontería, pero creo que te hará sonreír.

—No era necesario, Abril, pero lo agradezco mucho.

Tomó mis manos y las llevó hasta sus labios para darme un beso tierno que no me provocó nada. Estaba tan molesta que la rabia bloqueaba cualquier otra emoción. Abrió el regalo apenas me soltó. Era una corbata con estampado de motocicletas, una tontería que encontré graciosa y adecuada. Con Franco me encontraba en una zona gris, no quería darle un obsequio que cruzara la línea de nuestra supuesta amistad.

—Como tendrás que ponerte trajes más seguido, pensé que necesitarías una corbata acorde para combinarlos.

Me tomó por sorpresa que se levantara de su silla para besarme la mejilla, pero aquel gesto me fue indiferente. No podía olvidar que estaba molesta con él. Solo quería irme a casa para acabar con la cita de una vez, por ello sentí alivio cuando pidió la cuenta.

—¿Estás bien? —preguntó mientras retiraba la silla para que pudiera levantarme.

—Sí, hoy fue un día largo, solo quiero llegar a casa a descansar.

Me ofreció su brazo, y aunque no quería aceptarlo, terminé cediendo. Deslicé mi mano por el hueco que dejó disponible y caminé a su lado, comportándonos como si fuéramos una pareja. Ni siquiera podía culparlo de todo lo que pasaba, nunca debí aceptar algo que terminaría haciéndome daño. Franco no sentiría algo por mí jamás.

—También tengo un obsequio para ti, además de las rosas, pero se quedó en casa. Puedo ir por él y llevártelo.

—No, no te preocupes, puedes dármelo otro día.

—Aby, no quiero que estés enojada conmigo.

Que me llamara de aquella forma me sorprendió, pues solo mi hermano, mi tía y mis amigas eran las únicas personas que me decían así. El tono dulce y aquel diminutivo cariñoso me cortó la respiración por un instante. Entonces lo consiguió, y aunque el enojo no desapareció, la calidez que sentí lo disminuyó lo suficiente como para sonreírle. No tenía ninguna experiencia en el tema, por ello no dejaba de preguntarme si aquello era normal. Si las mujeres teníamos el vicio de ilusionarnos con facilidad, de buscar con desesperación el más mínimo interés para autoengañarnos.

—No estoy enojada, solo siento que tu actitud arruinó la cena.

—El idiota de Christian arruinó la cena. Iré por el auto, espérame —pidió en un tono casi suave y se marchó hacia el estacionamiento.

De la nada cada vello de mi piel se erizó, y erguí la espalda como un acto reflejo a la mirada que sentí fija en mí. No necesité voltear para saber que se trataba de Christian. De nuevo pude reconocer su fuerte energía oscura que me atraía como si se tratara de un imán. Su perfume fue lo siguiente que delató su presencia, no podía explicarlo, sentía que aquella fragancia había sido creada especialmente para él. Era fuerte, masculina y un poco adictiva.

—¿Me estás siguiendo o es una casualidad que viniéramos al mismo lugar?

No volteé, como seguramente él esperaba. Aguardé a que fuera él quien buscara mi mirada, y así lo hizo solo unos segundos después. Se colocó a mi lado, apoyando los brazos en el barandal, tal y como lo estaba haciendo yo. Estaba vestido de negro, luciendo ligeramente peinado, y tan atractivo que me obligué a apartar la mirada.

—Teniendo en cuenta que yo llegué antes que tú, creo que el que me sigue es otro.

—Y no te equivocas. —La pequeña sonrisa que se formó en sus labios me hizo pensar que bromeaba. Christian no sonreía tan seguido, tal vez por ello vi por más tiempo del normal la curvatura de sus labios, que se extendió por varios segundos—. Quiero hablar contigo.

—Habla —dije un poco nerviosa, porque de la nada su rostro adoptó una expresión de seriedad que me asustó.

—No aquí, no en este momento. Es una conversación que debemos tener con calma.

—Puedo atenderte en mi oficina, estaré…

—No tiene nada que ver con la dichosa boda. ¿Puedo verte en otro lado?

Por un momento no supe qué decirle, me sentí acorralada por su presencia y por la manera en la que me observaba, y aunque no nos encontrábamos tan cerca percibía su calor corporal. Debí cuestionarle el motivo de aquella conversación, pero enmudecí ante sus dedos jugando con mi pelo.

—En mi casa.

—Me parece bien —Debió tener algún efecto hipnótico la manera en la que enrolló un mechón en su dedo, porque no quería verlo en mi casa. Su respuesta me hizo darme cuenta de ello—. ¿Te lo cortaste?

—Solo un poco.

—Quedó perfecto. Me gusta mucho.

—Gracias. —Mi voz fue apenas un susurro, cargado de incomodidad, porque me percaté de que cada vez que su brazo rozaba el mío, sentía algo parecido a un escalofrío.

—Nos vemos mañana entonces. A las cuatro está bien para mí.

—Pero no te he dicho que esté bien para mí.

—Nos vemos mañana a las cuatro.

Tuve toda la intención de replicarle, incluso separé los labios, dispuesta a cancelarle; sin embargo no pude decir una sola palabra gracias a su repentino tacto. Christian apoyó la mano derecha en mi cintura y bajó el rostro para ofrecerme un beso sobre el hombro, fue tan suave que me resultó inevitable estremecerme. Él se quedó ahí por algo más que un segundo, o al menos fue lo que sentí en ese instante.

—Christian, solo fui al baño y desapareciste.

Como acto reflejo aparté su mano de mi cintura en cuanto la voz de su novia llegó a mis oídos. Volteé y le sonreí, sintiendo el deseo de disculparme como si hubiera estado haciendo algo malo, porque así se sentía. Su novio se tomó de nuevo atribuciones conmigo, y no pude hacer nada para detenerlo.

—Hola, Lena.

—¿Abigaíl, cierto?

—Abril, Lena —la corrigió él con fatiga—. Pensé que te ibas a tardar horas maquillándote de nuevo.

—¿Podemos regresar a cenar? Tengo hambre.

—Claro, adelante. —Por varios segundos Lena se quedó esperando a que Christian se moviera. Yo también. Incluso tuve ganas de pedírselo. Pero ella entendió que no se iría, dio la vuelta y caminó hacia la entrada. En ese instante un claxon sonó y supe que Franco ya esperaba por mí—. No soy un caballero, pero no tocaría el claxon para llamarte. Te veo mañana, ángel.

—¡Abril! —gritó Franco, asomando la cabeza desde la ventana.

Volteé antes de que Christian entrara al restaurante y bajé los escalones, molesta con Franco por haberle dado otro motivo para que se burlara de mí. Abrí la puerta del copiloto y cerré con un portazo que lo hizo voltear para verme.

—No era necesario que tocaras el claxon.

—¿Qué tanto hablabas con Baxter?

—Trabajo, solo trabajo —le respondí con la mirada pérdida. Nada había salido como imaginé. San Valentín volvía a ser un asco.

***

—Repíteme por qué debo acompañarte.

Aunque Maia sonó fastidiada, terminó siguiéndome a la cocina con Nala entre los brazos.

—No quiero estar sola con Christian.

—Pudiste citarlo en un lugar público.

—Ayer no pude pensar en eso. Se me ocurrió hasta hoy.

—Pudiste llamarlo para decírselo.

—¿Crees que tengo su teléfono?

—¿No contemplaste la opción de escribirle un mensaje por Instagram? Recuerda que ya se ha comunicado contigo por ahí.

—¿Comunicado? Lo único que ha hecho es molestarme. No le escribí un mensaje porque no sé… supongo que alguien se encarga de atender sus redes sociales. Eso hacen las personas famosas, ¿no?

—Ni idea, Aby. No conozco a ningún famoso. Todo esto de Christian me parece raro.

—A mí también, no tengo idea de lo que quiere hablar.

Abrí las latas que acababa de sacar del refrigerador y las coloqué sobre la barra de la cocina, mientras Maia ponía a Nala sobre el piso, que tras erguirse tomó asiento, sin dejar de observarme con detenimiento.

—¿Estás segura de que no lo sabes?

—¡Que no! Te lo habría dicho. Solo se acercó de la nada y me dijo que quiera hablar conmigo.

—¿Franco sabe de esto?

Negué tras sorber mi soda, percibiendo cómo mi incomodidad crecía. Ya no quería decirles más mentiras a mis amigas de mi relación con Franco.

—Tampoco creo que le importe tanto.

—Si tuviera una novia que hace una cita para hablar con un hombre que luce como Christian, me importaría mucho. Christian es la viva imagen del pecado. —Cerró los ojos y sacudió el cuerpo, haciéndome reír por aquel gesto—. Sabes que no puedes fijarte en un hombre así, pero la tentación termina seduciéndote.

La soda se escapó por mi nariz ante mi ataque de risa. Encontré gracioso lo que dijo, y la forma en la que lo hizo, y la mirada que me ofreció tras terminar. Tuve que tomar una servilleta para no salpicar todo el piso, mientras Maia se reía de mí casi a carcajadas.

—También es grosero, poco caballeroso, engreído y se cree con el derecho de sujetarme como se le dé la gana.

—Analicé su Instagram, sus fotos, sus destacados. Es un narcisista que se sabe guapo, talentoso y sexy. Un hombre seguro de sí mismo, con la facilidad de conseguir cualquier cosa y a cualquier chica. Es peligroso.

—¿Sexy?

—Abril, tienes que ver sus fotos entrenando. Tiene la proporción necesaria de masa muscular y adivina qué más tiene.

—¿Tatuajes?

—Mierda, sí, tatuajes. ¿Cómo lo sabes? ¿Ya lo viste sin camisa?

—Tal vez sí le eché un vistazo a sus fotos. —Ambas reímos a carcajadas una vez más, y nada me hizo más bien que eso—. No sé qué me pasa con él, siento que lo conozco de antes. No puedo explicarlo.

—Me da la impresión de que Franco va a quedarse sin novia.

—Christian tiene una prometida, y no quiero hablar de Franco.

—¿Tan mal estuvo todo?

—Estuvo horrible, pero fue mi culpa por crearme falsas expectativas.

—Aby, no quería decírtelo, pero… ¿no crees que Franco solo pueda…? No sé cómo decirlo sin que suene tan mal.

—Solo dilo —supliqué.

—Estar utilizándote. Todos los motociclistas tienen novias hermosas, tal vez no quiso quedarse atrás y…

—Yo no soy una modelo, Maia —la interrumpí—, no soy una influencer, nadie relevante como las novias de los demás. Solo ve a Lena, la prometida de Christian. ¿Has visto sus fotos?

—Pero eres muy linda.

—Como tú, o como Diana, ella sí es hermosa.

—Ay, lo sé. ¿Cómo mierda puede ser tan bonita? Hace que todas nos veamos feas a su lado —bromeó—. A lo que voy es que Diana, por ejemplo, no es cercana a Franco. Él no podría acercarse y pedirle que fueran novios así de la nada. En cambio, él sabe que tú estás interesada en él desde hace mucho.

—Obvio no lo sabía. Fui discreta.

—¿Discreta? —Su carcajada burlona me sentó mal. Según yo había sido discreta, y me encontraba decidida a defender mi punto.

Mientras mi amiga continuó riendo miré la hora en mi teléfono. El reloj marcaba las tres y cincuenta, faltaban diez minutos para que Christian llegara, en caso de que fuera puntual. La posibilidad de cambiarme pasó por mi cabeza, pero me arrepentí de inmediato. Perdida en mis cavilaciones miré en dirección al ventanal, desde donde observé el jardín. La tranquilidad que hallé me puso en alerta.

—¿Dónde está Nala?

—Estaba aquí, seguro salió al jardín.

—¡Nala! —grité, percibiendo un temor que creció al llegar corriendo hasta el jardín, en donde no había rastros de mi perra—. ¿Dejaste la puerta abierta?

—No, la cerré.

—¡Está abierta!

—Ponte zapatos, vamos a buscarla.

El ruido de un frenazo seguido por el de unas llantas derrapándose en el pavimento me dejó congelada. Sabía que se trataba de ella con tanta certeza que la garganta se me tensó en acto. Temblando me moví para llegar a la puerta, ignorando lo que Maia decía. Mis piernas débiles se detuvieron después de un par de pasos ante la presencia del hombre que cruzó el umbral con mi perra entre los brazos.

El aire que se había atascado en mi garganta llegó con fuerza a mis pulmones. El alivio que experimenté en segundos me llevó a suspirar, al mismo tiempo en el que puse mi mano sobre el punto donde mi corazón latía desbocado.

—No deberías dejarla salir sola a la calle. Tiene suerte de que sea experto en frenar.

El rastro de arrogancia que se filtró en su voz no me molestó en lo absoluto, rompí la distancia que nos separaba para sujetar a Nala. Mi perra estaba agitada, emitiendo débiles aullidos por los brazos extraños que la sostenían. Nuestros cuerpos se rozaron al tomar a Nala y, de nuevo, el contacto con su piel hizo que se pusieran mis vellos de punta. La emoción que apretaba mi garganta evitó que pudiera prestarle atención a ello. Solo disfrutaba el alivio que me recorría.

—Lo siento tanto, Nala. ¿Estás bien, mi amor? —Nala aulló más fuerte, como si la manera en la que la apreté contra mi pecho la incomodara.

—Juro que no me di cuenta de que la puerta no estaba bien cerrada —dijo Maia, alterada—. ¿Estás asustada, Nala?

Mi nerviosismo provocó que terminara apoyando la frente sobre su hombro. Ese impulso surgió de mi debilidad, y solo fui consciente de él hasta que percibí el calor de su palma abierta sobre mi espalda. Mi cuerpo reaccionaba de una manera extraña a Christian, un largo escalofrío me recorrió de pies a cabeza por su tacto.

—Ella no va a responderles. Los perros no hablan.

Me hallé tan afectada por el temor de perder a Nala que ignoré su comentario. Con la respiración aún acelerada di un paso hacia atrás, para poner algo de distancia entre los dos

—Gracias por traerla de regreso, estaba a punto de enloquecer.

La mirada de Christian se quedó fija en mis labios por un largo momento mientras asentía, hasta que Maia se acercó a mi lado, para acariciar la cabeza de Nala. Christian observó a mi amiga y con una sonrisa en los labios, extendió la mano.

—Christian, mucho gusto —dijo él, comportándose con un poco de educación.

—Maia, igualmente.

—Christian, ella es mi amiga.

—Tu amiga es un poco descuidada, ángel. A tu perro pudo pasarle cualquier cosa por dejar la puerta abierta.

—No le hagas caso, Maia. Él siempre es así de fastidioso. Y es una perra, no un perro.

—Y yo que pensé que te parecía encantador.

No debía sonreír, pero me fue complicado mantenerme seria con su respuesta y el tono de voz que usó.

—¿Quieres pasar para que hablemos dentro? —le pregunté.

En lugar de verme a mí, Christian le clavó los ojos a Maia. Fue solo un breve momento, pero en cuanto apartó la mirada y aclaró la garganta, Maia dio un paso hacia el frente.

—Aby, me acaban de llamar, debo irme. Me espera alguien en casa.

—¿Qué? Pero teníamos planes…

—Lo sé, pero es urgente, te cuento más tarde. Iré por mis cosas.

—¡Maia! —grité al ver que se iba hacia la casa, pero fue en vano. Maia no se detuvo, trotó hacia la puerta, de la que salió solo segundos después con su bolso en la mano.

—Esta vez sí cerraré la puerta —aseguró al pasar a nuestro lado.

Resignada, tomé una honda respiración que le pareció graciosa a Christian, pues sonrió. Con Nala entre mis brazos lo guie hacia adentro. Me había afectado tanto lo que acababa de ocurrir que, en lugar de quedarme en la sala, lo llevé hacia la terraza, buscando la tranquilidad que necesitaba.

Christian se movió con confianza, tomo asiento en el sillón que se balanceaba y palmeó el espacio a su lado, lo cual me dejó completamente congelada.

¿Qué mierda estaba pasando? ¿Por qué todo se sentía tan familiar? Me pregunté eso cuando puse a Nala sobre el piso y moví mis pies hasta su lado. Me senté tan cerca que nues tras piernas se rozaron.

—Aún estoy un poco nerviosa por lo de Nala. ¿Te molesta? —le pregunté, tomando el incienso que yacía sobre la mesa. Negó al mismo tiempo que comenzó a mecerse, dificultándome la labor de encenderlo.

—Este lugar es agradable, me gusta mucho.

—Mi tía lo decoró, la hamaca es mi único aporte.

—Se ve cómoda, ¿crees que quepamos los dos?

—¿De qué querías hablar conmigo? —contraataqué al sentirme acorralada. Quería que se marchara, porque su sola presencia alteraba mis latidos; aún estaba vulnerable por el susto.

—¿Por qué sigues tan asustada? La perra está bien, relájate.

No pude contener el impulso de golpearle la pierna, el fastidio en el tono de su voz me sentó mal. Christian era insensible y tan hábil que envolvió mi muñeca con sus dedos y no me permitió apartarla de inmediato.

—No puedo relajarme, la posibilidad de que le hubiera pasado algo me pone mal. Nala no es solo mi mascota, es mi soporte emocional. Es lo único que tengo.

—¿Por qué, ángel? —cuestionó con un tono más suave, que me hizo sentir en confianza.

Respiré hondo con la vista clavada en Nala, mientras Christian esperaba una respuesta sin dejar de balancearse. Dejé de mirarla cuando percibí el calor de su brazo en mis hombros.

—Mi tía murió.

—Eso lo sé.

—Ella era la única familia que me quedaba. Mis papás murieron hace muchos años, y mi hermano hace tres. Estoy sola. Nala es mi compañía.

—¿Cómo murieron tus papás?

—En un accidente automovilístico.

Aunque me di cuenta de que su mano se hallaba en mi hombro, no hice nada para apartarla, la suave presión se sintió agradable en ese momento que necesitaba sentirme arropada.

—¿Y tu hermano?

Hablar de Sam me era complicado. Miré hacia el cielo aún naranja y me tragué el nudo que se hizo en mi garganta por el sentimiento. Christian debió darse cuenta de que estaba a punto de llorar, porque se recorrió sobre el asiento para acercarse más.

—Era piloto, corría en la misma categoría que Franco. Durante una carrera se estrelló contra una barda a una velocidad que terminó provocando que su casco saliera volando. Estuvo dos semanas en coma, antes de morir. Y mi tía murió de cáncer. ¿Algo más que quieras saber?

—No quería molestarte, solo quería saber qué había pasado. —La honestidad en su voz y el apretón en mi hombro me hizo sentir reconfortada—. Dijiste que tenías amigas, entonces Nala no es lo único que te queda.

—¿Has perdido a alguien? —Volteé el rostro para observarlo por primera vez desde que nos sentamos juntos. La camiseta blanca dejaba al descubierto un tatuaje en su brazo izquierdo y otro en el derecho. Me concentré en ellos para huir de sus ojos.

—Algo así.

—¿Tienes hermanos? —pregunté, sin querer ahondar en su primera respuesta.

—No. Solo somos papá y yo.

—¿Vive contigo?

—Gracias a Dios, no.

Bajé la mirada para observar a Nala, que se acercó moviendo la cola y se paró en dos patas sobre mis piernas.

—Nala, saluda a Christian —dije, tras levantarla del piso.

—No, así estamos bien.

Nala comenzó a olfatearlo, jugando con la mano que Christian extendió para evitar que se le acercara. Tras un par de falsos mordiscos le rascó tras la oreja, logrando al fin que mi perra se controlara.

—¿Sabes qué necesita tu perra?

—No voy a darla en adopción —respondí.

—Disciplina.

—Es una bebé.

—Es la etapa perfecta para enseñarle a comportarse.

—¿Qué signo eres? —Nala ladró cuando Christian comenzó a reír, como si aquel sonido le molestara. Era una carcajada ronca que me irritó, tuve que golpearle la pierna de nuevo, puesto que sentí que se estaba burlando de mí—. ¿De qué te ríes?

—No puedes creer en esas cosas.

—Dime qué signo eres —insistí.

—No lo sé.

—¿Cuándo naciste?

—¿También me pedirás el año?

—Y la hora y el lugar.

Nala estaba tan inquieta ladrando que Christian tuvo que ponerse de pie, aun así, la risa no se le acababa, el muy idiota no podía dejar de burlarse de mí.

—Ya veo que estás más tranquila. Es hora de irme. Tengo una puta reunión con mi equipo de la que no puedo huir.

—¿Qué? ¿Te vas? Pero no me dijiste nada.

—Hoy no es el momento, te cuento mañana. ¿Te parece?

—No, estaré ocupada. Tengo una boda casi tan grande como la tuya y la de Lena.

De alguna manera mi comentario rompió con la atmósfera, Christian se puso serio y yo me sentí incómoda por su prometida. ¿Qué pensaría si se enterara de que fue a mi casa y me recosté en él?

—Entonces cuando te desocupes.

—La otra semana es la prueba oficial de Franco y me pidió que lo acompañara. Saldré de la ciudad.

—En dos semanas es la mía, ¿quieres venir?

—Lleva a tu prometida.

—Deja de hablar de Lena y del perdedor cuando estés conmigo. Dame tu teléfono, te llamaré para saber cuándo estarás disponible.

—No, te escribiré un mensaje por Instagram.

—No, dame tu teléfono.

—Nunca respondo, sería una pérdida de tiempo que intentes localizarme.

—A mí sí me responderás, dámelo.

—Dime tu signo.

—Primero tu número.

Miré por varios segundos su teléfono extendido antes de tomarlo. Debí hacerme de rogar un poco más, pero terminé tecleando mi número y luego escribí mi nombre para registrarme. Al entregárselo aparté a Nala de mis piernas para acompañarlo hasta la puerta.

—¿Y bien, tu signo?

—¿Abril?

—Así me llamo.

—Lo cambiaré —anunció, con toda la atención volcada en la pantalla—. Ángel, así está mejor.

—Christian, tu signo —insistí al llegar al rellano de las escaleras.

—Escríbeme un mensaje para recordarme que te lo dé.

—¡Christian! —rechisté molesta. No se inmutó por mi enojo y caminó hasta la puerta que lo llevaba hacia el jardín, a donde, por supuesto, lo seguí—. Eres un tramposo.

—Claro, ¿por qué crees que siempre gano?

—Dímelo.

—Puedes googlearlo.

—Eso no forma parte de nuestro trato.

No le importó lo que dije, salió de la casa y tomó el casco que dejó sobre la moto. En lugar de ponérselo de inmediato subió a su enorme moto, la que aceleró solo para hacer rugir el motor. Era un idiota.

—De verdad es importante lo que tengo que decirte. Responde cuando te llame.

—Tu signo —insistí.

—Escorpión, y si crees que el tuyo no es compatible con ese, busca el que sea compatible y será el mío —dijo antes de ponerse el casco, y marcharse tan rápido que no tuve tiempo de decir algo.

CAPÍTULO 8

Christian

—Se llama Danna, forma parte del personal médico de su equipo. Está casada y tiene dos pequeños hijos.

Aunque escuché perfectamente la voz del investigador, mi atención estaba por completo en las fotos entre mis manos. La cara del maldito perdedor y de su acompañante fueron captadas con nitidez, pese a la distancia a la que fueron tomadas. En la secuencia de imágenes aparecían en un autódromo abrazados, tomados de las manos y besándose.

—Entonces se está cogiendo a una mujer casada que es parte de su equipo.

—La última semana se vieron todos los días. Averigüé que hace seis meses el esposo inició los trámites de divorcio. Sin embargo, la demanda no avanzó porque hubo una reconciliación. Él estaba pidiendo la custodia de los niños, alegando que ella los había descuidado por sus constantes viajes de trabajo y la aventura que mantuvo.

—¿El esposo lo sabe?

—Tal vez piensa que la aventura ya terminó. Ella regresa a casa todas las noches y sigue una rutina con su marido.

—¿Qué hay de él? ¿Qué tanto ve a Abril?

—La única vez que estuvo con ella fue cuando regresaron juntos después del viaje. Esa misma noche, después de llevarla a su casa, se reunió con Danna en su departamento. Tengo imágenes de ella llegando al lugar.

La única razón por la que no le conté a Abril lo que vi la noche de San Valentín fue por la falta de pruebas. Me negaba a que tomara como un simple chisme lo que descubrí. Cuando me enteré de que ella lo había acompañado a su prueba oficial sentí como si me dieran una patada en las pelotas. Las fotos que vi un rato atrás en las cuentas oficiales del campeonato estaban frescas en mi mente. Abril estaba en ellas, sonriendo con timidez al lado del imbécil de su novio.

—Me quedo con estas —dije, tomando el sobre—. Envíame todo a mi teléfono de una vez.

—Entendido.

Después de estrecharle la mano salí del auto con un suave portazo. Se suponía que en lo único que debía estar concentrado era en la preparación previa a mi prueba; sin embargo, tenía la necesidad de acabar con ese asunto de una vez. Era inadmisible postergarlo. Cada día transcurrido en el que Abril seguía con él, mis deseos de patearle el culo en la pista se duplicaban.

—¿Dónde mierda estabas? —preguntó Javi en cuando regresé del estacionamiento—. Solo fui al baño y desapareciste.

—Encargándome de unos asuntos.

Javi me ofreció una mirada cargada de reproche que me costó trabajo ignorar. Llevaba gran parte de la mañana a mi lado. Supervisó de cerca mi entrenamiento físico, estudiamos juntos las pruebas oficiales de los otros pilotos y luego me vigiló de cerca cada minuto que pasé en el simulador. Estaba harto de él.

—Deja el teléfono, tienes que ver esto.

Me puse de pie sin acatar su petición. El teléfono continuó entre mis manos mientras rodeaba el escritorio para ver lo que fuera que quisiera mostrarme. Estaba buscando en la cuenta de Abril cualquier foto de su amiga que me llevara a su perfil, para poder comunicarme con ella. Lo conseguí en el momento en el que Javi me señalaba en la pantalla la manera en la que mi compañero de equipo entró en una curva. Fingí prestarle atención, pero sin dejar de mover los dedos en el teclado, escribiendo un mensaje que esperaba fuera respondido rápido.

—¿Esa mierda te impresiona? Puedo hacerlo mejor.

—Eres un imbécil, Christian.

Maia leyó mi mensaje casi de inmediato, pero no lo respondió. Me vi obligado a recordarle que me debía un favor por mi silencio, y solo entonces llegó la respuesta que esperé. Sin perder tiempo tecleé la hora en la que podía verla para ponerla al tanto de la situación que acababa de descubrir, ella se encargó de elegir la ubicación. Aunque quería ser el que pusiera en evidencia al maldito perdedor, sabía que no sería lo más conveniente.

Dejé mi teléfono a un lado para concentrarme en Javi y en todas las indicaciones que continuó dándome. No se marchó hasta que todo quedó listo para mi prueba, unos quince minutos antes de mi cita con Maia. Sin perder tiempo salí de casa para reunirme con ella. Eligió una cafetería concurrida a la que llegué sobre mi motocicleta, intentando pasar inadvertido.

El ruido del motor captó la atención de un par de personas que conversaban afuera del lugar, por lo que decidí quedarme con el casco tras bajar, para evitar detenerme a saludar.

El ruido de murmullos femeninos predominaba en el sitio al que me adentré con prisa. Encontré a Maia en las mesas del exterior, me estaba dando la espalda, pero reconocí su pelo rizado que caía bajo sus hombros. Mi teléfono vibró en mi bolsillo mientras me acercaba a la mesa. Era Lena, no tuve la necesidad de sacarlo para bloquearlo. Como le había prometido que la vería esa noche, supuse que desde que empezara la tarde me lo estaría recordando con varios mensajes.

—Maia.

Se sobresaltó en cuanto dije su nombre, evidenciando un nerviosismo que me pareció divertido. En los breves mensajes que intercambiamos nunca le revelé el motivo por el que quería verla. Supuse que aquella actitud obedecía a la curiosidad que podría estar sintiendo.

—Tengo un rato esperándote. ¿De qué quieres hablar conmigo?

—Al menos deja que me siente, me quite el casco y me ponga cómodo.

La seriedad en su rostro se suavizó un poco ante mi respuesta. Estaba tensa e incómoda. La rigidez con la que estaba sentada lo reflejaba. Aun así, me tomé mi tiempo para acomodarme.

—Tengo mi última clase en media hora.

—Así que aún estudias. ¿Abril también? ¿Pediste algo?

—Sí.

—¿Sí a qué?

—Sí pedí algo.

—¿Y mi pregunta con respecto Abril? —Mi curiosidad me obligó a fingir simpatía, le sonreí cuando me observó y frunció el ceño, como si estuviera molesta conmigo.

—No, Aby se graduó un año antes, tomó créditos extras antes de que su tía se enfermara de gravedad. ¿Me citaste para interrogarme?

—No, pero me interesa saber unas cuantas cosas. ¿Cuántos años tiene?

—No te voy a dar información de mi amiga. ¿Para qué querías verme?

—Cuando alguien sabe algo comprometedor de ti debes actuar con prudencia, porque ese alguien puede contarlo todo.

Observé con detenimiento cada gesto de enfado en su rostro. A simple vista parecía estar al comienzo de los veinte; su piel pálida estaba ligeramente maquillada, por lo que pude estudiar todos sus rasgos. Apoyé los brazos en la mesa y me eché hacia adelante, con el propósito de instarla a hablar usando el viejo método de la intimidación.

—Veintidós, cumplirá veintitrés pronto.

—Eres lista. —Mi sonrisa pareció irritarla, pues puso en blanco los ojos.

—Lo que no soy es paciente. ¿Qué querías decirme?

—El novio de Abril tiene una relación con alguien más, forma parte de su equipo médico, se llama Danna y llevan saliendo algo de tiempo.

—¿Qué?

El asombro que se dibujó en su rostro se intensificó cuando saqué mi teléfono para mostrarle una foto. No quería que tuviera ninguna duda de lo que le estaba diciendo, por ello le envié la imagen en cuanto lo soltó.

—La tienes en un teléfono, acabo de enviártela.

—Pero espera, ¿cómo sabes esto? —cuestionó, visiblemente sorprendida.

—Escuché rumores y los he visto juntos. Está engañando a Abril desde que comenzaron a salir.

—Es un maldito. ¡Dios!, Aby va a estar deshecha. Está enamorada de Franco desde hace años. Él no puede hacerle esto.

El cambio brusco del ritmo de mi respiración obedeció a la

molestia que me generó escuchar aquella información. Mis deseos de patearle el culo se triplicaron. Javi tendría que estar agradecido por Abril, pues yo terminaría coronándome con la mayor cantidad de puntos al final de la temporada.

—Dile todo a Abril antes de que le siga mintiendo más. Te enviaré otras dos fotos, para que se las muestres.

—Espera, Christian, esto es grave. Le está siendo infiel.

—Por eso dile de una vez. No esperes a que siga haciéndolo.

—No, no puedo hacerlo sola. No conoces a Aby, lo mal que la ha pasado los últimos cinco años. Es un imbécil, quiero golpearlo. Pediré refuerzos, se lo diremos todas juntas —dijo mientras escribía algo en su teléfono.

—Maia, debes decírselo de una vez —estaba tan concentrada en su teléfono que me obligó a quitárselo, quería su atención—. No puedes dejar pasar más tiempo, ¿quieres que la siga engañando?

—No, pero no voy a correr ahora mismo a decirle algo así. Déjame pensar cómo hacerlo, esto es difícil.

—No tienes qué pensar nada. Vas a su casa. Le dices lo que ahora sabes y listo.

Me negaba a esperar a que recogiera el valor para poner a Abril al tanto de todo, no quería que estuviera un minuto más con el perdedor. Ver cómo se negaba a hacerlo me frustró, odiaba que las cosas no salieran como las planeaba.

—No, esperaré a Diana y a Mich para que le digamos juntas. Cuando te dicen algo así necesitas contención. Abril se está haciendo cargo del Bride's, el próximo fin de semana tienen una boda grande, la pobre no ha dejado de hablar de eso. Tiene que ser funcional al menos hasta que pase esa. Dios, qué horrible es ser un adulto —se quejó al mismo tiempo que se pasaba las manos por la cara—, debemos agendar hasta las crisis.

—¿El próximo fin de semana?

—Sí, Eli renunció de nuevo. Dejó a Abril otra vez sola a cargo de toda la tienda. Y bueno, ya sabes cómo es Abril, bueno, tú no sabes, pero es básicamente un manojo de nervios cuando tiene que tomar decisiones. Nunca quiso meter sus narices en eso, pero no hay nadie más que pueda hacerlo.

—¿Quieres que Abril continúe engañada por casi dos semanas más? Si no se lo dices tú, lo haré yo cuanto antes. Y tal vez tome mucho peor todo. Me imagino que le molestará que su amiga, estando al tanto, no haya querido contarle de inmediato.

—¿Me estás amenazando?

—No, solo te estoy contando lo que haré. Le diré que tú lo sabías y también lo que pasó con su perra. Eso de guardar secretos no es para mí.

—¡Christian!

—Yo invito —dije mientras me ponía de pie para marcharme—. Tienes cuarenta y ocho horas para contarle, de lo contrario lo haré yo.

Dejé efectivo sobre la mesa y volteé sin despedirme. Estaba dispuesto a decirle todo a Abril en el plazo que le puse. Lo de ser funcional me importaba una mierda, la quería lejos de Franco lo más pronto posible.

***

—¡Christian!

Me detuve en seco a unos pasos de la puerta de mi casa, tras escuchar mi nombre y el molesto ladrido de un perro. Siguiendo la dirección del sonido giré el rostro hacia la derecha y entonces vi a Abril caminando hacia mí con una correa rosa en las manos y su perra al lado. Me repuse de la sorpresa en cuestión de segundos, y mientras se acercaba me puse a observar cómo el vestido corto estampado floral se movía por el aire que entraba de la puerta abierta y revelaba más de sus piernas bronceadas. Tenía pulseras en los tobillos, era la primera vez que me percataba de ello.

—¿Me estabas esperando?

La seriedad en su rostro me tomó desprevenido, nunca vi aquella expresión de enfado desmedido en ella. La perra, que no había dejado de ladrar, se mostró más descontrolada cuando estuvo frente a mí, se puso en posición de ataque haciendo un ruidoso escándalo con sus ladridos.

—¿Quién te crees para amenazar a mis amigas y para investigar sobre mi vida?

—¿Qué? —Alcé las cejas por la impresión de verla así, casi rabiando. Tenía los ojos brillantes y respiraba rápido—. ¡Nala, cállate! —grité ya fastidiado.

—No le hables así a mi perra.

Me quité la gorra en un acto que reflejaba el desconcierto que sentía, y entonces la perra dejó de ladrar. Me observó moviendo la cabeza ligeramente de un lado a otro, como si estuviera reconociéndome; se acercó para olfatearme, y cuando estaba listo para hacer que se alejara, movió la cola mostrando simpatía.

—¿Qué haces aquí? ¿Cómo supiste que...?

—Eres mi cliente, tengo tus datos. Por cierto, dile a tu prometida que cancelaremos el contrato, no pienso continuar trabajando para alguien que es capaz de extorsionar a otra persona que ni siquiera conoce. Eres un idiota, Christian.

—¿A quién se supone que extorsioné?

—Sabes perfectamente de lo que hablo.

—No lo sé, ángel, por algo te lo estoy preguntando.

Verla cruzar los brazos y plantarse frente a mí fue muy gratificante. La mayor parte del tiempo nadie tenía las agallas para mirarme de una manera tan desafiante. Sonreí un poco, con satisfacción, fascinado por el olor que desprendió su pelo suelto al mecerse con el viento.

—No te vuelvas a meter conmigo, ni con mis amigas. Y la próxima vez que quieras que me entere de algo, ven y dímelo de frente.

Pese a su evidente enojo me tomé todo con calma.

—Vamos a hablar, sube conmigo.

—Yo no tengo nada que hablar contigo, ya te dije todo lo que tenía que decir.

—Seguro te falta insultarme o algo por el estilo, sube. No pienso seguir discutiendo contigo en pleno *lobby*, vamos.

—Que no —soltó en voz alta, ante mi intento de tomarla del brazo. Nala ladró de inmediato y no pude evitar reír, aún era un cachorro, no lucía en lo absoluto amenazante.

—Si viniste aquí es por algo, vamos a hablar. Me estás acusando, voy a darte mi versión de lo que pasó.

Por varios segundos se mostró indecisa, hasta que de la nada emitió un largo suspiro y asintió. La notaba tan contrariada que me pregunté si su enojo hacia mí era lo único que la tenía así.

—Solo quiero que sepas que nunca pondré en duda lo que alguna de mis amigas diga.

—Está bien, vamos. No, solo tú, la perra puede esperarte aquí. El portero va a cuidarla.

—Eres un idiota en todo el sentido de la palabra. Nala va conmigo si quieres que suba.

—Otro insulto en menos de cinco minutos, estás rompiendo un récord, Abril.

Caminó hacia el elevador con la perra a su lado, actuando con indiferencia ante mis palabras. Resignado, la seguí hasta acomodarme en el interior, soportando que Nala me olfateara. Abril estaba tan molestaba que no era capaz de mirarme, lo cual aproveché para observarla con detenimiento. Tenía un estilo que no podía definir, la había visto usando vestidos ajustados y tacones, pantalones holgados y faldas largas y coloridas. Parecía peinarse y maquillarse acorde a su humor, y todo aquello me resultaba entretenido; adivinar cómo se vería la próxima vez que la tuviera enfrente se estaba haciendo una constante en nuestros encuentros.

Como si se percatara de mi mirada volteó el rostro para observarme por encima del hombro, estaba lista para confrontarme, solo el ladrido de Nala lo evitó. En cuanto las puertas se abrieron se zafó del agarre de Abril y corrió hacia la sala, mientras Mariam, que venía saliendo de la cocina, se quedó impresionada por la presencia de la perra.

—Hola, Mariam.

—Señor, no lo esperaba.

—¡Nala! —la reprendí al verla subir a mi sillón.

—Hola, mucho gusto, me llamo Abril.

Mientras Abril se presentaba con mi ama de llaves fui directo hasta su perra, la tomé entre mis manos y la puse en el suelo, soportando sus ladridos.

—Mariam, no dejes que se suba a ningún lado, cuídala.

—¿A quién? ¿A la perra? —cuestionó casi con rechazo, pero asintió al fin.

—Sí. Abril, sígueme.

—Quiero que Nala vaya conmigo.

—Estará bien con Mariam.

Le cedí el paso apuntándole el pasillo que llevaba hacia mi cuarto de entretenimiento, a donde nos dirigimos en medio de un denso silencio. Abrí la puerta y la dejé pasar, notando como observó con curiosidad el simulador instalado en medio de la estancia, en el que solía practicar casi a diario.

—Sé todo lo que le dijiste a Maia. Me lo contó todo, hasta que la amenazaste con contarme que Nala se le escapó en un centro comercial. ¿Cuántos años tienes, Christian, para actuar de esa manera? —preguntó mientras se acomodaba sobre el sillón cerca de la ventana.

—Veinticinco.

—Y encima te parece gracioso.

—Solo respondí tu pregunta. —La despreocupación en el tono de mi voz pareció aumentar su enojo, me senté frente a ella con el único objetivo de verla directamente a los ojos—. ¿Maia te contó todo?

—Es mi amiga, ¿crees que va a ocultarme algún detalle? Dijiste que me ibas a dar tu versión de lo que pasó.

—No hay ninguna versión, probablemente lo que te dijo tu amiga es totalmente cierto. La busqué para decirle lo que descubrí y le pedí que te lo contara ella.

—¿Y lo dices así, como si nada?

—Pensé que no me ibas a creer si yo te lo decía.

Se cubrió la cara con ambas manos en una actitud de derrota que me sentó mal. Tenía las uñas largas y pintadas de azul oscuro. Nunca les prestaba atención a las manos de las mujeres, pero las de Abril me parecieron atractivas, adornadas con un par de anillos y pulseras en ambas muñecas.

—No quiero que te vuelvas a acercar a mis amigas. Para ti esto puede ser normal, pero para ninguna de nosotras lo es. No vamos por ahí amenazando a la gente.

Su enojo estaba mal dirigido, no debía estar molesta por lo que hice, tendría que estar furiosa con el imbécil que la engañaba y agradecida con quien lo descubrió. En ese momento no entendí su actitud, y menos todavía la manera en la que evitaba mi mirada.

—Maia quería esperar para contarte; yo creí que lo correcto era que lo supieras cuanto antes.

—¿Por qué te metes en mi vida?

—Descubro que tu novio te engaña y ahora soy el villano de esta historia. Deberías de darme las gracias, Abril.

—Las gracias, ¿por qué? ¿Por actuar a mis espaldas? ¿Por amenazar a mi amiga? ¿Qué pretendías con todo esto?

—Que supieras la verdad, pero veo que prefieres vivir en medio de mentiras.

—No, odio las mentiras, pero no voy a agradecerte por algo que no sé qué intención oculta. Si de verdad solo querías que supiera lo que me hizo Franco me lo habrías dicho de frente. ¿Sabes qué creo? Que enviaste a Maia a decirme todo para luego acercarte a consolarme, aprovechando la oportunidad de que me sintiera mal.

—No necesito alguna excusa de ese tipo para acercarme, he sido directo. Simplemente quise que tomaras en serio lo que estaba ocurriendo, y pensé que era mejor que te enteraras de boca de una de tus amigas.

—Estoy harta de esto, de tu jueguito retorcido, de las atribuciones que te tomas conmigo. Déjame tranquila, lo que pasó la noche que te conocí fue una estúpida confusión, nunca quise besarte, nunca quise que pasara eso que pasó. Tienes una prometida, ocúpate de ella, que yo me encargo de mis asuntos.

Algo me impulsó a ponerme de pie, un férreo deseo de no dejarla escapar de aquella forma, una necesidad de prolongar aquella discusión que no nos iba a llevar a ningún lado.

Tal vez fue mi orgullo herido por el rechazo, el segundo que venía de ella. Antes de que pudiera terminar de ponerse de pie la sujeté del brazo. Abril se levantó, luchando para que la soltara, pero no lo consiguió.

—Acepto que fue una confusión, pero no mientas asegurando que no quisiste hacerlo. Yo estaba ahí contigo, Abril, me devolviste el beso, me instaste a tocarte.

El aire se tornó denso en cuestión de segundos, mis dedos sobre su muñeca detectaron la aceleración de su pulso; lo mismo estaba ocurriendo con el mío. Había algo entre los dos, no podía explicar qué era, pero me negaba a que ella se atreviera a ignorarlo cuando era tan palpable.

—No sabía que eras tú.

—Pero te gustó que te besara, te gustó cada cosa que ocurrió dentro de esa bodega.

—Eso es lo que tú quieres creer.

—Eso fue lo que pasó.

—Me da igual, Christian. Ya ni lo recuerdo. No vuelvas a buscarme. —Aquella fue una orden, incluso me apuntó tras zafarse de mi agarre.

—Entonces tendré que refrescarte la memoria.

Que ignorara mis palabras solo aumentó la repentina molestia que sentía hacia ella, y la seguí con largas zancadas hasta alcanzarla justo antes de que llegara a la puerta. No se imaginó que fuera a hacerlo, la manera en que se sobresaltó me lo indicó. Debí frenarme, controlar mis acciones, como solía hacer siempre; sin embargo, me doblegué ante mis impulsos. La acorralé contra la puerta cerrada, con mi cuerpo tan cerca del suyo que pude sentir cómo sus pechos se aplastaban en mi torso.

—No. ¡No! —repitió, cuando sujeté sus manos para evitar que me empujara.

El recuerdo de lo que pasó la última vez que estuvimos en una situación parecida me llevó a actuar con precaución. Separé las piernas y apresé las suyas, para evitar que me diera un rodillazo de nuevo.

—Ni lo intentes, sostengo el peso de una moto de más de cien kilos con mis piernas.

Mi advertencia ante su intento de liberarse solo la inquietó más, Abril se movió sin conseguir que cediera. Rompí la distancia que nos separaba propiciando que nuestras narices se rozaran, su respiración chocaba con la mía en medio de una lucha que ninguno de los dos pretendía perder.

—Así, no. Christian, a la fuerza, no. Si voy a besarte lo haré porque quiero, no porque me fuerces.

Solté sus manos, liberé sus piernas y di un pequeño paso hacia atrás, pero mantuve la breve distancia de solo unos centímetros. Sus palabras trastocaron mis impulsos y me llevaron a cuestionar mis acciones. Nunca perdía el control de aquella forma.

—¿Vas a besarme, ángel?

Por un momento hubo tanto silencio entre ambos que fui capaz de escuchar su respiración agitada. Nos encontrábamos tan cerca el uno del otro, que solo bastaba con que alguno de los dos moviera un poco a cabeza para acabar con la distancia que nos separaba. En ese instante no cuestioné mi incapacidad para alejarme, ni la magnitud con la que fui atraído hacia su boca, solo era consciente de que no me sentí capaz de hacerme a un lado.

Abril separó los labios. Estaba luchando con ella misma, pude reconocer la resistencia que evidenciaron sus movimientos vacilantes, antes de que finalmente cediera. Fue ella la que dio el último paso, la que rozó sus labios con los míos, la que desató el intenso deseo de repetir lo de la noche de Halloween.

La boca de Abril me supo dulce desde el primer momento en el que tuve contacto con ella. Separó los labios con dudas, y me permitió profundizar la caricia mustia que me ofreció, cediéndome el control como la primera vez. Nunca suspiré con satisfacción por besar a alguien, y eso lo provocó el tiempo que había pasado esperando que se repitiera ese beso. Necesitaba comprobar si el alcohol que ingerí aquella noche había alterado mi percepción de todo, porque besarla se había sentido como un puto delirio.

Para la mala suerte de Abril, me cercioré de que el alcohol no tuvo nada que ver con lo que experimenté la primera vez. Besarla se sentía como una sacudida interna, como una explosión desconcertante y agradable. Lo comprobé mientras percibía el calor de su lengua rozando la mía.

Apreté su cintura como un acto reflejo al placer que experimenté por el beso, y por la manera en la que me sujetaba los hombros, asegurándose de que me mantuviera pegado a ella. La acaricié con las palmas abiertas, recorriendo la curva de sus caderas y su espalda baja, conociendo su cuerpo con una lentitud que contrastaba con la forma en la que besaba. Sentí la presión de sus dedos en mis brazos, al mismo tiempo que su respiración se hizo más superficial, pues mi cuerpo la aplastaba cada vez más contra la puerta.

La punta de mis dedos tuvo contacto con el dobladillo del vestido, que intenté levantar, pero entonces un empujón que no vi llegar me obligó a apartarme. Observé a Abril sin entender qué había ocurrido; estaba recargada todavía sobre la puerta, con la respiración acelerada y los ojos clavados en los míos.

—Gracias por convertirme en esto —dijo con ironía, sonando más agitada de lo que se veía.

—¿En qué?

—En el tipo de mujer que besa a un hombre comprometido.

CAPÍTULO 9

Abril

Los efectos del golpe de energía aún no desaparecían de mi cuerpo, era consciente de la fuerza con la que mi corazón latía y de la densidad de la que estaba cargada al aire. Me encontraba no solo agitada, sino también aturdida por lo que hice, por lo que sentí. El magnetismo que me mantenía pegada a la puerta no me permitía moverme. Estaba a merced de Christian, que se hallaba solo a pocos centímetros de distancia.

—No estoy comprometido con nadie.

Sus palabras solo lograron alterarme más. Christian no lucía desconcertado, como lo estaba yo, tampoco arrepentido. En sus ojos brillaba la expectación mientras me contemplaba como si yo fuera su presa y él un cazador. Pese al aturdimiento que me aquejaba fui capaz de identificar la desfachatez en su actitud, el dominio que exudaba con solo permanecer frente a mí, con los brazos cruzados y sosteniéndome la mirada.

—¿En serio acabas de decirme eso? Precisamente a mí. A mí —enfaticé—. Déjame tranquila, Christian. No vuelvas a meterte ni conmigo ni con mis amigas.

Reuní toda la rabia que sentía para abrir la estúpida puerta y salir y buscar a mi perra. El olor del perfume de Christian estaba impregnado en mi nariz, no sabía si era un efecto del beso o de la cercanía que me impuso al aplastarme con su cuerpo; la única certeza que tenía al respecto es que lo sentía pegado a mí gracias a su aroma. Caminé con prisa por el pasillo, sin hacer una sola pausa.

—Abril, detente.

—No, Christian, nuestra conversación ya terminó. ¡Nala! —levanté la voz para llamar a mi perra en cuanto llegué a la sala.

El ruido que hacía su correa al arrastrarse sonó por algún lugar, miré alrededor, pero el sonido cesó de pronto. Estaba dispuesta a moverme para buscarla, pero me lo impidió la fuerza de una mano pesada y cálida que envolvió mi antebrazo. De nuevo, cada vello de mi cuerpo se erizó. Todavía estaba cargada de aquella hipersensibilidad que había desatado Christian.

—Me besas, me gritas y me dejas con la palabra en la boca.

La indignación que se filtró en su voz solo era una muestra de su orgullo herido. Christian enumeró con reproche cada cosa que hice, como si no estuviera acostumbrado a que una mujer no cediera a sus intenciones. Molesta, me moví hasta lograr que me soltara, y caminé hacia la puerta de cristal que estaba abierta y llevaba hacia una terraza.

Nala estaba recostada bajo la sombra, con la lengua afuera y jadeando; a su lado se hallaba sentada la señora a la que Christian le encomendó cuidarla, sostenía su correa con la mano derecha, asegurándose de que no se alejara mientras ella descansaba en la silla para tomar sol.

—Muchas gracias por cuidarla.

—Ha sido un placer, señorita.

—Vamos, Nala.

—No hemos terminado de hablar.

—Yo ya dije todo lo que tenía que decir. Y en serio, no puedo seguir trabajando en tu boda. Vamos, mi amor. —El cambio en el tono de mi voz pareció confundir a Nala, que movió la cabeza de un lado a otro antes de seguirme.

—Abril, maldita sea, detente. No vas a salir de aquí hasta que yo decida que la conversación terminó.

—Mira cómo lo hago, idiota.

Nala trotó tras de mí mientras Christian nos seguía. Me negaba a detenerme, a permitir que continuara intimidándome, por ello me adentré al elevador y toqué con decisión el panel para bajar de una vez.

Las puertas comenzaron a cerrarse y él se detuvo frente a ellas. Aunque no hizo otro intento por detenerme, no me quitó la vista de encima hasta que ambas se unieron y desaparecí de su campo visual. Hasta ese momento pude respirar con normalidad, recargada en la pared dejé que el alivio me inundara mientras mantenía mi mano pegada al pecho para calmar la agitación que me invadía.

Sin embargo, ese leve alivio desapareció cuando llegué al piso de abajo y salí del elevador. De nuevo me invadieron mis emociones. Me había aferrado a la rabia, para no afrontar la desilusión y la decepción que lo de Franco me había causado; sabía lidiar con el enojo, pero con las otras dos, no. Me fue más sencillo desahogar mi frustración con Christian que hacerle frente a la realidad que me había explotado en la cara.

—¡Abril! —Las voces de mis amigas sonaron en coro e hicieron eco en el estacionamiento.

Escucharlas me hizo un nudo en la garganta. En ese instante en el que me sentí perdida en medio del estacionamiento, recordar que estaban ahí fue reconfortante, como un abrazo en un día triste. Apreté los labios y avancé hasta ellas, sin forzar una sonrisa, dejando que la tristeza se asentara dentro de mi pecho.

—Tardaste mucho. ¿Qué te dijo?

—¿Cómo te fue?

—¿Lo cacheteaste?

La ráfaga de preguntas que hicieron a la vez no me distrajo. Me resultaba complicado procesar que nada salió como lo planeé. Bajé la cabeza fingiendo que miraba a Nala, pero en realidad solo estaba huyendo de las miradas de las tres personas frente a mí.

—¿Aby?

La voz de Maia me hizo sentir más vulnerable, tal vez porque era con quien más había hablado de Franco, y sabía lo mucho que me importaba. Diana me quitó la correa y segundos después me vi envuelta en un abrazo que terminó de romperme. Antes de la propuesta de Franco mi vida se hallaba sumida en la oscuridad que había dejado la partida de mi tía.

Él me había sacado de ahí, y sin saberlo me dio la dosis de entusiasmo que necesité para dejar solamente de existir y comenzar a vivir una vez más. Con los ojos cargados de lágrimas subí al auto sujeta de la mano de Mich.

Sumida en silencio contemplé el camino que íbamos dejando atrás, preguntándome cuál era el motivo por el que Franco no me dijo la verdad. ¿Por qué necesitaba que fingiera ser su novia si estaba con alguien más? La garganta se me tensó de nuevo al sentirme estúpida.

Una infidelidad era horrible desde cualquier perspectiva, pero una infidelidad en una relación falsa terminaba siendo aún peor.

—¿Películas, alcohol y comida chatarra?

Volteé la cara para observar a mis amigas, que intentaban ponerse de acuerdo para el plan de la noche. Entendía que no querían dejarme sola por la fragilidad de mi estado emocional; sin embargo, lo único que quería en ese momento era precisamente estar sola. Necesitaba silencio para ordenar mis ideas, y privacidad para sentirme una idiota con mayor tranquilidad.

—Sé que están preocupadas por mí, pero estaré bien. Todas tenían planes, no los cambien por mí.

—Ningún plan importante.

—De verdad, voy a estar bien —aseguré, haciendo contacto visual con Mich a través del retrovisor—. Llevaré a Nala a caminar un poco y luego iré a casa, necesito pensar mucho y es mejor en silencio. Aún tengo que hablar con Franco.

—¿Hablar con Franco? Mandarlo a la mierda dirás.

Las palabras de Diana me hicieron reír brevemente; esa conversación sería difícil, pero era necesaria. Quería que respondiera mis dudas, que me explicara sus razones, que me diera la cara. Respiré hondo en busca de calma, la necesitaba en ese instante en el que sentía que todo era un caos.

—Mich, déjame en el parque que está cerca de casa. Quiero caminar un poco con Nala.

Agradecí que ninguna intentara hacerme desistir de mi idea, también que respetaran el silencio en el que me sumí, para pensar en la conversación que tendría con ellas. No podía continuar ocultándoles la verdad, así rompiera con la promesa que le hice a Franco. Cuando llegamos al parque noté que ninguna estaba cómoda con la idea de dejarme sola, pero no hicieron ningún comentario. Se despidieron con un breve abrazo y me dejaron sola con mi perra.

—¡Nala! —la reprendí cuando hizo el intento de correr.

Miré hacia los lados antes de cruzar la calle, estaba dispuesta a pasar, pero una luz fuerte me cegó por un breve segundo. Me eché hacia atrás al identificar el ruido de ese motor, y Nala ladró en respuesta. La breve calma que encontré en esos minutos de silencio se esfumó en ese instante. Christian se orillaba sobre su moto, buscando la manera de acercarse.

—¿Tus amigas son estúpidas? ¿Cómo se les ocurre dejarte aquí?

Mi mandíbula se tensó por la rabia que sentí tras escucharlo, nadie había logrado sacarme de mis casillas tan rápido como lo hacía él. La manera en la que me miraba, el tono en el que me hablaba, cada cosa que hacía parecía tener el propósito de irritarme.

—¿Qué haces aquí? No quiero verte.

—Sube, te llevo a casa, está a punto de llover.

—¿Qué parte de no quiero verte no entendiste?

—Abril, no actúes como una niña. Sube a la puta moto, te llevo a tu casa, me escuchas y después, si así lo quieres, no me volverás a ver.

Nala ladró a la defensiva ante su tono autoritario. Christian había levantado la voz mostrándose molesto, como si tuviera el derecho de estarlo. No hice el intento de controlarla, la dejé desahogarse mientras él se quitaba el casco que cubría su cabeza. Nala se calló segundos después, cuando él dijo su nombre ya con el rostro descubierto. Se había dado cuenta de que mi perra era capaz de reconocerlo, su sonrisa lo evidenció.

—No voy a subir a tu moto, tampoco tengo por qué escucharte.

En lugar de continuar discutiendo, sujeté mejor a mi perra y emprendí mi camino de regreso a casa. El ruido del motor volvió a sonar y, aunque lo ignoré, supe que me seguía. Antes de llegar a la esquina pude comprobarlo, cuando volteé el rostro y vi su moto moviéndose a una velocidad ridícula y pegado a la acera.

—Está a punto de llover, sube.

—¡No!

La primera gota cayó, la sentí sobre mi brazo. Miré hacia el cielo en busca de más evidencia, la luz de los faroles me dejó ver los rastros de una brisa que amenazaba con hacerse intensa.

—Abril, sube.

—No puedo, tengo miedo.

—¿A qué? Vamos, sube, solo son un par de calles.

—No puedo, Christian, no puedo. No he subido a una moto desde que mi hermano murió. No insistas, solo vete.

Las palabras salieron de forma atropellada de mi boca. Crucé la calle sin nada de cuidado, con Christian conduciendo despacio detrás de mí.

—Son pocas calles, conduciré despacio. Sube.

—Así fuera una sola calle, no lo haría —le respondí, caminando con más prisa.

Un quejido proveniente de Nala me obligó a apresurarme, mi perra se estaba quejando por las gotas de agua que caían sobre nosotros cada vez con más intensidad. Miré hacia arriba casi con desesperación al sentir sobre mi cuerpo la lluvia que comenzó a caer.

—Abril, maldita sea, sube.

Mis pies se detuvieron y, pese al ruido de la lluvia, los autos y las personas corriendo para resguardarse del agua, estuve segura de que escuché a Christian suspirar. Se detuvo justo a mi lado, con el motor aún encendido, como si estuviera esperando que cediera a su orden.

—Llévate a Nala, toma las llaves y ponla a salvo. No quiero que se moje.

—¿Qué? ¿A la perra? No, sube tú.

—Christian, llévatela.

El llanto de Nala me empujó a actuar de aquella forma. La puse entre sus brazos y busqué las llaves dentro de mi bolso, las cuales le entregué sin pensarlo, guiada por el impulso de proteger a mi perra. Christian la apoyó sobre el tanque de la motocicleta, inclinó su cuerpo ligeramente hacia adelante, presionándola con su peso, y aceleró al fin.

Miré mis manos y noté que la correa estaba entre ellas. Caminé despacio, como si no tuviera temor a enfermarme. Mi tía tenía la creencia de que el agua se llevaba la tristeza, lo recordé mientras sentía cómo me empapaba de pies a cabeza. Tal vez eso era todo lo que necesitaba, que el agua me golpeara con su brutal fuerza para sacudirme todo lo que me perturbaba, por ello no hice nada para resguardarme. Luego caminé sin detenerme hasta llegar a mi puerta, la que encontré abierta.

Christian estaba bajo el pórtico, recargado sobre la pared con una expresión de enfado en el rostro, que ya parecía ser permanente en él. Se había deshecho de la chamarra de cuero, sus brazos con un par de tatuajes quedaron expuestos, dándole un aspecto aún más sombrío. Tomé aire y crucé el pequeño trecho del jardín, esquivando su mirada profunda.

—No sé hasta qué punto tu actitud es normal. Estás empapada.

—¿Dónde está Nala?

—Adentro. Es demasiado asustadiza, tal vez si la bañaras seguido le perdería el miedo al agua.

—Gracias por traerla, adiós.

No me molesté en esperar su reacción, pasé a su lado y entré a mi casa dispuesta a cerrarle la puerta en la cara. Sin embargo, mi intención se quedó a medias. Christian fue más rápido y se coló al interior.

—Es muy estúpido que estés tan molesta conmigo, por ponerte al tanto de lo que hace tu novio.

—No entiendes, Christian. Fue la forma en que lo hiciste, y la intención que tuviste. No querías ayudarme.

—Pensé en decírtelo directamente, pero no tengo tacto, y supuse que necesitarías de un poco de sutileza, por eso se lo pedí a tu estúpida amiga.

—¡Es que no se lo pediste, la amenazaste!

—Ella no quería decírtelo, quería esperar. ¿Habrías preferido continuar más días viviendo esa mentira?

Resoplé con hastío y volteé. No quería verlo, porque su presencia solo aumentaba mi confusión. Tras pasarme las manos por la cara repasé con la vista toda la sala, en busca de Nala, mi búsqueda fue breve, miré su hocico sobresalir de la prenda negra que yacía sobre mi sillón. Me acerqué y entonces me di cuenta de que estaba envuelta en la chamarra de Christian, emitiendo quejidos parecidos al llanto.

—Voy a cambiarme, no quiero enfermarme. Puedes irte.

—No voy a irme bajo la lluvia. No tardes, voy a esperarte.

Sabía que contradecirlo no me iba a llegar a ningún lado, y aunque estaba incómoda con la idea de él ahí conmigo, acaté su orden, porque no podía soportar más su mirada. El vestido empapado pegándose a mi cuerpo me hacía sentir desnuda, y me negaba a estar así con él después de la forma en la que lo besé.

Con el agua escurriendo por mi cuerpo subí con prisa las escaleras, me quité los zapatos en cuanto crucé la puerta de mi habitación y me deshice de vestido mojado. Ducharme fue una necesidad a la que cedí, pese a la presencia de Christian. Me tomé mi tiempo para hacerlo y luego me vestí con una pijama abrigadora que me hizo sentir reconfortada.

No estaba tranquila cuando bajé, tampoco con disposición para conversar. Avancé por los escalones con un par de toallas entre las manos y con el firme propósito de pedirle que se marchara. Mis pasos disminuyeron su velocidad al llegar al rellano, pues vi a Christian sentado cómodamente sobre mi sofá, con sus piernas largas extendidas y sosteniendo una taza humeante con una mano. Nala estaba a sus pies, al lado de la chamarra de cuero, de la que parecía haberse adueñado.

—Toma —dije, ofreciéndole una toalla.

—Pensé que te habías quedado dormida, estaba a punto de subir para comprobarlo.

Mi falta de energía evitó que me animara a responderle, tomé asiento en el mismo sillón en el que había estado Nala y la llamé para secarla con la otra toalla. Nala no solía obedecerme, por ello me sentí gratamente sorprendida cuando lo hizo.

—¿Qué haces aquí? —le pregunté sin apartar la vista de mi perra, a la que secaba con absoluta paciencia.

A Christian le incomodó mi pregunta, pude notarlo en su lenguaje corporal. Dejó la taza sobre la mesa y respiró hondo antes de buscar mi mirada con insistencia.

—Saliste como loca de mi casa, no quisiste escucharme.

—Es que ya lo habíamos dicho todo.

—No, sé más cosas que quiero que tú también sepas.

El peso dentro de mi pecho volvió a extenderse por todo mi cuerpo. Lo miré sin ocultar mi tensión, reconociendo la seriedad en su mirada y lo atento que se encontraba en mí.

—Este ha sido un día horrible, solo quiero que se acabe. No sé si necesite escuchar más. Ya cometí muchos errores por hoy, no quiero sumar otro.

—Te ha estado engañando con una mujer casada, forma parte de su equipo médico y ella tiene dos hijos pequeños.

En aquellos segundos en donde el silencio imperó, descubrí que Christian tenía razón. No tenía tacto en lo absoluto, soltó toda esa información con frialdad, sin una pizca de empatía sin la suavidad con la que Maia habló conmigo. Lo observé sin parpadear, buscando algo de humanidad en su mirada, un poco del calor que me ofreció cuando lo besé.

—¿Casada?

—Sí, casada. —Tras su respuesta hubo silencio de nuevo, lo único que podía escucharse era el agua cayendo afuera y a Nala, que saltó de mis brazos, por ello mi pequeño sollozo fue tan perceptible. Christian me clavó los ojos y me vio casi con rabia—. ¿Vas a llorar por él?

—¿Qué quieres qué haga? ¿Que sonría como si esto fuera algo divertido? ¿Que salte de la emoción?

—Que lo termines de inmediato, que le des una cachetada o un rodillazo, esos te salen bien. Lo que sea, menos llorar por ese hijo de puta. Es un perdedor de mierda, te estás librando de un fracasado. Lo único bueno que tenía eras tú.

—Christian —susurré sin saber cómo tomar lo que escuchaba. Era una especie de cumplido extraño saliendo de los labios de un idiota insensible.

—No me digas que piensas seguir con él después de esto… ¿Eres así de tonta, ángel? —agregó, en un tono de reclamo que me sentó mal—. ¿Vas a dejar que te siga engañando?

Me sentí descubierta, porque esas mismas preguntas me las hice en silencio mientras me duchaba. Franco no me engañaba realmente, pero entonces, ¿por qué se sentía de aquella forma?, ¿por qué las palabras de Christian me alteraron tanto? El deseo de llorar se tornó más fuerte y entonces tuve que recurrir a la rabia para dejarlo ir.

—Lo que yo decida hacer con mi relación no es tu problema. Ocúpate de tus asuntos, de tu prometida y aléjate de mí. No eres mejor que Franco, me besaste y estás a punto de casarte.

—¿Te besé, ángel? Tú empezaste.

—¡Porque me obligaste!

—¿Te obligué? Te solté, mis manos no estaban sobre ti, dejé de forzarte como me lo pediste. Me besaste por voluntad propia, porque quisiste, porque era algo que deseabas, pero te daba miedo hacer.

—¿De qué hablas?

—De esta tensión entre los dos, que no solo viene de mí. Lo

disfrutaste, Abril. Yo estaba ahí, no intentes fingir que no lo hiciste, que no lo sentiste.

—Soy aries; y tú, escorpión. Nos rige Marte a ambos, tenemos cierta química. —Me quedé callada buscando un sinónimo de la palabra pasional o sexual, no quería utilizar ningún término que complicara aún más la situación—. Lo que sentiste fue eso, química…

—¿Química por un puto signo zodiacal? ¿De verdad estás usando este argumento? —me interrumpió—. ¿Por qué no admites que hay atracción? Que te gusto de la misma manera en que tú me gustas a mí.

Odié su soberbia afirmación, la convicción con la que la hizo y la verdad de la que estaba cargada. Me sentí atacada, confundida y dolida por mi situación con Franco.

—Porque no es así, porque no me gustas, Christian, porque tengo un novio que me importa.

A Christian le costaba lidiar con el rechazo, mi respuesta tenía el fin de exasperarlo, como él lo había hecho conmigo, y funcionó. En cuanto me quedé callada se puso de pie y caminó directo a la mesa del recibidor, donde reposaba su casco. Aunque la lluvia aún caía, a él no pareció importarle. Tenía la intención de marcharse.

—Me debes una chamarra —fue lo último que dijo antes de azotar la puerta con tanta fuerza que el sonido quedó retumbando.

***

Cuando tocaron a mi puerta con insistencia supe que algo malo estaba a punto de suceder.

—Adelante.

La puerta se abrió finalmente y frente a mí apareció la persona que no esperé ver tan pronto. Franco lucía molesto, serio y confundido. Congelada, observé como la cerraba, para luego acercarse hasta mi escritorio sin ningún tipo de vacilación.

—¿Qué fue todo esto? —reclamó, levantando su teléfono, para que viera su pantalla en donde estaban todos mis mensajes—. El inicio de temporada es en menos de un mes y me terminas de la nada, molesta y diciéndome que no quieres volver a verme.

Me levanté en un impulso que no controlé. En mis mensajes no mencioné todo lo que sabía, porque no quería hablar de ello.

—No te terminé de la nada, me enteré de que tienes una novia de verdad. Entonces sal con ella, no es necesario que sigamos fingiendo algo que no somos.

No debí sonar tan dolida, pero no pude evitarlo. Estaba herida y me sentía estúpida, por ello no continué viéndole la cara. Rodeé el escritorio y caminé hacia la ventana francesa que abrí de par en par para que el aire se llevara toda la mala energía reunida en ese momento.

—Aby, no tengo una novia.

—Franco, no es necesario que sigas mintiendo. Ni siquiera entiendo por qué lo hiciste. Lo sé todo.

Algo ocurrió cuando dije eso, noté el cambio en la postura de su cuerpo, en su actitud. Sin mediar palabra se acercó hasta mí, no titubeó ni por un segundo, rompió la distancia hasta tenerme frente a frente. Lo que ocurrió después fue tan inesperado que procesarlo me tomó varios segundos. Franco me sujetó de la cintura y me pegó contra su cuerpo, con la clara intención de besarme.

No fue un roce de labios, fue un beso en forma. Su boca se abrió sobre la mía y nuestros alientos se fundieron mientras sus manos me sujetaban con fuerza, asegurándose de que no me moviera. Pese a mi confusión, correspondí por varios segundos a aquel intenso contacto, quizás por todos los años que lo esperé, y lo mucho que lo idealicé.

Había soñado con ese beso, añorado ese momento en el que él se diera cuenta de que era algo más que la hermanita de Sam. Deseé tantas veces que se fijara en mí, que aquel beso debí sentirlo como algo glorioso… pero no fue así. Mi corazón no se aceleró, mi sangré no burbujeó, mi piel no se erizó, y tampoco sentí cosquillas en mi cuerpo ni calor en mi vientre bajo.

Solo fue un beso, una succión de labios, lenguas danzando y una proximidad que no se percibía natural, sino forzada. Una caricia intrascendental.

—Déjame explicarte —susurró sobre mis labios.

—Franco, esto es innecesario. Sé cómo se llama, que está casada y que tiene dos hijos. —Apoyé mis manos sobre su pecho para liberarme del agarre al que me tenía sometida—. ¿Que necesitabas una novia por tu escándalo fue una mentira? Dime la verdad —exigí al verlo negar.

—No, no lo es. De verdad, mi jefe de prensa me lo recomendó.

—¿Y ella? ¿Qué papel juega lo tuyo con ella en todo esto?

—Ninguno. Abril, sentémonos para que hablemos más tranquilos.

—No. —Me zafé de su agarre con facilidad, no quería que me tocara—. Franco, habla.

—Lo que tengo con ella solo es una aventura, nada que pueda ir más allá.

—Y te convenía tener una novia falsa, para que nadie sospechara que tienes una relación con una mujer casada.

—No, no es así. Lo que te dije del escándalo es verdad.

—No te creo, Franco. No puedo. ¿Por qué no me dijiste que tenías una relación?

Lo miré a los ojos. Me sentí más vulnerable ante su mirada. El llanto que se atoró en mi garganta no venía de las circunstancias a la que me enfrentaban, venía de la Abril de años atrás, de la niña que estuvo herida durante mucho tiempo por no tener su atención.

—Por esto mismo —dijo, tras alargar la mano para limpiarme las lágrimas que salieron de mis ojos—. No quería lastimarte.

—¿Por qué ibas a lastimarme?

—Porque sé lo que sientes por mí, y…

Aquello lo sentí como otro golpe. Mi ceño se frunció y sus palabras dejaron de ser entendibles. Le clavé la mirada y en silencio le di la razón a Maia. Él me estaba usando, aprovechándose de mi interés, que no era secreto, como yo creía. La ira emergió de golpe y no pude continuar guardándola.

—¿Por lo que siento por ti? Eras el mejor amigo de mi hermano, te tengo cariño y nada más. No estoy enamorada de ti, idiota.

—Lo lamento, lamento esto, y lastimarte.

—¿No me estás escuchando? No siento algo por ti, no me lastima en lo absoluto, pero odio que me hayas mentido. Que te aprovecharas de mi buena voluntad para ayudarte.

—Si estas cosas se pudieran decidir, te juro que elegiría sentir algo por ti. Eres una mujer increíble.

No importaba lo que le dijera, Franco parecía no escucharme, ni creerme. No podía culparlo del todo. Yo estaba llorando, con lágrimas rodando por mis mejillas mientras le decía todo aquello.

—No es necesario que digas cosas así. Estoy interesada en alguien más, estoy involucrada con otro hombre. No me importa lo de tu relación, ni la mentira que me dijiste.

—¿Con quién estás involucrada? —preguntó, como si no terminara de creerme.

—Con Christian Baxter.

Mentí con el único objetivo de irritarlo, de cambiarle esa mirada de lástima con la que me observaba. Con la intención de hacerlo sentir como el idiota que en ese momento entendí que era.

CAPÍTULO 10

Christian

Era consciente de que los labios de Lena se movían y de toda su gesticulación; sin embargo, no estaba escuchando ni una sola de las muchas cosas que salían de su boca.

—¿Entonces estás decidido a viajar sin mí?

—Por enésima vez, sí. Me dijiste que tu representante te pidió que mantuvieras un perfil bajo todavía, ¿por qué insistes tanto en acompañarme?

—Estamos comprometidos, es la primera vez que inicias una temporada con una prometida —agregó, indignada—. No puedes dejarme a un lado con esa facilidad.

—Lena, lo más importante en este momento es ganar la primera carrera, la atención debe estar sobre mi desempeño en la pista, no necesito tu presencia, que solo será una distracción para los medios.

—Estoy pasando por algo horrible, Christian. Sé que no es conveniente que te acompañe, pero al menos pudiste decírmelo, para sentir que me tomas en cuenta, que te importo.

—No soy hipócrita y lo sabes muy bien. No voy a fingir que quiero que me acompañes para que te sientas bien.

—¿Por qué mierda te quieres casar conmigo? —gritó ya alterada.

—Ahora mismo yo también me lo estoy preguntando —dije, finalmente—. No me toques las pelotas, no quiero discutir contigo, no te conviene.

En lugar de voltear y marcharse, Lena se desplomó sobre mi cama. Maldije en silencio mi arranque de benevolencia al dejarla pasar, me lamenté por no pedirle a Mariam que le dijera que no estaba. No tenía la disposición de soportarla más.

—Me arrepiento de tomarme esas fotos, mi vida se fue a la mierda desde que eso pasó. Nos cancelaron del Bride's Paradise. Ya es definitivo.

Vivian lleva días intentando mediar, pero ya se dio por vencida. Lee el mensaje.

Encogí los hombros, restándole importancia al asunto, ignorando la irritación que nació de golpe gracias a Abril y su disposición de mandarme a la mierda a mí, y no al imbécil que la engañaba.

—Busca otro sitio.

—No, es injusto que hagan esto. Me están discriminando. Quiero que ellas se encarguen de la boda. Llama a la dueña, a la tal Abril, pídele que se disculpe y que comiencen a trabajar de una vez. Puedes hacer que se retracte, le gustas —agregó con un tono de voz completamente distinto.

Volteé, aunque no debí hacerlo, con el fin de verla frente a frente. No esperé aquella observación, menos hecha por Lena, que parecía solo prestarse atención a sí misma.

—¿Le gusto?

—Sí, lo noté la vez que los encontré hablando afuera del restaurante. Estaba sonrojada por tenerte cerca. No finjas que no lo sabías, eres demasiado listo para eso. Estoy segura de que basta con una llamada tuya para convencerla.

—No hablaré con Abril. Busca otro sitio o cancela la boda, ya todo me da igual. En dos horas debo marcharme, no necesito este tipo de discusión.

—Sí, cancela la boda en este momento, era lo último que me faltaba en mi lista de motivos para querer morirme. Christian, mi vida se está yendo a la mierda.

—Tu victimización no me afecta en lo absoluto. No voy a llamar a nadie, busca a otra agencia para que organice la boda y listo. Si no, ya te dije, cancela la puta boda.

—Suerte en la carrera. Ojalá no te salgas de la pista o sufras alguna caída.

El portazo que sonó segundos después me generó un gran alivio. Me senté en la orilla de la cama con el teléfono entre las manos, con la intención de averiguar si Abril estaría en la apertura de la temporada acompañando al perdedor que la engañaba, y con el que sospeché que no había terminado. Las últimas fotos que el hijo de puta compartió me hicieron pensar que seguía con ella. Abril miraba la cámara, mientras él sonreía observándola a ella, mostrándose como una feliz pareja.

***

Me encontraba apático a todo lo que me rodeaba. Estaba en el circuito sin la emoción que solía recorrerme cada vez que me encontraba ahí. La primera carrera de la temporada solía ser mi favorita, pero las circunstancias que me rodeaban evitaron que la disfrutara. El motor apenas ronroneó cuando salí, aceleré suavemente para intentar disfrutar del momento, hasta que tuve la inexplicable necesidad de ver hacia la derecha. Aunque las llantas continuaron desplazándose hacia el punto de salida, mis ojos se quedaron en la cara que vi por pocos segundos, pero que reconocí al instante: la de Abril.

—¿Listo? —La voz de Javi sonó a través de los auriculares adaptados al casco, devolviendo mi foco de atención a lo único que me importaba en ese momento.

Crucé el punto de salida con la velocidad que había estimado en todos mis entrenamientos. Mi cuerpo se adaptó en cuestión de segundos a la moto, la pista y el viento, que me golpeaba con intensidad. Mantuve mi ritmo, preparándome para las curvas cerradas, a las que entré de manera adecuada, sin perder potencia.

—Christian, tus pulsaciones se están elevando. Faltan diez curvas más, tranquilo.

Mi concentración se volcó en lo estaba pasando en la pista, y dominar la situación fue una tarea sencilla. Mantuve el ritmo hasta que llegué a la meta, con el mejor tiempo, rompiendo el puto récord absoluto en el circuito, el de la vuelta más rápida, y obtuve la *pole*.

A medida que me acercaba al *box* contemplé la celebración de mi equipo; levanté el brazo y la emoción se incrementó. Las cámaras estaban encima de mí, así como muchas miradas más. Sin embargo, me sentí observado de una manera distinta y directa, que me llevó a mover la cabeza de un lado a otro.

—¿Estás distraído? —preguntó Javi en modo de queja.

Dejé de voltear hacia los lados para verlo a él, se movía a mi paso, luciendo casi tan agotado y mucho más fastidiado que de costumbre.

Todas las actividades previas a la carrera del día siguiente parecían haberlo desgastado.

—Creí que alguien me llamaba.

—Tus pulsaciones se aceleraron de la nada, debes tener cuidado. Mantente enfocado.

Tenía razón, pero no estaba prestándole atención. Pensaba en Abril. Me jodía que después de todo lo que supo estuviera ahí con él. Me propuse no permitir que su presencia me distrajera de lo único que me parecía importante: ganar la carrera.

A la mañana siguiente desperté con un par de mensajes en mi teléfono, un simple: «hola», acompañado de un: «¿Podemos hablar?», que mantuvo a mi mente ocupada pensando en la respuesta.

A medida que el día avanzaba, la posibilidad de responderle iba disminuyendo. Me recriminé por ello en todo momento. Me propuse olvidar el mensaje y todo lo que tuviera que ver con ella hasta que la carrera terminara. Estuve a punto de conseguirlo; sin embargo, un par de golpes en la puerta, veinte minutos antes de la hora acordada para entrar al *box* de mi equipo, lo evitaron.

No fue necesario que alguien me dijera quién tocaba. No entendía por qué, pero ya sabía quién era.

—Christian, te buscan —dijo Cristal tras asomar la cabeza al interior de la caravana. Su voz apenas sonó, por ello me acerqué a la puerta, alejándome de Vince, que me ayudaba a ponerme el traje—. No es prensa, es la chica de la exhibición de motocross.

Miré a mi alrededor por encima del hombro, percatándome de la cantidad de personas que se encontraban conmigo, y entonces, en un acto impulsivo le hice un gesto a Cristal para que saliera y la seguí para ceder a la absurda petición de Abril. Si no se hubiera comportado como una idiota habría sacado a todos para recibirla en un ambiente menos hostil al que se percibía afuera de la caravana, en donde parte de mi equipo se movía para llevar cosas.

Estaba a varios pasos de la puerta, resguardada del sol bajo la sombra de uno de los camiones. Lucía nerviosa con los brazos cruzados, paseando la vista de un lado a otro, aguardando que ocurriera algo. No tenía idea del motivo que la había llevado a buscarme, pero caminé hacia ella como si tuviera el control de la situación, con la mitad de mi traje colgándose de la cintura y la gorra roja cubriendo mi cabeza.

Abril estaba siendo valiente, pero esquivó mi mirada cuando me planté frente a ella. Me mantuve serio gracias al recuerdo de nuestra última charla.

—Gracias por venir.

Aquella simple frase acabó de golpe con mi intención de hacer aquel momento aún más incómodo. Fue como si mi capacidad para comportarme como un cretino se viera trastocada por una sonrisa tímida y tres palabras que no esperé escuchar.

—Dijiste que querías hablar conmigo.

—¿Entonces viste el mensaje?

—Sí, pero no quería responderte.

Mi honestidad le sentó mal, lo noté por la manera en la que se movió y su insistencia por no verme a los ojos.

—Entonces seré breve. Necesito contarte algo, pues sin querer te involucré en un asunto que puede traerte problemas y…

—No solo lo perdonaste, viajaste con él después de todo —la interrumpí, sin poder frenar mi irritación.

—No sabes lo mucho que me costó reunir valor y venir a buscarte. ¿Puedes escucharme?

—Te puse al tanto de lo que estaba pasando, te entregué pruebas de que te estaba engañando y estás aquí con él —reclamé, cada vez más irritado.

—Olvídalo, no puedo hablar contigo.

Cuando dio la vuelta para irse me obligó a actuar. Mi mano se cerró en su antebrazo, obligándola a detenerse. Aquel movimiento provocó que su pelo se meciera y me envolviera el aroma dulce que desprendía. Abril volteó de inmediato para verme frente a frente y hasta entonces pude soltarla.

—¿Por qué no puedes? ¿Por qué no te gusta que te echen en cara tus errores?

—No estoy con él.

—¿No? ¿Entonces qué haces aquí?

—No voy a hablar de eso en este momento, vine porque quiero que sepas algo.

—Yo sí quiero hablar de eso. ¿Por qué sigues con él?

—No estoy con él —repitió, apretando su mandíbula.

—Vi la foto en donde te está abrazando.

—No es una foto reciente.

—Pero estás aquí, acompañándolo.

—No voy a discutir esto contigo. Lo único que quería que supieras es que… —se quedó callada de pronto, muy nerviosa— no quería que Franco pensara que estaba dolida por lo que hizo, que creyera que esto me hizo sufrir porque estoy enamorada de él. Por eso le dije en un acto impulsivo, lo reconozco —agregó pensativa—, que no me importaba lo que hiciera porque estoy involucrada contigo.

La satisfacción que me provocó escucharla me llevó a sonreír.

—¿Entonces le dijiste al perdedor que tú y yo tenemos algo?

—Sí, fue un error, lo sé. Lo lamento, no quiero meterte en problemas, ni que se forme una enemistad entre ustedes, porque Franco reaccionó muy molesto.

—Me importa una mierda lo de la enemistad. Estoy aquí para ganar, no para hacer amigos. Explícame por qué simplemente no lo terminaste.

—No puedo hablar de eso.

—Ángel, el tiempo se me está acabando. Tengo que patear unos cuantos culos en la pista. Habla.

—No, no puedo.

—Si vas por ahí diciendo que tú y yo tenemos algo, tengo derecho a saber qué te motivó verdaderamente a hacerlo.

—Hablaré con Franco, le diré la verdad, no te preocupes.

Se volteó una vez más para dar por terminada nuestra conversación, pero le rodeé la cintura y la atraje contra mi cuerpo en un certero movimiento que la hizo rebotar contra mi traje.

—No quiero que le digas nada, solo que me cuentes por qué no terminaste con él. Eso de estar involucrados suena atractivo.

—Y también inapropiado —comentó en un tono de voz distinto, quise creer que mi barbilla apoyada ligeramente en su hombro lo ocasionó.

—Me gusta lo inapropiado, ya te lo había dicho.

—Christian, suéltame.

Había aprendido que no le gustaba que usara mi fuerza para conseguir algo de ella, así que, tras dejar un beso en su hombro desnudo, aflojé el agarre mi brazo y di un paso hacia atrás, para permitir que se alejara.

—Quiero que me cuentes lo que está pasando con él. ¿Podemos vernos más tarde?

—¿Más tarde?

—Sí, en la fiesta de celebración, después de las fotos y las estupideces que tengo que hacer te buscaría para que podamos hablar con tranquilidad. ¿Por qué no? —pregunté de inmediato al verla negar—. ¿Irás con él?

—No de la manera en la que piensas.

—Por eso mismo necesito que me des muchas explicaciones.

—¿Por qué tendría que darte explicaciones?

—Porque tú y yo tenemos algo. —Mi espléndido humor le robó una sonrisa, más larga que el resto que me había obsequiado—. Te veo más tarde, voy a escribirte para que acordemos la hora.

—Christian, cinco minutos —gritaron desde adentro de la caravana, pese a la distancia pude escucharlo.

—Debo irme.

—¿No vas a desearme suerte, ángel?

Mi pregunta la obligó a detenerse. Abril ya había dado unos cuantos pasos para alejarse, sin una despedida, ni otra sonrisa, mostrándose más tensa de lo que estuvo antes.

—Pensé en deseártela, pero supuse que me dirías que no la necesitas.

—Y tienes razón, no la necesito, pero quiero que me desees suerte.

—Suerte, Christian. Lávate las manos con sal antes de la carrera, hay mucha envidia alrededor de ti y mala energía. ¿Por qué te ríes? —preguntó, sin dejar de caminar hacia atrás, pasos breves que la hacían alejarse, pero sin apartarme la mirada de encima—. Confía en mí, hazlo.

—Te busco por la noche para que continuemos con esta conversación. Tenemos una cita.

—No es una cita.

—Llámala como quieras, nos veremos en la noche.

Se marchó sin decir otra cosa más, con el pelo contra el viento y pasos rápidos que la sacaron de mi campo visual.

—¿Dónde estabas? —preguntó Javi cuando entré a la caravana.

—Consigue sal —fue mi única respuesta.

CAPÍTULO 11

Abril

—¡N*o puedes estar involucrada con ese imbécil, Abril!*

—Pues lo estoy, Franco.

—¿Desde hace cuánto? ¿Por qué diablos no me lo habías dicho?

—¿Por qué tendría que habértelo dicho? ¿Acaso tú me contaste que tenías una relación con alguien más?

—Estás involucrada con un imbécil que lo único que ha hecho es perjudicarme. Seguro te buscó con la intención de molestarme, de joderme la vida.

—Esto no se trata de ti. No eres el centro del universo, Franco. Solo para dejártelo claro, lo que hay entre él y yo comenzó antes de que él supiera de nuestro supuesto noviazgo.

—Este tipo no te conviene, es una basura. ¡Está con otra mujer!

—¿Sí? Y me lo dices precisamente tú. Christian está con ella de la misma forma en la que tú supuestamente estás conmigo.

—¿Y le crees? Aby… —Mi nombre salió de sus labios tras un suspiro cansado—. Te lo digo porque te tengo mucho cariño, te conozco desde hace años, no quiero que estés expuesta a un imbécil como ese.

—¿Por el cariño que me tienes me usaste para esconder tu relación con una mujer casada?

—No quería lastimarte.

—No tendrías por qué haberlo hecho.

—Estás llorando.

—¡Porque me mentiste!

—Si es cierto, lo tuyo y lo de Christian no puede continuar.

—¿Si es cierto? ¿Por qué habría de mentirte, idiota? ¿Sabes?, no me respondas nada. Vete. Sal de mi oficina, vete de aquí.

—Aby…

—¡Vete!

Las voces de mis amigas sonando a la vez me hicieron abandonar los recuerdos en los que me había sumergido. Diana y Mich estaban atentas a todo lo que pasaba en el circuito, ajenas a las contradicciones que enfrentaba por mi cita con Christian.

—¿En qué tanto piensas? —preguntó Mich.

—En la conversación que voy a tener con Christian.

—Ah, en tu cita.

Mich tenía la clara intención de distraerme por lo nerviosa que me ponía el ruido de los motores, y sonreí al oírla. Ninguna de mis amigas había reaccionado como esperé cuando las puse al tanto de mi noviazgo falso. No hubo reproches ni molestia por mi falta de sinceridad. Mich aplaudió mi iniciativa de hacerle creer que tenía algo con Christian, Maia se ofreció a mandarlo a la mierda por mí —ella solía ser la más agresiva—, y Diana me instó a usar los pases que me ofreció para ver la primera carrera de la temporada. Según ella, usar los medios que me facilitó para buscar a Christian era el equivalente de una patada en su zona más sensible.

—No vamos a salir, solo vamos a hablar después de la cena de celebración.

—Es como una cita —aseguró Mich.

—No, es una conversación y ya.

—¡Ya va a comenzar!

La emoción de Diana fue contagiosa. Mich se puso de pie, como ella, envuelta en el entusiasmo que se respiraba en el palco. Los pilotos comenzaban a aparecer en la pista para ubicarse en sus posiciones, en medio de los aplausos y algunos gritos de aliento.

La atención de todos se hallaba en lo que pasaba abajo, mientras que la mía quería apartarse de ahí. Aunque estaba más relajada que la última vez, el corazón se me aceleró tan solo con el ronroneo de los motores.

—¿Por qué el de rojo está más adelante que el resto?

—Porque ganó la *pole*, fue el primero en la clasificación —explicó Diana, viendo a Mich—. Por cierto, el de rojo es Christian.

Pese a mi intención de no ver hacia abajo, mis ojos se sintieron arrastrados hasta el punto en el que se encontraba Christian. Me lamí los labios en un gesto que evidenció mi nerviosismo, mientras todos gritaron con júbilo ante las luces que indicaban el comienzo de la carrera.

—¡Vamos, Baxter! —gritó Mich.

Nos hallábamos en la zona del equipo de Franco, aquello fue una imprudencia que Diana celebró riendo. No pude seguir estudiando la reacción de los demás. El ruido que hacían las motocicletas me tenía en un estado notorio de intranquilidad. Todos estaban saltando y viendo hacia abajo. Fijé la vista en la pantalla y entonces comprendí su emoción. Franco estaba en tercero, maniobrando su moto en una curva para adelantar al segundo. Me puse de pie en un impulso al ver cómo consiguió rebasarlo. El ruido aumentó de la nada, todos reaccionaron con entusiasmo ante la hazaña que lo dejaba ahora en el segundo puesto. Christian encabezaba la carrera, pero Franco parecía estar decidido a alcanzarlo.

—¿Por qué todos se volvieron locos? —preguntó Mich.

—Franco está entrando bien a cada curva.

—¿Está ganando?

—No, Christian lleva cuatro milésimas de ventaja —respondió señalando la pantalla. La persistencia de Franco tenía emocionados a todos en el palco, incluso a Diana, que se hallaba absorta en la carrera.

Según los números en la pantalla, la velocidad de Christian había disminuido, lo cual Franco aprovechó para intentar hacer un adelantamiento. Sin embargo, no logró concretarlo, pues de la nada Christian aceleró y lo dejó atrás nuevamente.

—¿Por qué Christian de repente baja la velocidad? —le pregunté a Diana.

—No lo sé con certeza, pero parece que lo hace a propósito.

—¿Por qué haría algo así? —cuestioné curiosa.

En ese justo instante Franco parecía estar a punto de alcanzarlo, pero de nuevo Christian aceleró y lo volvió a dejar atrás, esta vez con muchísima más distancia.

—Se está burlando de él. Le hace creer que puede alcanzarlo y luego le demuestra que no. O es un idiota impulsivo o un piloto lleno de control que sabe lo que hace y está seguro de sí mismo.

—Apuesto que es un poco de las dos.

Le di la razón en silencio a Mich mientras observaba la carrera, luchando contra mis temores. Christian no volvió a hacer lo mismo, y en los kilómetros restantes mantuvo el dominio de la carrera.

***

Un suave cosquilleo me recorrió la espalda mientras caminaba hacia el baño. Me encontraba más sensible que de costumbre, con la intuición despierta y atenta a todo lo que me rodeaba. Era como si, de alguna forma, tuviera la certeza de que en aquella noche ocurriría algo transcendental.

Diana y Mich se mostraban contentas, la estaban pasando bien porque la fiesta era simplemente alucinante. Era un derroche de lujo y exclusividad, plagado de personas importantes.

—Te ves muy linda —dijo Mich.

Se situó a mi lado frente al espejo y sacó su teléfono para tomar una foto. Sonreí viendo el reflejo y no a la cámara, mientras ignoraba el zumbido del teléfono que sostenía con mi mano izquierda.

Mientras se acomodaba el pelo desbloqueé mi teléfono. El corazón me latió con más fuerza de la usual cuando el nombre de Christian apareció en mi pantalla. Me había escrito tres mensajes, que decidí leer al instante.

Christian 21:18: Te estoy buscando por todos lados. ¿Dónde estás?
Christian 21:38: Espero que no hayas olvidado nuestra cita, ángel.
Christian 22:04: ¿Abril?

Justo cuando me hallaba lista para teclear, la pantalla se iluminó y el nombre de Christian apareció en ella.

—Respóndele. Después del saludo del idiota de Franco, más que nunca debes hablar con Christian.

Mich estaba molesta por la manera en la que Franco se acercó a nuestra mesa apenas se dio cuenta de que nos encontrábamos en el lugar. Intentó darme un beso, pero lo esquivé, y eso provocó que se diera la vuelta y desapareciera.

—Christian —mi voz no salió tan fuerte como deseé—, estaba a punto de responder tus mensajes.

—Te estoy buscando como un idiota, ¿dónde estás?

—En el baño.

—Te veo en diez minutos afuera, sal por la puerta principal. —Pese al ruido que se filtraba en la llamada, reconocí el tono imperativo que empleó al hablarme, y aunque me molestó que me diera órdenes, no fui capaz de reprocharle nada—. Apreciaría mucho que no me dejes esperándote.

Respiré hondo aún con el teléfono entre las manos y la mirada de mi amiga sobre mí, preguntándome cómo mi mentira llegó a tanto.

—¿Ya es hora?

—Creo que sí.

El ruido que me rodeaba no silenció mis pensamientos. Mis dudas en torno a la conversación que estaba a punto de sostener nacían del temor que me generaba exponerme ante Christian. Porque con todo y lo que me molestaba admitirlo, era consciente de lo que sucedía entre los dos, de la manera en la que me atraía todo lo que venía de él.

—¿Te esperamos?

—Sí, no creo que nuestra conversación se extienda tanto. Les enviaré un mensaje. Despídeme de Diana.

—Pórtate mal.

Emprendí mi camino hacia la salida, con un ligero temblor en las piernas y mi pulso acelerado. Me conduje hasta la puerta con una seguridad fingida, controlando el deseo de bajar la falda de mi vestido. Christian llegó y estacionó un auto negro descapotado a la orilla de la banqueta, sin apartar sus ojos de todos mis movimientos.

Pese a la noche cálida tirité al momento de alargar el brazo para abrir la puerta. Percibí el olor de su perfume con fuerza apenas me acomodé sobre el asiento, al igual que su energía, que esa noche era completamente distinta. Supuse que la adrenalina que había dejado la carrera me llevó a sentirlo de aquella forma, menos sombría, pero igual de absorbente que siempre.

—Bonito vestido.

Que aquello fuera lo primero que dijera me desestabilizó. Christian era observador y honesto, y esas dos palabras me hicieron darme cuenta de la atención que me estaba ofreciendo en ese instante, en el que nos hallábamos solos en el interior del auto.

—Gracias. ¿A dónde vamos?

Pensé en que tal vez debía decirle que se veía bien, pues era cierto. Desde que hizo su entrada en la celebración me percaté de ello. A las tres nos gustó cómo se veía con esa camisa gris y los pantalones oscuros.

—Hay un restaurante que no está tan lejos, un buen sitio para hablar sin ruido excesivo.

—La carrera fue increíble. Felicidades.

Christian desvió la mirada del camino y me observó, un gesto simple que me puso nerviosa. Y es que la manera en que sus ojos me estaban viendo esa noche, con esa insistencia, infundía una sensación de calor en mi piel.

—¿Desde dónde viste la carrera?

—Estaba en el palco de Franco.

—Lo supuse —afirmó, mientras aceleraba—. No te vi en la ceremonia de celebración.

—No me acerqué, vi todo por las pantallas.

—La próxima vez quiero que estés de mi lado.

—No sé si habrá una próxima vez. Me pongo nerviosa con estas carreras. El ruido de los motores me altera. Pienso en mi hermano —agregué, con confianza. No solía hablar con facilidad de ese tema.

—¿Has intentado buscar ayuda? —La pregunta de Christian me tomó desprevenida, no parecía el tipo de hombre que se preocupara por la salud mental, era más bien un cretino sin remedio—. Javi, mi *coach*, conoce a una terapeuta que le quitó el miedo que sentía por la pista después de la caída que casi lo mata.

—No, no lo he hecho. Intento no pensar en ello.

—Deberías hacerlo, tal vez podría ayudarte a sobrellevar todo.

Varios minutos después nos estacionamos frente a un edificio de aspecto moderno y sobrio. El *valet parking* del lugar se acercó a nosotros y me abrió la puerta con una sonrisa, a la cual correspondí con educación.

Salí del auto con mi pequeño bolso de mano, mientras Christian cerraba su puerta. Observé de reojo cómo le entregó las llaves sin dejar de avanzar hacia mi dirección.

—Vamos.

Dudé al dar los primeros pasos, pues aguardaba que él también se moviera. Justo cuando me encontraba lista para detenerme y ver hacia atrás, sentí el peso de su mano sobre mi espalda baja mientras caminaba a mi lado, separado solo por una breve distancia.

Intenté no pensar en esa mano que estaba sobre mí; sin embargo, al salir del elevador fui más consciente que nunca del peso de su tacto. No podía explicarlo, sentía que el calor de su palma traspasaba el vestido, porque la zona en donde me tocaba se sentía caliente. Un anfitrión nos recibió con una amplia sonrisa en los labios, felicitó a Christian por su premio y nos guio con absoluta amabilidad hasta una pequeña puerta.

—El mesero vendrá en unos minutos. Siéntate, Abril.

—No tengo hambre —le dije de inmediato mientras tomaba asiento. Mi apetito había desaparecido desde temprano, me imaginaba que por los nervios.

—Entonces solo tomaremos algo. —Christian se inclinó ligeramente sobre la mesa, su cuerpo alto y fuerte buscaba una proximidad que tenía como fin intimidarme. Era un escorpión en toda la extensión de la palabra—. ¿Y bien? Quiero saberlo todo.

Desvié la mirada para ver hacia la puerta, desde donde un mesero se asomó. Arrastraba una pequeña mesa en la que yacía una botella de champaña que descorchó en honor al campeón. Luego nos la sirvió en dos copas.

—Por el campeón —dije, levantando la copa.

—Por todo lo que vas a contarme.

—¿Qué significa ese tatuaje? —le pregunté, señalando su antebrazo derecho. Su brazo flexionado había hecho que su camisa se levantara un poco, dejando a la vista una parte de la tinta que adornaba su piel.

—Es el trofeo que gané en la temporada pasada. Tuve una lesión que me dejó fuera y que puso en riesgo toda la temporada. Ahora quiero que me cuentes por qué no terminaste con el perdedor.

—¿Cuántos tatuajes tienes?

—Te lo diré cuando respondas mis preguntas. Es un trato —aseguró.

—Tú no sabes cumplir tratos.

—La última vez que hicimos uno terminé diciéndote mi signo. Pero volviendo a lo que nos interesa. ¿Por qué no terminaste con Franco?

Me lamí los labios nerviosa, incapaz de huir de su mirada. No esperé que Christian me abordara con tanta insistencia. Tampoco me emocionaba la idea de relevar el secreto de Franco.

—Quiero que lo que te cuente quede entre nosotros como un secreto. Prometí no hablar de esto con nadie, y no me gusta faltar a mis promesas.

—¿Crees que soy chismoso, ángel?

—Creo que eres capaz de usar esta información para tener algo con que provocar a Franco. Sé que no te agrada.

—No me agrada por tu culpa. Si no estuviera contigo, su existencia me daría igual.

—¿Por mi culpa?

—Duerme contigo, ese es motivo suficiente para querer sacarlo de la pista en cada carrera.

Tras dejar la copa sobre la mesa lo miré a los ojos, como si necesitara comprobar que lo que había escuchado era verdad, porque ¡Dios!, no me había esperado esto.

—No duermo con él —aquellas palabras salieron solas de mi boca.

—¿Por qué no lo terminaste?

—Porque nunca fuimos novios. —La champaña debió tener un efecto desinhibidor. No pude mentirle mientras lo veía a los ojos, ni siquiera me atreví a intentarlo.

—Explícame.

Tomé aire y volví a sorber mi copa. No estaba ganando tiempo, solo armándome de valor, pues sentía que estaba traicionando a Franco. Aunque, por supuesto, aquello era una estupidez, él me había traicionado antes.

—Tu mano izquierda.

—¿Qué?

—Dame tu mano izquierda.

Aunque frunció el ceño, Christian alargó el brazo y colocó su mano frente a mí. Extendí la mía con los dedos separados, para enganchar mi meñique con el suyo, debía sellar la promesa.

—¿Abril, cuántos años tienes? —me interrumpió.

—Veintidós. Para que lo sepas, las promesas de dedos no tienen edad. Promete que no dirás nada.

—No lo haré, no le diré a nadie. Lo prometo.

—Franco y yo solo estábamos fingiendo ser novios. Al principio pensé que me lo había pedido por un problema que tuvo por conducir ebrio. Ahora ya comienzo a creer que lo hizo para ocultar su relación con la doctora casada con la que sale a escondidas.

La expresión de Christian fue fría, me observó fijamente como si quisiera ver a través de mis ojos si le estaba mintiendo. Fueron largos segundos en los que no dijo nada, solo me contempló, concentrado.

—Hoy antes de la carrera me exigió que me alejara de ti. ¿Por qué haría eso si lo de ustedes no era real?

—¿Hizo eso?

—¿Te emociona acaso?

—No.

—Pero parece que estás a punto de sonreír.

—No, Christian, no me emociona —le aseguré—. Estoy segura de que te lo pidió por su ego. Cuando yo era más joven, estaba un poco… enamorada platónicamente de Franco —agregué tensa—. Él se aprovechó de eso para pedirme que fingiera ser su novia, sabía que no iba a negarme. Cuando lo encaré por lo que tú averiguaste, me dijo que me mintió porque no quería lastimarme. Entonces, para no quedar como una tonta dolida frente a él, le dije que tenía algo contigo, pero no me creyó.

—¿Por qué no lo hizo?

—Porque se imagina que siento cosas por él. Creo que te hizo ese tipo de reclamo porque le molesta que alguien más pueda interesarse en mí. No tanto porque le interese yo.

—¿Y sientes algo por él?

—No, solo cariño, porque fue el mejor amigo de mi hermano. Ya sé que fue tonto de mi parte mentirle con respecto a ti, solo quería demostrarle que no me importa. Pero le diré la verdad. No quiero meterte en problemas por una tontería.

—¿Por qué habrías de meterme en problemas, ángel? —Su voz sonó profunda, quise creer que fue por el alcohol que estaba tomando—. Me parece perfecto que quieras demostrarle a ese imbécil que no te importa nada. Te ayudaré con gusto a hacerlo.

—Christian, tienes una prometida. Cancelé el contrato que teníamos con tu boda porque me sentía mal con ella, por lo que pasó… Lo de… ya sabes. Tú y yo tenemos cierta química astral que nos llevó a… A eso que ocurrió en tu cuarto de entretenimiento.

Me sorprendió que Christian comenzara a reír de nuevo. Era un sonido ronco y bajo, que no duró más que un par de segundos. Sin embargo, su expresión de diversión se alargó más.

—Abril, solamente nos besamos.

—Perdón, pero no puedo tomarme con ligereza haber besado a un hombre comprometido. —No solía prestarle atención a su atractivo físico, no obstante, en aquel momento me fue imposible ignorarlo. Su mandíbula remarcada, sus ojos y sus labios me tenían atrapada.

—Mi jefe de prensa cree que soy una marca. Toda marca necesita presencia en redes, y Lena podía ofrecérmela.

—No entiendo.

—Mi relación con Lena no es real. No estamos comprometidos de verdad, no vamos a casarnos. Ella estaba usando mi estatus de campeón; y yo, su alcance en redes. Se suponía que íbamos a terminar todo pronto, pero pasó lo de sus fotos, y si dejo todo ahora, quedaré como un cretino. Cuestión que no me importa, pero a mi jefe de prensa, sí.

—¿Qué? —Necesité más champaña para asimilar todo lo que dijo. Christian tomó la botella y llenó mi copa, mientras su mirada oscura estaba sobre mí, quemándome la piel.

—Que lo mío y lo de Lena es irreal. Incluso ella está con alguien más.

Moví la pierna bajo la mesa, fue como un tic nervioso que no pude controlar, y aquel impulso dejó consecuencias, pues sin querer choqué con la rodilla de Christian. Separé los labios con la intención de pedirle disculpas; sin embargo, no pude hablar. La cerré de nuevo ante el calor de su mano en uno de mis tobillos.

—Fue un accidente —dije rápido. La mano de Christian se quedó ahí, sosteniendo mi pierna en el aire.

—Tienes pulseras —pasó la yema de los dedos por ellas, eran dos delgadas pulseras en mi tobillo izquierdo. La estela caliente que dejó su tacto subió en segundos por toda mi pierna. Fue una sensación extraña que me desestabilizó.

—Sí, una es de protección; la otra, para la buena suerte —no reconocí mi propia voz, sonó apretada, distinta.

—Me gusta.

—Gracias —dije, con la piel hormigueando, el corazón acelerado y un escalofrío constante atormentándome.

—¿Por qué tocarte se siente así?

—¿Cómo?

—Distinto.

—No lo sé, supongo que es por la química de la que te hablé.

—No creo en esas cosas.

—Deberías empezar a hacerlo. ¿Te lavaste las manos con sal? —pregunté, en aras de cambiar una vez más el tema. Él asintió y yo sonreí.

—No le digas nada al perdedor, te voy a ayudar a hacerle creer que estás interesada solo en esto.

Que estuviera de acuerdo aceleró mi ritmo cardiaco. A mi mente confusa le costó trabajo dibujar los límites de la mentira que estábamos fraguando. Porque al planearlo sentí que era real, que en verdad estaba ocurriendo algo.

—Tengo más sed —le dije, levantando mi copa.

La llenó de nuevo, atento a mis ojos que contemplaban la vista asombrosa de la ciudad. Tomé la copa y me puse de pie para acercarme al barandal de cristal. Me mareé un poco, pero caminé con firmeza, hasta que mis brazos se apoyaron en él. Pude sentir el calor de Christian antes de que terminara de acercarse. Se situó a mi lado, tan cerca que nuestros brazos se rozaban. El olor de su perfume hizo que cerrara los ojos.

—Me gustan tus labios rojos, pero prefiero su color natural —me dijo apenas lo miré directamente.

Su siguiente movimiento me dejó sin aire, Christian pasó el pulgar por mis labios, en un movimiento lento e hipnótico que borró los restos del labial. La caricia de su dedo fue pesada, cargada de una energía que me recorrió todo el cuerpo en segundos. Debí decirle algo, reclamarle por aquel atrevimiento, pero no dije nada.

—¿Por qué…?

Mi pregunta se quedó a medias, pues de la nada tomó la cadena larga que colgaba de mi cuello, sacó el dije que caía oculto dentro de mi escote y lo levantó a la altura de su cara para poder verlo.

—Una media luna —dijo con tranquilidad, como si en menos de cinco minutos no me hubiera tocado dos veces de manera inapropiada.

—La luna me la obsequió Sam; la cadena, mi tía. No me los quito nunca.

—Eres tan interesante, ángel. Me gustas.

—Creo que debemos irnos —murmuré tras aclararme la garganta—. Estoy un poco mareada, y mis amigas me están esperando.

Como si no se hubiera conformado con alterarme, agachó el rostro para depositar un beso sobre mi hombro desnudo. Una caricia corta, pero contundente. Mi cuerpo se erizó en nanosegundos, evidenciando lo mucho que me alteró la presión de sus labios en aquella zona.

—Vamos, ángel. Te llevaré con tus amigas.

La champaña debió de subírseme por completo a la cabeza, porque los recuerdos de lo que pasó tras salir del balcón son confusos. Cuando reaccioné me hallaba sentada a su lado dentro del auto, con el viento alborotándome el pelo y la voz de Christian sonando a lo lejos. Ahora no se estacionó en la puerta principal, sino en el estacionamiento subterráneo. Condujo con lentitud hasta encontrar un lugar y luego apretó un botón que hizo que la capota se cerrara sobre nosotros. Bostecé mientras recogía mis cosas, estaba pensando en escribirle un mensaje a Diana antes de irme a la habitación. No tenía energía para regresar a la fiesta, solo quería dormir.

Salí por mi puerta sosteniéndome del brazo de Christian, que me lo ofreció en un gesto caballeroso completamente atípico de él. Mientras me bajaba el vestido, escuché el eco de voces en el lugar que parecía estar vacío. Christian y yo movimos la cabeza en la misma dirección, siguiendo el sonido. Un portazo sonó seguido de la risa de una mujer. Iba a pedirle que nos moviéramos, cuando reconocí al hombre que acaba de salir del coche estacionado a un par de filas de distancia. Aunque estaba de espaldas, el pelo castaño de Franco era inconfundible.

—¿Esa es la mujer con la que se ve?

—Lo es. Creo que es un buen momento para comenzar nuestro número.

Él me jaló y quedé pegada a su pecho, lo cual me mareó aún más de lo que ya estaba. Christian me sujetó con fuerza mientras bajaba el rostro, buscando el mío, que no pude apartar. Con la mano libre apretó un botón en el control de su llavero, lo que provocó que el auto empezara a sonar, y al mismo tiempo presionó su boca contra la mía y me besó.

En segundos me vi recostada parcialmente sobre la puerta del auto, con su cuerpo aplastando el mío, mientras nuestros labios se separaban para volver a un beso de verdad. Christian había hecho sonar la alarma para alertarlos de nuestra presencia, lo sabía, pero eso no evitó que me perdiera en la caricia húmeda de su boca sobre la mía. Me sujeté de sus hombros para atraerlo hacia mí, embriagada por el sabor de aquel beso que me tenía vibrando contra el auto.

La energía emanada de aquel hambriento contacto fue tan intensa que me descontroló por completo. Fue como perder el dominio de mis acciones, como una explosión interna que silenció mi consciencia y aceleró mi corazón. Debió haber sido el alcohol lo que provocó aquel deseo de sentirme aplastada por su cuerpo, que encajaba con el mío a la perfección. Porque en mis cinco sentidos jamás habría besado a Christian de aquella forma.

CAPÍTULO 12

Christian

Llevar aire hasta mis pulmones fue complicado, exhalé de forma brusca en aras de reponerme mientras observaba a Abril que permanecía a escasos centímetros. Estaba pegada a la puerta, con los labios hinchados y entreabiertos.

—¡Abril! —escuchamos a lo lejos.

Ella se sobresaltó, yo ignoré aquella voz. Me concentré en mis manos, que continuaban en su cintura y estaban apretando la curva pronunciada, de manera inconsciente, y en mi respiración que, pese a mi esfuerzo, no se ralentizaba. Un impulso irrefrenable me llevó a echarme hacia adelante otra vez, aplastando su cuerpo para privarla de la posibilidad de escapar.

—¿Por qué tocarte se siente así? —volví a preguntar. Abril cerró los ojos y se lamió los labios, fue un gesto breve e involuntario. Intentó sostenerme la mirada, en medio de nuestras respiraciones ruidosas.

—¿Así cómo?

—Lo sabes, ángel. Lo sientes.

Noté cómo inhaló aire cuando levanté la mano para tocarla, para colocar mi palma un poco arriba de su pecho, para sentir sus palpitaciones. Necesitaba comprobar que fueran tan fuertes como las mías. El calor traspasó mi piel mientras mi palma abierta se deslizó solo un poco para acariciar la curva que sobresalía del escote.

—Debo irme, Christian. Estoy mareada. —Apartó mi mano con suavidad y alzó la vista para verme a los ojos. Su mirada era brillante, casi tanto como sus labios.

—¿Quieres que te acompañe a buscar a tus amigas?

—No es necesario. Discúlpame, me siento un poco confundida. Creo que no debí tomar sin haber comido algo antes.

—Te veo mañana.

—Mi vuelo sale temprano.

Tras responderme, la mirada de Abril se quedó fija hacia el frente, por encima de mi hombro. No fue necesario que volteara para saber con certeza lo que ella estaba viendo. La inquietud que manifestó lo hizo evidente. Volteé empujado por mi necesidad de verle la cara al imbécil que encontré a pocos pasos de distancia, observando directamente a Abril.

—¿Necesitas algo? —Lo cuestioné de inmediato, el eco de mi voz lo hizo reaccionar, pues estrechó su mirada al momento de verme a la cara.

—Me voy. Buenas noches, Christian.

El calor del tacto de Abril tuvo el mismo efecto. Me apretó el brazo al mismo tiempo que se ponía en puntitas para darme un puto beso en la mejilla, como si fuera un amigo o algo parecido. Que se despidiera de aquella manera frente al imbécil que nos contemplaba me irritó en el acto, a tal punto que casi la detengo. Sin embargo, fue rápida al moverse, pese a su supuesto mareo.

—Pensé que estabas en la fiesta —escuché que él le decía cuando pasó a su lado.

—No, salí con Christian. Me voy. Mich y Diana me están esperando —agregó, mientras continuó caminando a paso rápido hacia la puerta de acceso.

La mujer que acompañaba a Franco lo llamó con insistencia en cuanto Abril se marchó. Sin hacerle caso, Franco volteó y me miró fijamente, confrontándome en silencio

—Lo que sea que está pasando entre tú y ella debe parar.

—¿Por qué?

—Es la hermana de quien fue mi mejor amigo, le prometí cuidarla. No es del tipo de mujeres que desechas después de divertirte.

—Si pretendes conmoverme con la promesa que le hiciste a un muerto, no lo conseguirás. Ocúpate de tus asuntos con la doctora casada que te coges, y deja que yo me encargue de los míos con Abril.

***

La palabra «Ángel» tintineó por varios segundos en la pantalla de mi teléfono, tentándome a presionar el botón verde que mi orgullo se negaba siquiera a mirar. Era la primera vez que intentaba comunicarse conmigo después de lo que había pasado en el estacionamiento. Habían transcurrido cuatro días, en los que ignoró mis dos llamadas y los siete mensajes.

Consideré que se merecía que actuara de la misma forma en la que ella lo había hecho. Sin embargo, terminé cediendo a la tentación por curiosidad.

—¿Christian? —Su voz de alguna forma trastocó mi ligera tranquilidad. Debió de ser el enfado que despertaba su constante rechazo o el silencio en que se refugió después de la cita.

—Te escucho.

A través de la línea pude oír con claridad el suspiro pesado que emitieron sus labios. Soné cortante a propósito, porque la irritación latente persistía, con la misma insistencia que mis ganas de verla.

—¿Cómo estás? ¿Ya regresaste?

—Sí.

—Quiero verte, hay algo que necesito darte y también creo que debemos hablar.

De todo lo que dijo me quedé con lo primero, que quería verme. Lo dijo sin ningún tapujo, directo y con seguridad. Abril había mostrado una actitud parecida al llegar a buscarme al *paddock*. Aun así, me tomó por sorpresa lo que acababa de escuchar.

—¿Cuándo?

—¿Puedes hoy?

—Sí, en una hora en mi departamento.

—Está bien, nos vemos en una hora. Gracias por tu excesiva amabilidad y cortesía.

—Solo correspondo a la tuya, fuiste muy amable respondiendo todos mis mensajes.

Colgué negándole la oportunidad de contestar, porque tenía la necesidad de que supiera que me encontraba molesto con ella. Tras apartar el teléfono de mi oreja me di cuenta de la forma en la que Javi me estaba observando. Nos subimos a la camioneta que nos esperaba en el aeropuerto y nos movilizamos en ella. Todos los que me rodeaban escucharon con atención la llamada. Encerrado en mis cavilaciones permanecí callado por el resto del trayecto.

—Me quedo contigo. —El anuncio de Javi me tomó desprevenido. Volteé a verlo mientras el chofer bajaba para sacar mi equipaje del maletero—. Jimmy, lleva a Román y después vuelves por mí. Necesito hablar un par de cosas con Christian.

Conocía a Javi, sabía lo que quería y lo mucho que había esperado para hacerlo, por ello ni siquiera lo esperé. Arrastré mis maletas por el estacionamiento, ignorando el ruido de sus pasos que me seguían.

—No quiero ni un solo puto sermón más —le advertí tajante.

—Me importa una mierda, vas a oírlo. Pasando la euforia de la victoria hay muchas cosas que debes escuchar, y en silencio, Christian. Sin interrupciones. Lo que hiciste en la carrera fue una puta locura, y todo el *box* lo cree, el único motivo por el que no buscamos hablar contigo antes fue porque ganaste. ¿Te das cuenta de que el tipo con el que jugaste en la pista obtuvo el segundo lugar en su maldito debut?

Ignoré el resto de su parloteo y entré a mi departamento con él detrás. Mariam nos estaba esperando a la mitad de la sala, con una sonrisa en los labios dedicada sola a Javi.

—¿Puedo ofrecerles algo?

—No, Javi ya se va.

—Me encantaría, Mariam. La comida en el avión fue horrible, tengo hambre.

Levanté el brazo izquierdo para ver mi reloj, mientras Javi caminó hacia la cocina siguiendo a Mariam. Tenía la percepción de que estaba buscando una excusa para quedarse.

—Mariam, llama y avisa que estoy esperando a alguien, que la dejen subir

—Está bien, señor.

—Javi, no te pongas demasiado cómodo.

Y subí para refrescarme. La expectación se deslizó por mi piel a medida que la hora pactada se acercaba.

Cuando bajé para esperarla me reconfortó sentir que tenía la situación bajo control, con una indiferencia que esperé sostener hasta el último minuto. No me sorprendió encontrar a Javi todavía en mi cocina, con su estúpida sonrisa en los labios.

—¿A quién esperas?

Abrí una lata de energizante y me la llevé a los labios en lugar de responderle. En aquel justo instante sonó el timbre, alertándonos a los tres. Cuando la voz suave y melódica de Abril saludó a mi ama de llaves, Mariam se hizo a un lado con una tensión perceptible, que no comprendí hasta que un pequeño ladrido rompió mi tranquilidad.

Abril no llegó sola. En la mano derecha sostenía la correa de Nala, quién intentó correr apenas cruzó el umbral. Me metí la mano libre en el bolsillo mientras observaba su lucha con la perra. Le di sorbos a mi energizante de manera distraída, como si su llegada no me hubiera sacudido por dentro.

Las pulseras en su muñeca tintineaban como consecuencia de sus movimientos, reteniendo toda mi atención. En escasos segundos la analicé de pies a cabeza; llevaba el pelo recogido y una de sus faldas estampadas.

—Nala, contrólate —le pidió en un tono suave que, por supuesto, la perra no obedeció.

—¿Es la novia del novato?

Estaba tan absorto en Abril que no me percaté del momento en el que Javi se me acercó tanto, por ello su pregunta hecha en susurros me tomó desprevenido. Me aclaré la garganta y me incliné en un rápido movimiento para sostener la correa de Nala, que finalmente logró liberarse del agarre de su dueña.

—Abril, él es Javi, mi *coach*.

—Soy Abril, mucho gusto.

—Dame un segundo, Abril. Acompañaré a Javi a la puerta, ya se iba.

—¿Ya me iba?

—Sí, date prisa.

—Fue un gusto, Abril.

—Igualmente.

Abril alargó el brazo ante mi intención de entregarle la correa, y aunque nuestras manos no se rozaron, fui consciente del calor de su piel. En cuanto me alejé para acompañar a Javi a la puerta le apreté el hombro, instándolo en silencio a que caminara más rápido, porque sabía que él podría decir algo que yo no quería que ella escuchara.

—¿Es la novia del novato?

—Lárgate.

Cuando volví, Abril continuaba en medio de la sala, sosteniendo a Nala, que estaba incontrolable. Me acerqué por detrás y me detuve a unos pocos pasos de ella.

—Si le quitas la correa probablemente se tranquilice.

Era curiosa la fuerza que había en la manera en la que su mirada me atraía, era tanta que no pude apartarle los ojos de encima mientras me inclinaba para liberar a Nala de la correa que tenía enganchada en su cuello.

—Te traje esto. No es azul medianoche como la tuya, pero es el mismo diseño. En mi defensa diré que cuando la ordené, tu chamarra estaba mojada y parecía negra.

Dudé en aceptar esa bolsa que puso entre mis manos, pero mis dedos rozaron el papel suave y luego las fibras de la prenda. Tras sacarla descubrí que era una chamarra.

Levanté la vista para observarla, con el ceño fruncido, como dudando, pues por un momento no entendí por qué me había llevado algo así. Y, tras un breve recorrido entre mis recuerdos, me acordé de la noche aquella en la que llevé a Nala bajo la lluvia a su casa.

—No era necesario.

—Dijiste que te debía una, y me pareció justo comprarla. Nala duerme sobre ella muy seguido.

Desvié la vista hacia la alfombra, en donde la perra aún continuaba olfateando. Se veía un poco más grande que la última vez que la tuve enfrente, e igual de descontrolada.

—No lo dije en serio.

—Me es difícil descubrir cuándo hablas en serio y cuándo bromeas. Teniendo en cuenta que tienes una expresión casi permanente de fastidio, supuse que no bromeabas.

—Siéntate, Abril, y dime por qué no respondiste ninguno de mis mensajes. —Necesitaba saber en ese instante la razón por la que siempre me ignoraba.

Abril no obedeció mi orden, no se sentó, caminó hacia la puerta de la terraza, lugar al que Nala se adentró olfateando todo a su paso.

—Perdí el cargador de mi teléfono en mi viaje, y luego… no supe qué responderte. Te enojaste por la forma en la que me despedí de ti y, honestamente, Christian, no lo entiendo. Me acusaste de salir huyendo, cuando no fue así.

—¿Qué es lo que no entiendes? Me diste un beso en la mejilla solo porque el tal Franco estaba frente a nosotros.

—No —respondió al instante—. ¿Cómo se supone que debía despedirme?

—Con un beso en la mejilla, no. No soy tu amigo, ángel.

La garganta se me secó al terminar de hablar, al darme cuenta de mis propias palabras. Reconocí la necesidad de ser algo más trascendental para ella, la idea de que me viera como un amigo me jodía más de lo que debía.

—De eso precisamente quería hablar. No puedo continuar haciendo esto. Cometí un error, Christian. Jamás debí mentirle a Franco. Eso me ha traído una serie de problemas innecesarios.

—¿Problemas con quién?

—Franco no ha dejado de llamarme y de buscarme, se quiere comportar como una especie de hermano mayor y, la verdad, no quiero lidiar con ello. No quiero seguir mintiendo ni jugar a esto contigo. No acostumbro a besarme de esa forma con todo el mundo.

—Yo no soy todo el mundo.

—Lo sé, y eso también agrava el problema. —El tono suave de Abril y aquella discreta admisión, de alguna manera, hicieron que mi irritación se mantuviera controlada.

—El imbécil por el que lloraste me preguntó cómo me convenciste de fingir que teníamos algo. Es evidente que sigue sin creerlo, está convencido de que estás interesada en él. Me pregunto a qué se debe tanta seguridad. ¿Acaso hay algo que no me contaste? —La expresión en su rostro era indescifrable, no podía saber con certeza si estaba molesta o ligeramente satisfecha por mi mentira.

—No tengo idea, supongo que su ego le impide creer que no me interesa. No ha pasado nada entre él y yo más de lo que ya sabes.

—¿Te ha tocado alguna vez?

—¿Qué? —Su sorpresa me resultó divertida. No se imaginaba todas las veces que me carcomí la cabeza pensando en ello durante la última semana.

—Solo quiero saber qué tan falsa fue su relación. ¿Tuviste sexo con él?

—¿Por qué quieres saber algo así? —se sentó finalmente, pero no lo hizo en el sillón, sino que se dejó caer suavemente sobre una mesa. Acercarme hasta ahí fue fácil, tomé asiento frente a ella, para propiciar el encuentro de nuestras miradas.

—No seas tímida, ángel, responde.

—No, Christian. Nuestra relación fue falsa, de verdad.

Eché mi cuerpo hacia adelante, estudiando su reacción. Abril se quedó quieta, pero sus manos se sujetaron de los extremos de la mesa.

—¿Vas a dejar que siga pensando que no puedes superarlo? ¿Que te tiene en sus manos? Es un hijo de puta engreído, que se cree irresistible para ti. Me pregunto qué hiciste o dijiste para que se sintiera así.

—No intentes manipularme. Me importa más mi tranquilidad que lo que piense Franco. Estar jugando a esto solo por demostrarle algo es innecesario. No debí meterte en este lío porque te tiene envidia, es obvio que iba a tomarse todo de la peor manera.

—Yo no jugué, yo te besé de verdad. Si nos ve juntos de nuevo voy a besarte, y tú no volverás a despedirte de mí de la manera como lo hiciste.

—¿Qué haces? —preguntó, con el ceño fruncido al verme alargar la mano. Separé el meñique del resto de mis dedos y lo moví para invitarla a imitarme.

—Quiero que me lo prometas.

—Te burlaste de mí cuando te pedí que me prometieras algo de esta forma.

—Date prisa, ángel, prométela.

Levantó la mano dispuesta a enganchar su dedo con el mío; sin embargo, algo cambió en su mirada en cuestión de segundos. Su brazo quedó en el aire y su mirada en la mía.

—Espera, no. Porque no podemos seguir…

—Prométělo —insistí.

El aire se volvió denso entre los dos cuando me acerqué un poco más. Estaba tan cerca que el olor a miel y canela proveniente de su pelo inundó mis fosas nasales. Mi mirada se quedó en sus labios que llevaba al natural, y entonces registré el calor de su mano en la mía.

—Lo prometo.

Dos palabras que me supieron a victoria y que se llevaron la irritación que había guardado desde aquella noche. En lugar de soltar su mano la sostuve con suavidad. Abril bajó la vista hasta el roce de nuestros dedos, que se hizo contundente cuando deslicé mi palma contra la suya.

Aquel contacto la tenía tan nerviosa que cruzó una de sus piernas, y volvió a golpearme la pantorrilla como la noche de la cita. Esta vez se disculpó solo con una sonrisa. Bajé la mirada hasta su tobillo derecho que colgaba con coquetería y dejé que mi mano libre lo sostuviera.

—¿Dónde está tu otra pulsera?

—Se perdió. Supongo que se me cayó la noche que salí contigo, porque a la mañana siguiente desperté sin ella.

—¿Era la de la buena suerte o la que te regaló tu tía?

—La de la buena suerte —respondió, con una pequeña sonrisa en los labios.

La perra entró corriendo de la terraza y fue directo al sillón, en el que saltó con una confianza que nadie le había dado.

—Abajo, Nala. —En lugar de obedecerme me miró fijamente, moviendo su cabeza de un lado a otro, para luego refregarse en mi brazo.

—Acabas de llegar, creo que debemos irnos para que descanses.

Nala corrió de la nada, con una energía descontrolada. Mariam gritó con sorpresa cuando pasó a su lado, y Abril se puso de pie con rapidez para encargarse de su perra. La siguió al verla alejarse por el pasillo, y no me quedó más remedio que ir tras ella.

—¡Nala! —la llamé al ver que empujó una puerta.

Nala entró a mi cuarto de entretenimiento y me obligó a correr más rápido que ella para cerrar una de las ventanas abiertas. La perra tenía tanta energía que podía lanzarse de ella. Abril suspiró, y cuando volteé supe el motivo. Nala volvió a sentarse sobre un sillón mientras jadeaba por el cansancio.

—Necesita disciplina.

—Todavía es un cachorro.

—Por eso mismo.

Fui directo a la puerta y la cerré, no solo para que Nala no se saliera, sino también para asegurarme de que Abril no pudiera escapar. El suave clic de la cerradura la hizo voltear, me observó en medio del lugar en donde me había besado, y me pregunté si lo estaba recordando.

—Intento agotar sus energías, la dejó salir al jardín varias veces al día. Cuando crezca más irá a la guardería de perritos.

—¿Quieres algo de tomar?

—No, debería irme. —Pese a su respuesta no se movió, su mirada vagó por todo el sitio y se detuvo en el simulador. Lo observó con absoluta curiosidad mientras yo la contemplaba a ella.

—Es un simulador, lo uso para entrenar.

—Lo sé, mi hermano tenía uno.

—¿Quieres subir?

—No, me dan miedo las motocicletas, ya te lo expliqué antes.

—No es una motocicleta, es un simulador. Ven, Abril. No es como si pudiera tomar velocidad y moverse de verdad.

—Me asusta.

—Voy a subir contigo.

Percibí su inquietud. Titubeó antes de arrastrar los pies hasta donde me encontraba. Le extendí mi mano y me pregunté si recordaría cuando le confesé que no era un caballero.

—No, sube tú primero.

No cuestioné la absurda satisfacción que me provocó su disposición, solo subí, ignorando el ligero entusiasmo que sentí por algo tan cotidiano. Registré el peso de la mano de Abril en mi hombro, lo usó como punto de apoyo para sentarse.

Antes de encenderlo sujeté sus manos. Abril dio un pequeño salto por la impresión, pero no dijo nada. Dejó que las llevara hasta la altura de mi abdomen para que se sujetara de algún punto. Sentía su respiración en mi cuello. Estaba tan cerca que sentía sus pechos contra mi espalda. En respuesta, mi respiración se aceleró un poco y por primera vez contemplé la posibilidad de que ella hubiera sido la causa de la alteración de mis pulsaciones en la pista.

—Sentirás que estamos en movimiento, pero no es real.

El pequeño grito de sorpresa que emitió cuando eché a andar el simulador me lastimó el oído por su cercanía. Sus dedos se engancharon con fuerza a mi camiseta de algodón cuando la moto se elevó un poco. Aceleré despacio, con una paciencia que no solía tener jamás, mientras los dedos de Abril continuaban tensos alrededor de un puñado de mi camiseta. El aumento de la velocidad fue gradual, volteé el rostro para observarla y entonces noté que tenía los ojos cerrados.

—¿Por qué se sacude?

—Porque no estoy siguiendo las curvas. Voy a hacerlo.

El corazón de Abril latía frenético contra mi espalda. Incliné mi cuerpo hacia un lado, un movimiento ligero que hizo que se sobresaltara, y sus manos me sujetaron con más fuerza.

—Solo sigue el movimiento de mi cuerpo, no vamos a caernos.

Entré a la curva con una lentitud desesperante, la moto se agitó por aquel error, porque de estar en una pista los neumáticos se hubieran deslizado. La frente de Abril se apoyó sobre la parte alta de mi espalda cuando nos incorporamos, y esa fue la señal de que había alcanzado su límite.

Apagué el simulador y volteé el rostro para poder verla. Continuó en la misma posición por varios segundos más, hasta que de la nada respiró hondo y levantó la cara. Nala ladró, pero el ruido no apartó mi atención de lo que ocurría. Abril deslizó la palma abierta hacia arriba y se detuvo en mi pecho, como si quisiera sentir los latidos de mi corazón.

—Creo que con esta dosis de adrenalina me basta para el resto del año.

—Pudiste hacerlo.

—Pero estoy temblando.

—No minimices tus logros. ¿Puedes bajar?

—Sí.

—El próximo paso es que subas a una de verdad.

—No sé si sea capaz de llegar a tanto. —Aunque no me estaba viendo a los ojos, pude ver su temor por la tensión que reflejaba su cuerpo—. Nala y yo debemos irnos. Estoy intentando encontrar un reemplazo para Eli, Maia me va a ayudar.

—Es lo más sensato que puedes hacer. ¿En qué llegaron?

—En taxi, no me gusta manejar.

—Lo sé. Las llevo, vamos. No te conviene negarte, sigo molesto.

—No tienes motivos para estar así.

—Tengo dos poderosos motivos. Me ignoraste y no te despediste de la manera adecuada. —Mi enojo hacia ella era tan falso como las cosas que le hice creer que me dijo el perdedor de Franco.

—Ya lo hablamos y lo superamos, ¿no?

—No, soy rencoroso.

***

Nala dormitaba en el asiento trasero, estaba cómoda con el aire que entraba por la ventana y movía su pelo corto. Me pareció breve el trayecto de casi treinta minutos. Me adentré al vecindario y noté que había oscurecido. Al girar en la esquina para dirigirme hacia su casa, observé la moto roja que se hallaba estacionada frente a la puerta abierta. No fui el único que se tensó ante su presencia. Abril se movió sobre el asiento, alargando el cuello para ver hacia el interior, en donde la sombra de un hombre sentado sobre las gradas del pórtico se hizo más visible cuando nos detuvimos.

—Debí dejar la puerta abierta —dijo en voz baja.

Pese a estar oculto bajo la sombra de la noche, pude identificar a Franco. En un rápido movimiento apreté el botón que bloqueó su puerta, el pequeño chasquido fue imperceptible para ella, que se estaba quitando el cinturón.

—Tienes visitas —no fue un comentario; fue una clara queja.

—No lo invité. Seguro vino a buscarme porque no respondí su mensaje.

—Échalo.

—A mí tampoco me gusta que me den órdenes. —Me sostuvo la mirada por un momento y luego sonrió, un gesto que le restó hostilidad al momento—. Nala, vamos. —Intentó en vano abrir su puerta, tiró de la manija dos veces, antes de voltear el rostro y verme.

—Se atasca de vez en cuando. Sal por aquí —le dije, echando mi asiento hacia atrás.

Me miró con expectación, como si estuviera esperando que yo saliera para permitirle el paso. Noté su nerviosismo repentino ante mi nula intención de moverme. Abril parpadeó varias veces, hasta que finalmente tomó aire y se movió.

—Sal para que yo pueda pasar.

—No, tienes espacio suficiente para salir.

—Christian… —dijo, con un tono cargado de reproche.

—Estás haciendo esperar al perdedor.

El aire se llenó de una tensión que parecía estar a punto de estallar. Nos observamos fijamente, como si se tratara de un duelo de miradas, que no estaba dispuesto a perder. No cedería así me torciera los ojos. Abril se apoyó en mi asiento y en el tablero para impulsarse de su asiento. Observé atentó cómo separó las piernas para pasar encima de mí, y antes de que pudiera tener contacto con la manija sostuve su cintura, obligándola con mi fuerza a quedarse quieta, con las rodillas clavadas en mi asiento y sosteniendo su peso para no dejarlo caer sobre mí.

—¿No vas a despedirte, ángel?

La tensión explotó, lo sentí en su respiración pesada y en el ligero temblor de mi propio cuerpo. Abril se quedó contemplándome como si no estuviera segura de cómo proceder. Amablemente, decidí ayudarla. Mis manos se deslizaron de su cintura hasta sus piernas, y sujeté sus muslos por ambos lados. Mis dedos se hundieron en su piel y la empujaron hacia abajo, para que se sentara sobre mí.

Sentí su resistencia, y también su derrota, fue como si se diera cuenta de que no había nada que pudiera evitarlo. Destensó su cuerpo y finalmente se sentó. Lo hizo de golpe, y me cortó el aliento en el acto. El aire se volvió caliente en segundos por aquel contacto que se sintió intenso debido a la escasez de capa de telas entre ambos. Mi verga se sacudió ante la sensación cálida de sus muslos abiertos, no llevaba puesto nada abajo, solo la suave tela del *jogger* por el que se traspasaba el calor de Abril.

—Christian, Nala está aquí —su voz sonó temblorosa.

—Lo prometiste.

No moví la cara, dejé que ella tomara la decisión. Solo esperé con paciencia que terminara de acercarse. Las bocanadas de aire me rozaron la cara, y no pude contenerme más, acorté la distancia de golpe presionando mi boca contra la suya. Un suspiro de satisfacción escapó de mi garganta, en cuanto separó los labios para mí. Mi lengua irrumpió en su boca mientras mis manos se arrastraron por debajo de la falda, tocando sus muslos flexionados por la posición; un toque sutil de la yema de mis dedos la hizo encogerse cuando tuve contacto con la tela de su ropa interior, que se pegaba a sus caderas.

Aquel movimiento me alteró, al igual que a ella. Gruñí sobre su boca, besándola con más fuerza, al mismo tiempo que levanté la pelvis para frotarme entre sus muslos. Abril parecía cómoda, y un suave movimiento que hizo me afectó con contundencia, por la ropa tan escasa entre ambos. No me pude controlar. Lamí sus labios con desesperación, inmerso en un deseo exacerbado que robó por completo mi raciocinio. Por un momento olvidé dónde nos encontrábamos, al perro que continuaba echado atrás y al imbécil que estaba viendo lo que hacíamos. Arrastré mis manos hacia atrás para sujetarle las nalgas. El apretón la hizo balancearse y emitir un sonido parecido a un gemido.

Algo pasó en ese instante, fue como si nos pusiéramos de acuerdo para cortar el contacto de nuestras bocas. Ambos boqueamos por aire a la vez, manteniéndonos a pocos centímetros de distancia. Estaba mojada, la humedad traspasó la tela, y fue perceptible en ese momento en el que solo nos mirábamos.

—Déjame salir, por favor —pidió en un tono que encontré dulce.

—No te estoy reteniendo, ángel.

Miró hacia abajo. Mis manos estaban fuera de su falda, apenas apoyadas en sus piernas. Eran sus brazos los que estaban sujetos a mí, alrededor de mi cuello. Sus pechos se movían hacia adentro y afuera, estaba tan descontrolada que mi verga volvió a sacudirse por la satisfacción punzante que me provocó ver cómo la afectaba.

—Pude sentir eso, Christian.

—Quería que lo sintieras.

—Debo irme.

Abrió la puerta finalmente. Del otro lado del jardín el perdedor se había puesto de pie para observarnos. Si Abril no me hubiera importado tanto le habría preguntado a gritos si le calentó vernos, solo para provocarlo. Mi atención se apartó de él cuando Abril llamó a Nala. Me quité el cinturón de seguridad y giré para tomarla.

—Nala, no hagas eso —dijo Abril, cuando su perra me lamió la cara.

—Es lo que le enseñas.

La tímida sonrisa en sus labios fue como un puto regalo. Adoré verla sonrojada por un comentario, cuando era consciente de que salió húmeda y agitada del auto.

—Te escribiré —aseguró, volteó y caminó hacia su pequeño jardín.

Me eché hacia atrás para golpear la moto, que cayó al piso de inmediato.

—Hijo de puta —gritó Franco desde el pórtico. Alargué el brazo para sacar mi mano y le mostré el dedo de en medio. Finalmente arranqué, sintiendo una intensa satisfacción.

CAPÍTULO 13

Abril

Miré hipnotizada el movimiento de todas las manos en el aire. Las personas en la pista bailaban casi al mismo ritmo, al compás de la música alegre que sonaba. Todos parecían tener energía de sobra, a pesar de que eran las dos de la mañana.

Ajusté el auricular en mi oreja y continué caminando. Me senté un momento.

El zumbido de mi teléfono me recordó todos los mensajes que tenía sin leer. Mi dedo se movió con pereza en la pantalla, deteniéndose sobre el nombre de Christian, de quien recibí tres mensajes. Había regresado dos días atrás de su última carrera.

Pese a que dijo que llegaría a verme, aún no lo hacía, y es que estaba realizándose algunas pruebas físicas.

Christian 23:40: ¿Estás con el perdedor de mierda?
Christian 23:55: Supongo que sí. Tienes pésima memoria, Abril. Olvidaste rápido su aventura con la mujer casada.
Christian 23:58: Buenas noches.

Su suposición me hizo enojar de inmediato. Molesta, le escribí una sola respuesta dejándole claro que me encontraba trabajando en una boda. Pulsé el botón de enviar esperando que se percatara del tono serio con el que escribí el mensaje, para que no volviera a sacar conjeturas con tanta facilidad.

El teléfono vibró entre mis manos. Christian Baxter me estaba llamando a las dos y cuarenta de la madrugada.

—¿De dónde demonios sacas que estoy con Franco? —lo cuestioné, con seriedad.

—Publicó una foto donde estás tú.

—No sé de dónde la sacó. Estoy trabajando en una boda, te lo conté el jueves.

—¿Sigues ahí?

—Sí, un taxi vendrá por mí en unos minutos.

Christian soltó un largo suspiro del otro lado de la línea que me hizo ser consciente de que estábamos teniendo una llamada a altas horas de la madrugada. ¿No sé suponía que debía estar dormido?

—Cancélalo, envíame la ubicación, iré por ti.

—Christian, no es necesario.

—Cancélalo. No te subirás a un taxi a esta hora. Envíame la ubicación.

El corto sonido que escuché me indicó que había colgado. Aparté el teléfono de mi oreja, impresionada por la facilidad con la que permitía que Christian me impusiera su voluntad. Él lograba bajar mi guardia casi de forma imperceptible, hasta dejarme completamente desarmada para enfrentarlo. Por eso no podía negarme con él.

Cancelé mi taxi, aun sabiendo que no debería ceder a las peticiones de Christian. Me levanté para buscar mis cosas. Me rehusé a cuestionarme lo que estaba haciendo, ya estaba demasiado agotada como para lidiar con mis cavilaciones.

El recuerdo de lo que ocurrió la última vez que estuvimos juntos me puso nerviosa. Llevaba días huyendo de un nuevo encuentro porque no sabía cómo enfrentarlo. Había perdido no solo el juicio aquella tarde, sino también el pudor.

A pesar al ruido de la música escuché el ronroneo del motor que se acercó. La anticipación se asentó en mi estómago cuando levanté la vista y vi el auto negro de dos puertas, el mismo en el que pasó todo.

Era la primera vez que Christian me veía así, con un vestido negro, de corte recto que se ajustaba a mi cuerpo, y los tacones de punta fina que me provocaban tanto dolor en los pies. Tiré de la manija de la puerta, y ese clic se quedó resonando en mi cabeza mientras entraba. El olor en el interior era tal cual mi mente lo recordaba. El calor de las manos de Christian y el sonido de su respiración agitada se quedaron grabados en mi mente.

—Hola —dije, mi voz tembló ligeramente.

Me afectó verlo sentado tras el volante, con una mano sujetándolo y la otra apoyada en su pierna. Su intención de saludarme provocó que me espabilara, volteé la cara para ofrecerle mi mejilla, pero Christian, a pocos centímetros de distancia, movió la suya y buscó mi boca. No cedí de inmediato, rehuí ladeando el rostro un par de veces más, pero él hizo lo mismo, e insistió hasta que logró que nuestros labios se rozaran.

—Christian —dije, mis palabras chocaron contra con su boca. Fue una protesta por su intención de convertir el suave contacto en algo más profundo.

—Nunca pierdo, Abril.

Mi cuerpo lo reconoció. No sé si fue su voz o su cercanía, pero algo conocido vibró dentro de mí cuando separó los labios y la caricia se volvió solo un poco más íntima. El beso duró poco, fue como un pequeño bocado comparado al que nos dimos la última vez, pero de igual manera, mi pulso se aceleró ante la caricia

—¿Por qué estabas despierto a esta hora?

—Insomnio. ¿Me puedes explicar por qué te movilizas en un taxi a esta hora?

—No me gusta conducir. ¿Puedo?

Christian asintió a mi mano alargada cerca del estéreo, lo encendí para conectarlo a mi teléfono y hacer sonar mi lista de reproducción. Nos quedaba un largo camino hacia mi casa, y me encontraba tan nerviosa que necesitaba música de fondo para relajarme.

—Te llamé ayer, no respondiste. Comienzo a creer que te gusta ignorarme —dijo sonriendo. Aquel gesto me hizo percibirlo distinto, sereno y juguetón.

—Estaba ocupada, cuando intenté regresarte la llamada tenías el teléfono apagado.

Un auto que nos rebasó de la nada lo obligó a bajar la velocidad. Christian apartó la mirada del frente para verme, una larga inspección de arriba abajo, a la que no lograba acostumbrarme. Me preguntaba si así miraba a todo el mundo, o si solo solía escudriñarme a mí.

—Pareces otra. Suéltatelo —pidió, refiriéndose a mi pelo.

—¿Por?

—Porque me gusta suelto, ángel.

Me había acostumbrado a que Christian me llamara de aquella forma, sin embargo, esa noche lo percibí todo distinto. Culpé a la atmósfera que nos rodeaba. Había música suave de fondo, nos desplazábamos por calles solitarias, en un ambiente cálido que me hacían sentir muy cómoda. Me solté el pelo para darle gusto. Estiró el brazo, sus dedos tomaron un mechón de mi pelo que se llevó a la nariz de inmediato.

Christian esbozó una pequeña sonrisa y continuó conduciendo. En medio del silencio, me di cuenta de que poco a poco me relajé recostada en el asiento. Fue como si mi cuerpo se adaptara a la presencia fuerte de Christian y a la energía tensa que lo rodeaba. Mi vecindario se encontraba silencioso y en calma, las luces del auto iluminaron la calle.

—Espera, voy a comprobar que no esté atascada.

Aunque escuché a Christian, manipulé la manija, que abrió con facilidad. Salí con prisa por el absurdo nerviosismo que me atacó al encontrarme en aquellas circunstancias de nuevo. Christian salió del carro como si yo le hubiera pedido que me acompañara, iba vestido todo de negro, con una sudadera que cubría sus brazos. Me quedé perpleja al ver que se me acercaba, pero me repuse rápidamente y me dirigí a la puerta. Volteé antes de abrirla, esperando que, tras hacerlo, él volviera a su carro.

—Nala debe estar esperándome —le dije, esperando que con eso él se marchara, pero aquello no sucedió.

Entró conmigo por la angosta puerta, y luego caminó a mi lado por en medio del jardín hasta llegar al pórtico. Eran las tres de la mañana, no quería estar sola con él en mi casa. El ruido de los pasos de Nala apartaron mi atención de Christian. Se acercó para olfatearme, moviendo la cola, y me lamió la mano cuando la acaricié. Estaba contenta de verme. Tras un momento se acercó a Christian, quién ni siquiera bajó la mirada.

—No la estoy ignorando —me respondió cuando le reclamé que no la saludara—. Debe aprender a controlarse, ponle disciplina.

—Nala, deja de ser cariñosa con este odioso.

—¿Odioso? Las dos han visto mi lado más amable —agregó, en

un tono divertido—. ¿Quieres qué le permita que pase su lengua por mi cara?

—Te está saludando.

—No me gusta saludar, te lo agradezco, Nala —se dirigió a mi perra, que saltó a sus brazos—. La única que puede besarme la cara es tu dueña.

Aunque sabía que estaba bromeando, no pude evitar que mis mejillas ardieran. Le di la espalda y hui hacia la cocina. Desde ahí lo observé sacar su teléfono, cargar a Nala, alargar el brazo y tomarse una foto con ella. Eso me dio curiosidad. Me obligué a apartar la vista cuando él me buscó con la suya, y fingí que el vaso de agua era sumamente interesante, y que no quería ver cómo ponía a Nala en el piso.

—Gracias por traerme, me siento mal porque saliste de tu casa a esta hora.

—No podía dormir. Estás cansada.

—Mucho —respondí, porque quería que se marchara. Bostecé una vez más, no pude contenerlo—. ¿Quieres tomar algo?

—No, dejaré que descanses. Si quieres agradecerme, ven a casa a visitarme, esfuérzate un poco.

No quería verlo en su casa, la última vez que estuve ahí terminé sintiéndome tan cómoda que me subí a un simulador. Me creí capaz de acabar en su cuarto en un descuido.

—Me esforzaré preparándote algo. Mañana mis amigas vendrán a cenar, puedes venir.

—No, prefiero que me agradezcas a solas. Prepárame el desayuno, vendré temprano a desayunar contigo.

Debía ser su voz, o la manera directa en la que me hablaba, tal vez su lenguaje corporal que trasmitía una seguridad intimidante. No sabía qué tenía Christian, que hacía que todo lo que dijera sonara estimulante, como si cada palabra fuera pronunciada con alguna intención oculta de ponerme arrítmica.

—Despierto tarde.

—Yo también. ¿Nos vemos a las diez?

—Las diez es temprano, Christian.

—Vendré a las diez.

—¿Quieres algo en especial?

Le encantó mi pregunta, lo noté en la expresión en su cara, en la sonrisa que me dedicó y en el breve brillo en su mirada.

—No, sorpréndeme. Seguro me gustará cualquier cosa que cocines para mí. Nos vemos mañana, ángel, ven a despedirte.

Ni loca, no pensé en moverme de donde me encontraba, detrás de la barra, protegida de él por la distancia.

—Buenas noches, Christian. Descansa —agregué, y levanté la mano para decirle adiós. Su respuesta fue reír.

—Cobarde.

No repliqué porque tenía razón. Si me acercaba para despedirme con un beso, aquello terminaría muy mal. Las cosas se nos saldrían de las manos y terminaríamos sobre alguno de los sillones besándonos frenéticamente. El ruido del auto alejándose me llevó a respirar hondo. Puse el seguro en la puerta, me quité los zapatos y subí hasta mi cuarto, con Nala detrás de mí. Estaba muerta de cansancio. Tras desmaquillarme y ponerme la pijama me metí en la cama. No recordé poner la alarma. Me quedé dormida con facilidad y profundamente, el cansancio me sumergió en ese sueño reparador que solo se vio interrumpido por los constantes zumbidos de mi teléfono.

La sensación de que tenía algo pendiente me obligó a separar los párpados. Alargué el brazo para tomar el teléfono a ciegas. Intenté apagar la alarma, pero me di cuenta de que no sonaba eso, sino una llamada.

—Hola —dije somnolienta, sin detenerme a revisar quién me llamaba.

—Christian no te conviene en lo absoluto, Abril. Lo sabes y sigues con él.

La voz de Franco fue todo lo que necesité para despejarme, me senté de golpe en mi cama y volteé la cabeza para ver el reloj sobre mi mesa de noche, eran las nueve y cincuenta.

—¿Qué? —lo cuestioné, mientras me ponía de pie.

Entré al baño y puse el teléfono en altavoz. Necesitaba lavarme la cara, los dientes y ponerme lo más presentable posible. Estaba retrasada.

—Ayer estabas con Christian en tu casa. Subió una foto con tu perra a las tres de la mañana, en tu casa. La reconocí.

Negué mientras me veía en el espejo, harta de la guerra que sostenían esos dos. Supuse que Christian solo quería provocarlo, como él había hecho en la mañana de la carrera.

—¿Y eso por qué debería importarte?

—Porque me importas tú, Aby. No quiero que nadie te haga daño.

—¿Por eso tú también publicaste una foto nuestra?, ¿para nadie me haga daño? Franco, llama a tu novia casada, solo déjame tranquila.

—Christian no es lo que crees. Pueda que sea verdad lo que te dijo de su prometida, pero pregúntale por Johana, la masajista que se coge.

Me colgó el teléfono, molesto, casi colérico, sin darme oportunidad de decir algo más. Aquella fue la peor manera de despertar. La cabeza me punzó mientras me acomodaba el pelo, repitiendo mentalmente el nombre de la mujer que mencionó Franco. La idea de que fuera cierto me sentó mal.

En aquel momento olvidé el desayuno que no preparé, la alarma que no sonó y mi cita con Christian. Estaba molesta por la posibilidad de que aquello fuera cierto. Tras secarme la cara salí del baño, pues Nala solía entrar ahí en cuanto me despertaba. Después bajé con ella siguiéndome los pasos hasta la cocina, por donde salió hacia el jardín.

Sus ladridos aumentaron y hasta entonces me di cuenta de la motocicleta estacionada afuera, y del hombre con una camiseta blanca que se encontraba frente a la puerta.

—¿Te quedaste dormida? —percibí el ligero asombro en su voz al verme salir de la casa.

Estaba descalza, con el pelo suelto y en pijama, un pequeño short y un top que no cubría todo mi abdomen, sin nada bajo de él que me cubriera y sostuviera los pechos. Las llaves tintinearon en mis manos cuando le abrí la puerta. Me encontraba tan enojada con Christian que evité verle la cara, porque una parte de mí le creyó a Franco.

—Nala, entra.

Mi perra me siguió, atenta a Christian, a quien volteaba a ver cada tantos pasos para comprobar que también nos seguía.

—¿Olvidaste que desayunaríamos juntos? ¿O me recibiste en pijama a propósito?

No quería escuchar ninguno de sus chistes, volteé y lo miré fijamente, con los brazos cruzados para cubrirme los pechos.

—¿Quién es Johana, Christian?

—¿Qué?

—¿Que quién es Johana?

Christian se plantó frente a mí, con los brazos cruzados también, en donde varios tatuajes estaban visibles.

—Comenzamos a tener estas peleas y aún no nos quitamos la ropa, un poco injusto, ¿no?

—Te hablo en serio, Christian. Me engañó mi novio falso, sería el colmo que mi supuesto amante falso también me engañara —solté alterada, aquello le pareció gracioso a Christian, que rio ante mi enojo—. Sé que es tu masajista.

—Así es —dijo, con tranquilidad.

—Y tienes una relación con ella.

—No. Hace un tiempo tuvimos ciertos encuentros, pero no recientemente.

No supe si creerle, para ese momento me encontraba harta de los hombres y sus deslealtades.

—Te ofreciste a ayudarme con lo de Franco, y no mencionaste lo de tu aventura con ella. Se supone que tú y yo estamos juntos, que Franco me llame para contarme eso me deja como una idiota.

Franco con su doctora, Christian con su masajista, pensé que nadie tenía peor suerte que yo.

—Hace tiempo no veo a Johana, y no volveré a verla si eso te hace sentir más cómoda.

—No se trata de… —Me quedé callada al ver que se me acercaba. Se quedó a pocos centímetros.

—¿Quieres exclusividad, ángel?

—¿Qué?

—¿Que si quieres exclusividad? Responde mi pregunta. —Su mirada, el calor de su cuerpo que se filtraba bajó las telas delgadas que me cubrían y su imponente presencia, me hicieron sentir acorralada.

—Sí.

—Entonces la tendrás.

CAPÍTULO 14

Christian

Revisé mis mensajes por quinta vez, solo para comprobar que aún no obtenía la respuesta que esperaba. El reloj marcaba las nueve treinta de la mañana, faltaban diez minutos para que llegaran por mí. En ese punto, mantener a raya la irritación era imposible.

Todo estaba preparado para el viaje, las maletas, mi equipo, e incluso los cuatro pases especiales que solicité con nada de anticipación. Lo único que faltaba era una maldita confirmación que me mantenía intranquilo. No estaba acostumbrado a esperar, ni a rogar atención, y en ese momento estaba haciendo las dos cosas por Abril.

—¡Christian! —Pese a la puerta cerrada pude escuchar la voz de Javi con claridad. En ese instante en el que mi paciencia estaba al límite, no lo quería cerca tocándome las pelotas, por eso me tensé cuando entró—. ¿Qué hace esa mujer dormida en tu sillón? Salimos en menos de una hora y no vas a llevarla. Ni siquiera Abel, que siempre alcahueteó tu calentura por ella, apoyaría eso.

—Si vuelves a levantarme la voz olvidaré que te tengo respeto. ¿Ya está el chofer abajo?

—¿Escuchaste lo que te dije?

—Ni siquiera recordaba que Lena estaba aquí. No pienso llevarla a ningún lado, no soy imbécil. No entiendo por qué supones que haré algo así de estúpido. Sabes a la perfección que no la que quiero cerca de mí.

—Entro y lo primero que veo es a ella dormida en tu maldito sillón, pediste pases extras y uno especial, solo até cabos. ¿Qué está haciendo aquí?

—Llegó en la madrugada, el portero la reconoció y la dejó pasar. La vi hasta que desperté. Está drogada, borracha, no lo sé. Revisé las cámaras de seguridad, desde que entró se quedó en el sillón.

—Esto es un desastre. —Se pasó las manos por el pelo, evidenciando una desesperación que no comprendía. Lena no era su problema, ni siquiera era el mío, no entendí el porqué de tanta preocupación—. ¿Qué vas a hacer con ella?

—Nada. Su asistente vendrá por ella en cualquier momento, supongo. Lena no es mi maldito problema, ni el tuyo, cálmate.

—No puedo calmarme, es evidente que no está bien y me preocupa que te arrastre a ti en toda su mierda. Deslígate de esa mujer cuanto antes, es una bomba de tiempo. Ya la está pasando mal, seguir con este absurdo no es necesario. ¿Qué más quieres?

—Humillarla. Todo esto es pasajero, en unos meses todo el mundo lo olvidará y ella va a victimizarse y tendrá tal vez incluso más fama.

—¡Maldita sea, Christian! Debí buscarte a un psiquiatra y no a un terapeuta.

No quería reír, pero encontré graciosa su exaltación y todo lo que salió de su boca. Consciente de que no tenía tiempo para discutir, me puse la gorra, tomé los lentes y me acerqué a la cama para sacar mis maletas. Javi me siguió a regañadientes, murmurando un montón de insultos y suspirando cada tanto, como si necesitara paciencia para lidiar conmigo. Lena estaba al lado de dos mujeres que reconocí hasta que llegué abajo. Eran la asistente y la representante de la idiota que parecía haber despertado.

Su aspecto era deplorable. Estaba completamente despeinada. El maquillaje manchó su rostro y tenía los ojos rojos, seguramente a causa del alcohol.

—Christian —me llamó, su voz era apagada y pastosa.

—Te espero abajo —me dijo Javi.

Con una sola mirada logré despejar la escena, las tres se hicieron a un lado dejándome el camino libre, mientras Lena parpadeaba, en un claro esfuerzo por enfocarme con la mirada.

—¿Qué haces aquí? ¿Por qué entraste en plena madrugada?

—Quería despedirme de ti. Tuve una mala noche, quería verte.

—Mi vuelo está por salir, no puedo quedarme a tener una larga charla contigo. Crece, Lena, bebiendo no consigues nada, solo hundirte más.

—Christian, Lena va a entrar a rehabilitación. —Lena sollozó al escuchar a su representante—. Es lo único que puede ayudarla, además, un descanso a su imagen vendría bien. La gente cree en el cambio, luego podemos hacer hasta un pódcast de superación.

—Me parece increíble. Tengo que irme —agregué viendo mi reloj.

—Christian, me marcharé a más tardar mañana, estaré meses ahí, sin redes, no sé si me dejen usar mi teléfono.

—Es por tu bien, Lena. Me voy.

—No te comportes como un idiota cuando no esté, de vez en cuando publica que me extrañas o algo parecido, necesito tu apoyo más que nunca. ¿Está bien?

—Que lamentable es tu vida —le respondí, harto de su cinismo.

—Suerte, bebé, espero que no vuelvas a caerte.

—Gracias, Lena, espero que no tengas una sobredosis antes de entrar a rehabilitación.

Nos vimos a lo lejos, mientras las puertas del elevador se cerraban poco a poco. Le sonreí porque en la guerra fría que manteníamos estaba siendo el ganador. Mi humor cambió al acomodarme dentro del auto. En las últimas horas me había devanado los sesos buscándole respuesta al silencio de Abril. Después del desayuno que el hijo de puta de Franco me arruinó, no hubo otra discusión entre nosotros. Esa mañana, tras una despedida tensa, acordamos que me llamaría para confirmarme si me acompañaría ese fin de semana.

—Mierda, debí sospecharlo —dijo Javi al llegar al aeropuerto. No entendí sus palabras, hasta que me percaté del grupo de mujeres que conversaba cerca de mi asistente.

Abril estaba con sus amigas, como acordamos. Nuestras miradas hicieron contacto de inmediato en un duelo silencioso que solo fue roto por Javi cuando se aproximó a saludarla. Aguardé a que terminara de presentarse con sus amigas para acercarme a la causante de mi mal humor.

—¿Cómo estás? —preguntó, cuando estuve solo a un par de pasos de distancia, como si nada, como si no me hubiera ignorado durante los últimos cinco días.

No me moví ante su intento de saludarme, me quedé en mi sitio esperando para ver qué hacía. Titubeó al hallarse casi pegada a mí, me miró a los ojos como si estuviera esperando que agachara la cabeza y le facilitara el trabajo. Lo único que hice fue sostenerle la mirada, escasos segundos que se sintieron eternos, hasta que finalmente apoyó las manos en mis hombros para ponerse en puntitas. Sus labios apenas rozaron la mitad de los míos, como si a mitad del camino no hubiera hallado el valor suficiente para darme un beso de verdad en la boca.

—Con un humor de mierda por tu culpa —le respondí en voz baja.

—Christian, no me contaste que volaríamos bien acompañados —exclamó Javi —. Vamos, señoritas, debemos abordar.

Javi disfrutaba mostrarse encantador con todas las mujeres, y fastidiarme en el proceso. En medio de sonrisas y su exceso de amabilidad se llevó a las amigas de Abril, quienes lo siguieron con confianza, dejando a su amiga atrás.

—A mí no me hablas así, Christian. ¿Qué te pasa?

—Esperé por cinco malditos días que dijeras: «Sí, Christian, iré».

—Pensé que ya sabías que lo haría. Me enviaste la información del vuelo.

—Quería una puta confirmación.

—Pudiste haberme llamado para obtenerla.

—Lo hice el viernes, no respondiste y no devolviste la llamada.

—Lo siento, seguro vi la llamada después y olvidé hacerlo.

«Lo siento», dos sencillas palabras que no servían de nada, hasta que Abril las dijo viéndome a los ojos. No cuestioné la facilidad con la que cedí, solo respiré hondo y asentí, al mismo tiempo que extendía el brazo para instarla a alcanzar a los demás. Necesité permanecer callado para procesar lo que acababa de pasar en aquel breve intercambio de palabras en el que descubrí que Abril tenía el poder de cambiar mi humor.

No volví a abrir la boca durante todo el proceso de abordaje, me mantuve cerca de Javi y distanciado de Abril, que se reunió con sus amigas. La observé de lejos todo el tiempo, contemplándola a detalle. Viendo su pelo me pregunté si lo llevaba suelto porque le confesé que me gustaba o si solo se trataba de una casualidad. Me incliné por la primera opción: porque la idea de que se arreglara pensando en mí me resultó fascinante.

La risa de sus amigas rompió mi concentración, Javi permitió que ellas subieran primero y las tres se mostraron encantadas con aquella atención; se acomodaron en los últimos asientos. Abril dudó por en segundo, pero finalmente avanzó por el avión para reunirse con las tres mujeres escandalosas que estaban riendo. La única razón por la que le dije que podía llevarlas era porque la conocía, porque era más fácil convencerla de ir si las incluía.

—No solo la trajiste a ella —identifiqué el asombro en la voz de Javi mientras me sentaba frente a él—, sino también a sus amigas.

—¿Tienes algún problema con eso?

—Ninguno —respondió, con su estúpido tono burlón—. ¿También hiciste que Cristal les reservara un hotel?

—Si ya lo sabes, ¿por qué preguntas? Cristal es una chismosa sin remedio, seguro te lo contó todo.

—No me contó nada, solo lo supuse. ¿La novia del novato se quedará contigo en la caravana?

—No es su novia. Ocúpate de tus asuntos, Javi. Deja de meterte en los míos.

Se estaba riendo y aquello solo me irritó. Le dediqué una mala mirada que no tuvo ningún efecto, el imbécil seguía carcajeándose sin contención. Aunque Javi continuó haciendo preguntas que ignoré, me relajé en mi asiento y me puse a observar a lo lejos a Abril. Sus amigas se hacían fotos y conversaban, en cambio, ella parecía estar inquieta. El despegue fue lo único que las silenció momentáneamente, pero en cuanto estuvimos volando reanudaron su ruidosa charla. En varias ocasiones nuestras miradas se encontraron, pero no jugó a lo de siempre, no fue capaz de sostenérmela, la apartaba todo el tiempo. Me levanté para pedirle a Cristal que cambiáramos de lugar. Abril entendió mi señal, se levantó también de su asiento para acomodarse frente al mío.

—¿Sigues molesto?

Había una pequeña mesa entre nosotros, en la que apoyé los codos para inclinarme. Ella no estaba tan cerca como habría querido en aquel momento.

—No me gusta que me ignoren, menos que lo hagas tú.

—No lo hice a propósito. Mis amigas pueden darte fe de lo difícil que es comunicarse conmigo. Constantemente olvido mi teléfono, no le presto tanta atención.

—Dámelo.

—¿Qué?

—Tu teléfono —le respondí, con obviedad.

—¿Para qué?

—Tu teléfono. —Mi insistencia surtió efecto. Abril se movió para sacarlo de su bolsillo trasero y con dudas lo puso sobre la mesa—. ¿Cuál es tu canción favorita?

Ella entrecerró los ojos y apretó los labios, como si estuviera recordando algo. Su rostro adoptó una expresión que la hizo verse aún más bonita y entonces me dije que, por mi propio bien, debía dejar de ver tanto a esa mujer.

—«Lover», de Taylor.

Mis labios se curvaron por lo predecible de su respuesta. Abril no se dio cuenta. Solo alargó el cuello para ver cómo tecleaba mi nombre en su pantalla. Configuré su teléfono para que aquella canción sonara cada vez que recibiera una llamada de mi número.

—Cada vez que la escuches toma el teléfono, y tú y yo no volveremos a tener problemas como este.

El interior del avión se iluminó cuando sus labios se curvaron. Abril supo que mi enojo se había acabado de manera definitiva y en respuesta me ofreció una sonrisa amplia, encantadora y coqueta.

***

Tenso por mi encuentro con Franco en la rueda de prensa, toqué la puerta de la suite que Cristal había conseguido para las amigas de Abril. Pese al paso de las horas quería golpearlo, y no era un simple impulso, se había convertido en una necesidad cuando decidió decirle a Abril que me cogía a mi masajista. A diferencia de lo que yo hice al ponerla al tanto de su relación con la doctora, él mintió. Habían pasado diez meses desde la última vez que vi a Johana.

El clic de la puerta me sorprendió en el momento en el que observaba los cuatro pases que le pedí a Cristal para que tuvieran acceso a cualquier zona del *paddock*. La cara de Maia apareció frente a mí.

Era a la que menos soportaba. Tenía carácter y mucha memoria, no olvidaba nuestro pequeño enfrentamiento, en el que ella exageradamente me acusó de extorsionarla. Se apartó de la puerta de mala gana, cediéndome el paso con su cara de pocos amigos.

Mi intención de decirle algo que la hiciera enojar quedó a un lado al cruzar el umbral. Había música, un agradable olor a comida y muchas risas. Inspeccioné todo en segundos, la suite tenía dos habitaciones que estaban abiertas, todas las chicas se encontraban en la sala de entretenimiento, sentadas alrededor de una mesa mientras cenaban y bebían de la botella de champán cortesía del hotel.

—¿Quién era?

—¡Cuñado!

—¡Diana! —rechistaron todas, cuando una de ellas se puso de pie con los brazos extendidos al verme.

Identifiqué el sonido de la pequeña carcajada de Abril. Se estaba cubriendo la cara con ambas manos mientras sus amigas, ya contentas por el alcohol, intentaban controlar a la más entusiasta de ellas.

—Christian, gracias por la suite. Nos encanta —comentó en cuanto se alejó del resto; llegó hasta mí con una copa en la mano, dispuesta a saludarme—. Tienes mi bendición —agregó en un tono más bajo tras darme un beso en la mejilla—. Aby dijo que nos darías pases para el *paddock*.

—¡Diana! —dijeron de nuevo.

Los inspeccionó en cuanto se los entregué y su alegría fue más evidente. Me abrazó tomándome desprevenido, mis brazos caídos no la sujetaron, me quedé inmóvil hasta que me soltó y se alejó viéndolos con entusiasmo.

No pude ver la reacción del resto, porque Abril se levantó y me quedé absortó en ella. Estaba descalza, con el pelo recogido y los ojos brillantes. Se acercó con naturalidad, sosteniendo una copa en la mano y sonriendo. Pude notar su intención de besarme la mejilla, y antes de que siquiera se atreviera a intentarlo la vi fijamente. Vaciló una vez más, era como si no terminara de recoger valor para buscarme la boca en el primer contacto. Una de mis manos se tensó alrededor de su cuello, tomándola por completo desprevenida. Pude sentirle el pulso en la garganta cuando me acerqué de golpe hasta presionar mis labios sobre los suyos. Un roce breve que la sonrojó en el acto.

—Diana está muy emocionada, sigue cada carrera. Está entusiasmada porque está viviendo una especie de sueño —me explicó en voz baja.

Estaba tan cerca que su calor corporal era perceptible, aunque mi mano se apartó de su cuerpo, su olor me hacía sentir que la estaba tocando, y en respuesta la garganta se me secó.

—¿Y a ti te gusta estar aquí?

—Sabes que es difícil para mí, pero hasta el momento lo estoy disfrutando. Gracias por traernos en tu vuelo y por el hotel.

—El hotel era para ellas, no para ti. —Su sonrisa se tornó tímida en segundos, como cuando le pregunté al oído antes de aterrizar si se quedaría conmigo en la caravana—. Pensaba cenar contigo, pero veo que se adelantaron.

—Perdón, no sabía si vendrías. Diana dijo que los compromisos con medios eran tardados. Podemos pedir algo y te acompaño a cenar. Tenemos un balcón con una vista impresionante, debes verlo.

Estaba afectada por el alcohol, se notaba por su desinhibición. Tomó mi mano y me guio hasta ahí, pasando al lado de sus amigas, que no ocultaron su curiosidad por vernos. Antes de deslizar la puerta para entrar al balcón le pidió a Mich que llamara a recepción. Me preguntó qué quería cenar y se sorprendió cuando pedí una ensalada.

Había dos pequeñas mesas rodeadas de sillas pintorescas. Tomé asiento en una y arrastré y palmeé otra, indicándole a Abril dónde sentarse.

—No pareces ser del tipo de persona que se alimenta de ensaladas.

—Mi masa muscular y mi altura suelen ser un problema para tener el mejor peso para pilotear. Mañana necesitaré comer mucho por toda la energía que quemaré en la clasificación.

—Lo he notado, eres más alto y fuerte que el resto. —Abril sacudió la cabeza tras hablar, como si escuchar sus propias palabras la hubiera sorprendido.

En lugar de hacer un comentario al respecto alargué el brazo para tener contacto con la liga que sujetaba su pelo, tiré de ella y los mechones castaños oscuros cayeron con libertad.

—Tengo tu pase —lo saqué de mi bolsillo y lo puse frente a ella. La identificación tenía su foto, bajo ella decía: Christian Baxter, aquel era mi detalle favorito. Me sentí más posesivo que nunca con ella cuando lo puse en su cuello—. Tienes acceso a todo.

—¿Cómo conseguiste una foto mía?

—La robé. Quiero que estés en el *box* conmigo

—Pensé que te referías al palco. Me pone nerviosa solo ver el circuito, no me imagino moviéndome cerca de él. Además hay cámaras, no pueden vernos juntos.

—¿El perdedor ha intentado buscarte? —Mi cambio de tema la tomó por sorpresa. Abril se movió sobre su silla y negó un par de segundos después.

—Solo me envió un mensaje, cuando se enteró de que estaba aquí.

—La exclusividad de la que hablamos debe venir de las dos partes.

—Entre Franco y yo nunca pasó nada.

—Lo dices como si te molestara.

—No, Christian.

Respiré hondo porque estaba agotado, debía estar descansando en lugar de encontrarme sentado en una silla incómoda, con el ruido insoportable de la risa de sus amigas de fondo. Tras quitarme la gorra me pasé los dedos por el pelo, soportando las ganas de bostezar en el proceso.

Abril levantó la gorra que dejé sobre mis piernas y la observó fijamente. Después de un par de segundos, la puso sobre su cabeza y se observó en su teléfono con ella, para luego regresarla a donde estaba.

—Quédatela, úsala mañana.

—Diana me la quitará en cuanto la vea, estoy segura de que hace un rato cuando te vio entrar estaba a punto de pedírtela.

—Te daré una para ella, tú quédate esa. —Aunque percibía su nerviosismo, me di cuenta de que estaba más cómoda a mi lado, nos encontrábamos cerca uno del otro. Su cuerpo se inclinaba ligeramente hacia el mío, provocando que nuestros hombros se rozaran. Ella quería contacto, su lenguaje corporal lo indicaba, aunque su mente se resistiera a él. Apoyé la mano en su pierna y fingí no prestarle atención a su reacción. Necesitaba que se acostumbrara a mi toque—. ¿Ya tienes respuesta para mi propuesta?

—¿Cuál?

—La de quedarte conmigo.

Me dejó ver una pequeña sonrisa, pícara y tímida a la vez, y tan nerviosa que se terminó convirtiendo en una carcajada. Se aferró a la copa que había dejado en la mesa y bebió hasta la última gota de ella. Parecía estar dispuesta a contestarme; sin embargo, una de sus amigas irrumpió en el balcón, arrastrando el carrito auxiliar en el que yacía mi cena.

—Señor, su cena.

—Gracias, Maia —dijo Abril, un poco incómoda por la mirada de su amiga en mi mano, que descansaba por encima de su rodilla.

—¿Por qué estás tan nerviosa, ángel?

Tomé los cubiertos y noté cómo su inquietud aumentó. Fue como si al fin se diera cuenta de en qué punto nos encontrábamos, de qué tan cerca estábamos, y de mi intención de ir todavía más allá. Las pulseras en su muñeca tintinearon cuando levantó la mano para acomodarse el pelo. Sin pensarlo demasiado busqué su muñeca, mis dedos se situaron sobre ella para sentir su pulso alterado.

—Déjame sentir el tuyo.

—No.

Hizo el intento de sujetar mi brazo, sin embargo fui más rápido que ella. Entonces llevó la palma de la mano hasta mi pecho. El calor traspasó la tela, fue una estela caliente que me hizo anhelar su tacto. Sujeté su muñeca con fuerza, no la estaba apartando para que dejara de tocarme, como ella creía. La arrastré por debajo de mi camiseta, para sentirla en la piel.

Mi piel se erizó al instante en el que apoyó la mano sobre mi pectoral, sus uñas raspaban ligeramente mi piel, provocándome cosquillas, mientras ella me observaba sin parpadear. La tensión estaba de nuevo ahí, tornando denso ese momento en el que me percaté de que, efectivamente, mis latidos se habían acelerado.

—Late con prisa. —Sus palabras fueron suaves, al igual que su mirada, fija en mis labios.

—Así late el corazón sano de un atleta.

—Tu piel está caliente.

—No es lo único que está caliente, ángel.

Quiso apartar la mano, pero presioné su mano contra mi pecho y observé cómo se lamió los labios en un gesto cargado de nerviosismo. La distancia que nos separaba era ridícula. Incliné el cuerpo hacia ella, aguardando una reacción que nunca llegó. Se quedó inmóvil, observándome directamente a los ojos. Cuando rocé su boca sentí una descarga fuerte y rápida, que me sacudió el cuerpo. La sujeté de la garganta, solo para sentir su pulso fuera de control golpeando mis dedos.

Abril soltó un suspiro largo de satisfacción que me erizó la piel, a la vez que me devolvía el beso, permitiendo que mi lengua se deslizara en la de ella.

Tenía la necesidad irracional de pegar mi cuerpo al suyo, de sentirla bajo mi peso Quería romper la tensión y consumirme en la atracción que sentía por ella. Deslicé mi mano lentamente, desde su garganta hasta sus clavículas, y la detuve sobre su pecho izquierdo. Su piel se erizó cuando abrí la palma, fingiendo que le prestaba atención al ritmo descontrolado de sus latidos. Apreté la mano, abriendo los dedos con premeditación para sujetarle todo el pecho.

De repente el calor se hizo más fuerte, por el pequeño jadeo de sorpresa que dejó escapar. Le gustó tanto que la tocara de aquella forma que su torso se inclinó ofreciéndome más de sus pechos de forma inconsciente. Me mordisqueó el labio, un suave tirón de sus dientes que encontré sumamente excitante, porque dejó ver su frustración.

—Ángel, si me tocas, te toco; si me muerdes, te morderé.

Jadeó, fue un sonido alto y fuerte, que sus amigas podrían haber escuchado, sentí cómo su pezón se tensó bajo mi palma y cómo su respiración se tornaba cada vez más irregular.

—¿Me dijiste algo así antes? —susurró cada palabra, estábamos tan cerca que chocaron con mis labios.

—No.

—Lo sentí como un *déjà vu*. Mis amigas pueden venir. —Apartó la mano de mi pecho y echó su cuerpo hacia atrás, en un movimiento rápido que no me permitió reaccionar.

—Tienes razón, vamos.

—¿A dónde?

—A mi caravana, vas a pasar la noche conmigo.

CAPÍTULO 15

Abril

—Vas a pasar la noche conmigo.

Estaba segura de que Christian dijo algo más; sin embargo, mi cerebro se quedó solo con la última frase. Aquellas seis palabras encendieron una chispa de excitación que recorrió mi piel en segundos y se alojó entre mis piernas, con una intensidad punzante.

—¿Quieres que duerma contigo?

—¿Dormir? Yo no lo llamaría así, ángel, pero si tú prefieres decir dormir, por mí está bien.

—Dame un segundo.

Christian cumplió con lo que le pedí, solo me dio un breve momento. No permitió que me recompusiera. Me tomó de la mejilla para atraerme hacia su rostro, provocando que nuestras narices se rozaran. Para ese punto no sabía dónde empezaba y terminaba mi espacio personal, estaba respirando su aire con los labios entreabiertos y el pulso fuera de control.

—Ya pasó el segundo.

—¿Y nos vamos a ir ya?

—¿Por qué esperar?

—Dijiste que debes comer por lo de mañana, la clasificación —agregué, con un tono más bajo. Quería imponer distancia entre los dos, porque me estaba costando trabajo razonar—. Come, voy a recoger algo de ropa.

No estaba pensando, lo supe con más certeza cuando presioné mi boca contra la suya antes de ponerme de pie. Intenté moverme para entrar a la habitación, pero un tirón frenó mi primer paso. Bajé la vista hacia Christian que continuaba sentado, y lo que encontré me robó el poco aire que quedaba en mis pulmones. Dos de sus dedos estaban enganchados en la presilla de mi pantalón, sujetándome para que no me moviera. Otro tirón más me dejó tan cerca que mis pechos estuvieron a la altura de su cara.

—Recoge todas tus cosas, quiero que te instales conmigo.

—¿Estás loco?

—Un poco. Me debes un mordisco, no querrás que me lo cobre ahora —dijo, tras bajar la mirada hasta mis pechos—. Date prisa.

Di un paso hacia atrás de inmediato, porque lo creí capaz de morderme con libertad. Agitada, entré de nuevo a la suite, ignorando las risas de mis amigas para ir directamente a mi cuarto. ¿Qué estaba haciendo? Me lo pregunté varias veces para obligarme a reaccionar; sin embargo, mi insistencia no dio frutos. Mis impulsos más primitivos se impusieron ante la voz de mi conciencia. Puse mi maleta sobre la cama y guardé dentro mi neceser, lo único que había sacado al llegar. Me recogí el pelo y observé todo a mi alrededor… Ese hotel nunca había sido para mí. Christian me lo dejó claro desde antes que pisáramos tierra firme.

—Aby, ¿dejaste solo a Christian? —preguntó Diana, que me había seguido.

—Me invitó a quedarme con él y creo que acepté.

—¿Crees? ¡Abril!

—Le dije que cenara mientras recogía mis cosas. Estoy un poco borracha, ¿cuál es el porcentaje de alcohol en la champaña? No sé qué me pasa —reconocí en voz alta. Las palmas de mis manos sobre mi cara se sintieron calientes, las pasé por mis mejillas para relajarme, pero fue imposible—. Me besó, y de repente siento que me estoy quemando por dentro.

—Tranquila, respira conmigo. —Se acercó, mientras inhalaba profundamente y luego exhalaba despacio—. ¿Quieres irte con él?

—En este momento, sí, pero temo arrepentirme después. Es Christian, se supone que solo estamos fingiendo tener algo. Ni siquiera me agradaba —pensé en voz alta.

—No lo pienses, vete. Es mejor que te arrepientas a que te quedes con la duda.

Apenas salí de la habitación me vi envuelta en el ambiente divertido que se respiraba en la suite. Maia y Mich estaban brindando mientras cantaban a gritos. Mis pies se detuvieron en el umbral de la puerta, Christian estaba cenando, con el teléfono en la mano y una actitud tranquila que distaba mucho de la mía.

—¿Lista, Abril?

—Sí —respondí, tras el breve sobresalto que dio mi cuerpo al oírlo. Christian me ofreció su mano, dudé antes de tomarla, pero permití que me guiara hacia sus piernas, en las que no pude sentarme por mis nervios. Tomé asiento a su lado—. Vendrá un auto a recogernos en cinco minutos.

Un ruido estrepitoso llegó desde adentro, seguido de un grito de dolor. Me levanté de inmediato, al igual que Christian. Juntos entramos a la suite, en donde Mich gritaba mientras se sujetaba la mano. Además del cristal partido en pedazos en el piso, había sangre, y venía de la mano de mi amiga.

—¿Qué fue lo que pasó?

—Llamaré a recepción —escuché decir a Diana, mientras Maia intentaba auxiliar a Mich.

Me acerqué para buscar la manera de ayudar; sin embargo, ver sangre me mareaba. El alcohol se disipó de golpe de mi cuerpo al observar las gotas que caían en la alfombra formando una mancha.

—No es profunda, no llores —pidió Maia, sonando más tensa que todos.

—Nos enviarán un botiquín de primeros auxilios.

—Quiero ir al hospital, que me vea un doctor.

—Mich, no es profunda.

Diana le dio la razón a Maia cuando vio la herida. Comenzaron una discusión para convencerla de que se trataba de algo superficial, mientras aguardaban el botiquín. Me sentí inútil, incapaz de ayudarlas en algo porque todo me daba vueltas. Por un momento olvidé todo, incluso a Christian, por eso cuando sentí su mano apretándome el hombro me tomó desprevenida.

—Llegó el chofer por nosotros.

—Mich se lastimó.

—Sí, lo vi. ¿Dónde están tus cosas? Nos están esperando abajo.

—Christian, su mano está sangrando. No sé si hay que llevarla a un doctor, no puedo irme así.

—Tienes dos amigas más, que ellas se encarguen.

—No. ¿Cómo voy a dejarlas solas?

—¿Vas a quedarte entonces? —Volteé el rostro para verlo, su mandíbula estaba tensa mientras me contemplaba esperando una respuesta.

—¡Mira cómo está!

—Responde.

—Sí, pero…

Antes de terminar de hablar me quedé callada y vi cómo se alejaba, con largas zancadas que lo llevaron hasta la puerta. La azotó con tanta fuerza que todas nos sobresaltamos.

***

El ambiente en la fiesta se hallaba en su mejor momento. Mis amigas estaban divirtiéndose, Mich bailando con todo y su mano vendada era una prueba de ello. Celebraban la victoria de Christian en la carrera, entre brindis y risas, ajenas a mi distracción. Sabía que Christian llegaría en cualquier momento, y verlo después de todo lo que pasó la noche anterior me agitaba por dentro.

—¡Salud! —gritaron al unísono, obligándome a reaccionar.

Sorbí de mi copa, recordando su falta de comprensión ante la situación, y lo mucho que me irritó que se marchara como lo hizo. No me arrepentía de la decisión que tomé al quedarme con mis amigas. Sin embargo, una parte de mí estaba decepcionada por el desenlace que tuvo mi noche.

—Franco no deja de escribirme para preguntarme por ti —me susurró Maia al oído—. Dice que no respondes el teléfono.

—Me siento mal por él porque no llegó al podio.

—Que lo consuele su doctora —agregó Mich, casi a gritos por la música que sonaba.

Mecí mi cuerpo al ritmo de la música, riendo por su comentario y la seriedad con la que lo hizo. Hasta que de la nada percibí una sensación extraña, que dejó mi piel erizada. El calor de otro cuerpo detrás del mío me tomó por completo desprevenida. No tuve oportunidad de voltear, el brazo que rodeó mi cintura lo impidió.

—¿Dónde dejaste las alas? —reconocí la voz de Christian, el aroma de su perfume y todo lo que me hacía experimentar tenerlo cerca.

Pese a mi enojo con él, el entusiasmo me recorrió en segundos, mientras volteaba liberándome del agarre de su brazo.

Acababa de ducharse, su pelo húmedo me hizo suponerlo.

Me sonrió exudando seguridad, mientras sus ojos contemplaban con detenimiento cada parte de mi cuerpo en cuestión de segundos, deteniéndose en la franja que quedaba expuesta en mi cintura.

Nunca me sentí tan desnuda como en aquel momento.

—En el mismo lugar donde dejaste tu paciencia y tu empatía.

—Al menos salúdame antes de discutir.

—Hola, Christian.

Me impulsé para presionar mis labios sobre su mejilla; sin embargo, antes de que lo consiguiera, Christian sujetó la parte posterior de mi cuello y me guio hasta su boca.

—Si piensas saludarme con un beso en la mejilla cada vez que me veas, prefiero que no me saludes. No soy tu puto amigo, ángel. Bésame o sáltate la parte en la que te acercas y volteas la cara. —La suave presión de sus labios me instó a separar los míos, permitiéndole profundizar medianamente el beso.

El sabor de su boca y la sensación de su brazo alrededor de mi cintura eran adictivos.

Me costó trabajo echar la cabeza hacia atrás y romper el beso. Mis labios hormiguearon cuando logré poner distancia, por la necesidad de volver a besarlo.

—No deberíamos besarnos en público, además estoy molesta contigo. Tu ataque de rabia ayer fue innecesario.

Sin mediar palabras me tomó de la muñeca para guiarme fuera del bullicio que nos rodeaba. Le señalé mi mesa, la misma que su asistente nos consiguió y a la que nos dirigimos a paso rápido.

—No fue un ataque de rabia —dijo viéndome a los ojos tras tomar asiento.

—Saliste azotando la puerta, ni siquiera te despediste. ¿Dime qué es eso? Christian, si quieres que las cosas se mantengan en armonía, no puedes actuar así conmigo.

—Frustración sexual.

—¿Qué?

—Me pediste que te dijera qué fue lo de ayer. Fue frustración sexual. No me puedes pedir que actúe con racionalidad después de hacer planes para tener sexo y cancelarlos.

—No hice ningún plan —dije, con las mejillas ardiéndome—. El hecho de que me quedara contigo no significaba que haríamos algo más que dormir.

—No te invité a dormir. Lo sabes muy bien.

—Tal vez tu intención y la mía no eran las mismas, pero eso no significa que debes actuar así si las cosas no salen como esperas.

Christian me observó fijamente mientras extendía su brazo apoyándolo en el respaldo de la silla de al lado, gesto descuidado que encontré sumamente atractivo, tal vez porque estábamos hablando de sexo en un tono de voz suave e íntimo.

—Abril, no ibas solo a dormir conmigo.

—No lo sabes, Christian, ni siquiera yo lo sé. Puedo estar en una cama contigo con la intención de hacer algo más que dormir y arrepentirme en el último momento, y tú no tendrías por qué enojarte por eso.

Me observó fijamente, moviéndome sobre su asiento para acortar la distancia que nos separaba.

Se detuvo hasta que nuestras piernas se rozaron y yo me sentí incapaz de escapar.

—¿Puedo hacerte una pregunta? —Asentí nerviosa, no sabía lo que podría preguntarme—. ¿Tienes la intención de tener sexo conmigo?

Apreté los labios para evitar la tentación de lamerlos. Aquel gesto nervioso habría evidenciado la inquietud que me había provocado su pregunta. Quise apartar la mirada de sus ojos, sin embargo, me vi atraída a ella irremediablemente.

—Creo que sí.

—¿Crees? Sé honesta.

—Se supone que me estás ayudando a hacerle creer a Franco que estamos juntos. ¿Cómo llevaste todo hasta aquí? —Mi intención de desviar la conversación no funcionó, Christian sonrió al mismo tiempo que negaba.

—Sabes que no es así. Lo del imbécil solo fue una excusa. Me gustas, no hay nada de ti que no me atraiga. Responde mi pregunta, por favor. —Me vi acorralada por su mirada y su presencia imponente.

Como si quisiera complicarme las cosas, alargó el brazo para sujetar mi mano y la apretó suavemente sin dejar de verme.

—Sí, pero cuando me sienta lista, no cuando tú lo exijas. Quiero que entiendas que puedo estar en una cama contigo y al final decidir no hacerlo, y tú no vas a enojarte.

—Lo entendí, pero quiero hacer otra pregunta.

—No quiero más preguntas —respondí de inmediato.

—¿Quieres coger conmigo, ángel? —El latido sordo entre mis piernas me obligó a apretarlas. Christian tenía la clara intención de alterarme, de verme sonrojada y nerviosa. La sonrisa cínica en sus labios lo evidenciaba. Bajé la mirada por un momento y solté la pequeña risa nerviosa que estaba conteniendo.

—¿Cómo se te ocurre preguntarme algo así?

—Responde, Abril. Sin excusas, sin justificar lo que digas. Solo una simple palabra.

—Sí.

Su sonrisa se amplió por mi respuesta. Sin romper el contacto visual inclinó el rostro para dejar un beso en mi hombro que hizo que mi piel se erizara.

—Me encanta. —Percibí la yema de sus dedos paseándose por mi cintura, bajé la mirada un poco agitada por el contacto de su piel, y lo encontré tocando la delgada cadena que rodeaba mi cintura—. Me gusta todo lo que te pones, siempre me sorprendes. —Que me susurrara al oído elevó mi temperatura corporal en segundos. Christian seguía tocándome la cintura, mientras mantenía el rostro tan cerca que el olor de su perfume me embriagó—. Vi tu foto con mi gorra puesta durante la carrera, espero hayas celebrado mi victoria.

—Estaba enojada contigo, así que solo aplaudí. —Mi respuesta le provocó una pequeña sonrisa que se acabó al ver a mis amigas acercarse, tomaron asiento alrededor de la mesa, ignorando su mala mirada.

—Deberíamos tener una fiesta así para celebrar el cumpleaños de Abril. —El grito de Diana atrapó su atención.

—¿Tu cumpleaños?

—Sí, es en dos semanas. El 2 de abril.

—¿Naciste en abril?

Christian no se conformó con la distancia que nos separaba, se inclinó para acercarse aún más. El calor de su cuerpo traspasaba mi piel. Me hallé lista para responderle, pero entonces con los dedos me sostuvo la barbilla obligándome a sostenerle la mirada. Las bocanadas de su aliento fresco golpeaban mi cara por lo cerca que nos encontrábamos. Me hallé completamente seducida por un escorpión intimidante.

—Sí, nací en abril. Mis papás se conocieron en abril y se casaron en abril dos años después.

—¿Y te llamaron Abril?

—Claro, nada es casualidad.

—¿No pensabas decirme que estás a punto de cumplir años?

—No soy la más entusiasta por la fecha.

—¿Qué quieres de regalo?

El mesero se acercó ofreciéndome un coctel colorido, Christian tomó mi copa y le dio un sorbo antes de entregármela, para después decirle algo al oído al mesero que se marchó tras asentir.

—Que me permitas hacer tu carta astral.

—Ángel, no puedes creer en esas cosas.

—Creo fervientemente que el día y la hora que naciste tiene una enorme incidencia en lo que eres.

—¿Por qué quieres hacer mi carta astral?

—Para conocerte mejor.

—Ya sabes que tenemos química astral. Eso fue lo que dijiste, ¿no? No necesitas nada más.

—Es algo más complejo, Christian. Déjame hacerla. —Se acercó de golpe para rozarme los labios, una suave presión que una de mis amigas capturó en una foto. La luz de un flash nos iluminó y ambos vimos hacia el frente—. ¿Quién fue la graciosa?

Las tres rieron, ninguna respondió. Christian no le tomó importancia al asunto, me apretó la rodilla para llamar de nuevo mi atención. Temí que la publicaran, por ello quería decirles algo.

—Olvídate de ellas, cuéntame de nuestra química astral. —Su interés no era genuino, pero me pareció tan encantador que intentara retener mi atención que, tras sorber mi copa me incliné un poco hacia él para que pudiera escucharme.

—Yo soy aries; tú, escorpión. Marte nos rige a ambos. Tenemos mucha química en el ámbito sexual, pero también tenemos desavenencias en otros aspectos. Pueden ser muy fuertes o ser casi inexistentes, dependiendo de nuestros ascendentes.

—Así que nunca fue química astral. Era química sexual. —De repente se mostró interesado en nuestra conversación. Asentí un poco avergonzada al sentirme atrapada. Antes me había negado a darle aquel dato, pues sabía que iba a usarlo siempre a su favor.

—¿Cuándo cumples años?

—Googléalo.

—¡Christian! Necesito el día y la hora exacta.

—Eres adorable, Aby. —Se estaba burlando de mí. Su risa, la manera en la que me miraba y su lenguaje corporal lo decía; sin embargo, no pude concentrarme en ello. Que me llamara Aby me tomó desprevenida.

—Me dijiste Aby.

—¿Te molesta? —me preguntó al oído.

Justo cuando me disponía a responderle, el mesero se acercó de nuevo, puso una botella sobre la mesa y le ofreció un vaso con un líquido ambarino a Christian, del que sorbió en cuanto estuvo en sus manos.

—No me molesta, me gusta mucho.

La mano sobre mi rodilla se deslizó suavemente hacia arriba, un movimiento que hubiera pasado desapercibido si Christian no me afectara tanto. Sujeté su muñeca para frenarlo y él sonrió en respuesta.

—Esperé verte en la premiación, te busqué entre la gente.

—Creí que lo más sensato era quedarme lejos de las cámaras.

—¿Por qué?

—Todos creen que tienes una relación con Lena, no quiero verme envuelta en rumores que solo me dejarían mal parada. ¿Lo entiendes? —Me daba la impresión de que Christian olvidaba su supuesto compromiso con Lena. Actuaba como si ella no existiera.

—No, lo único que entiendo es que no estabas ahí.

Aproveché que tomó el vaso sobre la mesa para hacer lo mismo con el mío. El alcohol se deslizó por mi garganta y algunas dudas comenzaron a florecer.

—¿Puedo hacerte una pregunta? —Él asintió—. ¿Tú y Lena alguna vez tuvieron algo real? ¿Tenían sexo? —pregunté a su oído, para que ninguna de mis amigas escuchara.

—Sí. —No había esperado esa respuesta, pero tampoco es que me incomodara tanto. Quizás porque me había hecho a la idea de que lo que tenían era tan falso como lo mío y lo de Franco. Más dudas surgieron por el alcohol, que acrecentaba mi curiosidad.

—¿Recientemente lo han tenido?

—No, desde un par de días antes de la noche de Halloween, no. No hay nada entre Lena y yo. De hecho, no nos soportamos mutuamente.

Mi intuición hizo eco en mi conciencia, fue como si quisiera advertirme algo. Sin embargo, el alcohol y el bienestar que sentía evitó que le prestara atención. Me terminé el coctel de golpe, porque hablar de su compromiso me dejó incómoda.

—¿Tienen que ir a lugares juntos por el compromiso?

—No, está en rehabilitación. Durante un par de meses me libraré de ella. Abril, mírame. —Lo obedecí, y ni siquiera me lo cuestioné. Lo miré fijamente, sintiéndome algo aturdida por el alcohol—. Lo de la exclusividad iba en serio. No hay nada entre ella y yo.

—¡Vamos a brindar por el campeón!

La exaltación de Mich me llevó a apartar la mirada, fingí sonreír cuando en realidad mi mente estaba reproduciendo sus últimas palabras. Lena no me atormentaba, ¿por qué comenzaba a molestarme tanto su relación falsa? Tras brindar mis amigas insistieron en bailar. No recordaba la última vez que las vi tan contentas; estaban disfrutando más que yo las atenciones que nos facilitó Christian.

—Si la insoportable de tu amiga está aquí. ¿Con quién dejaste a Nala?

—En una guardería para perritos. Averigüé muy bien antes de escogerla. ¿Crees que me extrañe?

—No, deberías dejarla más tiempo ahí, tal vez logren educarla. Necesita disciplina.

—No te mereces agradarle a mi perra.

—¿Bailas, Abril?

—A veces.

—Vamos.

Christian sorbió todo el contenido de su vaso y me tomó la mano, no me dejó la opción de negarme. Era la primera vez que caminábamos sujetos de la mano. Me sentí observada por todos mientras permitía que me guiara hacia los escalones. El contacto se sentía íntimo y al mismo tiempo extraño. Justo a la mitad del camino se detuvo por un breve momento, gracias al mesero que se puso frente a él para entregarle algo. Christian se guardó lo que dio en el bolsillo y continuó su camino.

—¡Abril! —gritaron mis amigas, alcanzándonos.

Pude ver el gesto de desagrado de Christian cuando volteó el rostro, pero no comenté nada. Sin soltar su mano, avancé con mis amigas siguiendo nuestros pasos. En medio del bullicio que nos rodeó al llegar a la pista, Diana levantó la botella que llevaba con ella y Mich lo celebró aplaudiendo con su mano vendada.

—Tus amigas son un desastre —susurró a mi oído.

Antes de que yo tuviera la oportunidad de decir algo, sujetó mi cintura y me atrajo hacia él para bailar. Su toque creó fricción entre las cadenas y mi piel, la sensación me estremeció, aunque actué como si nada por la sorpresa que me llevé cuando Christian comenzó a moverse. Christian bailaba de verdad, no se quedó como estatua meciéndose de un lado a otro, como la mayoría de los hombres, sus caderas se movieron siguiendo el ritmo de las mías, provocando un roce tentador que me dejó fascinada desde el primer segundo.

Mi sorpresa lo hizo reír, me sujetó para atraerme a su boca. El beso fue distinto, breve e intenso, succionó mis labios y yo hice lo mismo con los suyos, como si no estuviéramos ahí, a la vista de todos. En cuanto corté el contacto, me instó a voltearme. Giré y moví el trasero contra su pelvis, mientras él me sujetaba las caderas siguiendo mi ritmo y mis amigas me alentaban.

El calor se encendió dentro de mí, entonces me giré. Una inquietud excitante zumbó bajo mi piel, por el roce y el olor de su perfume que tenía algún efecto hipnótico. No pude alejarme, me quedé quieta, observando cómo acababa con la casi nula distancia para besarme.

La descarga sensorial del roce de sus labios fue directamente a mi entrepierna. La sensación se alojó ahí, punzando dolorosamente.

Christian me besó con profundidad deslizando la lengua entre mis labios, y sujetándome las caderas. Antes de que pudiera procesarlo me vi envuelta en su energía oscura, tan intensa, que me sentí ligera contra su cuerpo, correspondiendo un beso indecente.

—Ven conmigo.

No me despedí de mis amigas porque Christian me tomó la mano y me sacó de la pista con prisa. Se dirigió hacia las escaleras, lo que me hizo creer que me llevaría a la mesa, por ello me sorprendí cuando no nos detuvimos.

Lo seguí un poco aturdida y agitada, tan atenta a él que observé cómo se sacó del bolsillo una tarjeta. La deslizó frente a una puerta que se abrió a continuación.

—¿Qué hacemos aquí?

—Recordar buenos momentos.

Con un suave tirón me hizo entrar y la puerta se cerró tras de mí. El suave clic me llenó de escalofríos. El lugar estaba oscuro, pero por la poca luz que se filtraba identifiqué que era pequeño y que había una mesa rodeada de sillones, y una lámpara de araña colgando sobre ella. Christian estaba buscando algún interruptor en la pared.

—¿Qué es este lugar?

—Se supone que es la zona vip más exclusiva. Y no hay un maldito interruptor —dijo solo un momento después, mientras sus pasos me anunciaban que se estaba acercando.

Christian no me dio tiempo de reaccionar, acortó la distancia de golpe y me apretó contra su cuerpo. La manera en la que me besó anuló mi capacidad para razonar. Fue intensa, egoísta, exigente y demandante. Me estaba devorando mientras sus manos se deslizaban por mi cintura, hasta detenerse en mi trasero. Sentí sus dedos por debajo de mi falda corta, y cómo me apretó las nalgas con fuerza.

El aire hirvió entre los dos en cuestión de segundos, nuestra temperatura corporal había aumentado, esa fue la única explicación que le encontré a la ola de calor que me recorrió el cuerpo. Me estaba consumiendo en un beso desaforado mientras le permitía que me apretara contra su pelvis una y otra vez.

—¿Recuerdas la noche de Halloween?

Asentí, tras respirar hondo, para recuperar el aliento. Sus manos dejaron de sujetarme, pero no me libré de ellas. Christian tomó la mía y la llevó hacia la bragueta de su pantalón, para tocarlo como yo lo había hecho por voluntad propia la noche en la que lo confundí con Franco. Acuné su erección al igual que esa vez, solo que ahora era distinto. Sabía que era Christian quien estaba ahí conmigo, besándome y tocándome.

Nunca sentí la necesidad de tocar tanto a un hombre. Intenté encargarme del botón y la cremallera, pero él me apartó la mano. Me sujetó entre sus brazos y me sentó sobre la única mesa en el lugar, provocando que soltara un suspiro audible por la sorpresa. Separé las piernas para que se ubicara entre ellas. Mi disposición pareció encenderlo más, se abalanzó sobre mí y me sujetó los muslos, mientras presionaba su erección entre ellos.

Mi falda corta me dejó más expuesta, la delgada tela de mi ropa se humedeció ante el roce brusco. Estaba ardiendo. Él también. Christian jadeó empujándose contra mí mientras me llenaba de besos el cuello. En mi afán por tocarlo deslicé las manos por su espalda hasta meterlas por debajo de su camisa, para ese punto el simple roce con su piel me hizo gemir de pura satisfacción.

Llevé mis labios hasta la parte trasera de su oreja, y el descontrol de Christian fue más evidente que nunca. Gimió un sonido de satisfacción masculina que vibró entre mis piernas y aumentó la humedad en la zona. Me di cuenta de que estábamos en medio de algo que ninguno de los dos podía parar, como en un frenesí que nos robaba la cordura y la voluntad. Mis pechos se sentían pesados, mis piernas se separaban solas y de mi boca no dejaban de salir sonidos que evidenciaban placer.

—Christian.

—¿Dime, ángel? —Su voz ronca envió una descarga de placer que me hizo moverme. Mi consciencia quería imponerse, pero cada segundo era más difícil.

—Estamos en un lugar público.

—Lo sé, pero aquí estamos solos.

Christian deslizó los tirantes de mi top sobre mis hombros. Lo siguiente que sentí fue un fuerte jalón en mi pelo, que me hizo que echara la cabeza hacia atrás, mientras él paseaba la lengua por mi cuello. Sus besos bajaron hasta el valle de mis pechos y no pude más, gemí en un tono más audible que lo animó a continuar.

Sentí frío cuando me bajó el top de golpe, dejando mis pechos casi desnudos. Llevaba un par de cintas para sostenerlos, que él arrancó sin cuidado, provocándome un escozor que alivió con su lengua, con lamidas y besos que me endurecieron los pezones. Arrastró la lengua sin piedad hasta detenerse en uno de ellos. El cuerpo entero me tembló ante el calor de su boca envolviéndome la cima de los pechos. Fue como una pequeña explosión que me llevó a arquearme para ofrecerle más de mí. Quería su boca ahí, lamiendo o chupando y haciendo ese ruido de satisfacción que dejaba escapar constantemente.

El raciocinio me abandonó, apreté su cabeza contra mis pechos y no dejé de gemir. Con un suave empujón me hizo recostarme sobre la mesa, y pensé que si me pedía tener sexo ahí mismo, encima de esa mesa y en aquel lugar, habría aceptado. Christian me besó por en medio de los pechos, su boca bajó peligrosamente y mi corazón latió con un desenfreno que me aterrorizó. Descendió sin detenerse hasta levantarme la falta y dejar un beso en mi vientre bajo.

Estaba lista para levantar las caderas y dejarlo sacar la prenda de mis piernas; sin embargo, él no intentó hacerlo. Apoyó los labios sobre mi entrepierna empapada, presionando un beso que me golpeó en la zona correcta. Gemí con descaro y aquello solo lo alteró más. Me jaló por la mesa, lastimándome con la fricción, y apenas mis pies estuvieron en el suelo me volteó y me recostó sobre la mesa boca abajo, brusco y enardecido. Sujetó entonces un puñado de mi pelo. Mi trasero quedó descubierto por la falda que él volvió a levantar. Restregó su erección en él y dejó caer el resto de su peso encima. Jamás había estado tan caliente como en ese instante.

—Bésame —supliqué, ardiendo. Christian me besó los hombros, una zona en la que no sabía qué me iba a gustar tanto. Estaba respirando rápido, las ráfagas de aire que salían de sus labios me golpeaban la piel, mientras él se mecía furioso detrás de mí, haciendo que su pelvis chocara con mi trasero—. Quiero sentirte más.

El sonido de un cinturón sonó por encima de mi respiración ruidosa. Christian se había bajado los pantalones, y aunque no podía ver nada por la ausencia de luz, sentí el cambio de textura en el roce. La presión aumentó, estaba empujando con más fuerza, lastimándome el abdomen por la fricción.

El pequeño hilo del control estaba a punto de romperse, lo sentí en cuanto gimió, presionando la cima caliente de su erección entre mis piernas. Pensé que todo estaba perdido, que no podía detenerme… pero entonces Christian se detuvo. El aire golpeó mi espalda en cuanto se me quitó de encima, y mi cuerpo tembló como consecuencia.

—No puedo. Si sigo no voy a poder detenerme. No voy a cogerte en un cuarto oscuro dentro de un club.

Sus palabras debieron hacerme reaccionar, pero no fue así. Christian me ayudó a levantarme y sin cruzar otra palabra me volvió a sentar sobre la mesa. La facilidad con la que manipuló mi cuerpo evidenciaba lo alterada que me hallaba, separé las piernas y él se acomodó en medio de ellas para besarme. En mis casi veintitrés años nunca viví un momento tan pasional como ese, había fuego recorriéndome las venas mientras Christian me besaba.

—¿Lo sientes? —pregunté, refiriéndome a la conexión intensa entre los dos, tan fuerte que me robó hasta la respiración.

—Lo siento todo, ángel.

Arrastró la mano entre mis piernas sin ningún tipo de titubeo, acercó su cara hasta mi cuello y lo besó mientras sus dedos presionaban por encima de mi ropa interior, un toque suave que se tornó pesado tras un par de segundos. Dejó de presionar y solamente rozó de un lado a otro, con un ritmo rápido en el que encontré una satisfacción apabullante. El lugar se llenó de mis gemidos y los jadeos de Christian, y también de otro sonido que no identifiqué de inmediato por el aturdimiento. Tuve que sentir el movimiento de su brazo para entender lo que hacía. Se masturbaba mientras me daba placer, y odié no poder verlo.

Gemí con violencia, enardecida por los movimientos rápidos de su brazo, sus jadeos, sus dedos entre mis piernas y su boca bajando por mis pechos. Cerré los ojos y alargué el brazo buscando un contacto, que pese a la oscuridad obtuve rápido. Mi mano envolvió su erección caliente y húmeda, y a Christian aquello lo sacó de sus cabales. Me mordió un pecho, en medio de un gemido que me vibró por todo el cuerpo.

Deslicé la mano al mismo ritmo que él lo hacía, jadeando por la satisfacción de tocarlo de aquella manera. Estaba tan duro que sentí las venas remarcándose bajo mi tacto. Quería hacerlo todo con ese hombre, y el pensamiento me asustó. Siempre temí perderme en ese tipo de pasiones, en las que me consumía. La satisfacción aumentó gradualmente hasta que las piernas comenzaron a temblarme. Para entonces ya no pude mantener el mismo ritmo en el que se movía mi mano, Christian puso la suya sobre la mía y me guio.

—Apriétala más. —Una simple indicación que acabó con la última pizca de prudencia que me quedaba en el cuerpo. Estaba a punto de rogarle que termináramos lo que empezamos, lo único que me impidió hacerlo fue su jadeo.

—¿Así?

—Así. Lo tienes.

La contracción interna fue fuerte e intensa, apreté su mano entre mis piernas y besé su boca mientras experimentaba la descarga de placer que dejó a mi mente en blanco y a mi cuerpo trepidando. Perdí el dominio, el raciocinio y mi voluntad mientras gemía contra la boca de Christian. Pese a mi aturdimiento orgásmico, pude sentir algo caliente recorriéndome la pierna, y entonces lo supe. Se había corrido encima de mí, correspondiéndome mi beso e inmerso en el mismo desenfreno.

Nos quedamos suspendidos en el momento, besándonos con pereza, suaves lamidas en medio de respiraciones irregulares y ritmos cardiacos descontrolados. Fue un momento largo en el que solo temblé pegada a su boca, aun en el limbo del que me costó trabajo volver. Lo hice cuando se encendió una luz que enfocó directo al techo. Venía del teléfono de Christian, que estaba bocabajo sobre la mesa.

—¿No hay otra luz? —mi voz salió entrecortada. Christian sacó los dedos de entre mis piernas. La sensación hormigueante me hizo moverme; y a él, suspirar.

—No, no te muevas. Voy a limpiarte.

Mis mejillas ardían tanto que agradecí que estuviéramos a oscuras. Escuché el tintineo de su cinturón y luego una cremallera cerrarse.

Tomó el teléfono e iluminó hacia la derecha, sobre una repisa se hallaba un servilletero que tomó.

—Dámelas, yo lo hago.

—Sostén el teléfono, yo lo voy a hacer.

Me sorprendía la docilidad de mi cerebro excitado. Tomé el teléfono de Christian y alumbré mis muslos. Christian se había corrido sobre la parte más alta de una de mis piernas, observé atónita y muerta de vergüenza cómo el líquido blanquecino corría por la parte interna de mis piernas. No fui capaz de continuar viendo, aparté la mirada cuando comenzó a pasar la servilleta para limpiarme.

—¿Qué pasa? —pregunté al escucharlo chasquear con la lengua.

—Tu falda.

—No importa —me atreví a decir, como si no hubiera problema alguno por la mancha de su semen en mi ropa—. Está todo oscuro, nadie va a notarlo. Quiero salir de aquí, necesito ir al baño.

—Está bien.

Christian me ayudó a bajar de la mesa, le di el teléfono y me acomodé el top. Antes de abrir la puerta me iluminó de pies a cabeza con la linterna del teléfono, como si quisiera asegurarse de que estuviera presentable, y luego me ofreció la mano para salir juntos.

—¿Me esperas en la mesa? —Mi pregunta se quedó sin respuesta por los repentinos flashes que nos iluminaron. Los dos vimos hacia el frente a la vez, en donde una desconocida nos apuntaba con su teléfono para hacernos fotos, tomados de las manos, con la puerta detrás de nosotros abierta y visiblemente desarreglados.

CAPÍTULO 16

Christian

Las uñas de Cristal chocando con la pantalla hacían un ruido molesto que comenzaba a hartarme. Mi asistente tecleaba con rapidez, concentrada en la labor que le había encomendado. Le prometí a Abril encargarme de que cada foto que nos tomaron en el club fuera eliminada. Por ello mi asistente llevaba horas pegada al teléfono buscando de manera minuciosa cualquier imagen en la que apareciéramos juntos.

—Abel quiere que te recuerde que esta semana tienes una entrevista agendada.

—Ignora a Abel y concéntrate en lo que haces.

—No hay nada, he buscado en cada hashtag, etiquetas y menciones. Creo que la personas a la que obligaste a borrar las fotos fue la única que se tomó la molestia de fotografiarlos.

Salí del traje con prisa y sin su ayuda, ansioso por dejar de una vez el autódromo en el que pasé gran parte de la tarde. Tras quitarle mi teléfono fui directo a mi conversación con Abril. Odiaba enviar mensajes; sin embargo, en la última semana había intercambiado varios con ella.

—No quiero una palabra de esto con Javi o Abel. ¿Está bien?

—No era necesario que me lo pidieras, no soy chismosa. —Me burlé de su falsa afirmación, no había nadie más chismoso que ella—. La representante de Lena estuvo intentando comunicarse contigo. Quiere que la visites en la clínica de rehabilitación.

Ignoré todo lo que salió de su boca mientras observaba las últimas fotos que recibí de Abril. Fueron tomadas por sus amigas. Aby estaba completamente inclinada encima de mí, con su nariz casi rozando la mía mientras sonreía. El impulso de publicarlas volvió a cosquillear dentro de mí, por el simple placer de fastidiar al imbécil que aún se atrevía a comentarle frases empalagosas en cada una de las fotos que Abril compartía.

—Si Javi te pregunta por mí, dile que tengo una grabación con una marca y que estaré ocupado por lo que queda de la tarde. Me voy.

—Pero no tienes nada agendado.

—Maldita sea, Cristal. Solo miéntele.

Salí del cuarto de descanso con mi maleta en la mano, y la disposición de irme sin despedirme de nadie. Tras unos cuantos pasos Javi apareció en el pasillo, obligándome a detenerme.

—Daisy quiere verte, ¿por qué no vienes a casa esta noche?

—Intentaré hacerlo, pero tengo un compromiso antes.

—¿Vas a ver a la novia del novato?

Javi tenía una fascinación enfermiza por tocarme las pelotas. Aunque solía ignorarlo la mayor parte del tiempo, me irritaba de manera irracional cuando utilizaba a Abril para conseguirlo.

—Vuelves a llamarla de esa forma y olvidaré que te respeto. —Me arrepentí de inmediato de mi reacción al ver la sonrisa en su cara. Odiaba darle el gusto de sacarme de mis casillas.

—La irás a ver —afirmó—. ¿Qué piensa de tu relación con Lena?

—No tengo ninguna relación con Lena.

—Deberías decírselo a Lena, porque está segura de que están comprometidos. Si se entera de que estás viendo a esa muchacha no sé cómo pueda reaccionar. Ya nos ha demostrado que no es racional. Bueno, tampoco tú lo eres.

—¿Cuándo dejarás de meterte en mi vida? Javi, ya no soy un niño. Ya no tienes que resolverme los problemas. Crecí, soy un hombre. Mírame de esa forma.

—Entonces compórtate como uno. Mientras actúes como un niño te veré así, y haré lo de siempre, intentar resolverte la vida.

—No tienes por qué hacerlo, no es tu obligación. Deja de verme como si fuera tu hijo.

—Lo haré cuando tú dejes de verme como si fuera tu papá.

Antes de terminar de perder la paciencia decidí acabar con esa conversación. Continué con mi camino sin decirle una palabra, moviéndome a paso rápido para llegar hasta el estacionamiento. La adrenalina que aún me recorría el cuerpo hizo que fuera difícil conducir con prudencia. El ronroneo del motor y la sensación del viento golpeándome la piel me envolvieron hasta el punto de hacerme olvidar que recorría una autopista, no un circuito. Me estacioné fuera de la tienda de Aby en la mitad del tiempo estimado.

—Bienvenido —saludó la recepcionista apenas crucé la puerta—. ¿Puedo ayudarlo en algo?

—No, en nada. ¿Abril está arriba?

—Sí. ¿Tiene una cita?

No respondí su pregunta, subí los escalones de la casa antigua con prisa, ignorando las miradas de las pocas personas con las que me topé. El olor a incienso se podía percibir desde el corredor; guiado por el aroma empujé la puerta y asomé la cabeza. Abril estaba detrás de su escritorio, concentrada en la pantalla de su computadora, con el pelo suelto y jugueteando con un bolígrafo que apoyaba contra sus labios.

Era la primera vez que la veía desde que regresamos, contemplarla después de recordar cómo me sujetaba el brazo para que no sacara los dedos de entre sus piernas, y de escuchar los sonidos que hacía cuando se venía, fue desestabilizante.

—Deberías despedir a tu recepcionista por dejar subir a cualquiera. —El sonido de mi voz la hizo dar un pequeño salto. Nuestros ojos se encontraron, y me llené de una satisfacción instantánea por la forma en la que su mirada cambió apenas me vio. Sonrió con amplitud mientras se ponía de pie.

—Estoy segura de que tú no pediste permiso para subir. ¿Cómo estás? —Los ladridos que sonaron de la nada me tomaron desprevenido. Mis pies detuvieron su marcha al ver a la perra blanca que trotaba hacia mí moviendo la cola, antes de un parpadeo estaba frente a mí, parada en dos patas y apoyada en mis piernas.

—¿Qué hace tu perra aquí?

—Me llamaron de la guardería. No quería moverse, tampoco comer, ni tomar agua. Fui por ella y está como si nada, creo que tiene ansiedad por separación.

Tenerla de frente evitó que le dijera todo lo que pensaba con respecto a la actitud de su perra llorona. Me quedé callado permitiendo que ella decidiera cómo saludarme y a cambio solo recibí un beso mustio sobre los labios.

—Me gustas vestida de blanco, me trae buenos recuerdos —dije, pese a mi leve irritación por su saludo. Aby se cohibió por mi mirada, lo noté en la postura de su cuerpo y en sus mejillas sonrojadas. Se apartó el pelo del cuello en un gesto nervioso antes de enfrentarse a mis ojos.

—Gracias, Christian.

—¿A ti también te trae buenos recuerdos?

—Estabas en la pista, ¿cierto? —Su cambio de tema me resultó divertido, Abril estaba huyendo de mí y me parecía ridículo después de que había terminado sobre sus piernas—. Tu energía se siente distinta después de que corres en tu moto.

—Sí, allá estaba. Necesitas enseñarle a Nala a no subirse sobre las personas.

—Si la saludaras, ella no haría hasta lo imposible por tener algo de tu atención. —Aby me ofreció una última sonrisa antes de rodear el escritorio y tomar asiento sobre su silla. No logré liberarme del asecho de su perra, me senté frente a ella y seguí lidiando con Nala, que se paró en dos patas una vez para tener alcance a mi cara—. ¿Quieres tomar algo? Llamaré a recepción para…

Mi mano envolvió su muñeca antes de que pudiera llevarse el teléfono a la oreja. Eso la silenció por completo. El pulso le latía con fuerza, y sus ojos parecían anclados a los míos. Tocarla era desconcertante.

—No, no es necesario. Mi asistente buscó de nuevo alguna foto. No hay ninguna, ya no tienes de qué preocuparte.

—¿Estás seguro? Cuando salimos de ese sitio al que me llevaste…

—Olvidé qué estábamos haciendo en ese sitio. ¿Me lo recuerdas? —Aby puso los ojos en blanco, pero curvó los labios en una sonrisa que ocultó entre sus manos—. Ángel, no seas tímida conmigo.

—¡Basta! —Se abanicó con ambas manos antes de enfrentar mi mirada—. Pudieron tomarnos foto en otro momento, mientras bailábamos o cuando llegaste y me besaste.

—Cristal pasó una semana completa buscando alguna foto. No existe ninguna, solo las que tus insoportables amigas tomaron.

—¡Oye!

—Son insoportables, Aby. Tienes que admitirlo. Volviendo al asunto de las fotos, no hay ninguna. Y no entiendo por qué te martirizaban tanto.

—Christian, tienes una supuesta prometida que es famosa. ¿Sabes en qué posición me dejarían esas fotos? Tú y Lena son los únicos que saben que su relación es falsa. El resto, no. Además, está el asunto de Franco.

—Maldita sea, Nala —la interrumpí cuando su perra consiguió saltar hasta mis piernas. Había crecido lo suficiente para que cargarla fuera complicado—. Necesitas disciplinarla, no puede comportarse así siempre. Abajo, Nala. Obedece. —Nala chilló ante mi tono de voz fuerte, lamiendo mi mano como si quisiera congraciarse—. Lo que me faltaba, que tu perra se encariñe conmigo.

—No está encariñada, no te preocupes.

—Parece muy encariñada.

—Solo está un poco deslumbrada, tienes la suerte de deslumbrar a todo ser del género femenino.

—No sabía que estabas deslumbrada por mí, ángel, gracias por contármelo. Comenzaba a creer que ni siquiera te agradaba.

—Creo que lo que necesita es un poco de comida para calmarse.

—Sí, seguro, y golosinas para perros. Prémiala por comportarse mal, no hay nada más efectivo que eso para disciplinarla.

Aby se puso de pie ignorando mis palabras cargadas de ironía. Mi mirada recorrió con lentitud su cuerpo, saciando la satisfacción irracional de contemplarla. Jamás volvería a encerrarme con ella en un lugar sin luces.

—No sabía que tenías un *piercing* en el ombligo.

—Mentiroso, es imposible que no lo hayas visto. —Tenía razón, pero no le dije nada, solo sonreí y la observé, para ponerla nerviosa.

—¿Tienes otro más? ¿Tatuajes? Está bien, no me respondas —agregué en el momento que se alejó en dirección a su perra—, pronto voy a descubrirlo.

—¿Quieres venir a casa con nosotras?

—¿Vas a prepararme la cena, Aby? —Su sonrisa se tornó más dulce cuando asintió, y la satisfacción se deslizó por todo mi pecho de inmediato. No entendía mi reacción ante cualquier cosa que viniera de ella. Todo tenía una intensidad diferente—. ¿Y luego me invitarás a quedarme contigo?

—Podría ser, en mi casa hay suficientes habitaciones.

—Pero yo quiero quedarme contigo, en tu cama.

Abril no pudo sostenerme la mirada, la tensión creció en medio del breve silencio mientras reprimía una sonrisa.

—Tienes que saber que Nala duerme conmigo.

—Esta noche dormirá afuera. Solo seremos tú y yo. ¿Nos vamos de una vez?

—Déjame recoger sus cosas, pero creo que sería mejor que no saliéramos de aquí juntos. Sal tú primero.

Irritado, le clavé la mirada sin ocultar lo mucho que me molestó su idea. Odiaba que no quisiera que no nos vieran juntos.

—¿Por qué no?

—Por lo de Lena —respondió con naturalidad—. Todo mi equipo sabe que íbamos a organizar su boda.

—Cuéntales la verdad, que es una mierda publicitaria. No tengo ningún problema con ello.

—También está el asunto de Franco. Ayer estuvo aquí para hablar de un asunto legal. Quiero evitar comentarios de las personas que trabajan conmigo.

—¿Qué hacías ayer con Franco, Abril? ¿Acaso piensas seguir jugando a esa mierda de que eres su novia para que él siga cogiéndose a la doctora casada? —Me levanté en un impulso cargado de una incómoda molestia que me alojó en el pecho.

—¡No! Solo vino a hablar, llegó sin avisar, tenía prisa por tocar un asunto legal y ya.

—No entiendo una mierda, Abril. Explícate. —Nala ladró cuando levanté la voz, poniendo más tensa a su dueña.

—Cuando Franco me propuso fingir que era su novia, me dio un contrato de confidencialidad. Entre las muchas cosas que decía, había una cláusula en la que queda claro que no puedo relacionarme románticamente con otro hombre, al menos hasta que la temporada del campeonato se encuentre a la mitad. Quería hablarme de eso porque su equipo está preocupado.

—¿Firmaste esa mierda?

—Franco me lo pidió.

—¿Y? ¿Haces todo lo que ese hijo de puta te dice? ¿Por qué no me habías dicho nada de ese contrato?

—¿Por qué habría de decírtelo? —respondió a la defensiva.

—¡Porque estamos juntos! —La tensión creció ante mi respuesta, pude notarlo ante su forma de verme.

—No pensé que te importaría.

—Todo lo tuyo me importa, Abril.

—No veo el problema con el contrato. Para los ojos de todo el mundo tú estás comprometido con Lena, por eso consideré que no te importaría.

—Quiero leer el contrato.

—¿Puedes calmarte, por favor? Ya te expliqué que lo único que dice es que no puedo hablar de que mi relación con él es falsa, que tampoco pueden verme públicamente con otro y que tengo que acompañarlo a un par de eventos y… ¿Qué es lo que te molesta? —preguntó irritada cuando me escuchó maldecir entre dientes.

—¡Todo! Que lo hayas recibido aquí, que pasaras tiempo con él, que tengas que acompañarlo a eventos en los que actuará como si tuviera algo contigo. Estoy seguro de que aprovechará cada oportunidad para exhibirse.

—Christian, en caso de asistir a algún evento con él solo lo haré como acompañante, y si me exhibe, como dices, sabes perfectamente que solo es por apariencias.

Mi pulso se disparó ante la sola posibilidad de que algo así ocurriera. La rabia me apretó el pecho mientras la contemplaba preguntándome por qué mierda todo lo que tuviera que ver con ella me afectaba tanto.

—No te disgusta la idea, ¿cierto? De hecho, hasta pareces disfrutarla.

—No entiendo tu postura, prácticamente haces lo mismo con Lena. Ella es tu prometida y ella ha exhibido la supuesta relación que tienen todas las veces que se le dio la gana.

—Es completamente diferente. Lena me importa una mierda, a ti te gusta ese hijo de puta, por eso aceptaste —acusé.

Jamás experimenté algo parecido a la rabia que sentía por Franco. La idea de que ella pusiera algo de su atención en él hacía que quisiera causarle alguna lesión que lo dejara fuera de la pista, solo para hacer su vida miserable.

—No me gusta. ¿De qué hablas?

La pequeña risa que dejó salir alimentó mi rabia. Incapaz de tenerla cerca por lo mucho que me irritaba, puse distancia entre los dos.

—Tienes pésimo gusto, Abril, y mala memoria, porque ese imbécil al que recibiste aquí, seguramente muy contenta, te mintió para poder seguir cogiéndose a una casada. Gracias por tu invitación, pero tendré que rechazarla —dije, antes de caminar hacia la puerta y salir, azotándola.

CAPÍTULO 17

Abril

Me esforcé por restarle importancia a mi pelea con Christian, por ignorar lo que me hizo sentir que se marchara de la forma en la que lo hizo, y por lo mucho que me inquietaba su ausencia. Con el paso de los días me tranquilicé un poco, pero experimenté un peso en mi pecho por esa desavenencia.

Ese sábado aumentó mi molestia. Tal vez toda la atención que estaba recibiendo esa tarde de mis tres amigas hizo que extrañara la de él, o quizás fue solo la fecha que, aunque no me importaba tanto, me ponía más sensible que de costumbre.

—¿Te pondrás el vestido negro?

Asentí con desánimo, como había hecho todo desde que abrí los ojos. No quería celebrar mi cumpleaños, y menos verme envuelta en el ritual femenino de arreglarme al lado de mis amigas, escuchando sus risas constantes e intentando no perderme en la conversación que sostenían. Apreciaba que todas estuvieran ahí para mí, animándome en un día que se suponía debía ser especial. Sin embargo, hubiera preferido estar sola, ponerme pijama y dormir temprano.

Desde la muerte de mi tía, percibía triste la fecha. Como ella había sido lo único que tenía en el mundo, se esforzaba por hacer de ese día memorable. Inevitablemente, su ausencia pesaba más que nunca, pese a que mis amigas pusieran todo de su parte para contrarrestar mi melancolía.

—¿Por qué de negro? A ti te quedan lindos los colores pasteles —comentó Maia.

—Porque refleja mi humor. —Las tres rieron a mi espalda, como si hubiera bromeado, pero aquella afirmación no estaba nada lejana a la realidad. Me encontraba apagada y apática con respecto a la cena que planearon para celebrarme en contra de mi voluntad.

Antes de ponerme el vestido que permanecía colgado cerca del tocador, tomé mi teléfono una vez más. Lo había hecho varias veces ese día: al despertar, cuando llegaron todos los mensajes y llamadas de felicitación; también mientras almorzaba con las chicas de la tienda, y en el auto de Diana cuando llegó por mí. En ninguna de las ocasiones encontré una felicitación de Christian. Mi intuición me decía que ahora no sería distinto; sin embargo, desbloqueé la pantalla para buscar alguna noticia suya.

—¿A qué hora es la reservación? —Mich le preguntó directamente a Diana, quien era la más animada con mi cumpleaños.

—A las ocho, tenemos veinte minutos. No pierdan tiempo.

—Oigan, quiero ver las historias de alguien, pero sin que ese alguien sepa que lo hice. ¿Qué hago? —pregunté. Las tres dejaron de moverse para centrar su atención solo en mí.

—Entra al perfil, espera a que cargue y luego lo pones en modo avión, y listo —sugirió Maia.

—Entra del perfil de la tienda —agregó Mich.

—No, entra del mío. Siempre veo las historias de ese alguien, tiene tantos seguidores que no se enterará de que mi cuenta lo estuvo stalkeando. —Diana me dio su teléfono, que se encontraba ya en el perfil de Christian, y se quedó a mi lado, con la firme intención de no darme privacidad.

—Cuando dije alguien no me referiría a Christian.

—Aby, cállate y míralas.

Con prisa toqué el pequeño círculo con su foto y tras unos segundos apareció él ejercitándose lo largo de la pantalla. La siguiente imagen se había publicado una hora atrás, era él en lo que parecía una alfombra previa a algún evento. Estaba enfundando en un traje azul sin corbata, con el que lucía más atractivo que de costumbre.

—Tiene un evento —dijo Diana. Le entregué su teléfono—. Tal vez te llama más tarde.

—Está muy enojado —confesé en voz baja—. No creo que haga algo así.

—Él nos ayudó conseguir una mesa en un restaurante con lista de espera para reservaciones. Tal vez sí llame.

—¿Él hizo la reservación? —le pregunté a Diana.

—Su asistente. Me dio su número para que la llamara y le pidiera que se encarga de todo, pero no te emociones, fue antes de tu pelea con él.

—Eres la mejor amiga del mundo.

—Claro, no dejo que te ilusiones.

Las risas calmaron los ánimos de alguna manera. Segundos después, todas retomaron nuestras actividades, en un ambiente menos tenso.

—Amo cómo se te ven los colores pasteles, pero elegiste bien. Te ves sensual de negro, cumpleañera.

Agradecí con una sonrisa el cumplido de Maia, mientras me colocaba frente a mi espejo. Era mi cumpleaños, tenía a mis amigas conmigo, había muchos motivos para sonreír y agradecer. Me repetí eso un par de veces mientras me retocaba el labial.

***

Nuestra mesa estaba decorada con mucho esmero. Había un enorme ramo de flores, globos y un delicado mantel. El anfitrión que nos acompañó nos presentó a nuestro mesero, un chico rubio al que Maia le sonrió con entusiasmo. Tomé asiento y me sentí de un humor diferente, más acorde a la celebración.

Antes de ordenar nos llevaron nuestras copas para brindar, sonreí y posé para las fotos, disfrutando de aquel momento en el que todas celebraban mi existencia. Algo cambió después de eso, de repente me sentí más relajada y animada. Debió haber sido el alcohol o las ocurrencias de mis amigas lo que provocó que en algún punto olvidara todo lo que me hacía sentir mal.

—Aby, tu teléfono.

Mi ceño se frunció al ver el nombre de Franco en la pantalla. Había sido una de las primeras personas en felicitarme, por eso no entendía por qué me llamaba. Ninguna de mis amigas le prestó atención cuando lo levanté de la mesa para responder, tampoco al tímido hola que pronuncié para saludarlo. Estaban concentradas en la conversación que sostenían en medio de risas.

—Pensé que no responderías. ¿Dónde estás?

—Cenando con mis amigas. ¿Necesitas algo?

—¿En qué parte del restaurante? Estoy aquí —explicó, y entonces mi desconcierto creció. Miré hacia los lados y hasta entonces mis amigas se dieron cuenta de que hablaba por teléfono—. Estaba cenando con parte de mi equipo y vi lo que publicó Diana, pensaba ir a verte a tu casa para felicitarte personalmente. Estoy caminando hacia la zona de la terraza, ¿en dónde estás tú?

—¿Ese es Franco?

La pregunta de Mich evitó que le respondiera a él. Miré hacia la dirección en la que apuntaba y finalmente pude observarlo. Mantenía el teléfono pegado a la oreja y estaba viendo hacia los lados, como si pudiera sentir la mirada de las cuatro, volteó el rostro y nos observó.

—Ya te vi.

Colgué un poco impresionada por su presencia, otro tanto incómoda por la manera en la que mis amigas me estaban escrutando. Franco llevaba una rosa entre las manos, lo noté mientras él acortaba la distancia con una sonrisa en los labios.

—¿Quién le dijo que estábamos aquí? —cuestionó Maia.

—Vio alguna de las fotos que publicamos.

Nerviosa, esperé que terminara de acercarse, y solo cuando lo hizo me puse de pie. Sin darme tiempo de reaccionar me envolvió entre sus brazos, un gesto que en el pasado yo había anhelado.

—Feliz cumpleaños, Abril. Me robé una rosa para ti. —Me pegó contra su pecho, instándome a recostar la cara en su hombro.

—Gracias.

—No quería interrumpirlas, solo quería darte un abrazo como todos los años. Sé que últimamente todo ha estado extraño —susurraba las palabras a mi oído, reteniéndome en el abrazo—, pero hay cosas más importantes que nuestros desacuerdos. Feliz cumpleaños, Aby. Ojalá Sam pudiera ver la hermosa mujer en la que te estás convirtiendo, sé que estaría orgulloso de ti.

Mis brazos lo rodearon con más fuerza, tenía la necesidad de apretarme contra su cuerpo porque sus palabras me afectaron. Extrañaba tanto a mi hermano, que me aferré a su recuerdo en los brazos de su mejor amigo. Pese a mi nostalgia, no hubo una sola lágrima.

Lo solté a poco a poco, hasta que finalmente me liberé de su calor corporal.

—Gracias por la rosa que robaste.

—No hay nada que agradecer. Disfruta de tu noche. —Tras otro beso en la frente centró su atención en Diana que nos observaba fijamente—. ¿Nos puedes hacer una foto?

Su petición me tomó desprevenida y me hizo dudar de sus intenciones. Quería creer que sentía una pizca de cariño genuino por mí, y que no solo se movía motivado por sus propios intereses. Diana tomó el teléfono con una actitud extraña, que no pude seguir analizando por el repentino escalofrío que me recorrió el cuerpo y dejó mi mente en blanco.

El pulso se me aceleró, los pequeños vellos en mi nuca se erizaron, y por instinto miré hacia atrás. Entonces entendí la reacción de mi cuerpo. Christian Baxter estaba ahí, acercándose con pasos firmes y seguros, enfundado en el mismo traje azul que vi en la foto y atrayendo la atención con el simple hecho de moverse.

No fui la única congelada por su repentina aparición, Franco se había quedado con el teléfono extendido, aguardando a que Diana lo agarrara para tomarnos la fotografía. Mi amiga ni siquiera lo estaba viendo, su mirada estaba fija en Christian, que llegó a la mesa y saludó con un pequeño apretón de hombro a Mich, a Maia solo la saludó levantando la mano.

—Buenas noches.

Cerré los ojos por un breve momento ante el enojo que se filtraba en su voz. Las cosas, que ya estaban jodidas, solo iban a empeorar. Tuve la certeza de ello al sentir su mirada en mí mientras recibía el beso en la mejilla que le ofreció Diana.

—Diana, la foto —le recordó Franco, ignorando a Christian, que ni siquiera se molestó en verlo. Sus ojos oscuros estaban puestos solo en mí, alterando mi respiración y mi ritmo cardiaco.

Diana se mostró más nerviosa que yo, no pudo desbloquear el teléfono, actuó con torpeza, visiblemente alterada por el duelo de miradas que sucedía a su alrededor. Quería reaccionar, sacudir la impresión de mi cuerpo y actuar, pero me fue imposible. Me quedé rígida por la sorpresa que se percibía agridulce.

—Dámelo, Diana, yo la tomo.

Christian le quitó el teléfono de las manos a mi amiga y me sostuvo la mirada con una actitud desafiante. El pulso me latía con desenfreno mientras Franco me rodeaba los hombros con el brazo izquierdo. Para ese momento no sabía qué hacer. Si moverme para impedir la foto, o simplemente dejar que la tomara. En medio de mi confusión noté la sonrisa sarcástica de Christian, que salió al mismo tiempo en que nos apuntaba con el teléfono.

El flash iluminó su cara en lugar de iluminarnos a nosotros, y aunque Franco también se dio cuenta de que la foto no se tomó, no dijo nada. Con un gesto pidió el teléfono y Christian se lo entregó de inmediato, lanzándolo con fuerza contra su pecho. Un gesto agresivo al cual Franco no respondió.

Atónita, recibí otro beso en la frente, que Franco hizo breve. Ignoró a Christian y a mis amigas, y se marchó tras sonreírme, dejándome de pie a un lado de la mesa frente a un hombre que parecía más molesto de lo que lo vi la última vez que estuvimos juntos.

—Christian, pensábamos que no vendrías. —Mich salió al rescate de inmediato, se levantó para saludarlo como si él no lo hubiera hecho antes—. Le pediremos al mesero que vuelva para que ordenes. ¿Quieres una copa?

—Sí, gracias.

—Siéntate aquí —dijo cediéndole la silla al lado de la mía.

El tono en su voz seguía siendo distante. Sin embargo, tras ver a mi amiga, algo cambió en su mirada. Aún inmóvil observé cómo acortó la distancia que nos separaba. Me miró desde arriba antes de bajar la cabeza buscando un beso que no supe dónde quería darme. Llena de dudas levanté la mirada propiciando que nuestros ojos se encontraran. La nariz de Christian estaba a escasos centímetros de la mía, mientras me miraba, como si estuviera esperando que diera el primer paso.

—Feliz cumpleaños, ángel. —Escucharlo llamarme de aquella forma me llenó de un alivio que no pude ocultar. En ese momento pensé que no había manera de que me llamara así si aún estuviera enojado.

Aunque no sonrió, ni hizo otro gesto amigable, cedí. Apoyé mi boca contra la suya esperando algo que no sucedió. Christian no me tomó de la cintura, tampoco intentó hacerme separar los labios para recibir otro tipo de beso.

Sentí tan extraña su indiferencia que me costó trabajo procesarla. Tal vez por eso acerqué mi rostro al suyo una vez más para besarlo. Una suave presión de labios que profundicé al moverlos sobre los suyos, instándolo a separarlos. Estuve a punto de darme por vencida, cuando la brisa fresca de su aliento chocó con mi boca, la mano derecha de Christian se ubicó en mi espalda baja, y sentí que presionó mientras me permitía besarlo de verdad.

Suspiré con satisfacción ante el contacto suave de su boca. Fue un beso lento, una breve succión de labios en la que mantuve el control como pocas veces. El aliento fresco de Christian se mezcló con el mío mientras su brazo me cercaba la cintura lentamente. Como mis amigas estaban cerca, rompí el contacto. Rocé mi nariz contra la suya y finalmente eché hacia atrás la cabeza para encontrarme una vez con sus ojos.

—Creí que no vendrías.

—¿Por eso invitaste al perdedor? —Aunque no había acentuado la breve distancia que nos separaba, la postura de su cuerpo cambió. Christian dejó de tocarme.

—No lo invité, supo que estábamos aquí por una foto que vio, solo quería felicitarme, no iba a quedarse —le expliqué—. Pensé que no vendrías porque supe que estabas en un evento. ¿Terminó?

Encogió los hombros y volteó, no sin antes sujetar con suavidad mi muñeca para instarme a que lo siguiera. Me cedió el paso al estar frente a la mesa, y con un gesto me invitó a tomar asiento. Pese a su evidente enojo se sentó a mi lado, en el justo momento en el que el mesero llegó con la carta.

—Señor, buenas noches —lo saludó.

Christian inclinó la cabeza, contestando así a su saludo. Lo analicé en silencio, aún procesando que estuviera ahí, con su cara de pocos amigos, tan cerca de mí que el olor de su perfume costoso estaba en mi nariz.

—Y esto, puedes tirarlo a la basura. —Esas fueron las únicas palabras que registré de las muchas que dijo, cuando lo vi levantar la rosa que el mesero tomó.

Aún tenso sobre la silla se quitó el saco, lo dobló en un movimiento masculino al que solo yo le presté atención. La impecable camisa blanca se pegaba a su cuerpo con discreción, ocultando el par de tatuajes que tenía en los brazos. Christian no solía vestirse con tanta formalidad, tal vez por eso no pude dejar de verlo.

—Vamos a brindar de nuevo por la cumpleañera —dijo Diana emocionada.

Todas le siguieron la corriente, levantando sus copas. Pese a la tensión con Christian, hice lo mismo, sonriendo con amplitud para no desairar a mis amigas. El flash de una cámara me hizo desviar la vista. Christian me había hecho una foto mientras sonreía con la copa arriba.

—¿Puedo verla?

Volteó la pantalla y la aprobé con una sonrisa que él ignoró. Dejó el teléfono sobre la mesa una vez más, antes de tomar la copa llena que le ofreció Maia. Le agradeció y ella dijo algo que no pude escuchar. Estaba ocupada observándolo sorber lentamente. Christian debió sentir mi mirada, porque volteó, y en lugar de dejar de verlo, me quedé suspendida en el momento.

Lo único que me hizo reaccionar fue la calidez de su tacto sobre mi brazo. Christian se inclinó un poco y yo también me acerqué, porque esa noche no quería distancia entre nosotros.

—Pareces incómoda con mi presencia. Si lo prefieres puedo marcharme, no tengo la intención de arruinar tu cena de cumpleaños.

—No quiero que te vayas —le dije, tras darle un sorbo a mi copa—. Estás molesto conmigo, y eso es lo único que me tiene incómoda. No invité a Franco, Christian.

—Te estaba abrazando.

—Me dijo que Sam estaría orgulloso de mí, me conmoví.

La mandíbula de Christian se tensó ante mi respuesta, respiró hondo sin apartar su mirada de la mía. Pensé que estaba a punto de explotar, pero en lugar de eso apoyó los labios en mis hombros, erizándome la piel en el acto.

—Dame un beso, ángel. —Lo obedecí de inmediato, me acerqué lentamente hasta que percibí su respiración chocando con la mía. Cerré los ojos antes de rozarle la boca, lo hice despacio, un pequeño beso que alguna de las graciosas en la mesa captó en una imagen, un flash nos iluminó—. Te recogiste el pelo.

—¿No te gusta?

—Sabes que prefiero que lo lleves suelto, pero me gusta. Te ves hermosa, Aby.

Christian todavía estaba molesto, lo supe pese al halago y a la mano que puso sobre mi pierna de manera posesiva. Cuando llevaron la cena se mostró más amigable con todas, nos contó que llegó en su motocicleta, porque el evento en que había estado se hallaba a una larga distancia que le habría tomado mucho tiempo recorrer en auto. También brindó cada vez que Diana lo propuso y se tomó una foto con ella, después de prometer firmarle la gorra que le di.

Pese al buen ambiente, sentí la necesidad de preguntarle qué había hecho todos esos días en los que no supe nada de él, de averiguar si tuvo la intención de buscarme o si me extrañó. El último cuestionamiento me tomó desprevenida, por eso vacié todo el contenido de la copa en mi garganta por la sorpresa.

Justo cuando me decía algo al oído, un hombre se acercó a nuestra mesa. A su lado se encontraba un niño que parecía querer ocultarse y observaba a Christian fijamente. Nerviosa, intenté apartarlo un poco; sin embargo, él no me lo permitió. Se quedó casi pegado a mí, mientras el hombre, quien era el papá del niño, le explicaba que se vio obligado a acercarse por la insistencia de su hijo. Quería una foto con Christian. El pequeño fue el que se lo pidió, con una voz cargada de timidez. Finalmente pude alejarme de él cuando se puso de pie para tomarse una foto con el niño. Estaba incómodo, se notaba, pero aun así cedió a la petición de su pequeño admirador y se tomó una foto con ambos flexionando el brazo derecho hacia adelante, gesto que él solía hacer cada vez que ganaba.

—Ahora es mi turno —dijo Diana, en cuanto el padre y el hijo se marcharon.

—Olvídalo.

—Abril, pídele que se tome una foto así conmigo, por favor.

—Por favor —repetí, juntando las manos como lo hacía mi amiga.

Diana se situó a su lado, y tras hacer el gesto con el brazo esperó a que él hiciera lo mismo. Fui yo quien tomó la fotografía y sonreí mientras se las mostraba, completamente relajada, envuelta en un bienestar que habría deseado experimentar desde que comenzó el día.

***

La última vez que miré el reloj eran las once de la noche. Viendo las calles que dejábamos atrás, me di cuenta de que parecía más temprano. Había movimiento por todos lados, ruido y un ambiente que se percibía festivo. Volvíamos a casa para continuar con la celebración en un lugar más tranquilo. Diana manejaba despacio con Maia de copiloto, ambas sostenían una conversación de la que me sentía ajena. Mi mente se encontraba en otro sitio, analizando todo lo que pasó en el restaurante.

Me erguí un poco sobre el asiento al darme cuenta de que entrábamos a mi vecindario. Al estacionarnos frente a mi casa, Christian ya estaba esperándonos. Estaba sentado sobre su moto, sin el casco puesto y con una actitud cargada de seguridad que me dejó encantada.

Fui la primera en bajar del auto. Cuando mis pies pisaron el concreto, Christian me ofreció su absoluta atención. Me bajé el vestido, pues noté que su mirada estaba en mis piernas, no en mi cara, en donde había una sonrisa para él. Con un gesto me pidió las llaves y se las entregué en cuanto las saqué de mi bolso.

—Pasa, ángel.

—¡Christian! —Las voces de mis amigas sonaron en coro, no entendí por qué habían rechistado, hasta que volteé y las vi. Christian esperó a que yo cruzara la puerta para pasar él, y luego cerró la verja y las dejó afuera.

—¿No tienen casa ninguna de estas tres?

Ignoré su pregunta y me acerqué a la puerta para abrirla. Las tres pasaron al mismo tiempo entre risas, mientras Diana, quien fue la primera en pedirle que nos acompañara a casa, le reclamaba por haberla dejado afuera. Nos encontrábamos cerca de la puerta principal cuando los ladridos de Nala comenzaron a escucharse. Christian fue el menos animado por ello. Aun así, con mis llaves en la mano decidió abrir.

—¡Nala! —La llamé al verla salir corriendo como una loca—. Nala, ven acá.

Odiaba que mi perra me ignorara, y me molestaba más que lo hiciera frente a la única persona que criticaba su carácter. Estaba esperando que Christian comenzara a decir que Nala necesitaba disciplina.

—¡Nala, adentro! —ordenó con un tono enérgico. Mi perra no dejó de correr de inmediato; sin embargo, disminuyó el ritmo con el que se movía—. ¡Nala! —Ella bajó la cabeza por un momento, adoptando una expresión que me conmovió, quería inclinarme y pedirle que se acercara para abrazarla, pero Christian me sujetó del brazo para que no me moviera. Tras un par de segundos, Nala entró a la casa, lo hizo sin correr como una loca, pero cabizbaja.

—Te tendrá miedo.

—Me tendrá respeto, que es lo que debería tenerte a ti. Nala necesita disciplina.

Opté por no replicarle. Entré a la casa siguiendo el sonido de las risas de mis amigas, las tres estaban alrededor de la mesa intentando descorchar una botella. En realidad, la única que lo hacía era Diana, Maia buscaba un cuchillo para partir el pastel de fresa que ella misma llevó y Mich le quitaba el número veintitrés que lo decoraba.

—Cuñado, ayúdanos.

Christian puso los ojos en blanco, sin molestarse en ocultar su fastidio, y le quitó la botella. La espuma salió expulsada hacia arriba cuando consiguió abrirla y todas celebraron riendo. Todos brindamos.

—Quiero darte algo, vamos arriba.

Mi garganta se secó en cuanto lo escuché susurrarme eso al oído, lamí el alcohol de mis labios antes de asentir, actuando como si no estuviera nerviosa por lo que sea que fuera a darme. Con Christian cualquier cosa se percibía distinta, y no tenía ni la más mínima idea de cuál era el motivo. Dejé la copa vacía sobre la mesa y tomé la mano que me ofreció para llevarme hacia las escaleras.

Con todo y lo indiscretas que solían ser mis amigas, ninguna hizo algún comentario. Subimos tomados de las manos, con el corazón latiéndome descontrolado.

—¿Qué hiciste en estos días? —No pude contener mi deseo de averiguarlo, y él sonrió como si entendiera el motivo de mi pregunta—. Además de no hablarme.

—Entrenar, asistir a eventos con los patrocinadores y dormirme enojado contigo todos los días.

Christian tomó asiento en el sillón columpio y, aunque ahí cabíamos los dos, yo decidí sentarme en un puff colorido que se hallaba al lado.

—Entonces pensabas en mí antes de dormir —bromeé para contrarrestar la tensión que se percibía cuando mencionaba su molestia, y funcionó. Christian soltó una pequeña risita antes de asentir.

—Tengo algo para ti —dijo, al mismo tiempo que buscaba algo en el saco que había llevado doblado en el brazo—. Feliz cumpleaños, ángel.

Miré con atención cómo sacó una caja pequeña y alargada que destapó para que pudiera observarla. Había una pulsera dentro de ella, era dorada y tenía pequeños corazones que colgaban de ella.

—Es linda.

—Dame tu pierna.

—¿Qué?

No repitió la orden de nuevo, se inclinó y mi respiración se agitó de inmediato. La estela caliente que dejó el tacto de sus dedos en mi pantorrilla me tomó tan desprevenida que no reaccioné cuando elevó mi pierna, la puso sobre su rodilla y me vi obligada a flexionarla. Nunca fui tan consciente del ritmo de mi respiración hasta ese momento, en el que me encontraba completamente expuesta ante Christian, mostrándole lo poco que ocultaba mi vestido.

—Apoya el pie en mi rodilla, solo quiero ponerte la pulsera.

Lo obedecí y tragué en seco ante el suave roce de sus nudillos en mi tobillo. Llevaba puestas unos tacones altos que Christian me quitó tras desatar la correa. Mi respiración se agitó ante el denso calor que sentía por todo el cuerpo. Observé atenta cómo me puso la pulsera en el tobillo y luego cerró el broche, ajeno a mi agitación.

La mano de Christian ascendió lentamente por mi pantorrilla, en una caricia perezosa que hizo eco entre mis muslos. Quería bajar el pie de su rodilla y sentarme correctamente con las piernas juntas;

sin embargo, no pude moverme. Fue como si estuviera bajo su dominio.

—Gracias, me gusta mucho —agregué con sinceridad. Pese a mi estremecimiento reconocí lo bonita que era la pulsera y lo bien que se veía en mi tobillo.

El poco aire que llegaba a mis pulmones se esfumó al verlo inclinarse todavía más. Dejó un breve beso en mi rodilla, y en respuesta me contraje con tanta fuerza que tuve la imperiosa necesidad de apretar las piernas para aliviar el repentino dolor.

—Quiero que sea tu pulsera de la suerte.

—¿Recordaste que perdí la mía?

—Recuerdo todo de ti, Aby. Me gustas con todos tus accesorios que hacen ruido cuando te mueves.

Christian deslizó la mano lentamente por la cara interna de mi muslo, mientras me observaba con una sonrisa ladina en sus labios. Pensé que nada podría alterarme más, hasta que me percaté de que sus ojos se quedaron fijos en medio de mis muslos separados, que le daban una amplia imagen de mi ropa interior negra.

—¿Por qué tocarte se siente así?

—No lo sé.

—Ven acá, ángel.

—¿A dónde?

Se palmeó las piernas, respondiéndome en silencio con un simple gesto que encontré irracionalmente atractivo. Me puse de pie y él apoyó su espalda en el respaldo, acomodándose sin dejar de verme. Con un suave tirón me instó a acercarme más. Sus manos se arrastraron por la parte trasera de mis piernas, empujándome a sentarme. No pude resistirme, terminé sentada a horcajadas sobre él, con su erección presionando directamente entre mis piernas.

—Mis amigas pueden subir —fue lo único que pude decir.

—Yo lo arreglo —tomó el teléfono y desbloqueó la pantalla con una sola mano. El roce que generaba la presión evitó que pudiera prestarle atención a lo que hacía—. Pídeles que no suban —dijo, tras tocar su pantalla para grabar un audio.

Era el número de Diana, pude verlo antes de separar los labios para hablar. Estaba hipnotizada por Christian, o tal vez demasiado excitada como para oponerme. Tomé aire y me preparé para hablar.

—Diana, por favor, no suban.

La sonrisa de Christian tendría que haberme causado algún tipo de irritación, porque estaba llena de autosuficiencia. Sin embargo, me hallaba tan aturdida que la ignoré. Dejó el teléfono a un lado y de inmediato sus manos se metieron bajo mi vestido.

Me besó, sujetándome una de las nalgas con fuerza para mantenerme inmóvil mientras deslizaba la lengua entre mis labios. Su respiración estaba acelerada, su cuerpo se percibía caliente pegado al mío. Suspiré moviéndome para ampliar el roce que me tenía jadeando, mientras él me apretaba la curva del trasero, pegándome contra su pelvis.

—¿Te gusta esto, Aby?

—Sí —respondí con debilidad. Él estaba levantando las caderas para presionar entre mis muslos con más fuerza, mientras nos balanceábamos gracias al sillón en el que estábamos.

—¿Te imaginas cómo se sentiría sin ropa? —Mis dedos se enroscaron en sus hombros tras esa pregunta. Christian se impulsó hacia arriba, al mismo tiempo en el que, sujetándome la cintura, me empujaba hacia abajo.

Lo sentí punzar contra mi entrepierna, la humedad que cubría mi ropa interior provocó que el movimiento se percibiera con más intensidad, fui incapaz de reprimir un gemido. Abrí la boca para respirar con normalidad, porque el aire me faltaba, y él aprovechó el momento para besarme.

—Llévame a tu cuarto —pidió, contra mi boca.

No estaba pensando con claridad, solo me dejaba llevar por la necesidad de tocarlo y de que me tocara. Me levanté y me senté a su lado para quitarme el otro tacón. Mientras lo hacía noté cómo Christian se apretaba la erección por encima de la ropa, agradecí que llevara pantalones oscuros, porque estaba segura de que mi humedad había traspasado la tela.

No dudé al verlo ponerse de pie. Caminé el par de pasos que me llevaron al corto pasillo en el que estaba mi cuarto. Sentí su calor corporal tras mi espalda, y solo segundos después, el peso de su mano en mi cintura. Abrí la puerta y él me dio un pequeño empujón para que entrara. La luz de una lámpara de noche iluminaba el lugar. Christian vio brevemente a su alrededor, antes de poner su mirada en mí. Estaba cerrando la puerta cuando lo vi acercarse lentamente, acorralándome entre la madera y su cuerpo.

La antelación del momento tenía a mi cuerpo trepidando, lo observé pegada a la puerta. Christian se imponía sobre mí no solo por su altura. Su energía me atraía de una manera irracional, me volteó con un movimiento brusco y quedé viendo hacia la pared.

—Lo he imaginado —confesé acalorada, respondiendo su pregunta.

—Yo también, ángel. Todos los días. —Su respiración chocaba con mi cuello mientras su nariz me rozaba la mejilla. Podía sentir toda su dureza en mi trasero, restregándose sin ningún tipo de pudor—. ¿Te estoy lastimando?

—No, no lo haces.

Me sentí liviana cuando me liberó de su peso y me giró con facilidad, para arrastrarme hacia mi cama. El colchón se hundió por el peso de ambos, y entonces me di cuenta de que estaba con él en un lugar donde nunca había llevado a otro, aplastada por su cuerpo que cubría al mío mientras me besaba. Aquel arrebato se percibía distinto a cualquier otro entre los dos. Tenía las piernas abiertas y a él entre ellas, su lengua se paseaba por mi cuello mientras yo agarraba su camisa en un gesto acorde a mi descontrol. Aquella noche sentía que no había ningún tipo de freno.

En medio de besos, Christian arrastró la tela de mi vestido, hasta que este estuvo enrollado por encima de mi cintura, me encargué de quitármelo, de sacarlo por mi cabeza sin moverme de la cama, mientras él me acariciaba.

El aire cálido de la noche que entraba por la ventana abierta me golpeó la piel cuando Christian se levantó del colchón. Me sentí expuesta en cuestión de segundos; sin embargo, no intenté cubrirme. No pude hacerlo al ver cómo se inclinaba. Sus dedos se engancharon en la cinturilla de la prenda negra y tiró de esta hacia abajo, consiguiendo que se deslizara por mis piernas. La respiración de Christian se alteró ante mi desnudez, lo noté, me di cuenta de la excitación que se reflejaba en su mirada y del estremecimiento que evidenciaba su piel.

—Una media luna, ángel —dijo, viendo el pequeño tatuaje en mi ingle derecha, el único que tenía.

—¿Lo imaginaste?

Lo negó, antes de observarme de pies a cabeza, con la mirada oscurecida por el deseo. Su pecho subía y bajaba con cada bocanada de aire, mientras permanecía al pie de la cama, viéndome.

—Mi imaginación no te hizo justicia.

En cuestión de segundos me vi envuelta en el calor de su cuerpo. Se recostó encima de mí, aplastándome contra el colchón mientras respiraba ruidosamente. Quería quitarle la ropa y tocarlo sin nada de por medio; sin embargo, su fuerza evitó que lo intentara. Me llenó de besos el cuello para luego descender por mis pechos. Mi piel se humedeció por el paso de su lengua, que se detuvo en uno de mis pezones, puso su boca alrededor de este y entonces todo desapareció a mi alrededor.

Nunca sentí tanto placer por un beso en mis pechos, la boca de Christian no fue suave, ni gentil, chupó con fuerza mi pezón, que se endureció por el estímulo, luego me ofreció una suave lamida que me llevó a gemir. Mis dedos se enredaron en su pelo porque necesitaba sujetarme de algo. Mi vientre se contrajo por el suave roce de sus dedos entre mis piernas, y lo único que pude hacer fue echar la cabeza hacia atrás y cerrar los ojos.

—¿No vas a quitarte la ropa? —Mi voz sonó distinta, cargada de una ardiente necesidad que no podía contener. Tal vez no era el alcohol el culpable de mi estado, quizás solamente estaba embriagada de Christian y de todo lo que me hacía sentir.

En lugar de responderme, él deslizó los labios por mi abdomen, bajando peligrosamente hasta que la punta de su nariz me rozó el vientre.

—He pensado en esto todos los días desde lo del club, no tienes idea de cuánto deseé tenerte así, desnuda sobre una cama. Lo deseé más de lo que deseo ganar el puto campeonato. ¿Y sabes ahora lo único que tengo en la mente?

—No lo sé —respondí aturdida.

Quería que continuara besándome, que sus labios descendieran finalmente.

—Que te gusta el hijo de puta de Franco.

—¿Qué? —Abrí los ojos de inmediato, encontrándolo ahora con su cara a la altura de la mía.

—Que lo único que tengo en la cabeza es que estás interesada en él, y por eso permites que te manipule con sus chantajes emocionales. Búscame cuando sepas lo que quieres, no voy a cogerte sintiéndome el imbécil con el que intentas darle celos.

—¡Christian!

Mi intento de replicar se quedó a medias cuando me sujetó la cintura y alzó mis caderas, sin intercambiar otra palabra agachó la cabeza para presionar un beso lento entre mis muslos. Me sacudí por completo ante la placentera sensación que terminó rápido. Christian se levantó de la cama y caminó hacia la puerta.

CAPÍTULO 18

Christian

—¿Se puede saber qué te pasa? Casi te matas en esa maldita curva.

Me quité los guantes y los tiré en el piso justo al lado de Javi. No tenía la intención de responderle, tampoco de continuar un momento más en la pista. Mis pasos me llevaron hasta el cuarto de descanso, mientras me quitaba el casco me percaté de que me estaba siguiendo.

—Asuntos personales.

—Siempre me has puesto al tanto de tus asuntos personales, cuéntame.

—Quiero el uso exclusivo de este autódromo. No quiero a nadie usando el circuito. Ayer te llamé para decírtelo, pero no respondiste. —Mi cambio de tema funcionó bien. Javi frunció el ceño al mismo tiempo en el que movía los brazos pidiendo una explicación.

—Christian, es el único lugar apto para entrenar en toda la ciudad. No eres el único piloto que lo utiliza.

—Lo sé, por eso quiero que hagas algo. Nadie pisará mi circuito.

—Sé que lo estás haciendo por el novato, pero…

—Sin peros, no lo quiero en mi puto circuito. Cada centavo que costó la remodelación de ese sitio que era un asco lo consiguieron gracias a mí.

—Pero no es el único que usa el circuito. Los niños de la escuela de pilotos, los otros pilotos que nunca han tenido problemas contigo.

—Todos me importan una mierda.

—Intentaré averiguar si podemos sacar al novato, pero no dejaremos al resto sin la posibilidad de entrenar. Especialmente a los niños, vienes de una escuela como ellos. ¿Se te olvidó?

—Solo haz lo que te pido.

—Dime qué diablos te pasa. Necesito saber con qué debo lidiar.

Me quité el traje para no pensar en el motivo de mi molestia, porque llevar a mi mente cada cosa que lo provocó solo hacía que la rabia emergiera. Hacerlo no evitó que la imagen de Abril desnuda en su cama llegara a mi cabeza.

—Frustración sexual.

—¡Lo sabía! —Lo escuché decir exaltado detrás de mí—. Sabía que la novia del novato tenía que ver con todo.

—Maldita sea, Javi, voy a desencajarte la mandíbula a punta de golpes si vuelves a llamarla así.

—Perdón, tu novia entonces —se disculpó, alzando los brazos—. ¿Por qué frustración sexual? Se dio cuenta de que eres demasiado imbécil y decidió no acostarse contigo.

—Yo decidí no acostarme con ella.

Verbalizarlo hizo que tuviera ganas de arrancarme los ojos. Jamás tuve tantas contradicciones a causa de una decisión. Estaba más molesto conmigo que con Abril.

—¿Qué te hizo?

—Vete a la mierda, Javi, quiero estar solo. Ya sabes lo que tengo, ahora solo déjame en paz.

Ignoré su risa mientras me cambiaba. La irritación estaría conmigo por un tiempo más, dejarla ir sería difícil porque cada vez que recordaba cómo Abril permitió que el hijo de puta del perdedor la abrazara frente a mí, aumentaba. Me pasé las manos por la cara pensando en todas las escenitas iguales que tendría que presenciar en los siguientes meses. La idea me desquiciaba tanto que evitaba que me arrepintiera de haber salido de su cuarto la noche de su cumpleaños.

Todo había salido como esperé; sin embargo, seguía percibiendo el sabor de la derrota. Por más que hubiera conseguido lo que me propuse, no podía sentir como una victoria haberla dejado desnuda sobre su cama. Renuncié a algo que deseaba por culpa de un maldito perdedor que ni siquiera la miraba. Concientizarlo alimentaba mi necesidad de cobrármelas con él de todas las maneras posibles.

***

Leí de nuevo el mensaje que recibí a primeras horas de la tarde, era extenso y venía de un número que me había bloqueado tiempo atrás. Maia estaba desesperada, de otra manera no se habría comunicado conmigo.

La guardería a la que iba Nala la contactó a media mañana. La perra no quería comer, ni jugar, ni moverse. Intentaron poner al tanto de la situación a Abril para que fuera por ella, al no obtener respuesta le marcaron a Maia, el otro número que dejó como contacto. Ella estaba fuera por un viaje familiar. En lugar de escribirle al resto de sus amigas, decidió enviarme un mensaje a mí. En el texto dejó claro que la perra no tenía confianza ni con Diana ni con Mich. Por una extraña razón supuso que la tenía conmigo.

Todo lo que me planteó a través del mensaje me pareció estúpido. Aun así, me encontraba tirado en el sillón, contemplando a la perra que saqué de la guardería y parecía cómoda conmigo.

—¡Se orinó en la cocina! —se quejó Mariam con exagerado fastidio.

Sonreí pasando la mano por la cabeza de la insoportable perra, se merecía un premio por sacar de sus casillas a mi ama de llaves, algo que pocas veces yo conseguía. Nala se entusiasmó por la caricia, y se impulsó hacia el sillón, hasta que terminó saltando sobre mí.

—No me lamas la cara. —Ignoró mi orden, de la misma forma en la que yo ignoré por quinta vez una llamada de Abril. Mi irritación con ella seguía intacta, permaneció latente con el paso de los días, gracias a una foto en la que estaba al lado del imbécil de Franco, que él se encargó de publicar—. No te recuestes aquí. Nala, abajo.

Nala decidió no obedecer, se recostó sobre mi estómago con una confianza que jamás le había dado. Acomodándose de tal forma que su hocico quedó cerca de mi barbilla. Intentó lamerme una vez más, y moverme solo provocó que continuara insistiendo. El ruido del timbre me dejó inmóvil, Nala aprovechó la oportunidad para pasar la lengua por mi piel y no reaccioné, hasta que identifiqué la voz de Abril.

Me quité a Nala de encima con prisa. Justo cuando estuvo en el piso, Abril apareció en mi sala caminando frente a mi ama de llaves. Entre las manos sostenía la mochila de Nala que me negué a llevarme de la guardería. Su mirada me buscó lentamente y hasta que me encontró cedí a la necesidad irracional de contemplarla. En la última imagen de ella en mi cabeza estaba desnuda, recostada en una cama, con las piernas separadas, tenerla de frente de nuevo me sacudió por dentro.

—Te llamé varias veces y no me respondiste. ¿Dónde está Nala? Me dijeron que tú la tienes.

Probablemente me merecía que usara ese tono de reclamo para hablarme; sin embargo, me irritó. Antes de que tuviera la oportunidad de responderle, Nala salió a su encuentro, sus patas chocaron con el piso por la manera en la que corrió y chocó contra una mesa. Al llegar hasta ella comenzó a llorar mientras se paraba en dos patas. Abril se puso de rodillas para abrazar a su perra llorona, que movía la cola con energía mientras le acariciaban la cabeza.

—Lo siento mucho, Nala. Discúlpame. —Le habló, como si la perra fuera a responderle. Aclaré la garganta, recordándole que yo estaba ahí y seguía molesto con ella—. Te llamé más de ocho veces —reclamó una vez más.

—Tal vez no quería responderte.

Abril soltó un suspiro de derrota, el mismo que solía dejar escapar de sus labios cuando se cansaba de luchar por resistirse a nuestros acercamientos. Bajó los hombros y se sentó sobre el piso, como si estuviera agotada de verdad.

—Nala está por encima de cualquier problema que tengamos tú y yo. Te comportas como un idiota, Christian.

—La única idiotez que hice hoy fue dejar mi entrenamiento a un lado para ir por tu perra a la guardería.

—Solo quería saber si ella estaba bien, lo único que ibas a decirme es que la tenías contigo…

Aunque sus labios continuaron moviéndose, indicándome que hablaba, no pude concentrarme en sus palabras. Mi atención estaba en ella, y en la forma en la que acariciaba la cabeza de Nala, que estaba recostada sobre una de sus piernas. Me permití observarla con detenimiento mientras ella se quejaba. Llevaba una pañoleta en la cabeza y el pelo suelto, de su cuello colgaba la cadena de siempre, que por primera vez no vi oculta dentro de su escote. Después de verla desnuda tenía la firme creencia que la ropa no le hacía justicia a su cuerpo, lo confirmé cuando se puso de pie y se sacudió el pelaje de Nala del pantalón holgado.

—Después de lo que me hiciste actúas como si tú fueras el ofendido. —De todo lo que dijo, la última frase fue la única que registré—. Actuaste como si nada hubiera ocurrido solo para dejarme como estúpida en la noche de mi cumpleaños.

—En ningún momento te dejé como estúpida.

El cojín que salió volando me tomó desprevenido. Abril había sido rápida, lo lanzó antes de que pudiera procesarlo. Pero me incliné justo a tiempo y este me pasó por encima de la cabeza y se estrelló contra la mesa.

Mi respuesta provocó su arrebato.

—¿Lo niegas? Te aprovechaste de mí, actuaste con premeditación desde que llegaste al restaurante.

—¿En qué momento me aproveché de ti? Porque recuerdo que conté con tu total aprobación en todo lo que hicimos esa noche.

—¡En todos! Fuiste amable con mis amigas, encantador y cariñoso todo el tiempo solo para ablandarme. Nunca tuviste la intención de tener sexo conmigo, querías dejarme de la forma en la que lo hiciste.

—No puedes estar segura de eso.

—Tu mirada me lo está confirmando justo ahora. Eres un idiota, Christian.

—Entonces te hice un favor, te evité la experiencia de coger con un idiota.

—Esto es divertido para ti, ¿cierto?

De todas las discusiones que tuvimos antes, aquella se sentía la peor. Abril estaba enfrentándome con un enojo que no ocultaba, sosteniendo mi mirada todo el tiempo.

—Cuando dices «esto», ¿a qué te refieres? ¿A ti recibiendo en tu oficina al hijo de puta que te gusta? ¿O a la parte en la que tendrás que acompañarlo a eventos? Esta mierda está lejos de ser divertida para mí.

El silencio llenó el lugar en segundos, la respiración agitada de Nala fue lo único que pudo escucharse durante el largo rato en el que solo nos sostuvimos la mirada. La tensión era palpable y se percibía como si estuviera a punto de explotar.

—A ti, rechazándome cuando estuve desnuda en la cama —respondió en voz baja.

—No te rechacé. Y solo para que lo sepas, fue más un sacrificio que cualquier otra cosa. Usé toda mi fuerza de voluntad para marcharme.

—¿Entonces por qué lo hiciste? Se sintió como un rechazo.

—Te lo dije esa noche. —Mi mandíbula se tensó al recordarlo.

—Esa noche ni siquiera me diste la oportunidad de responderte. No me interesa Franco, lamento que lo sintieras de esa forma. Todo mi interés está puesto solo en ti, en nadie más. Siento mucho haberte hecho sentir lo contrario.

La sensación de algo explotando en mi cara me obligó a dar un paso hacia atrás; duró solo un par de segundos, pero me dejó tan aturdido que tuve que esforzarme por sostenerle la mirada.

Era la segunda vez que se disculpaba y obtenía el mismo resultado. El enojo, la rabia y mi irritación disminuyeron de inmediato.

Era la forma en la que lo hacía, viéndome a los ojos, enfrentándome sin ningún tipo de titubeo.

Odiaba que las cosas no salieran como quería, y aquella ocasión no fue la excepción.

No supe cómo reaccionar de inmediato, porque lo que esperé fue una discusión en la que pudiera decirle todo lo que pensaba de ella y del perdedor. Sin embargo, después de oírla ya no estaba seguro de su interés por él.

—Te dije que me buscaras cuando supieras qué era lo que querías y no lo hiciste.

—¿Qué crees, Christian? ¿Qué no estoy molesta contigo? No quería verte la cara todavía, porque no voy a olvidar fácilmente lo que me hiciste. Eres un cínico si pretendías que viniera a tocar tu timbre para tirarme a tus pies como si nada hubiera pasado.

—Discutamos esto en el camino. Tenía una cita hace veinte minutos.

El teléfono sobre la mesa tenía cinco notificaciones flotantes, todas de Cristal recordándome la cita en la guardería.

Me puse los zapatos con prisa, mientras Abril sacaba la correa de la mochila de su perra.

—Gracias por ir por Nala, no es necesario que nos lleves a casa, me iré en un taxi.

—Tú vienes conmigo. La cita es en la nueva guardería. Nala no volverá a esa pocilga.

—Sí volverá. Aunque le gritaste e insultaste a la encargada, me dejaron claro que van a recibirla.

—No la insulté, solo dije la verdad. Son incompetentes, no deberían prestar un servicio si no saben cómo hacerlo. Se supone que son profesionales, no deberían llamar por no tener idea de qué hacer con ella.

—Me voy, Christian, de nuevo gracias por ir por Nala. Lamento la molestia.

—Vamos a la maldita cita.

—¡No! Mi perra no es tu asunto.

—¡Lo es cuando recibo un mensaje en medio de un entrenamiento y tengo que dejarlo todo para ir por ella!

Mariam, que solía ser discreta, asomó la cabeza desde la cocina. Pude observarla pese a que se ocultó con prisa. Ambos habíamos gritado, mi ama de llaves no era la única atenta a ello. Nala me observaba con recelo al pie de su dueña.

—Le diré a Maia que no vuelva a contactarte.

—¿Esa es tu manera de darme las gracias por haber ido por tu perra?

—No te entiendo, y juro que me esfuerzo. Tuve un día horrible, no quiero más gritos, ni discusiones.

De nuevo se había dado por vencida, el suspiro la delató. Abril me estaba pidiendo en silencio una tregua. Aprovechando la situación di un paso hacia el frente, le quité la mochila de Nala de las manos y señalé el elevador, esperando que reaccionara.

—Cristal encontró una guardería en una mejor zona, tiene buenas críticas y se supone que tiene educadores caninos profesionales. No sé qué mierdas sea eso, pero suena a algo mejor que la pocilga a la que la llevabas.

Al tocarla sentí una pequeña descarga eléctrica, supuse que ella también experimentó algo parecido porque dio un pequeño respingo ante el tacto de mi mano en su espalda baja. Aunque lo dudó, terminó cediendo, y caminó hasta donde le indiqué tirando suavemente de la correa de Nala.

—Voy a despedirme de Mariam.

—No, estamos retrasados.

—Adiós, Mariam, gracias por cuidarla a Nala.

—Fue un placer, señorita —respondió la mentirosa desde la cocina.

La tensión estaba ahí, entre los dos. Se sintió más fuerte cuando estuvimos frente a frente en el elevador, separados por una mínima distancia. Era como si el espacio se hubiera reducido de manera inexplicable. La sentía cerca, tanto que el calor de su cuerpo y el olor de su pelo eran perceptibles.

Me vi tentado a acercarme hasta que no tuviera a dónde huir. Los fugaces recuerdos de ella recostada a una pared, gimiendo mientras la besaba, estuvieron a punto de hacerme flaquear. No aparté la mirada, aunque sabía que por mi propio bien debía hacerlo. La clavé en sus pechos que se movían a causa de su respiración irregular y entonces me di cuenta de que no era el único afectado por el momento.

Sus accesorios tintinearon cuando cruzó las puertas, tiró con suavidad de la correa de su perra y tras un par de pasos volteó para esperarme. Supe que iba a tocarse el pelo, porque había memorizado alguno de sus gestos nerviosos, y cuando lo hizo, me di cuenta de que jamás le había prestado tanta atención a alguien.

Me obligué a apartar la mirada un poco perturbado por la facilidad con la que Abril me cambiaba el humor. Estábamos enojados, era algo mutuo, me lo recordé en el momento en el que la punta de mis dedos tuvo contacto con la franja de piel descubierta en su espalda. Mi mano estuvo sobre ella hasta que estuvimos frente al auto. Sin mediar palabra acomodó a Nala en cuanto abrí la puerta trasera.

—No, tú vienes conmigo. —Su intención de sentarse atrás me llevó a replicar, también me recordó que teníamos un problema que discutir.

—Nala me necesita.

—Eres tú la que tiene ansiedad por separación. Déjala desenvolverse sola, tu sobreprotección no hace más que afectarla.

Su brazo me rozó el pecho cuando pasó a mi lado, un ligero roce que aumentó la tensión entre los dos. Me aseguré de cerrar su puerta y luego busqué la mía. Había creído que el trayecto sería silencioso, por lo que su voz me tomó desprevenido desde que encendí el motor.

—No es necesario que te tomes tantas molestias por mí.

—Abril, ya tenemos demasiados problemas, no sumemos otro, ¿quieres?

—Problemas que tú con tu comportamiento alimentas. Somos dos adultos, Christian, pudimos hablarlo en lugar de actuar de manera malintencionada.

—Ya lo habíamos hablado, acordamos que esto era exclusivo, ¿y tú que hiciste? Seguir con él como si nada. No solo fue a verte, también subió una foto contigo, te estaba abrazando.

—¡No es una foto reciente! La tomó cuando tratamos unos asuntos legales, y honestamente, Christian, no me vas a prohibir hablarle. Franco no me interesa —repitió viéndome a los ojos.

—No lo quiero cerca de ti, no quiero que se aproveche de la situación para intentar algo contigo. —Abril desvió la mirada hacia mis manos, yo estaba apretando con fuerza el volante, evidenciando cuánto me molestaba todo el asunto.

—Mantendré la distancia, pero no dejaré de hablarle solo porque a ti te molesta.

—¿Qué se supone que quieres que haga en esta situación?

—¡Confiar en mí! —Nala ladró por su exaltación, a través del espejo me di cuenta de cómo se inquietó y de la respuesta instantánea de Abril, que alargó el brazo para acariciarla—. O tomar distancia, porque no voy a permitir que me trates de esta forma.

Necesité tiempo para procesar esa conversación. Intenté hacerlo en silencio por el resto del trayecto, pero para mi mala suerte fue un lapso breve. Estaba acostumbrado a la tensión permanente entre los dos, que era muy distinta a la que nos estábamos enfrentando. Me incomodó que estuviera tan seria y esquiva, que levantara una barrera entre los dos.

—Vamos, Nala —la animó con voz dulce a salir del auto.

La perra saltó con desconfianza, y Abril, en lugar de caminar con ella, se quedó quieta, observando la fachada de la guardería. El lugar era más grande que la antigua. Las altas paredes y los ventanales de cristal captaron su atención.

—Nos esperaban hace cuarenta minutos, vamos.

—Espera, creo que esta guardería no es para Nala. No puedo permitirme algo así.

—Yo me haré cargo, date prisa.

—No. —Había dado un par de pasos cuando la escuché, volteé y enfrenté su mirada con su ceño fruncido—. No tienes por qué hacerlo, es mi perra, mi responsabilidad.

—También es mía. La adopto. Ahora es responsabilidad de los dos. Vamos.

—¿Estás loco? —Era la primera vez que la escuchaba reír esa tarde, estaba sonriendo mientras me observaba—. Las cosas no funcionan así. Buscaré otra guardería, llévame a casa.

—¿Entonces cómo funcionan? Explícame. ¿Debemos hacerlo con un abogado o algo parecido?

—No —respondió, dejando escapar otra risa—. No puedo darte una responsabilidad que no te corresponde.

—Abril, no tengo paciencia, camina.

—Ni siquiera te agrada.

—Eso no es relevante. A Nala le agrado y es lo único que debería importante.

—¿Nala, estás de acuerdo con que este odioso te adopte?

En otras circunstancias me habría burlado de ella por hablarle a la perra como si fuera a responderle, pero en ese momento en donde apenas las cosas se percibían menos tensas, lo único que me quedó fue sonreír. Cuando pasó a mi lado le quité la correa de la mano y me encargué de guiar a Nala, que repentinamente estaba renuente a moverse.

Abril se mostró reacia a aceptar mi propuesta cuando entramos y nos ofrecieron un recorrido. Mientras observaba la piscina, el jardín de descanso y el patio de juegos me di cuenta de que desconocía hasta dónde llegaba la obsesión de algunos por sus mascotas.

Después del recorrido nos guiaron hacia la oficina de la encargada del lugar. Abril se encargó de cargar a Nala, porque la perra se negó a caminar. Yo me dediqué a criticarla por ello. La mujer que nos atendió fue amable y se mostró interesada por saber todo de la perra. Atendí un par de cosas al teléfono mientras Aby la puso al tanto de la situación de Nala. En el único momento que me concentré en la charla fue cuando ambos firmamos la inscripción.

Tras salir de aquel lugar las cosas entre los dos se percibían diferentes. Fue como si por un momento ambos olvidáramos que estábamos molestos. Incluso me acerqué y ella se aseguró de no apartarse, permitió que pasara el brazo por sus hombros mientras caminábamos por el estacionamiento.

—¿Crees que podamos trazar ciertos límites en cuanto a tus apariciones públicas con el perdedor?

Odiaba ceder, dar mi brazo a torcer y reconocer mis errores; sin embargo, entendía que era el único camino para continuar con lo que teníamos. No quería alejarme de Abril, no al menos en ese momento. Subimos al auto.

—¿Como cuáles?

Volteé a mirarla y estuve a punto de detenerme para contemplarla con paciencia. Estaba recostada por completo en el asiento, observándome mientras el viento le movía el pelo. Había una breve sonrisa en sus labios, y la postura en la que se encontraba, con una de las piernas doblada sobre el asiento, me permitió ver la pulsera en su tobillo. Lucía tan relajada que no parecía que nos hubiéramos estado gritando momentos antes.

—No quiero que te abrace, que se pasee de la mano contigo por todos lados, que te tome de la cintura, que intenté acercarse más de la cuenta.

—Christian, en caso de asistir a un evento, tenemos que estar cerca.

—Sin tocarte.

—Nunca ha intentado estar cerca, no te preocupes.

—Todo es distinto ahora, ángel. Lo hará porque es un envidioso de mierda, te quiere porque no puede tenerte. Peor aún, te tengo yo, y eso lo jode más.

—Tú no me tienes, sigo enojada contigo por lo que hiciste. No te rías, Christian, es en serio. ¡Ni siquiera te disculpaste!

—No me río por lo que pasó, me río de lo que dijiste. Te tengo, Abril, y tú me tienes.

Se estaba esforzando por reprimir una sonrisa, pude notarlo por la manera en la que apretaba los labios. Tomó aire y volteó el rostro para verme.

—De verdad lo que hiciste me hizo sentir mal. No quiero que te me acerques de esa forma de nuevo porque dudaré de lo que quieras hacer realmente.

—Me disculpo por eso, pero lo de los abrazos y los besos no es lo mío.

—Tendrás que conformarte con ellos. No quiero que me vuelvas a poner en una situación igual.

—No lo volveré a hacer. Pero no podemos seguir así. Hay mucha tensión sexual entre los dos, ya es insostenible, me niego a que me hagas esperar demasiado.

—No estás en condiciones de pedir nada —dijo, sonriendo al fin, la situación le resultaba divertida—. Entiende que voy a desconfiar de ti cada vez que estemos en un momento igual.

—Está bien, dejaré esto solo en tus manos. Mantendré mi distancia hasta que tú decidas que sea el momento. Pero no será demasiado tiempo.

—Eres demasiado autoritario, Christian.

—Me alegra mucho que comiences a conocerme. Entonces, ¿tenemos un trato?

—Pero sin presiones, ni trampas.

No tenía claro qué tan en serio estaba hablando Abril, lo puse en duda cuando al llegar a su casa me invitó a pasar. Me intrigaba la forma en la que las cosas podían cambiar entre nosotros de un momento a otro.

—Guardé pastel para ti, aunque no te lo mereces.

—Te lo agradezco, pero este fin de semana hay carrera. Tengo que cuidar todo lo que como.

—No vas a rechazarlo. Me enojaré más contigo. Por cierto, dejaste tu saco abandonado en la terraza. Te lo daría ahora mismo, pero Nala durmió sobre él.

—¿Por qué dejas que tu perra duerma sobre mis cosas?

—Creo que le gusta tu olor.

Entramos a su casa.

—¿Qué es eso?

Señalé la pequeña mesa con velas que se veía en un rincón de la sala, estaba cerca de una ventana, era la primera vez que la veía, por ello me generó curiosidad. Me acerqué antes de que Abril me respondiera, estaba ocupada con la cabeza dentro del refrigerador.

—¿Christian?

—Debí imaginarlo —la diversión se filtró en mi voz—, por eso el tema de los signos y la carta que no recuerdo cómo se llama. ¿Eres bruja, ángel? —Me entretuve tanto viendo las cartas sobre la mesa, las velas y el incienso que no me percaté de que la tenía cerca. Me sorprendí al verla a mi lado.

—Leo el tarot, eso no me hace una bruja, pero tal vez sí lo soy —agregó riendo.

—Eres fascinante, lo digo en serio.

—Gracias por el cumplido.

—Lo digo en serio, nunca sé qué esperar de ti, incluso hasta en la forma en la que te ves, siempre luces distinta, pero de alguna forma es como si conservaras algo que puedo identificar. No me preguntes qué es porque no lo sé.

—Eres altamente peligroso para mí.

—¿Por qué? —En lugar de responder mi duda se lamió los labios, evitando mi mirada, y entonces supe que no quería decírmelo—. ¿Tuviste una sesión de brujería?

—No, tonto. Le leí las cartas a Diana.

—¿Puedes hacerlo ahora?

—¿Qué?

—Leer las cartas.

—¿Por qué?

—Léemelas a mí.

—Christian, esto no es juego. Vamos por el pastel.

Le sujeté la mano antes de que pudiera marcharse, usé mi fuerza para inmovilizarla y luego con facilidad la atraje contra mi pecho.

—Te hablo en serio, quiero que lo hagas.

—¿Por qué quieres hacerlo?

—Quiero verte en acción. ¿Cómo funciona? ¿Vas a adivinar mi futuro?

—No, puedes hacer una pregunta y…

Abril se veía tan cómoda con las manos apoyadas en mis hombros que me dediqué a observarla. Registré cada una de sus palabras, pero estaba concentrado en todo menos en ellas. Cuando se alejó y continuó explicándome, fingí que la estaba escuchando. Mencionó algo de relajarse y me ofreció agua. Mientras llenaba el vaso saqué el teléfono para ver la hora. Lena me estaba llamando, entonces decidí apagarlo.

En la siguiente media hora me dediqué a convencerla, incluso me comí el trozo de pastel del que habló para ganar tiempo y obtener lo que buscaba. Verla asentir después de uno de sus suspiros de derrota fue como una especie de victoria.

—¿Puedo preguntar cuándo vas a tener sexo conmigo?

—No.

—Claro que puedo, dijiste que podía preguntar cualquier cosa.

—No, Christian.

Abril tenía todo un ritual previo, y me pareció tan interesante que no le cuestioné nada. Me senté donde me indicó mientras ella encendía las velas y el incienso. Llevó agua en un recipiente de cristal y siguió moviendo cosas hasta que finalmente se sentó detrás de la mesa. La baraja era rosa con algunos detalles dorados, la observé con atención porque me contó minutos atrás que fue un regalo de su tía. Seguí el movimiento de sus manos mientras barajaba, lo hacía con seriedad, concentrada por completo en lo que estaba haciendo.

—¿Qué? —pregunté cuando me vio.

—Tu pregunta.

—Quiero saber qué me pasa contigo.

Levantó la mirada de inmediato, como si mi pregunta la hubiera tomado totalmente desprevenida. Sus manos continuaban barajando, pero sus ojos estaban solo en mí, respiró hondo, y asintió con dudas que fueron evidentes, hasta que finalmente sus manos dejaron de moverse.

—Corta la baraja. —Lo hice, cada vez más inmerso en el momento. En cuanto acabé, Abril extendió las cartas frente a mí. Verla concentrada estaba siendo la mejor parte de todo—. Escoge tres, las que quieras.

Siguió el movimiento de mi mano derecha con una atención que encontré excesiva. Las dejé sobre la mesa y su siguiente movimiento fue darles la vuelta. Cuando las tres estuvieron de cara a ella, levantó la mirada una vez más. Su rostro adquirió una expresión indescifrable que mutó al desconcierto. Volvió a concentrarse en ellas, con el ceño fruncido y las mejillas enrojecidas.

—¿Qué dicen?

Separó los labios dispuesta a hablar, y luego titubeó.

—Veo nuestra conexión, te hablé antes de ella.

—¿Y qué más?

—¿Sabes? Creo que estoy muy cansada para esto. Podemos intentarlo otro día, estoy desconcentrada.

—No, cobarde. Dime lo que dicen.

—Hablo en serio…

Mientras me daba justificaciones sin sentido vi su intención de ocultar las cartas, pero fui más rápido que ella, y me levanté de la silla para verlas. Abril fue rápida, reunió las cartas en un solo mazo, pero para su mala suerte fui más hábil que ella y memoricé el nombre de las tres cartas.

—La emperatriz, la luna y el mundo.

—Voy por algo de tomar, me siento sedienta. Lo siento, Christian, energéticamente no estoy en mi mejor momento —volvió a justificarse mientras se ponía de pie—. ¿Quieres algo? ¿Tienes hambre? Voy a la cocina.

—Ve, te alcanzo.

Esperé a que se marchara para sacar el teléfono de mi bolsillo y encenderlo, pasaron varios segundos para que la pantalla finalmente se iluminara. En cuanto todo estuvo listo marqué el número de Cristal, que respondió al primer timbrazo.

—Hola, Christian. ¿Necesitas algo?

—Consigue a una tarotista, quiero que me lean las cartas.

CAPÍTULO 19

Abril

La ciudad entera estaba llena de fotos de Christian, cada establecimiento decorado con los colores de su equipo. Aunque no era el único piloto local, todo el apoyo estaba volcado en él. Mientras la camioneta avanzaba con lentitud debido al tráfico, observé a las personas movilizándose hacia el autódromo, con camisetas con su foto, banderines con el número uno, su número, y gorras con el logo de Ducati, parecidas a la que sostenía en la mano, la que me obsequió él.

—La gente olvidó que Franco también es local, eso le pasa por llegar siempre de último.

No pude reírme por el comentario mordaz de Mich, como lo hizo Diana, porque me sentí mal por él. Para Franco ese tipo de cosas eran importantes, tenía sed de reconocimiento, más que de victorias. Siempre había sido así, quería ser alguien, y tenía miedo de no conseguirlo, él mismo me lo confesó alguna vez.

Bostecé mientras ellas continuaban burlándose. La boda en la que estuve trabajando la noche anterior terminó tan tarde que llegué a casa a mitad de la madrugada.

Apenas pude dormir un par de horas antes de que Diana y Mich llegaran por mí para nuestro pequeño viaje en auto de dos horas, que nos llevaría hasta la ciudad en la que se realizaba el gran premio de ese fin de semana.

Cuando nos pusimos de acuerdo tres días atrás, nunca consideré la posibilidad de hallarme tan agotada. El Bride's Paradise estaba teniendo un ritmo de trabajo al que me había desacostumbrado por la mala racha que llevaba meses atravesando.

Mientras caminaba entre el mar de gente que entraba al autódromo me recriminé por no haberles cancelado. Habría sido más fácil quedarme en casa recargando energías para el evento que tenía ese mismo día por la noche, que enfrentarme al desgaste de viajar para ver una carrera que me ponía nerviosa.

Las primeras notas de «Lover» sonaron cerca de mí, miré hacia los lados buscando el ruido, hasta que me percaté de que la vibración provenía de dentro de mi bolso, y busqué mi teléfono.

—Hola. —El ligero entusiasmo que experimenté se filtró en mi voz en aquel tímido saludo. No lo veía desde casi una semana atrás. Culpé a la certeza de nuestro próximo encuentro de aquella sensación.

—Comienzo a creer que disfrutas mucho ignorarme, te envié tres mensajes. ¿Dónde estás, Aby?

Pese al tono autoritario que ya era parte de él, Christian sonaba animado. Era la primera vez en los últimos seis días que lo escuchaba así. El fin de semana de carreras siempre lo ponía más tenso y malhumorado que de costumbre.

—Entrando al autódromo. No sé a qué hora enviaste los mensajes, la boda terminó tarde ayer, dormí un par de horas y luego comencé a prepararme. No le presté mucha atención al teléfono.

—Que te justifiques no hará que olvide que estoy enojado. ¿Con quién vienes?

—Mich y Diana —respondí incómoda, puesto que las dos dejaron de caminar para escuchar la conversación—. Tenemos los pases, ayer tu chofer los llevó a la tienda.

—¿Dónde dejaste a Nala? —A lo lejos escuché la voz del señor Javi, estaba gritando indicaciones en voz alta. Concentrarme en nuestra charla fue complicado.

—Con Maia.

—Pensé que la dejarías en la guardería, pueden cuidarla hasta los fines de semana.

—Creo que aún es muy pronto, no está adaptada del todo al lugar.

—Tú no dejas que se adapte a ningún sitio.

—¿Me llamaste para criticarme?

—No, ángel —su pequeña risa a través del teléfono me robó una sonrisa. Era evidente que su humor era completamente distinto al que supuse—, quería saber de ti. Cuando estés en el *paddock* envíame un mensaje. Mandaré a alguien a buscarte.

—Lo haré.

—Un beso, Aby.

Su tono suave me tomó completamente desprevenida. Christian odiaba hablar por teléfono, llegué a esa conclusión después de todas las veces que nos comunicamos de esa forma.

Solía ser cortante y un poco más frío que de costumbre, esa fue la razón por la que me tomó un par de segundos más responderle.

—Te envío otro.

—Estoy muy asombrada por lo rápido que van las cosas —dijo Diana, apenas colgué—. Hace una semana no querías saber nada de él, después resulta que Christian buscó otra guardería para Nala, tuvieron una cena romántica y ahora te envía besos cuando te llama. Nos descuidamos y el próximo mes terminas casada y embarazada.

—¿Cómo que una cena romántica? No sabía nada —reclamó Mich.

—No fue una cena romántica, ni nada parecido. Ustedes están mal de la cabeza. Después de la entrevista en la guardería, Christian nos llevó a casa, se quedó el resto de la tarde, entonces me pareció conveniente invitarlo a cenar, se lo debía.

—Eso suena a cena romántica.

—Solo pasamos tiempo juntos.

—Ajá, pero danos detalles. Somos chismosas, queremos oírlo todo.

En los seis días que transcurrieron evité a toda costa pensar demasiado en lo que pasó la tarde de lunes. La insistencia de mis amigas me llevó a rememorar las horas que pasamos juntos, y en respuesta mi piel se erizó de la nada.

No sabía cómo explicarles la atmósfera cotidiana y familiar que me envolvió cuando le preparaba la cena a Christian, mientas él me hablaba de la competencia para la que se preparaba. Tampoco venían a mí las palabras precisas para describir lo natural que fue cenar sentados en el sillón y no en la mesa, con el sonido de fondo de un programa deportivo en el que hablarían de él y con Nala recostada en la alfombra.

—No hay muchos detalles que dar, no pasó nada extraordinario, solo cenamos juntos y hablamos mucho.

—Abril, cenaste con un tipo intimidante, guapo y exitoso, que te gusta muchísimo, no puedes decir que no pasó nada extraordinario.

—Aparte cenaron en tu casa, tú le preparaste la cena —agregó Mich—. Es lo más romántico del mundo. Tuvo que pasar algo.

—Me sentí cómoda con él, como nunca antes me sentí con alguien. Fue la primera vez que hicimos algo así y que pasamos tanto tiempo juntos. Y no me puse nerviosa, lo sentí como algo familiar. Eso fue lo extraordinario. No hubo nada romántico, pero me dio un abrazo sin que se lo pidiera, y cuando lo acompañé a la puerta me besó. Eso fue todo.

Mi respuesta no acabó con la curiosidad de ambas, pues continuaron haciendo preguntas que esquivé con habilidad, porque no se me apetecía profundizar más en eso que tenía que Christian. Me negaba a analizar lo que me estaba pasando, porque aún no terminaba de procesar lo que vi en las cartas.

***

La caravana de Christian resaltaba entre todas lo que estaban en la zona. A simple vista parecía una especie de fortaleza, dos veces más grande que las demás. Un poco intimidada esperé a que abrieran la puerta, mientras que el amable hombre que me llevó hasta ahí en un carrito de golf se retiraba.

—Debí sospecharlo —dijo Javi, tras sonreírme después de abrir la puerta—. Pasa, Abril, ¿cómo estás?

—Lárgate, Javi —ordenó Christian, desde el interior del lugar. El hombre sonriente se hizo a un lado solo unos segundos después. En un gesto caballeroso me señaló el interior, para luego darme un beso en la mejilla de saludo y despedida, porque se marchó en cuanto crucé la puerta.

Mi cuerpo dio un ligero sobresalto por el portazo. Había silencio a mi alrededor, por lo que intuí que me encontraba sola con Christian en aquel sitio dominado por su energía. Me quité la chamarra y observé las fotos que decoraban las paredes claras con detalles dorados. El lugar era increíble, con tanto espacio que recorrí un recibidor hasta llegar a una pequeña sala.

—¿Christian? —Mi cuerpo reconoció su presencia antes de que él apareciera. El nerviosismo previo a cada uno de nuestros encuentros zumbó bajo mi piel despertando cada uno de mis sentidos. Tomé aire y lo dejé salir lentamente, con la vista fija en el pasillo por el que apareció segundos después.

—Estoy aquí, ángel.

La tensión se adueñó de todo el lugar en segundos, y fue provocada por su forma de recibirme. Christian estaba medio vestido, la mitad de su traje colgaba por debajo de su cintura, dejando expuesto su pecho y sus brazos con unos cuantos tatuajes. Era una trampa, tuve la certeza de ello al ver su sonrisa; aun así, no me arrepentí ni por medio segundo de estar ahí, observándolo a pocos pasos de distancia.

La tela de mi vestido ligero se sintió más delgada ante su tacto caliente, pues Christian puso una mano en mi cintura apenas estuvo frente a mí. Culpé a mi ciclo menstrual de mi hipersensibilidad, debía estar ovulando, esa fue la explicación que le di al hormigueo en mis labios cuando estuve lista para saludarlo. Los dedos de Christian se curvaron en mi piel y la presión aumentó ante el breve roce de nuestras bocas, que me negué a profundizar al dar un paso hacia atrás.

—¿Siempre recibes a tus visitas medio desnudo o debo sentirme especial?

—Nunca recibo visitas.

—¿Entonces por qué estoy aquí?

—Quería que me desearas suerte antes de la carrera. —La sonrisa en sus labios me llevó a recordar la última vez que me sonrió así, fue en la noche de mi cumpleaños, cuando se portó sumamente encantador con todos—. ¿Quieres algo de tomar? Ven.

Que tomara mi mano evitó que siguiera analizando su actitud. Con un suave tirón me guio hasta un pequeño pasillo que nos dejó en la cocina. Mis ojos estuvieron fijos en su espalda todo el tiempo, una parte de su cuerpo a la que no le había prestado atención.

—Traje algo para ti —le dije. Me solté de su agarre valiéndome de aquella excusa, porque necesitaba poner distancia entre los dos. Busqué en el bolso que colgaba de mi hombro hasta que finalmente la encontré—. Es una pulsera de protección, de la que te hablé, dame tu mano izquierda.

Christian me observó, fingiendo una seriedad que acabó dos segundos después, cuando soltó una pequeña risa al ver la pulsera. Le golpeé el hombro al darme cuenta de que se burlaba de lo que hacía, y en respuesta su brazo me rodeó la cintura para pegarme a su pecho.

—¿Por qué me golpeas?

—Deja de burlarte, suéltame y dame tu mano.

—No puedes creer que una pulsera hecha de hilos rojos va a protegerme de algo.

—Búrlate, tonto, te estoy cuidando de las malas energías y la envidia que te rodea. Dame tu mano.

—Te doy lo que quieras.

Evité verlo a los ojos y reír de su comentario, que me puso nerviosa. Me concentré en su muñeca izquierda, en la que coloqué la pulsera. Su mirada siguió todos mis movimientos.

—No te la quites, y si se cae no te la vuelvas a poner. ¿Está bien?

—¿Puedes ponérmela en la otra mano? En la izquierda solo llevo el reloj.

—No, por algo te la puse ahí. El lado izquierdo de nuestro cuerpo es la conexión entre lo terrenal y lo espiritual, el receptor del cuerpo y el alma.

Al terminar me sujetó la cintura con ambas manos y me acercó a su pecho, accedí encantada. Apoyé mis manos sobre sus hombros, notando cómo su cuerpo se tensó bajo mi tacto. Mi mayor problema con Christian era la falta de control que me dominaba, saltaban chispas con facilidad entre ambos, por eso estar tan cerca era peligroso.

—¿Por qué echaste a Javi?

—Porque quería estar solo contigo.

—¿Para qué? ¿Me darás un recorrido por tu caravana?

—Podría, pero prefiero darte un recorrido a mi cuarto, porque te aburrirías viendo lo demás.

—Tu cuarto es lo que menos me interesa de este lugar, prefiero el recorrido por lo demás.

Mi indiferencia ante su coqueteo descarado lo hizo reír, con facilidad lo aparté para poder moverme y echarle un vistazo a la cocina.

En realidad sí me generaba curiosidad todo su espacio. El sitio tenía la personalidad de Christian, era sobrio, misterioso, lujoso y atrayente.

—No hay mucho que ver en una superficie de setenta y cuatro metros cuadrados. Solo la sala de estar, que ya conoces, y la de entretenimiento, que está allá —agregó, apuntando el pasillo—. La cocina, la mesa, dos baños completos, y las habitaciones. Hay una aquí abajo, la principal está arriba. Es cómoda y reconfortante, eres bienvenida a quedarte cuando quieras para comprobarlo.

—Estás siendo tan atento que te desconozco. Muchas gracias por la invitación, la tendré en cuenta otro día.

—¿No soy atento contigo?

—Ni conmigo ni con nadie.

—¿Viniste a criticarme?

—No, estoy aquí para desearte buena suerte.

Me concentré tanto en la manera en la que me miraba que no me di cuenta de que hice más corta la distancia que nos separaba. A Christian le bastó con alargar el brazo para sujetarme la mano y atraerme hacia él.

Debí resistirme más, negarme a la posibilidad de que me encerrara entre sus brazos; sin embargo, opté por no luchar contra esa fuerza que me atraía, y permití que me sujetara contra su pecho y acercara su boca a la mía, porque aquello se sentía lo más natural del mundo. Éramos como polos opuestos de imanes, atrayéndose de manera irrefrenable.

Christian separó ligeramente los labios y eso fue lo único que necesité para acceder, correspondí su beso sin ningún tipo de titubeo, siendo consciente de todo lo que podía desatarse. Como siempre, me dejó claro desde el primer momento que él tenía el dominio de la situación, sus manos me sujetaron las nalgas mientras me pegaba a su pecho que se percibió cálido a través de mi vestido, y más duro de lo que se veía.

Me percaté del momento exacto en que todo se tornó peligroso: nuestras respiraciones se hicieron sonoras al mismo tiempo, con una sincronización que solo alimentaba la sospecha que se entretejía en mi mente. Mientras su lengua rozaba la mía volví a experimentar envidia de todas las mujeres que besó antes. Aquel sentimiento que experimenté cuando lo conocí y no sabía que era él quien se escondía detrás un antifaz.

El pensamiento fue revelador. Tuve la certeza de que nada de lo que pasó aquella noche había sido coincidencia, que mi confusión y su ofuscamiento estaban destinado a suceder para que pudiéramos encontrarnos. Lo único que apartó ese pensamiento de mi cabeza fueron las manos de Christian vagando por mi cuerpo con una libertad que no le había dado. Antes de que pudiera ponerle un alto, echó la cabeza hacia atrás cortando el contacto de nuestros labios. Se había quedado sin aliento, su boca entreabierta lo delató.

Durante los pocos segundos que lo vi a los ojos reconocí el ardor en ellos, uno que también yo experimentaba con una magnitud que no debía ser normal.

—Prométeme que no vas a quitártela —le dije, observando la pulsera en su muñeca.

—¿Cómo sé que no se trata de una especie de hechizo para tenerme como idiota detrás de ti?

—¿Cómo sabes que no te hechicé desde antes? Pude hacerte muchas cosas sin que te dieras cuenta… un endulzamiento; o pude darte algo cuando cociné para ti, también podría haberte dado un beso de bruja. Pero no te preocupes, esto es solo protección —agregué, tocando la pulsera.

—Lo del beso de bruja suena interesante, hazlo, correré el riesgo de que funcione.

—No sabes lo que estás pidiendo —bromeé con seriedad.

—No creo en estas cosas, hazlo.

Mientras Christian me sujetaba la cintura pensé en mi tía y lo que habría opinado de que estuviera jugando de aquella forma. La sonrisa de Christian evitó que siguiera cuestionándome al respecto. Sostuve su rostro entre mis manos, conteniendo una carcajada, estaba segura de que él esperaba algo diferente.

—Cierra los ojos —dije, y él obedeció de inmediato—. Mío serás —susurré después de besarle el párpado izquierdo. La breve risa que salió de sus labios no acabó con mi seriedad—. Solo a mí me mirarás continué tras dejar un beso en el párpado derecho—. En tu mente siempre me tendrás —agregué sellando el último beso entre sus cejas.

Para ese punto el idiota estaba riendo a carcajadas. Escondió la cara entre mis pechos para continuar riendo, tentándome con la cercanía que impuso de forma natural. Su cuerpo estaba dando pequeños saltos por la risa que cesó poco a poco solo un momento después.

—Quiero besarte, ¿es algún efecto de tu hechizo?

Estuve a punto de huir, de romper el abrazo en el que estábamos unidos con sus brazos alrededor de mi cintura y los míos alrededor de su cuello, pero Christian fue más ágil y rápido. Antes de que pudiera reaccionar se valió de su fuerza para hacernos girar. Con un solo movimiento me dejó sentada a la orilla de la mesa con las piernas abiertas y él entre ellas.

Su traje crujió cuando me sujetó los muslos para hacerse aún más espacio entre ellos, alineando nuestros cuerpos en aquella posición tan íntima, al mismo tiempo en el que me besaba, con una voracidad que me dejó sin aliento. Era una caricia cargada de ansiedad y desesperación, tan fuera de control que me hizo sentir mareada por su intensidad.

La lengua de Christian irrumpió en mi boca como si fuera la cosa más natural del mundo, como si lo hubiera hecho siempre; mientras, sus manos enganchadas en la parte trasera de mis piernas las mantenían separadas. El deseo crepitó como madera en el fuego, fue intenso desde el primer momento, abrasador y asfixiante. La manera en la que mi cuerpo se encendía por él no podía ser normal. Nunca había experimentado algo medianamente parecido, tan fuerte.

—Christian, espera —susurré casi sin aliento.

Mi petición careció de firmeza, y él se aprovechó de ello para continuar besándome hasta dejarme sin aire. Me consumí en el momento, en el desborde de descontrol que me mantenía aturdida. En medio de mi confusión me sujeté de sus hombros, permitiendo que sus labios se desplazaran por mi cuello, repartiendo besos húmedos que se detuvieron en el inicio de mis pechos.

Debí detenerlo, debí reunir todo mi autocontrol para ponerle un alto, pero lo único que conseguí hacer fue recostarme sobre la mesa cuando me empujó suavemente hacia ella. No fui capaz de hacer algo para evitar que continuara besándome, tampoco cuando con habilidad abrió los botones de mi vestido, menos cuando sacó mis pechos del sostén y sentí su boca justo en ellos.

Mis manos, que habían estado sobre sus hombros para empujarlo, lo dejaron de apartar ante el calor de su lengua recorriéndome los pechos. Curvé los dedos en su piel y lo atraje con una desesperación palpable. Con Christian pasaba de cero a cien tan rápido, que mi cuerpo respondía primero que mi mente, aturdida por sus caricias. Con los ojos cerrados gemí suavemente ante la sensación de su lengua húmeda en mis pezones endurecidos. El deseo se volvió líquido entre mis piernas y punzó tanto que tuve que apretarlas cuanto pude, y Christian se percató de ello. Me arrastró sobre la mesa, buscando un roce que necesité tanto que suspiré al sentirlo.

En el instante en el que nos vimos a los ojos me percaté de qué tan alterado estaba. Christian respiraba rápido, tenía las pupilas dilatadas y los labios entreabiertos; aun así, parecía tener el control de la situación. Se quedó quieto por un largo momento, en el que me vi consumida en su mirada oscurecida. El aire que expulsaba con cada exhalación chocaba con mi piel y entonces me di cuenta de que cada cosa que hacía, por pequeña que fuera, me generaba placer.

Justo cuando reuní fuerza para quitármelo de encima, frotó su barbilla suavemente sobre uno de mis pezones, que estaban tensos por la excitación. Lo que siguió, el calor de su boca envolviéndolo, hizo que me perdiera. Pude ver nuestro reflejo en la lámpara metálica que colgaba sobre la mesa. Mi cuerpo tendido sobre la mesa, el suyo cubriéndome, su espalda desnuda, mis piernas abiertas y el vestido recogido por el movimiento. Se suponía que después de lo que hizo debía darle una lección, pero para ese punto intentar frenarlo hubiera sido más como un autocastigo.

—Solo un beso —dijo, cuando me moví al sentir cómo arrastraba mi vestido hacia arriba, para descubrirme mucho más—. Por favor —agregó, ante mi negativa.

La agitación en su voz hizo que me contrajera con una intensidad dolorosa, y de nuevo no fui capaz de resistirme. Me quedé quieta sobre la mesa, percibiendo la caricia húmeda de sus labios en la cara interna de uno de mis muslos, caricia que se deslizó peligrosamente. Todo estaba mal, lo sabía, pero me negué a detenerlo.

Me levanté y me apoyé en mis codos, desesperada por reunir un poco de autocontrol; sin embargo, la imagen que encontré acabó con lo poco que me quedaban de aquel. El vestido estaba recogido por encima de mi cintura, la cara de Christian entre mis piernas, repartiendo besos cortos y húmedos sobre mis muslos, que me aceleraron la respiración.

—Christian, tenemos un trato.

—No vamos a romperlo —respondió a mi recordatorio hecho con debilidad.

No pude protestar porque verlo apoyar los labios sobre la media luna dibujada en mi piel fue demasiado para mí. El paso húmedo de su lengua provocó que me desplomara sobre la mesa una vez más, sin fuerzas para luchar con el impulso de continuar que se impuso a cualquier otro. La última vez que nos encontramos en una circunstancia similar Christian se detuvo de la nada y se marchó, por ello cada cosa que hacía conmigo me mantenía alerta. Mi cuerpo dio un pequeño saltó sobre la mesa ante la sensación ardiente de las puntas de sus dedos sobre la tela empapada de mi ropa interior. Sentí cómo tiró de ella para hacerla a un lado y mi respiración se cortó en el acto.

¿Qué estaba haciendo? Me lo cuestioné una y otra vez en los breves segundos que transcurrieron para que su siguiente movimiento me dejara sin aliento. El calor directo de su boca sobre mis labios me hizo vibrar en segundos, el sonido de satisfacción pura que dejó escapar al probarme me llevó a arder de deseo a la misma velocidad.

Mi cuerpo respondió de manera automática al placer que experimenté. Separé las piernas y levanté las caderas, buscando más de aquella sensación deliciosa, que acabó con mi cordura. Olvidé dónde estaba, mi enojo con él y mi decisión de regresarle lo de la noche de mi cumpleaños. Me dejé llevar por un deseo denso que ensordecía mi consciencia. Me hallé tan desesperada por tener más que estuve dispuesta a ayudarlo a correr la tela a un lado para que me recorriera con absoluta libertad.

Apreté los parpados con fuerza para procesar todas las sensaciones que me recorrían, necesitaba recobrar así fuera un mínimo de control. Aunque me esforcé, me encontraba vibrando del placer, Christian ofreciéndome un beso suave con lamidas precisas y una justa succión que era mi perdición. Me sentía como embriagada, envuelta en una bruma de lujuria que se hacía más espesa cada vez que escuchaba el sonido de satisfacción que dejaba escapar cada tanto.

Abrí los ojos y vi nuestro reflejo en la lámpara, su espalda desnuda, y la cara entre mis piernas. Sus hombros se contraían por el esfuerzo que hacía al sujetarme las piernas y su cabeza se movía de arriba hacia abajo, y entonces ni siquiera intenté hacerme la fuerte.

La yema de mis dedos se paseó por su cuero cabelludo solo un breve momento antes de sujetar un par de mechones negros. No me importó que se diera cuenta que tanto me gustaba la sensación húmeda y pesada de su lengua, moví las caderas guiando su cabeza y gimiendo sin ningún tipo de pudor. En ese instante lo único que me importó fue saciar el deseo crudo que él despertó.

La fuerte sacudida de mi cuerpo fue el primer indicio de qué tan cerca estaba. Me fue difícil digerirlo y adaptarme a las sensaciones que comenzaban a ser más intensas, temblaba sin control ante la caricia de su boca que no se saciaba de probarme. Estaba húmeda, caliente y fuera de mí, los pezones me dolían por lo tensos que estaban, y mi respiración era tan ruidosa que resonaba por encima de mis débiles gemidos.

El último hilo que sostenía mi cordura se reventó cuando la lengua de Christian se movió de forma circular. La sensación tuvo un efecto tan fuerte que apreté su cabeza entre mis piernas y con mis manos lo obligué a quedarse ahí. Gimió con deleite ante mi evidente satisfacción, la vibración aumentó el placer y no pude hacer otra cosa que temblar. Me arqueé una y otra vez, lo hacía de forma involuntaria porque había perdido el dominio de mi cuerpo, y de mis pensamientos. Era el deseo lo que me controlaba y yo cedí sin ningún tipo de vacilación.

La lengua de Christian continuó trabajando mientras sus manos, que me sujetaban las caderas, eran lo único que me mantenían quieta. Tenía la necesidad de retorcerme ante tanta satisfacción, de jadear y de tocarlo. Pero me tuve que conformar con hacer surcos con mis dedos entre su pelo.

Las contracciones entre mis piernas aumentaron a un ritmo vertiginoso tras varios segundos de lamidas profusas. El temblor en mis piernas fue incontrolable y lo solté para sujetarme de las orillas de la mesa ante el escalofrío constante que me provocó una sensación insostenible en el vientre bajo. Apreté los parpados con fuerza y solo me dejé llevar por el placer que me golpeó todo el cuerpo con intensidad.

Había tenido cuatro orgasmos en mi vida, dos con la ayuda de un *Satisfyer*, por ello no pude comparar la intensidad de la satisfacción que alcancé en ese momento, en el que mi corazón latía con desenfreno, mi respiración sonaba en mis oídos y mi cuerpo tendido sobre la mesa temblaba sin control.

No pude moverme por varios segundos, me quedé quieta para reunir fuerzas mientras luchaba por respirar con normalidad. Christian se aprovechó de mi debilidad para erguirse encima de mí, sosteniendo su peso con las palmas de las manos que apoyó por encima de mis hombros. Me observó desde arriba, con la barbilla brillante y una sonrisa de satisfacción que jamás le había visto.

—Me engañaste, ángel. No eres tímida.

Su voz ronca hizo eco entre mis piernas. El poco aire que llegaba a mis pulmones se cortó al verlo inclinarse sobre mis pechos, pero en lugar de hacer algo con ellos, restregó su barbilla contra mi vestido para limpiar los restos de mi humedad que la cubría, y luego solo impulsó su cuerpo hacia arriba para darme un beso que me hizo retorcerme de nuevo. Intenté seguir el ritmo de sus labios en vano, no pude, me encontraba embriagada de placer.

—Espera —supliqué sobre sus labios, no podía más.

Quería que se me quitara de encima, que dejara de verme, de hablarme, de sonreírme con aquella autosuficiencia que, solo porque venía de él, no me irritaba.

Lucía tentador irguiéndose encima de mí, atrapándome sin necesidad de usar su fuerza para conseguirlo.

—Voy a respetar nuestro trato —dijo, tras inclinar el rostro y dejar un beso suave y corto cerca de mi oreja—. Serás tú la que decida cuándo vamos a continuar.

—Eres un idiota —solté con una frustración que él encontró divertida. Se rio a mi oído, respirándome tan cerca que mi piel se mantenía erizada sin descanso.

—Lo soy —aseguró, viéndome a los ojos a una breve distancia—. Creo que acabo de autohechizarme.

***

Apoyé la copa helada en mi frente para mitigar el calor que estaba padeciendo, uno que no venía propiamente de mi cuerpo, sino de mi mente, que no conseguía enfriarse. Las imágenes que desfilaban por mi cabeza no lo permitían. No podía dejar de pensar en Christian con los brazos flexionados alrededor de mis piernas para mantenerlas separadas, en los sonidos de satisfacción que hizo y en su respiración acelerada que me golpeaba los muslos cada vez que se detenía para tomar aire.

El palco en el que nos encontrábamos contaba con un sinnúmero de comodidades: era climatizado, con un balcón bajo sombra con vista al punto de inicio de salida del circuito, había meseros y un bufete a nuestra disposición, además de una pequeña sala con pantallas para que siguiéramos el resto de la carrera.

Se vivía un ambiente festivo del que me sentía ajena. Las personas reunidas en pequeños grupos hablaban en voz alta de la carrera y las grandes posibilidades de Christian para ganar; algunos hacían apuestas, otros solo disfrutaban del alcohol que sorbían cada tanto. Hacía un gran esfuerzo por concentrarme en algo que no fueran mis pensamientos subidos de tono; sin embargo, me resultó totalmente imposible, ni siquiera Diana que conversaba acaloradamente con un hombre retuvo mi atención.

—¿Quién es él? —me animé a preguntarle a Mich, tras dejar la copa a un lado.

—Diana me estaba explicando algo de la clasificación y la posición de cada piloto. Él la escuchó porque pasaba por aquí y comenzó a corregirla; ya te imaginarás cómo reaccionó ella. Tienen veinte minutos discutiendo. Pero no me cambies el tema, necesito saber, ¿quién se lo dio a quién? ¿Él a ti? ¿O tú a él?

—Él a mí.

—¡Abril! —gritó de nuevo, y yo quería morir en ese momento—. ¿Así de su espontánea voluntad? —Asentí con la copa en la mano, necesitaba tomar algo para refrescarme en ese instante—. ¿Pero qué te preocupa?

—Todo.

—Aby, lo único que a mí me preocuparía es estar depilada para la ocasión. Teniendo en cuenta que tú tienes depilación láser, si yo fuera tú, en este momento no habría nada que me angustiara, estaría feliz y agradecida con el universo.

—Estoy cada vez más involucrada con Christian y no puedo explicar el miedo que me genera. Hay algo aquí —dije, tocando mi pecho—, una sensación que aún no termino de comprender, pero que me genera temor.

—Antes de volver esta conversación algo profundo necesito saber si fue bueno.

No era extraño que Mich hiciera ese tipo de preguntas. De todas mis amigas era la más desinhibida, la que no tenía pudor ni prudencia la mayoría de las veces. Por eso era la más indicada para desahogarme.

—No voy a darte detalles, lo único que te diré es que con él todo lo percibo con una intensidad distinta, todo. Nuestras discusiones, los besos, los pocos abrazos que nos hemos dado.

—Bueno, eso es química.

—No, es más que eso. Es una conexión distinta, lo siento. Mi cuerpo lo reconoce, Christian aparece y a mí se me eriza la piel; por más que quiero alejarme, no puedo.

—¿Por qué podría generarte miedo algo así?

Por un momento mi mente se enfrió, fue como si mis emociones apagaran el interruptor hormonal que me mantenía agitada, para concentrarme en eso que sentía y de lo que no había hablado con nadie. Mich se dio cuenta de mi cambio de expresión y también adoptó una seriedad que demostró su interés en nuestra charla.

—¿Recuerdas la noche de Halloween? —Mich asintió—. Antes de irnos a la fiesta tiré las cartas porque estaba nerviosa con todo lo que podía pasar con Franco. Le pregunté al tarot qué me deparaba el amor, porque tenía la idiota idea de que Franco solo buscó una excusa para acercarse a mí, y quería saber si tenía alguna posibilidad con él.

—¿Qué tiene que ver eso con Christian Baxter?

—Las cartas me mostraron la llegada de un hombre a mi vida, uno que cambiaría todo y con quien tendría algo intenso. Tenía las características de Christian. Me lo mostraron a él.

—Mierda —susurró.

—Siempre supe que no era Franco, pero me negaba a analizarlo.

—Sigo sin entender del todo por qué te asusta. No es la primera vez que se cumple algo que ves en las cartas.

Respiré hondo al mismo tiempo que bajaba la cabeza. Necesité tomar algo de nuevo porque verbalizar lo que me atormentaba me ponía nerviosa. Tras dejar la copa a un lado levanté la vista para ver a mi amiga.

—El lunes que cené con Christian me pidió que le tirara las cartas. ¿Sabes cuál fue la pregunta que hizo?

—No la imagino.

—Quería saber qué le pasa conmigo.

—¿Y qué viste?

—Una conexión profunda y única. Un vínculo irrompible. Probablemente soy la mujer de su vida, pero nada será fácil, nada. Él aún no está listo, ¿sabes lo que eso significa para mí? Sufrimiento —agregué, cuando ella negó con la cabeza.

—Aby, soy la más idiota cuando hablas de todas tus cosas místicas y mágicas, no entiendo lo de la conexión del subconsciente. —Agradecí que sonriera porque necesité de un poco de humor para relajarme. Tocar aquel tema me provocaba una ligera angustia que me afectaba, aunque me esforzara por ignorarla.

—Puede ser una conexión que viene de otras vidas. Por eso no quiero profundizar en lo que sea que tengo con Christian. Entre más tiempo pasemos juntos voy a terminar entendiendo a fondo lo que pasa. Y tengo miedo.

—¿Y si no te atormentas antes de tiempo? O sea, ¿cuántas de aquí podrían presumir que el campeón del que todos hablan les dio sexo oral?

—¡Michelle!

—¡Oigan! Ya va a empezar.

La advertencia de Diana nos obligó a ponernos de pie. Con las piernas temblorosas me acerqué al barandal de vidrio para observar la pista que estaba llena de pilotos. Mis dedos se tensaron alrededor de la agarradera, mientras Diana nos reclamaba en voz baja por no habernos acercado antes.

—Pero te veías a gusto con él —argumentó Mich.

—Les estaba pidiendo ayuda desde hace media hora, pero estaban tan sumidas en su chisme que no se enteraron.

Su acompañante se había alejado cuando nos acercamos. Me sentí un poco culpable por no haberle prestado atención antes, ya que se mostró aliviada cuando él se fue. Me recosté sobre su hombro para disculparme, o tal vez solo para evadir el nerviosismo que me atacaba al ver el circuito.

Busqué a Christian entre los pilotos que ya se encontraban detrás de la línea blanca; sin embargo, el primero que saltó a mi vista fue Franco. Parecía estar listo para salir, con su cuerpo ligeramente hacia adelante, y las dos piernas sobre la pista. No pude continuar prestándole atención porque de la nada se escuchó un bullicio que me hizo voltear.

Las tribunas resonaron en aplausos mientras Christian hacía su entrada sobre su motocicleta, alzó su brazo derecho para saludar a la gente y Diana, que estaba a mi lado, dio un pequeño salto por la emoción.

—¡Vamos, cuñado!

—¡Diana! —Mich y yo la reprendimos a la vez.

—¿Qué? ¿No puedo alentarlo?

—Sin llamarlo cuñado —exigí tensa. De repente me sentí observada.

Los motores rugieron, y ese sonido despertó una sensación que había estado adormecida. Me sujeté con más fuerza observando cómo los pilotos se preparaban para salir, y todo el mundo reaccionaba a ello. Me obligué a apartar la mirada cuando las luces que indicaban la salida comenzaban a cambiar, recosté la cara en el hombro de Diana y retuve al aire ante el ruido ensordecedor de las personas que gritaron a mi alrededor.

—Christian Baxter emerge de la primera curva defendiendo su reinado de cinco victorias seguidas…

La voz de un comentarista me obligó a voltear para concentrar mi atención en las pantallas colocadas detrás de nosotras. Christian encabezaba la carrera, posicionándose con cuatro décimas, eso fue lo que dijo el sujeto que hablaba con un tono de voz entusiasta.

—Un segundo veinte, maldito Christian, es increíble —comentó Diana, luciendo concentrada en la pantalla.

Christian estaba entrando a otra curva, su rodilla derecha se deslizó en el pavimento para luego repetir el movimiento hacia la otra dirección. La manera en la que se movía hacía parecer que la moto era liviana. La dominaba con tanta facilidad que todo se veía sencillo.

—¡Mierda, Franco!

La emoción se filtró en la voz de Diana. Franco adelantó a uno, luego a otro, y de nuevo a otro piloto más, entrando en cada curva en los huecos que dejaban los otros competidores. El narrador que sonaba en la pantalla describió con emoción cada movimiento que lo llevó al tercer puesto. Cuando Franco pasó al segundo puesto me tomó por sorpresa. Las tribunas enloquecieron ante su próximo adelantamiento, que lo dejó a escasos centímetros de Christian.

—¡Chupa ruedas! —gritó un hombre a mi lado, peleando con la pantalla, como Diana parecía estar a punto de hacerlo.

—Tienen que sancionarlo —se quejó Diana casi al mismo tiempo.

No entendía lo que decía. Christian giró en una curva con Franco pegado a él, luchando por adelantarlo. Me quedé sin aire repentinamente al ver cómo la moto de Christian se tambaleó y perdió estabilidad. Fue un pequeño instante, que Franco aprovechó para rebasarlo. El silencio nos rodeó repentinamente y acabó en segundos cuando Christian retomó el control y todos respiraron con alivio.

—Christian Baxter lo hace de nuevo, el campeón mundial demostrando en la pista por qué es el mejor —dijo el comentarista extasiado.

Crucé los brazos para controlar los pequeños temblores que hacía mi cuerpo. Sentía que el poco avance que había ganado se estaba yendo a la basura, porque no me creí capaz de ver la carrera hasta el final. Aquella sensación empeoró cuando en la siguiente recta Christian levantó el brazo, parecía un reclamo hecho de forma enérgica hacia Franco, que se encontraba en segundo lugar.

—Esto está emocionante —murmuró Mich.

Yo no podía percibirlo así, estaba angustiada mientras veía cómo Franco luchaba sin cansancio y de manera peligrosa para rebasar a Christian, que parecía estar dispuesto a no ceder su lugar. Tuve que soportar ese tira y afloja por cinco curvas más, en las que Christian mantuvo la delantera todo el tiempo. Justo al llegar a la última, Franco pareció alcanzarlo. Los gritos de aliento acabaron de repente, ante la breve ventaja que tomó Franco, y se reanudaron segundos después, cuando Christian lo adelantó con el rostro ladeado, como si estuviera retándolo. Hizo un gesto señalándose los ojos, como si le diera a entender a Franco que lo mirara, y luego aceleró lo suficiente para separarse de él por varios metros.

—Lo amo —gritó Diana emocionada—, es un maldito loco, pero lo amo.

—Te descuidas y te deja sin novio —comentó Mich.

El comentario de Mich me hizo reír casi a carcajadas por lo espontáneo que fue, y lo que me provocó escucharla llamarlo de esa forma. No me había dado cuenta de que me llevé las manos al pecho hasta ese momento en el que bajé la mirada para reír.

—No lo amo literalmente —explicó mi amiga, aún emocionada—, quiero decir que su actitud me parece increíble. No te pongas celosa, Aby.

Christian cruzó la meta y enloqueció a todos los que nos rodeaban, aplaudiendo y saltando con la vista puesta en el circuito donde Christian también celebraba de pie, sosteniendo la moto solo con las piernas y saludando a las tribunas con ambos brazos.

***

—¿Puedes dejar de ver el reloj?

No podía dejar de hacerlo, mi día se había tornado largo. El reloj marcaba las cuatro de la tarde y en lo único en que podía pensar era en el tiempo en mi contra. Se suponía que a las siete en punto debía estar en el hotel, preparada para encargarme de otra boda.

Mich puso los ojos en blanco cuando me vio negar con la cabeza, antes de continuar devorando la pasta en su plato. Era ella la culpable de que aún no estuviéramos en camino, su apetito voraz nos obligó a usar nuestros pases para acceder al Hospitality de Ducati y hacer uso del restaurante para el equipo e invitados vip. Diana estaba encantada con aquello, viendo con suma curiosidad a las personas que se movían por el lugar.

—Aby, estoy viviendo mi sueño.

—Y yo una pesadilla. Tengo una boda, no puedo llegar tarde.

—No lo harás, conduciré más rápido que Christian —bromeó Mich.

Las sonrisas de mis amigas no me relajaron, como solían hacerlo siempre. Me encontraba cada vez más incómoda y deseosa de marcharme.

—¿A dónde vas?

—Al baño —le respondí a Diana, al mismo tiempo que tomaba mi teléfono.

Tenía una llamada perdida de Christian que no había respondido gracias al ruido que nos rodeaba. Caminé lentamente buscando el baño, mientras sostenía mi teléfono para leer los mensajes que también envió. Tras pensarlo un par de veces marqué su número. Debía estar aún ocupado; sin embargo, no me preocupé por ello. El tono estuvo sonando por un largo momento. Empujé la puerta del baño de damas mientras esperaba que contestara, y estaba a punto de colgar cuando el tono paró y el sonido de una respiración acelerada resonó en mi oído.

—¿Me llamaste?

—¿Dónde estás?

—En el restaurante de…

—Lo sé —me interrumpió, sonando agitado—, ¿pero en qué parte estás?

—En el baño —respondí despreocupada—. En cuanto Mich termine de comer nos vamos.

—¿En los de arriba o en los de abajo?

—¿Qué?

—¿Que en qué baños estás?

—Abajo.

Christian colgó sin despedirse ni agregar algo más. Ingenuamente creí que la señal había fallado. Dejé el teléfono sobre el lavabo y coloqué mis manos para que el agua cayera sobre ellas. Tras terminar tomé una toalla desechable y la doblé sin quitar la atención de mi reflejo. Quería limpiar con pequeños toques la zona de mi parpado, el único lugar en donde el maquillaje se había corrido. Me encontraba concentrada en ello cuando la puerta se abrió con suavidad.

Supuse que estaba entrando otra chica, por lo que no me molesté en ver hacia atrás. Continué con lo mío, hasta que una sombra a mi espalda me sorprendió. A través del espejo observé a Christian detrás de mí y, en respuesta, la pequeña toalla que sostenía entre los dedos cayó al lavabo.

—¿Qué haces aquí? —Volteé sin ocultar mi asombro, observándolo de pies a cabeza. No llevaba puesto su traje, estaba usando jeans con una camisa con el logo de su equipo y una gorra del mismo color.

—Vine a despedirme. Ven.

No me moví, y entonces él decidió intervenir. Tiró de mi mano al mismo tiempo que con el brazo izquierdo empujaba la puerta de uno de los cubículos cerrados. Me arrastró hasta el interior, sin ninguna resistencia de mi parte, porque mi sentido común se adormeció ante su presencia.

—Espera, Christian —me quejé con una breve risa.

—Solo quiero un poco de privacidad para despedirme bien.

Intenté empujarlo, mis palmas hicieron el amago de aplastarse contra su pecho, pero antes de que llegaran ahí él sujetó mis muñecas y me obligó a levantar los brazos sobre mi cabeza. La vulnerabilidad de aquella posición me hizo contraerme con una intensidad dolorosa. No tenía idea de qué me pasaba, jamás estuve así de caliente.

—Suéltame, no puedes aparecerte en el baño, hablarme como si tuviera que obedecerte y arrastrarme a un cubículo.

—Claro que puedo, acabo de hacer todo lo que dijiste.

—Christian, voy a salir de aquí.

Me soltó de manera inmediata; sin embargo, no pude moverme rápido. Me sentí mareada sin el calor de su tacto, y un poco aturdida. Tras un breve momento lo aparté y alargué el brazo para abrir la puerta, justo cuando me hallé a punto de girar la manija sentí su cuerpo duro y caliente detrás del mío, aprisionándome con una facilidad que me impresionó.

—¿Vas a irte y dejarme así? ¿Sin un beso de despedida?

—¿Qué te pasa? —reclamé acalorada, su actitud estaba fuera de control. Me volteó una vez más y me apoyó contra la pared. En segundos, su cuerpo se encajó sobre el mío, dejándome sin espacio para escapar.

—No lo sé, Aby. Comienzo a creer que me hechizaste de verdad. No me hagas esperarte más, por favor. Te estoy suplicando, y nunca suplico por nada.

—¿Entonces ahora crees en hechizos? —susurré sobre su boca, completamente complacida al verlo en el mismo estado en el que yo me hallaba.

—Ni siquiera me concentré en la carrera por tu culpa.

—Pero ganaste.

—¿Viste cómo le pateé al culo al que te gusta?

—El que me gusta fue el que ganó.

Sus labios me castigaron, así se sentía la manera en la que me besaba, como si me estuviera fustigando, marcándome con malicia y desbordando un deseo profundo. El poco aire en mis pulmones se atascó al percibir el calor de su tacto en mis piernas. Christian arrastró las palmas por la parte trasera de mis muslos, para sujetarme las nalgas con fuerza. Estaba tan duro que sus pantalones parecían no poder contener su erección. Me puse en puntitas para sentir más de ella, la diferencia de estatura jugaba en mi contra en ese momento.

—¿Esto es lo que buscas? —Levantó mi pierna y encajó sus caderas en las mías para que pudiera sentir cómo palpitaba sobre mi entrepierna.

—Sí —jadeé, como embriagada en algo que comenzaba a asustarme—. La sonrisa ladina en sus labios apareció una vez más, estaba fascinado al verme así de idiotizada.

—¿Tomas algún anticonceptivo?

—¿Por qué? —mi tono fue tan bajo que apenas pude escucharme. El ruido de su respiración y la mía era lo único que sonaba dentro de aquel cubículo.

—Porque no quiero ponerme un condón para hacerlo contigo. Quiero cogerte sin uno, ángel.

La punzada entre mis piernas fue tan fuerte que moví las caderas para rozarme contra él; un suave jadeo se escapó de mis labios y a Christian aquello lo enloqueció. Me sujetó la parte trasera de ambos muslos, para levantarme con un enérgico movimiento.

—¿Abril? —la voz de Diana se escuchaba lejana, hasta que un par de golpes en la puerta volvieron más audibles todos los sonidos del exterior—. ¿Estás aquí?

—Maldita sea, odio a tus amigas —murmuró Christian pegado a mi boca.

—¿Abril?

—Estoy aquí —respondí muerta de vergüenza por mi tono agitado.

—Vas a deshacerte de ellas, al menos cuando estés conmigo.

—Pensé que tenías prisa por marcharte.

Christian me puso sobre el piso, refunfuñando. En cuanto mis pies estuvieron en el suelo dio un paso hacia atrás, apretándose la erección que se remarcaba en el pantalón, y quejándose en el proceso.

—Debo irme —le dije.

—No puedo salir así —dijo, apretándose una vez más.

Entendí que no era prudente acercarme para darle otro beso como despedida, así que abrí la puerta con las manos temblorosas y tan agitada como salí de su caravana horas atrás. Diana estaba apoyada sobre el lavabo observando fijamente hacia el interior, en donde parte del cuerpo de Christian podía verse.

—Christian —le llamé en voz baja, antes de salir—, no tomo, pero tengo puesto uno.

Su reacción ante mi respuesta me dejó sin aliento, su rostro adquirió una expresión lujuriosa que me secó la boca. Cerré con prisa y me enfrenté a mi amiga, que me observaba con los ojos completamente abiertos, tan sorprendida que no dijo nada de inmediato. Comenzó a bombardearme con preguntas cuando salimos del baño. No pude responder a ninguno de sus cuestionamientos, al menos no con la verdad absoluta, porque mi mente estaba intoxicada, invadida de pensamientos inapropiados que se adueñaron de mi voluntad.

Ni el paso de los minutos, ni las preguntas y conversaciones de mis amigas, ni tampoco los kilómetros que recorrimos lograron que pudiera volver en mí. Estaba perdida, sumida en Christian y las necesidades primitivas que despertaba en mí. Todo pasó a un segundo plano, incluso la boda por la que llegué con prisa a casa. Él no podía salir de mi cabeza, ni su forma de besarme, ni el modo como sentía sus manos en mi cuerpo.

Me vi envuelta en un calor intenso y sofocante, del que no pude desprenderme ni un solo momento. Estaba consumida en eso que sentía y que me mantuvo caliente pese a todos mis intentos por refrescarme. Lo único que me quedó fue adaptarme a él, soportarlo mientras intentaba ser funcional en mi trabajo. Con mucho esfuerzo logré conseguirlo, aunque no del todo.

A las dos de la mañana, mientras me encontraba en el taxi que me llevaba a casa, muerta de cansancio por los tacones y todas las actividades que hice en el día, decidí cambiar el rumbo al que nos dirigíamos. Tal vez mi agotamiento me hizo débil, o mis pensamientos lograron rebasar mi prudencia, no estaba segura de nada mientras con los ojos cerrados aguardé llegar a mi destino.

Fueron largos minutos en los que el calor en mis entrañas me llevó a mantenerme inquieta sobre el asiento, ardiendo por dentro y deseando no arrepentirme de lo que estaba haciendo. Justo cuando sentía que no podía soportar más, el edificio apareció frente a mis ojos, y sin ningún tipo de titubeo le pagué al chofer, tomé mis cosas y bajé.

Era una locura, una estupidez, un acto impulsivo, una acción irresponsable y arriesgada, pero mi destino, al fin. Lo supe, lo supe desde el primer momento. Así que, tras dar un paso hacia el frente tomé mi teléfono y marqué su número, sin tener idea de lo que pasaría después.

—¿Ángel? —La voz de Christian sonó ronca, lo había despertado.

—¿Dónde estás?

—En casa, en mi cama, dormido —agregó, sonando confundido.

—Estoy abajo —le informé con el pulso fuera de control—, entrando al lobby de tu edificio.

CAPÍTULO 20

Christian

El sonido de la campana de llegada del ascensor rompió el silencio que me rodeaba. La luz blanca bañó parcialmente el piso de abajo, y un segundo después llegó a mis oídos el ruido de un par de tacones chocando con el piso. Todo pasó tan rápido que no pude reaccionar de inmediato. Me quedé quieto hasta que la oscuridad volvió a hacerse presente e identifiqué el sonido de los pasos.

—¿Christian?

Abril tenía muchas formas de pronunciar mi nombre. Cuando sonaba bajo y su voz salía apretada, estaba enojada; cuando su tono era solo un poco más alto y algo suave, se encontraba animada. Se oía distinto cada vez que rechistaba por alguno de mis comentarios, o si salía en medio de una risa. Pensé que sabía cómo sonaba en cada uno de sus estados anímicos hasta ese momento en el que, en lugar de llamarme, parecía que jadeó por mí.

En medio de la penumbra la observé al pie de la escalera. Se veía sumamente distinta a la forma en la que lucía horas atrás; sin embargo, su presencia tuvo el mismo efecto. Mi flujo sanguíneo debió ir directo a mi verga de inmediato, porque los pantalones de pijama me apretaron después de verla. Pese a la oscuridad nuestras miradas se encontraron y la tensión se tornó tan fuerte que para ese punto era sofocante.

Escuché sus pasos, su respiración acelerada, y el ruido de mis latidos que sonaban desbocados. No esperé a que llegara hasta a mí, la ansiedad me lo impidió. Descendí un par de escalones hasta que la tuve de frente, y entonces la tensión explotó en mi cara. De manera instintiva enrosqué el brazo en su cintura, con un movimiento brusco, enérgico y descontrolado, que la dejó pegada a mi pecho, en donde apoyó las manos para estabilizarse. Las ráfagas del aliento de

Aby me golpearon la piel segundos antes de que ella misma acabara con la breve distancia que nos separaba.

Por primera vez no me ofreció un beso mustio, tímido y titubeante. Abril separó los labios sin miedo, atrapando los míos con una decisión con la que me encontré complacido, mientras me sostenía la cara con las dos manos, como si quisiera evitar que huyera de aquel contacto.

Fue un impulso que le permití seguir al dejarle el control por completo, me limité a responderle el beso, accediendo a que ella fuera quien marcara el ritmo de nuestros labios, a pesar de mi deseo de empujarla contra la pared y besarla de un modo en el que ninguno de los dos pudiera respirar.

Un largo suspiro salió de sus labios en el momento en el que su boca se apartó de la mía para tomar aire. Lo había escuchado todas las veces en las que me permitió ir más allá.

Me fue imposible mostrarme indiferente ante él, sonreí brevemente, observándola a pocos centímetros de distancia, con los ojos brillantes y sintiendo en cada paso mi respiración acelerada.

—Vamos a la cama, ángel.

Fue una orden, no una petición amable. Aun así, Aby no lo dudó. Permitió que le tomara la mano y la guiara a través de la oscuridad por las escaleras en medio de la agitación de ambos.

Aunque sus zapatos resonaron al chocar con el piso, el sonido de nuestras respiraciones silenció cualquier otro ruido. En mi cabeza lo único que podía escuchar era a Aby jadeando suavemente por aire, mientras seguía entrelazando con fuerza sus dedos con los míos.

Noté cómo se resistió un poco al llegar al pasillo ligeramente iluminado, la puerta abierta permitía que un poco de la luz de la lámpara de noche se filtrara. Con un suave pero firme tirón la insté a continuar, y me quedé atrás esperando que ella fuera la primera en entrar.

Los pasos de Abril fueron tímidos. Se detuvo a pocos centímetros de la cama desarreglada, como si de la nada se hubiera congelado. Ni siquiera podía juzgarla por ello, porque el ambiente dentro de la habitación cambió de forma drástica cuando cruzamos la puerta.

La temperatura subió de golpe, era difícil respirar el aire denso.

Nunca experimenté algo parecido, había tanto deseo reprimido entre ambos que la situación se tornó nociva para los dos.

El clic de la puerta fue lo único que la llevó a apartar la atención de la cama. Volteó para verme por encima del hombro, y en cuanto se dio cuenta de que estaba acortando la distancia dio un breve salto, que indicó su sorpresa. Me detuve a su espalda, tan cerca como me lo permitió su culo, que sobresalía del vestido negro. La piel de su cuello estaba erizada por completo, y entonces me di cuenta de lo mucho que disfrutaba de esa tensión entre los dos, de la antelación de cada acercamiento, de la posibilidad de tentarla y tentarme hasta que mi control cediera

—Perdón por despertarte y llegar a estar hora.

En su voz se filtró el nerviosismo que su cuerpo no ocultaba. Era reconfortante que los dos estuviéramos igual de afectados, que se encontrara tan atormentada como me sentía yo por no tenerla.

—No tengo nada que disculparte, los dos sabemos que te estaba esperando.

Mis dedos hicieron contacto con la cremallera trasera del vestido, y en respuesta Abril respiró hondo. El olor a la mezcla de miel y canela que provenía de su pelo se percibió intenso cuando se movió, tan agitada que no era capaz de mantenerse quieta. La bajé en un movimiento rápido, que dejó toda la piel de su espalda expuesta, y mi poco control se tambaleó de inmediato.

—Yo lo hago —murmuró sin aliento, ante mi intención de deslizar las breves mangas cortas del vestido sobre sus hombros, para quitárselo de una vez—. Christian, por favor.

Apenas la suave piel de sus hombros estuvo descubierta apoyé mis labios en ella, respiré hondo el aroma dulce de su perfume, para luego besarla con poco tacto. El arrebato hizo que Abril volviera a suplicar, en un tono más suave y bajo.

—¿Por favor qué? No sé qué me pides, Aby.

Jadeó con sorpresa en cuanto le sujeté los pechos, un sonido profundo que rebotó en las paredes creando un eco en mi cabeza. Se sintieron pesados entre mis manos, suaves y firmes. Mi pregunta seguía sin respuesta, y no estaba seguro de si quería escucharla. La posibilidad de que me pidiera que me detuviera rondó por mi mente, y el solo pensamiento me llenó de frustración, porque después de tocarla no quería detenerme.

—Por favor, bésame.

Su espalda se arqueó en reflejo a mis manos apretando sus pechos. El breve gemido que salió de sus labios se apagó en los míos cuando la insté a que volteara la cara para poder besarla. Su petición había sido dulce y gentil; sin embargo, yo no podía ofrecerle nada parecido. Mis impulsos me llamaban a devorarle la boca hasta dejarla sin aliento.

Aby no pareció molesta por ello, su espalda se pegó en mi pecho mientras intentaba devolverme un beso descontrolado. El roce de nuestras pieles aumentó el calor que nos rodeaba, tan intenso que la sujeté con más fuerza. El movimiento la afectó tanto como a mí, y levantó los brazos para tocarme.

—No estoy en mis cabales, no me supliques, ni me pidas nada, por favor. Yo quiero hacerte todo.

Ambos empujamos al mismo tiempo el vestido atrapado aún en su cintura, en un movimiento tan sincronizado que nos bastó jalarlo dos veces para que cayera a sus pies. Era consciente de que la poca cordura que me quedaba estaba a nada de acabarse, las palmas de mis manos ardieron cuando las deslicé por su cintura, y Aby volvió a gemir, un sonido breve que hizo que mi verga palpitara en su es palda baja.

El pantalón de mi pijama se levantaba como una maldita carpa, estaba tan duro que una parte de mí, muy pequeña, casi inexistente, quería hacerle pagar por la espera. Pero la parte más sensata sabía que hacerlo sería incluso más doloroso que una patada en las pelotas en ese momento en el que estaban tensas por la excitación. Estaba tan caliente por ella, que la necesidad se impuso a mis ganas de hacerla padecer lo mismo.

Abril había esperado que la tocara suavemente. Me lo indicó el sobresalto de su cuerpo al sentir mi mano directamente entre sus muslos, apretando con fuerza. No podía tocarla de otra forma, la desesperación me dominó. Un nuevo gemido llegó a mis oídos, esta vez más intenso. La encontré mojada, ardiendo y dispuesta, sus caderas se mecieron solas contra mi mano, un suave balanceo que me dejó sin aire por su culo restregándose contra mí.

—No, no —suplicó, sujetando con fuerza mi muñeca para que no moviera la mano.

Aquella fue mi pequeña dosis de venganza, la dejé de tocar para sucumbir a mi necesidad de verla desnuda por completo sobre mi cama. Se quejó y me regodeé en aquel breve sonido mientras la ayudaba a salir de manera definitiva del vestido arrebujado alrededor de sus zapatos.

Me resultó impresionante verla de frente, semidesnuda, sobre sus tacones, con su pecho subiendo y bajando por el ritmo irregular con que respiraba. La estudié en segundos, mis ojos vagaron por sus pechos redondos y las curvas pronunciadas de su cintura. Se detuvieron un segundo en el *piercing* brillante en su ombligo, del que salía una estrella que parecía apuntar hacia abajo.

Se acercó de golpe, rozando sus pechos desnudos sobre mi torso, empujándome contra su cuerpo mientras deslizaba la lengua entre mis labios. La estaba sujetando con brusquedad, y ella no pareció molestarse. Jadeó cuando caímos sobre la cama, mi peso aplastándola contra el colchón sin ningún tipo de cuidado.

El frenesí era mutuo, ninguno de los dos estaba pensando con racionalidad, me quedó claro cuando la sentí moverse bajo mi cuerpo para desnudarse por completo. En lugar de ayudarla le dificulté el trabajo, la besé buscando un espacio entre sus piernas, evitando que pudiera moverse como quería.

Quería su frustración porque sabía que la recompensa sería más intensa. En cuanto la obtuve, en forma de un largo jadeo, me arrodillé sobre la cama para tirar hacia abajo de la tela atorada a la mitad de sus piernas. La luz opaca de la lámpara de noche me permitió ver por un segundo la expresión en su rostro; la antelación la estaba consumiendo, sus labios separados, su respiración superficial y la mirada brillante en sus ojos lo evidenció.

No pude alimentar más la tensión entre ambos y sin preámbulos presioné la cara entre sus piernas, robándole un gemido que debió escucharse abajo. Estaba empapada y tan fuera de control que un par de segundos después sentí sus uñas deslizándose entre mi pelo, de donde se sujetó como lo hizo más temprano. El deseo pulsó con intensidad y no me resistí a él, mi lengua se deslizó rauda dentro y fuera de Abril, enardecida, dominado por una lujuria cruda que me sacó de mis cabales.

Me encontré extasiado por cómo sabía, por los breves sonidos que hacía, y por la manera que se arqueaba, presionándome la cabeza entre sus muslos; por la desinhibición con la que se conducía, en medio de jadeos y el calor que nos envolvía. Sus piernas comenzaron a temblar y su satisfacción aumentó la mía. No pretendía detenerme, incluso cuando necesité un poco más de aire para respirar; sin embargo, la manera en la que Aby tiró de mi pelo me obligó a hacerlo.

Levanté la vista y la encontré con los ojos cerrados, jadeando con una mano sobre el pecho y la otra sobre la boca, como si quisiera silenciar los sonidos que llenaban el silencio. Atrapé sus manos con las mías y la obligué a extender los brazos para poder tenerla expuesta, como fantaseé tantas veces. La imagen de sus pechos subiendo y bajando fue tan incitadora que me privé del placer de seguirla observando, me llevé uno a la boca y Aby enloqueció solo un poco más.

La manera en la que su pezón se tensó con mi lengua envió una ráfaga de calor directo a mi verga, y aunque la sentí arder, y de modo doloroso, jamás disfruté tanto de algo. Necesitaba alargar cada momento, aunque Abril mostrara una desesperación palpable.

Otro tirón en mi pelo, esta vez más fuerte, me obligó a soltarle el pecho izquierdo. De la suave, sonriente y tímida Abril no había nada en ese momento. Estuve a punto de comentárselo, pero mi mirada se quedó en las pequeñas marcas rojas que dejé sobre sus pechos y en sus pezones húmedos por mi lengua. No pude decir algo, al menos no de inmediato. Me deleité observándola bajo el peso de mi cuerpo, desnuda, y temblando por mí.

—Ángel, ¿tendré que ponerme un condón? —Mi pregunta chocó con sus labios, porque me sujetó la cara para atraerme contra su boca. Deslizó su lengua sobre la mía y gimió con espesa satisfacción, se estaba probando en mis labios, y jadeando por mi mano deslizándose entre sus piernas.

—¿Tengo que preocuparme de algo si no lo haces? —Nunca esperé que escucharla agitada me afectara tanto, tuve que besarla una vez más para saciar la imperiosa necesidad de sentirla. Disfruté verla en ese estado en el que separaba los labios para poder respirar.

—De nada, en mi teléfono está el último informe que envió el médico. Puedo mostrártelo.

Quería tener la certeza de que me había escuchado, de que entendió cada una de mis palabras, porque parecía fuera de sí mientras pasaba la lengua por mi cuello y levantaba las caderas, buscándome.

—No, no quiero que lo hagas.

Una retorcida satisfacción se asentó en mi estómago por su respuesta. La sensación fue tan placentera que estuve a punto de perder la cabeza en ese instante. Un gemido bajó salió de su garganta cuando me moví sobre ella, le mordí suavemente un pecho y me arrodillé en la cama en un solo impulso para deshacerme de sus molestos zapatos que minutos atrás estaban enterrándose en mi espalda. Los tiré al piso sin ningún tipo de cuidado, porque mi atención se quedó puesta en uno de sus tobillos, en donde tenía puesta la pulsera que le regalé por su cumpleaños.

La encontré más irresistible que nunca, desnuda sobre mi cama, con la pulsera que yo le puse y que ella no se había quitado. No me cuestioné cómo algo tan insignificante me afectó tanto; tampoco lo familiar que encontré esa imagen, como un vago recuerdo que no tenía idea de dónde llegaba. Solo tomé aire para mantener el control.

Justo cuando lo había conseguido mis ojos se vieron arrastrados por el tatuaje en su ingle. Entendía que era una media luna, pero desde la primera vez que lo vi me pareció más la inicial de mi nombre. Estaba trastornado porque me encontré fascinado con la idea de que ella tuviera en su piel algo mío, aunque no fuera así. Abril se movió nerviosa cuando las yemas de mis dedos se deslizaron por el dibujo, antes de que pudiera preguntarle algo, apretó los dedos en uno de mis brazos, instándome a acomodarme sobre ella una vez más.

El peso de mi cuerpo la hundió en el colchón. Me dejó que la besara a mi antojo mientras sus manos vagaban por mi espalda. Ella tenía la firme intención de bajarme los pantalones, la dejé luchar con eso mientras la besaba. Antes ni siquiera me gustaba tanto besar, había algo tan íntimo en ello que siempre lo había evitado, pero con ella no podía parar. Tenía la necesidad de sentir su aliento y el calor de sus labios, la certeza de que podría besarla toda una puta noche y no cansarme.

Lo consiguió. Tras un par de enérgicos movimientos logró bajarme los pantalones, una larga bocanada de aire salió de sus labios, pareció un gesto de alivio que se esfumó cuando me moví para quitármelos. Fue como si se quedara sin aliento al darse cuenta de que ambos estábamos desnudos, de que estaba a mi merced, bajo el peso de mi cuerpo y de mi voluntad.

Cada músculo de mi cuerpo se tensó cuando me acomodé entre sus piernas. Abril se percató de ello, y sus manos sobre mis hombros me apretaron la piel de inmediato. Había calor y estática en la habitación, algo que no podía definir entre los dos. El aire se sentía denso y mi voluntad se tambaleaba cada vez con más intensidad, como si estuviera a punto de colapsarse. Dejé caer mi peso parcialmente sobre ella, y el simple roce hizo que mi verga se sacudiera un par de veces.

—¿Quieres esto, Aby? —La froté entre sus labios, esperando una respuesta que no llegó. Abril se arqueó hasta que su cara se pegó a mi pecho y no pude verla—. Necesito una respuesta.

—Sabes que sí.

Estaba tan mojada que habría sido fácil deslizarme dentro de ella; tan placentero que la sola antelación me hizo tener pequeños espasmos. Alargarlo era una tortura que masoquistamente disfrutaba. Repetí el movimiento un par de veces, rozándome con un ligero toque de fuerza que la mantenía expectante, sus piernas se tensaban alrededor de mis caderas, esperando que finalmente hiciera algo.

—Quiero que me la chupes antes. ¿Puedes hacerlo, ángel?

—Sí, sí puedo.

—¿Quieres hacerlo?

—Sí, por favor —respondió febril.

La liberé de mi peso de inmediato, con el pulso descontrolado y un ligero temblor en las manos, que aumentó al verla encima de mí. Aby se sentó en mi estómago, y me observó por un largo momento. La tensión había explotado, pero el efecto permanecía ahí, como fuego crepitando con mayor intensidad cada segundo. Un cosquilleo que no sentí jamás se deslizó por toda mi espalda al verla deslizarse hacia abajo. Quise llevar las manos hasta su pelo y romper la liga que lo mantenía sujeto; sin embargo, ni siquiera pude moverme cuando sentí su respiración chocando contra mi estómago bajo.

Debí detenerla, sujetarla y rodar sobre ella en la cama, separarle las piernas y terminar con aquella agonía de una vez, porque sentir cómo el calor de su boca me envolvió lentamente estuvo a punto de hacer que me corriera. Fue una fuerte descarga sensorial que me tensó los músculos del estómago, y me llevó a maldecir con la mandíbula apretada. Necesité sujetarme de algo y no tenía nada cerca.

—Abril, espera.

Fue una maldita orden que decidió ignorar. Estuve dispuesto a repetirla, pero bajé la mirada y la minina cordura que mantenía se fue a la mierda. Ver a Aby metiéndose mi verga a la boca era por mucho lo más fascinante que había observado. El calor aterciopelado de su lengua envió otra descarga de placer, y entonces me di cuenta de que había llegado a mi límite.

En lugar de pedirle que se detuviera la sujeté y la arrastré hacia arriba. Se quejó, murmuró algo que no pude comprender porque mi sentido común estaba ensombrecido por la excitación. Antes de que pudiera oponerse estuvo bajo mi cuerpo, con las piernas separadas y conmigo entre ellas. Apresé sus manos con el peso de las mías y ella solo pudo jadear con sorpresa.

Le devoré la boca en un beso desesperado que terminó cuando me mordió los labios con impotencia. Mi masoquismo se acabó en ese instante en el que me encontré temblando por la antelación. La deseaba tanto que no pude alargar más ese momento. Abril lo supo, porque su cuerpo se relajó sobre la cama, separó un poco más los muslos por voluntad propia y me miró fijamente a los ojos.

Susurró algo sin sentido cuando encajé mi cuerpo sobre el suyo, un simple roce que se sintió como una llama de fuego golpeándome la piel. Aby echó la cabeza hacia atrás, dejando expuesta la curva de su cuello que besé de inmediato, gimió deliciosamente y entonces no pude más. Con un solo empujón entré en ella, un movimiento firme que dejó la mitad de mi verga atrapada en sus paredes que se contrajeron con intensidad, desencadenando un placer que no experimenté antes.

Tembló a nuestro alrededor, pude sentir con claridad cómo la cama se movió; sin embargo, la satisfacción ardiendo en mis venas evitó que pudiera concentrarme en ello. Había fuego derritiéndose entre nosotros, una sensación intensa, inusual y embriagadora. No me moví, me quedé quieto, palpitando dentro de ella, observando sus ojos que me sostuvieron la mirada a través de la neblina que nos rodeaba.

—¿Por qué se siente así? —Mi desconcierto agitó aun más mi respiración.

Las piernas de Abril, que me rodeaban la cintura, me empujaron para que me moviera, mis brazos temblaron, y no por mi peso, sino por la sensación cálida y húmeda de hundirme dentro de ella. Nunca experimenté tanta satisfacción. El aire se atascó en mis pulmones por el placer escandaloso que me sacudió con intensidad. Mientras aguardaba que Aby se adaptara a tenerme dentro, me recriminé en silencio mi falta de dominio, no podía estar a punto de correrme haciéndolo en misionero, sin ni siquiera haber empezado realmente.

—Ya —murmuró, como si supiera que la estaba esperando. Fue un suave sonido que apenas pude escuchar, pero me afectó más de lo que pudiera explicar.

No quería besarla porque sabía que no iba a poder dominarme; aun así, cuando levantó la cara buscando la mía no pude huir de aquel contacto. Algo explotó entre nosotros, sabía que físicamente era imposible, pero se sintió así, y estuve seguro de que Abril también lo sintió, porque su cuerpo dio claras señales de ello. Sus piernas me abrazaron con más fuerza mientras levantaba las caderas para recibirme dentro de ella con entusiasmo.

En segundos la habitación se llenó de sonidos incitadores que aumentaban la excitación que padecía. Respiraciones aceleradas, el golpeteo húmedo de nuestros cuerpos, gemidos y jadeos que fueron intensos desde el primer momento. Fue como si ninguno de los dos tuviera el control, era un trance que se hacía más profundo a medida que me movía con más fuerza entre sus piernas. Sus uñas me astillaron la espalda; estaba seguro de que el beso en mi cuello iba a dejar una enorme marca, y de que la intensidad con la que golpeaba hasta el fondo la dejaría adolorida. Sin embargo, no hice nada por detenerme.

El trance se extendió cuando la cambié de posición. Ambos nos hallábamos tan sumergidos en él que no necesitamos decirnos mucho. Se puso a gatas sobre la cama y jadeó cuando le apreté las caderas. Jamás me había drogado, pero estaba seguro de que el efecto podía ser igual al que estaba padeciendo mientras me cogía a Aby de aquella forma.

El golpeteo de mi pelvis estrellándose sobre su culo fue más de lo que pudo manejar, todo era demasiado. La volteé una vez más con un movimiento firme, su espalda cayó en la cama y de inmediato me acomodé de nuevo entre sus piernas. Verla a los ojos fue más intenso en ese momento, tal vez por la agitación que respirábamos, por la lujuria pulsando o por la estática entre ambos.

Caí en la trampa de su boca una vez más, la besé. Un beso largo que me dejó la mente en blanco, el cuerpo temblando y una absurda necesidad de más. Aparté las manos de Abril de mi espalda porque necesité sujetarme de algo y sus manos me parecieron indicadas. La desesperación me llevó a morderle los labios y ella gimió en respuesta.

—Me lo debías. Si me muerdes, te muerdo. ¿Lo recuerdas? —Una corta risa salió de sus labios, fue breve, pero lo suficientemente fuerte para recordarme que la mujer desnuda y audaz bajo mi cuerpo solía sonreír con dulzura y sonrojarse fácilmente.

—Bésame.

Cedí a su petición y el húmedo contacto nos afectó por igual. Me moví más rápido, entrando y saliendo, con sus piernas alrededor de mí, y sus brazos entrelazados en mi nuca. La sentí contraerse con intensidad, la escuché jadear por aire y la vi apretar los párpados. Los primeros espasmos me llevaron a enterrar la cara en su cuello, a mordisquear suavemente ese tramo de piel sensible que se erizó por el estímulo.

—Ángel, dime que estás cerca.

—Lo estoy. ¿Lo sientes?

—Siento todo, Aby.

Mi respuesta pareció enardecerla, se movió a mi ritmo debajo de mi cuerpo, sosteniéndose de mis hombros para balancearse buscando un placer que sentí mío. Una vez y otra, hasta que todo se tornó frenético y los sonidos se hicieron más fuertes.

Me contuve, luché contra mis propios impulsos, hasta que la sentí contraerse exquisitamente y temblar bajo mi cuerpo, solo entonces me corrí hundido en ella, con tanta intensidad que por varios segundos sentí que no podía respirar. El placer me golpeó con una potencia que jamás había experimentado. Culpé a la abstinencia de ello, a la falta de costumbre de hacerlo sin un condón, y a Aby y su manera de atraerme. Fue como una inyección de dopamina que me dejó gimiendo contra su cuello, en medio de temblores que se extendieron más de lo que deberían.

Percibí una satisfacción cruda y extensa, una sensación que se esparció por mucho más tiempo del normal, en el que no pude moverme ni tampoco pensar con claridad. Mi cuerpo aún tensó aplastó a Abril hasta que tuve un poco de conciencia y rodé sobre la cama, sin aliento y experimentando un cansancio que no sentí antes.

Estábamos a oscuras. Fui consciente de ello mientras miraba el techo, luchando por respirar con normalidad. Una pequeña dosis de conciencia me llevó a pensar en el ruido que escuché un rato atrás. Volteé y descubrí que la lámpara no estaba en su lugar. Supuse que debimos tirarla en medio de nuestro desenfreno. Alargué el brazo para buscar, a través de la penumbra, la manera de tocar a Aby, palmeé el colchón un par de veces sin tener ningún resultado.

—Estoy aquí —dijo, y estuve a punto de preguntarle dónde cuando el peso de su cuerpo sobre mi pecho me dio una respuesta.

Abril se acurrucó sobre mí por completo, con una naturalidad que me hizo sentir que lo había hecho muchas veces antes.

***

Al despertar tardé solo un par de segundos en recordar que Abril estaba ahí, desnuda bajo mis sábanas, abrazada a una de mis almohadas y dándome la espalda. Ese fue el único motivo por el que abrí los ojos, para verla dormir plácidamente, como si perteneciera a ese lugar.

Alargué el brazo buscando el teléfono sobre la mesa de noche para ver la hora. Cuando lo tuve entre mis manos y la pantalla se iluminó me di cuenta de que no era el mío. La foto de Nala apareció brillante frente a mis ojos, parpadeé varias veces hasta adaptarme a la luz, y solo entonces pude descubrir que pasaba del mediodía. Nunca dormía tanto, jamás, ni en mis días más cansados.

Me pasé la mano por la cara para despejarme. No recordaba cómo había llegado el teléfono de Abril hasta la mesa de noche. Tuve que sentarme sobre el colchón para que mi mente ordenara los hechos. Aby me pidió ir abajo por su bolso cuando salió del baño, y con el teléfono en mano murmuró algo de su alarma, pero yo no lo recordaba en lo absoluto. Estaba tan cansando que me dormí en cuanto apoyé la cabeza en la almohada.

Volteé el rostro para mirarla, para decidir si me levantaba o si permanecía recostado a su lado. Comenzaba a inclinarme por la primera idea cuando el teléfono vibró entre mis manos. Tenía una cantidad ridícula de mensajes sin leer y un par de notificaciones de llamadas pérdidas flotando en una burbuja en la pantalla.

La mayoría eran de sus amigas. Estaba dispuesto a dejarlo a un lado cuando el nombre del hijo de puta de Franco apareció en una de las notificaciones. Lo tenía agendando con una puta flor a un lado. Un detalle insignificante que me revolvió el estómago en segundos por la rabia. Estaba desnuda en mi cama, ella había llegado hasta ahí, y aun así sentí como un golpe en las pelotas ver esa mierda en su teléfono.

Quería la atención de Abril solo para mí, sin compartir ni una pequeña parte de ella con nadie.

El maldito perdedor la estaba invitando a cenar, se ofreció a pasar por ella y le aseguró que la extrañaba mucho. Después de leer los tres mensajes abrí la cámara el teléfono, me apunté la cara y sonreí mostrándole el dedo de en medio. Me importó una mierda que Abril se molestara cuando se enterara. Envié la foto, bloqueé su puto número y me levanté de la cama, porque no quería seguir en la cama con ella después de ver la flor en el nombre del imbécil que le gustaba. Dejé el teléfono a su lado con las conversaciones abiertas, para que supiera que lo había visto antes de dirigirme al baño.

El cansancio no había desaparecido, azotaba cada uno de mis músculos tensos. Pensé que una ducha con agua helada me ayudaría; sin embargo, tras media hora sintiendo cómo me golpeaba el cuerpo, no hubo gran resultado.

Los ruidos provenientes de abajo no dejaban de sonar. Tras vestirme salí por la puerta del vestidor y mi primera reacción fue parpadear para adaptarme a la luz intensa proveniente del sol que iluminaba todo el pasillo. Jamás comenzaba el día a aquella hora, por eso me sentí aturdido mientras avanzaba a paso lento, leyendo uno que otro mensaje.

—Mariam, ¿qué es todo este puto ruido? Me despertaste.

—¡Ay! —gritó con sorpresa, llevándose las manos al pecho—. Dios, perdón, qué susto —agregó, mientras me observaba—, pensé que estaba sola. Jamás despierta a esta hora. ¿Puedo ofrecerle algo para que desayune? Según el menú debería...

Dejé de escucharla al ver el nombre de Javi en mi pantalla. Habíamos discutido acaloradamente la noche anterior, estaba molesto conmigo no solo por lo que pasó en la pista con el hijo de puta al que quería partirle la cara, sino también por mi negativa a someterme a más exámenes médicos de inmediato. Levanté la mano para hacer un gesto que silenció a Mariam y salí hacia la terraza para responder la llamada.

—El médico vuela mañana, si tú no quieres ir, él vendrá a examinarte —aquello fue lo primero que dijo, no se molestó en saludarme.

—¡Dios! Javi, eres un exagerado de mierda.

—Imbécil, ¿cuántas veces tengo que repetirte que esas variaciones cardiacas no son normales? Puedes quedarte sin oxígeno en una puta curva. Aún no presentas un problema, pero podría pasar pronto, antes de lo que crees. No vamos a correr el riesgo, averigüemos de una vez de dónde vienen. No quiero excusas, mañana nos vemos. Descansa hoy.

—Es Abril.

La desesperación que me causaba su insistencia me llevó a decir algo que habría evitado mencionar en otras circunstancias. Estaba exponiéndome a que Javi encontrara una nueva forma de joderme, lo sabía.

—¿Qué?

—Es por Abril —dije una vez más, tenso, cada vez más tenso por admitirlo en voz alta.

—¿Qué es por Abril? —Me estaba fastidiando, lo supe al escuchar una risa contenida en su voz. El hijo de puta iba a divertirse mucho con aquella confesión.

—Las variaciones en mi ritmo cardiaco. Ha sucedido cada vez que sé que ella está en la tribuna. Así que no voy a hacerme ningún puto examen, ya tienes tu respuesta, y si te atreves a hablar de esto con alguien voy a patearte el culo.

La carcajada fue inmediata, ronca, fuerte y malditamente contagiosa. No debí reír, pero escucharlo lo provocó.

—Mierda, Christian, no creí vivir para ver esto. Te convirtió en un imbécil. No la conozco mucho, pero ya quiero a esa muchacha. Tráela a casa, Daisy querrá conocerla.

—Voy a colgarte.

—Espera, los exámenes no son negociables. Probablemente tengas razón, pero vamos a descartar cualquier problema cardiaco.

—¡No!

—No es negociable. Y otra cosa más, la representante de Lena me llamó sin parar porque tú no le respondes. Manda a esa loca a la mierda de una vez, antes de que complique más las cosas.

—¿Qué te dijo?

—Quiere que vayas a ver a Lena. Ponte en contacto con ella. De verdad, pon un freno a su insistencia. Abel las bloqueó a ambas, porque Lena también ha estado llamando, como si no estuviera internada en un centro de rehabilitación.

—Bloquéalas también.

—Christian, debes frenarlo de una vez. Olvida el escándalo que se armará si insistes en dejarla plantada. Lena tiene un ejército de huecas que la sigue. Te estás paseando a la vista de todos con la novia del perdedor, la única que saldrá perjudicada será ella. ¿Entiendes?

—¡No la llames así! Nadie va a perjudicar a Abril, ella no saldrá salpicada de todo esto.

—Me pone de mal humor hablar con un idiota tan terco. Voy a colgarte, resuelve tus problemas de una vez.

Javi disfrutaba tocándome las pelotas, yo lo sabía a la perfección, pero no pude ser inmune a él. Colgué la llamada y entré de nuevo a la cocina para buscar a Mariam.

—Abril está aquí —le avisé al detenerme frente a ella—. No la hagas sentir incómoda, actúa con naturalidad cuando la veas.

—¿La señorita Abril? —preguntó impresionada.

—Sí, ¿acaso conoces a otra Abril? —Negó, y entonces tuve la necesidad de dejarle las cosas claras porque no quería que viera a Abril de aquella manera—. Si tu cara de sorpresa es por lo de Lena, hace meses que no tengo nada que ver con ella. Te consta, sabes que no la quiero aquí. La única razón por la que no lo hago público es un asunto de intereses. Abril no es mi amante o algo parecido. Estoy con ella, solo con ella.

Odiaba darle explicaciones a la gente, pero lo sentí tan necesario que no me detuve a pensarlo antes. Mariam asintió, un poco sonrojada, para luego ofrecerme una pequeña sonrisa.

—Lo siento. No la haré sentir incómoda, actuaré con naturalidad.

—Eso espero. Necesito que prepares el baño para ella, toallas limpias, lo que sea que las mujeres necesitan, no tengo idea. Quiero que se sienta cómoda de verdad, facilítale cualquier cosa.

—Yo me encargó de buscar todo, no se preocupe, lo haré ya mismo.

—Sigue dormida, entra al baño por el vestidor.

Aproveché la soledad en la que me encontré para leer los comentarios acerca del gran premio del fin de semana. Perdí alrededor de una hora leyendo los absurdos titulares en los que llamaban a Franco «la amenaza del campeón», «la sorpresa de la temporada».

Eso alimentó mi deseo de ridiculizarlo en la pista en la próxima carrera. Javi decía que tenía una forma retorcida de motivarme, tal vez tenía razón, pero no podía negar que era efectiva.

Cuando no pude esperar más por ella, subí. Empujé la puerta intempestivamente, sin ningún tipo de cuidado, observando la claridad que había en toda la habitación.

Abril no estaba en la cama, y se escuchaba un ruido provenía del baño. Miré a mi alrededor tras dar un par de pasos en el interior. Su vestido todavía yacía en el piso, cerca de uno de sus zapatos, y el bolso por el que me hizo bajar estaba abierto sobre el diván gris.

—Buenos días, Christian.

Me hallé tan concentrado en los estragos de nuestra noche que no me percaté de su presencia de inmediato. En segundos mi mirada se arrastró hacia la puerta del baño, en donde la encontré envuelta en una toalla que presionaba contra su cuerpo como si tuviera miedo de que se cayera. Su cuerpo goteaba, tenía el pelo mojado y una expresión de serenidad en la cara que mutó poco a poco, mientras me sostenía la mirada.

—Buenas tardes, ángel. Son más de las dos.

Se quedó inmóvil al ver cómo me acerqué, parpadeando varias veces como si quisiera reaccionar. Estaba molesto con ello, pero por alguna maldita razón lo olvidé cuando la sentí cerca. La atraje contra mi cuerpo sin importar que me mojara, para darle un beso que no se merecía después de lo que vi. Las ráfagas de su aliento fresco chocaron contra mi cara, separó los labios permitiéndome profundizar una caricia que se sentía vital, pese a mi enojo.

La toalla cayó al piso solo un momento después, no supe si se la quité yo o si Abril decidió deshacerse de ella. Lo único que tuve claro es que estaba fuera de control, lo de nosotros estaba desenfrenado. Mis manos se deslizaron por su piel mojada y Aby se sujetó de mi cuello con fuerza, como si no quisiera que hubiera en mínimo espacio entre los dos.

—La puerta está abierta.

—Nadie vendrá.

Mariam no subía nunca, y menos lo haría sabiendo que ella estaba ahí conmigo. Con aquella certeza la insté a dar un par de pasos, hasta que estuve sentado a la orilla de la cama, con ella desnuda frente a mí. Pasé las manos por la parte trasera de sus muslos, con la mirada puesta de nuevo en el tatuaje que a la luz del día parecía más una «C» que una media luna.

—Revisaste mi teléfono —dijo cuando la sujeté por la parte trasera de las piernas y la obligué a sentarse sobre mí.

—Sí, y estoy enojado contigo por lo que vi.

—¿Qué viste?

—No quiero hablar de eso ahora mismo. Bésame para que se me olvide.

No lo iba a olvidar jamás, solo quería aprovecharme de la situación. Me dejé caer por completo sobre la cama con Aby aún encima de mí. Parecía dudar de sus acciones, pero finalmente se inclinó para ofrecerme uno de sus besos mustios. Puse los ojos en blanco con fastidio y resoplé, demostrando mi molestia. Ella se rio como si se tratara de un juego.

Un suave roce de la punta de su lengua en mis labios me alteró en segundos, finalmente presionó su boca contra la mía para darme lo que había pedido. No necesité más que un par de segundos para calentarme de verdad. Abril se dio cuenta de lo duro que estaba bajo ella, y meció las caderas suavemente sin dejar de besarme.

La excitación creció de golpe, fue intensa, inesperada y compartida. Abril, que hasta hacía unos minutos me había sonreído con dulzura, me estaba comiendo la boca sin dejar de moverse sobre mi verga, restregándose una y otra vez sin detenerse para tomar aire.

—¿Estás seguro de que no vendrá nadie?

—Lo estoy.

Metió las manos bajo mi camiseta tras erguirse, sus palmas recorrieron mi estómago y subieron lentamente hacia mi pecho, donde se detuvieron. A la luz del día la encontré más incitadora que nunca, el pelo le caía hacia los lados mientras me observaba desde arriba completamente desnuda.

—Tu corazón está latiendo rápido.

—No es lo único que late, te lo aseguro.

—Lo sé, lo siento.

Como lo había hecho en la madrugada, se encargó de bajarme los pantalones. Lo hizo con un movimiento enérgico que los dejó a mitad de mis piernas. La miré, hipnotizado por la ausencia de timidez, sus mejillas no estaban sonrojadas, tampoco parecía que mi mirada le estorbara.

Sucumbí a mi necesidad de averiguar hasta dónde podía llegar y llevé los brazos hacia atrás de mi cuello para dejarla hacer todo el trabajo.

No estaba nerviosa, tampoco intimidada, me sostuvo la mirada mientras se deslizaba encima de mi verga, con una expresión de crudo placer. Fue una imagen obscena para mi mente, ya enferma por ella. Quería grabármela en la memoria y nunca olvidarla. Jadeó como si necesitara aire, y al mismo tiempo se sentó por completo en mí. Sus manos se apoyaron en mi pecho buscando equilibrio para comenzar a moverse, pero antes de que lo intentara le apreté la cintura, acaparando toda su atención.

—Así no, ángel. Quiero ver cómo me coges, apoya tus manos en mis piernas.

Sus manos me apretaron por encima de las rodillas y su cuerpo se arqueó hacia atrás, complaciéndome sin rechistar. Mi mirada se quedó fija en el punto en el que nos uníamos. En cuanto comenzó a moverse, suaves balanceos me hicieron jadear sujeto a sus caderas, y me agitaron hasta obligarme a hacer algo más.

Alargué los brazos para sujetarle los pechos mientras Aby se movía a un ritmo que aumentaba su intensidad a medida que los segundos pasaban. Tenía claro que probablemente Mariam podría escucharnos; aun así, no puse freno a nada de lo que estaba sucediendo. Levanté la espalda de la cama en reflejo a mi necesidad de obtener más, y en respuesta Aby gimió sin recato.

Sus pechos saltando sobre mi cara tuvieron toda mi atención, gemidos más altos sonaron y se mezclaron con el ruido que provocaban nuestros cuerpos estrellándose. Para ese punto estuve seguro de que Mariam nos estaba escuchando; sin embargo, alenté a Aby a aumentar la intensidad. Le sujeté la cintura con fuerza, obligándola a seguir un ritmo impuesto por mí, que terminó con el poco control que nos quedaba.

Abril enrolló los brazos alrededor de mi cuello, se sujetó de ahí antes de perder el dominio de sí misma y de arrastrarme al mismo estado. Busqué la manea de acallar los ruidos al besarla, pero, el beso descoordinado, fuera de control y desesperado solo consiguió que gimiera con intensidad.

Controlé mi impulso de voltear y ser yo el que se encargara de moverse dentro de ella. Esperé pacientemente, observando cómo su excitación crecía hasta que comenzó a contraerse y su cuerpo tembló en pequeños espasmos.

Un ruido de satisfacción salió de mi garganta cuando se inclinó agotada para besarme, temblando como una hoja mientras me sacudía dentro de ella, tan fuera de mí que mi visión estaba borrosa y mis pensamientos eran confusos.

Fue una descarga violenta de placer que me dejó agotado. Volví a dejar caer la espalda sobre la cama, mientras respiraba por la boca aun con Abril encima de mí. El silencio nos rodeó por lo que se sintió una eternidad, hasta que fui consciente del ruido descoordinado de nuestras respiraciones.

Cerré los ojos para enfriar mi cabeza, que reproducía una y otra vez los gestos de Aby, la manera en que gemía y lo bonita que se veía mientras lo hacía. Respiré hondo una y otra para vez para conseguirlo, y cuando finalmente me sentí listo separé los párpados y entonces la vi a mi lado.

Estaba recostada de medio lado, su cintura se pronunciaba mucho más gracias a la pierna que mantenía sobre las mías, mientras me observaba a poca distancia.

Tenía una expresión en el rostro que no entendía, pero que por alguna razón me hacía experimentar satisfacción, alivio, o algo parecido.

—Estás cansado —aseguró, no lo preguntó—. Es por el golpe energético entre nosotros.

—No hables como una bruja en este momento, porque no estoy pensando con claridad. —Su risa fue breve, pero fue suficiente para despejarme.

—Abrázame.

No cuestioné su petición, aunque tuve muchos deseos de hacerlo. Simplemente levanté el brazo para atraerla contra mi pecho, en donde se recostó en segundos.

Ella sabía perfectamente que abrazar no era mi actividad favorita, se lo dejé claro. Sin embargo, encontré cierta satisfacción en su cuerpo pegado al mío y en su respiración chocando contra mi piel.

—Sí, estoy cansado —confesé en voz alta.

—Duerme un rato.

Su voz sonó suave y pasó sus dedos entre mi pelo. Sin mediar palabra acercó sus labios hasta dejar un beso en la punta de mi nariz.

—No voy a perder todo el día durmiendo, necesito levantarme de esta cama.

—¿Me prestas algo de ropa?

—No, quédate desnuda.

—Christian, por favor.

—No uses ese tono conmigo, no supliques. Toma lo que quieras y no preguntes.

***

Abril cortó una de mis camisas de compresión, lo hizo para tener algo que sujetara sus pechos, porque aseguró que no podía caminar con ellos balanceándose.

Se deshizo de las mangas y la dejó a la altura de su cintura alta, como uno de sus tops. Verla paseándose por mi cocina con ese top puesto fue tan satisfactorio como comer, después de tanto tiempo sin hacerlo.

Se puso los *joggers* más pequeños que encontró en mi clóset, y aun así le quedaron grandes, justo a la cadera, dejando a la vista la banda elástica de unos bóxers Calvin Klein. Estaba vestida completamente con mi ropa, y se veía tan cómoda con ella que la sola imagen me llenó de una posesividad novedosa.

Dejé los cubiertos a un lado al ver que se acercaba, con un aderezo entre las manos y sonriendo por algo que dijo Mariam. Fue mi idea comer en la terraza, al aire libre, para despejarme y hablar con ella un poco lejos de mi ama de llaves.

—¿Dónde está Nala?

—Con Maia aún.

—Lo de la flor al lado del nombre al lado del perdedor es lo más innecesario que he visto en mi vida. ¿Por qué mierda lo hiciste? —Teníamos una discusión pendiente, no lo había olvidado.

—Christian…

—Responde. —Volví a tomar agua, porque esperar su respuesta me puso de peor humor. Me costaba dejar las cosas atrás, sobre todo cuando ella estaba involucrada.

—¿Nunca tuviste un enamoramiento platónico? Eso me pasó con Franco hace años, algo platónico. No sé, tal vez por el recuerdo lo agendé así, ni siquiera recuerdo haberlo hecho.

Si las miradas fueran tangibles la mía le habría azotado el culo por lo que se atrevió a decir frente a mí.

Me acabé el agua y después respiré hondo, y me pregunté si quería ponerme a prueba, si solo buscaba tocarme las pelotas con esa confesión.

—Nunca tuve una de esas mierdas y no me interesa escucharte hablar de eso. Tu enamoramiento platónico se acabó, Abril.

—Sí, desde hace un tiempo.

—Entonces no más florecitas con su nombre, ni ninguna ridiculez parecida.

Que se quedara callada empeoró la tensión. Observé sus gestos, estudiándolos en silencio. Seguía pareciendo cómoda a mi alrededor, aunque más seria que antes. Estaba llevándose a la boca la ensalada que formaba parte de mi dieta y que me aseguró que le gustaba, luciendo despreocupada mientras masticaba, huyendo de mis ojos.

—Está bien, pero no quiero que vuelvas a revisar mi teléfono.

—De acuerdo.

—Tampoco quiero pelear contigo, al menos no hoy. Estoy intentando procesar muchas cosas, y el que me hables como un idiota energúmeno no me ayuda.

—¿Procesando cosas?

—Sí, Christian.

—No vas a huir de mí después de hoy, Abril —le advertí, porque aquella fue la primera posibilidad que pasó por mi mente. Me tensé al escucharla reír, no me pareció gracioso que se burlara de lo que le estaba diciendo, y ella debió darse cuenta porque la sonrisa se borró de inmediato de sus labios.

—Aunque quisiera, no podría. No voy a luchar contra el universo, Christian. Ni siquiera tú, que eres un testarudo, podrías hacerlo. Así que no tienes por qué preocuparte por eso.

Entrecerré los ojos al escucharla hablar, y recordé aquella sesión de tarot de la que salí muerto de risa. La mujer extraña que me leyó las cartas me habló de un vínculo irrompible con Abril. En este momento Aby sonaba como ella, hablando del universo.

—¿De qué tengo que preocuparme entonces?

—La tierra se movió bajo nosotros ayer, déjame procesarlo para responderte. Entre tanto, no discutas conmigo.

La cantidad de preguntas que pasaron por mi cabeza en segundos no iban a obtener una respuesta, me di cuenta de ello al ver la expresión de Aby. No quería hablar, y tampoco me interesó presionarla. La observé comer y noté que tenía los ojos brillantes, como cargados de lágrimas, y un gesto de preocupación que ocultó tras un breve momento.

—¿Por qué te tatuaste una media luna? —Aby encogió los hombros y lució más recompuesta. Levantó la vista y me observó fijamente antes de tomar la soda que tenía al lado del plato.

—No hay una razón. Siempre me gustaron, estaba obsesionada con ellas.

—Parece una C de Christian, me gusta, ángel.

—Tienes razón —admitió, demasiado pensativa—. Cuando terminemos de comer, ¿podemos ir por Nala?

—No, estamos bien sin ella.

—Por favor.

—Solo si te quedas conmigo esta noche.

—Ella también tendría que quedarse.

—Puedo soportarlo si te quedas conmigo.

—Está bien, pero dame un beso.

Debió notar la manera en la que me tomó desprevenido su petición, porque se inclinó sobre la mesa y alargó el cuerpo para rozar sus labios con los míos. Me ofreció una breve sonrisa y volvió a concentrarse en su ensalada, dejándome sumido en una serie de cuestionamientos.

No quería pensar a profundidad en lo que pasaba con Abril. Me bastaba sentir que algo se gestaba entre ambos. Sin embargo, en aquella tarde todo se sintió como cotidiano. Sentí algo parecido a la melancolía mientras la escuché hablar a mi alrededor, y no tuve ni una puta idea de dónde venía aquella sensación. Tampoco me molesté en averiguarlo, y me limité a dejarme llevar hasta que me obligó a salir para buscar a su insoportable perra.

No creía en ese tipo de mierdas, pero comencé a cuestionarme si aquel beso de bruja era el culpable del bienestar que sentía mientras conducía con ella como copiloto, cambiando la música que sonaba hasta encontrar algo que le gustara. Odiaba pasar tanto tiempo con alguien. Pero me encantó compartirlo con ella. Algo no estaba bien.

—¿Me embrujaste de verdad?

Abril soltó una larga carcajada que resonó dentro del auto por un breve lapso. Lo negó al mismo tiempo que se recogía su pelo con ambos manos, para atarlo.

—No, no lo hice. No estás embrujado… todavía —agregó, haciéndose la chistosa.

—¿Qué quisiste decir cuando mencionaste lo de la tierra moviéndose debajo de nosotros?

—Lo sabes, Christian. Lo sentiste.

—¿No quieres hablar de eso?

—No, solo quiero ver a mi perra y que me abraces más tarde.

Hablaba en serio, por ello no hizo ningún tipo de broma. Conduje en silencio, con su horrible música sonando dentro del auto y mi mano descansando en su pierna cada tanto. Me entretuve tanto con Abril que no me di cuenta hacia dónde me estaban llevando sus indicaciones. Fue hasta que entré al vecindario que me percaté del sitio en el que me encontraba.

Sentí algo pesado extenderse por todo mi pecho, una molestia aguda de la que no pude desprenderme mientras recorríamos las primeras calles. No tenía una puta idea de dónde estaba la casa de su amiga, pero con solo imaginar encontrarla se me jodió la cabeza en segundos.

—Esta es la casa de Maia. ¿Puedes ir por Nala? No quiero bajar así.

—¿Bajar así?

—Tengo tu ropa puesta, Christian. Siento que llevo un rótulo pegado en la frente que anuncia que ayer me acosté contigo.

—¿Y eso tiene algo de malo?

—No, pero… Por fa, ve por ella.

—Yo quiero que todo el mundo lo sepa. Iré por ella, pero tú irás conmigo, baja.

—No, Christian. Sé lindo conmigo, ve por ella.

—Vamos, ángel.

—No, por favor.

—Entonces pensaré que te avergüenzas de lo de nosotros.

Discutir con Aby fue lo que necesité para despejarme. La escuché decirme manipulador, y quejarse un poco más; sin embargo, terminó bajando al mismo tiempo que yo.

—No quiero darte la mano.

—¿Por qué? ¿Eso también pondrá un letrero en tu frente que anuncia que ayer dormiste conmigo?

—Peor aún, anuncia que tuvimos sexo sin protección.

—Dame la mano, es una orden.

Huyó cuando intenté sujetarla, trotando con poca velocidad por los *joggers* que se le caían. Llegó hasta la puerta antes de que pudiera atraparla y yo decidí no acercarme. No quería verle la cara a la idiota de Maia. De todas las amigas de Abril era la que menos soportaba.

Solo unos segundos después de que abrieran la puerta Nala salió corriendo por ella. Ladró haciendo un pequeño escándalo, saltando alrededor de Aby, que intentó abrazarla. Mientras, su amiga le decía algo con una expresión de seriedad en el rostro. Debió olfatearme, porque de la nada movió la cabeza y se agitó entre los brazos de su dueña.

—¿Quieres ir con Christian? —la escuché preguntarle.

—No, así estamos bien —grité.

Mi voz alteró un poco más a Nala. Abril la puso en el piso y la observé correr hacia mí. No la soportaba, pensé cuando corrió hacia mí ladrando y moviendo la cola como una loca.

—¡Nala! ¡Nala, ven aquí! —le ordené cuando no se detuvo frente a mí. Logré sujetarla justo a la orilla de la banqueta, antes de que consiguiera cruzar la calle.

Abril llegó hasta nosotros luciendo pálida mientras yo sostenía a su perra contra mi pecho.

—¿Chris? —Volteé hacia atrás al escuchar aquel diminutivo, aquella voz que no olvidaba por más que me hubiera esforzado, y que me causaba un fastidio irracional—. ¿Qué haces aquí? —agregó cuando volteé.

La miré fijamente por primera vez en mucho tiempo. Estaba bajando de un auto estacionado al lado de la banqueta, del que su bastarda salió unos segundos después.

CAPÍTULO 21

Abril

La luz dorada del sol poniéndose iluminaba la cara de Christian, acentuando aún más el enojo que evidenciaban sus gestos. Mantenía la mandíbula tensa, el ceño ligeramente fruncido y la mirada fija en el camino mientras conducía a una velocidad que comenzaba a preocuparme. Aunque me aseguró que no le ocurría nada cuándo le pregunté, fue evidente cómo su actitud cambió cuando la vecina de Maia se acercó a saludarlo. Su reacción fue extraña desde el primer momento. No me sorprendía que se mostrara esquivo con la gente, solía hacerlo hasta con su entorno. Lo que me generó curiosidad fue la rabia que vi en sus ojos en los pocos segundos que le dirigió una mirada, rabia que se hizo más notoria cuando miró fijamente a Antonella, la hija adolescente de Cecilia.

Mientras reconocía el camino que tomamos, me pregunté si acaso Cecilia tenía alguna relación con Lena, y por ello mostró tanta prisa por irse. Las dudas que me despertó que Lena estuviera involucrada en aquel incidente me hicieron sentir tan incómoda, que se formó un nudo en mi estómago. La relación falsa que sostenía Christian no me había atormentado antes, por ello fue tan extraño ese malestar que padecí al pensar en ella, al concientizar que ante los ojos de todos era ella la que tenía una relación con él.

—¿Todo está bien? —pregunté, para averiguar qué ocurría.

—Es la tercera vez que preguntas algo parecido. La respuesta no ha cambiado.

—Solo quiero saber qué te pasa. Tu actitud cambió de un momento a otro.

—¡No me pasa nada! —respondió, levantando la voz—. ¿Puedes hacer que tu perra deje de ladrar? Solo quiero silencio. ¿Es tan difícil comprenderlo?

Me molestó la forma en que me habló y la breve mirada que me dedicó antes de volverse a concentrar en el camino. Tomé aire antes de responderle.

—No, no lo es. Llévame a mi casa para darte el silencio que necesitas, a una velocidad prudente, por favor. Ni Nala ni yo tenemos culpa de tu mal humor.

Su semblante se oscureció tras escucharme, pero no dijo una sola palabra. Giró cambiando el rumbo, tan molesto que sus nudillos resaltaron por la fuerza con la que sostenía el volante. Me llevó hasta mi casa, como se lo pedí, en medio de una incomodidad insostenible. La intensidad de nuestro vínculo magnificaba cada emoción, por lo que me sentí tan mal cada segundo que transcurrió hasta que se detuvo frente a mi casa.

No apagó el motor, no me miró cuando me quité el cinturón y salí por la puerta, tampoco se quejó cuando, tras sacar a Nala, cerré con un fuerte portazo. Ni hizo algún intento por detenerme, arrancó con tanta velocidad que las llantas rechinaron en el asfalto.

Después de haber pasado la noche con Christian y verme envuelta en aquella calidez inexplicable, me sentí tan triste al entrar a mi casa que el llanto se agolpó en mi garganta. Estaba confundida por todo lo que habíamos vivido en la madrugada, la manera en que nos conectamos energéticamente fue tan fuerte que él se percató de ella. No entendía muchas cosas; sin embargo, tenía la certeza de que era posible que me estuviera enfrentando al vínculo más fuerte que tendría en mi vida.

En ese momento sentí como nunca la ausencia de mi tía. La necesitaba, y no solo por la contención que siempre me ofreció; me hacía falta su sabiduría, sus palabras y su mirada, que en mis momentos más turbulentos me ofrecía calma. Su habitación estaba cerrada, desde que murió solo había entrado un par de veces, nunca por voluntad propia, porque me dolía muchísimo su ausencia. Ese fue el motivo por el que mi llanto dejó de ser silencioso y un par de sollozos salieron de mis labios mientras giraba el picaporte.

Cargué mi tristeza por su ausencia mientras caminaba hacia el viejo librero al lado de la ventana, en el que también estaban sus barajas más preciadas. Recorrí con la vista cada uno de los libros de la tercera fila hasta que finalmente encontré el que buscaba. Era azul y las páginas tenían bordes dorados, aquel detalle estaba en mi mente por todas las veces en las que limpiaba el librero, para ver los libros a los que no me permitía acercarme. En medio de la melancolía que dejaron los recuerdos pasé las manos por la portada para limpiar el poco polvo acumulado. Con la yema de los dedos recorrí el relieve del título grabado en la tapa dura, en el que se leía *Twin Flames* en letras doradas. Lo sostuve contra mi pecho y caminé hasta la puerta sin ver atrás.

Me di cuenta de que ya no lloraba cuando me recosté en mi cama; aun así, el peso en mi pecho persistía. Nala saltó y, tras dar un par de vueltas, se acurrucó a mi lado, como si intuyera que la necesitaba cerca. Le rasqué la cabeza mientras observaba el libro que dejé sobre el buró. Me encontraba tan agotada que no intenté leerlo de inmediato, quería descansar, que mi mente encontrara serenidad. Abracé a mi perra y cerré los ojos, deseando dormir un rato, pero no pude. Me puse a divagar, buscando una respuesta que me daba miedo encontrar.

Perdí la noción del tiempo acurrucada bajo mis sábanas, hasta que el ruido del timbre y un claxon que sonaba con insistencia me obligaron a dejar la cama. Bajé para abrir la puerta, con Nala siguiendo mis pasos. Supuse que la persona que tocaba era una de mis amigas, y permití que Nala saliera por lo agitada que se mostraba. Pero cuando me asomé vi que Christian estaba afuera, con los brazos cruzados y recostado en su coche, esperando a que le abriera, con el rostro inexpresivo y su mirada clavada en mí.

Actué como si no me afectara verlo, como si mi corazón no se hubiera acelerado en segundos ante su presencia. Caminé por el jardín, viendo a mi perra que saltaba y ladraba contenta por verlo.

—No he dejado de llamarte, no respondiste nunca.

Fue un reclamo que no supe cómo manejar. Quité el seguro de la puerta y me hice a un lado para que pasara, pero él se quedó en el umbral, observándome fijamente mientras mi perra ladraba moviendo la cola, emocionada por verlo.

—Lo siento —dijo viéndome fijamente. Congelada por la impresión, solo fui capaz de intentar dar un paso atrás, porque tenerlo cerca me dificultaba pensar—. Mierda, no sé cómo hacer esto —agregó, murmurando para sí mismo. Respiró hondo con la mirada puesta en la mía, parecía confundido—. Me disculpo por lo que pasó, estaba teniendo un mal momento y no reaccioné de la mejor manera contigo. Pasé por algo de comer para que cenemos juntos.

¿Acaso dejaría a un lado mi enojo? Me pregunté mientras le sostenía la mirada, conteniendo el deseo de sonreír ante lo que me parecía un gesto tierno, viniendo de alguien como Christian.

—¿Puedo saber qué sucedió?

—Asuntos con mi jefe de prensa. Recibí un mensaje de él recordándome algo que había olvidado y, no lo sé, me arruinó la tarde.

Mi mirada se quedó clavada en el piso, procesando lo que ocurría. Entonces Christian se acercó y me tomó desprevenida. Sin mediar palabras me sujetó la nuca para atraerme contra su boca en un movimiento rápido y firme. Me preparé para recibir uno de sus besos demandantes en los que imponía su dominio y me llevaba al borde mis propios límites, pero solo presionó su boca sobre la mía, en un roce gentil, suave, sosegado, como los que casi nunca me ofrecía.

—No quiero que este día termine así. Quiero estar bien contigo —sus palabras chocaron en mis labios y desataron cosquillas en mi estómago. Tenerlo así de cerca se percibió tan reconfortante que cerré los ojos y apoyé la frente en su pecho—. ¿Podemos cenar juntos?

—Dame un abrazo. —Dudó por varios segundos, noté su indecisión hasta que sus brazos finalmente me rodearon un momento después y el calor me envolvió de inmediato. No importaban todas las emociones contradictorias que me provocaba Christian, recostarme en su pecho era una necesidad repentina e irrefrenable. Era algo conocido, un sitio seguro, un lugar en el que seguramente fui muy feliz antes, tenía la certeza de ello.

—¿Eso fue un sí? —Asentí, y lo escuché respirar hondo—. Vamos adentro, ángel.

Sonreí mientras restregaba mi nariz en su pecho para aspirar el olor de su perfume. Cada vez que Christian me llamaba ángel después de una discusión, lo percibía como una pequeña victoria. Era como si se rindiera ante mí, y no había nada más satisfactorio que ver a un hombre tan frío como él ofreciéndome esa dosis de cariño.

—Por cierto, tenía media hora tocando la puerta —dijo mientras entraba a la casa—. ¿Por qué no abrías?

—No escuché que alguien tocara.

—¿Tienes unas llaves extras?

—¿Por?

—Las quiero, no me gusta tocar.

—Recuérdame dártelas antes de que te vayas. —Mi propia respuesta me sorprendió, porque estuve dispuesta a dárselas sin pensarlo, como si fuera por la vida haciendo ese tipo de cosas.

—Voy a quedarme. Mañana los dos lo olvidaremos. Dámelas de una vez.

—¿Escuchaste, Nala? Christian dormirá con nosotras.

Hablarle a Nala fue la única forma que encontré para ocultar lo mucho que me gustó su imposición, porque así lo sentí, y no era correcto dejarlo pasar, pero ¡mierda!, estaba de nuevo en el trance placentero que Christian me provocaba, en donde no podía pensar con claridad y solo sentía mi sangre burbujeando por él.

—Dormiré contigo, no con ella. Nala pasará esta noche afuera.

—¿Quieres apostarlo?

—Ángel, yo nunca pierdo.

—Siempre hay una primera vez.

—No será esta. Tu perra necesita disciplina, decidí que me voy a encargar de ello, porque tú no quieres hacerlo —agregó, mientras caminaba con las bolsas en las manos hacia la cocina. Nala lo estaba siguiendo mientras movía la cola con exceso de energía.

—Mi perra. Mi decisión de disciplinarla.

—En la hoja de inscripción de la guardería aparece mi nombre y el tuyo como propietarios. Mi perra. Mi decisión de disciplinarla.

En lugar de contradecirlo observé la manera en la que se desplazaba por mi cocina, como si hubiera estado ahí muchas veces, y no solo una. Abrió los gabinetes con confianza, sin preguntarme dónde podía encontrar lo que buscaba. Mis ojos siguieron sus movimientos, la manera en la que sus brazos se flexionaban mientras sacaba nuestra cena, y lo cómodo que se veía en el proceso.

—¿Necesitas ayuda?

—No, soy capaz de servir la cena sin ningún problema.

—Ah, mira, ¿quién lo diría? Pensé que no podrías, Mariam hace todo por ti.

—No tienes idea, Aby —dijo después de una risa sin una pizca de humor. Algo cambió en su mirada después de esa afirmación, fue como si por un momento hubiera bajado la guardia—. Desde los ocho aprendí a hacer todo por mi cuenta, cualquier labor doméstica que te imagines.

Apreté los labios para contener el deseo de hacerle todas las preguntas que pasaron por mi mente en segundos. ¿Había perdido a su mamá desde esa edad? ¿Su papá no lo cuidaba? ¿Cómo fue su niñez? Me callé todas mis preguntas porque estaba claro que Christian no estaba abierto a hablar de ello, se notaba en su expresión, en su lenguaje corporal. Segundos después levantó la mirada como si se sintiera observado y solo pude sonreírle.

—Iré por las llaves —dije, y me puse de pie para subir a mi cuarto.

Las encontré apenas abrí la gaveta, al sujetarlas desvié la vista hacia la cama, en donde yacía mi teléfono. La pantalla estaba iluminada, reflejando una llamada de un número que no tenía agendado; aunque lo tomé, decidí no responder. Salí de mi cuarto checando todos los mensajes no leídos, uno de Christian y varios de Mich. Bajaba las escaleras cuando el teléfono se iluminó de nuevo, e impulsada por la curiosidad deslicé el dedo aceptando la comunicación con el número desconocido.

—Hola.

—¿Abril? —dijo una mujer del otro lado de la línea.

—Sí. ¿Quién habla?

—Soy Ross, de la oficina de prensa de Franco. —Mis pies se detuvieron en el acto al escucharla. Christian me observó a lo lejos, justo detrás de la barra—. Te estamos llamando porque este viernes habrá un evento organizado por las autoridades de la ciudad, es en honor a los pilotos por los resultados del último gran premio. Franco obtuvo el segundo podio —me explicó, como si no lo supiera, como si no tuviera casi de frente al que ganó el primero—. Necesitamos que asista con él, es su primer evento de este tipo… —Dejé de escucharla cuando levanté la mirada y me encontré con los ojos de Christian atentos a mí.

***

El salón de eventos del hotel estaba concurrido, pequeños grupos de hombres vestidos de traje conversaban por los rincones mientras los meseros se movían entre las elegantes mesas.

En el pequeño escenario se proyectaban imágenes sin sonido de la competencia, y en los pequeños recuadros de cada extremo estaban las fotos de Christian y Franco con sus respectivos uniformes, el casco en las manos y una amplia sonrisa.

El ambiente era agradable, pero yo no dejaba de sentirlo incómodo. Estaba rígida sobre mi silla, deslizando la mirada por todo el sitio, buscando una cara conocida que tenía un par de días de no ver.

A mi lado, Franco conversaba con Ross, su jefa de prensa. Me sumí tanto en esa búsqueda que no me di cuenta cuando mi acompañante me apretó la rodilla.

—Ross cree que debería dar un pequeño recorrido antes de que todo empiece, para saludar, ¿vienes conmigo? —Negué con firmeza, y él soltó un largo suspiro—. Sé que las cosas entre los dos no están en su mejor momento, pero esto no tiene por qué ser incómodo. Nos conocemos desde hace mucho, te tengo mucho cariño.

La tensa situación entre los dos no era la única razón por la que no quería moverme. Se sentía incorrecto pasearme de su mano por todo el sitio, después de todo lo que había pasado con Christian.

Él reaccionó muy mal cuando supo que asistiría a ese evento, y esa misma noche se marchó sin decir nada. Yo me negaba a complicar aún más las cosas.

—Yo también te tengo cariño, por eso me molesta más que me hayas mentido con respecto a lo de tu novia casada. Pero dejando eso a un lado, necesito un tiempo para que las cosas dejen de sentirse así entre los dos.

—Terminé con ella. —Negué cabizbaja porque parecía seguir sin entenderme. Su mano volvió a apretarme la rodilla, y para ese punto estaba tan agotada de todo el drama que no la moví, me quedé quieta sobre mi silla, cada vez más arrepentida de no haber inventado una excusa para no estar ahí—. ¿Las cosas pueden ser como antes entre nosotros?

—Ella no es la razón por la que las cosas no están bien entre nosotros, y parece que no lo entiendes.

—¿El malnacido de Christian es la razón? —Sus padres también estaban en nuestra mesa, además de su jefa de prensa, por ello me moví con incomodidad sobre mi silla.

—Christian no es el culpable de que me mintieras para que aceptara esto. Él no tiene nada que ver con la decepción que siento por ti.

El silencio nos envolvió por un largo momento mientras nos observábamos a los ojos. Tenía la garganta tensa, porque me dolía pensar que se hubiera aprovechado de mi interés por él para jugar conmigo. Sin embargo, no derramé ninguna lágrima, le sostuve la mirada hasta que él exhaló con fuerza.

—Lo lamento. Si tengo que pedirte disculpas mil veces, lo haré. Pero por favor, esta noche es especial. Tenerte aquí es como tener una parte de Sam conmigo, hagamos las paces, una tregua.

Atrapó mi mano entre las suyas y la elevó hasta la altura de su cara, y sin permitirme decir algo aplastó sus labios sobre mis nudillos. Él sabía que había tocado mi fibra más sensible al hablarme de mi hermano; un poco desgastada, solo asentí para no profundizar más en el tema.

—Pero prefiero quedarme aquí sentada.

—Está bien, entonces me quedo contigo.

—No es necesario.

—Lo es —dijo con seriedad—. Mi mamá está un poco asombrada contigo, me dijo que te recordaba como una niña.

—Bueno, crecí. Ya no soy la hermanita de Sam que te seguía a todos lados.

—Lo hiciste, y no me había dado cuenta. Aún hay tensión —agregó, ofreciéndome su mano extendida—. ¿Amigos? —Dudé un par de segundos antes de darle la mía—. Un beso —señaló su mejilla, y con el fin de llevar la fiesta en paz, cedí. Aplasté mis labios en su mejilla por un momento.

Mis labios se quedaron plasmados en su piel. Cuando me percaté de ello le indiqué que se limpiara, lo intentó, pero no lo consiguió, entonces decidí ayudarlo. Le quité la servilleta de las manos y, justo cuando la pasaba por su mejilla, percibí un largo escalofrío que me recorrió de pies a cabeza. Por instinto me moví sobre mi silla ante una sensación que ya me era conocida, la de una mirada fuerte y oscura en mi espalda, que hacía que mi corazón se acelerara y la garganta se me secara.

Ya sabía que él también estaría en ese lugar, pero no me había preparado para ese encuentro. Volteé buscando al dueño de la mirada clavada en mí. Mis ojos se vieron arrastrados hacia él, fue un gesto instintivo e inevitable al que no me resistí. Lo encontré a dos mesas de distancia, observándome fijamente y luciendo inexpresivo. Me di cuenta de que llevaba traje, igual que Franco, pero no pude contemplarlo con detenimiento, porque fue imposible romper el contacto visual.

—Abril, ¿puedo tomarles una foto? —La mamá de Franco me llamó del otro lado de la mesa, lo cual terminó el duelo silencioso de miradas. Asentí al mismo tiempo que me inclinaba un poco hacia Franco, para que nos tomaran la foto. El corazón me latía tan rápido que mi respiración se alteró. No podía actuar con indiferencia ante su presencia—. Quedó muy linda, estás preciosa.

Internamente estaba muriendo de la desesperación. Quería que el evento terminara rápido, y no para ir a casa con Nala. Me sentía muy mal por lo que sucedía. Christian estaba solo, sin una familia que lo acompañara, y aunque creía que a él ese tipo de cosas no lo atormentaban, no podía dejar de pensar en lo mucho que habría preferido estar sentada en su mesa, a su lado.

Mientras sonreía como si estuviera pendiente de lo que el resto decía, entendí que Franco no era lo único que me lo impedía. Su compromiso falso con Lena era otro obstáculo en el que evitaba pensar. Y entonces recordé el libro que aún no terminaba, porque en el fondo no me sentía lista para avanzar.

—Ahora que todo está bien necesito saber si vas a desbloquearme. El idiota de tu amigo me respondió un mensaje por ti y desde entonces tu número me mantiene bloqueado —dijo Franco a mi oído.

Había olvidado ese detalle. En los últimos días estuve completamente sumida en otro hombre, indiferente a todo lo que no tuviera que ver con él.

Un impulso me llevó a ver hacia mi derecha, ni siquiera me detuve a razonar, moví la cabeza y entonces observé que Christian me veía mientras se llevaba una copa a los labios. Javi le estaba diciendo algo, pero él no parecía escucharlo, su atención estaba solamente en mí. Simplemente no pude apartar la mirada. Había pasado con él tres noches seguidas, sabía de qué lado de la cama le gustaba dormir, que se levantaba temprano, que no desayunaba hasta después de entrenar, y que tenía el buen hábito de caminar medio desnudo por todos lados. Después de tanto no podía ignorarlo.

Levanté la mano para saludarlo, forzando una sonrisa tensa y falsa. Su respuesta fue casi igual de fría que mi saludo, levantó la copa e inclinó ligeramente la cabeza antes de dejar de verme para hablar con su *coach*.

Dieron la bienvenida un largo rato después, mientras las personas brindaban y disfrutaban de los bocadillos que los meseros llevaron a las mesas. Estaba a punto de perder la paciencia cuando finalmente llamaron al escenario a Franco y a Christian. La tensión que sentí desde que crucé la puerta aumentó cuando vi a Christian levantarse. Aunque podía rodear su mesa y subir por el extremo derecho, optó por hacerlo en el sentido contrario. Por un momento se me cortó la respiración cuando vi que se acercaba. Fue como si todo pasara en cámara lenta, caminó directo hacia mí, pasando justo detrás de mi silla, y aunque no detuvo sus ojos en mí ni un segundo, las yemas de sus dedos me rozaron el hombro, y no fue un accidente. Su tacto, aunque breve, dejó una estela caliente por toda mi piel, un escalofrío intenso y un malestar en el pecho, porque no estaba con él, aplaudiéndolo como debí hacerlo.

Franco fue el que recibió primero el reconocimiento, en medio de aplausos y la alegría de su mamá, que lo veía con ojos brillantes. Después de recibirlo dio un paso hacia atrás. Entonces la sonrisa que había en sus labios se borró completamente al escuchar todos los calificativos que usó el anfitrión antes de decir el nombre de Christian. Los aplausos fueron más fuertes; los flashes de las cámaras que fotografiaron aquel momento, más seguidos. Se vivió un ambiente completamente diferente cuando él levantó el reconocimiento. No pude dejar de verlo, ni siquiera cuando Franco llegó a la mesa y su mamá lo abrazo. Estaba atenta a Christian, al desinterés con el que le entregó el reconocimiento a Javi, quien lo recibió con una sonrisa.

Pensé que nada podía tensarse más de lo que ya estaba, hasta que observé cómo Javi se acercaba a nuestra mesa. El pulso se me aceleró en cuestión de segundos. Mientras, Christian hablaba con uno de los hombres que vi dentro del *box*, ajeno al movimiento de su *coach*.

—Buenas noches, felicidades Franco. Qué buen inicio, y no solo de temporada, también de tu carrera —dijo, tras ofrecer una sonrisa genuina a todos.

Franco se puso de pie para estrechar la mano, un gesto que imité para darle espacio a Javi. Lo presentó con sus padres, elogiándolo por la prolífera carrera que tuvo como piloto. Pensé que Javi le estaba prestando atención, por ello me sobresalté cuando me sujetó con disimulo la muñeca.

—Muchas gracias de nuevo. —Franco volvió a ofrecerle un estrechón de manos antes de que Javi volteara hacia mí.

—Qué gusto saludarte, Abril —me tomó por sorpresa que me besara la mejilla, más aún que pusiera en mi mano algo y que me hablara al oído—. Quiere hablar contigo, piso cinco, habitación dos.

Tragué en seco por la impresión, que se diluyó de inmediato al sentir la mirada de Franco, y sonreí como si Javi me hubiera dicho algo gracioso. Había puesto una tarjeta en mi mano, lo descubrí cuando tomé asiento. Tras echarle un rápido vistazo me di cuenta de que se trataba de una llave, que apreté con fuerza.

—Queda claro que el único imbécil de Ducati es Christian.

Como si lo hubiera llamado con el pensamiento, Christian pasó detrás de nosotros en ese momento. Estaba caminando hacia la puerta de salida del salón, jugando con una tarjeta igual a la que yo apretaba en mi mano izquierda.

—Deberías enfocarte en ti y no en Christian.

—¿Te molesta que diga que es un imbécil?

—Franco, puedes decir lo que quieras, pero eso habla más de ti que de él.

—¿Pero por qué te enojas?

—No me enojo, en serio —agregué, con una sonrisa tensa—. Voy al baño, discúlpame.

Tomé el bolso que descansaba sobre mis piernas y me puse de pie sin darle tiempo de que dijera algo. No sabía lo que estaba haciendo, pero no dudé en caminar buscando la salida, y no los baños, atraída por el irrefrenable magnetismo de Christian.

Mi comportamiento era irracional, cuestionable y meramente impulsivo. Lo sabía. Mi mente lo repitió sin parar mientras el ascensor me llevaba al piso cinco; sin embargo, no pensaba hacer nada para cambiarlo. Silencié mi conciencia, tal vez también un poco mi raciocinio, y salí en cuanto las puertas se abrieron, con la tarjeta entre las manos y el corazón a punto de salirse de mi pecho.

Cuando deslicé la llave en la puerta mis manos temblaban un poco. No podía olvidar la tensión que surgió entre los dos desde que le conté que acompañaría a Franco. Desapareció, ignoró mis mensajes, y nunca me llamó. Estaba furioso, lo sabía. Encontré a Christian viéndome fijamente, al lado de uno de los ventanales, con los brazos cruzados y una dura mirada. Me observaba con una frialdad que no tenía nada que ver con la pasión en la que ardíamos con un beso.

—Por un segundo pensé que no vendrías, que te quedarías en la mesa con tu noviecito. Te veías tan contenta con él.

El aire se tornó denso y difícil de respirar. En la mirada de Christian había, además de rabia, reproche. En segundos me observó de pies a cabeza y, como era costumbre, asintió. Era un gesto de aprobación inconsciente. Eso era una de las cosas que más me gustaba de él, siempre me observaba, como si disfrutara hacerlo.

—Me dijo Javi que querías hablar conmigo.

—¿Te asombra?

—No, pero como decidiste no hablar conmigo desde hace dos días, pensé que no querrías hacerlo. ¿Reservaste esta suite para hablar conmigo?

—Habría llegado a buscarte a tu mesa, pero te vi tan contenta hablando con tu suegra que decidí no dañarte la velada. —Su enojo parecía más intenso del que consideré. Lo vi descorchar la botella con movimientos rígidos que aumentaban la incomodidad que sentía.

—Christian, no es mi suegra.

—La suite me pareció un lugar adecuado, así no corres peligro de que alguien te vea conversando conmigo en público —dijo, al mismo tiempo en el que me entregaba la copa—. Siéntate, ¿o tienes prisa por reunirte con tu novio?

—Sabes perfectamente que Franco no es mi novio.

Christian tomó asiento en un sillón individual. Tras acomodarse buscó su teléfono y lo extendió hacia mí viéndome fijamente.

—Tengo el número del mejor abogado que vas a encontrar, con una llamada puede anular cualquier mierda que hayas firmado.

—Hay una penalización económica por romper el contrato, además yo di mi…

—Me hago cargo de todo —me interrumpió elevando ligeramente la voz—. Si de verdad quieres hacerlo, no te preocupes por nada. Todo corre por mi cuenta.

—No, no es correcto. No me gusta que hagas estas cosas por mí, Christian.

—No es por ti, es por mi maldita tranquilidad —confesó, de inmediato se llevó la copa a los labios, la vació de golpe en su garganta como si necesitase alcohol para relajarse—. ¿O es que no quieres hacerlo?

—Di mi palabra y no voy a faltar a ella. Sé que estás molesto, pero entiende que entre Franco y yo no hay nada.

—¿Entonces por qué putas le estabas tocando la cara? ¡Te vi, Abril! Le estabas limpiando un beso, nadie me lo contó. Lo vi.

Su indignación me tomó por sorpresa. Mi cuerpo dio un pequeño salto por la manera en la que me estaba observando, con una rabia palpable. Pese a su molestia, me negaba a acceder a todo lo que pidiera.

—Lo saludé y mi labial quedó pintado en su mejilla.

—¿Por qué mierda tienes que besarlo?

—Christian, controla el tono con el que me hablas o me voy de aquí de una vez.

—No me condiciones, Abril.

—No te condiciono, te pongo límites. Si vuelves a cruzar uno me largo, así hagas una rabieta. Un beso en la mejilla no es besarlo. —Después de lo cercana que me había sentido con él, discutir de aquella forma se sentía extraño. Era angustiante, desequilibrado.

—Es un maldito hijo de puta que aprovecha cada oportunidad para acercarse a ti, y no porque lo quiera, lo hace solo para provocarme. Tú le facilitas todo al estar sentada a su lado, dejando que te abracé, dándole un maldito beso en la mejilla.

—Pues no caigas en sus provocaciones. Confía en mí.

Apoyó los codos en las rodillas y bajó la cabeza, adoptando una posición que me hizo pensar que intentaba controlarse.

—Te tomaste una foto con él.

—Ni siquiera quería tomarme una foto, cedí a la petición de su mamá. A él lo dejé solo en la mesa y vine aquí, a verte, después de que me ignoraste por días.

—No tenía nada bueno que decirte, ¿para qué querías verme?

—Creo que es mejor que hablemos mañana.

Intenté marcharme, pero me detuve cuando vi que se puso de pie. Lo hizo lentamente, con su mirada fija en la mía y la copa vacía en la mano. La dejó sobre una mesa y se acercó, rodeado de su energía oscura que me atraía como polilla a la luz. Aquella noche incluso con más intensidad.

—¿Te vas a ir?

Estaba tan cerca que el aroma embriagador de su perfume se coló con intensidad en mi nariz. Apoyé mis manos en su pecho, no para tocarlo, sino para poner algo de distancia entre los dos. El calor atravesó mis palmas, recordándome que estaba tocando un lugar cálido, en el que me gustaba recostarme.

—No quiero quedarme a discutir contigo. No me gusta que lo hagamos, más cuando no hay un motivo.

—Los hay, marcas límites para mí, pero tú actúas como se te da la gana.

—No es así, Christian.

Un pensamiento pasó por mi cabeza en ese momento que me hallaba a merced de su mirada. La idea de él con Lena actuando como una pareja mientras yo los observaba. Sacudí la cabeza desesperada por dejarlo a un lado y me concentré en su mirada oscurecida por el enojo.

—Lo es. No pones límites a lo que haces con él.

Pese a la tensión entre ambos, aquel momento se percibió distinto. Respiré hondo cada vez más envuelta en el calor que me proporcionaba su cuerpo tan cerca, y negué antes de levantar la mirada. Era consciente de cómo mis sentidos se veían alterados por su cercanía. Christian me afectaba de todas las maneras imaginables.

—Tienen que ser límites racionales, no me pidas que no lo vea, no le hable o algo parecido.

Por un momento se quedó callado, analizando mis palabras. De la nada sus rasgos se endurecieron una vez más, como si lo que estuviera pasando por su cabeza lo alterara.

—Ningún gesto íntimo entre los dos. No quiero besos en la mejilla, tampoco que te tome de la mano. Los abrazos no son necesarios, tampoco quiero que se acerque demasiado.

—Está bien, así será… Voy a volver a la fiesta. Este fin de semana no tengo ningún evento. Estoy disponible si quieres verme.

—Siempre quiero verte. —Aunque sus palabras se sintieron dulces, su expresión seguía siendo distante. Christian era rencoroso, no dejaría atrás su enojo con facilidad. Lo sabía.

—Te espero entonces.

—¿Y te vas a ir así nada más? —Los dos pasos que había dado hacia atrás se frenaron en seco ante el tono que hizo aquella pregunta. Una pequeña sonrisa se dibujó en sus labios provocada por mi reacción nerviosa. Su mirada se deslizó sobre mí de arriba hacia abajo, y jamás me sentí tan expuesta.

El sonido de mi respiración se tornó audible, estaba agitada sin una razón física aparente. Nos miramos a los ojos. Había estática dentro de la habitación, electricidad que pude sentir como pequeños golpes en mi cuerpo con cada bocanada de aire. Debía irme para volver a la mesa. Sin embargo, no pude moverme.

—Me despediré de todos y te veo en casa. —Giré reuniendo toda mi fuerza de voluntad para marcharme, y aunque logré dar un paso, en cuanto sentí el calor de su brazo rodeándome desde atrás supe que no lo lograría. Christian me jaló hasta que mi espalda quedó pegada a él, fue tan rápido que no pude impedirlo, y antes de que me diera cuenta, lo tenía respirándome sobre la nuca.

Apoyó su nariz en mi pelo y sentí cómo inhaló profundamente al mismo tiempo que apretaba con suavidad la parte más alta de mis brazos. Hizo a un lado mi cabello y me dio un suave beso sobre mi hombro. Fue un toque leve, apenas un roce, que me llevó a estremecerme de inmediato. Christian sabía que aquel gesto tan sutil me alteraba, y la pequeña risa que solté lo evidenció.

—¿Por qué no puedes quedarte conmigo aquí?

—Porque me están esperando.

—¿Y? Que se vayan a la mierda todos.

—Te veo en un rato.

Me di la vuelta para despedirme, porque sabía que extender esa discusión no tenía sentido. Lo hice sin pensarlo. Él aprovechó para presionar sus labios sobre los míos. Sentí la mano de Christian en la parte trasera de mi cabeza, con un puñado de mi pelo entre sus dedos, manteniéndome tan pegada a su boca que no tuve espacio de echarme hacia atrás. Como si quisiera asegurarse de dejarme sin oportunidad de escapar, su brazo libre se enroscó en mi cintura, dejándome presionada contra su pecho.

No luché por evitar que me besara, no usé mis manos para empujarlo, permití que me besara, en su manera favorita, con dominio, imponiéndose, robándome el poco aliento que tenía. No podía resistirme a la boca de Christian, que me sabía algo conocido. Solo seguí su ritmo, aunque me dejara sin aire.

—¿Me ves en un rato, Abril? —Su reclamo disfrazado de pregunta me tomó desprevenida. Aún lo tenía pegado a mí, todavía sus dedos estaban entre mi pelo, tirando un poco de él—. ¿Por qué debo esperar yo por ti y no ellos?

—Ya lo habíamos arreglado —mi voz sonó tan débil que sentí pena por mi poca fuerza de voluntad—. No quiero discutir contigo.

—Ni yo, quiero hacer todo contigo, menos discutir. Se acabó tu tiempo con esas personas. He sido demasiado benevolente esta noche, llegué a mi límite. Soy egoísta, no me gusta compartir.

—¿Y qué se supone que compartiste?

—A ti. Te compartí al permitir que te sentaras con el perdedor de mierda.

Estábamos tan cerca que el aire se sentía cada vez más escaso. Me encontraba atrapada en él, inmersa en lo que me hacía experimentar por un efímero roce de pieles. Debí aclararle que no me compartía, porque no era un objeto, y que tampoco le pertenecía. No obstante, no pude hilar ni una sola idea coherente cuando volvió a besarme. No me inmuté cuando deslizó las manos por debajo de mi vestido, pues la manera en que me tocaba era la cosa más natural del mundo.

Aturdida por mi falta de dominio busqué, la manera de sentir su cuerpo bajo las palmas de mis manos. Quería tocarlo, tenía la necesidad de hacerlo, y aunque lo intenté no pude hacer demasiado. El saco de su traje en el piso fue mi único logro. A Christian lo alteró ligeramente aquel acto, lo percibí en la forma en la que me besó mientras me apretaba el trasero con ambas manos.

Antes de que pudiera reaccionar me encontré sentada en la mesa alta y redonda a un lado de nosotros, con el vestido recogido, las piernas ligeramente separadas y él entre ellas. Mi teléfono sonó dentro del beso, pude escucharlo, aunque fingí que no. Lo único a lo que prestaba atención era la respiración agitada de Christian, o los jadeos que salían de mis labios.

Ninguno de los dos le prestó atención al ruido constante, estábamos concentrados en nosotros, besándonos con descontrol y jadeando por aire en el proceso.

—No —susurré contra su boca, en mi voz se evidenció mi excitación provocada por el roce de aquella posición—. No, Christian —insistí al sentir cómo intentó bajarme el vestido.

—¿Por qué no?

Apreté las piernas alrededor de las suyas tras escucharlo, fue un acto reflejo a la intensa punzada entre mis muslos. Su voz ronca y cansada hizo eco justo ahí, provocándome un escalofrío .

—Porque lo vas a dañar. Yo lo hago.

—No tengo paciencia, Aby.

Había una cremallera oculta en la parte trasera del vestido, la bajé un poco para poder deslizar los tirantes por mis hombros y poder descubrir mis pechos. Él se encargó de soltar el broche del sostén que cayó sobre la tela recogida en mi cintura. El aire helado de la noche y la densa excitación en que estaba envuelta tensaron mis pezones. Para ese punto, mantener la cordura fue imposible. Debíamos aprender a parar, a controlarnos, porque era algo que nos afectaba por igual. Pensé en ello cuando me di cuenta de la condición en la que nos hallábamos. La camisa de Christian tenía casi todos los botones abiertos, y estaba arrugada por mis manos, mi vestido era un montón de tela arrugada en mi cintura.

Mientras Christian envolvía con sus labios la punta de mis pechos, mi mirada se deslizó hacia abajo, en su mano que arrastraba aún más la tela para descubrirme. El tatuaje se asomaba por mi ropa interior, y entonces no pude evitar pensar en lo que dijo una vez, que la media luna parecía la inicial de su nombre. Le di la razón en ese momento. Me di cuenta de que desde niña dibujaba la luna de aquella forma. No había una razón para mi fascinación, solo sentía que estaba conectada a ese símbolo, y comenzaba a creer que el motivo era él.

El teléfono volvió a sonar, pero lo ignoré. Lo único que podía escuchar con claridad eran mis gemidos y los jadeos constantes de Christian. No quería dejarme consumir del todo, pero el deseo burbujeaba en mi sangre ya estaba ardiendo.

En medio de aquel momento en el que no pensaba, sentí el vacío que quedó entre mis piernas cuando Christian se apartó. Sus dedos habían estado dentro de mí, dándome un placer que se sentía insuficiente a esas alturas en las que ya no me dominaba. Estuve a punto de tomar su mano y llevarla de nuevo ahí, pero lo impidió el tintineó de su cinturón cuando lo aflojó. Separé las piernas por instinto, percibiendo cómo la antelación zumbaba bajo mi piel, mientras lo observé bajarse apenas los pantalones.

Había una cama cerca, estábamos solos en ese lugar, pero la desesperación imperó hasta llevarnos a un estado de desenfreno. Fui yo la que se encargó de hacer un lado la tela mi ropa interior, la que suplicó en voz baja que no me hiciera esperar más, la que actuó de manera irracional.

Un fuerte empellón lo dejó tan dentro de mí que respirar fue imposible. Culpé a la descarga energética de aquella sensación que me recorrió en segundos, un calor que me derretía por dentro. Era más placer del que podía manejar.

La mesa se tambaleó por la forma en la que Christian se movió entre mis piernas, pero no me preocupó caerme. Mi necesidad de besarlo sobrepasó mi instinto de supervivencia. No me importó la sensación lacerante en la parte trasera de los muslos a causa de la fricción con la madera. Solo rompí el contacto de nuestros labios para tomar aire. Pensé que en ese punto nada podía descontrolarme más, pero entonces lo vi y me di cuenta de que la expresión en su cara mientras se mecía entre mis piernas era un poderoso detonante. Sus ojos estaban oscurecidos por el placer, su piel enrojecida por el esfuerzo y sus labios entreabiertos, como si necesitara aire. Aunque estaba haciendo un uso moderado de su fuerza, era tan intenso tenerlo dentro de mí, que me sentí embriagada por las sensaciones que me recorrían.

Cerré los ojos y me dejé llevar por la satisfacción creciente que me invadió poco a poco, mientras Christian continuaba moviéndose al mismo ritmo, haciendo que la mesa se tambaleara conmigo encima. Comencé a sentirme débil, a darme cuenta de que mi cuerpo no solo vibraba, sino que también temblaba en pequeños espasmos. Le pedí que me besara y eso me enloqueció, ya no podía más, no podía contenerme, y aunque los dos lo sabíamos, él accedió de inmediato.

Cuando su lengua rozó la mía fue todo lo que necesité para soltar la mínima dosis de dominio que tenía. Mis uñas se enterraron en sus hombros a través de la tela de la camisa en el momento que me sacudí por dentro con tanta intensidad que me contraje una y otra vez de manera involuntaria. Fue una descarga de placer intensa y abrumadora que me dejó sin aire para respirar y temblando compulsivamente.

Dejé caer la espalda hacia atrás, porque mantenerme sentada fue imposible. Christian me arrastró por la mesa, mi piel deslizándose y lastimándose por la fricción sin que me quejara por ello. No tenía energía para hacerlo, al menos no de inmediato. Reaccioné solo ante su descontrol, ante la sensación de tenerlo tan dentro. Como si le estorbara no tenerme a su alcance, me obligó a erguirme, me sujetó por la nuca y estampó sus labios contra los míos, besándome con fervor.

Estaba a punto de correrse, podía sentirlo en la forma en la que respiraba, en la manera en la que sus manos mantenían mis piernas separadas. Pese a encontrarme aún aturdida fui capaz de razonar al echar la cabeza hacia atrás para dejar de besarlo.

—Christian, dentro no —dije entre jadeos.

—¿Por qué no? —Me contraje al oírlo hablar y aquello solo logró afectarlo más.

—No podré cambiarme, es incómodo, tengo un vestido corto —intenté explicarle, en medio de mi agitación.

No pude hilar correctamente mis palabras, mis pensamientos eran nublados por el placer que no dejaba de correrme. No pude hablarle de lo incómodo que me resultaría caminar con los muslos pegajosos, usando un vestido tan corto. Y me lamenté por ello, porque Christian reaccionó volátil, empujó más fuerte dentro de mí, y el aire se escapó de mis pulmones como consecuencia. El ligero dolor aumentó el placer que estaba experimentando, fue como una chispa encendiéndose dentro de mí, despertando todas mis terminaciones nerviosas.

Gemí de manera impúdica, dejándole ver cuánto me gustaba que me lo hiciera así, molesto, brusco y un tanto indignado. La forma en la que me besó fue un reflejo de ello, parecía castigarme mordisqueando mis labios suavemente. Se aseguró de llevarme a un estado en el que de nuevo me desconocí, y entonces agachó el rostro para rodear con su lengua uno de mis pezones. La sensación fue tan intensa una vez más, que tuve que sujetarme de algo, lo único que encontré cerca fue el borde de la mesa.

—¿Dónde voy a venirme, Aby?

—Dentro de mí.

—No te escuché, ángel.

—Dentro de mí —dije, con más firmeza.

Lo observé a través de mi visión nublada, comprobando que sonreía, un pequeño gesto lleno de satisfacción. Christian sabía que en momentos así era dueño de mi voluntad, que podía manejarme a su antojo, porque complacerlo era inexplicablemente placentero.

Sus manos me apretaron la piel con más fuerza, su respiración se tornó más superficial y solo segundos después lo sentí ensancharse dentro de mí hasta correrse como no debí permitir, por mi propia comodidad. Otro golpe energético para el que no estaba del todo preparada. Me mareé y terminé tan agotada que me quedé inmóvil, recostada como pude sobre la mesa, solo esforzándome por respirar.

Reponerme me llevó más tiempo que la última vez. Me quedé perdida en el placer por lo que consideré un largo rato, en el que lo único que pude escuchar fue el desenfreno con el que latía mi corazón. Sabía que Christian estaba en el mismo estado, su cuerpo estaba doblado sobre la mesa, apoyándose sobre mí. Los brazos me temblaron cuando me sostuve en ellos, y mi movimiento obligó a Christian erguirse. Se subió el pantalón, luciendo tan agitado que pequeñas gotas de sudor le recorrían la frente.

—Mierda, no puedo respirar —se quejó, tras tirar suavemente de mi mano para que me levantara del todo.

—Necesitamos una limpieza energética. Estamos desequilibrados y estos golpes cada vez más intensos nos drenarán más.

—No hables como bruja en este momento, porque no pienso y terminaré creyéndote.

Mi cuerpo dio pequeños saltos por la risa, la manera en la que lo dijo me resultó divertida. Aún temblando intenté levantarme de la mesa. Pese a su propia agitación, Christian se dio cuenta y se acercó a ayudarme. Me tendió la mano, que acepté de inmediato. Las piernas me hormiguearon cuando me puse de pie. Me aferré a su mano para vencer la necesidad de no moverme por la horrible sensación.

—Soy un desastre —dije, tras observarme. El vestido aún estaba atrapado en mi cintura, y me encontraba despeinada y sudorosa.

—Tienes un baño completo a tu disposición.

Me quité los zapatos en cuanto solté su mano, porque la sensación de hormigueo era más insoportable sobre mis tacones. Recogí el sostén del piso y me erguí con un movimiento rápido que terminó mareándome un poco más. Christian no se dio cuenta de ello, estaba ocupado metiéndose la camisa dentro de los pantalones y luego abriendo el minibar, del que sacó una botella de agua.

—Christian, nunca preguntaste qué anticonceptivo estoy usando. O eres muy confiado o existen un montón de niños con tu información genética por ahí.

Mi comentario no interrumpió lo que hacía, continuó tomándose toda el agua de la botella, sin tomar aire, como si necesitara hidratarse de verdad. Estaba a punto de entrar al baño cuando lo observé dejarla a un lado y lamerse los labios.

—No confío en nadie, pero sí en ti.

—¿Por qué?

—No tengo idea —su respuesta fue honesta—. Pero ahora tengo curiosidad. ¿Qué anticonceptivo utilizas, ángel?

—Ninguno. Te mentí, de hecho, estoy ovulando.

Estudié su reacción mientras permanecía seria. Aquella era mi venganza por la manera en la que me manipulo para que accediera a dejarlo terminar dentro de mí. Quería que la próxima vez que nos encontráramos en una situación parecida, lo pensara dos veces antes de imponer su voluntad.

—Bueno, supongo que en unas semanas me contarás cualquier novedad.

—Cuenta con ello.

—Eres tan mala mintiendo.

Le di la espalda para no romper en risas tras escucharlo. El idiota no me había creído ni una sola palabra, estaba riendo, un sonido bajo y ronco que dejé de escuchar cuando cerré la puerta tras de mí.

Me observé en el espejo como si tuviera tiempo para hacerlo. Mi rostro se veía iluminado. Estaba sonriente, feliz, radiante, hasta que recordé que había personas esperándome abajo, y la culpa pesó más que mi alegría. Me di prisa por recomponerme, por intentar borrar cualquier huella de lo que estuvimos haciendo. Me arreglé el pelo, limpié los restos de mi maquillaje corrido y acomodé el vestido como si nada hubiera pasado. Para cuando salí, un momento después, me encontré lo más presentable posible. Incluso Christian, que estaba acostado en la cama, lo reconoció.

—¿Te veré más tarde? —le pregunté, mientras veía en mi teléfono todas las llamadas perdidas de un número que no conocía. Sospeché que era Franco.

—¿Por qué no pasamos la noche aquí? Nos vamos mañana temprano.

—Nala está sola.

—¿Y?

—Odio que le agrades tanto, eres un idiota con ella. No va a quedarse sola en casa. Tiene ansiedad por separación.

—Creo que tú la tienes.

—Te espero en casa, me voy.

—No, vámonos juntos.

—Christian.

—¿Qué? —cuestionó tras levantarse—. Hablé en serio, ya fui paciente, no volverás a la mesa de ese imbécil.

—Tú no decides por mí, Christian.

—Aby, estoy cansado, ángel. No discutamos.

—Iré a despedirme de los papás de Franco.

—Pero sales de aquí conmigo.

—Deja de darme órdenes.

Se acercó tras recoger el saco que no volvió a ponerse, y me besó el hombro en un gesto que me pareció tierno y delicado. Abrió la puerta y me permitió el paso, para luego rodearme la cintura con un brazo, como si mostrarnos juntos ante los demás no fuera un problema.

—Hueles a mí, Aby. Llegarás a despedirte de tus suegros oliendo así.

—No son mis…

Cerré la boca al ver a Franco caminando hacia nosotros. Su rostro desencajado se endureció aún más cuando nuestras miradas se encontraron. Negó con desaprobación al mismo tiempo en el que extendía su brazo para sujetarme. Sus dedos se cerraron alrededor de mi muñeca y con un firme tirón me atrajo hacia su cuerpo.

—Abril no es del tipo de mujeres con las que estás acostumbrado a jugar —dijo, con la mirada clavada en Christian de manera desafiante—. ¿Esto es lo que de verdad quieres? —me preguntó a mí.

El hombro de Christian rozó el mío cuando pasó a mi lado para sujetar a Franco. Sus manos sostuvieron un puñado de tela de su traje antes de presionarlo contra la pared, usando su fuerza para inmovilizarlo.

—No vuelves a tocarla, maldito imbécil. Grábatelo en la cabeza.

La tensión se apoderó de todo en segundos. Franco intentó empujarlo para quitárselo de encima; sin embargo, antes de que lo consiguiera, Javi apareció en el pasillo, sujetó a Christian de la camisa y lo obligó a mantener la distancia.

—Hay medios por todos lados, no te conviene esto. Tienes todas las de perder —le dijo a Franco—. Y tú no vas a golpearlo —afirmó tras empujar a Christian para frenar su intento de abalanzarse sobre Franco—. Vete, muchacho. Es lo más conveniente en este momento. Evita problemas con Christian.

Franco me ofreció una larga mirada de desaprobación antes de seguir su sugerencia. Se alejó por el pasillo lanzando maldiciones en voz baja, a las que dejé de prestar atención al ver a Javi intentando controlar a Christian.

—Voy a lesionarlo, no terminará la temporada, te lo juro.

—¡Maldita sea, no vas a lesionar a nadie! —Javi soltó un largo suspiro antes de sujetar a Christian por los hombros—. Tenemos otro problema. Bea llamó, Josep volvió a hacer lo de siempre. Lamento decir esta mierda, pero sabes que eres el único que puede controlar a tu papá. Vamos, voy a acompañarte.

CAPÍTULO 22

Christian

Olvidé todas las indicaciones de Javi al encontrarme frente a la casa que compré para el hijo de puta que tenía como pasatiempo joderme la vida. El ruido que había dentro de mi cabeza evitó que pudiera recordarlas y, por primera vez desde que salí del evento y conduje como desquiciado hasta ahí, me arrepentí de no haber aceptado su compañía. Javi era el único que me ayudaba a mantener la cabeza fría en momentos como ese, en el que la rabia burbujeaba como lava incandescente en mis venas.

—Quédate dentro del coche.

Abril no dijo una sola palabra. Sin embargo, unos segundos y un par de pasos después, escuché el suave portazo que me indicó que decidió no seguir mi indicación.

Respiré hondo demasiado alterado como para intentar convencerla de quedarse lejos del desastre. Había sido un enorme error permitir que me acompañara hasta ahí, pero la falta de claridad mental evitó que pudiera hacer algo para impedirlo.

—No voy a hacerle una visita social a mi papá, prefiero ahorrarte el mal momento.

—Christian, quiero ir contigo.

Era la peor de las ideas, era consciente de ello; aun así, continué mi camino luchando por controlarme. Recorrí el pequeño tramo de grava hasta la puerta en completo silencio y con ella a mi lado. Los gritos que se filtraban desde el interior llevaron a mi cabeza recuerdos de los que quería deshacerme, y con los que parecía estar destinado a lidiar eternamente. Tenso, ralenticé mis pasos al observar a Bea, la mujer que se encargaba de cuidarlo, cruzar el umbral. A su lado estaba el vigilante, luciendo tan preocupado como ella.

—No tengo idea de cómo ocurrió esto —fue lo primero que dijo al detenerse frente a mí—. Recibió visitas, pero nos aseguramos de que nadie metiera alcohol a escondidas.

—¿Cuánto ha tomado? —pregunté sin rodeos, para saber cuál era el panorama que encontraría.

—No lo sabemos con exactitud, pero parece que mucho. Encontré dos botellas escondidas bajo su cama.

—¿Dónde está?

—En la piscina.

—Abril, quédate aquí —mi voz sonó distinta incluso para mí, llena de un rencor que no podía esconder.

Había muchos escenarios en mi cabeza, uno peor que el otro. Me sumí en ellos mientras rodeaba la entrada principal para ir directo a la piscina, buscando una alternativa que me librara de una vez de él, pese a saber que era una carga con la que debía lidiar hasta que alguno de los dos muriera. La rabia ardió con más intensidad en mis venas al percatarme del desastre que había provocado. Era evidente que Bea había intentado arreglarlo, y aunque hizo un buen trabajo, los años que viví con él me hicieron desarrollar la habilidad de reconocer las evidencias de sus malditos errores.

Encontré botellas sobre el césped y colillas de cigarrillos desperdigadas. El bastardo no encajaba en la casa que compré para él años atrás. Lo supe desde el primer momento en él que puso un pie ahí. Todo lo que pasó el día que lo llevé estaba intacto en mi cabeza: su indignación porque no le permití quedarse conmigo y me encargué de que estuviera lo más lejos posible, sus gritos hacia Javi, sus estúpidas amenazas y el golpe que estuve a punto de darle. Odiaba la decencia de Javi, él evitó que lo golpeara esa noche.

—Había una mujer con él—me avisó Bea, siguiendo mis pasos—, pero logramos sacarla de aquí.

El causante del caos estaba tirado en una silla reclinable, con una botella en la mano, y tan borracho que parecía no poder sostener la cabeza. Cada músculo de mi cuerpo se tensó tras dar un paso hacia el frente. Recordé las palabras de Javi en ese justo instante, dijo que debía mantener la cabeza fría para no perderme a mí mismo y cometer una estupidez. También que podía llamarlo si lo necesitaba. Seguir sus indicaciones fue un puto desafío.

—Pero ¿qué tenemos aquí? —preguntó con falso entusiasmo y algo de asombro al darse cuenta de mi presencia—. El campeón recordó que tiene un padre. El gran Christian Baxter me está deleitando con su distinguida presencia.

Estaba tan borracho que no pudo enfocarme con la mirada de inmediato, parpadeó varias veces.

Aunque se estaba esforzando por mostrarse lúcido, lo conocía tan bien que sabía que estaba a una botella de caer desmayado, como tantas veces.

—¡Cierra tu maldita boca de una puta vez! —Mi voz retumbó en el lugar. Me observó desde su silla con una risa de imbécil en los labios, cargada de burla y provocación.

—¿Quién te crees para hablarme así?

—¡El dueño de esta casa! ¡Quien paga lo que vistes, lo que comes, y hasta el alcohol que estás tomando! —Lo arrastré hacia la piscina, lo lancé al agua y, tras tirar mi teléfono al césped y quitarme los zapatos y el saco, lo seguí para asegurarme de que no saliera rápido.

—Suéltame —gritó enardecido cuando me situé a su espalda.

—Cierra la maldita boca si no quieres tragar agua.

—¡Christian! —Ignoré su chillido, hundí su cabeza valiéndome de toda mi fuerza para que la mantuviera sumergida el tiempo suficiente para que el agua bajara su borrachera—. Malnacido, suéltame —pidió cuando lo dejé salir por un poco más de aire.

En cuanto lo tomó volví a sumergirlo, percibiendo cómo mis brazos temblaban, no por el esfuerzo, sino por la lucha interna que quería perder.

Debía matarlo, ahogarlo y acabar con todos mis putos problemas. Nadie iba a extrañarlo, lo único que tenía en el mundo era yo.

—Christian, ¿qué estás haciendo? —Abril estaba a la orilla de la piscina, tan pálida que parecía estar al punto de un infarto. Lo dejé salir a la superficie una vez más, y tras toser intentó abalanzarse sobre mí.

—Maldito hijo de puta. ¿Quieres matarme?

La manera en la que me miró con los ojos desorbitados me indicó que había recobrado algo de consciencia. Aun así volví a sumergirlo, esta vez por menos tiempo, solo para asegurarme de que estuviera consciente de lo que pasaba.

—Tal vez debería hacerlo y así se acabarían todos mis problemas. Te di solo una maldita oportunidad. ¿Y qué hiciste? Volviste a emborracharte, alcohólico de mierda.

Nadé hacia la orilla conteniendo el impulso de ahogarlo de una maldita vez.

Estaba tan alterado que ignoré la presencia de Abril, quien continuaba observándome, visiblemente asustada.

—Se va a acabar cuando me muera, mientras tanto tendrás que soportarme.

—No te soportaré más. Hoy mismo te largas a un centro de rehabilitación, del que no vas a salir sin mi puta firma. Es lo que debí hacer la última vez, porque no tengo por qué lidiar contigo.

—Señor —Bea, se acercó a paso rápido, seguida del vigilante—. ¿Necesita ayuda en algo?

—Busca el teléfono del doctor, del psiquiatra y el otro que atiende su problema del hígado.

—No vas a encerrarme en ningún lado.

—¿Quieres apostar? Mezclaste ansiolíticos con alcohol, eres un peligro para ti y los demás. Hiciste destrozos en la casa y amenazaste a Bea con un cuchillo.

—¡Eso nunca pasó! —gritó alterado.

—Será tu palabra contra la mía y la de Bea. ¿A quién crees que van a creerle?

—Debí llevarte hasta la puerta de la casa de la zorra que te abandonó, dejarte ahí para que se viera obligada a hacerse cargo de ti. Eso fue lo que debí hacer en lugar de criarte. Malagradecido.

—Nunca te ocupaste de mí. No tengo nada que agradecerte.

—No me deshice de ti, como lo hizo ella.

Bea llegó con un teléfono en la mano y lo llevé a mi oreja. El doctor no respondió; tampoco el psiquiatra que atendía su depresión y la ansiedad que le provocaba la abstinencia. Le di el aparato a Bea para que continuara intentando.

—Me encargo de que tengas una vida decente, aunque no te mereces nada de mí. Pongo comida en tu plato, un techo sobre tu cabeza y pago por tus malditos doctores. Cualquier cosa mínima que hayas hecho por mí fue pagada hace mucho.

—La única razón por la que haces todo eso es porque tienes miedo de que hable de ti con la prensa. Temes que todo el mundo sepa que eres hijo de una mujer que te abandonó y de un alcohólico. Tienes un pasado vergonzoso, Christian, que mientras esté vivo voy a recordártelo.

Alcé el puño dispuesto a golpearlo, mi cuerpo se tensó y mi brazo se movió, pero no llegué a tocarlo. Me arrepentí a mitad del camino, por el estúpido de Javi.

La última vez que estuve en una situación similar me juró que si lo hacía nunca me perdonaría partirle el corazón a Daisy, ella no me había criado así. Aquellas fueron las palabras que usó para chantajearme.

—Christian, tranquilo —la voz de Abril sonó por encima del resto del ruido que había en mi cabeza, suave y llena de calma—. ¿Puedo ayudarte en algo?

—Sí, regresa al auto.

No supe si me obedeció o se quedó en su sitio, porque no volteé hacia ella. Tragándome toda la rabia que me quemaba por dentro me encargué de llevar al viejo inútil y borracho hacia el interior de la casa, directo hasta una de las habitaciones de abajo.

Ahí, con ayuda del personal de seguridad, lo metí a la ducha para dejar que cayera sobre él más agua helada.

Mientras ellos se encargaban de él, tomé el teléfono que Bea me llevó para atender la llamada que el doctor devolvió. Lo puse al tanto de la situación mientras observaba cómo lo acomodaban en el centro de la cama. Prometió ir a la mañana siguiente a verlo, y ponerse en contacto conmigo en cuanto lo hiciera.

—¿Apagamos la luz? —preguntó uno de los sujetos.

—Deben ponerlo de lado, una almohada detrás de su espalda para que no voltee. Si vomita, no corre el riesgo de ahogarse.

Fruncí el ceño en cuanto me escuché, había hablado de forma automática, sin pensarlo. Solo siguiendo los pasos que aprendí muchos años atrás. Salí del cuarto porque no pude verlo un segundo más, solo quería poner distancia.

—Lo llamaré si pasa cualquier cosa —aseguró Bea, después de que le repitiera las indicaciones del doctor.

—A mí, no a Javi.

Al salir al jardín hallé a Aby sentada, con la vista puesta en la piscina y los codos apoyados en las rodillas. Debió sentir mi presencia, porque levantó la cabeza y nuestras miradas se encontraron. Fue un momento breve pero que sentí largo, por lo extraño que me sentí al concientizar que ella estaba ahí por mí, en medio de ese caos y del ruido de los gritos del pasado.

Me ofreció una sonrisa que no se me apetecía corresponder, pero que de alguna forma fue reconfortante, dadas las circunstancias. Debí dejarla en su casa, fue lo que pensé al verla ponerse de pie. Lo hizo en un movimiento lento que evidenció el nerviosismo que sentía por lo estresante que fue todo lo que presenció. Mi saco doblado descansaba en su brazo, y se lo quité en cuanto estuve cerca de ella para ponerlo sobre sus hombros desnudos.

—Gracias, Christian.

—Vámonos de aquí.

Le ofrecí mi mano, pero ella pasó el brazo por mi espalda para abrazarme y caminar pegada a mí, como si no le molestara que estuviera empapado. No quería a nadie cerca, ni siquiera a ella, porque en ese momento el rencor se me salía por los poros. Aun así, no hice nada para alejarme, incluso tras varios pasos también la abracé.

—¿Vamos a casa? —preguntó, tras acomodarnos dentro del auto.

—No me siento bien, prefiero estar solo.

—¿Seguro? —La piel se me erizó cuando arrastró los dedos por mi nuca. Se detuvo en la zona más alta y la masajeó suavemente. Su tono fue gentil, como si quisiera confirmar mi decisión.

—No, pero estoy tenso y no quiero explotar contigo.

Me puse en marcha aún con Aby dándome masaje. Apartó la mano un largo rato después, tras recorrer al menos un par de kilómetros. Conduje en silencio, solo con el ruido de mi propia respiración en la cabeza y ajeno a todo, incluso a la mujer que llevaba a mi lado. Tuve que escucharla suspirar para reaccionar, lo hizo profundamente, justo cuando me estacioné fuera de su casa.

—Buenas noches. Intenta descansar, deberías tomar un baño para relajarte. Si no tienes prisa puedo traerte unas sales que te ayudarán a hacerlo. Tengo un aceite de lavanda que debes poner en… —La interrumpí con un gesto que la hizo fruncir el ceño.

—No voy a recordar todas tus indicaciones, mejor tú me preparas el baño. Me voy a quedar.

Aby asintió solo un par de segundos antes de acercarse de golpe para darme uno de sus besos mustios con los que no lograba conformarme. Abrió la puerta y salió con prisa por culpa de la perra, que ladraba detrás del vidrio de la ventana.

Usé mis llaves para encargarme de dejar el coche dentro, mientras luchaba por dejar ir las imágenes en mi cabeza que solo me perturbaban más. Estaba lleno de resentimiento, y aunque me había adaptado a él, aquella noche me sentí fuera de control.

El ruido en mi cabeza se silenció una vez más cuando entré a la casa y Nala me recibió ladrando. Por un segundo no pude hacer nada más que permanecer inmóvil a varios pasos de la puerta por la cotidianidad que percibí en aquel momento. Fue una especie de *déjà vu*, la sensación de haber vivido aquel instante antes.

Mi atención se apartó de ello por culpa de la perra, que luchaba con saltos y ladridos para que le prestara atención. La ignoré como lo hacía siempre, dejando que se cansara de saltar y rodearme, porque debía aprender a controlarse.

Me encontraba más irritable que de costumbre, mi cara no lo ocultaba. Aun así, Abril se mostró risueña, relajada a mi alrededor, ajena a mi seriedad. Sin proponérselo su actitud estaba evitando que me consumiera del todo en el rencor que hervía bajo mi piel.

Me preparó el baño del que habló y luego me guio sujetando mi mano, mientras me daba detalles de las sales y de los aceites que usó.

Aby se quedó para ayudarme a quitarme la ropa empapada, y cuando estuvo toda en el suelo se sentó en el borde de la tina, dejándome claro que no tenía la intención de marcharse. Me sumergí en el agua por completo, aguardando que todo lo que me había dicho de sus sales hiciera efecto.

Me conocía lo suficiente para saber que mi rabia no se apaciguaría con facilidad. Llevaba años con ella bajo mi piel, ocultándola superficialmente, por eso cada vez que emergía lo hacía con tanta fuerza.

—¿Qué haces, Aby? —pregunté, al momento en el que se levantó y comenzó a buscar algo en los gabinetes de su lavabo.

—Seguí tu consejo, preparé una loción y un champú con el recetario de mi tía. Es de lavanda, serás el primero en probarlo.

Sus dedos se movieron suavemente, creando espuma y llenando todo el lugar de un aroma a lavanda que me resultó insoportable, no recordaba la última vez que permití que alguien hiciera algo así por mí. Aby tenía una expresión suave en el rostro, y una serenidad en su mirada que desentonaba con toda la rabia que había en la mía. Parecía estar profundamente concentrada en los masajes que comenzaban a relajarme, distante de mi oscuridad. Sus dedos hicieron movimientos circulares, suaves y lentos. Conseguí sujetarla de la cintura para obligarla a entrar a la tina. El agua se desbordó mientras reía, como creí no hacerlo esa noche. Aby tenía la intención de levantarse, al notarlo me apresuré por sujetarla por debajo del agua para arrastrarla hasta que su espalda chocó con mi pecho. No intentó liberarse de mi agarre, se recostó sobre mí con naturalidad y confianza, como si fuera algo cotidiano entre ambos.

—Sé que tienes preguntas, pero no quiero hablar de nada de lo que pasó, al menos no hoy. —El silencio nos envolvió en cuanto dejé de hablar. Aby asintió antes de recostarse una vez más en mi pecho, esta vez buscando mi brazo que descansaba en el borde de la tina, para asegurarse de que le rodeara la cintura.

—Abrázame, Christian.

Lo hice, a pesar de que no era mi actividad favorita.

***

—Nala, tu papá vino por ti.

La larga mirada de reproche que le ofrecí a la mujer que me atendió en la guardería no borró la sonrisa que había en sus labios. Me entregó la pequeña mochila de Nala mientras le hablaba con un fastidioso tono dulce que hacía que su cola se moviera con más prisa.

—No soy tu papá, soy tu dueño —le aclaré a la perra mientras tiraba de su correa guiándola hacia el coche.

Siguiendo el plan que tracé esa mañana conduje hasta la tienda de

Abril, con Nala acomodada en el asiento trasero. Estaba lidiando con demasiada mierda, y como cada vez que algo así ocurría, experimentaba la necesidad de aislarme de todo. Quería hacerlo, pero en compañía de Aby. Esa había sido la razón por la que interrumpí mi entrenamiento para ir por la perra. Pese a que me fastidiaba, sabía que su dueña no la dejaría por nada del mundo. Mientras sorteaba el tráfico mi teléfono vibró con insistencia. Al ver el nombre de Javi respondí la llamada.

—Te quiero tranquila y callada, soy capaz de dejarte en medio del camino si ladras —le advertí, quería evitar que Javi la escuchara, me estaba cansando de ser objeto de sus burlas.

—Acabo de colgarle a Bea, el doctor quiere hablar contigo.

Maldije entre dientes ante aquella información que iba a cambiar mis planes. Presionando el volante con más fuerza solté una honda respiración que Javi debió escuchar del otro lado de la línea.

—Debí ahogarlo. No quiero lidiar con esto, voy a perder el puto control. De verdad quería ahogarlo.

—Hablando en serio, debí buscarte un psiquiatra en lugar de un psicólogo.

—Me está jodiendo planes de nuevo, fastidiándome la vida como lo ha hecho siempre. Pretendía no volver a esa maldita casa, al menos no este fin de semana.

—¿Qué planes tenías?

—Ya ninguno, me quedaré para hablar con los malditos doctores.

—Vete, yo me haré cargo de eso. Tienes una carrera para la que debes estar sereno y concentrado. Vete, descansa, conozco el historial médico de tu papá, puedo hacerme cargo de eso.

—No es tu responsabilidad.

—Que ganes sí lo es, solo me estoy asegurando de que lo hagas. ¿Dónde llevarás a Abril?

—¿Qué te hace pensar que tengo planes con Abril?

Javi disfrutaba tocarme las pelotas. Se burló de la pregunta que salió en un tono desafiante. En lugar de contestarle solo bostecé, en reflejo al cansancio que padecía. Había dormido mal toda la noche, y entrenado más de la cuenta durante gran parte de la mañana.

—La llevarás al chalet, ¿cierto?

—¿Quién te lo dijo? Voy a echar a Mariam por chismosa —dije al recordar que la había puesto al tanto de que estaría ahí por todo el fin de semana.

—Nadie, lo supuse. Es el lugar donde te aíslas, y ahora mismo es lo único que quieres. Quiero decirte un par de cosas con seriedad, así que contrólate.

—Habla.

—Cecilia buscó a tu papá. Bea dice que lo fue a ver hace dos días y que su visita detonó la recaída.

Dejé caer la cabeza en el volante por un par de segundos, cansado y harto de lidiar con los dos. En ese instante deseé ser huérfano. Ninguno de los dos hacía algo bien.

—¿Por qué mierdas fue a buscarlo? ¡Se lo prohibí! ¡Le dije que no la quería cerca de ninguno de nosotros!

—Con lo poco que escuchó, Bea entendió que llegó a pedirle que le ayudara a hablar contigo, pero tu papá lo tomó a mal. Josep es peor que tú, no sé por qué recurrió a algo así.

—Odio lidiar con ella y con él, son un par de imbéciles que lo único que hacen es joderme la vida. No quiero verla, le ofreceré dinero, lo que pida con tal de que me deje tranquilo.

—Creo que no quiere dinero.

—No la quiero cerca de mí, no me importa lo que quiera.

—Está bien —dijo en un tono conciliador—. Intenta relajarte, yo me haré cargo de lo de tu papá. Luego encontramos una solución a lo de tu mamá.

Odiaba cuando Javi usaba ese tono condescendiente, cuando me hablaba como si todavía fuera un niño al que tenía que resolverle la vida. Colgó sin despedirse, dejándome con la información que me dio rondando en mi cabeza. Nala, con sus ladridos, fue lo único que me distrajo, pues su actitud tranquila cambió al acercarnos a la calle de la tienda.

Tras estacionarme, su exceso de energía fue más evidente. Salí del coche sosteniendo su correa mientras ella olfateaba con entusiasmo, sin dejar de mover la cola.

—Buenas tardes, bienvenido. ¿Puede ayudarlo en…? —La pregunta de la recepcionista se quedó a medias al bajar la mirada y ver a

Nala conmigo—. ¿Es Nala? —Tenía un collar con su nombre, consideré estúpida aquella pregunta.

—¿Abril está arriba?

—No, se encuentra en el taller de Donna. ¿Tiene una cita con ella?

—¿Dónde está el taller?

Sin esperar la respuesta de la recepcionista me dirigí hasta ahí, ignorando la manera en la que me llamaba. Quedaba a mitad del pasillo que comenzaba detrás del salón en donde recibían clientes. Nala olfateó, siguiendo mi paso, hasta que de la nada corrió con tanta fuerza que la correa se deslizó mis manos. Levanté la vista ante el sonido del clic de una puerta y entonces entendí el comportamiento de la perra. Aby estaba saliendo de la oficina.

—¡Nala! ¡Christian! ¿Qué están haciendo aquí?

La manera en la que me observó cuando nuestros ojos se encontraron evitó que pudiera responderle. Mientras se acercaba con una sonrisa en los labios, Aby me miró como lo hizo la noche de Halloween, con anhelo, alegría y una evidente emoción, cuando pensó que se trataba del perdedor. La perra, que se movía cerca de sus pies no evitó que acortara por completo la distancia y la sujeté de las mejillas, para que no tuviera la oportunidad de alejarse, y la besé de verdad en medio del salón de su tienda con la recepcionista detrás de ambos.

—Cambio de planes. No quiero esperar, quiero irme.

—Está bien, déjame ir por mis cosas —respondió, con la misma disposición que había mostrado esa mañana, cuando le propuse pasar el fin de semana juntos.

Aby subió al lado de la recepcionista, quien le hablaba en voz baja. No recordaba si era la misma que me atendió la tarde que llegué con Lena, pero su manera de observarme me hizo pensar que sí. La ignoré porque me concentré en Nala, tuve que sostener su correa con fuerza por más de los cinco minutos que esperé por Abril.

—Scarlett, si necesitan algo pueden llamarme —la escuché decir al llegar al rellano.

—Está bien, Abril.

—Feliz fin de semana. Cuídate.

Le tomé la mano y tiré de ella suavemente para instarla a salir al ver su intención de regresar al pasillo en el que la encontré. Sus pasos fueron rápidos, con sus dedos entrelazados a los míos fue directo al auto, en el que se acomodó después de subir a Nala.

—Tienes muchas preguntas. Lo sé.

—Pero si no estás listo para hablar, no importa. Cuando creas que sea conveniente voy a escucharte.

Odiaba tocar ese tema, pero aquella tarde sentí la necesidad de ahondar, probablemente porque Abril me inspiraba confianza.

—¿Quieres la historia larga o la corta?

—La que quieras contarme. —Conducir evitaba que pudiéramos vernos a los ojos, hecho que me terminó de convencer para hablar. No soportaba la lástima de nadie, me negaba a verla en su mirada.

—Cuando tenía ocho años mi mamá se fue de casa con mi entrenador en la escuela de pilotos. Un tipo que también tenía familia y que dejó todo por ella.

—Pensé que había muerto —murmuró con timidez.

—Para mí lo está desde que me dejó en manos de un borracho. Mi papá, que ya era un alcohólico social, empeoró cuando se enteró de todo. Tenía una pequeña fábrica de insumos de autos, la perdió, al igual que sus ahorros y todo lo que tenía. Me vi obligado a cuidar de un borracho que no era capaz de mantenerse sobrio por más de un día, y de dejar de hacer las cosas que me gustaban porque él ya no podía pagarlas. A Javi lo conocí en la escuela de pilotos, unos meses antes de que ocurriera todo. Cuando regresó y le contaron por qué no estaba ahí, fue a buscarme.

—¿Lo conoces desde que eras un niño?

—Lo conozco desde siempre, Javi es probablemente uno de los mejores pilotos que haya existido. Su carrera fue corta por una lesión en la pierna.

—¿Por qué te buscó?

—Porque se dio cuenta de que nací para patear culos en la pista —la breve risa de Aby disipó por un momento la tensión que sentía—. Él pagó toda mi preparación como piloto, se encargó de ir por mí y llevarme de regreso a casa todos los malditos días. Fue así por un par de años más, hasta que me peleé a golpes con mi papá y Javi decidió que había sido suficiente. Le ofreció dinero para que firmara un poder que lo dejaba como mi tutor legal, y por supuesto, él aceptó.

Viví con Javi y su esposa desde los diez hasta los dieciocho. En cuanto tuve la mayoría de edad me fui, pero no logro quitármelo de encima. —Estaba bromeando, ella lo supo, pese a la seriedad en mi rostro.

—Javi es como tu papá.

—No, es mi *coach*. Él se cree mi papá porque no tuvo hijos.

—Sigue cuidando de ti.

—Sigue jodiéndome la vida, pero ya me acostumbré. Prefiero lidiar con él que con el borracho del que tengo que hacerme cargo. Lo que viste ayer fue una recaída después de un año completo de sobriedad. Ha pasado muchas veces antes, ya nada que venga de él me sorprende. Y esa es la historia corta, ángel. De la larga nunca he hablado con nadie, pero presiento que en algún momento terminaré contándotela a ti.

—¿Por qué? —su pregunta llegó a mí al mismo tiempo en el que sentí sus labios en mi barbilla de nuevo.

—Porque confío en ti, siento que te conozco de siempre.

—Estoy segura de que nos conocemos desde hace mucho.

—¿Sí?

—Sí, de otras vidas probablemente.

CAPÍTULO 23

Abril

Moví los pies bajo el agua, mientras esperaba que Christian emergiera a la superficie. Me encontraba atenta al movimiento de su cuerpo, que se desplazaba con agilidad, evidenciando su buena condición física. La copa que yacía en el piso, a mi lado, estaba a la mitad. La llevé a mis labios una vez más degustando el suave vino que él escogió para mí por su sabor dulce.

Me sentía ligera y relajada, tan cómoda como Nala, que dormía sobre el césped bien cuidado, recostada sobre la camiseta que Christian acababa de quitarse.

En las horas que llevábamos juntos me contó muchas cosas sobre él, de las que no me había platicado en los meses que teníamos tratándonos. Me habló de sus tatuajes, de los motivos por el que llevaba cada uno de ellos y del disgusto de Javi y su esposa cada vez que se hacía uno nuevo. También me dio algunos detalles de su vida en casa con ellos. A Javi lo describió como alguien disciplinado y exigente, y a Daisy como una mujer de carácter firme con una debilidad por él. Aunque se quejó de sus reglas, me confesó que gracias a ellos no había enloquecido cuando el dinero y el reconocimiento llegaron a su vida. Javi lo obligó a ser responsable, a invertir y a comercializar su éxito. Juntos crearon una empresa que se encargaba de producir el *merchandising* de todo su equipo. La relación de Christian y Javi iba más allá de lo laboral, pero Christian parecía haber marcado una línea delgada para que no se comportara tan paternal con él.

Me encontré tan a gusto con esa conversación fluida que habíamos sostenido durante horas, que una parte de mí lamentó que decidiera quitarse la ropa y lanzarse a la piscina para nadar.

No fui la única reacia a su plan, Nala se mostró temerosa cuando lo observó, ese era el motivo por el que permanecía algo alejada. Pese a todo me encontraba sonriente, con los pies sumergidos en la piscina y la copa en la mano.

—Voy por agua. ¿Necesitas algo?

—Mi teléfono, lo dejé sobre la mesa de la cocina. Debo tenerlo cerca en caso de que llame Bea, por el asunto de mi papá.

Asentí mientras me ponía de pie, atenta a la reacción de Nala que decidió no seguirme. Sin la distracción que me causaba tenerla cerca caminé con más prisa por el jardín, pensativa y más consciente que nunca de lo perdida que me encontraba por Christian.

Entendía que las cosas entre los dos no avanzaban a un ritmo normal; sin embargo, no dejaba de impresionarme la manera en la que me sentía compatible con él.

Todo se percibía natural, incluso recorrer el chalet en el que, según me contó, solía aislarse cuando no era capaz de soportar a alguien que no fuera él mismo.

Tras tomar la botella y su teléfono me pregunté si a él le pasaría lo mismo, si era capaz de darse cuenta de que teníamos un vínculo que no era tan fácil de comprender. Pero hice a un lado mis dudas y decidí entretenerme viendo lo que me rodeaba mientras caminaba de nuevo hacia el jardín.

El chalet tenía dos amplias plantas compuestas por espacios abiertos, había mucho verde a su alrededor, era como estar solos en medio del campo, porque sus vecinos más cercanos se hallaban a largos metros de distancia. Aunque su fachada imitaba el aspecto rústico de los otros que encontramos en el camino, tenía pilares de piedras y paredes de cristal que le daban un aspecto moderno. Fue más fácil concentrarme en ello que intentar descifrar la mirada de Christian, que me estaba observando a lo lejos.

—Tengo tu teléfono.

Christian no mostró el más mínimo interés por él.

Al parecer todo el estrés que le provocó el problema de su papá había disminuido. Tras un largo trago entré con él al agua, sabiendo que no tardaría mucho en acercarse. Su calor corporal rodeó mi espalda solo un momento después; sujetó mi cintura por debajo del agua para inmovilizarme y dejó un suave beso sobre mi hombro.

—Quítate esto, ángel. —Sus dedos se engancharon con fuerza a los tirantes de mi traje de baño. Negué con firmeza, apartando su mano y provocándole una larga risa.

—Basta, Christian. No voy a desnudarme aquí.

—¿Por qué no? No hay nadie más, solo yo, y no hay una parte de ti que no conozca. —No solía dejarme convencer tan rápido; sin embargo, estaba considerando hacerlo, pese a los límites que intentaba ponerle a Christian—. Por favor, quítate todo.

Había algo fascinante en complacerlo, en la expresión que adoptaba su rostro cuando me rendía ante él. Estaba segura de que lo sabía, de que tenía la certeza de que era dueño de mi voluntad cuando se lo proponía. Empujada por esas densas sensaciones desaté el nudo en mi espalda, y luego me encargué del que estaba detrás de mi cuello; la prenda flotó en el agua y él la tomó entre sus manos, aguardando que desatara los nudos en mis caderas.

Era la primera vez que hacía algo así, que ensordecía la voz de mi conciencia en ese tipo de situaciones en donde tenía que abandonar mi zona de confort. Talvez por ello percibí como una pequeña victoria quedarme completamente desnuda dentro del agua.

—Dime que no tienes cámaras de seguridad apuntando directamente aquí.

—Nunca te habría pedido que te quitaras la ropa. Apagué las cámaras hace rato.

Sentí que me faltaba el aire durante un par de segundos, mientras me observaba a través de sus ojos oscuros. El amago de una sonrisa tímida se formó en mis labios por el pequeño respingo que dio mi cuerpo al sentir sus manos apretándome la cintura. Christian no se inmutó ante ella, continuó observándome hasta que arrastró mi cuerpo bajo el agua y me pegó al suyo con un firme movimiento.

Creí que me daría un beso suave, pero suspiré ante el dominio que impuso en un beso que no esperé, en el que me obligó a separar los labios para darle acceso a mi boca, mientras me sujetaba por detrás del cuello, asegurándose de que no pudiera alejarme. Mi respiración se alteró un poco ante el húmedo roce de su lengua. Sus dedos apretaron con fuerza mi cintura y en respuesta jadeé por la satisfacción. Estaba desnuda, abrazándolo con los brazos y las piernas, la situación me pareció lo suficientemente estimulante para dejarme llevar. Sin embargo, la idea de que alguien pudiera estarnos viendo a la distancia lo evitó.

Rompí el beso, pero no pude poner distancia. Christian me mantuvo sujeta a su cuerpo en un agarre fuerte y posesivo. No iba a dejar que me alejara, y aunque una parte de mí quería hacerlo, no me moví. Aproveché tenerlo tan cerca para llenar de besos sus mejillas, besos dulces que no le gustaban en lo absoluto.

—Cierra los ojos.

—¿Por qué?

—Solo hazlo.

En cuanto lo hizo besé su párpado izquierdo, luego el derecho y dejé el último en medio de sus cejas. Aún no me alejaba del todo cuando comenzó a reír. Su cuerpo dio pequeños saltos por culpa de la carcajada discreta que salió de sus labios.

—Me da muchísima curiosidad saber si de verdad crees que esas cosas funcionan.

—Te sorprendería saber cuánto funcionan. Hay luna llena y estoy desnuda, tendrá tanto efecto que no me dejarás en paz —bromeé manteniendo una fingida seriedad—. Cuando estés a punto de dormir vas a pensar en mí, cuando te despiertes mi nombre será lo primero que pase por tu cabeza. Vas a querer verme todos los días, y me extrañarás mucho cuando no lo consigas. Sentirás que te estás volviendo loco.

—¿Crees que vas a jugar a la bruja conmigo y luego marcharte como si nada?

—No jugaba, hablé en serio.

Su risa hizo eco en mis oídos por lo cerca que sonó, estaba usando algo de fuerza para retenerme y la sensación me encantó tanto que me removí para que se esforzara un poco más. Christian era tan competitivo que convirtió mi juego divertido en una lucha que estaba destinada a perder, me inmovilizó valiéndose de mi debilidad hasta que en medio de mis quejas le pedí que me soltara. Apenas lo hizo puse algo de distancia entre los dos. Me acerqué a la orilla, aun sabiendo que iba a seguirme. Justo cuando estuve a punto de llegar el ruido de su teléfono nos sobresaltó a ambos.

—Responde, ángel. Debe ser Bea.

Así lo hice. El número no estaba registrado, deslicé mi dedo mojado por la pantalla y lo llevé hasta mi oreja mientras él se acercaba.

—Hola.

—¿Christian está cerca? —La voz que reconocí de inmediato me dejó congelada. El corazón se me aceleró de la nada mientras escuché un carraspeo tras la línea—. ¡Cristal, responde!

—¿Quién es? —preguntó Christian al llegar frente a mí.

—Lena.

Mi mano tembló ligeramente cuando le entregué el teléfono y el silencio nos envolvió a ambos. Me moví sin saber realmente cómo lo estaba haciendo, porque me sentí tan mal en ese momento que actué en automático. Floté hasta la orilla por instinto, porque tal vez no lo quería escuchar hablar con ella. Mi mente, que entendía que entre ellos no había nada, en ese instante no sabía de razones.

—¿Qué mierda quieres, Lena?

Recorrí el camino que me llevó hasta la puerta de cristal que deslicé para entrar. Nala fue directo a un puff que estaba cerca de una ventana, en donde se recostó de inmediato como si necesitara continuar durmiendo, mientras yo me quedé en medio de la sala, sin saber dónde ir, qué hacer, o qué era correcto sentir. Era angustia lo que estaba experimentando, miedo a perder algo, me di cuenta de ello al verlo acercarse a la puerta, aún mojado y con una toalla sobre el hombro. No era celosa, nunca lo fui, por ello fue tan extraño sentirme de aquella manera.

—¿Qué pasó?

—Nada, tenía frío.

—Aby, entre Lena y yo no hay nada.

—Lo sé.

—Tuvo un problema y me llamó porque probablemente soy el único que puedo resolverlo, pero solo eso.

—Está bien. Quiero subir a cambiarme. ¿Dónde están mis cosas?

—En la habitación que te mostré, pero no quiero que subas a cambiarte.

—Pero yo quiero hacerlo, Christian.

—¿Ángel?

—¿Qué?

Iba dejando a su paso una mancha de agua en el piso de madera. Bajé la vista para observarla porque no me sentía capaz de sostenerle la mirada cuando se acercó. Pero no pude más y me vi obligada a levantar la vista. Me sujetó la cintura con suavidad para luego atraerme hacia su pecho con una delicadeza impropia en él.

—En dos meses haré pública la ruptura. —La fecha de su supuesta boda llegó a mi mente de inmediato, era a inicios de julio, faltaban exactamente dos meses.

—Está bien.

—Aby, mírame.

Intenté irme, pero Christian fue más rápido y más fuerte que yo. Me encerró entre sus brazos para mantenerme pegada a su pecho, mientras murmuraba algo en voz baja a lo que no pude prestarle atención porque repentinamente mis labios hormiguearon por besarlo. Busqué su boca sin perder más tiempo y él de inmediato cedió, agachando la cabeza para permitir que lo besara como yo quería hacerlo, a mi ritmo, a mi antojo y con una urgencia que no había experimentado.

Tenía la necesidad de sentirlo cerca, de asegurarme de que estaba ahí conmigo, rogando por mi atención, que le di complacida. Me puse en puntitas para alcanzar más su boca, y al percatarse de ello me apretó con más fuerza hasta levantarme solo un poco sobre el piso. La toalla se zafó por el movimiento, y entonces opté por soltarla del todo, hasta que cayó al piso y mi cuerpo desnudo y mojado tembló pegado al de él.

Christian tuvo la intención de decirme algo, pero no lo dejé hablar. Le sujeté las mejillas para no romper un beso en el que se desbordó deseo en cuestión de segundos. Algo intenso y lleno de desesperación que solo acabó cuando no pude respirar más. En medio de mi aturdimiento por la desesperación no supe cuál de los dos provocó que termináramos sentados sobre el sillón que estaba a mi lado. No supe cómo de pronto estaba a horcajadas sobre él, con el cuerpo aún goteando y la respiración entrecortada.

Estaba un poco fuera de mí, lo reconocí cuando tiré de su pelo para echarle la cabeza hacia atrás Solo cedí a mis impulsos que me llevaron a besar la curva de su cuello, besos largos que probablemente quedarían marcados en su piel. Christian no parecía preocupado por ello. Me dejó hacer mientras sus manos se deslizaban por mi cintura, sujetándome con un poco más de fuerza.

—Si sigues moviéndote no voy a detenerme, terminaré cogiéndote, así te enojes porque Nala nos puede ver.

Mi evidente disposición lo alentó a actuar, apartó mi mano de su pelo y me devolvió un beso que él lideró. Sus labios presionaron exquisitamente los míos antes de que su lengua irrumpiera en mi boca. Me gustaba cuando me besaba de aquella forma, con una intensidad que me contagiaba. No tardó en jugar con mis pechos, los apretó con suavidad provocándome un placer que creció al momento en el que deslizó la lengua por todo mi cuello. Mi torso se arqueó para ofrecérselos, un movimiento involuntario al que él cedió lentamente, como si quisiera torturarme.

—Christian.

—¿Sí, ángel?

Negué porque de repente olvidé lo que quería decir. Cuando vi la manera en la que sus ojos se cerraron cuando se llevó uno de mis pechos a la boca, nubló mis pensamientos y mi juicio. Apreté los labios para no emitir ni un solo ruido ante el placer que experimenté, pero fue imposible conseguirlo. Con la expresión de deleite en su rostro cuando le ofreció atención a mi otro pecho desapareció mi pudor.

Que sus manos estuvieran en mis caderas moviéndome al ritmo que a él se le antojaba, tampoco me ayudó a controlarme. De mi suave vaivén no quedó nada. Christian me meció con más rapidez y con su fuerza hizo que me restregara por completo en él. Su brusquedad debía molestarme, porque parecía no preocuparse por si me lastimaba. No obstante, tuvo un efecto contrario. Me gustó la forma en la que sus dedos se enterraban en mi piel mientras levantaba las caderas para darle más intensidad a sus movimientos.

No me sorprendió la manera en la que mi temperatura aumentó. El roce, su respiración, sus manos sujetándome con fuerza las caderas y su lengua ofreciendo pesadas lamidas en mis pechos fueron el estimulante perfecto para avanzar. Le sostuve la cara entre las manos para poder besarlo de nuevo a mi antojo, mi ritmo y voluntad.

La docilidad con la que actuó bajó mis defensas, hizo que me perdiera en un beso al que respondió, respetando la delicadeza de mi caricia sobre su boca. Me resultó placentero sentir sus manos subiendo y bajando por mi espalda, mientras me movía propiciando un roce apenas perceptible. Christian me sujetó por las caderas, un movimiento rápido en el que me levantó por un breve momento. Supuse que lo había hecho para controlarse, para evitar que me siguiera meciendo sobre su regazo, por ello cuando me empujó hacia abajo me senté con confianza, hasta que la presión que sentí entre mis piernas me obligó a detenerme.

—Eres un tramposo —me quejé, agitada al sentirme engañada por su comportamiento.

—El peor de todos.

—Dame un momento.

Me incliné hacia adelante un poco, para liberarme de la sensación punzante que me robó el aliento. Christian se percató de mi intención y, actuando con más rapidez, me obligó a retroceder al mismo tiempo que me besaba. Un beso audaz, duro y demandante que no quise romper, aun cuando sentí el roce intenso de su erección sobre mis pliegues. El momento que le pedí no se me concedió, con un fuerte apretón en las caderas hizo que me deslizara hacia abajo, un agarre férreo que me mantuvo quieta mientras me adaptaba a la sensación de tenerlo adentro.

Me sujetó las caderas con fuerza para hacer que me moviera a un ritmo tosco, pero exquisito. Le gustaban las cosas así, fuertes y poco delicadas, y para mi buena suerte descubrí que a mí también. Cerré los ojos y me dejé llevar por el placer de sentirlo punzar dentro de mí mientras me movía sobre él, y lo besaba como si mi vida dependiera de ello.

Un teléfono volvió a sonar, pero no pensé en él. En mi mente lo único que había era la imagen de Christian respirando por la boca cada vez que separábamos los labios para tomar aire y la expresión maliciosa que mantenía mientras me movía con rapidez.

Estaba concentrado en mí por completo, abstraído con densidad en algo que seguramente no entendía. Quise ayudarlo, pese a la poca lucidez con la que contaba. Esa fue la razón por la que tomé su mano y la llevé hasta la parte alta de mi pecho, justo sobre mi corazón, que latía con desenfreno. La apreté con la mía, para que no la moviera, antes de llevar mi otra mano hasta su pecho, del lado izquierdo. La sincronización de nuestros latidos era perfecta, como si se tratara de un mismo corazón bombeando sangre para ambos. Pese al placer ardiente que me dominaba, era consciente hasta de nuestras respiraciones que seguían un mismo ritmo.

—¿Por qué…?

No pudo terminar de formular la pregunta. Aun así, supe lo que quiso decirme. Se veía confundido y excitado por partes iguales, jadeando sobre mis labios, que lo besaron siguiendo una necesidad incontrolable. Que continuara moviéndome sobre él a un ritmo enérgico parecía aturdirlo más.

—Por el beso de bruja —le mentí, con la poca conciencia que conservaba.

***

Parpadeé varias veces con la mirada puesta en mi reflejo, preguntándome cómo llegó ahí la nueva cadena en mi cuello. El dije que colgaba de ella era una letra C, que estaba en medio del círculo rodeado de pequeñas piedras brillantes. Las tres copas de vino no pudieron borrarme el pasaje de la noche anterior, tenía claro todo lo que habíamos hecho abajo antes de subir a la habitación a dormir. Era consciente de que cuando me recosté sobre su pecho, ignorando la manera en la que refunfuñó cuando Nala se subió a la cama, esa cadena no estaba en mi cuello. Llegué la conclusión de que Christian me la puso mientras dormía. La breve sonrisa en mis labios delató lo encantada que me encontré con el detalle que, seguramente, tenía segundas intenciones que decidí ignorar.

Abandoné la habitación ansiosa por reunirme con él. Siguiendo el ruido que llegaba desde la sala, bajé las escaleras con una pequeña sonrisa en los labios que se amplió al verlo. Se encontraba sin camisa, con el pecho y los brazos mojados, observando a mi perra que también estaba empapada. Puse todo mi esfuerzo para no romper en risas al procesar la imagen frente a mí. Jamás imaginé que terminaría bañando a Nala. Terminé de bajar las escaleras y al detenerme frente a él, presioné un beso sobre sus labios, por el que frunció el ceño.

—Buenos días, amargado.

—Me merezco más que un beso mustio por haber bañado a tu perra. Iré a ducharme para que salgamos a desayunar, hay un restaurante a unos quince minutos.

—Christian —le dije antes de que se marchara—, gracias por el regalo. Es linda, una manera muy sutil de marcarme con tu nombre.

Su mirada se deslizó por mi cara hasta detenerse en mi cuello, donde su inicial colgaba de una cadena dorada. Una sonrisa se dibujó en sus labios, tan breve que no tuve tiempo de contemplarla.

—Entonces fue buena idea cancelar lo del tatuaje.

Christian no solía bromear con frecuencia, tal vez por ello encontré graciosa su respuesta, o solo porque fue algo que salió de su boca.

***

Lo único malo del fin de semana fue que terminara. Como todo ser humano decente, odiaba los lunes, pero aquel, en específico, aún más. Después de pasar dos noches en el chalet de Christian, alejada de todo el estrés del día a día, no se me antojaba volver a la realidad. Esa era la razón por la que me encontraba malhumorada, envuelta en el suéter de Christian y con los ojos cerrados por el sueño que me dominaba.

Era tan temprano que el sol aún no había salido. La carretera debió estar despejada porque Christian conducía sobrepasando el límite permitido. Mi pereza evitó que lo comprobara, pero me hallaba casi segura de que era así. Nala dormía en el asiento trasero, acurrucada en la maleta de Christian, seguramente en busca de su olor.

—¿Quieres un café para despertarte? —Negué enérgicamente, manteniendo los ojos cerrados—. ¿Abril?

—No —respondí, con pereza—. No quiero despertar.

—¿No tienes que ir a trabajar?

—No quiero hablar.

Su risa sonó a lo lejos porque volví a quedarme dormida, un sonido ronco y bajo que me sacó una sonrisa que desapareció pronto, tras acomodarme mejor para continuar dormitando. El único motivo por el que había salido de la cama a esa hora fue la insistencia de Christian. El gran premio que se correría el fin de semana requería que pusiera toda su atención en los entrenamientos. Me explicó antes de salir del chalet que Román, su preparador, y Javi, lo estaban esperando.

Tras un largo momento abrí los ojos lentamente para observarlo, conducía con la mirada puesta en el camino, como si no le estorbara tener el peso de mi cabeza sobre el brazo que movía para manipular la palanca de cambios. Se veía sereno, distinto, mucho más tranquilo de lo que estaba la noche que llegamos.

—Maldita sea —lo escuché murmurar por el sonido del teléfono. Dejé un beso en su brazo descubierto y volví a mi asiento, buscando la forma de dormir más—. ¿Por qué te quitas?

—Para no estorbar.

—No estorbas. Regresa a donde estabas. —Todo lo que salía de la boca de Christian sonaba a una orden, sabía que no era correcto que le permitiera hablarme de esa forma, pero aquella mañana me encontraba demasiado agotada como para discutir, así que me recosté sobre su brazo de nuevo.

Christian comenzó a discutir con Javi y otra persona de su equipo. Lo escuché sin prestarle demasiada atención, porque mi cerebro se encontraba adormilado.

De la nada mi cuerpo se sacudió ante lo que se sintió como un frenazo, me impulsé hacia adelante de manera involuntaria, para luego caer de nuevo sobre mi asiento. Sentí una ligera punzada en la parte trasera de mi cabeza, en la que no pude pensar por lo rápido que sucedió todo.

—¿Mi amor, estás bien? —No pude reaccionar de inmediato, tal vez fue el golpe o la impresión de escucharlo llamarme así lo que me dejó muda—. ¡Mierda, Javi! Casi choco por tu culpa.

—Nala —murmuré y de inmediato Christian miró hacia atrás.

—Sigue dormida, ¿tú estás bien? —insistió.

Asentí, percibiendo cómo la impresión aún no pasaba por culpa de las reacciones que tuvo mi cuerpo.

Tras un par de segundos mis latidos se ralentizaron y fui consciente de lo que pasaba a mi alrededor. Christian continuaba discutiendo por teléfono, esta vez usando el altavoz.

—Vamos muy rápido.

Bajó la velocidad y apoyó la mano en mi pierna para darme un suave apretón, antes de concentrarse una vez más en el camino. No pude volver a dormir, ni siquiera lo intenté. Me mantuve atenta a lo que pasaba. Para cuando el auto se detuvo frente a mi casa, me sentí despejada, y aún pletórica de felicidad por escucharlo llamarme de aquella forma.

—Llego en veinte minutos —fue lo último que dijo antes de colgar finalmente la llamada—. ¿Necesitas ayuda con tu maleta?

—No, pero quiero que me ayudes.

Mi respuesta le robó una pequeña sonrisa que ocultó negando con un falso fastidio. Tras salir esperé que él se encargara de sacar a Nala y nuestras cosas. En cuanto lo vi abrir la puerta trasera busqué mis llaves, por ello el portazo que dio de nuevo me sobresaltó.

—Dejaré a Nala en la guardería —explicó, ante mi evidente confusión. Mi perra ladró, la escuché pese a las ventanas cerradas.

—No, no te preocupes. Probablemente solo vaya a la tienda un rato.

—Tómatelo en serio, ve de una vez. Dormiste todo el camino, no estás cansada.

—Christian.

—Tienes que trabajar en el apego que tú tienes con ella —aunque me sonrió, noté que estaba nervioso o al menos así me pareció—. Mañana me quedo contigo, no hagas planes con tus insoportables amigas.

Mi intención de darle un abrazo se quedó a medias al escucharlo hablar así. A él le pareció divertida la expresión en mi cara. Burlándose de ella me abrazó por un breve momento, que yo alargué al no soltarlo.

—Cuida a Nala.

—La dejaré a mitad del camino.

—No es gracioso, Christian.

Aunque se despidió con un beso después de dejar mis cosas adentro, tenía la sensación de que algo no estaba del todo bien entre los dos. Evité pensar en ello por el resto del día; sin embargo, lo que sentía era un mal presentimiento que no pude dejar ir con facilidad. Esa noche me llamó cuando estuvo en su cama, y aunque no era tan comunicativo, me contó un poco de su día, para luego despedirse con simpleza.

El mal presentimiento persistió durante el día siguiente. La cantidad de trabajo que teníamos por culpa de una novia problemática no me entretuvo lo suficiente para dejar de pensar en eso. Cuando llegué a casa vi el auto de Christian estacionado afuera y entré con un buen ánimo, que aumentó al cruzar la puerta y escucharlo hablar con mi perra. Se estaba quejando de ella. Aun así, me resultó divertido escucharlo.

Su presencia por el resto de esa noche y un par de horas más a la mañana siguiente hizo que finalmente dejara de prestarle atención a mi intuición. Disfruté del tiempo que pasamos juntos antes de que tuviera que despedirse para marcharse al aeropuerto.

Esa misma noche me llamó, lo hacía antes de meterse a la cama para desearme buenas noches. Hizo lo mismo al día siguiente con una llamada un poco más larga y menos fría. Pensé que el sábado buscaría la forma de comunicarse una vez más, pero no llegó un solo mensaje en el trascurso del día, tampoco una llamada en la noche. Quise creer que estaría trabajando. Me aferré a aquella idea hasta el día siguiente, cuando tampoco recibí una llamada suya previa a la competencia.

Algo estaba ocurriendo. Lo sentí con más fuerza, y nada ni nadie podía sacarme aquella idea de la cabeza. Ni siquiera Diana, quien estaba tirada en un sillón conmigo viendo los programas previos a la competencia.

—Estás paranoica —dijo, cuando le mostré su último mensaje—. No pasa nada, seguro está ocupado. Aby, Christian es el mejor piloto del campeonato mundial. Acabas de ver cómo la presa lo asecha.

—Pero es raro que no me haya escrito. No se ha conectado, mira, desde ayer en la tarde.

—Probablemente porque está ocupado. Tengo el número de su asistente, llámala.

—¿Cómo lo tienes?

—Christian me lo dio cuando reservamos para la cena de tu cumpleaños. Llámala.

—No, no haría algo así.

—Entonces relájate. Christian no me da la impresión de ser el novio más cariñoso del mundo, no lo veo escribiendo mensajes todo el tiempo y marcándote para enviarte besos.

—Eres una tonta.

Ambas reímos a la vez mientras Nala, que había estado en el jardín, llegó hasta la sala.

—Nala, ven a ver a tu papá con nosotras —dijo Diana, provocándome más risas.

Una suave carcajada que me hizo bien, pero que acabó demasiado rápido, justo en el momento en el que Diana levantó su teléfono para mostrarme la pantalla.

—¿Qué es?

—Perdón por llamarte paranoica. Lena está en el circuito, se tomó una foto donde se ve Christian de fondo y escribió: «Mi prometido es el mejor».

No pude tomar el teléfono, tampoco ver la imagen, porque en ese instante sentí que el aire se había atascado en mis pulmones por culpa de lo que sentí como un golpe en el pecho.

CAPÍTULO 24

Christian

Mi vida era una mierda, una completa y soberana mierda, ese fue el primer pensamiento que tuve al entrar a mi caravana y ver a Lena sentada con las piernas cruzadas en el sillón de la sala. La frustración creció de golpe por culpa de su perfume, que mezclado con el olor a humo inundaba el espacio. En las últimas horas nada había salido como esperé. Sufrí la caída más estúpida de la temporada, las malditas cámaras grabaron mi discusión con Javi en el *box* y Abril no respondía el maldito teléfono. Todo era un puto desastre que comenzaba a dimensionar hasta ese momento.

—¿Por qué sigues aquí? Te dije que te fueras. —Me miró fijamente mientras tiraba la colilla del cigarro en el vaso de agua frente a ella. Estaba esforzándose por llorar, lo noté de inmediato.

—Quería despedirme de ti antes.

—Lena, es el peor puto día para que intentes joderme la vida. ¡Vete de una maldita vez! No te conviene llevarme la contraria.

Fui hacia la cocina ignorando el falso sollozo que salió de sus labios. Tomé una lata de energizante que en ese momento necesitaba y regresé hacia la sala solo para asegurarme de que estaba recogiendo sus cosas para irse. Su maldita visita sorpresa la noche anterior había sido el inicio de todos mis problemas.

No esperaba verla, no cuando le dejé claro que si quería que pagara la clínica de rehabilitación no podría salirse cuando se le diera la gana.

—Lamento lo que hice, me disculpo, pero creo que tu actitud lo ha provocado. Tenías meses sin verme y ayer lo primero que hiciste fue gritarme. Querías que me fuera, llamaste a un chofer para que me llevara al hotel, como si yo fuera cualquier persona.

—Me llamaste para pedirme dinero porque no podías seguir

pagando la clínica, dijiste que quieres curarte, ¿y qué es lo primero que haces? ¡Salir de ese puto lugar!

—Solo quería verte. Me sentía mejor.

—¡Pues no lo estás! ¡Es evidente! ¡Mira lo que le hiciste a mi teléfono!

—Lo siento, Christian, lo siento de verdad. Voy a irme, solo estoy esperando que Vivian venga por mí.

Mi cuerpo tembló por la rabia contenida, estaba alojada en mi pecho desde la discusión que tuvimos en cuanto se apareció en la caravana. Lena había actuado sospechosamente cariñosa, pese a mi enojo al verla. Su careta duró menos de una hora, se cayó en medio de la pelea, cuando lanzó mi teléfono contra la pared por mi disposición de enviarla a un hotel.

—Si vuelves a salir de la clínica no pagaré por ella de nuevo.

—A veces creo que me odias.

Verla a los ojos atizó todo el rencor que le tenía. Apreté la lata vacía con fuerza y noté su reacción fría. Lena no me temía en lo absoluto, solo fingía hacerlo. Era obvio que su visita tenía un objetivo oculto, su estúpida actitud cariñosa lo delató. Bajé la cremallera del traje y salí de él con rapidez, desesperado por su presencia.

—Vete.

—¿Podemos ir a tu cuarto antes de que me vaya?

—¿A qué?

—Llevó encerrada dos meses, tengo ciertas necesidades. ¿Tú no?

Mi risa sarcástica pareció afectarla. Me miró fijamente, mostrando una tensión novedosa. Ella sabía que no era un idiota al que podía engañar con facilidad, y aquella respuesta fue una muestra de su desesperación.

—No, yo no.

—A veces me pregunto cómo un hombre con tanta libido puede pasar tanto tiempo en abstinencia. ¿A quién te coges, Christian?

—¿A quién te coges tú?

El ruido de un motor rompió el silencio que se formó tras mi pregunta. Lena estaba pálida porque, a diferencia de ella, yo pude sostenerle la mirada hasta que la puerta se abrió y su asistente y mi *coach* cruzaron por ella.

La cara de Javi se desencajó ante la escena que contempló, pues ver a Lena lo irritaba más que a mí. No se molestó en disimular su molestia, tampoco fue cortes con ella. La ignoró como lo hizo en la noche anterior y se dirigió a la cocina de inmediato.

—Lena, el auto nos está esperando.

—Ve con Vivian y no vuelvas a salir de la puta clínica.

Tomó su bolso con un dramatismo que solo podía venir de ella, tras ponerlo en su hombro tiró un par de cosas sobre la mesa, y caminó hacia la puerta con apresuradas zancadas largas que la sacaron de mi campo visual.

—¡Maldita sea, Christian! ¡De todas las estupideces que has hecho en tu vida esta ha sido la peor! —Aún no me reponía de mi discusión con Lena, por ello los gritos de Javi me llevaron a lanzar la lata hacia el piso. Estaba harto, cansado de todo y todos—. Lo que está pasando ahora en tu vida personal está afectando a tu comportamiento en la pista. Lo que hiciste, todo este desastre de aquí hizo que te fuera así dentro del circuito. ¡Por un demonio, Christian! ¿Cómo fuiste capaz de caerte de esa forma?

—¡La pista está mojada!

—¿Y qué? ¿Cuántas veces conseguiste la *pole* en una pista mojada? No pongas excusas, es este desastre. Desde que esa mujer apareció aquí te desconcentraste por completo. ¿Por qué vino?

—¿Crees que sé lo que pasa por la cabeza de esa desequilibrada? Pensé que se iría a primera hora después de la pelea de ayer.

Javi se recostó sobre la pared, respirando hondo una y otra vez, buscando la manera de controlarse. Algo que yo ni siquiera podía intentar. Estaba a punto de perder la cordura por culpa de todos.

—Si no le pones un alto a esto vas a terminar hundido en muchos sentidos. El asunto de Lena cruzó todos los límites porque afecta tu desempeño en la pista. Su vida es una mierda, Christian. Olvida la idea de vengarte de ella. No eres un maldito mafioso que se cobra las ofensas con sufrimiento. Te engañó y no entiendo por qué te molesta tanto. Ella nunca te importó. Estabas caliente por Lena solamente, como antes lo has estado por otras. ¿Cómo mierda lo convertiste en algo tan personal?

—¡Se burló de mí!

—No eres un maldito santo y tu relación con ella ni siquiera era algo importante. El único motivo por el que saliste con ella por más tiempo del de costumbre fue tu lesión. Olvida lo que pasó y sigue con tu vida. A Lena le está yendo mal en todos los sentidos, ya tuvo su merecido.

—Aún no.

—¡Maldita sea, Christian! Se quedó sin carrera, está internada en un centro de rehabilitación.

—Siempre ha tenido una adicción a los calmantes. ¿Y cuál carrera? Hablar estupideces frente a un teléfono no puede considerarse una profesión.

—Haz lo que quieras con tu vida, estoy harto de ti.

Javi se marchó sin verme a la cara, refunfuñando en un tono apenas audible, que siempre usaba cuando se encontraba pisando sus límites. Estaba acostumbrado a discutir con él, no me afectó en lo absoluto su humor de mierda. Sin embargo, supe que estaba más molesto que de costumbre. La cara de Cristal que apareció cuando él salía, lo evidenció.

—¿Me llamaste?

—¡Sí!

—¿Ahora qué hice? —preguntó, casi con temor, por la manera en la que levanté la voz.

—¿Conseguiste comunicarte con Abril?

—La llamé desde mi número y su teléfono no me envió al contestador. Creo que bloqueó tu número.

***

La recepcionista de la tienda de Abril se atravesó en mi camino apenas crucé la puerta. Estaba cansado por el viaje y harto de todas las mierdas que hablaban los portales deportivos de mi caída. Aquel era el peor momento para tocarme las pelotas, y se lo dejé saber con una larga mirada de advertencia.

—Buenas tardes, ¿puedo ayudarlo en algo? —No le respondí, pasé a su lado con el casco entre mis manos directo hacia las escaleras—. Está en una reunión —agregó con prisa, en cuanto pisé el primer escalón que me llevaba a la segunda planta—, con un cliente, no puedo interrumpirla, de verdad.

—Nadie te pidió que tú lo hicieras.

—Me pidió que no me permitiera que nadie la interrumpiera. Creo que sería mejor que la espere abajo. Puedo ofrecerle algo de tomar mientras ella termina. ¡Aylin! —gritó de la nada, llamando a una mujer pelinegra que pasaba justo tras nosotras—. ¿Puedes acompañar al señor hasta la sala de espera?

—Con gusto. ¿Es un cliente? ¿Puedo ayudarlo en algo mientras la espera?

—No necesito que nadie me acompañe. —Puse mi casco entre las manos de la recepcionista y me dirigí de nuevo hacia las escaleras.

Mi mirada buscó a Abril apenas me colé a su oficina. La encontré de pie cerca de su escritorio, contemplándome con una evidente sorpresa.

Cerré y puse el seguro sin apartar mis ojos de ella ni de los gestos que delataron su repentino nerviosismo.

—Parece que no te da gusto verme, Abril. —Mi voz tuvo algún tipo de efecto, la sacó del trance en el que se sumió por largos segundos. Tras escucharme respiró hondo, buscando un control que no tenía. La conocía de la misma forma en la que ella parecía conocerme a mí.

—¿Cómo estás?

Me sostuvo la mirada mientras hizo esa pregunta, mostrándose ligeramente desafiante. En lugar de concentrarme en el destello de irritación en sus ojos, la observé de pies a cabeza, percatándome de que usaba unos tacones altos y vestía con una seriedad impropia en ella.

—¿Así vas a saludarme?

Abril se quedó en su sitio, observándome fijamente. Su cuerpo mostró tensión al ver cómo yo acortaba la distancia. Sin embargo se quedó quieta, esperando a que yo tomara la iniciativa.

El espacio entre nosotros se redujo lo suficiente como para sentir su calor. Cuando percibí sus pechos aplastándose contra mi torso, una calidez cada vez más familiar me relajó un poco.

—Ya no sé cómo hacerlo, Christian. No tengo idea de lo que puedo y no puedo hacer contigo. —Le fue fácil alejarse porque su respuesta me tomó desprevenido. Rodeó el escritorio y tomó asiento en su silla, con toda la tranquilidad del mundo, como si no me hubiera dejado como un imbécil.

—¿Me puedes explicar qué te pasa?

—Vi la foto que Lena publicó ayer. La llevaste a la carrera, y estuvo contigo en tu caravana.

—No, no la llevé. Ella llegó por sus propios medios y sin ponerme al tanto. No tenía idea de que iba a aparecerse allá. Ayer mismo quise llamarte para contarte todo, pero me di cuenta de que me bloqueaste.

No era una discusión como tal, ninguno de los dos había levantado la voz, aun así, Abril pareció alterada cuando echó la cabeza hacia atrás y se cubrió la cara con las dos manos. Había un ligero y perceptible temblor que ocultó al apartarlas.

—Te bloqueé porque no quiero hablar contigo.

La calma que mantuve se fue a la mierda al escucharla. Ella debió darse cuenta enseguida porque no fue capaz de sostenerme la mirada; en lugar de eso, la desvió hacia la ventana mientras yo le clavaba los ojos directamente.

—¿Entonces no quieres hablar conmigo?

—No, tú no quisiste hablar conmigo cuando estuviste con ella.

—No estuve con ella. ¿De qué mierdas hablas, Abril? La eché desde que la vi, en medio de la pelea tiró mi teléfono a la pared y estuve incomunicado por una puta noche. En cuanto terminé la carrera intenté llamarte.

—¿Por qué peleas con ella si se supone que no tienen nada? Esto me está haciendo sentir de una manera… —Su voz sonó distinta y entonces mi atención se volcó por completo en sus ojos brillantes. No esperé verla a punto de llorar, tampoco sentirme culpable por ello—. Me siento mal.

—Lena me llamó para pedirme dinero, no tenía cómo pagar la clínica de rehabilitación. Accedí porque prefiero que esté ahí que lidiar con ella. El sábado llegó por la noche de repente, como hace siempre. Le pedí que se fuera y discutimos por eso. La envié a un hotel con su asistente y luego el domingo se apareció de nuevo, pero ni siquiera cruzamos palabra. Se marchó después de que la eché cuando regresé de la pista y vi que aún no se había ido. Sabes perfectamente que entre ella y yo no hay nada.

—Todo esto me está haciendo sentir de una manera horrible. Quiero un tiempo —soltó de la nada, su labio inferior tembló por un breve momento, me di cuenta de ello por lo atento que estaba a su cara—. Entiendo el acuerdo que tienes con Lena, pero no puedo evitar sentirme así, y es desgastante. Necesito procesar un poco las cosas.

—Estás haciendo esto porque viste una foto de Lena en la que ni siquiera estoy a su lado, y yo tuve que comprender que tenías que ir a una fiesta con el hijo de puta que te gusta desde hace años. ¿Qué te pasa, Abril? ¿Un tiempo?

Mi evidente molestia pareció abrumarla. Se movió con inquietud sobre la silla tras soltar una honda respiración que solo evidenciaba su incomodidad. El corazón me estaba latiendo con prisa porque sus palabras trastocaron mi tranquilidad, o lo que quedaba de ella.

—No es por la foto, es por lo que sentí.

—¡No tengo nada con Lena!

—¡Lo sé! ¡Pero no puedo evitar sentirme mal! ¡Te llama su prometido!

—¡Sabes perfectamente que no soy su puto prometido!

—Pero la sola idea no me hace bien. Quiero procesarlo, adaptarme a ello. Solo dame unos días.

—No pienso darte ningún tiempo.

—Es que no es tu decisión, es la mía.

La primera lágrima rodó por su mejilla y la limpió de inmediato. Para ese punto mi propia frustración evitó que le prestara atención a su estado anímico, a la expresión de tristeza en su cara. Lo único en lo que estaba concentrado eran en sus palabras que sonaron cargadas de seguridad y me golpearon justo donde más me dolía, en mi orgullo.

—Tómate todo el puto tiempo que quieras, no voy a rogarte si es lo que esperas.

Eso fue lo último que dije antes de salir y azotar la puerta.

***

El nombre y el número de Javi aparecieron en la pantalla iluminada. Lo observé por un largo momento, debatiendo interiormente si realmente era una buena idea responder. Aquella noche no estaba seguro de nada, cada una de mis acciones había sido desacertada. Jamás me sentí tan imbécil como en aquel momento en el que permanecía dentro del auto, observando la calle.

—Christian —Javi dijo mi nombre en cuanto tomé la llamada—, Daisy me está preguntando a qué hora vendrás.

—Pronto —respondí, con la mirada fija en la casa a mi derecha.

—¿Estás en camino?

—No.

—¿Traerás a Abril? —Hubo silencio incluso en mi mente, porque me quedé en blanco procesando una pregunta para la que no tenía respuesta. Apreté los párpados en un acto reflejo al dolor de cabeza que padecía, tan tenso que cada movimiento se sentía lento.

—Me pidió un tiempo. Y le dije que no iba a rogarle.

—¿Entonces vendrás solo? —La cautela en su voz me hizo darme cuenta de que Javi sabía que era una situación complicada. No había espacios para bromas, no tenía humor para lidiar con una sola.

—Tengo una hora fuera de su casa.

—¿Qué piensas hacer?

Observé de nuevo hacia la ventana en la que la luz encendida me permitía ver la sombra de Nala moviéndose de un lado a otro. Los cuestionamientos llegaron tan rápido como el ruido de la respiración de Javi detrás la línea, el único ruido que se escuchaba.

—No lo sé. Yo no lo ruego a nadie, no lo haré con ella.

—Entonces sal de ahí y ven a casa. Daisy y yo te estamos esperando.

—Pero quiero verla —confesé, molesto conmigo por caer en algo así.

Escuché un suspiro y el ruido de la respiración de mi *coach.* Javi parecía estarse alejando del ruido, la música de fondo dejó de filtrarse a través de la llamada. Odiaba que se metiera en mi vida; sin embargo, como cada vez que no sabía cómo manejar algo, quería escucharlo darme lecciones de las que refunfuñaba en vano. Siempre las escuché con atención.

—Baja, toca la puerta y dile que quieres hablar con ella.

—No, quiero que ella me busque a mí.

—Enciende el auto y conduce a casa. Lo que esperas no va a pasar, vas a permanecer toda la noche aguardando un momento que no va a llegar.

—Puedo ir por la perra a la guardería o esperar que salga al jardín y solo llevármela. Ella tendría que buscarme a mí.

—¡Dios mío! ¿Qué hicimos mal Daisy y yo? ¿Cómo se te ocurre que secuestrar a su perra es una buena idea? —Su exaltación fue tanta que tuve que apartar el teléfono.

—No dije que fuera una buena idea, solo sería una manera de obtener lo que quiero, que ella me busque.

Ninguno de los dos dijo algo, por lo que se sintió un largo momento. Javi parecía estar buscando las palabras adecuadas, yo solo miraba hacia arriba, contemplando la luz encendida en la terraza.

—Christian, no solucionarás nada actuando de esa forma, solo vas a complicarlo todo. Si quieres verla, baja, toca su puerta y díselo.

Lo pensé, mi mente enferma llegó a contemplarlo, pero mi voluntad se impuso. Tomé aire, sosteniendo el teléfono pegado a la oreja, en donde escuchaba la respiración pausada de Javi.

—Me dijo que no quiere hablar conmigo.

—Pídele disculpas por lo que sea que le hiciste. De vez en cuando debes dar tu brazo a torcer al menos con ella. Nadie va a juzgarte por eso. Estás enamorado de esa muchacha, es normal que hagas ese tipo de cosas.

—Mierda, Javi, eres tan ridículo.

Tras escucharme soltó una carcajada, larga y ronca que me irritó todavía más. Estuve a punto de colgar, pero lo evitó la voz de Daisy, que se escuchó a lo lejos, estaba preguntando por mí.

—No lo negaste, ese es un gran paso, dentro de poco vas a aceptarlo. Toma una decisión de una buena vez. Daisy está inquieta por tu culpa, te está esperando.

Pese a que colgó me quedé con el teléfono en el mismo sitio un momento más, analizando la breve conversación que sostuvimos, pero no mejoró el panorama.

Tras un momento desvié la vista de nuevo hacia la casa, intentando tomar una decisión contra el tiempo. Abril debió haberme embrujado de verdad, lo pensé cuando salí del auto dispuesto a buscarla. Esa fue la conclusión a la que llegué para explicar la desesperación que sentía por verla. Tal y como me lo había advertido aquella noche en la piscina, sentía que me estaba volviendo loco, soñándola como imbécil todas las noches y viendo su cara en cualquier persona.

En lugar de tocar, como Javi lo sugirió, busqué mis llaves y abrí la puerta sin temor a su reacción. No iba a ser capaz de echarme, la conocía, era demasiado amable para hacerme algo así. No le presté atención a la agitación repentina que experimenté mientras atravesaba el jardín. Me acerqué con seguridad ignorando los ladridos de Nala, que se hacían cada vez más fuertes.

El ruido aumentó en el momento que usé las llaves para encargarme de abrir. Apenas empujé la puerta se abalanzó sobre mí, emitiendo un sonido parecido al llanto que se mezcló con sus ladridos que salían en un tono más bajo. Comenzó a saltar a mi alrededor, dificultándome avanzar por su evidente emoción, que no se controló a pesar de que la ignoré.

—Nala, ¿qué pasa?

La voz de Abril sonó lejana, seguida del ruido de sus pies descalzos contra el piso. Habían transcurrido solamente dos días de nuestra pelea, quise creer que por ello la irritación emergió con fuerza tras escucharla. Estaba molesto con ella por imponer distancia entre los dos, por no mostrarse ni mínimamente preocupada por mi caída, por su maldita falta de interés que ni siquiera se molestaba en ocultar.

La perra continuó saltando a mi alrededor hasta que finalmente se paró en dos patas, apoyando las delanteras en mis piernas. Sabía lo que venía y pude haberlo evitado; sin embargo, tras levantar ligeramente la vista y observar de reojo la sombra de Abril, actué con inteligencia y permití que la perra escalara sobre mí, y cuando no pudo avanzar más por su tamaño y peso —que había aumentado—, la sostuve con ambos brazos.

Nala escondió el hocico en mi cuello sin dejar de emitir chillidos fastidiosos. Quise soltarla al sentir su lengua en mi mejilla, pero no lo hice porque Abril, al bajar por las escaleras, se mostró visiblemente conmovida por el llanto de su perra.

La odié un poco en ese momento, por obligarme a hacer ese tipo de mierdas. Jugar con su perra para ganar puntos con ella era probablemente lo más desesperado que había hecho. Pese a mi enojo, mis ojos estaban empecinados en contemplarla. La observé con atención mientras se acercaba con pasos lentos y cargados de dudas que la dejaron frente a mí, a varios pasos de distancia. Estaba en pijama y con el pelo húmedo cayendo por su espalda.

Debió haberse duchado recientemente, el olor a miel y canela inundaba el lugar, haciéndome más consciente de que había cedido, de que estaba ahí a pesar de que ella había pedido distancia. Estaba rogando como un imbécil sin carácter.

—¿Y tú no vas a saludarme?

La pregunta fue un reclamo cargado de amargura que no me molesté en suavizar. Había llegado hasta ahí para verla, pero no tenía claro cómo actuar. Abril parpadeó varias veces ante mi pregunta, la tomé desprevenida, pude notarlo en la inquietud con la que se removió. Puse a Nala en el piso sin apartarle la mirada de encima a su dueña, que con dudas dio un paso hacia el frente.

—¿Cómo estás? —Su saludo fue tímido y titubeante, parecía no saber qué hacer, si acercarse o mantenerse en su sitio. Se limitó a sonreírme, observándome sin parpadear, aguardando una respuesta que no quería darle.

—Bien.

No soportaba la incomodidad que transmitía su lenguaje corporal. Me acerqué hasta que mi cara quedó a pocos centímetros de la suya, esperando que fuera ella quien decidiera cómo iba a saludarme. Lo hizo con un beso en la mejilla que se sintió como un derechazo en la cara, mostrándose tan temerosa que se movió un poco, como si quisiera evitar que me acercara más.

Las palabras de Javi hicieron ruido en mi cabeza al alejarme de ella. Había dado mi brazo a torcer incontables veces por Abril, siempre fui yo el que la buscaba con insistencia.

—La esposa de Javi cumple años mañana, planeó una cena hoy y me pidió que te llevara. —No mentí del todo, Daisy quería conocer a Abril por culpa del estúpido de Javi—. Le prometí que lo haría. No consideré el asunto absurdo del tiempo que pediste. Quiero que me acompañes.

La indecisión brilló en sus ojos por los pocos segundos en los que me sostuvo la mirada, aquel gesto aumentó mi deseo de marcharme. No terminaba de tener claro qué estaba haciendo ahí, por qué me sometía a algo así, cuál era la razón por la que estaba intentando sumar puntos con ella al sostener entre los brazos a su perra llorona.

—Lo haría, Christian, pero estás tan molesto conmigo que creo que la situación sería incómoda para todos.

—Por Daisy actuaré como si no me hubieras mandado a la mierda hace dos días. Fingiré que todo está bien.

—No hice eso, no te mandé a la mierda... Christian —me llamó cuando le di la espalda.

—¿Qué? —respondí, sin voltear, no quería verla a los ojos, al menos no en ese instante—. ¿Vas a acompañarme, sí o no?

—Si te pedí un tiempo eso no significa que no quiera estar contigo. Quiero pensar con claridad para adaptarme a lo que pasa entre nosotros y a nuestro alrededor. Solo te pedí un par de días para ordenar todo en mi cabeza. Tú lo hiciste antes sin pedírmelo, te marchaste molesto conmigo y desapareciste por días. —Aunque escuché su explicación no reaccioné a ella, me quedé inmóvil, aguardando que continuara hablando.

—Hoy prefiero no tocar el tema.

—Está bien. —Abril pareció entender mi petición, respiró hondo y buscó mi mirada de nuevo—. ¿Qué debería ponerme?

—¿Por qué me preguntas eso? —cuestioné, ocultando la ligera satisfacción que experimenté por su disposición a acompañarme. En ese momento entendí que no solo quería verla, la idea de pasar tiempo con ella era un alivio. Probablemente la había extrañado; lo consideré al sentirme más relajado.

—No sé adónde vamos, ni el tipo de impresión que quieres que le cause a la esposa de Javi.

—Es una cena en casa con pocos amigos; en cuanto a la impresión, solo sé tú, Abril. No necesitas impresionar de ninguna forma a nadie.

—Tal vez me tarde un poco. ¿Quieres algo mientras me esperas?

—Nada.

—Intentaré no tardar demasiado.

Abril era fastidiosamente cariñosa, por eso, cuando vi que se alejaba sin dedicarme al menos una puta sonrisa me sentó mal. Subió las escaleras, llamando a Nala en el proceso. La perra optó por no seguirla, con un salto se acomodó en el sillón, justo a mi lado, con una confianza que no le había dado.

***

—Estoy nerviosa por conocer a Daisy. —Después de un largo trayecto en el que no abrió la boca para nada, escucharla decir eso me provocó satisfacción.

—No tienes por qué estarlo. Daisy puede parecer intimidante, pero después de unos minutos te das cuenta de que es agradable, amable e incluso divertida. No sé por qué mierda se casó con Javi, ese viejo entrometido no se la merece.

—¿Cómo te llevas con ella?

—Bien, me toca las pelotas un poco cuando me llama para reclamarme por no visitarla, pero nada que no sea manejable. Daisy no pudo tener hijos, y aunque lo intentó muchas veces, terminó perdiéndolos todos. Me conoce desde los ocho, llegué a vivir a su casa a los diez, así que supongo que me ve como a una especie de hijo.

Justo cuando me estacioné, Abril volteó el rostro para observarme. Fue una larga mirada que sostuve y en la que percibí algo distinto. Era como si me hubiera visto de aquella forma antes, como un vago recuerdo que no comprendí de dónde venía.

—¿Es aquí? —asentí, al mismo tiempo en el que salía por mi puerta, para encargarme de la suya.

Odiaba no poder sujetarla como se me antojaba, me negaba a la posibilidad de que huyera de mi tacto, por ello al cruzar la calle solo caminé a su lado, manteniendo una distancia que encontré absurda. Abril observó los portones que resguardaban la casa, lo hizo por el largo momento en que tardé en digitar la clave. Una pequeña puerta se abrió y ella se acercó para cruzarla.

—Es linda —comentó tras dar un par de pasos. La guie hasta la puerta principal, y cayendo en la tentación de tocarla, mi mano descansó en su espalda baja. Tras empujar la pesada puerta le cedí el paso de nuevo. El ruido se filtró apenas estuvimos adentro, era música en tono suave mezclado con voces y risas.

Antes de que pudiéramos seguir avanzando sentí una mirada sobre ambos, levanté la vista y entonces me encontré con la sonrisa de Daisy, que nos estaba observando mientras atravesaba el pasillo. Su pelo negro y corto lucía impecable, al igual que el maquillaje en su cara. La esposa de Javi era una mujer elegante, por la que los años habían pasado con especial consideración.

—Los estaba esperando —dijo, con evidente buen ánimo. Abril se removió nerviosa a mi lado, con un suave apretón la obligué a relajarse, antes de soltarle la mano para saludar a Daisy—. Mi Christian —murmuró, apretándome contra su pecho en un abrazo que me tomó desprevenido, solo pensaba darle un beso en la mejilla—, creía que no llegarías.

—Te dije que lo haría, confía en mí de vez en cuando. —Apreté los ojos cuando dejó un beso sonoro en mi mejilla, era un juego entre ella y yo, que a veces la hacía enojar. En esa ocasión no sucedió. Daisy estaba concentrada en la mujer que permanecía a mi lado—. Quiero que conozcas a Abril.

La sonrisa de Daisy se amplió al verla. Abril la saludó con naturalidad, besando su mejilla.

—Javi me habló tanto de ti que siento que te conozco. Eres muy linda.

—Muchas gracias.

Las mejillas de Aby estaban tan rojas que estuve a punto de reírme por ello. Javi llegó antes de que pudiera hacerlo, se acercó entre sonrisas y la saludó con un beso en la mejilla, para luego palmearme el hombro. Tras intercambiar un par de palabras, Daisy nos guio hasta el jardín, en donde había una mesa larga llena de personas. Estaba ocupada por sus amigos y un par de sus hermanos. No esperé tantas personas, aun así, busqué la mano de Abril una vez más ante la mirada curiosa de Javi.

—Christian, tengo que presentarla con mis amigas —dijo con evidente entusiasmo—. La regreso de inmediato contigo.

—¿Quieres ir? —le pregunté en voz baja a Abril. Ella asintió y solo entonces la solté—. No tarden demasiado.

Daisy entrecerró los ojos por mi petición y se alejó caminando al lado de Abril, que la siguió como si no hubiera estado nerviosa antes de llegar, asintiendo a las muchas cosas que le decía.

—Voy a joderte la noche, pero debo decírtelo. —Había seguido los pasos de Abril con la vista, escuchar a Javi me obligó a dejar de verla—. ¿Sabes en lo que más te afecta el asunto de Lena? Daisy está presentando a Abril como tu novia, puedo asegurártelo. La mitad de estas personas usan redes sociales. Saben que supuestamente tienes una prometida. ¿Sabes quién queda mal en todo esto? Abril, es ella quien terminará siendo señalada por involucrarse con alguien comprometido.

—En dos meses no estaré vinculado bajo ninguna forma con Lena.

—Sí, pero entre tanto te paseas con esa muchacha de un lado a otro, sin pensar en las consecuencias que podría traerle.

—¿Quién te entiende? Tú me sugeriste que la trajera.

—No me malinterpretes, me alegra que esté aquí. Solo intento hacerte ver lo perjudicial que es todo esto. ¿Qué harás cuando hablen mal de ella? Cuando la vean como la tercera en discordia. Lena tiene medios de su lado, un grupo considerable de personas que la siguen.

—Esperaré un tiempo prudente después de lo de Lena para presentar a Abril públicamente, estoy dispuesto a hacer alguna portada de revista, o simplemente hablar de ella cuando me coronen campeón en la final de la temporada.

—Sí, tú haciendo una portada —soltó con ironía.

—Voy por algo de tomar.

—Mañana tenemos una conferencia. No bebas alcohol, Christian.

—Será un par de tragos.

Busqué a un mesero que me ofreció de inmediato un vaso que tomé sin dudarlo. Fue él quien me señaló mi puesto en la mesa. Aguardé por Abril para dirigirme hasta ahí a su lado, ignorando la mala mirada de Javi que parecía tener ganas de golpearme. De lejos noté cómo su nerviosismo había disminuido. Al acercarse de regreso lo hizo conversando con Daisy, sonriente y atenta a cada palabra que le decía. Era la primera vez que llevaba a alguien a casa de Javi. Él jamás me había pedido algo parecido, yo jamás consideré que algo así fuera necesario. Por eso me resultó un tanto extraño verlas conversando.

—No tardamos demasiado, como pediste.

—Estaba bromeando. —Daisy sonrió ante mi respuesta, sin dejar de ver a Aby, que permanecía a su lado.

—Pasen a la mesa. Hazla sentir en casa, Christian.

—Está bien.

—Daisy es muy amable —dijo Aby, después de que ella se marchó—. Te llama mi Christian.

—Sí, lo hace desde siempre.

—Vamos.

—Me hizo muchas preguntas —comentó mientras caminábamos hacia la mesa—, pero fue tan sutil que no se percibió como un interrogatorio. Creo que ya sabe todo sobre mí.

—Es un poco entrometida, por eso se lleva bien con su marido. —Aby soltó una risa corta mientras se acomodaba sobre su silla, no pareció sentirse incómoda por las preguntas a las que había sido sometida. De hecho, se veía contenta, observando alrededor constantemente.

—Lo último que me preguntó es si tenía tatuajes. Pero fue tan casual que no se percibió extraño. Recordé que me contaste que te dejó de hablar cuando te hiciste el primero, entonces le mentí —agregó, tras sonreír—. Le dije que no.

—¿No pensabas llamarme?

Aby le sonrió al mesero que puso una copa sobre la mesa y yo deseé empujarlo. Odiaba que no me viera cuando le hablaba, que se comportara como si yo no estuviera esperando una puta respuesta.

—Pensé que hoy no querías hablar de eso.

—Cambié de opinión.

—Pretendía hacerlo en unos días, cuando todo estuviera más tranquilo entre los dos.

—Abril, no quieres estar conmigo. ¿Cómo diablos crees que las cosas van a estar tranquilas?

—Nunca dije que no quisiera estar contigo.

—«Quiero un tiempo».

Mi pobre imitación de su voz la hizo reír, una pequeña carcajada que observé más de la cuenta. Cuando Abril se reía se iluminaba todo a su alrededor. Odié darme cuenta de ello, odié no poder dejar de verla.

—Quiero estar contigo.

—Lo disimulas muy bien desde que te conocí. Deberías ser actriz, si algún día te cansas de ser bruja y de administrar una tienda, podrías buscar empleo en la televisión.

—Eres un idiota. —Su tono suave no rompió del todo la tensión, al menos de mi parte, estaba molesto con ella.

—Empiezo a creer que sí.

Nos quedamos callados cuando los meseros se acercaron a la mesa con la cena. No tenía hambre, tampoco ganas de seguir discutiendo con Abril. Quería que las cosas volvieran a ser como antes, así fuera solo esa noche.

Ver mi inicial colgando todavía en su cuello me hizo creer que tenía esperanzas. Me generó una oscura satisfacción darme cuenta de que la usaba al lado de la media luna que le obsequió su hermano.

—¿Todo bien? —Me hallé tan concentrado en Aby que no me percaté del momento en el que Daisy se acercó a nosotros—¿Necesitan algo?

—No, todo bien, muchas gracias.

Abril no se daba cuenta de la manera en la que estaba siendo analizada. Daisy estaba atenta hasta al más mínimo detalle de sus expresiones faciales y sus palabras. Había una pequeña sonrisa en los labios que me hizo intuir que estaba pasando la prueba a la que la estaba sometiendo.

—Javi me contó que tienes una perrita que Christian cuida de vez en cuando.

Maldito chismoso.

—Se llama Nala. Está un poco enamorada de Christian.

—¿Y Christian de ella?

—Se hace el duro, pero creo que la adora. —Ambas se rieron como si yo no estuviera ahí, observándolas con reproche.

—Necesito conocerla. Si consiguió que Christian la adorara, debe tener algo especial. Desde hace mucho no se encariña con ninguna mascota.

Alguien la llamó en ese instante y tras disculparse se alejó de la mesa para continuar atendiendo a sus invitados. La sonrisa no desapareció de los labios de Abril, y permaneció en ellos incluso cuando apoyé mi mano sobre su pierna.

Probé la cena gracias a su insistencia, y en respuesta me ofreció una amplia sonrisa que me hizo creer que todo estaba bien entre los dos. No era idiota, sabía que seguía firme en su decisión, y aun así me acerqué un poco, hasta que mi mano descansó sobre su pierna todo el tiempo.

Tras un largo rato, y por sugerencia de Javi, me levanté para mostrarle la casa a Aby. Tomó mi mano cuando dimos unos cuantos pasos y no me soltó durante el breve recorrido. Le mostré el salón en el que Javi tenía sus trofeos, todos sus reconocimientos enmarcados que tapizaban una pared y las fotos de sus victorias más memorables. En la sala familiar observó mis fotografías. Dijo que no había cambiado demasiado, que desde niño tenía cara de malhumorado. Sonrió cuando observó la imagen de uno de los pocos abrazos que le había dado a Javi. Daisy lo fotografió y decidió enmarcarlo, fue la tarde en la que gané mi primer campeonato. También la llevé arriba, para mostrarle mi cuarto. Daisy lo conservaba de la misma forma que lo dejé, algunas veces me quedaba ahí, Abril pareció asombrada cuando se lo comenté.

***

Me supo amargo dejar la fiesta, porque la situación entre nosotros seguía siendo la misma. Pensando en ello abrí la puerta del auto para Abril. Era la primera vez que experimentaba ese tipo de molestia. No quería estar mal con Aby, no podía ignorar nuestra situación.

—Quédate conmigo —le pedí directamente mientras arrancaba—. Mañana tengo que volar temprano, no volveré hasta el lunes.

—No puedo.

—¿Por qué no?

—¿Y Nala?

—Vamos por ella, puede dormir con nosotros si así lo deseas. —Me estaba humillando.

—Ve a tu viaje tranquilo, cuando vuelvas hablamos. ¿Te parece?

—¡Con un demonio, Abril! ¿Por qué todo lo haces tan difícil?

—Estás desesperado —murmuró con la vista puesta en el camino. Volteó la cara para verme en cuanto sintió mi mirada. La estaba observando con rabia, porque por un momento sentí que se burló de mí, me bastó con ver sus ojos brillantes para descartar la idea—. Ya estamos en esa etapa.

—¿De qué etapas hablas? —Aceleré y Aby respiró hondo, no podía estar atento a cada cosa que hacía, pero quería hacerlo por la manera en la que su mirada había cambiado. Se recostó sobre su asiento por completo y de nuevo volteó para verme.

—Cuando te dije que hay cosas que procesar, no solo me refería a lo de Lena. Hablaba de lo que nos pasa.

—¿Y qué nos pasa, Abril? ¿Por qué estás llorando?

—No te detengas, por favor —suplicó, cuando encendí las intermitentes—. Estoy bien. Solo un poco abrumada por todo, por eso lloro. Lo de nosotros no es normal, Christian. Esto no es algo casual. No me conociste por casualidad, no llegaste a mí por una equivocación.

Hice cuentas mentalmente de todas las copas que la vi tomar, porque su repentina agitación y sus palabras no parecían ser normales. Habían sido tres, lo suficiente para provocarle algún leve efecto, no emborracharla.

—¿Entonces por qué fue? —pregunté, siguiéndole la corriente.

—Porque lo prometimos. Lo hemos prometido tantas veces. —Su llanto se volvió algo más que lágrimas cayendo, sollozó y de nuevo estuvo a punto de detenerme—. Sigue conduciendo.

—¿Tomaste algo además del vino? ¿Por qué lloras?

—Porque tengo miedo, tú me vas a romper el corazón.

—Aby, mi amor, respira —le pedí, en cuanto su llanto se volvió más intenso.

—O yo te lo voy a romper a ti. Lo hicimos antes. Lo hemos hecho varias veces.

—Necesito que te calmes para entender lo que me estás diciendo. No sé si estás borracha o yo soy un idiota que no entiende lo que pasa. Voy a detenerme.

—No, quiero llegar a casa.

—Entonces, tranquila. Explícame por qué dices eso.

Noté su esfuerzo por calmarse. La manera en la que respiró hondo y soltó el aire despacio, la lucha por frenar las lágrimas que salían de sus labios.

—Nuestras almas tienen un contrato, vamos a encontrarnos hasta que podamos estar juntos en armonía. No lo hemos conseguido, porque de ser así, no estaría aquí contigo. —Estaba borracha, estaba seguro.

—¿Cómo lo sabes?

—Lo sentí, incluso tú lo sientes, pero todavía no te das cuenta de ello. ¿Recuerdas cuando te dije que la tierra se movió bajo nosotros? Fue un golpe intenso de energía, un reconocimiento. Tenemos una conexión fuerte que me asusta. Christian, mi corazón estaba latiendo al mismo ritmo que el tuyo porque tenemos una sincronización perfecta. Como dos piezas de rompecabezas, y sé que no lo entiendes y que probablemente pienses que estoy loca, pero…

—No pienso que estés loca —la interrumpí. No lo creía, supuse que solo estaba borracha.

—Las llamas gemelas comparten la misma alma. Es como si fuera dividida en dos cuerpos, aunque aparentemente seamos tan distintos, somos el reflejo del otro.

—Entiendo. —No entendía una mierda.

—Hasta hace poco solo lo sospechaba, pero cuando pasó lo de Lena y me sentí así de mal, supe que no podía seguir huyendo de ello. Cada cosa que tenga que ver contigo se magnifica: lo bueno, lo malo, lo placentero, lo doloroso. Lo pregunté al tarot, lo medité después de leer el libro de mi tía. Y terminé llamándote esta noche.

—¿Me llamaste?

—Deseé tanto verte que llegaste a buscarme. La desesperación que muestras solo habla de lo avanzado que está nuestro vínculo.

Tras tomar aire continuó hablando, frases en las que no pude concentrarme por lo alterada que parecía. Para mi mala suerte la falta de tráfico provocó que tardáramos menos de la cuenta. Quería más tiempo con ella, no pretendía dejarla sola en ese momento.

—Voy a quedarme contigo —le avisé, al entrar a su calle.

—No te preocupes, voy a estar bien. Mañana tienes que viajar.

—Estás alterada.

—Llevo días así y he sobrevivido, no te preocupes.

—No puedo evitarlo.

—Estaré bien, te lo prometo. Ve a casa —Apenas el auto se detuvo los ladridos de Nala comenzaron a sonar. Aby miró hacia la casa y luego desvió la mirada hacia mí—. No es que no quiera estar contigo, solo necesito tiempo a solas para procesar todo esto. Cuídate y descansa —agregó, mientras se quitaba el cinturón de seguridad.

—Voy a acompañarte.

—Nala se pondrá como loca y no te dejará ir. Estoy bien, no te preocupes.

—Ángel, no te vayas así. Dame un abrazo.

Su cuerpo se inclinó hacia mí de inmediato, Aby no dudó ni por un momento en abrazarme. Lo único que quería era que se calmara, no esperé que estrecharla entre mis brazos provocara que volvieran a salir más lágrimas.

Presionó su boca contra la mía tras erguirse, ofreciéndome un beso corto con sabor a su llanto, tuve la intención de salir cuando ella lo hizo, pero entendí que hacerlo era un error. Quería estar sola, contuve cualquier impulso por complacerla.

Aby aún no terminaba de entrar cuando tomé mi teléfono, busqué el número que había agendado semanas atrás, antes de su cumpleaños y lo llevé hasta mi oreja esperando que respondieran.

—Hola, Diana. Supe que querías una chamarra autografiada.

—Querido cuñado. ¿Qué quieres a cambio? —De no continuar aún impactado por el mal momento de Abril, habría reído a carcajadas. De todas las amigas de Aby, Diana era la que más me agradaba, porque era lista.

—Quiero que te lleves a Aby de viaje este fin de semana.

—¿A cierta competencia de MotoGP?

—Sí.

—No lo sé, es difícil convencerla. A veces es terca.

—¿Qué quieres a cambio? —Las luces de la casa de Aby se apagaron, lo observé mientras esperaba que Diana hablara.

—Una entrevista.

—¿Una entrevista?

—Sí, además de la chamarra y la gorra firmada, me dejarás entrevistarte en tu casa, con tus trofeos de fondo.

—¿Acaso eres periodista?

—¿Aby nunca te lo contó? Soy pasante desde hace un año, me estoy especializando en periodismo deportivo. Tu entrevista me puede dar el lugar que estoy esperando.

—Una entrevista de diez minutos.

—Un reportaje completo.

—Maldita sea, Diana.

—¿Eso es un sí?

—Convéncela y tendrás lo que pides —dije antes de finalmente colgar.

Abril necesitaba un tiempo, y yo tenerla cerca. Y estaba dispuesto a todo por conseguirlo.

CAPÍTULO 25

Abril

Las actitudes de Christian debían impresionarme, causarme algún tipo de indignación y rechazo por la arbitrariedad con la que se manejaba, provocarme rabia e impotencia por el egoísmo que derrochaban, generarme alguna reacción negativa que me llevara a tomar una decisión drástica. Sin embargo, no me hacían sentir nada tan fuerte. Probablemente porque su actitud no me sorprendía, la esperaba. Sabía que no se quedaría tranquilo otorgándome el tiempo que le pedí. Sabía que iba a hacer uso de todos los medios con los que contaba para salirse con la suya, tal vez porque la desesperación lo dominaba; o quizás, porque le era imposible aceptar un no; peor aún, uno mío.

Mis amigas tenían una percepción distinta de toda la situación. Maia se mostró indignada desde que Diana nos puso al tanto de la propuesta que le hizo Christian. Mich no le dio la misma importancia al asunto, aunque dejó claro que nada de lo que estaba ocurriendo era correcto. Por su parte, Diana se sentía culpable. Aunque no lo había externado directamente, sabía que no estaba del todo cómoda con el asunto, pese a haber obtenido algo que deseaba gracias a mi disposición de aceptar.

Entendía a la perfección las posturas de cada una, aunque no compartía ninguna, por el simple hecho de que desconocían por completo lo que Christian y yo estábamos experimentando. La complejidad de nuestra turbulenta relación era un tema que no quería tocar con nadie, no después de la atropellada conversación al respecto que tuve con Christian, en la que dije cosas que debí procesar antes de expresarlas.

Sin embargo, pese a que no estaban del todo de acuerdo con la propuesta de Christian, estaban disfrutando del viaje. Las risas a mis espaldas eran prueba de ello. No podía juzgarlas, Christian había hecho uso de los recursos que tenía a su alcance para asegurarse de que estuviera ahí, cerca de él. Se tomó la molestia de enviar su avión privado a buscarnos, consiguió una *suite* en un resort de lujo para nosotras y se encargó de poner a nuestra disposición un auto y un chofer para que nos movilizáramos.

Probablemente yo era la única que no estaba gozando de las comodidades que nos ofreció. Me era imposible hacerlo cuando había un malestar en mi pecho, y es que no quería que sintiera que debía tomarse tantas molestias para tenerme cerca.

No acepté llegar hasta ahí por sus atenciones, lo hice porque a pesar de mi necesidad de paz, me fue imposible ignorar su desesperación. Podía sentirla, inexplicablemente era capaz de experimentar su angustia.

—Fue la mejor clasificación que he visto en mi vida. Christian es un puto loco en la pista. —El entusiasmo se filtró en la voz de Diana. Pasó el brazo por mis hombros para caminar a mi lado. No podía estar de acuerdo con ella, durante toda la carrera estuve muerta de nervios.

—En la pista y en todos lados —dijo Maia.

Nos desplazábamos por el *paddock*, entre la muchedumbre que, al igual que nosotras, habían asistido la clasificación de la carrera en la que Christian obtuvo la pole. Aunque moría de ganas por volver al hotel, no pude negarme al plan de Diana de recorrer el lugar en busca de algún piloto disponible para algún autógrafo y una foto.

—¿Le avisaste a Christian que estamos aquí? —mi voz fue un susurro dirigido solo a ella.

—Sabía que estaríamos en la clasificación, pero le hice prometer que no vendría a acosarte. —Solté una risa corta que me hizo bien, porque de repente me sentí más relajada.

—¿Te lo prometió? —indagué, con mucha curiosidad.

—Algo así, dijo que no iba a molestarte.

—Lo hará, va a buscarme en cuanto tenga tiempo para hacerlo.

Diana pareció impresionada por la seguridad en mis palabras. Me esforcé por mantener la sonrisa en mis labios, con el fin de que no se preocupara por mí.

—¿Estás fingiendo estar tranquila o de verdad lo estás? La semana pasada te vi llorar por él. Te afectó, te dolió mucho lo que viste.

—No le pedí un tiempo a Christian por lo de Lena, aunque sí me hizo sentir mal. Lo hice porque necesito que mi mente esté en calma para entender todo lo que nos está pasando, y su presencia no me lo permite, pero también quiero verlo. Así que no te preocupes, voy a estar bien.

—Christian me agrada, y no porque que sea el mejor en la pista, aunque eso le suma puntos. Me cae bien porque no va por ahí fingiendo ser buena persona, tiene pocos escrúpulos y no se molesta en ocultarlo.

—Lo sé.

—Aunque sienta simpatía por él, estoy de tu lado, no del suyo. No quiero que por este viaje tengas dudas al respecto.

No tenía ninguna duda al respecto, y estaba lista para dejárselo saber cuando se alejó de la nada para ir por un autógrafo de un expiloto al que reconoció a lo lejos.

—Mira disimuladamente a la derecha… Disimuladamente —repitió Mich apretando mi brazo. Mis ojos fueron a la dirección que me indicó y entonces me detuve en el acto al ver a Franco caminando al lado de su novia casada.

Mantenían algo de distancia mientras salían del *hospitaly* del equipo de Franco, y aunque sus hombros ni siquiera se rozaban había algo que evidenciaba del tipo de cercanía que tenían al verlos juntos.

Tal vez era la forma en la que se miraban, o la sonrisa que ella le dedicaba.

—Me dijo que habían terminado.

—¿Te sientes mal?

—No, pero yo intento ser discreta con Christian y él se pasea con ella con completa libertad.

—Voy a ir a saludarlo.

—¡No! —Mi voz salió en un tono tan alto que tuve miedo de que él me hubiera escuchado—. ¿Por qué harías algo así?

—Pues para que se entere de que estamos aquí y que lo atrapamos en su mentira.

—No, Mich. Creerá que me interesa o que estoy celosa. Hay que ignorarlo.

La situación me incomodaba, no podía negarlo, pero no dejé que mi tarde, ya mala, empeorara por ello. Continuamos con nuestro recorrido, esperando cada tanto a Diana, que se detenía con cada persona que reconocía. Tras recorrer otro breve trecho, mis ojos volvieron a encontrar a Franco, y esta vez no pude fingir no verlo.

Caminábamos en dirección al otro, igual de sorprendidos. No hablaba con él desde la noche en la que me fui del evento con Christian, no sabía cómo reaccionar. ¿Debía saludarlo? ¿O solo ignorarlo? No tuve tiempo de encontrar la respuesta, y antes de que pudiera procesarlo lo tuve frente a mí.

—¿Qué hace ella aquí? —le preguntó su acompañante, al percatarse de su intención de saludarme.

—Danna, dame un momento, por favor.

Nunca me sentí tan idiota como en ese momento, en el que me quedé inmóvil frente a los dos. Ella parecía molesta, él nervioso, y mis amigas a la expectativa de lo que ocurría. Respiré hondo, lista para decir algo y marcharme, sin embargo, Danna se adelantó.

—Él y yo estamos juntos. Si estás aquí para buscarlo, pierdes tu tiempo.

—¡Danna! —la reprendió él de inmediato.

—¿Por qué habría de importarme que ustedes estén juntos? No estoy aquí por él.

—¿Qué pasa, Abril? —Maia se acercó a la defensiva, seguida de Mich y Diana. En segundos la tensión creció tanto que tuve miedo de que las personas que deambulaban cerca se percataran de ello.

Franco actuó con prisa, me tomó de la mano para alejarme un par de pasos de mis amigas y su novia casada, luciendo tan preocupado que estuve a punto de sentir pena por él.

—Dile a tu novia que no tiene nada que reclamarme.

—No es mi novia. Perdón por lo que acaba de pasar.

Como si se percatara de mi intención de marcharme, se acercó para envolverme la cintura con uno de sus brazos. Que me tocara me llenó de desagrado, todos mis buenos sentimientos estaban anulados por culpa de sus mentiras. Era evidente que le había dicho algo de mí a su novia, de otra manera, ella jamás me hubiera hablado así.

—No me interesa si lo es o no. Solo déjale claro que no tiene nada de qué preocuparse conmigo. Suéltame, por favor. —Me hallaba demasiado sensible por el proceso que estaba atravesando en mi vida, tan susceptible que la cosa más pequeña me desgastaba hasta el punto de hacerme sentir terriblemente mal. Por ello aparté con brusquedad su brazo.

—Hay fotógrafos por todos lados y gente viéndonos, no te vayas así.

Deslicé la mirada a mi alrededor, percatándome de que estábamos siendo observados de verdad. La sensación de las miradas clavadas en mí se intensificó de la nada. Di un paso hacia atrás sin poder liberarme de su agarre, al mismo tiempo en el que un pequeño golpe eléctrico que me recorrió el cuerpo. Fue como una sacudida breve, pero intensa que me aceleró el corazón. Una señal inequívoca de una presencia, que era capaz de percibir con facilidad. La de Christian.

Para ese punto nada debía sorprenderme; sin embargo, me pasaba. La manera en la que reaccionaba ante él era abrumadora. Se estaba acercando hacia nosotros, con la parte superior de su traje rojo colgando bajo su cintura y una gorra sobre la cabeza que no ocultaba su rostro desencajado por lo que observaba. Transcurrieron breves segundos que se percibieron eternos por la tensión de la que se llenó la atmósfera. Sentí que todos a mi alrededor se percataban de lo que ocurría, de la mirada cargada de reproche que me estaba ofreciendo un hombre que se suponía no tenía ningún vínculo conmigo.

—Suéltame, Franco, no quiero que me toques más.

—¿No quieres que Baxter nos vea?

Christian estaba tan cerca que estuve segura de que lo escuchó. El aire se tornó denso, difícil de respirar y cargado de una animosidad perceptible que aumentó cuando lo tuve frente a mí, observándome fijamente con la mandíbula apretada.

—Ve con tus amigas, Abril —me ordenó, con un tono severo y autoritario que me sentó terrible.

—¿Por qué le hablas así a mi novia? —Un grupo de personas pasó a nuestro alrededor. Aun así, Franco no moderó el tono de su voz.

Era como si no le importara nada en ese momento, como si lo único que quisiera fuera provocar al hombre furioso frente a él.

—Christian, no —supliqué, ante el impulso de su cuerpo que se echó hacia adelante—. Estamos en el *paddock*.

—Me importan una mierda.

—Christian. —Me coloqué rápidamente en medio de los dos, intentando ser lo más discreta posible, forzando una sonrisa para disimular la tensión existente.

—Da un maldito paso hacia atrás, no quiero que te le acerques —su mirada estaba directamente en Franco, que por varios segundos se quedó inmóvil. Christian se impulsó de nuevo hacia adelante y él retrocedió en respuesta, dejando más distancia entre los dos.

—¿Quién eres tú para pedirme algo así?

—Franco, cállate —pedí entre dientes, pero Franco, en respuesta, intentó sujetarme la mano una vez más.

—Mañana iré por ti en la pista. Voy a tirarte al piso y luego a pasarte encima con mi moto, hasta fracturarte las dos piernas. Cuando te recuperes voy a romperte la cara, como quiero hacerlo, priorizaré lesionarte.

Christian no estaba bromeando, no era una simple amenaza hecha al calor del momento. Su mirada estaba oscurecida y su cuerpo cada vez más tenso, hablaba completamente en serio. Iba a hacerlo, en mi pecho tenía la certeza de ello.

—Hazlo y no seré el único que se quede fuera del campeonato.

Christian soltó una breve risa cargada de ironía, un gesto que solo evidenciaba su molestia y su disposición a cumplir su amenaza. Lo miré a los ojos, hasta que me devolvió la mirada y respiré hondo, intentando relajarme para no perder el control, como se me apetecía.

—Voy a regresar al hotel, quiero irme de aquí.

—Vamos, te llevo.

—No la llevarás a ningún lado —rechistó Franco de inmediato.

—Me importa una mierda la gente, voy a romperte la cara.

La tensión que se había acumulado dentro de mi cuerpo rebasó mis límites al verlo dar un paso hacia el frente. Mi temperatura corporal cambió de forma brusca a causa de la frustración que experimenté de golpe. Aquel estrés era más de lo que podía manejar. Había estado atravesando días de mierda, y lidiar con una pelea de esa índole fue la gota que derramó el vaso de mi paciencia. Les di la espalda para buscar a mis amigas y marcharme de ahí de una vez por todas.

—¡Maldita sea, Aby! ¿Qué fue eso? Estaba a punto de ir a sacarte de ahí, esos dos se quieren matar —dijo Maia, con la mirada clavada en el punto en el que continuaban discutiendo.

—Solo quiero irme de aquí. —Las tres reaccionaron a mi voz cargada de desesperación.

Maia se encargó de llamar al chofer que Christian puso a nuestra disposición, Diana me tomó la mano para guiarme hacia la salida de aquel lugar, y Mich me pasó el brazo por los hombros, buscando la manera de reconfortarme. Llegamos hasta el estacionamiento largos minutos después, sedientas, cansadas y acaloradas. Mi teléfono vibró dentro de mi bolso mientras me acomodaba en el interior de la camioneta. Acepté la llamada al ver el número de Christian en la pantalla.

—¿Dónde estás? —preguntó, sonando igual de molesto.

—Voy camino al hotel —mentí.

—¿Qué mierda hacías con él, Abril? ¿Es el puto enamoramiento platónico del que hablaste? ¿Es por eso que no puedes simplemente olvidarte de ese hijo de puta?

Mi pecho punzó por un sentimiento que no era mío, un dolor que sentí con tanta intensidad que mi garganta se tensó como consecuencia. Me llevé la mano hacia el corazón por instinto, abrumada por todo lo que ocurría, por ser capaz de experimentar la angustia de Christian.

—Él no me importa, Christian. No hay nada entre nosotros, ni atracción, ni algo parecido. A mí solo me interesas tú. Nadie más que tú.

***

Mis pocas horas de sueño se reflejaban en mi semblante, me percaté de ello al observarme en la cámara de mi teléfono que usé como espejo. No pude dormir nada por la sensación espantosa que dejó en mi pecho el desastre de la tarde anterior. Me encontraba frente a la puerta de la caravana de Christian, faltaba poco para que iniciara la carrera, quería hablar con él antes de que saliera a la pista. Toqué con fuerza. Cristal abrió y me ofreció una amplia sonrisa. Se hizo a un lado, invitándome en silencio a pasar.

—Cristal, ¿quién mierda es? —La voz de Christian retumbó desde el interior, sobresaltándonos a las dos. Su asistente cerró los ojos y respiró hondo antes de volverme a sonreír.

—Es Abril —respondió levantando la voz—. Estoy a punto de renunciar, espero que verte le cambie el humor.

Aunque la situación no era divertida, la forma en la que lo susurró me robó una pequeña risa, que acabó al escucharlo acercarse. Respiré hondo, percatándome de que no había nadie más ahí, y de que Cristal tenía la firme intención de marcharse.

—En quince minutos debo estar en el *box*. ¿Qué necesitas? —Me sentó mal que me hablara de aquella manera, y la indiferencia con la que me observó. Mis ganas de aclarar la situación se fueron a la mierda, volteé dispuesta a salir por la misma puerta que acababa de entrar; sin embargo, antes de que pudiera conseguir moverme, me vi envuelta por un par de brazos fuertes y desnudos que rodearon mi cintura—. ¿Te vas sin decir nada?

—Quería hablar contigo, de lo que pasó ayer, pero creo que no es el mejor momento.

—¿Por qué, ángel? ¿Por qué no salte de alegría al verte? ¿Eso es lo querías? —El agarre de sus brazos se tornó más fuerte, mientras me habló al oído; mi espalda estaba recostada por completo a su pecho por la forma en la que me sostenía—. Me pediste un tiempo y estabas con el perdedor de mierda.

—No estaba con él. Lo haces sonar como algo distinto a lo que pasó. Me topé con él mientras caminábamos en el *paddock*. Por si no lo notaste, estaba incómoda y buscando la forma para irme.

—Lo único que noté es que el hijo de puta siente que tiene derechos contigo, te llamó su novia, en mi cara, Abril. Debí matarlo.

—No me gusta que hables así —mi respiración se volvió superficial al sentir las ráfagas de la suya, golpeándome el cuello, por lo cerca que estaba de mí. Toda mi piel estaba erizada, tenerlo así cerca era desestabilizante.

—A mí no me gusta esta mierda del tiempo, pero debo lidiar con ello, ¿no? Supongo que debes hacer lo mismo.

Encontré la fuerza de voluntad para zafarme de su agarre, volteé para verlo a los ojos, percibiendo aún el calor de sus brazos en mi cuerpo. Christian mantenía una expresión que evidenciaba su molestia, como si la breve distancia que puse lo hubiera afectado.

—Franco no me interesa en lo absoluto —dije, saciando mi necesidad de dejárselo claro—. Estoy aquí por ti, Christian. ¿No lo entiendes? Solo me importas tú.

Había estado atormentando, lo percibí con intensidad, por ello lo abracé sin pensarlo. Una caricia que, por supuesto, no respondió, al menos no al instante. Tuve que tomar sus brazos y guiarlos hasta mi espalda para que lo hiciera.

—Me harté de lo del tiempo. Se acabó, ya te di tres días para que pensaras todo lo que quisieras.

—No puedes darme órdenes, ya hablamos de esto. Yo tomo mis decisiones y tú las respetas. Debemos tener claro nuestros límites.

—No me gustan los límites.

—Entre nosotros debe haber límites, al menos de mi parte. Me consumes con facilidad, no puedo permitirlo.

—Está bien, pero el absurdo tiempo se acabó.

La breve risa que escapó de mis labios tensó sus brazos alrededor de mi cintura, aquel probablemente era el abrazo más largo que había conseguido de Christian, por ello me quedé quieta para que no intentara romperlo.

—Prométeme que no vas a hacer una locura en la pista.

—Estoy esperando que me pidas directamente que no lo tire de la moto. ¿Es eso lo que te atormenta?

—Lo que me atormenta es que te metas en problemas y resultes involucrado en un accidente.

Christian se echó hacia atrás, alejando su cuerpo del mío de manera brusca. Mis brazos continuaron alrededor de su cuello, me negué a moverlos porque era la única manera de mantenerlo cerca.

—No puedo prometerte nada, ángel. Pero no te preocupes, puedo hacer que todo parezca un accidente, no me meteré en problemas.

En lugar de responderle le sujeté la cara con las dos manos para poder acercarme. Mi nariz rozó con la suya y solo un par de segundos después nuestras bocas tuvieron contacto. Christian separó los labios para atrapar los míos con posesión, exigiendo desde el primer momento, como solía ser en cada cosa de su vida. Me fue fácil sumirme en la caricia desde el primer momento. Sus besos eran demandantes y adictivos. Me dominaban con facilidad y me desarmaban. La manera en la que sus manos me sujetaban la cintura y en la que suspiraba sobre mis labios hacía que mi voluntad se doblegara. Besarlo era un placer casi prohibido, por lo peligroso que resultaba. No teníamos dominio propio, ninguno era capaz de controlarse. Una alarma nos obligó a separarnos.

—Supongo que esa es la señal para que me vaya. —Negó, como si la alarma no hubiera sonado de nuevo.

—Debo terminar de prepararme. Quédate y ayúdame, por favor.

La sesión de besos me dejó vulnerable a todo lo que viniera de él. El tono suave que usó para hablarme me ablandó en el acto. Me deshice de la chamarra y la dejé sobre una silla, para poder estar más cómoda mientras lo ayudaba.

—¿Te lavaste las manos con sal?

—Voy a salir a la pista.

—Por eso es importante que lo hagas. Ven, llévame a donde sea que tengas sal.

—No hay tiempo para que juegues a ser bruja, Aby. —Después de la tensión entre los dos, escuchar la diversión en su voz fue reconfortante. Ignoré su queja, le tomé la mano y lo arrastré hacia la cocina, asumiendo que ahí encontraría la sal—. ¿De verdad me obligarás a hacer esto?

Asentí, tomando el único recipiente que encontré en donde vertí agua con prisa. Tomé una honda respiración antes de esparcir la sal sobre ella, centrada en lo que hacía y no en Christian, que me observaba con suma atención.

—No te dejaré salir de aquí hasta que te laves las manos. Intenta concentrarte.

—Comenzaré a poner límites.

Aunque refunfuñó un poco más, terminó cediendo a todas mis peticiones. Cerró los ojos y metió las manos dentro del agua.

—La victoria te espera. El triunfo es tuyo. Y estarás protegido toda la carrera. Repítelo, Christian.

—Abril —rechistó entre dientes.

—Hazlo. —Lo observé con determinación, presionándolo en silencio hasta que se rindió.

—La victoria me espera. El triunfo es mío. Y estaré protegido toda la carrera.

—Tendrás que darme algo a cambio después de esto.

—Te daré un abrazo.

—Mejora tu oferta.

El ruido de la puerta nos silenció a ambos, lo ayudé a secarse las manos con la mirada puesta en el pasillo por el que se asomó Javi segundos después. Nos contempló a ambos con una sonrisa que se amplió de la nada.

—No tenía idea de que estabas aquí, pero ahora entiendo la tardanza de Christian. ¿Cómo estás, Abril? Qué gusto verte. —Sus labios se aplastaron en mi mejilla y sus brazos me rodearon cuando decidí ofrecerle un breve abrazo.

—Estaré listo en unos segundos.

—¿Qué hacías?

—Un pequeño ritual de protección —le respondí, mientras Christian caminaba hacia la sala.

—¿Christian estaba haciendo un ritual de protección? —Dejó escapar una pequeña carcajada al verme asentir.

—Maldita sea, Javi.

—Está tan jodido. Lo tienes aquí —murmuró solo para mí, al mismo tiempo en que tomó mi mano y tocó mi palma sin dejar de reír.

—Ángel, ¿puedes alcanzarme el protector de espalda?

La prisa que identifiqué en su voz me instó a actuar rápido. Tras alcanzarle el protector de espalda lo ayudé a colocarlo. Luego sostuve la manga en la que Christian deslizó el brazo derecho, lo acomodé sobre su hombro, y luego repetí el movimiento con el izquierdo. En cuanto estuvo en su sitio fui directo a la cremallera, que subí con un solo movimiento.

Los guantes estaban sobre una silla, fui por ellos y se los puse, percatándome de la mirada de Javi. Se mostraba interesado no solo en lo que hacíamos, sino también en lo que hablábamos. Christian me daba breves indicaciones en voz baja que seguí con rapidez.

—¿Qué más necesitas?

—Que esta noche te quedes conmigo.

***

—¡Aby! —el grito de Mich me obligó a apartar mis labios de los de Christian. Una luz me cegó por un momento y la risa de mis amigas se filtró por encima de la música. Con lo complicada que era nuestra situación, tomarnos fotografías o grabarnos era una pésima idea, por ello estuve a punto de hacerme a un lado. Christian lo evitó al sujetarme la cintura.

A nuestro alrededor todos bailaban y se divertían. Nos hallábamos en una zona reservada del club privado más lejano al circuito que encontramos. Celebrábamos la victoria de Christian en un ambiente ajeno al mundo en que él se movía. La carrera había sido una locura, la garganta aún me ardía por la forma en la que grité para animarlo, empapada en la emoción del momento. Pese a mi aversión por la pista y el ruido de los motores, mi atención estuvo volcada en todo lo que hizo, incluso cuando mis nervios me afectaron al punto de provocarme náuseas.

—Tienen sus teléfonos llenos de fotos de los dos que luego me envían para molestarme —me quejé hablándole al oído.

—¿Y por qué nunca las he visto? Las quiero en mi teléfono.

Sonreí derretida por su respuesta, manteniéndome tan cerca de él que la manera en la que nos movíamos había dejado de ser decente. Nunca bailé así con alguien, ni siquiera con mis amigas; la sincronización de nuestros cuerpos era otra prueba del vínculo que teníamos. Estábamos hechos a la medida del otro en todos los sentidos. Sus manos sobre mi trasero fueron lo que necesité para decidirme a poner distancia. Las aparté y sujeté una de ellas para sacarlo de la pista antes de que siguiera manoseándome frente a todos. Estuve a punto de soltarlo al hacerme consciente de que ese comportamiento no estaba permitido en público. Sin embargo, cuando lo intenté, Christian entrelazó sus dedos con más fuerza.

—Se supone que tenemos que ser discretos —dije, cuando acercó su cara buscando una explicación.

—Si es por tu contrato con el imbécil de Franco me importa una mierda. Dame una copia, se la enviaré a mi abogado para que se encargue lo más pronto posible.

Christian esperó llegar hasta la mesa y tomar asiento para decirme aquello. Lo observé sin parpadear. Había huellas de mi labial rosa en su camisa blanca, así como en su mandíbula y sobre una parte de sus labios. Me lo había comido a besos y ni siquiera fui consciente de ello.

—No es solo eso. Tu asunto con Lena se te olvida la mitad del tiempo.

El mesero que se acercó interrumpió nuestra conversación. Christian le pidió otra botella, y en cuanto estuvimos solos se acomodó mejor a mi lado para besarme. Lo hizo con desenfreno, sujetándome para que no tuviera oportunidad de escapar. Fue como si necesitara ese tipo de contacto, lo percibí en la desesperación que demostró por tenerme cerca.

—Debería estar molesto contigo —murmuró entre besos, lo empujé porque necesitaba aire y entender lo que decía—. Me mandaste a la mierda. No querías verme.

—Christian, eres un caso perdido. Te expliqué mil veces que no fue así.

—¿Ya procesaste lo que debías procesar?

—Mi respuesta es no. ¿Me dejarás tranquila para que pueda hacerlo? —Por un largo momento me observó fijamente, escrutando mi rostro en silencio. Negó con un ligero movimiento de cabeza que capturó toda mi atención.

—No, ya te di el tiempo suficiente para que lo hicieras, si no lo aprovechaste no es mi problema.

En lugar de ponerlo en su lugar, le sujeté las mejillas para atraerlo contra mis labios. Estaba loca o solo seducida por el magnetismo que teníamos juntos, porque no podía razonar cuando se trataba de él.

—Aún queda mucho por procesar, pero supongo que lo haré en el camino. Lo del tiempo se acabó, pero no porque tú lo exijas, quiero que lo tengas claro.

—No me importa el motivo, lo único que me interesa es que se acabó. Espero, por el bien del perdedor que te gusta, que también se acabe lo del contrato. Voy a sacarlo de la pista en cada oportunidad que tenga, hasta que termine lesionado de verdad.

—Christian, Franco no me gusta, y no puedes actuar de esa forma. —No tomó en serio nada de lo que salió de mi boca. Soltó una larga risa, como si haber provocado que Franco se fuera al suelo en la pista hubiera sido divertido—. Si haces algo malo, recibirás algo igual o incluso peor. Del karma nadie se libra.

—No puedo prometerte nada.

—¡Christian!

—Quiero las fotos que te envían tus amigas —exigió, no supe si de verdad quería verlas o si solo buscaba la forma de cambiar el tema. Aun así, cedí a su petición.

Su atención se quedó en la pantalla del teléfono, las observó mientras me acariciaba las piernas de forma distraída, con una libertad a la que debí poner freno. Comentó lo bien que nos veíamos juntos, justo antes de apartarme el pelo para despejar mi hombro, donde dejó un beso. El alcohol lo había afectado, llegué a esa conclusión por aquellas constantes muestras de afecto que siguieron por un largo rato, aun cuando mis amigas regresaron a la mesa con nosotros.

En algún punto dejé de sonrojarme ante ellas, tal vez por el par de copas que tomé, o por lo mucho que había extrañado tenerlo cerca. Correspondí a todos sus besos, permití que su mano vagara con más confianza, incluso me senté sobre sus piernas por un momento. Estaba mal, lo sabía; sin embargo, la estaba pasando tan bien que le resté importancia.

No era la única que se estaba divirtiendo. Christian conversaba con mis amigas, incluso con Maia, que rio por uno de sus comentarios ácidos. Diana era la más feliz de todas, brindando constantemente con él y haciéndose fotos para las que Christian posó sin ningún tipo de problema.

El ambiente era tan armonioso que me solté un poco más. Me conduje con imprudencia por el resto de la noche, hasta que, tras brindar con mis amigas, Christian me sentó sobre sus piernas y me besó.

Me di cuenta de qué tanto me había dejado llevar cuando me hallé jadeando sobre su boca. —Vamos al baño.

—¿Qué?

—Vamos al baño —repitió, esta vez a mi oído, lo que me indicó que pensó que no lo había escuchado.

Debió haber mucho alcohol en mi torrente sanguíneo, porque me levanté sin dudarlo, sin detenerme a pensar en lo que estaba pasando. Christian se mostró complacido por mi disposición, sonrió al verme y me imitó unos segundos después.

—¿Adónde van? —Maia y Diana estaban conversando, la única que nos observó esperando una respuesta a su pregunta fue Mich.

—Al baño.

—¿Y por qué llevas a Aby al baño? ¿No puedes sostenértela solo, necesitas que Aby te ayude?

Su imprudencia no tomó por sorpresa a Christian, simplemente soltó una pequeña carcajada ante el comentario fuera de lugar de mi amiga. Yo no pude tomar las cosas de la misma forma, y le ofrecí una mirada de reproche que ella ignoró sorbiendo su vaso.

—No necesito ayuda, pero a Aby le encanta sostenérmela. ¿Cierto, ángel? Lo hace todo el tiempo.

—¡Christian!

Debí soltarme del agarre de su mano y evitar que me tomara la cintura porque su respuesta me dejó sonrojada, pero en lugar de eso me dejé arrastrar hacia el baño. Como si no estuviera a punto de hacer algo que jamás había hecho. Era claro que no estaba pensando, que mi racionalidad había sido anulada por el deseo que me recorría a raudales, y que probablemente terminaría arrepentida.

Las luces que parpadeaban al ritmo de la música me aturdieron un poco. Avancé de su mano hasta que llegamos al pasillo que se encontraba semivacío, por el que Christian me condujo como si conociera el lugar, hasta que estuvimos frente a la puerta que él empujó. Callé la suave voz de mi consciencia que me decía que me detuviera, y simplemente entré siguiendo un impulso irrefrenable.

Para cuando estuve dentro de un cubículo con Christian, mi corazón se había acelerado lo suficientemente para preocuparme. Respiré por la boca buscando aire, y es que la tensión se tornó tan densa que llevar aire hasta mis pulmones fue complicado. Recostada sobre la pared me pregunté si era el alcohol o el espeso deseo entre ambos lo que me hacía sentir mareada. No tuve tiempo de encontrar una respuesta, y antes de que me diera cuenta Christian estaba pegado a mi cuerpo, besándome aún con más desenfreno.

—¿Por qué tocarte se siente así? —cuestionó confundido cuando paró por un poco de aire.

Tenía la respuesta a aquella interrogante que me había hecho tantas veces. Ardíamos con idéntica intensidad, en el mismo fuego porque éramos uno parte del otro. Opté por guardarla para mí, por devorarle la boca en un beso desesperado, y por disfrutar de la sensación caliente de sus manos bajo mi falda, marcándome la piel.

Jadeé con sorpresa sobre su boca cuando levantó una de mis piernas para restregar su erección sobre mí. El deseo se había hecho líquido, lo sentía en mi ropa interior mojada y en el hormigueo constante por toda mi piel. Christian había logrado aquel efecto después de todos los besos y atenciones que me ofreció durante toda la noche. Estuve segura de que cada una de sus caricias fueron provocaciones en las que caí con facilidad.

Pese al calor del momento fui capaz de escuchar el murmullo de voces provenientes de afuera, risas que se hicieron más fuertes segundos después. Christian empujó su cuerpo contra el mío en la pared, una de sus manos me sostenía la cara, la otra estaba apretando mi pierna, pensar era complicado; aun así, fui capaz de hacerlo, de voltear la cara para huir de sus labios.

—Hay alguien afuera —susurré, lo más bajo que pude.

—Lo sé, pero aquí estamos solos.

No me creí capaz de continuar, pensé que conocía mis propios límites. Sin embargo, cuando Christian me volteó y mis pechos se aplastaron contra la pared por la fuerza que usó, supe que mi voluntad le pertenecía. Me tapó la boca con una mano al mismo tiempo que la otra fue en medio de mis piernas, un movimiento brusco que me tomó por sorpresa y me llevó a arquearme, agitada. Las punzadas fueron constantes por la satisfacción que encontré de golpe por su tacto, tuve que moverme para aliviar el dolor en la zona causado por mi excitación.

Desesperada, intenté mover su mano de mi boca, en cuanto lo conseguí la conduje hacia uno de mis pechos, lo necesitaba, y para ese punto no me molestó evidenciarlo. Algo estaba mal en mí, estaba segura de eso, porque estaba ardiendo a pesar de las circunstancias.

—No voy a hacer ruido —le prometí, con apenas un hilo de voz, al notar su intención de volver a taparme la boca.

Me arrepentí de aquella promesa al percibir cómo sus dedos apartaban mi ropa interior empapada para tocarme directamente. Quise gemir al sentir el roce suave, por ello apreté los labios con desesperación para callarme. La respiración de Christian golpeándome el oído hizo todo más difícil, me estaba derritiendo por dentro, ansiosa por obtener más de lo que me daba.

Un jadeo que no pude frenar hizo eco dentro del baño, obligándome a taparme la boca para no dejar escapar otro. La culpa de aquel incidente la tuvo Christian al levantarme la falda, mi trasero quedó expuesto para él sin que pudiera hacer algo para evitarlo. El temor a que me escucharan me llevó a prestarle atención a los sonidos que nos rodeaban, el relativo silencio me hizo a creer que estábamos solos de nuevo.

—Aby, no puedes hacer ruido —me recordó al oído, al mismo tiempo que deslizaba una de sus manos hacia arriba para ascender hasta mis pechos.

Había perdido por completo el dominio de mi cuerpo; mis caderas, que se balanceaban hacia atrás para estrellarme contra su pelvis, eran prueba de ello.

Mi mente encandilada por el placer no cuestionó mi disposición de no detenerme, tampoco juzgó mi falta de juicio.

En lo único que podía pensar era en la satisfacción, que se tornó más intensa cuando sus dedos se movieron dentro de mí, un movimiento enérgico que provocó que la palma de su mano me rozara el punto adecuado para hacerme perder el poco control.

Alargué el brazo, buscando la forma de sujetarle la cara para obligarlo a besarme. Él, encantado, me ayudó a satisfacer mi necesidad. Su boca me fustigó, porque así se sintió aquel beso, duro, intenso y húmedo. De nuevo llegaron voces desde afuera, eran risas y conversaciones inentendibles que ignoré porque no me importaba nada.

Era probable que hubiera mucho alcohol en mi sangre. Estaba segura de que en mis cinco sentidos nunca haría algo así.

—Espera —le supliqué, estaba a punto de explotar y no quería que algo así ocurriera con personas afuera, que pudieran escucharnos—. Por favor.

Las manos de Christian me presionaron las caderas con fuerza al momento de atraerme contra sí. Fue un gesto que evidenció frustración y desesperación a la vez. Los latidos presurosos de su corazón fueron perceptibles por la forma en la que me apretaba contra él. Christian estaba más descontrolado que yo, haciendo un esfuerzo porque sus jadeos no fueran audibles.

—No puedo esperar —me respondió tras voltearme. Su respiración acelerada chocó contra mis labios por lo cerca que me habló y mi cuerpo tembló en respuesta. Besarlo fue instintivo y necesario, cerré los ojos disfrutando del contacto húmedo de su lengua, mientras afuera hablaban casi a gritos.

—Vamos a la suite —le dije. Negó antes de sujetarme las mejillas para inmovilizarse y comerme la boca a su gusto y antojo. El aire se sintió hirviendo en el pequeño espacio con el que contábamos, no supe si la temperatura subió o si solo eran nuestros cuerpos calientes exudando calor. Solo sentía que me ahogaba en algo tan intenso que me consumía.

—¿Buscas esto? —Las cosquillas aumentaron por su aliento en mi oreja. Asentí mientras le permitía que me levantara la pierna para que pudiera sentirlo—. ¿Es lo que quieres? —me provocó, presionando su erección entre mis muslos abiertos para él.

—Sí.

—Debes chupármela para tenerla. ¿Quieres hacerlo, ángel?

—Maldita sea, sí.

La sonrisa maliciosa en los labios de Christian me provocó un delicioso escalofrío. Las palpitaciones entre mis muslos se intensificaron al sentarme sobre la tapa del inodoro, los apreté para aliviar el dolor mientras me encargaba de abrirle el cinturón, preguntándome en quién me había convertido. No tuve tiempo de encontrar una respuesta, verlo bajarse los pantalones hasta la mitad de las piernas acabó con mi poca prudencia. No vacilé en sujetar su erección entre mis manos para llevarla hacia mi boca, abriendo lentamente los labios. No pude observar la expresión en su rostro ante ese primer roce, porque echó la cabeza hacia atrás para no verme, como si eso fuera demasiado para él.

No obtener lo que quise me motivó a separar los labios mucho más, intentando que entrara toda dentro de mi boca. Lo tomé como un desafío que me esforcé por ganar, valiéndome de mis manos para darle más placer, al mismo tiempo que luchaba por envolverlo por completo con mis labios. El pequeño sonido de placer que Christian emitió me obligó a detenerme. Corríamos el riesgo de que nos descubrieran, pero cuando bajó la mirada me olvidé de aquella posibilidad. La tensión que siempre precedía cada uno de nuestros acercamientos fue más fuerte que nunca, en sus ojos brillaba una excitación profunda que me consumió antes de que pudiera darme cuenta. Las punzadas aumentaron, el calor se tornó sofocante y pensar con racionalidad me fue imposible.

—Sigue, Aby.

El tono oscuro en el que salió su voz envió una ligera descarga de placer que vibró entre mis piernas. Su mandíbula tensa se relajó cuando lo probé con la lengua, siguiendo su orden con obediencia, ignorando el ruido de afuera que se silenció por completo tras un breve momento. La mesura que mantuve cambió de forma brusca al sostenerle la mirada, el brillo en sus ojos hizo que emergiera con fuerza mi deseo de complacerlo, y así lo hice. Mis labios se deslizaron en torno a toda su longitud, una y otra vez, atrapándolo en el calor de mi boca, ahogando todos los jadeos que me provocaba verlo alterado, con la respiración agitada y los brazos tensos por el esfuerzo de contenerse.

El pequeño espacio comenzó a llenarse de ruidos, como si a ninguno de los dos nos importara que nos atraparan. Su respiración forzosa, los constantes jadeos y los breves gemidos hicieron eco dentro de las paredes que nos resguardaban. Estaba en un punto de no retorno, sumida en la satisfacción de llevarlo a un estado donde parecía no tener control, por ello tardé en reaccionar cuando me levantó de un tirón fuerte e inesperado que me dejó de cara a la pared.

Me di cuenta de que temblaba por la anticipación cuando empuñó mi pelo para despejar mi cuello. Necesité descansar la frente sobre la pared para buscar un punto de apoyo, tener a Christian tras mi espalda, presionándome con todo su peso fue demasiado para mí. Sus labios me recorrieron el hombro derecho mientras me levantaba la falda una vez más. Estaba sensible, gimiendo con los labios apretados para silenciar los sonidos, percibiendo cómo deslizaba la mano en medio de mis piernas, tan húmeda que sentía no poder soportar más la espera.

—Cógeme —mi súplica apenas fue audible, pero la reacción de Christian fue instantánea, me apretó contra la pared usando más fuerza, al mismo tiempo que acercó sus labios hasta mi oreja.

—¿Cómo fuiste capaz de engañarme tanto tiempo haciéndote la tímida?

Me sacudí violentamente ante su voz entrecortada, esa fue la razón por la que no pude pronunciar palabra, solo fui capaz de jadear con sorpresa cuando me instó a separar las piernas, buscando espacio para complacerme. Fueron segundos que se percibieron eternos los que tuvieron que transcurrir para sentirlo rozarse contra mí. La punta de su erección deslizándose sobre mis labios una y otra vez, tentándome como si quisiera enloquecerme, hasta que finalmente me tomó por las caderas y se hundió dentro de mí lentamente. Fue un suave vaivén que acabó de golpe, en el justo momento que me cubrió la boca con una sola mano para silenciarme.

El placer vibró por cada parte de mi cuerpo, con tanta intensidad que me sentí aturdida. El lugar en el que estábamos, la posibilidad de que nos atraparan y el silencio que nos obligamos a hacer no eran los culpables de la lujuria entre ambos. Estuve segura de que en otras circunstancias habríamos ardido con la misma intensidad. Era algo que solo podíamos lograr juntos, un deseo embriagador del que éramos víctimas los dos. El desenfreno era igual en ambos, por ello no hubo un solo momento de control. Se estrelló contra mí una y otra vez, sin dejar de cubrirme la boca, jadeando contra mi oído, apretándome los pechos y emitiendo un sonido de satisfacción que me consumió por completo.

***

Me di cuenta de que Christian no estaba en sus cinco sentidos cuando abrí la puerta de la suite. Se tambaleó al dar un paso dentro y me usó como soporte para no perder el equilibrio. Aun con mis piernas temblorosas me mantuve firme, pasé el brazo por su espalda, escuchando una pequeña risa que se hizo audible de la nada.

—Estoy bien —dijo de inmediato, viéndome a los ojos—. Solo me tropecé.

Me ofreció un beso sumamente dulce sobre la frente y avanzó por la sala para tomar asiento. Aquel gesto casi tierno contrastaba con sus acciones un rato atrás. No parecía ser el mismo tipo que me empotró bruscamente contra la pared de un baño. Mis amigas entraron unos segundos después, tan concentradas en su charla que no nos prestaron atención. Fueron directo a una de las habitaciones como si se percataran de que queríamos estar solos. Me quité los zapatos mientras observaba cómo se recostaba sobre el sillón. Tenía los ojos rojos, los labios brillantes y la camisa arrugada. El cuello también lo tenía enrojecido, y estaba completamente despeinado. Éramos un desastre en la misma magnitud.

—Voy a cambiarme, me tardaré un par de minutos. ¿Quieres algo mientras me esperas?

Christian echó la cabeza hacia atrás y negó suavemente. Me recriminé por no darme cuenta antes de que tan alcoholizado estaba. Me pareció tan sobrio cuando se inclinó para limpiarme las piernas antes de salir del baño, que no imaginé que estaba así de ebrio.

—Sí quiero algo… Un beso —agregó, cuando lo vi.

Me acerqué sonriendo, tan extrañada como complacida por lo que escuché. Decidida a no perder mi oportunidad me acerqué hasta inclinarme, para rozarle los labios. Fue un beso breve por el que sonrió aún con los ojos cerrados.

—No tardo.

—Te espero.

Corrí hacia la habitación que compartía con Mich, con una urgencia que obedecía a mi desesperación por estar con él. Los efectos del buen sexo aún no se diluían de mi cuerpo, por lo que aún no me cuestionaba lo que había hecho. Tampoco sentía vergüenza ni arrepentimiento por haberme dejado llevar y por abandonar a mis amigas en el club.

Necesité tomar una ducha para borrar las huellas de todo lo que hicimos juntos. Fue breve, pero satisfactoria. Me sentí más despejada cuando salí del baño, más lúcida porque el agua helada se encargó de contrarrestar los efectos de todo el alcohol que tomé. No solía ser tan rápida para prepararme, saber que Christian me esperaba fue la razón por la que en menos de veinte minutos me encontré lista por completo, con la maleta que había llevado hecha y dispuesta a marcharme a la caravana para pasar la noche con él.

—Mírate, ángel —fruncí el ceño ante sus palabras, pareció no ponerme atención, pese a que su mirada estaba en mí. Estaba sentado sobre el sofá, tan erguido como de costumbre. Se palmeó las piernas indicándome dónde debía sentarme.—. Estás tan bonita. ¿Te había dicho antes que eres la mujer más bonita que he visto en mi vida?

En ese justo momento pensé en emborracharlo todos los días.

Su mano apretó la curva de mi cintura en cuanto me acomodé en su regazo, me abrazó con suavidad, apretando mi cintura, para luego acomodar la cabeza sobre mis pechos y dejando besos sobre mi pelo.

—Eres muy dulce, Christian.

Estaba luchando por no cerrar los ojos, por sostenerme la mirada y no quedarse dormido. Debería estar pensando en cómo lo sacaría del hotel, para llevarlo a la caravana, pero no estaba preocupada por ello, estaba encantada con ese lado amable y cariñoso que mostraba.

—Dices que nos conocemos de otras vidas, pero si te hubiera conocido antes no te habría dejado ir.

—¿Puedes ser así de lindo conmigo en tus cinco sentidos?

—Yo soy lindo contigo todo el tiempo, ángel.

Mi cuerpo dio pequeño salto por la risa que me provocó su afirmación. En lugar de enojarse conmigo sonrió, y al mismo tiempo ejerció más fuerza con el brazo para rodearme la cintura.

—Christian, puedo contar con los dedos de una sola mano cuando has sido lindo conmigo.

—¿De verdad piensas que no lo he sido? Javi cree que estoy enamorado por lo estúpido que soy contigo.

—¿Tú también lo crees?

—No lo sé, nunca me enamoré de nadie. —La sensación de bienestar que se asentó en mi pecho despejó aún más mi mente. Le acaricié la mejilla, notando cómo su sonrisa se ensanchó. Christian dejó un beso cariñoso en mi palma que me aceleró el corazón una vez más—. Pero creo que sí. ¿Tú estás enamorada?

—Sí. —La seguridad con la que le respondí no lo tomó por sorpresa. En el fondo él lo sabía, así como yo tenía la certeza de que él también sentía lo mismo por mí. Era palpable por el vínculo irrompible entre los dos, que él aún no reconocía del todo.

—Seguro piensas que mañana no voy a recordar esto.

—Estoy convencida de que no lo recordarás. Prométeme que mañana serás igual de cariñoso.

—Lo prometo, mi amor —respondió con los ojos cerrados.

—¿Vas a darme un abrazo sin necesidad de que te lo pida?

—Sí.

—¿Y me darás besos decentes?

—También.

—¿Serás paciente con Nala?

—No.

—Debes ser cariñoso con las dos.

—Está bien. Pero ¿qué me darás a cambio?

—¡Abril! ¿Dónde dejaste mi cargador? —escuché la voz de Mich desde la habitación. No quería moverme, pero me fue imposible ignorarla mientras repetía mi nombre un par de veces más. Lo dejé solo para buscar el cargador que había tomado temprano. No tardé en volver a su lado, con pasos rápidos que se ralentizaron al escucharlo sostener una conversación telefónica.

—Prepara todo para hacer público que no estoy con Lena, que quede claro que no hay compromiso ni ninguna otra relación. Hazlo cuanto antes, Abel.

CAPÍTULO 26

Christian

Odiaba poner un pie en las oficinas. Todos en mi equipo estaban al tanto de mi aversión por aquel piso en donde se encargaban de los asuntos administrativos. Probablemente esa fue la razón por la que encontré caras que expresaban sorpresa mientras me desplazaba por los pasillos, acompañado de Cristal. Acordé con Abel vernos a las nueve de la mañana, pese a que mi sesión de entrenamiento terminaba una hora más tarde. Mi jefe de prensa insistía en tratar el asunto de Lena como prioridad, y por primera vez estuve de acuerdo con él en algo.

Mientras ignoraba el insoportable ruido de los teléfonos y el murmullo de voces le eché de nuevo un vistazo a mi teléfono, para continuar leyendo el comunicado que Cristal había redactado. Mi asistente estaba esperando mi visto bueno y el de Abel para publicarlo. Eran dos breves párrafos en el que, con pocas palabras y mucha diplomacia, se anunciaba el rompimiento del supuesto compromiso con Lena y nuestra inexistente relación.

Mi atención se volcó en la pantalla hasta que Cristal se detuvo a mitad del pasillo, a pocos pasos de la oficina de Abel, provocando que chocara con su espalda. Estuve a punto de quejarme de su torpeza cuando la observé con el brazo extendido ofreciéndome su teléfono.

—Es Javi.

Resoplé sin ocultar el fastidio que me provoca aceptar su llamada. Todavía estaba aturdido como para lidiar con él y sus reclamos. Los estragos de la peor resaca de mi vida me estaban torturando. En ese instante me hallaba más interesado en recuperarme que en escuchar al viejo terco que ansiaba sermonearme. Aun así, tomé el teléfono y me lo llevé hasta la oreja.

—¿Se puede saber por qué no estás entrenando?

Había rabia contenida de su parte, un enfado palpable por mi salida nocturna. El único motivo por el que no discutió conmigo la tarde anterior fue por la presencia de Abril y sus amigas en el avión. Aun sabiendo que estaba a nada de explotar, me aclaré la garganta dispuesto a no dejarme intimidar.

—¿No se te ocurrió que probablemente ya lo hice?

—No, no se me ocurrió, pensé que aún estabas tirado en tu cama, recuperándote de tu intento de congestión alcohólica.

—Salí de mi cama a las cinco de la mañana como todos los martes. Hice treinta kilómetros de bicicleta y una sesión de motocross. Por la tarde estudiaré el circuito en el simulador. ¿Qué más necesitas saber?

—Tuve una reunión con los jefes para hablar de tu última gracia. Están preocupados.

—¿Por una absurda sanción? Una puta vuelta larga que no va a afectar los resultados de la carrera.

Solté a Cristal al darme cuenta de que estaba nerviosa, con un gesto le indiqué que no entrara mientras esperaba una respuesta de Javi, para ese punto mi paciencia era casi inexistente. Supuse que mi asistente se dio cuenta de ello.

—No solo es la sanción. Estás siendo señalado una vez más de conducta antideportiva y ya no tengo cómo justificarte. Fue evidente que tiraste al tipo a propósito. No solo cometes faltas en la pista, te emborrachas hasta perder la conciencia.

—¡Maldita sea, Javi! Es la primera vez que hago algo así, eres un exagerado de mierda.

—Probablemente sí, pero no imprudente, ni estúpido, tampoco indisciplinado. Un día me voy a cansar de ti, Christian.

—Como digas. Tengo cosas por hacer, te llamo después. —Tras colgar miré a Cristal, que se encontraba frente a mí, aguardando que le entregara su teléfono. Hice el amago de dárselo, cuando estuvo a punto de tomarlo lo alejé de su alcance—. No me vuelvas a pasar llamadas de Javi, ni de nadie. Mi teléfono no está apagado, decidí silenciar sus llamadas por hoy.

—No lo sabía.

—¿Te gusta tu trabajo, Cristal? —En lugar de verme la cara, sus ojos se quedaron fijos en la manija de la puerta.

—Me gusta mucho —respondió con seguridad.

—Si quieres conservarlo, no vas a repetir nada de lo que vas a escuchar ahí adentro. No quiero ni una sola palabra de esto a Javi. ¿Entendido?

Esperé a que afirmara con la cabeza para finalmente abrir la puerta. Le cedí el paso, observándola fijamente. Cristal tenía como pasatiempo informarle cada uno de mis pasos a Javi, y aunque quería confiar en ella, me era difícil hacerlo. Quería a mi *coach* lejos del asunto de Lena, porque involucrarlo significaba admitir que él siempre tuvo razón. Prefería lesionarme que dar mi brazo a torcer ante él.

—Me asombra verte tan entero. Pensé que no podrías salir de la cama por un par de días más. ¿Cómo estás?

—Otro exagerado de mierda.

Estreché la mano de Abel y tomé asiento, ignorando su desagradable risa. Cristal lo saludó con una sonrisa tensa que evidenció nerviosismo. La advertencia que le hice antes de entrar la dejó en ese estado.

—¿Quieres un café, Christian? Necesito que estés despejado para que podamos enfocarnos en lo que vamos a hacer.

—No, estoy despejado. Cristal te envió el comunicado, ¿lo leíste?

—Lo del comunicado tiene que esperar. Antes de publicarlo debemos tomar otras medidas —dijo al mismo tiempo en el que abría su agenda—. Después de tu llamada me puse a trabajar en la estrategia que vamos a seguir para abordar este asunto. Creé dos, necesito saber a qué vamos a enfrentarnos para saber cuál es la correcta.

Abel apartó la mirada de las páginas que leía para dirigirla a mí, aguardando por mi reacción. Estaba seguro de que no fue la que esperaba, y atípicamente mantuve la calma. Sabía que no era el momento para dejarme llevar por impulsos, cada paso debía darse con inteligencia.

—No hay más de lo que te dije ayer. La asistente de Lena estaba en club, me vio con Abril.

Cristal dejó salir un sonido de sorpresa que nos llevó a Abel y a mí girar la cara al mismo tiempo para verla. Mi jefe de prensa apartó la mirada un momento después mientras asentía pensativo.

—Lo que necesito saber es tu situación con Abril. Javi dijo que era tu novia, pero ¿es algo serio? ¿O algo casual? Dependo de tus respuestas para comenzar a tomar acciones.

—Es serio.

La rapidez de mi respuesta, o tal vez mi seguridad al emitirla captó la atención de Cristal. Me observó fijamente hasta que volteé para verla a los ojos y no le quedó más remedio que mirar hacia otra dirección. Había una expresión de sorpresa que intentó ocultar.

—Perfecto —dijo, tras recostarse por completo sobre su silla; por un par de segundos su mirada estuvo perdida, como si estuviera analizando la situación—. Estoy seguro de que si Lena ya sabe de lo tuyo con Abril no va a actuar de inmediato. Esta podría ser una oportunidad para ella, no solo para figurar, sino también para ganarse la empatía de sus seguidores, que ha perdido por todos los escándalos.

—¿Por qué habría de quedarse tranquila?

—No va a quedarse tranquila, de hecho, creo que exprimirá este asunto todo lo que pueda. En este momento está encerrada en una clínica de rehabilitación, desde ahí no podrá sacarle provecho a esto. Lo hará cuando salga y tenga la oportunidad de crear contenido para sus redes, del que va a lucrar. Su representante es lista, la conozco —agregó, haciéndome recordar lo mucho que me insistió porque saliera más seguido con Lena—. Sabe que explotar el escándalo con ella encerrada no sirve de nada, no podrá monetizar su drama.

—No quiero esperar a que Lena salga para enviar el maldito comunicado o para hacer algo.

—Christian, esto lo haremos poco a poco, pero en el cabo de un par de semanas, a lo sumo dos, nada más que eso. Lo primero que tenemos que hacer es tener el control de la narrativa de la ruptura. Cristal, anota —le indicó a mi asistente. Cristal parecía inmersa en el chisme y no en el trabajo—. Esa será nuestra primera y gran ventaja.

—¿Y cuál es esa narrativa?

—Terminaron por sus múltiples escándalos y adicciones. Vamos a enfocar la atención de todos en sus equivocaciones. En nuestra narrativa tú serás el novio que intentó luchar por una relación deteriorada por las adicciones, y ella la que está perdida en ellas. El primer paso es soltar un rumor que utilizaremos después como una evidencia. Voy a hacer que llegue a los medios la noticia de que el fin de semana salió sin autorización de la clínica, mentiremos un poco, diremos que no es la primera vez.

Abel había llegado al equipo por su reputación en el gremio. Era conocido por hacer uso de cualquier medio para conseguir su objetivo. Su falta de escrúpulos fue lo que convenció al gerente del equipo, que estaba desesperado por encontrar a alguien que limpiara mi mala imagen después de haber sido señalado constantemente por supuestas conductas antideportivas. Observando la serenidad con la que me explicaba todo, entendí que era el adecuado para encargarse de Lena. Me relajé.

—¿Harás eso ahora mismo?

—Sí. El segundo paso será tomarte una foto en la periferia de la clínica, ese será el momento de soltar el segundo rumor, tú preocupado, visitándola. Diremos que la imagen corresponde a semanas atrás y apenas están saliendo a la luz. En el tercero Cristal entra en acción.

—¿Yo?

—Sí, borrarás todas las imágenes en la que Christian esté con ella, etiquetas, menciones, cualquier foto en donde aparezca ella en los perfiles de Christian.

—Será fácil, son pocas —respondió aliviada.

—Con esto comenzaremos a levantar sospechas de la ruptura. La gente buscará el motivo y nuestro primer rumor se quedará en sus mentes. El cuarto paso será contar la historia del teléfono que estrelló en tu caravana. Esta información vendrá de alguien de tu equipo, por supuesto, un anónimo. Cuando todo sea público será el momento de lanzar el comunicado. Para ese punto todos tendrán ya una idea formada de lo que pasó. Así, cuando Lena salga y quiera dar su versión no le creerán fácilmente. La verán como una mujer desequilibrada y poco confiable.

La sonrisa en mis labios evidenció lo bien que tomé todo lo que acababa de escuchar. Yo no quería hacer a un lado mi intención de humillar a Lena, y la estrategia de Abel me ofrecía un poco de lo que busqué desde un principio: hundirla.

—¿Hay un plan B?

—Sí, supongo que tienes algo comprometedor en contra de ella. Te conozco —agregó cuando lo miré a los ojos.

Nos sostuvimos las miradas por largos segundos, y supe que ya estaba enterado de todo. La manera en la que me miró me llevó a suponer que sabía que mi único objetivo era joderle la vida a Lena.

—Un detective se enteró de que solo lucra con las asociaciones que apoya. Se queda la mayor parte del dinero que obtiene en las campañas que ha hecho.

—Entonces ese es nuestro plan B.

—Quiero a Javi fuera de esto.

—Lo está, iba a pedirte lo mismo. No apoyaría la estrategia, lo conozco.

—Y Abril no puede terminar involucrada en este escándalo. Necesito que la protejas, piensa en algo para hacerlo antes de comenzar.

La sonrisa de autosuficiencia de Abel evidenció que era un asunto que ya había contemplado. Se meció sobre su silla por un par de segundos, gozando de ese efímero momento.

Solía quejarme de él la mitad del tiempo por todos los comerciales y estupideces que me empujaba a hacer. Había repetido hasta el cansancio que no lo necesitaba. Estaba haciendo que me tragara mis palabras.

—Seguiremos otra estrategia con ella. Por lo pronto, y lo más importante, es que mantengan un bajo perfil. No pueden mostrarse juntos en público, no puede haber un solo descuido de ese tipo.

—No pienso esconder mi relación con ella.

—Solo deberás hacerlo en las primeras semanas, luego de que pase el anuncio de la ruptura dejas enfriar las cosas y podrás verla con discreción. Lo fundamental aquí es evitar los señalamientos de los que puede ser víctima. También deberá hacer algunos cambios, sus redes tendrán que permanecer privadas desde ahora, hasta nuevo aviso. Si todo sale bien, en un par de meses podría acompañarte a alguna carrera para dejarse ver, y poco a poco se mostrarían juntos, hasta que admitas en público que tienen una relación. Si así lo decides podríamos utilizar esta nueva relación para que lo de Lena sea como un vago recuerdo y no te relacionen con ella ni como su ex. Esto es solo una opción, tú decides lo que quieres hacer al respecto.

Cuando pase el escándalo eres libre de actuar como siempre, como se te da la gana.

—Todo tiene que salir bien.

—Trabajaremos para que así sea.

Por su bien quería que así fuera, no había espacio para ningún inconveniente con Abril en medio de todo.

***

Abril tenía una facilidad para sacarme de mis casillas. Llegué a esa conclusión después de marcarle por tercera vez consecutiva. Parecía que de alguna forma le divertía ignorarme, y ese era el motivo por el que lo hacía tan seguido. Mientras bajaba las escaleras aún con el teléfono en la mano, observé a la recepcionista caminar hacia mi encuentro. Había subido a buscar a Abril sin que nadie se diera cuenta, ese lugar era un desastre.

—Señor, buenas tardes. ¿Puedo ayudarlo?

—¿Dónde está Abril? —No me molesté en fingir amabilidad con ella.

—Se fue hace un rato, no dijo nada, solo la vi salir. Si gusta puedo marcarle para intentar averiguar dónde se encuentra.

—Mejor intenta mantener en orden las cosas aquí. Entré sin que nadie se percatara, fui directo a la oficina de Abril sin ningún inconveniente. Deberías permanecer detrás del mostrador atenta a la recepción, en lugar de ir a repartir chismes con el resto del personal.

Aceleré mis pasos en cuanto escuché su primer titubeo y me dirigí hacia la puerta. A lo lejos escuché que dijo algo, pero no me detuve. Abrí la puerta y salí con la misma prisa con la que había llegado.

Llevaba gran parte del día esperando que fueran las seis de la tarde para ir por ella, como habíamos quedado. Llegar y no encontrarla donde acordamos cambió bruscamente mi humor. Tenía la necesidad irracional de verla, de ahí venía la inquietud que experimenté mientras me acomodé sobre el asiento para ponerme en marcha.

Recorrí el breve trayecto de la tienda hacia su casa, mientras intentaba encontrar una justificación razonable a mi falta de control.

Aunque la respuesta no llegó, me encontré más tranquilo al estar frente a su puerta, probablemente porque tenía la certeza de que ella estaba ahí. Hallar las llaves dentro de mi bolsillo me tomó unos segundos, en los que esperé escuchar a Nala. La perra escandalosa solía ladrar sin control con solo escuchar el motor del auto, que aún no lo hiciera me resultó extraño. De igual forma no dudé, estaba seguro de que Abril estaba ahí.

Varios mensajes llegaron a mi teléfono mientras atravesaba el jardín, todos eran de Cristal, ninguno de Abril. En lugar de responder me apresuré por abrir la puerta principal. Las llaves tintinearon una vez más y segundos después el sonido de un ladrido mezclado con un quejido rompió el silencio. Lo siguiente que escuché fue el ruido de un trote desenfrenado que acabó de forma repentina antes de que resonara un golpe.

—¡Nala, tranquila! —gritó la mujer que tenía como pasatiempo ignorarme—. Vas a lastimarte.

La madera chirrió suavemente cuando empujé la puerta, un movimiento que quedó a medias por culpa de la perra, que saltó hacia mí con euforia. Se impulsó con tanta fuerza que terminé retrocediendo al perder el equilibrio.

—Nala, maldita sea, contrólate.

Mis palabras no tuvieron ningún efecto. Nala saltaba sin descanso, parándose en dos patas, sin permitirme avanzar. Estaba emitiendo sonidos parecidos al llanto, un chillido agudo que me golpeó el oído, y moviendo la cola con exceso de energía. En medio del fastidio que me causaba su actitud alargué los brazos para sostenerla, cuando de pronto se impulsó de nuevo hacia arriba y aprovechó la oportunidad para escalar sobre mis piernas.

Su hocico fue directo a mi cuello, lo escondió ahí después de lamerme la mejilla con una confianza que jamás le había dado.

Crucé la puerta cargándola como si fuera un cachorro, porque fue la única manera de controlarla, mientras ella seguía chillando como idiota.

Tras dar un par de pasos hacia el interior experimenté algo parecido al alivio. Una sensación que retumbó en mi pecho al sentir el olor de ese lugar, y se intensificó al dirigir la mirada hacia la sala, en donde encontré a Abril. Se percibió una densa estática entre los dos al vernos a los ojos, y yo no podía encontrarle una explicación.

Abril estaba sentada sobre el sillón con las piernas cubiertas por una manta y sorbiendo de una taza blanca que bajó lentamente al verme. Me ofreció una sonrisa amplia y bonita que no apaciguó mi irritación. Estaba molesto porque ignoró mis llamadas y cambió nuestros planes. Estaba harto de esa situación, y un poco de ella también, por convertirme en su imbécil.

—¿Por qué no respondes el teléfono? Quedamos en algo, Abril. Fui a buscarte a la hora que acordamos y no estabas ahí. ¿A qué juegas?

La sonrisa se borró de sus labios poco a poco. Me sostuvo la mirada y negó, un ligero movimiento de cabeza que cesó cuando se llevó la mano hacia la frente y frunció el ceño.

—Discúlpame, no pude esperarte, me sentía mal y solo quería recostarme. Pensaba avisarte, pero cuando llegué aquí me di cuenta de que dejé el teléfono en la tienda, estaba esperando a sentirme un poco mejor para ir por él. Perdóname, por favor.

Odiaba esa capacidad suya para disipar mis enojos tan rápido, su mirada transparente anulaba mi capacidad de ser un el completo cretino de siempre, como solía serlo siempre. Abril tenía la astucia para trastocarme con pocas palabras, le bastaba disculparse para conseguirlo. Bajé la mirada hacia el suelo por un segundo, reconociendo que estaba luchando contra mi voluntad, porque una parte de mí se aferraba a no ceder.

—¿Qué tienes?

Tomé asiento en la mesa, contemplando su rostro un poco pálido. Tenía los ojos enrojecidos y los labios húmedos por la bebida que estuvo tomando, que debió tener miel porque el olor se percibía con intensidad.

—Creo que estoy resfriada, me duele mucho la cabeza y la garganta.

Desde el domingo su voz sonaba distinta, por ello no le presté atención antes a su ronquera. Alargué el brazo para tocarla, notando la preocupación con la que me veía. Mi mano se apoyó en su mejilla para sentir su temperatura, no esperé que Aby volteara la cara para ofrecerme un beso suave sobre la palma.

Era su maldito juguete, oficialmente su imbécil.

—No tienes fiebre.

—No quiero que estés enojado conmigo.

Apretarme los párpados como si estuviera cansado fue mi mecanismo de defensa, necesité dejar de verla para aferrarme a la irritación que sentía por su culpa, y que me negaba a dejar ir porque estaba harto de que siempre se saliera con la suya. Abril fue insistente, se inclinó un poco para dejar un beso sobre mi mejilla, mustio y empalagoso, como los que solía darme todo el tiempo.

—¿Qué tan mal te sientes? ¿Quieres que te examine un doctor?

—No, tomé algo caliente para que me ayude con la garganta y un analgésico para el dolor de cabeza, creo que estaré bien. No quiero moverme, no tengo energía para hacerlo.

—No es necesario que te muevas, puedo llamar a un doctor para que venga a examinarte.

—No, no es para tanto.

Estiró el brazo para tomarme la mano, ignorando las claras señales que le daba de que quería mantener distancia. Sus dedos se entrelazaron con los míos. Mi mirada se quedó ahí por largos segundos, preguntándome por qué no me molestaba su necesidad de contacto físico. Solía desesperarme sentir a otra persona tan cerca, pero con Abril me había acostumbrado a su manía de tocarme. Lo hacía todo el tiempo apoyándose en mis hombros, tomándome la mano o abrazándome en cualquier oportunidad. En teoría debía tenerme harto, en la práctica disfrutaba de todo aquello.

—¿Estás segura, ángel?

—Lo estoy —respondió con una enorme sonrisa. Levantó mi mano, la que estaba entrelazada a la suya, y la llevó hasta sus labios, y solo entonces mi voluntad perdió. De inmediato me eché hacia adelante para buscarle la boca y ofrecerle el beso que había postergado. Un breve roce con sus labios calientes por la bebida que tomaba—. Lo siento —susurró, pegada a mí.

—¿Qué más quieres de mí, Abril?

Mi pregunta la hizo reír. Probablemente fue el tono de mi voz, que evidenció la impotencia que sentía ante ella. No podía luchar contra eso y tenía la certeza de que lo sabía a la perfección.

—Todo.

—Ya lo tienes. No te disculpes más.

—¿Por qué te ves tenso? —En lugar de responderle, dirigí la mirada a nuestras manos que seguían entrelazadas. Se suponía que saldríamos a cenar, pero cuando recordé las nuevas circunstancias me incomodé.

—Tengo que hablar contigo de Lena —dije, estudiando su reacción. Aby se quedó expectante a mis palabras—. Quiero que dejen de relacionarme con ella de una vez. Abel hizo una estrategia para tratar el tema del rompimiento. Por el momento no podré hacerlo oficial ahora mismo. Lo haremos en una o dos semanas. Queremos evitar que se forme un escándalo por esto. La vida de Lena es un circo, por eso hay que tomar ciertas medidas.

—Lo entiendo.

—No quiero que te involucren en esto. Abel me recomendó que fuéramos discretos. Solo por un tiempo, mientras el escándalo pase. No sabemos qué reacción tendrá Lena.

—¿Por qué Lena haría un escándalo? Ustedes no están juntos realmente.

—Porque estoy acabando todo antes de tiempo. Sin ponerla al tanto.

Aby soltó un largo suspiro antes de asentir.

Su mano apretó la mía y algo punzó en mi pecho, algo que no solía experimentar casi nunca: culpa. Le estaba mintiendo, y ella creyó cada una de mis palabras.

—Te diría que esperaras el tiempo que acordaron, para no meterte en problemas, pero la verdad es que prefiero que termines con todo de una vez —agregó, tras una pequeña risa.

—Debes mantener todas tus redes privadas por un tiempo. Me han visto contigo varias veces, es una manera de prevenir que te involucren.

—Pero a mí nadie me conoce.

—Aby, es mejor que tomemos ciertas precauciones. Solo será un tiempo. En cuanto pase todo quiero que me acompañes a eventos para que comiencen a vernos juntos.

—Eso me pone un poco nerviosa.

—¿Por qué?

—Siempre hay mucha atención sobre ti. La idea de verme tan expuestas en fotos y cosas así me preocupa un poco.

—Acostúmbrate a la atención, quiero que vayas conmigo a eventos, a las carreras, a todos lados.

—Dije que me pone nerviosa, no que no tengo la intención de hacerlo.

Me acarició los brazos con suavidad, un movimiento lento que observé con absoluta atención. Respiré hondo con la intención de relajarme. Estaba tenso por la sanción, el enojo de Javi y lo de Lena, y me tenía tenso la posibilidad de que algo no saliera como lo habíamos pensado.

—Lo de cenar fuera… creo que debemos posponerlo.

—No te preocupes, de igual forma me siento mal, no tengo ánimos de salir. Podemos pedir algo más tarde y cenar viendo ese programa en donde un conductor dice que eres lo mejor que le pasó al motociclismo profesional y el otro asegura que eres un piloto temerario y agresivo que debería estar fuera del campeonato por conductas antideportivas.

Mi risa la tomó desprevenida. Me observó por un momento para luego reír conmigo, como si minutos atrás no hubiéramos estado discutiendo. Mi teléfono vibró dentro del bolsillo, lo saqué mientras me quitaba los zapatos.

Aby se quedó atenta a la pantalla, que mostraba el nombre de Cristal. El primer rumor del que habló Abel estaba ya rondando, el mensaje llevaba el enlace del chisme. Abel tardó menos de veinticuatro horas para iniciar, lo cual me hizo suponer que todo sería más rápido.

—¿Qué haces? —cuestionó, cuando me puse de pie.

—Cumplir una promesa, muévete.

De primer momento pareció no entenderme. Tuvo que verme sentado a la orilla del sillón para moverse, dejándome un pequeño espacio, tan limitado que recostarme ahí fue complicado. En cuanto lo conseguí levanté el brazo y en silencio la invité a que se recostara. Su respuesta fue inmediata. Se acomodó sobre mi pecho con prisa y naturalidad, dejando la mitad de su cuerpo sobre el mío para que ambos cupiéramos.

—¿Qué promesa? —su voz sonó aún más débil, no supe si era su ronquera o solo estaba nerviosa.

—Una que hice borracho. —Aby levantó la cara buscando mis ojos; había un ligero rubor en sus mejillas, ella sabía perfectamente de lo que estaba hablando—. Querías que te abrazara sin que me lo pidieras. ¿Creías que iba a olvidarlo? Recuerdo todo lo que hablamos esa noche.

El leve rubor se convirtió en un rostro sonrojado. Abrió los ojos de par en par en un gesto claro de sorpresa antes de lamerse los labios, tan nerviosa que una pequeña risa escapó de ellos.

—Tengo sueño, tomaré una siesta. —Escondió la cara en mi pecho con prisa y determinación, y no la levantó a pesar de los breves saltos que mi cuerpo dio por culpa de la risa.

—Eres una cobarde, ángel.

Ni siquiera se molestó en negarlo. Se quedó quieta sobre mi pecho un largo momento, hasta que después de un par de besos que dejé sobre su frente levantó la cara lentamente.

—¿Puedes por favor pasar la noche aquí? Quiero que duermas con nosotras.

—Dormiré contigo, no con la perra.

—Nosotras somos un combo, dormirás con ambas. ¿Vas a quedarte?

—No pensaba irme, ángel.

—Gracias, mi amor —presionó un breve beso en mis labios. Volvió a esconder la cara en mi pecho, dejándome con un solo pensamiento en la cabeza. Le prohibiría llamarme Christian de nuevo.

CAPÍTULO 27

Abril

Parecía que todo el mundo hablaba de la ruptura de Christian y Lena. Cada vez que tomaba mi teléfono me encontraba con un nuevo video, foto o rumor acerca de las razones del rompimiento. No sabía si esa era la razón de la pesadez que se extendía por todo mi cuerpo y bloqueaba mi energía, o si me había afectado el tránsito planetario. En ese punto mi única certeza era mi desesperación porque Mercurio dejara de retrogradar, y mis ansias porque Júpiter entrara en Tauro de una vez. Me urgía florecer en una nueva etapa.

Bloqueé mi teléfono y lo dejé dentro de mi bolso, harta de leer al respecto. Había leído el comunicado que Christian publicó varios días atrás, un texto simple con fondo blanco en el que, además de dar a conocer con pocas palabras que la relación entre ellos había terminado, le agradeció a Lena por el tiempo que compartieron. Líneas vacías y automatizadas.

El sol golpeándome en la piel mientras caminaba hacia los escalones de concreto me hizo recordar que estaba llegando tarde, pese a todos mis esfuerzos porque no sucediera de nuevo.

Aquel lunes me costó más trabajo que de costumbre salir de la cama, lo único que me motivó a darme prisa fue la cantidad de trabajo que tenía acumulado como consecuencia de los días de descanso que me tomé con Nala y Christian.

Tras subir los escalones y empujar la puerta de cristal me detuve un momento para respirar hondo, buscando la vitalidad que necesitaba para poder empezar a trabajar.

Había muchos problemas en el Bride's. Eli había dejado de trabajar con nosotros oficialmente una semana atrás, y con ella parte de nuestro *staff* de eventos, a los que convenció de marcharse a trabajar a su lado, en la nueva empresa de planificación de eventos que estaba ideando. Eso me causó problemas para el fin de semana de bodas que me esperaba.

—Buenos días, Abril —me saludó, Scarlett.

—Buenos días.

—Te están esperando.

Mis pies se detuvieron en seco ante aquella información, y el vaso de café que llevaba en la mano izquierda se derramó un poco, quemándome en el proceso. Me observé en el espejo amplio que decoraba la recepción y contemplé mi pantalón holgado y rasgado, la pañoleta sobre mi cabeza, el *piercing* largo y llamativo que colgaba en mi ombligo y el top tejido que Maia me hizo. Mi tía habría muerto de nuevo al verme vestida así para atender a un cliente.

—No puedo atender a nadie. ¿Ya me viste? Se suponía que no tenía ninguna cita agendada. Es lunes, ¡por Dios!, ¿quién quiere hablar de bodas un lunes?

Scarlett bajó la cabeza para reír por mi repentino exabrupto. No solía comportarme así. Estaba acostumbrada a controlar mis frustraciones y actuar con propiedad la mayor parte del tiempo, al menos cuando me encontraba en la tienda.

—Tranquila, no es un cliente. Es una chica, creo que viene por el anuncio de las vacantes para el fin de semana.

Había olvidado el anuncio, porque buscar personal era algo poco habitual, usualmente contratábamos a través de una agencia. Que nadie aceptara trabajar con nosotros nos llevó a tomar esa medida. Sospeché que Eli estaba tras ello, pues era la de los contactos.

—¿Dónde está?

—En la otra sala de espera.

—¿Puedes decirle que suba a mi oficina? No quiero atenderla en otro lado, necesito ordenar algunas cosas.

—Está bien… Abril —me llamó ante mi intención de voltear—. Trajeron rosas para ti. Las dejé sobre tu escritorio, es un arreglo precioso.

—¿Quién?

—Creo que tu novio.

Percibí algo de malicia en aquella respuesta, su sonrisa y su forma de verme me enviaron señales que interpreté de inmediato. Volteé sin responderle nada, caminando con prisa hacia las escaleras. Probablemente estaba siendo paranoica, pero no me gustó el tono de su voz, que me hizo sentir que me juzgaba. La situación a la que me enfrentaba me tenía a la defensiva. Se suponía que tenía un novio; sin embargo, todo mi personal me había visto con Christian, quien acababa de terminar un supuesto compromiso; ante los ojos de los demás engañaba a Franco y me había metido en la relación de alguien más.

Mientras empujé la puerta de mi oficina bostecé agotadísima. Aquella mañana no había hecho gran cosa para sentirme de esa manera, solo llevé a Nala a la guardería antes de llegar a la tienda. Supuse que mi energía se estaba drenando por todos los problemas con los que lidiaba. Tras dejar el café sobre la mesa busqué mi teléfono, que vibraba. El nombre de Franco apareció en mi pantalla y decidí tomar la llamada al ver su nombre en la tarjeta dentro del ramo de rosas rojas.

—Hola, Abril. —Jamás esperé que escucharlo me causara tanta tensión, después de todo el cariño que llegué a tenerle y lo mucho que me ilusionaba tenerlo cerca. Era extraño sentirme así con él.

—¿Cómo estás?

—Preocupado —respondió, con un tono suave y tranquilo—. No habías respondido ni una sola de mis llamadas. Te envié flores como ofrenda de paz.

El largo suspiro que salió de mis labios evidenció mi agotamiento. Me senté sobre mi silla y observé el ramo que estaba sobre la mesa. La tarjeta decía: lo siento, y estaba firmada con su nombre. Unos meses atrás recibir ese tipo de detalles de él me habría vuelto loca. En ese momento lo único que me pasó por la cabeza era que no lo viera Christian, pues lo imaginé vociferando si llegaba a enterarse que recibí flores de él.

—Después de lo que pasó no quiero hablar contigo. No puedo dejar pasar la manera en la que has estado actuando al publicar fotos juntos, ni tampoco el reclamo de tu novia casada.

—¿Tiene algo de malo que publique nuestras fotos?

—Sí, porque lo haces para provocar a Christian. Me estás utilizando para molestarlo.

—¿Vas en serio con él?

—¡Ay, Dios! Te juro que no tengo humor para esto. Franco, tienes una relación con alguien más. ¿Qué demonios te importa lo que pase entre Christian y yo?

—Christian no es el tipo de hombre para ti.

—¿Y tú qué sabes? —respondí a la defensiva. Mi tono de voz fue alto, casi un grito.

—Eres la hermana de mi mejor amigo. Solo estoy preocupado por ti.

—Soy una mujer capaz de tomar decisiones, no te preocupes por mí. No quieras usar ese argumento. Estás molesto porque hay problemas de ego y envidia entre Christian y tú. Para ti soy un trofeo que puedes presumirle a él, porque supones que sigo enamorada de ti como cuando era una niña.

Mi respiración sonó agitada, porque estaba tan molesta que mis pulsaciones se habían acelerado. Le había confesado mi enamoramiento infantil, algo que jamás pensé revelarle, menos por teléfono.

—No es así, Aby. Nunca quise que sintieras eso, contigo he cometido errores, unos más graves que otros, lo acepto, pero no eres un trofeo. Te tengo cariño, uno genuino, quizás sea cierto que por asuntos de ego te he involucrado en mi pelea con Christian. Perdóname por eso, pues nunca fue mi intención hacerte sentir mal.

—Tengo que trabajar, voy a colgar.

—Espera, veámonos para hablar de esto —pidió casi con dulzura—. No es algo que podamos discutir por teléfono. Arreglemos todo.

—Quiero romper el contrato, y no es por Christian —le aclaré molesta—, porque sé que dirás que esto es por él, pero no es así. Lo que pasó con tu novia me llevó a tomar esta decisión.

—Lamento lo que hizo Danna. Hablemos de eso y del contrato en persona, cenemos juntos —insistió.

Tras respirar hondo cerré los ojos por un largo momento intentando acoplarme a todas las emociones que estaba experimentando. Era enojo, pero también un cariño que aún existía pese a todo lo que había pasado. Quería creer que Franco estaba siendo honesto, que de verdad lamentaba haberme hecho sentir mal.

—Voy a pensarlo.

—Espero tu respuesta entonces. Cuídate, Aby.

Bajé el teléfono lentamente, cuestionando todos los cambios que hubo en mi vida desde que acepté fingir ser su novia. Las cosas se transformaron tanto que hacía que todo se percibiera como un recuerdo lejano. Terminé enamorada de otro piloto y enredada en muchas mentiras en el proceso. Con la tarjeta aún en la mano miré el último mensaje que me dejó Christian. Era la respuesta a la foto que le envié, en la que aparecía con Nala. La tomé antes de dejarla en la guardería. Aunque fue un simple: «Me gusta cómo te ves», hizo que todas mis molestias disminuyeran. Christian tenía la capacidad de cambiar la perspectiva de mi día con sus pocas palabras.

—Abril, ¿puedo pasar?

Escuchar a Scarlett me hizo dar un pequeño salto sobre mi silla. Segundos después asomó la cabeza para recordarme que había alguien esperándome. Tras hacerle un gesto se hizo a un lado y le cedió el paso a la persona que me esperaba. Una chica con el pelo suelto y una sonrisa en los labios, que reconocí solo cuando terminó de entrar. Era la vecina de Maia, Antonella.

Totalmente sorprendida por su presencia me obligué a sonreír para hacerla sentir en confianza, pues parecía intimidada. Antonella tenía mucho menos de dieciocho, era evidente a todas luces. De primer momento me enojé con Maia por enviarla, no podíamos contratarla siendo menor de edad.

—Hola, Abril. ¿Cómo estás? No sé si me recuerdas, soy…

—Claro que te recuerdo —dije esforzándome por hacer el momento menos incómodo para ella—. Siéntate. Scarlett, puedes retirarte.

—Gracias. Tu oficina es muy linda —comentó tras echarle un vistazo. La puerta se cerró y me fue inevitable observar su rostro. Era una niña aún, su mirada y su sonrisa inocente la delataban—. Maia me dio la dirección para que pudiera llegar.

—Lo imagino, ¿quieres algo de tomar?

—No, la verdad, no.

Bajé la mirada lentamente y solo entonces me di cuenta de que llevaba puesto un uniforme escolar. Iba a matar a Maia. Aquel pensamiento se quedó clavado en mi mente.

—¿Maia te contó lo de la vacante para el evento del jueves? —Su ceño se frunció ante mi pregunta, pero no respondió—. Me encantaría poder contratarte, pero no podemos hacerlo porque eres menor de edad. Aún no cumples dieciocho, ¿cierto?

—Tengo catorce —su respuesta salió después de una breve risa—. Pero no estoy aquí por eso, no sabía nada de la vacante. Mi mamá no me dejaría trabajar aún, creo que va a castigarme cuando se entere de que me escapé de la escuela.

Me froté la frente sin entender qué sucedía, y entonces el recuerdo de una noche hacía varios meses atrás me hizo intuir el motivo de su visita. Antonella estaba con nosotras cuando tiré las cartas para Maia. Me pidió que lo hiciera para ella y accedí porque todas insistieron. Maia solía ser su niñera cuando estábamos en la escuela, de ahí aquella cercanía que tenían.

—¿Por qué te escapaste de la escuela?

—Porque era mi única oportunidad para buscarte. Mamá va por mí, no podía venir al salir, y tampoco me deja salir sola de casa solo porque sí, debo darle explicaciones.

La curiosidad creció tanto que el ruido de mi teléfono pasó a segundo plano. Lo silencié para centrarme en la niña frente a mí, quien jugaba con sus manos ligeramente nerviosa.

—¿Por qué me buscas?

—Quería hablar contigo de mi hermano.

—¿De tu hermano? No sabía que tenías uno.

—Es Christian, tu novio —agregó con algo de temor. Mis ojos se abrieron de par en par por la sorpresa, al mismo tiempo que mi pulso se aceleraba—. Maia no me dijo que era tu novio. Se lo pregunté, pero no me quiso decir nada. Yo lo supongo porque los vi juntos y él comparte fotos de tu perrita, y a veces suben fotos en los mismos lugares —me aclaró.

Me sujeté de la mesa para reponerme de la impresión. Antonella me sonrió, como si quisiera romper la tensión que percibía en ese momento. El corazón me latía con fuerza, y no estaba segura de si era por el hecho de que me había atrapado saliendo con Christian, o por enterarme de que él tenía una hermana. Nunca me dijo nada.

—¿Es tu hermano?

—Sí, mi hermano mayor. Mamá estuvo casada antes de casarse con mi papá, Christian es hijo de su primer esposo. —Intenté procesar lo que estaba escuchando, porque me costaba creer que la mujer que abandonó a Christian estuvo cerca de mí—. Él no quiere que nos relacionen, ni siquiera nos visita. Solo lo he visto frente a frente dos veces en mi vida, y la última vez fue hace mucho, tenía siete.

—Perdón, estoy impresionada.

Antonella sonrió con dulzura ante mis disculpas. La observé mientras buscaba algo de Christian en ella, pero lo único que encontré parecido fue el color de pelo, y la forma de sus labios y la de la nariz. Jamás me habría pasado por la cabeza relacionarlos.

—Perdón por venir a contarte esto así a tu oficina, pero estoy buscando ayuda. Christian no tiene buena relación con nuestra mamá, y sé que ella lo ha estado buscando y él se niega a verla porque está muy molesto. ¿Puedes decirle que está enferma y que si lo busca es porque está preocupada porque no quiere que, si le pasa algo, las cosas estén mal entre los dos?

—¿Está enferma?

—Sí, tiene un problema en el corazón. No es nada tan grave, pero ella tiene miedo de que le pase algo. Papá dice que solo exagera, y a veces estoy de acuerdo con él, pero entiendo que ella quiera verlo. Es su hijo, lo extraña. Debería mostrarte todos los videos que tengo de ella apoyándolo en cada carrera. Tal vez si él los viera se conmovería un poco.

Antonella era directa y desenvuelta al expresarse, como su hermano. Me estaba observando fijamente, esperando una reacción mía que no llegó tan rápido, puesto que aún me hallaba sumida en el azoro.

—Antonella, no sé qué decirte.

—Dime que le dirás lo que te conté acerca de mamá, que está enferma. Dile que es algo grave, para que se sienta presionado a buscarla. Puedes exagerar un poco, si él piensa que puede morir, es más probable que decida buscarla. —Mierda, se parecía a su hermano.

—¿Tu mamá no tiene su número?

—Él nunca responde las llamadas. Una vez intenté llamarlo yo y cuando dije mi nombre me colgó muy molesto. No le caigo bien, supongo.

—No digas eso, seguro no es así.

—Estoy segura de que es así. Una vez lo escuché discutir con mamá, le dijo que yo no era su hermana, que no volviera a repetirlo.

Me sentí tan mal que me vi obligada a alargar el brazo para sujetarle la mano. Aunque Antonella me lo había confesado con mucha serenidad, encontré una tristeza profunda en sus ojos, una tristeza que no debía estar experimentando una niña de su edad.

—A veces decimos cosas que no sentimos cuando estamos molestos.

—Prométeme que vas a hablar con él, por favor —agregó, adoptando un gesto dulce que terminó de conmoverme.

***

La música de un grupo que tocaba en vivo amenizaba la fiesta. El ruido, aunque agradable, me estaba provocando un fuerte dolor de cabeza, malestar que empeoraba, estaba segura, por culpa de mi peinado. Tenía el pelo recogido en una prolija cola de caballo, como el resto de las personas que estábamos trabajando aquella noche.

Me masajeé las sienes tras quitarme el auricular de la oreja Aún faltaban varias horas para que la fiesta terminara, y mi desesperación por marcharme era ya enorme. Buscando un poco de alivio me alejé del bullicio, me refugié en la antesala de la cocina, con el teléfono en la mano. Mientras los meseros salían con bandejas llenas de platos alargué los pies para relajarme y me concentré en la imagen que apareció en mi pantalla: una foto de Nala durmiendo.

Me preocupaba que Christian publicara fotos de Nala. Después de mi conversación con Antonella comencé a experimentar nerviosismo al respecto. Temía que alguien nos pudiera descubrir, solo había transcurrido casi una semana de su ruptura pública con Lena, la gente aún hablaba de ello. Aunque le había externado mi preocupación a Christian, no la tomó en serio, la foto era una prueba de ello.

—¡Abril!

El grito de Mich sonó por encima de la música, levanté la mirada ignorando la punzada en la parte trasera de mi cabeza y levanté el brazo para que pudiera verme. Mich estaba muy linda esa noche, peinada también con el pelo recogido y usando un vestido negro un poco más audaz que el mío. Mi tía la habría enviado a su casa a cambiarse.

—¿Pasó algo? — cuestioné con miedo.

—No, todo está bien. Solo estoy aburrida, pensé que estaríamos ocupadas todo el tiempo.

Se sentó a mi lado mientras soltaba una corta risa que me resultó contagiosa. Agradecía mucho que estuviera ahí conmigo, porque había sido la única de mis amigas que se ofreció a trabajar en el evento tras escuchar mi queja por la falta de personal.

—Créeme, es millones de veces mejor aburrirnos que resolver los problemas inmensos que se pueden formar en minutos. Las bodas están llenas de sorpresas desagradables, familiares borrachos, novios discutiendo, algún niño tirando algo al piso.

—¿Estás bien?

Su mano apretó mi rodilla de forma cariñosa, un gesto que me hizo sentir bien en ese momento en el que me hallaba tan agotada. Recosté la cabeza en su hombro, pensando en la conversación que aún no tenía con Christian. No me animaba a hablarle de la visita de su hermana porque toda su concentración estaba en la carrera a la que se enfrentaría el domingo, y en esquivar todo el ruido que había por su ruptura. No decirle que sabía de la existencia de Antonella me hacía sentir que cargaba un peso sobre los hombros. No me gustaba mentirle.

—Me duele la cabeza y estoy cansada.

—Vamos por un poco de aire. Aquí hace mucho calor —se quejó al mismo tiempo que me instaba a ponerme de pie. Mi largo bostezo la contagió, pero con un suave tirón se aseguró de que comenzara a caminar a su lado, mientras se cubría la boca con la otra mano—. Me preocupa que estés cansada, apenas es jueves y dijiste que tienes el fin de semana lleno de eventos.

—Tengo otra boda mañana, el sábado y el domingo. Quiero morir.

—¿Aún tenemos que estar un par de horas aquí o podemos escaparnos antes? Tú eres la jefa.

Caminamos por el jardín una al lado de la otra, alejándonos hacia una zona más tranquila.

—No podemos irnos aún. Solo puedo escaparme después de la una.

—¿De verdad todo está bien? Estás muy pensativa.

—Pienso en Nala.

—Aby, está con su papá, no es como si la hubieras dejado sola en casa.

Su respuesta fue lo que necesité para relajarme y reí con soltura mientras tomaba asiento sobre una banca.

Nala se encontraba en el departamento de Christian, lugar al que Mich fue por mí para irnos juntas a la boda. Aunque fue mi idea dejarla con él, no pareció molesto por ello, pero tampoco se mostró muy entusiasmado.

—Porque está con él me preocupo. Christian quiere tratarla con la disciplina de un militar. Nala lo obedece porque le tiene miedo.

—Tal vez es respeto. ¿Nunca escuchaste que los perros necesitan un líder? Hablando de Christian, ¿todo bien con él?

Las notas de una canción suave sonaban desde el salón principal, lo que me hizo intuir que los invitados estaban cenando.

—Sí.

—No pareces convencida.

Y no lo estaba, pese a que todo marchaba casi a la perfección, la molestia en mi pecho no me dejaba en paz. Respiré profundo antes de tomar del brazo a Mich para instarla a recorrer el camino de regreso conmigo.

—¿Recuerdas lo que te conté acerca de nuestro vínculo?

—Me acuerdo más de cuando me contaste que te dio sexo oral antes de una carrera, pero sí, también recuerdo eso. Estoy bromeando —añadió cuando la miré con reproche—. Dime cómo están las cosas entre los dos.

—Están en su mejor momento… supongo —agregué tras tragar en seco—. Estoy enamorada, Mich, y él también. No es necesario que me lo diga para saberlo, lo siento.

—¿Entonces por qué suenas desanimada?

Antes de responderle fijé la vista hacia el frente, observando a lo lejos la tranquilidad con la que se llevaba a cabo el evento.

—Descubrí el tipo de conexión que hay entre nosotros y tengo mucho miedo.

—Cuando te pones mística casi no te entiendo, pero cuéntame, porque quiero saber por qué suenas triste.

—¿Alguna vez escuchaste hablar de las llamas gemelas?

—¿Es como las almas gemelas?

—No, es algo más complejo. Christian y yo tenemos un vínculo desde que fuimos creados, y no hablo de esta vida. Me refiero a la primera vez que nacimos en este plano.

—Mierda, te pusiste más mística de lo que esperé… pero prosigue.

Supe que Mich era la persona indicada para hablar de ello en el momento en que me hizo reír, con lo cual se ablandó un poco el nudo en mi garganta.

—Tenemos una conexión profunda, la más profunda que te puedas imaginar, por eso todo es tan intenso. Nos acoplamos a la perfección, confluimos con una sincronización perfecta. Nuestra alma es una sola. Fue dividida para que cada uno tuviera una parte y por eso pactamos encontrarnos. Y lo hemos hecho muchas veces.

—Pero eso no suena a algo malo, Aby. Al contrario, ni siquiera lo entiendo y mira —dijo, mostrándome la piel erizada de sus brazos—. Me emocioné, y eso que a mí no me emociona nada.

—Mich… —susurré, no quería derramar ni una sola lágrima; sin embargo, mis ojos estaban de ellas—. Es que es tan complejo. El propósito de encontrarnos es crecer interiormente, somos espejos el uno del otro, espejos que reflejaban nuestras sombras, todo lo que debemos trabajar dentro de nosotros para crecer. Tendremos muchos desencuentros, muchas etapas que completar para poder conseguir estar en armonía, y es difícil lograrlo. En algún punto Christian y yo vamos a comenzar a rechazar ese reflejo, probablemente uno más que el otro, y comenzará nuestra separación.

—¿Y eso es una etapa?

—Sí, la etapa más dura. La separación física me dolerá más que cualquier otra pérdida que haya enfrentado antes. Porque se supone que estoy perdiendo mi alma. Para estar juntos de nuevo debemos sanar los dos. ¿Te imaginas a Christian Baxter sanando? Porque yo no puedo hacerlo. Es orgulloso, está lleno de ego, no es alguien que resulte fácil de doblegar. Muchas personas que viven esta conexión no encuentran la armonía de nuevo, jamás. Y simplemente se encuentran de nuevo en la siguiente vida. Como lo hemos hecho Christian y yo antes.

Me desplomé sobre la banca, mi cuerpo se relajó por completo como si estuviera agotada. El nudo en mi garganta seguía ahí, tenso, mientras varias lágrimas me arruinaban el maquillaje. Mich se acercó un poco y me abrazó. Lo necesitaba y no tuve que pedírselo.

—¿Quieres agua?

—No.

—¿Puedo darte mi opinión de todo esto? —Asentí tras romper el abrazo, haciendo un esfuerzo por no derramar más lágrimas. Estaba trabajando, no podía olvidarlo—. No soy espiritual como tú, y tampoco entiendo muchos conceptos, pero creo que estás sufriendo anticipadamente por algo que no tienes la certeza de que vaya a ocurrir. ¿Y si solo te enamoraste como tonta de un sujeto idiota que tiene loca? ¿Y si no es necesario separarse, sanar y todas esas cosas?

—Hemos atravesado las primeras etapas. Cuando nos reconocimos fue un golpe energético tan fuerte que sentí que todo tembló a mi alrededor. Y ahora mismo estamos viviendo una especie de luna de miel en donde todo es perfecto. Luego vendrá la separación física. Después uno seguirá al otro hasta el cansancio, y a continuación se supone que comienza la rendición, dejar el ego a un lado y sanar para...

—Abril —me interrumpió con seriedad—. ¿Por qué te atormentas por cosas que todavía no ocurren? Estás sobrepensando esto, seguro ni duermes bien, puedo notarlo. Disfruta lo que estás viviendo en este momento sin preocuparte por lo que pasará mañana. Terminarás enfermándote por tanta angustia. Cuando te enamoras corres el riesgo de sufrir, sin necesidad de tener un vínculo igual del que hablas. Piensa que solo estás enamorada y listo.

—Es difícil, Mich, porque lo siento, lo percibo.

—Inténtalo, intenta frenar el miedo un momento y ya no te atormentes. Si todo sale mal, lo ves en otra vida y listo —agregó, con una pizca de humor—. Al menos en esta tuviste la oportunidad de dormir con un hombre que se ve como un sueño erótico. ¿No te lo parece?

Mich tenía la intención de aligerar el momento y lo consiguió con la risa escandalosa que soltó al verme asentir. Me limpié las lágrimas una vez más y sonreí con ella.

—Es sumamente atractivo. A veces, cuando despierto a mitad de la madrugada para ir al baño me quedó observándolo, espero que no me atrape nunca porque pensará que estoy loca.

—Yo también lo haría, no puedo juzgarte. Tú que estabas llorando por Franco, y tienes a un sujeto así rogándote atención todo el tiempo.

—Christian no me ruega atención, la exige.

—Dásela, disfruta de la relación que tienen. Lo mereces.

***

El reloj marcaba las dos treinta de la madrugada cuando me despedí de mi amiga. Me dejó en el estacionamiento del edificio de Christian, luciendo un poco cansada. Estaba segura de que no volvería a ofrecerse a ayudarme en otro evento, terminó quejándose de lo mucho que le dolían los pies por los tacones.

Al llegar al departamento no encontré silencio, como había esperado. Reconocí las voces de las personas que conducían los programas deportivos que solía ver Christian. Dejé mi bolso sobre la mesa del *hall* y avancé a paso lento. Volteé hacia el rincón donde estaba la cama de Nala para comprobar que seguía dormida, y lo hacía profundamente.

Sentí un poco extraño recorrer el lugar con tanta confianza. Solo me había quedado un par de veces, pero ya percibía comodidad en ese sitio. Me quité los zapatos justo al lado del sillón en el que Christian dormía con la televisión encendida y un vaso en la mano. Me acerqué despacio, contemplando la expresión de tranquilidad que había en su cara.

—Chris —susurré a su oído—, vamos a la cama. Tienes un vuelo temprano.

Suspiró antes de moverse un poco sobresaltado por haberlo despertado. Inclinada sobre él observé cómo sus párpados se separaban lentamente hasta que finalmente abrió los ojos por completo.

—¿Ángel?

—Te quedaste dormido en el sillón. Dame esto —agregué, quitándole el vaso de las manos—. Ven, vamos. Christian —me quejé ante mis fallidos intentos de moverlo. Le estaba sujetando la mano, tirando de ella para levantarlo, sin obtener ningún resultado.

—¿Dónde está Nala?

—Dormida.

Me dio la impresión de que solo preguntó por ella porque estaba aún adormilado. Se soltó de mi agarre y se estiró con pereza. Como pensé que se pondría de pie de inmediato, me tomó desprevenida cuando me jaló de la mano para que me sentara sobre él. Antes de que pudiera reaccionar me sujetó las piernas y las levantó con facilidad para que las recostara sobre el sillón.

—Mañana debes despertar temprano, vamos a dormir.

—Cambié la hora del vuelo. Saldré un poco más tarde.

—¿Pero por qué? ¿No llegarás a la práctica?

Christian negó manteniendo su expresión soñolienta, no quería hablar de las consecuencias que dejó su ruptura con Lena. Estaba molesto por tener que volar casi a escondidas para evitar las preguntas de los medios.

—Llegaré justo a tiempo para ellas.

—¿Pero todo está bien?

—Peleé con Javi por esto. Me perderé la rueda de prensa y el resto de los eventos.

—Peleas todos los días con él.

—Amenazó con renunciar, es la segunda vez que lo hace, voy a echarlo antes de que renuncie.

—Christian… —Mi voz con tono de reproche lo hizo sonreír. Recostó la cara sobre mis pechos y respiró hondo pegado a mi piel. Después dejó un par de besos en cada uno, que me hicieron estremecerme por las cosquillas.

—Ven conmigo mañana.

—No puedo hacerlo. Nos estamos reponiendo de una crisis y a punto de enfrentar otra. Eli se robó a mi personal, le falta poco para robarse a los clientes. Además, Christian, nadie puede vernos juntos. ¿Lo olvidaste?

No sabía cómo lidiar con la evidente desesperación de Christian por tenerme cerca. Intenté relajarme, como Mich me sugirió, y solo lo abracé e hice que se recostara sobre mis pechos de nuevo. Era imposible dejar a un lado lo que nos sucedía; sin embargo, quería esforzarme por sobrellevarlo de la mejor manera.

—Después de este fin de semana habrá una pausa en el campeonato. Serán cuatro semanas de descanso. Deja a alguien a cargo de todo, quiero que vengas conmigo.

—¿A dónde?

—A donde sea, luego lo pensamos, solo quiero unas vacaciones.

—No puedo irme por un mes.

—Claro que puedes, se supone que para eso contrataste una nueva administradora.

—Pero Christian, ¡es un mes!

—Llevaremos a la llorona con nosotros. ¿Qué más necesitas?

Mi cerebro sabía perfectamente que detrás de aquella imposición no había nada romántico, tampoco tierno, pero mi cuerpo percibió una emoción que me estremeció. Christian me estaba ordenando ir a su lado, sin opciones. Su petición era una trampa. No importaba lo que pidiera, él iba a conseguirlo para salirse con la suya. Aun sabiendo eso, sonreí y busqué sus labios para ofrecerle un beso.

—Tendré que arreglar un par de cosas antes. Probablemente tarde una semana en ello.

No le gustó mi respuesta, lo supe por la tensión en su cuerpo. Sin embargo asintió tras tomar un poco de aire. Parecía ansioso por marcharse, lo que me hizo pensar que solo quería huir de los rumores que lo seguían.

—¿Todo fue bien en la boda?

—Sí, pero no creo que Mich quiera acompañarme de nuevo.

—Deberías cambiar de amigas.

—También debería cambiarte a ti… Estaba bromeando —dije de inmediato al percatarme del gesto de indignación que adoptó su rostro en segundos. Me sujetó de la cintura para levantarme de su regazo, obligándome a reaccionar. Lo abracé muerta de risa por su seriedad. Christian parecía realmente molesto—. Si no me dejas abrazarte, no volveré a hacerlo nunca.

—Voy a dormir, levántate.

—No puedes decir lo que quieres y esperar que no te responda.

—Levántate.

—Sí me vuelves a hablar así, me levantó, me llevo a mi perra y me voy.

—La perra también es mía, podría no dejar que te la lleves.

Mi risa escandalosa estuvo a punto de sacarle una sonrisa. Se esforzó por mostrarse serio y por dejar de tocarme. Noté su lucha al apartar mis brazos, para no tener ningún tipo de contacto.

—No serías capaz.

—No me conoces, Aby.

La manera en la que dijo mi nombre me obligó a sostenerle la mirada. Nos vimos fijamente el uno al otro, hasta que sin mediar alguna palabra rompió la breve distancia que nos separaba. Sus labios se presionaron en torno a los míos para ofrecerme un beso brusco que me tomó desprevenida. Fue una caricia desesperada en la que me mordisqueó, provocándome una mínima dosis de dolor que alivió con su lengua.

Me sentí envuelta en el calor de sus brazos en segundos, y solo un momento después percibí sus manos acariciando mis piernas bajo el vestido. Mi cuerpo reaccionaba a Christian con una receptividad única. Estaba caliente, deseosa de tenerlo sobre mí.

—Christian —protesté falsamente, por la manera en la que tiró de mi vestido para sacar mis pechos del escote—, vas a dañármelo.

—¿Vas a cambiarme?

—Sabes que no, estaba bromeando. Discúlpame.

—Odio que me pidas disculpas, porque quiero seguir molesto contigo.

El estómago se me contrajo al verlo llevarse uno de mis pechos a la boca. Fue un estremecimiento que punzó entre mis muslos con una intensidad dolorosa y aumentó al sentir el calor de su lengua humedeciéndome los pezones. Me moví para sentarme sobre él a horcajadas y ofrecerle mis pechos, la sensación fue tan deliciosa que necesité más de ella. Christian fue rápido, recogió el vestido en un movimiento brusco que lo dejó enredado en mi cintura.

El cansancio quedó en segundo plano al sentirlo tan duro, y quería quitarme la ropa para que no hubiera nada entre nosotros. Un poco aturdida por la excitación me balanceé, buscando un roce intenso que hizo que mi ropa interior se sintiera pesada. Christian reaccionó apretándome el trasero con ambas manos, moviéndome a un ritmo más contundente.

—Se supone que no podemos hacer esto —pensé en voz alta—. Primero debemos hacer la limpieza energética.

—Lo haremos después. Lo prometo.

—Dijiste lo mismo la última vez.

El jadeo que se escapó de mis labios se silenció de repente ante el sonido repentino de un ladrido. Christian y yo miramos hacia la derecha al mismo tiempo, siguiendo la dirección de sonido. Ambos nos sobresaltamos al ver a Nala a nuestro lado, observándonos sentada sobre el sillón.

—Aby, vamos a la cama.

Observé su mano por un largo momento antes de tomarla, hubo un golpe energético ante el contacto de nuestra piel que solo aumentó la agitación que ya padecía. Nala volvió a ladrar cuando me paré, recordándome que ella estaba ahí, esperándome después de varias horas sin verme.

—Le cambiaré el agua y le pondré más comida.

—Te espero.

Me sentí mareada cuando se alejó de mí, y observada por mi perra, que seguía sentada en el mismo sitio, viéndome fijamente. Con una honda respiración retomé un poco de compostura, me acerqué a ella y dejé un beso sobre su cabeza.

—No me veas así, Nala. —Me agaché e intentó lamerme la mejilla. Tras un par de besos más la guie hasta la cocina, había comida y agua en sus tazones. Aun así, me incliné para instarla a acercarse, pero fue en vano. Nala no le prestó atención a la comida. Me olfateó un momento antes de esconder el hocico en mi cuello.

—¡Ángel!

—Descansa, Nala.

Me erguí para macharme, pero no salí de inmediato de la cocina. Vi el teléfono de Christian sobre la barra y lo tomé para llevárselo. El movimiento provocó que la pantalla se encendiera, lo levanté para bloquearlo de nuevo, pero mi intención se quedó a medias al darme cuenta de que había una conversación en la pantalla.

Estaba mal, no era correcto, era consciente de ello, pero ver el nombre de Lena me llevó a concentrar toda mi atención en los mensajes que había recibido desde temprano. Todos eran de ella, pidiendo que le respondiera el teléfono, exigiéndole que le diera una explicación.

El malestar que sentía en el pecho se intensificó al llegar a los dos últimos. Era una imagen en la que se podía apreciar a Christian de espaldas, con mis brazos rodeándole el cuello; mi cara no se veía, pero mis pulseras me delataban. Lena escribió debajo de la foto: «Sabía que todo esto era por otra mujer», y segundos después envió otro: «¿Quién es ella?».

Dos mensajes sin respuesta que despertaron un mal presentimiento y me llevaron a cuestionarme por qué la novia falsa de Christian le hacía ese tipo de reclamos, como si se tratara de una mujer dolida descubriendo una infidelidad.

CAPÍTULO 28

Christian

—¿Christian, estás bien?

Cristal rompió el silencio que me rodeaba, era la única persona de mi equipo con la valentía suficiente para hablarme en un momento en donde era evidente que no soportaba a nadie. Estaba asomada desde la puerta entreabierta, esperando una respuesta que no me apetecía darle. Me observó con atención por largos segundos antes de decidirse a cruzar el umbral, con pasos cortos y dudosos que la dejaron en el interior de la caravana.

—¿Qué quieres?

—¿Estás bien?

No lo estaba, estaba inmerso en la rabia que burbujeaba en mis venas, sumido en reproches y cuestionamientos que mantenían un ruido constante en mi cabeza que comenzaba a fastidiarme; harto de todos, y de la estúpida de Lena que se propuso complicarme la existencia.

Odiaba admitirlo, pues Cristal me fastidiaba mucho, pero en ese momento probablemente era la única persona que podía tolerar. Me acerqué a ella mientras bajaba la cremallera, con la vista puesta en la pantalla de mi teléfono, leyendo el último mensaje que me envió Vivian, la asistente de Lena.

—Ayúdame con el traje.

—¿Quieres que te pida algo delicioso de comer? Podrías saltarte la dieta por hoy.

—Cristal, deja la condescendencia, sabes que no lo soporto. Estoy bien, maldita sea. No es la primera vez que pierdo.

Saqué los brazos con prisa y puse distancia entre los dos, porque la creí capaz de abrazarme y palmearme la espalda para consolarme. Algo que no soportaría bajo ninguna circunstancia. Tras quitarme las botas tomé asiento, aún con el teléfono en la mano, atento al inmenso párrafo que Lena había escrito desde el teléfono de su empleada.

El drama con el que estaba lidiando me resultaba inesperado. Lena parecía haber enloquecido después de que hiciera pública nuestra ruptura. Sus constantes llamadas y mensajes eran prueba de ello. Había dejado el centro de rehabilitación motivada por lo que ocurría. Me era imposible entender su necesidad de buscar explicaciones, ninguno de los dos nos soportábamos, no nos debíamos ninguna conversación. Su insistencia, además de despertar mis sospechas de lo que pudiera estar buscando con su drama, me estaba provocando problemas.

Las dudas quedaron sembradas en Abril después de los últimos mensajes que leyó. Cuando me pidió explicaciones mostrándome la conversación, me escuchó y pareció entenderme. Pero yo sabía que estaba inquieta, podía percibir lo mucho que la perturbaba el asunto.

—¿Vas a terminar de cambiarte aquí o subirás al cuarto?

Con un gesto le indiqué que no me movería. Se alejó hacia mi cuarto dejándome solo, como se me apetecía. Mi concentración estuvo de nuevo en el mensaje de Lena, en el que además de insistir que quería verme para hablar, hizo un drama digno de un espectáculo. Jamás hubo ningún tipo de sentimentalismo entre los dos, por lo que encontré ridículo que escribiera que nunca me perdonaría por romperle el corazón de esa manera; más ridículo aún que afirmara no saber cómo seguir con su vida si no estábamos juntos. Tenía la teoría de que buscaría la forma de filtrar las conversaciones, por ello opté por seguir ignorándola.

Bloqueé la pantalla y fijé la vista hacia la puerta de entrada, siguiendo el ruido de unos pasos. Javi apareció en mi campo visual casi de inmediato, y entonces mi panorama se jodió todavía más. Quería estar solo mientras asimilaba todo lo que pasó en el circuito, y verlo a él lo complicaba.

—No estoy en mis cabales, no abras la boca porque terminaré olvidando que te respeto.

—Si me respetaras de verdad no me hablarías de esa manera —respondió, al mismo tiempo en el que lanzaba la gorra hacia una silla. Se veía igual de harto de lo que yo estaba, irritable y agotado—.

No fue tu culpa, no vengo a reclamarte, Christian. Olvidas que estoy de tu lado, el equipo jamás fue mi prioridad. Estoy aquí por ti.

La frustración hizo eco de nuevo dentro de mí después de escucharlo. Odiaba perder más que cualquier otra cosa en el mundo, y como había sido por culpa de un error de terceros me era aún más difícil de digerir.

—Entiendo tu enojo, pero pudo ser peor. Terminaste la carrera con un motor dando problemas desde la décima vuelta, conseguiste un podio.

—Llegué de tercero, justo detrás del perdedor de mierda. No puedo considerarlo como algo mínimamente positivo.

—Relájate, Christian, cuando las cosas escapan de tus manos es lo único que puedes hacer.

Agradecí cuando se marchó. Solo, una vez más, me recosté en el sillón para disfrutar del silencio, que duró poco. Cristal apareció de nuevo, ahora sorbiendo su refresco y con unos pants que me lanzó sobre el pecho.

—¿Puedo ayudarte en otra cosa?

—Sal y diles a todos que estoy gritando como nunca, que no se acerquen. Asegúrate de que Abel te escuche para que no insista con ninguna entrevista.

—No tardo —prometió, tras levantarse de la mesa en la que se apoyó brevemente.

—Tárdate. Quiero estar solo, suficiente tengo con lidiar con Javi metido aquí.

No esperé a que se fuera para quitarme el traje. Me levanté y lo saqué de mi cuerpo mientras ella seguía ahí para encargarse de guardarlo. No podía relajarme, tampoco restarle importancia a lo que pasó. Lo de la pista no era lo único que me tenía tan tenso. Un nuevo mensaje había empeorado la situación. Bloqueé el número de Vivian y fui a la cocina en busca de una bebida, que opté por tomarme sentado frente a la mesa.

Mi mente en blanco se vio ocupada de recuerdos a los pocos minutos. Imágenes que me alejaron de la zona gris en la que me encontraba y aminoraron un poco la tensión que me rodeaba. Solía sucederme cada vez que me sentaba a comer en la mesa. Mi cabeza se había grabado la imagen de Abril recostada sobre ella, con las piernas abiertas y gimiendo, sin la timidez propia que poseía.

Alentado por los buenos recuerdos, tomé el teléfono para marcarle por primera vez en el día, justo cuando el tono de espera comenzó a sonar cambié de opinión. Quería verla. Colgué e hice una videollamada. Aguardé por varios segundos hasta que el sonido cesó, y algo que de primer momento no pude identificar apareció en mi pantalla.

—¿Abril? —La cámara se movió de manera brusca y un momento después pude verla al fin. Estaba adormilada, recostada de lado sobre su cama, abrazada a una almohada.

—Chris —dijo con evidente emoción antes de bostezar. Odiaba que me llamaran de esa forma. Lo único que evitó que le pidiera que no volviera a hacerlo desde la primera vez que decidió usar el maldito diminutivo, fue el tono suave en el que salió de sus labios. Para ese punto comenzaba a preguntarme si había algo que pudiera negarle a esa mujer.

—¿Estabas dormida?

—Lo siento —se disculpó tras bostezar de nuevo—. Ayer llegué a mitad de la madrugada y desperté temprano porque la boda de hoy fue a mediodía. Solo supervisé que todo estuviera listo y regresé porque moría del sueño. Estoy intentando dejar todo listo para nuestras vacaciones. ¿Cómo te fue a ti? ¿Ganamos, cierto?

Pese a su tono perezoso habló rápido, parpadeando varias veces, como si le costara trabajo mantener los ojos abiertos. Me tensé tras soltar una honda respiración, no quería hablar de la puta carrera.

—No, perdí.

—¿Qué? —Mi respuesta terminó de despejarla, se giró sobre la cama y al fin pude observar su cara por completo. Estaba maquillada sutilmente, con un labial rosa intacto—. ¿Qué te pasó?

—Problemas con el motor.

—Pero no pasa nada, sigues estando arriba en la tabla de posiciones. Llevas muchos puntos de ventaja.

No quería palabras de aliento de nadie, ni siquiera de ella. Abril debió darse cuenta, porque tras sonreír cambió el tema de inmediato. Me habló de sus planes para esa noche, en la que se reuniría con sus amigas para cenar en casa de Michelle, y de su disposición de regresar temprano para descansar más. El ruido de alguien acercándose me distrajo de la conversación por un segundo. En cuanto me di cuenta de que era Javi llegando a la cocina, volví a concentrarme en Aby.

—Sí, llevo algo de ventaja.

—Ya quiero verte —soltó de la nada, justo después de volverse a colocar de medio lado sobre la cama—. Te extraño.

Hacía menos de cuarenta y ocho horas nos habíamos despedido. Encontré exagerada aquella afirmación, pero entonces me di cuenta de que yo la estaba llamando, pese a lo poco que me gustaba hablar por teléfono, porque quería verla.

—Regreso mañana.

—¿No me extrañas?

El sonido de una tos falsa sonó a mi espalda, al mismo tiempo en que Abril hizo aquella pregunta. Miré por encima de mi hombro a Javi. El idiota estaba detrás de mí, atento a lo que no debía.

—Hola, Abril —saludó, tras inclinarse hasta asomar la cabeza a la pantalla por encima de mi hombro.

—Hola, Javi.

—Solo quería saludarte, cuídate mucho.

—Gracias —respondió sonriente.

—Abril te hizo una pregunta, respóndele. —Me alentó tras palmearme la parte trasera de la cabeza. Me estaba provocando, tocándome las pelotas por diversión, como el imbécil que era.

Aby me veía fijamente, con una breve sonrisa en los labios, ajena a la presencia de Javi, que permanecía cerca. El hijo de puta parecía estar a punto de reír a carcajadas, ante la mala mirada que le ofrecí por su osadía.

—Sí, Aby, te extraño.

Javi ocultó la cara sobre sus brazos, que yacían en la mesa para silenciar la carcajada amortiguada que soltó tras escucharme. Él era consciente del momento complicado con el que lidiaba por lo que pasó en la pista, que se riera solo hablaba de lo estúpido, o muy valiente, que estaba siendo.

—Nala también te extraña.

—A ella no la extraño para nada.

—¡Christian! —refunfuñó de inmediato.

—Te llamo más tarde, sigue descansando.

—Está bien. Te envío un beso, amor.

—Te envío otro, ángel.

Lo último que vi antes de colgar fue su amplia sonrisa. Dejé el teléfono sobre la mesa, ignorando la carcajada fuerte y sonora que al fin soltó el imbécil de Javi, y me recosté sobre la silla para relajarme. Me resultaba irracional la satisfacción que sentía ante el trato dulce y cariñoso que Abril me ofrecía. Yo había sido intolerante a ese tipo de comportamientos, y quería creer que, por el trabajo que me costó que me dejara acercarme a ella, disfrutaba de ese tipo de estupideces.

—Mierda, Christian. Estás jodido, realmente jodido.

—Una palabra más al respecto y te partiré la cara.

Mi amenaza no tuvo ningún efecto en él y continuó riéndose a carcajadas, incluso cuando sonó el ruido de la puerta y posteriormente el de unos pasos. Me levanté con la lata en la mano, ansioso por alejarme de él. Tras dar unos cuantos pasos me topé con Cristal frente a frente, fue ella la que entró luciendo un poco agitada.

—Listo, para hacerlo creíble fingí llorar un poco. Nadie vendrá, todo el mundo piensa que estás como loco.

—¿Qué mierda te mandó a hacer?

—No le respondas —le exigí a mi asistente, que no supo qué hacer, lo noté en la manera en la que alternaba la mirada entre los dos—. Quiero irme hoy, encárgate de eso, por favor.

—¿De verdad? —preguntó con evidente emoción—. ¿Por qué?

—Porque extraña a Abril.

Cristal se atrevió a reírse en mi cara por la respuesta de Javi. Fue un instante breve, que acabó en cuanto enfocó su mirada en la mía y en mi ceño fruncido

***

Mi teléfono no dejaba de vibrar sobre la mesa de noche, no tenía claro si se trataban de mensajes o llamadas, pese a ser consciente de los constantes zumbidos, mi concentración se encontraba en el cuerpo desnudo de Aby que se movía ansiosa entre mis brazos.

La respuesta de Abril a cada beso o caricia me generaba una satisfacción abrumadora, que aumentaba el calor en el que ardía.

—Enciende la luz, quiero verte, ángel.

Aproveché el instante en el que se alejó para intentar retomar un poco la compostura. Fue un momento breve que finalizó tras escuchar dos fuertes aplausos. La lámpara sobre la mesa de noche se encendió por el sonido, y una luz cálida iluminó parcialmente la habitación.

Debía estar cansado por la carrera, el viaje y todo el estrés que me rodeaba. Sin embargo, observarla recostada sobre la cama, respirando rápido y ligeramente sonrojada, fue para mí como una inyección de adrenalina.

Una cruda satisfacción me azotó de golpe al contemplar lo único que llevaba puesto: una pulsera en su tobillo, y la cadena con mi inicial colgando en su cuello, ambas cosas estaban ahí por mí, y eso hizo que el aire se tornara caliente y difícil de respirar.

Me atormentaba averiguar hasta donde llegaba mi fascinación por ella, porque parecía no haber un límite.

Los brazos de Aby me atrajeron hacia ella en cuanto estuve cerca. Estaba ardiendo, podía reconocerlo por la manera en la que respiraba y la desesperación que mostraba por sentirme pegado a ella. Pensé que llevaba la ventaja, que yo tenía un mínimo control de la situación; sin embargo, el roce de sus pezones tensos sobre mi pecho hizo que mi verga se sacudiera dolorosamente por la antelación.

Como si hubiera podido leer mi mente, la mano de Aby se deslizó hacia abajo y me erizó la piel con el simple roce. El poco aire que había en mis pulmones se quedó atascado y tuve que jadear por aire cuando se detuvo para acunarme la verga sobre la ropa y luego apretarla. No esperé a que ella tomara la iniciativa y con prisa abrí el botón, luego bajé la cremallera. Noté cómo Aby parecía necesitar besarme.

Cada músculo de mi cuerpo se contrajo ante el suave tacto de sus manos que terminaron de bajarme los pantalones. Jadeé pegado a su boca, sujetándole las mejillas con tanta fuerza que le fue imposible cortar el beso. Aby no luchó contra mi disposición de no soltarla, me dejó besarla a mi antojo, al mismo tiempo que me rodeaba la verga.

La mordí por la impotencia que sentí ante su toque delicado, y ella gimió en respuesta.

—¿Así? —cuestionó, provocándome, sabía cómo hacerlo, solo quería atormentarme con el tono suave y tímido de su voz.

—Más fuerte, ángel, no va a caerse si la aprietas más fuerte.

El sonido de su risa me calentó más porque dejó en evidencia su intención de provocarme. Me obedeció, y lo único que pude hacer fue sujetarle los hombros con más fuerza. La estaba dejando hacer, permitiendo que fuera ella la que tuviera el dominio del beso lento que me ofreció, dejando que también dictara el ritmo en el que movía la mano. Lo único que pretendía era que tomara confianza para tomarla desprevenida, no conté con su siguiente movimiento.

Abril dejó de besarme cuando estuve a punto de perder el control, se alejó de golpe para sentarse en la cama, con la clara intención de chupármela. Era la tercera vez que lo hacía sin que se lo pidiera. Se me habían quedado grabadas las otras dos ocasiones por lo mucho que me alteró verla tomar la iniciativa.

Sus labios se separaron lentamente y la calidez de su boca me envolvió poco a poco. La sensación fue tan intensa que temblé como imbécil. Sabía que no debía bajar la mirada, por mi propio bienestar era mejor continuar con los ojos cerrados; sin embargo, no pude contener el impulso. Aby me sonrió con la mirada y algo parecido a un estruendo resonó en mi pecho. La odié por descontrolarme tanto, por manejarme a su antojo con tanta facilidad.

La deseaba más allá de lo comprensible, con una magnitud irracional que me quemaba por dentro. En ese punto me hallé convencido que no había nada más caliente en el mundo que la imagen de Aby chupándomela con los ojos cerrados y gimiendo con evidente satisfacción.

El roce aterciopelado de su lengua me provocaba escalofríos cada vez más contantes, y una sensación electrizante aumentaba a medida que los segundos pasaban. Pronto, mi respiración se vio fuera de control y tuve que luchar contra el impulso de empuñar su pelo para guiar el ritmo en el que se metía mi verga a la boca.

La mínima dosis de autocontrol que conseguí fue la que me hizo sujetarla del hombro para echarme hacia atrás cuando no pude más.

Aby me observó fijamente a través de sus largas pestañas, respirando rápido, con los labios brillantes y las mejillas sonrojadas. Las manos me temblaron cuando terminé de quitarme la ropa. Estaba enfermo por Abril, probablemente obsesionado, llegué a esa conclusión ante la satisfacción abrumadora que percibí tras empujarla sobre la cama y colocarme sobre ella.

Parecía asustarla tenerme encima, tal vez porque podía darse cuenta de mi falta de dominio en mi mirada, o quizás por lo mucho que nos afectábamos mutuamente. Aun así, con todo y que boqueaba por aire, buscó la manera de besarme, haciéndome gemir por un roce de lenguas húmedo y necesitado.

Mi urgencia de besarla por completo me llevó a romper el beso. Aby echó la cabeza hacia atrás, entre hondas respiraciones que dejaban ver lo sumida que se hallaba en el momento. Mis besos descendiendo por su cuello la hicieron estremecer. Me vi obligado a presionar sus manos contra el colchón para inmovilizarla, en lugar de quejarse por ello, apretó sus dedos con fuerza alrededor de los míos.

Tuve que romper el agarre al sentir cómo sus pezones se tensaron sobre mi lengua, me vi tan desesperado por quedarme ahí que necesité mis manos libres para tocarla. Las de Abril fueron directo a mi pelo, del que tiró a su antojo entre gemidos. El deseo denso nubló mis sentidos al observar el tatuaje sobre su ingle, estaba convencido de que era mi inicial, una idea que nadie me iba a sacar de la cabeza.

Abril se sacudió sobre la cama cuando pasé la lengua por él. Pese a mi poco dominio fui consciente del ruido de un fuerte trueno y del aullido de Nala, que llegó a continuación. Previendo una absurda interrupción le separé las piernas para besarla a mi antojo. Sus muslos presionaron mi cabeza al mismo tiempo en el que percibí el roce de sus uñas largas entre mi pelo. La antelación punzaba con dolor. Su agitación, su sabor y la manera en la que gemía sin ningún pudor me llevaron a un punto en donde no pude esperar más.

Me erguí sobre ella, contemplándola con una fascinación retorcida, disfrutando de su cuerpo desnudo bajo el mío, de la manera en las que sus pechos subían y bajaban por su respiración acelerada, y de sus labios separados, por los que exhalaba con fuerza. Murmuró algo, estuve seguro de ello sin embargo, comprenderla me fue imposible. Volví a llevarme uno de sus pechos a la boca, antes de ponerme de rodillas sobre la cama, la expresión de placer en su cara mutó a una de sorpresa en el momento que pasé los brazos bajo sus piernas para arrastrarla sobre el colchón.

No pude dejar de verla, era como si mis ojos estuvieran anclados a ella. Le separé un poco más las piernas sin romper el contacto visual, percibiendo un placer intoxicante por el simple roce en sus labios empapados. Pese a lo mucho que me gustaba ese tipo de tensión entre los dos, fui incapaz de alargar aquel momento, porque me hallé tan fuera de mí que no controlé mis impulsos y entré con un solo movimiento que nos hizo jadear a la vez.

No esperé a que se adaptara a tenerme dentro, como solía hacerlo siempre, porque su balanceo me alentó a continuar. Mis brazos tensos alrededor de sus piernas la atrajeron con fuerza, y quedé así enterrado por completo entre sus paredes, que se contrajeron con una intensidad exquisita. Y entonces no pude detenerme, la atraje una y otra vez, hipnotizado por el movimiento de sus pechos que se balanceaban con ella y por los sonidos que salían de sus labios a un volumen alto.

La cabecera de la cama comenzó a chocar con la pared, mi respiración a resonar por encima de los gemidos de Abril y el calor a aumentar hasta el punto de volverse sofocante.

—Déjame verte —le supliqué, cuando se cubrió la cara con las dos manos.

—Ven, por favor…

Cedí a su petición antes de que terminara la frase, la cubrí con mi cuerpo, temblando por lo mucho que me gustaba estar sobre ella. Abril me abrazó con los brazos y las piernas, su respiración ruidosa chocó en mi cara, por lo brusca que estaba siendo.

—Porque necesitas tenerme cerca… ¿Eso ibas a decirme?

—Sí. ¿Lo recordaste?

La manera en la que suspiró me causó escalofríos, en lo único que pensé fue en mi necesidad de comenzar a moverme. Controlé el impulso para buscar un poco de lucidez para responderle a Aby.

—Sí.

—Pero nunca te lo dije.

—Lo sé.

Sus labios se curvaron en una sonrisa suave que sus ojos cerrados hicieron que fuera aún más cautivadora. El corazón se me aceleró mucho más de la nada y aunque no habló, escuché su voz pidiéndome que la besara. Lo hice sin pensarlo y en respuesta me atrajo contra su cuerpo con más intensidad. Debía preocuparme por comenzar a creer en las muchas locuras que Abril decía respecto a nosotros, pero el placer nubló mis pensamientos y mi sentido común.

CAPÍTULO 29

Abril

Desde pequeña aprendí a poner los deseos de los demás por encima de los míos. Crecer sin mi mamá me dejó en una posición desventajosa que intenté sobrellevar esforzándome por agradarle a mi entorno. De alguna forma, me sentía obligada a complacer a la familia de mi papá, quienes lo ayudaron a cuidarnos cuando mamá murió. Cada pérdida que enfrenté a lo largo de mi vida intensificó mi necesidad de agradecer la protección que me ofrecían las pocas personas que me quedaban. Me adapté a vivir de aquella forma, a reprimirme, a doblegar mi voluntad para no decepcionar. Esa fue la razón por la que me sentí culpable al subir al avión de Christian, por todas las responsabilidades que dejaba a un lado.

Era la primera vez que hacía algo así, que elegía seguir un impulso en lugar de hacerle frente a mis obligaciones. Dejar el Bride's en manos de una administradora por casi un mes era algo que mi tía jamás habría aprobado. Y pese a lo mucho que me contrariaba sentir que le fallaba, no estaba arrepentida de la decisión que tomé. Estaba disfrutando de lo libre que me sentía y la tranquilidad en la que me hallaba envuelta, pese a todos los problemas con los que lidiaba.

Christian estaba involucrado en una cantidad absurda de rumores. Su rompimiento con Lena había sido mediático, por las constantes publicaciones que ella realizaba, en donde indirectamente lo señalaba por haberla abandonado en su peor momento. De todos los chismes que circulaban en internet, el que más me perturbaba era el de su supuesto embarazo. El jefe de prensa de Christian estaba seguro de que ella utilizó a su extenso grupo de fans para esparcirlo. La inquietud que me provocaba el tema me obligó a mantenerme algo alejada de mi teléfono en las últimas dos semanas. Me concentré en disfrutar el lugar, la experiencia y la compañía.

Christian me llevó a la casa de verano de Javi, un sitio tan cerca de la playa que podíamos llegar caminando a ella, y lleno de una tranquilidad en la que me fue fácil perderme. La casa tenía un encanto especial, pues más allá de todas las comodidades con las que contaba, se percibía una calidez propia de un hogar. Como si estuviera ocupada todo el tiempo, y no fuera visitada solo por periodos cortos de vacaciones.

Me sentí cómoda en ella desde el primer día, no era extraño que al cabo de dos semanas me encontrara adaptada por completo al entorno, siguiendo una rutina que consistía en tomar sol por las mañanas y en frenar las locuras de Christian por el resto del día. Jamás habíamos pasado tanto tiempo juntos, y aunque debía estar agotada por lidiar con él y su exceso de energía, estaba absorta en nosotros.

Estaba viviendo algo parecido a la plenitud que, aunque sabía no era del todo real, me generaba un bienestar inexplicable. Probablemente esa fue la razón por la que permití que Christian me convenciera de hacer cosas diferentes, que me sacaban de mi zona segura y me llevaban a afrontar algunos miedos que siempre preferí evitar.

—¿Te sientes mejor, ángel? —Abrí los ojos lentamente al escuchar la pregunta que había hecho varias veces, y lo primero que observé fueron sus ojos. Estaba sentado a mi lado, con los lentes de sol sobre la cabeza, contemplándome con detenimiento mientras acariciaba una de mis piernas con suavidad.

—No. Aún estoy mareada.

Entrecerró los ojos como si se hubiera dado cuenta de que le mentía, provocándome una breve risa. Aquella tarde Christian estaba siendo más insistente que de costumbre, parecía decidido a no dejarme tranquila.

—Ya pasó tiempo suficiente para que te adaptaras. Si Nala pudo, tú también.

Tomé la gorra que estaba a un lado para ponerla sobre mi cara, pero Christian me la quitó con rapidez. Luego me tomó la mano y quería que me sentara. Un ataque de risa debilitó mi fuerza y no pude oponerme a que se saliera con la suya. Terminé sentada, riendo como tonta mientras él apuntaba a Nala.

Mi perra estaba recostada sobre uno de los asientos, tan tranquila que no parecía ser la misma perra que ladró y lloró con desconsuelo cuando el yate comenzó a moverse sobre el agua.

Christian había logrado tranquilizarla solo con sentarse a su lado.

—¿No puedes aceptar un no y dejarme tranquila?

—No, jamás aceptaré un no de ti —aseguró con convicción.

Habíamos dejado de movernos, asumí que esa fue la razón por las que mi mareo cesó; aun así, no me animaba a levantarme, prefería continuar recostada, disfrutando de las últimas horas de sol, con los ojos cerrados y relajada.

—Ven, dame un abrazo.

Intentó echarse hacia atrás, pero no consiguió alejarse lo suficiente. Mis brazos rodearon su cuello y entonces me dejé caer hacia atrás, llevándolo conmigo.

—Basta, Aby —pidió, fingiendo seriedad ante todos mis intentos de mantenerlo abrazado—. La moto está lista, vamos.

—¿Qué parte de que me dan miedo las motos en todas sus presentaciones no entiendes?

—Ayer me lo prometiste.

—No, me obligaste a prometerlo. —Lo solté un poco molesta al recordar el método que usó para salirse con la suya. Lo hizo mientras teníamos sexo, aprovechándose de mi vulnerabilidad para obtener un sí que no quería darle—. Subí al yate, no te conformas con nada.

—Probablemente tengas razón, no me gusta conformarme, pero si insisto es por ti. —El tono de su voz me instó a prestarle atención, aún recostada clavé mi mirada en la suya—. Aby, le tienes miedo a todo. Alguien debe hablarte con la verdad. ¿Sabes? Javi me obligó a tomar terapia cuando me mudé con él. Entiendo que tienes traumas, no soy tan idiota, pero lo que no comprendo es cómo no haces algo para superarlos.

—¿Crees que no lo he intentado? Por culpa de accidentes perdí a mi papá y a mi hermano.

—Pero los accidentes puedes tenerlos incluso si te quedaras para siempre sentada sobre una silla. La vida implica muchos riesgos; evitarlos es como desperdiciarla, porque de ese modo, al final, no estarás viviendo en realidad. Solo existiendo en medio de tantos temores.

—Hablas como si no fuera capaz de hacer cosas que me asustan. Antes no podía ni ver a una pista, ahora me paseo por los autódromos.

—¿Y no lo sientes como una gran victoria? —Aunque no lo había pensado así, tras escucharlo le di la razón en silencio.

—Por el momento no quiero sumar más victorias. No me gustan los riesgos, he perdido mucho por ellos, mi papá, mi hermano.... Después murió mi tía y ahora estoy sola.

—Me tienes a mí, a la perra llorona y a las fastidiosas de tus amigas. No estás sola, Abril.

Por largos segundos hubo silencio entre los dos, pero lo rompí cuando vi que se movía.

—Christian —lo llamé, cuando se puso de pie—, ¿a dónde vas?

—No quiero perderte de vista mientras estés sola con estos tipos —dijo, refiriéndose a los dos hombres de la tripulación—. No voy a alejarme demasiado, te agradecería que te quedaras al lado de Nala.

Pese a la evidente tensión entre los dos me ofreció su mano para ayudarme a ponerme de pie. No me soltó en cuanto me levanté, me guio hacia donde estaba Nala, y solo entonces me soltó la mano. Mi perra movió la cola cuando él le tocó cabeza, unos segundos antes de marcharse. Sin mediar palabra se dirigió hacia la popa para subir a la moto que ya estaba en el agua.

Lo observé aferrada al barandal, mientras la conversación que acabábamos de tener se repetía en mi cabeza. Comenzaba a creer que la misión de Christian en mi vida era la de empujarme a romper mis límites. Era consciente que desde que lo conocí había hecho cosas que jamás imaginé hacer, y todo por él.

—¡Christian, iré contigo!

Mi afirmación impulsiva nos tomó por sorpresa a los dos. La expresión en su rostro lo delató. Me puse de pie con temor, notando cómo él dejó de moverse para esperarme. Tras dejar un beso sobre la cabeza de Nala caminé despacio para reunirme con él. Había alguien de la tripulación a su lado, un hombre joven y amable que me ofreció la mano para ayudarme a bajar los angostos escalones. No tuve la oportunidad de tomarla, Christian lo evitó al sujetarme de la cintura para hacerse cargo él.

—¿Por qué cambiaste de opinión?

—No lo sé.

Mi respuesta fue honesta, puesto solo seguí un impulso del que comenzaba a arrepentirme. Christian pareció darse cuenta de ello, porque me puso el chaleco salvavidas con prisa, como si no quisiera perder ni un solo segundo. Cada minuto que transcurrió antes de subir a la moto fue una lucha constante con mis miedos, que llegó a su límite cuando estuve sentada detrás de Christian, con los brazos entrelazados sobre su abdomen y mi cara pegada a su espalda.

La tensión entre los dos desapareció después de ese breve paseo. Yo me sentí satisfecha por lo que hice y por lo risueño que se mostró Christian tras regresar. Su humor fue tan espléndido que no ignoró a Nala cuando se acercó a nosotros. En lugar de ello le hizo fotos con su teléfono, para luego enfocarme con su cámara a mí.

—¿Por qué te alejas? —preguntó, cuando me abrazó para una foto.

El yate se había acercado a una zona en la que se encontraba otro más grande, con algunas personas en cubierta divirtiéndose. Parecía ser la única que recordaba que debíamos cuidarnos de que nos vieran.

—Por eso. —Con un gesto apunté hacia la zona, y en respuesta él se quejó entre dientes.

A Christian le molestaba la distancia que prefería mantener en público, pero yo lo hacía para evitar problemas con su supuesta relación con Lena. Sin embargo, para él mi actitud era un gesto de rechazo que no podía aceptar. Ya me había agotado de intentar hacerlo entrar en razón.

—Quiero una foto solo contigo, sin Nala de entrometida.

—¡Christian, rompes su corazón! —Mi queja lo hizo reír de inmediato, volvió a abrazarme por la cintura para pegarme a su pecho y mi reacción fue abrazar el cuello de Nala para incluirla—. O las dos, o ninguna.

La cámara de su teléfono nos apuntó a los tres, su brazo dejó de envolverme solo a mí para abrazarla a ella también, y entonces mi sonrisa fue mucho más amplia. Estaba experimentando una plenitud que jamás me imaginé vivir. Nos encontrábamos acoplados por completo, conectados de todas las formas posibles. Christian y yo nos habíamos amado tantas veces antes, que nos resultó natural hacerlo de nuevo.

***

Pese a la poca iluminación intenté mostrarles a Maia y a Diana un poco de la vista nocturna desde la terraza. Estaban juntas en casa de Maia, preparándose para salir, como solían hacerlo los sábados. Las extrañaba tanto por lo poco que habíamos hablado que me fue fácil disfrutar de sus risas y el pequeño caos que observaba a través de la pantalla.

—Ya vimos la foto de Nala en el agua. ¿Me puedes explicar cómo conseguiste que se metiera al mar? —De todas mis amigas, Maia era la más atenta a mi perra, y en su cara había una expresión de orgullo y asombro.

—Le gusta seguir a Christian todo el tiempo. Los primeros días corría tras él, pero con reserva, hasta que la convenció. Nala lo obedece más a él que a mí.

—Va a terminar adueñándose de ella.

—Hablando de eso —dijo Diana—, ¿sabías que todo el mundo cree que Nala es de Christian? Hicieron una cuenta que tiene más *followers* que la mía. Búscala, se llama Nala Baxter, oficialmente es el padre de tu perra.

—Lo sé, lo vi. Christian me lo mostró —agregué riendo—. No me molesta, prefiero que piensen que es el papá de Nala, a que le achaquen otra paternidad.

Mis amigas estaban preocupadas por la situación con Lena, por ello encontré oportuno bromear al respecto, para restarle importancia… pero en realidad sí me incomodaba.

—¿Alguna novedad de su ex?

—Ninguna —le respondí a Maia—. Ella no ha intentado hablar con Christian, tampoco con su equipo de prensa. Lo único que hace es crear rumores. Abel dice que ella filtró la foto en donde está saliendo de una farmacia con unas pruebas de embarazo.

—No le pongas atención, Aby. No te estreses.

—Lo intento, cada vez que tomo mi teléfono me mentalizo para no dejarme llevar.

—Hablando de ex falsos, tengo que hablarte del tuyo. Te está buscando, me llamó a mí, a Mich y hasta a Maia. ¿Pasó algo?

—Todavía no pasa nada, pero voy a romper el contrato. El abogado de Christian está estudiando el acuerdo que firmé.

—¿Y Franco ya lo sabe?

—Se lo advertí la última vez que hablamos. Y ahora no deja de enviarme flores muy seguido a mi oficina y de escribirme mensajes.

No entendí la expresión de sorpresa en las caras de mis amigas hasta que sentí el calor de otro cuerpo pegado a mi espalda. De inmediato volteé y encontré a Christian pegado a mí. Dejó un beso sobre mi hombro antes de alargar los brazos para apoyarse en el barandal y encerrarme así con ellos.

—Me debes una entrevista, Christian Baxter. No te dejaré tranquilo hasta que cumplas nuestro trato.

—No te escuché, Diana. ¿Qué dijiste?

—Me escuchaste perfectamente.

—La señal está fallando, creo que se va a cortar la llamada.

—¡No! —me quejé ante su clara intención de colgar, mientras Diana reclamaba en voz alta—. Chris, no cuelgues.

—Encima de chantajista es un tramposo de lo peor.

La voz de Maia fue lo último que escuché antes de que finalmente Christian se saliera con la suya; colgó la llamada y guardó mi teléfono dentro de su bolsillo. Fue tan hábil y rápido que volvió a encerrarme entre el barandal y su pecho. Le encantaba intimidarme de aquella manera para ponerme nerviosa con su mirada directa.

—Así que recibes flores del perdedor de mierda y no me lo habías contado. Debo reconocer que es un imbécil muy valiente. ¿Qué hiciste con las flores, Abril? ¿Las conservaste para recordarlo?

—Dios, eres tan tonto —rio conmigo, como si no hubiera tensión entre los dos en ese momento—. No, no las guardé. Las tiré a la basura, no discutamos por esto.

—No lo haremos, voy a tomar medidas.

—¿Qué medidas?

Se acercó de golpe, hasta romper la breve distancia que nos separaba. Había dejado de sorprenderme su forma de sujetarme, pero no pude evitar mi sobresalto al sentir su agarre sobre mi nuca. Sus dedos me presionaron levemente al momento que separó los labios para besarme. Fue un roce húmedo y exigente, que le permití profundizar de inmediato, sosteniéndome de sus hombros porque necesitaba sujetarlo. No me dio la oportunidad de adaptarme al ritmo que marcó desde el inicio, llevó las riendas de un beso egoísta y posesivo con el que me encontré encantada después de un par de segundos.

—¿Por qué quieres saberlo? ¿Acaso te preocupa? —sus palabras chocaron en mi boca, estábamos aún tan cerca que me vi tentada a besarlo de nuevo.

—Me preocupa que te metas en problemas.

—Lo único que debería preocuparte es que me guste tanto besarte. Uno de estos días olvidaré que debemos escondernos y lo haré frente a alguien. Recuérdame que no puedo hacerlo.

La manera en la que se alejó fue tan repentina que no pude reaccionar de inmediato. En cuanto estuve más tranquila seguí a Christian, pasos cortos y silenciosos me llevaron hacia el interior de la casa. Lo encontré en la cocina con la atención puesta en su teléfono mientras tomaba agua.

Antes de la llamada de mis amigas estaba a punto de cobrarle la apuesta que perdió por la tarde, cuando me retó a ganarle en una breve carrera sobre la arena. Yo no corría más rápido que Christian, pero Nala fue mi aliada y lo hizo tropezar mientras corría a su lado.

Aunque refunfuñó se sentó frente a la mesa de la cocina, en donde tenía todo preparado para leerle las cartas. Llevó una botella de agua consigo, que dejó a un lado, mostrándose atento a mí. Me levanté para buscar cerillos, mientras le agradecía en silencio a Nala por haberlo hecho perder. Si él hubiera ganado me habría visto obligada a subir a una cuatrimoto que debía conducir sola.

—Necesito cerillos para encender las velas. ¿Dónde están?

—Frente a ti tienes un encendedor eléctrico, ángel.

—Debo encenderla con cerillos de madera, es por la energía que los hace arder y…

—Cosas de bruja —murmuró, pese a su tono bajo lo escuché, por ello le palmeé la parte trasera de la cabeza cuando me acerqué con los cerillos que al fin encontré.

—¿Pensaste en tu pregunta?

—No pienso cambiarla, aunque ya sé la respuesta.

Antes de rodear la mesa para sentarme frente a él, me incliné para besarle los labios, apenas un roce de los que no le gustaban, pero que para mí eran encantadores. Encendí las velas con los cerillos escuchando a Nala masticar de fondo.

El color de las llamas comenzó a sumirme en un estado de relajación que aumentó cuando el olor del incienso invadió la cocina.

Respiré hondo en el momento que puse la baraja sobre la mesa, enfocada en ella y no en el hombre frente a mí, que me escudriñaba con la mirada.

Cada uno de mis siguientes movimientos estuvieron llenos de calma y mucha concentración; me fue fácil conectar con mi energía y sumirme de lleno en lo que estaba haciendo. Christian siguió mis indicaciones, cortó el mazo con seriedad y respetó mi largo silencio cuando observé las cartas.

—Christian —lo reprendí, por la forma en la que estaba rozando mi tobillo por debajo de la mesa—, no me desconcentres.

—No sé por qué estoy haciendo esto.

—Ganarás —dije, tras observar de nuevo las cartas—. Esta representa la victoria, el triunfo. Todas las que salieron son positivas para tu pregunta. Tienes la fortuna de tu lado, al menos en el lado profesional…

Fingió ponerme atención durante el rato largo que me tomó explicarle, cuando en realidad lo único que estaba haciendo era verme fijamente. Mientras que, debajo de la mesa, continuaba con su ofrecimiento de caricias. Esa fue la razón por la que descrucé las piernas para alejarlas totalmente de su alcance.

—¿Terminamos?

—No. Quiero que vuelvas a cortarlo. —Puse las cartas sobre la mesa después de barajarlas, notando cómo bostezaba con aburrimiento.

—¿Para qué?

—Solo hazlo.

—¿Qué me darás a cambio, ángel?

—Muchos abrazos.

—Tu oferta no me parece atractiva. Te doy tiempo para que realices otra propuesta.

La sonrisa en sus labios hacía que no me molestara su actitud irritante. Me gustaba ese Christian juguetón y risueño, aunque en ese momento fingiera estar fastidiada por su falta de seriedad.

—Christian, hazlo.

—No, antes quiero escuchar qué me vas a dar a cambio.

—Mi amor, por favor, hablo en serio.

—¿Crees que por llamarme «mi amor» haré todo lo que tú quieras? —cuestionó mientras cortaba de nuevo el mazo. Asentí, y ambos reímos a la vez, una pequeña carcajada que terminó de mi parte al concentrarme en las cartas.

La razón por la que quería hacer la lectura era para averiguar qué era aquello que lo atormentaba. Aún no le contaba nada de la visita de su hermana, porque no sabía qué tan delicado era aquel terreno, esperaba que las cartas me ayudaran a averiguarlo.

Hubo más bostezos mientras estuve concentrada en las cartas. Sin embargo, Christian permaneció en su sitio, tan atento a mí que mi cuerpo reaccionaba a sus ojos.

—Hay dos mujeres en tu vida…

—La única que tengo eres tú —me interrumpió de golpe—. No puedes creer en estas cosas, Abril.

—No me dejaste terminar. Hay una mujer mayor por la que tienes sentimientos confusos. Hay mucho dolor, algo ligado al pasado… Creo que es tu mamá —agregué, con un poco de temor por el terreno al que me estaba adentrando—. ¿Has hablado con ella últimamente?

—¿Por qué estamos hablando de esa mujer?

—Porque te atormenta. Veo mucho rencor, miedos y reproches. Ella quiere acercarse, pero no sabe cómo hacerlo.

—De ser cierto, espero que nunca lo averigüe. No la quiero cerca. No quiero saber nada más de ella.

—Sus intenciones no me son claras, pero está buscándote. Ella ha sufrido mucho y…

—Lo que supuestamente digan tus cartas acerca de ella no me interesa en lo absoluto, háblame de la otra.

Quería indagar más, encontrar la forma de ayudarlo a resolver el problema que tenía con ella, puesto que entendía que era lo que más debía trabajar.

Sin embargo, era consciente de lo mucho que lo alteraba el asunto. Así que respiré hondo y me concentré en el resto de las cartas, tuve miedo de que se pusiera de pie y se fuera si yo seguía insistiendo.

—La otra es una mujer joven. —Mi piel se erizó de la nada cuando levanté la mirada y me encontré con sus ojos, lo hicimos al mismo tiempo, como si fuera un gesto inevitable—. Tienes muchas contradicciones por su culpa.

—¿Por qué?

—Te molesta no poder controlar lo que te hace sentir. Ella es tu mundo entero y también como otra parte de ti. —Mi garganta se tensó al verbalizar lo que interpretaba, por culpa del sentimiento crudo que hizo que mi corazón latiera más rápido—. Veo algunas dudas, como si no creyeras… Eres correspondido —le aseguré, tras dejar de ver las cartas para mirarlo a los ojos—. Completamente correspondido.

Hubo algo que impidió que rompiéramos el contacto visual. Sentí una fuerza superior que me obligó a sostenerle la mirada. La energía entre ambos se percibió más intensa que nunca y la emoción me apretó la garganta.

—¿Por qué parece que estás a punto de romper en llanto?

—El vínculo es irrompible. Nunca tendrás algo así con nadie más.

—¿Y crees que eso es malo?

—Habrá mucho dolor entre ambos, desencuentros, soledad y desesperación.

La primera lágrima escapó por la angustia que inundó mi pecho, que me provocó un dolor agudo que me dificultó respirar. Mi sensibilidad a flor de piel me permitió experimentar fugazmente todas esas emociones. Christian reaccionó de inmediato, se irguió sobre la silla para apagar las velas y quitarme las cartas de las manos.

—Ya tuvimos suficiente de esto. ¿Quieres salir un rato? Vamos a cenar.

En lugar de responderle me puse de pie, para evitar que viera las lágrimas que bañaron mis mejillas. La intensidad de lo que sentí me asustaba más de lo que pudiera explicar; fue como una sacudida interna, breve pero fuerte. Me encaminé directo a la terraza, siendo consciente de que me estaba siguiendo. Aparte de sus pasos también escuché los de Nala, que odiaba quedarse sola.

—Solo quiero tomar un poco de aire —me justifiqué cuando no pude continuar huyendo de él. Me aferré al barandal, temblando por las emociones contenidas—. No tengo hambre.

—Abril, mírame.

—Christian, solo quiero tranquilizarme. Voy a estar bien.

—¿Por qué te pones así?

La última vez que tuvimos una conversación parecida estaba tan alterada que no fui capaz de ordenar mis ideas. En ese momento me ocurría lo mismo, por ello me esforcé por respirar hondo, buscando una calma que no llegó en los primeros intentos. Christian debió entender mi lucha, pues me abrazó por la espalda antes de dejar un par de besos suaves y amorosos en uno de mis hombros.

—Ya te lo dije antes. Tenemos un vínculo distinto, algo que escapa del entendimiento de los demás.

—Creo que también del mío, porque no entiendo por qué te alteras cada vez que tocas el tema. Tendré que alejarte de tus cartas y todas tus creencias extrañas, por tu propio bienestar.

Mi risa fue solo un escape al dolor con el que aún lidiaba; fue corta, pero lo suficientemente honesta como para reconfortarme. Apoyé la cabeza en el pecho de Christian, grabándome aquel momento en donde en medio de la tormenta me sentí tranquila. No iba a olvidar ese instante, el cielo estrellado, el sonido de las olas rompiéndose a lo lejos y el calor corporal del Christian que me envolvía.

—Estoy segura de que nos conocemos de otras vidas. Incluso he soñado con ello, con nosotros, pero sin ser nosotros, con otras caras, otras voces, pero eras tú y era yo.

—¿Tomaste algo de alcohol hoy?

—No —respondí, con la voz apretada por la emoción—. Encontrarnos en cada vida es parte de nuestro vínculo, por eso creo que tienes razón respecto a mi tatuaje. Aunque yo no lo supiera te estaba esperando, y mi fascinación por la luna menguante puede ser una señal. Sé que no lo crees, pero hay cosas que no se pueden negar.

—¿Qué cosas?

—La manera en la que nos conocimos, la conexión instantánea entre los dos. Sé que dijiste que te pasó antes, pero estoy segura de que jamás sentiste lo mismo al besar a una extraña.

—Nunca besé a una extraña como tú.

Bajé la mirada escuchando la pequeña risa de Christian y el susurro del viento. Su actitud despreocupada le restaba emotividad al momento. Probablemente eso era lo que necesitaba para no romperme por la emoción.

—Cada uno de nuestros encuentros ha estado lleno de una energía extraña. Yo quería evitarlo. De verdad usé toda mi fuerza de voluntad para no ceder a la atracción, pero no pude. Luego, cuando dejé de luchar me di cuenta de que era más fuerte de lo que pensé y noté otro tipo de señales. Los *déjà vu* constantes, la sincronicidad entre los dos. La manera en la que mi cuerpo te reconoce. Con el tiempo que llevamos juntos nuestra conexión es más evidente, soy capaz de experimentar tus emociones y algunas veces sé lo que piensas… No tome nada, no vuelvas a preguntarlo —le ordené, tras su clara intención de hablar.

—¿Debo preocuparme porque sabes lo que pienso?

—No, no puedo hacerlo siempre. Tú también has podido saber lo que pienso alguna vez.

—Suponiendo que todo lo que dices es cierto, ¿por qué te pones así?

—Porque nos vamos a causar mucho dolor mutuamente. Y me da miedo que no logremos estar juntos.

—Aby, ya estamos juntos.

—No entiendes.

—No, y la verdad tampoco me dan ganas de hacerlo. Creo que tus creencias raras solo te están sugestionando. Todo está bien, Abril. El único problema que tenemos es Lena y tu contrato con el perdedor de mierda, pero las dos cosas están en camino a arreglarse.

—Lena y sus rumores está haciendo que todo el mundo crea que tendrá un hijo tuyo. En unos meses, cuando te aparezcas conmigo en público, seguramente continuarán hablando de eso. No importa qué tan buena sea la estrategia de tu jefe de prensa, será inevitable que algo así suceda.

—Si ese es el problema, entonces tengamos uno nosotros para que dejen de hablar del de Lena.

—¡Christian! Estoy hablando en serio.

—Yo también —respondió con una seriedad que debió preocuparme.

—Por la ligereza con la que haces este tipo de propuestas, comienzo a creer que hay varios niños por ahí que se parecen a ti —dije, sintiéndome más ligera por la risa.

—Eres la única a la que he hecho ese tipo de propuesta. No hay ni un solo niño por ahí que se parezca a mí.

—Me siento halagada, pero no voy a tener un bebé solo para que dejen de hablar del de Lena.

—Y yo que ya estaba eligiendo nombres.

Cerré los ojos cuando me abrazó mientras reía de su propia broma. Deseé alargar aquel momento en el que me sentí envuelta por completo en él. Christian no tenía idea de todo lo que lo quería, y lo mucho que necesité en ese instante sentirlo así de cerca.

CAPÍTULO 30

Christian

El primer gran premio después del paradón de verano estaba siendo extraño. Me hallaba acostumbrado a estar en boca de los medios por mis constantes controversias en las pistas; sin embargo, leer mi nombre en portales de internet ajenos a los circuitos era novedoso. La situación no me quitaba el sueño en lo absoluto. Había hecho un excelente tiempo en la práctica libre y fui el más rápido en la clasificación. Aunque por mi parte el resto podía irse a la mierda, estaba reunido con Abel en mi cuarto de hotel, cediendo a la petición que había hecho más temprano.

—Hablé con la representante de Lena. Esto es un poco más retorcido de lo que estimamos. Quería proponernos algo, por eso Lena no ha dejado de buscarte.

—No quiero verle la cara.

—Lena perdió patrocinios y contratos de varios proyectos. Lo del embarazo solo es el método que están usando para generar dinero a través de lo único que tienen ahora, visualizaciones. No está embarazada, quieren alargar este drama todo lo que sea posible. Nos proponen que no te pronuncies al respecto, que no afirmes nada, pero que tampoco lo niegues. En un mes Lena va a anunciar que perdió al supuesto bebé y centrará su carrera en su recuperación. Debo reconocer que es una buena estrategia, están aprovechando la oportunidad para que empiece desde cero, y generando empatía será mucho más fácil.

No me sorprendían los alcances de Lena, tampoco que estuviera buscándome para que la ayudara. De ella esperaba cualquier cosa.

—¿Y por qué debería aceptar su propuesta? ¿Qué te ofrecieron?

—Silencio. Lena dijo que no abrirá la boca para hablar de ti. Las palabras textuales de su representante fueron: nadie va a enterarse de la pesadilla que fue para Lena tener una relación con Christian. Me dio a entender que fuiste prepotente con ella, que no la respetabas y que incluso cree que la engañaste.

Nada me había irritado hasta que me acusó de infiel. Su cinismo hizo que la sangre me hirviera, aunque me esforcé por no demostrarlo. Crucé los brazos ante la mirada quisquillosa de Abel, que me observó por un largo momento.

—No voy a ayudarla por nada del mundo. Ella y su propuesta se pueden ir a la mierda. Ya intentó joderme la vida con sus indirectas desesperadas, y no le funcionó.

—Pero Christian, no nos conviene que hable mal de ti. Tu imagen está más limpia que nunca, en serio, ganaste seguidores, ya no hay malos comentarios. Después de todo este drama la gente siente empatía por ti, y nos conviene. El chisme que desató Lena hizo que a todo el mundo se le olvidara que antes del paradón de verano tiraste a varios pilotos solo porque se te dio la gana.

—Jamás me quedaré callado, dejando que la gente crea que el supuesto hijo de Lena es mío —dije, pensando en Abril y lo mucho que la jodía la situación—. Además, no voy a ayudar a Lena así mi vida dependa de ello. Diles que no y punto.

—Tengo una idea. No lo niegues directamente, solo déjalo implícito. Si no lo niegas quedarías como un caballero que no habla mal de su exprometida.

—No soy un caballero.

—Pero, maldita sea, Christian, la gente no lo sabe. Jamás los directivos del equipo han estado tan a gusto con lo que está pasando con tu imagen. ¿Por qué echarlo a perder?

—¿Cómo mierda voy a dejarlo implícito? —cuestioné, pensando por primera vez en seguir su sugerencia

—Se me ocurre que con la perra. Hay dos cosas que generan ternura en la gente: un hombre con niños y un hombre con mascotas. Usemos a tu perra para negarlo, de una manera más suave.

—¿Con Nala?

—Sí, publica una foto con ella o un video y llámala «mi única bebé», o escribe algo parecido. Déjame aterrizar mejor la idea, pero me parece lo más adecuado. La semana pasada nos ofrecieron una campaña para una marca de mascotas. Eso quiere decir que tu perra está teniendo una atención que podemos usar a nuestro favor. Pero, aunque hagas lo que te sugiero, lo que diga Lena de ti puede afectar tu imagen.

—Podemos contar algo de ella.

—Dijimos que lo del fraude era nuestra última carta, no podemos usarla ahora mismo, debemos reservar esa información por si la necesitamos más adelante.

—¿Te sirven fotos y videos de Lena con otro tipo?

—¿Qué?

—Se está cogiendo a un modelo, tengo pruebas. Las pruebas salen a la luz mientras yo hago lo que me sugeriste. Así no pierdo mi buena imagen y ella aumenta la mala suya.

—Comenzaré a esparcir el rumor.

—Últimamente está siendo fácil trabajar contigo.

Hubo una sonrisa en su cara tras escucharme, amplia y molesta.

***

—Christian, debemos irnos.

La voz de Javi sonó distante, aun así abrí los ojos poco a poco, por la luz del sol que brillaba con intensidad. El reloj en la mesa de noche marcaba las dos de la tarde, esa fue la razón por la que me senté sobre la cama sobresaltado. La corta siesta después de desayunar se había extendido más de la cuenta, un poco aturdido me pasé las manos por la cara para despejarme.

—Debiste despertarme antes.

—Créeme, todos preferimos que duermas a soportarte. Levántate, debemos tomar un vuelo.

No podía reclamarle por la hostilidad con la que me hablaba, había sido un domingo complicado. Aunque terminé levantando el trofeo sobre el puesto número uno, fue una carrera llena de una tensión que se extendió por lo mucho que me incomodaba todo lo que me rodeaba. Odiaba quedarme en un hotel y no en mi caravana, detestaba tener que asistir a cada conferencia de prensa y estaba harto de pasar tanto tiempo cerca de mi equipo.

Tras salir del baño tomé mi equipaje para marcharme de una vez. Me esperaba un vuelo largo que no me animaba en lo absoluto tomar, pese a que estar en casa era lo único que deseaba.

—Christian, te llamó tu papá.

No me extrañó en lo absoluto la información que me ofreció Cristal. Tenía el teléfono entre las manos y una sonrisa tensa en el rostro. La insté a moverse con un ligero movimiento de cabeza y, aunque lo hizo, no dejó de ver hacia atrás, como si estuviera esperando que Javi apareciera por el pasillo. Mi asistente sabía lo complicado que era todo mi asunto familiar, y supuse que esa era la razón por la que estaba tan nerviosa.

—Javi debe de estar abajo esperándonos en el *lobby*. Sabes cómo es el viejo de puntual. Así que deja de buscarlo y camina.

—Te ha llamado cinco veces.

Con un gesto le pedí el teléfono, que me entregó con prisa, y entonces pude observar los últimos mensajes que había enviado. Después de su última recaída bloqueé su número, ese era el motivo por el que se comunicaba conmigo a través de mi asistente.

Cristal me observó cuando las puertas del elevador se abrieron, la ayudé a arrastrar mi maleta y la suya para finalmente dejar que subiera sola.

—Hablaré con él, dile a Javi que no tardo. —Me recargué sobre la pared y esperé que el sonido de espera cesara, algo que sucedió casi de inmediato.

—¿Christian?

—¿Qué es lo que quieres? — cuestioné, mostrándole mi prisa por colgarle.

—Es mi cumpleaños.

No lo había olvidado, porque aquella fecha estaba grabada en mi cabeza por culpa de mi mamá y los malos recuerdos que me dejó. Me aclaré la garganta, cada vez más irritado, escuchando su respiración forzosa del otro lado de la línea.

—Lo sé, papá. ¿Qué quieres?

—¿No piensas venir a verme? —Pensamientos inconexos que me llevaron a un día que quería olvidar llenaron—. Estoy limpio Christian. Puedes llamar a Bea y preguntarles a los doctores.

—No puedo ir a verte, estoy fuera por la última competencia. No sé cuándo regresaré. Pero dime qué quieres.

—Deja que me visiten amigos al menos. Estoy harto de ver solo las caras de Bea y los doctores.

—Tus amigos son otros borrachos, si quieres estar limpio no puedes reunirte con ellos. En mi casa ninguno pone un pie. Te di otra maldita oportunidad, no la desaproveches, porque te juro que ni Javi te salvará, terminarás en la calle.

Mandé a la mierda todas las recomendaciones que me dieron sus médicos en ese momento. Se suponía que no debía hablarle de aquella forma, que debía tener paciencia para apoyarlo y evitar otra recaída. Pero para ese punto de mi vida lo único que quería era que desapareciera.

—Eres igual de malagradecido que…

—Por tu bien ni la menciones —lo interrumpí en el acto—. ¿Dime qué mierda quieres de mí? Porque voy a colgarte y no volveré a llamarte.

—Al menos deja que invite dos amigas a la casa.

—¿Amigas a las que vas a pagarles por coger? ¿Sabes qué? Haz lo que quieras, pero las revisarán antes de entrar. No van a llevarte alcohol, porque si me entero de que tomaste de nuevo te vas a la mierda de una vez por todas. ¿Entendido?

No esperé su respuesta para colgar. Aparté el teléfono de mi cara y fui al otro elevador que acababa de abrirse. Intenté no pensar en el breve intercambio de palabras, me mantuve tranquilo hasta que llegué al *lobby*, y lo primero que encontré fue la expresión de preocupación en la cara de Javi.

Un empujón en el hombro evitó que continuara caminando para acortar la distancia que me separaba de mi equipo. Volteé de inmediato, con el ceño fruncido, buscando al idiota que había chocado conmigo, y en cuanto lo encontré no pude contener el impulso de regresarle el empujón, de frente, no como un maldito cobarde.

—¡Christian! —Javi me reprendió a la breve distancia, en el acto.

—Además de lento, ¿eres ciego? ¿Cuál es tu problema?

—Uno solo, tú. Abril no tiene idea de lo que hizo tu abogado. ¿Por qué mierda tomas decisiones por ella?

De reojo observé cómo Javi y uno de los técnicos se acercaban con prisa, levanté la mano haciéndoles un gesto para que mantuvieran la distancia. No quería que nadie interviniera, si iba a partirle la cara a Franco no iban a detenerme. Me había cansado de controlarme.

—Christian, vamos, estamos en un hotel. —Me recordó Javi, sonando preocupado.

El perdedor de mierda llevaba varios días esperando aquel momento para estar frente a frente, fuera de una pista y sin una cámara cerca. Lo noté desde la primera práctica en la que me observó con recelo de lejos, sin el valor para acercarse. Sonreí porque me divertía ver la rabia con la que me contemplaba. Romper el contrato con el que se hallaba unido a Aby fue una victoria en la que me quería regocijar por mucho tiempo más.

—Porque se me dio la gana.

—Este no es tu asunto, es algo entre ella y yo.

—Todo lo que tenga que ver con Abril es mi asunto. No vas a acercarte de nuevo a ella.

—No vas a impedírmelo. Conozco a Abril desde que era una niña y no voy a sacarla de mi vida solo porque lo exija un imbécil que lo único que hace es manipularla. Abril no quería romper el contrato, la manipulaste para que lo hiciera.

No reaccioné ante su acusación porque no me sentí aludido. No hubo tal manipulación, solo mentí para que firmara y así acelerar el proceso. No la quería ni un segundo más atada a él por un puto contrato.

—Intenta acercarte a Aby, dame un puto motivo para romperte las piernas de una vez por todas.

—Basta, Christian. —Javi se apresuró por ponerse en medio de ambos al darse cuenta de que mi paciencia se había agotado—. Estamos en un hotel.

—Me importa una mierda.

—¿Quieres golpearlo? Está bien, hazlo, pero no aquí.

—No voy a quedarme de brazos cruzados —dijo el perdedor de mierda, tras escuchar a Javi—. Si crees que me alejaré de Abril por tus amenazas, estás equivocado.

—Las amenazas son advertencias, y yo no te estoy dando una. Hablo completamente en serio, voy a romperte las piernas, sé cómo causar una lesión grave.

—No vas a romperle nada, vámonos, Christian. Con un demonio, camina.

—¿Por qué te da tanto miedo que me acerque a ella? Abril ha estado interesada en mí desde siempre, y nunca hubo algo entre los dos. La veo como…

Pese a Javi entre ambos logré tomarlo del cuello de la camisa. No pensaba soltarlo, quería apartar a mi *coach* y partirle la cara al idiota al que estaba sujetando; sin embargo, Randal y otro de los técnicos se me acercaron por la espalda para sujetarme.

—¡Ey! ¡Ya basta!

Javi me empujó después de sacudirme y entonces logró moverme. Sin cruzar más palabras me obligó a salir porque se puso frente a mí, evitando que regresara para golpear al perdedor de mierda. Estaba rabiando por mi arranque, conocía esa expresión de enojo en su cara.

—¡Ya suéltame! —grité al salir del hotel.

—Contrólate entonces, maldita sea. Desde que inició la temporada te has dedicado a meterte con ese pobre imbécil. Olvídalo, Christian. Te quedaste con su novia, ya ganaste.

—Abril nunca fue su novia.

—Está bien, vámonos. Camina, Christian, no compliques las cosas.

—El auto nos está esperando.

Tras el anuncio de Cristal el resto de mi equipo, que estaba a pocos pasos de distancia, caminó hacia él. Javi fue el único que se quedó detrás de mí, esperando que me moviera para hacerlo también.

—Dijo Cristal que estabas hablando con Josep. ¿Qué quería?

—Joderme la vida, como de costumbre, ya lo solucioné.

—¿Por eso estás así?

—No, ese imbécil comenzó, me provocó, lo viste.

—Lo único que vi es que continúas siendo incapaz de controlar tus impulsos. No quiero continuar discutiendo, Christian. Entiendo por qué estás así, pero debes aprender a relajarte. ¿Irás a ver a Joseph?

Respiré hondo tras escuchar su pregunta, percibiendo cómo la sangre se me agolpaba en los oídos por la agitación. Tenía la necesidad de golpear a Franco, y en el fondo sabía que no estaría tranquilo hasta conseguirlo.

—No, Javi. Llegaré a casa directo a descansar. ¿Quién tiene ánimo de hacer algo después de un maldito vuelo de siete horas?

—¿Por qué no te quedas en casa con nosotros esta noche?

Aceleré el ritmo de mis pasos tras escuchar su pregunta. Odiaba que Javi supiera tanto de mi vida y me conociera de la manera en la lo que hacía, porque no podía esconderle nada. Tiré mi maleta de mala gana tras rechazar la ayuda del chofer y esperé con la puerta abierta que Javi entrara al puto auto.

—Estoy bien, no soy un niño —le recordé cuando pasó a mi lado.

—No dije lo contrario, idiota. Te lo ofrecí porque Daisy quiere verte. Tendrá la cena lista para nosotros y tu cuarto preparado.

—Entonces dile que estoy bien, que no necesito que me mime.

Hui de su mirada de desaprobación tras acomodarme a su lado. Lo ignoré y me puse la gorra sobre la cara para evitar sus ojos insistentes. El lugar se llenó de ruido unos segundos después, y yo solo fingí dormir hasta que nos pusimos en marcha. Cristal, él y yo ocupábamos el asiento tras el conductor, atrás de nosotros se escuchaba ruido de las conversaciones del resto, por lo que esperé que no se animaría a continuar hablando, por eso me tomó desprevenido que me quitara la gorra.

—¿Sabes qué no necesitamos nosotros? Que actúes como un malagradecido. Cuando eras un niño dejamos pasar que fueras un pequeño cretino, pero ya creciste, Christian. Puedes decir: «gracias por preocuparse por mí y no querer dejarme solo un día en donde me pongo más imbécil que de costumbre».

—Que estoy bien, maldita sea —respondí, con el mismo tono contenido en el que él me hablaba.

—Sí, por eso dormiste todo el puto día e intentaste golpear al novato en el lobby de un hotel. Solo estás buscando cómo sacar la rabia que tienes dentro. Te tengo paciencia, pero se me está acabando. Comenzaré a verte solo como un piloto imbécil con el que tengo que lidiar por trabajo.

Ninguno de los dos volvió a abrir la boca por el resto del trayecto, tampoco lo hicimos cuando abordamos el vuelo, pese a que nuestros asientos estaban juntos. Él fingió leer; yo, dormir la mayor parte del tiempo. Cuando me harté del silencio maldije el día en el que le conté tanto de mí, tenía pocos secretos con él y las consecuencias de ello solo me fastidiaban.

—Llamaré a Daisy cuando aterricemos, le diré que estoy bien para que deje de preocuparse. —El idiota quería ponerme las cosas difíciles, no volteó a verme tras escucharme—. ¿Qué más quieres?

—Que asistas a todas las sesiones con la terapeuta de una maldita vez por todas. ¿Por qué mierda te molesta tanto que nos preocupemos por ti?

—Porque odio la lástima.

—No es lástima, imbécil. Eres un hijo para nosotros. Esa es la razón por la que nos preocupamos.

—Hace años dejó de importarme este puto día. Ustedes intentando mimarme no me dejan olvidarlo. Solo actúen con normalidad.

Mi irritación no disminuyó tras aquella pequeña discusión, sino que creció, por los recuerdos que los años no fueron capaces de borrar. Javi debió de darse cuenta, porque no hizo otro comentario al respecto. Se acomodó mejor sobre su asiento y permaneció callado, hasta que insistió para que comiera algo. Tras obedecerlo me relajé un poco, y solo entonces tuve la disposición de ver todos los videos de la carrera que había grabado para estudiar mis pocos errores.

Cualquier gesto de hostilidad entre los dos quedó a un lado después de enfocarnos en el trabajo. Me era más fácil lidiar con él cuando fingía que ese era el único tipo de relación que podíamos tener. No podía verlo como mi papá. Odiaba al mío, temía que terminara pasando lo mismo con él. Javi me importaba demasiado como para arriesgarme a que algo así ocurriera.

Las horas pasaron más rápido tras relajarme. Aunque me encontraba agotado al aterrizar, mi humor había mejorado. Incluso lo que pasó con el perdedor de mierda dejó de importarme, bromeé con Javi al respecto mientras esperábamos por el equipaje. El buen ambiente habría perdurado de no haber sido por Cristal, quien me observaba con un rostro preocupado.

—¿Qué te pasa? —le pregunté directamente al verla acercarse por quinta vez sin decir nada.

—Quiero hablar contigo, pero Abel me dijo que Javi no puede escuchar —susurró a mi oído.

El viejo astuto que se encontraba a unos cuantos pasos nos observó de reojo. Para ese punto me hallaba convencido de que Javi sospechaba que todos los rumores en los que Lena había estado involucrada los esparcimos nosotros. Era demasiado listo y me conocía lo suficiente.

—Habla —le ordené, tras alejarla un poco del alcance de mi *coach*.

—Te esperan periodistas afuera, debes atenderlos. Hay una que te hará preguntas personales que tú ya sabes cómo responder. Eso fue todo lo que dijo.

No me tomó por sorpresa la información que me ofreció. Abel me había llamado la tarde anterior para darme todos los detalles de lo que planeaba hacer en cuanto regresara. Nuestra guerra silenciosa con el equipo de Lena probablemente estaba en el momento culminante. Filtrar las fotos con el modelo fue complicado, por sus contactos en el mundo en el que se movía. Abel tuvo que esforzarse para que las imágenes tuvieran una mayor difusión.

—¿Qué pasa? —preguntó Javi tras acercarse.

—Hay periodistas, Cristal quería advertirme.

—Te dije tantas veces que esto pasaría, que ya no tengo energía para echártelo en cara. ¿Qué harás?

—Nada, enfrentarlos.

Javi me escudriñó con la mirada como si se hubiera dado cuenta de que le escondía algo. Fingí prestarle atención a mi teléfono para huir de sus ojos. Sin embargo, siguió analizándome en silencio. En cuanto tuve la maleta conmigo me preparé para salir. Él seguía mis pasos con tanta atención que estaba a punto de perder la paciencia.

Su mirada se volvió más irritante cuando a lo lejos observamos a los pocos medios que me esperaban. Lo golpeé con el hombro para que se relajara, y solo entonces dejó de analizarme.

Cristal caminó frente a nosotros adoptando la actitud por la que la contraté. En ocasiones así se mostraba segura y con el control de cualquier cosa. En menos de un parpadeo estaba frente a ellos, organizándolos rápidamente para que hicieran sus preguntas, siguiendo la misma rutina que teníamos en cada uno de mis encuentros con medios.

—Dos preguntas cada uno —fue lo único que alcancé a escuchar al acercarme.

Las entrevistas siempre fueron mi punto débil, las odiaba. Respiré hondo observando de reojo cómo Javi se alejaba para esperarme a unos cuantos pasos de distancia. Mi teléfono vibró dentro de mi bolsillo cuando todos me saludaron casi en coro. Respondí sin verlos, pendiente del mensaje de Aby que quería saber si ya había aterrizado.

—Los fanáticos y otros pilotos no están de acuerdo con la sanción que te pusieron por el incidente en el último gran premio, previo al descanso de verano. ¿Qué piensas al respecto?

Deslicé el teléfono en mi bolsillo al escuchar la primera pregunta. La hizo un tipo que me saludó con una sonrisa falsa que no correspondí. Tras observar el micrófono para identificar el medio para el que trabajaba, di un paso adelante para responder.

—Cada persona tiene el libre de tener su opinión. Por mi parte, la única que me importa al respecto es la de los comisionados.

—¿Crees que la sanción fue justa? Algunos esperaban una sanción más severa —preguntó otro.

—Creo que los comisionados saben hacer su trabajo.

—Las acusaciones de comportamiento antideportivo han sido constantes a lo largo de esta temporada. ¿Tendrías algo que decirle a tus retractores?

—Solo que disfruten del *show* en la pista. Les he dado una temporada emocionante. No pueden negarlo —agregué, sonriendo por primera vez.

—Christian, tus rivales señalaron a tu compañero de equipo de resguardarte para que nadie se acercara a ti en la pista. ¿Es una estrategia de Ducati?

—Ninguna estrategia, competimos individualmente como lo hemos hecho desde el inicio de la temporada. Nuestro desempeño en la pista solo es un reflejo del nivel al que estamos compitiendo.

—¿Qué piensas de esos señalamientos de algunos pilotos?

—Cuando no se puede gestionar la frustración que viene después de perder, es normal que siempre se busque una excusa. Supongo que es más fácil que admitir que no eres tan bueno como crees. No podría darte una respuesta más certera, estoy acostumbrado a ganar.

—Christian.

Pese a la distancia y el ruido alrededor, escuché perfectamente a Javi reprenderme, por ello moví la cabeza, buscándolo.

—En las últimas semanas han circulado un sinnúmero de rumores de tu vida personal. El que suena más fuerte es que serás papá. ¿Es cierto?

La voz femenina que hizo la pregunta captó la atención de todos los que me rodeaban. Había sido la enviada de Abel, la única mujer con un micrófono en la mano y una sonrisa tímida en los labios.

—Soy papá desde hace unos meses. Se llama Nala, tengo una foto de ella —dije, al mismo tiempo que metí la mano en mi bolsillo derecho para sacar mi teléfono. Desbloqueé la pantalla para mostrar la foto de la perra, actuando con la simpatía que acordé con Abel—. Por lo pronto no planeo ser papá de nadie más.

—¿Entonces los rumores son falsos?

—No seré papá —respondí con seguridad, viéndola a los ojos.

—Muchas gracias. Vamos retrasados, tengo que llevármelo.

Cristal sonrió para todos mientras yo me alejaba para acercarme a Javi, que nos esperaba con los brazos cruzados y una expresión indescifrable en el rostro. El ruido de sus pasos delató su presencia solo unos segundos después.

—¿Desde cuándo tan simpático?

—Desde que nací.

—Christian, Christian… —repitió, negando con la cabeza.

***

El timbre del elevador se mezcló con el sonido de un chillido, una especie de ladrido que se hizo más claro cuando las puertas terminaron de abrirse, y de pronto Nala estaba corriendo hacia mí, con tanta velocidad que no tuve tiempo de reaccionar. Saltó, ladrando cada vez más fuerte, hasta terminar parada en dos patas frente a mí, desesperada porque la cargara.

—Nala, contrólate, te vas a lastimar.

La voz de Abril aumentó la repentina confusión que experimenté al ver a la perra. Desconcertado por la sorpresa solté la maleta, que quedó en medio del camino, para sujetar a Nala, que con sus saltos me estaba empujando. La sostuve entre los brazos con dificultad a causa de su tamaño y su gran intranquilidad, mientras observaba a Abril, que estaba recargada en el brazo de un sillón.

—¿Qué hacen aquí?

—Intentando darte una sorpresa, pero Nala la arruinó con su emoción. Ponla en el piso, es mi turno.

Me tomó un largo momento reaccionar, ordenar mis ideas fue complicado por la impresión que me causó verla. Necesité contemplarla para terminar de comprender que estaba ahí, esperándome con una sonrisa en los labios y el pelo suelto.

Aunque solté a Nala no se alejó, como pretendí, se quedó tan cerca que Aby debió tener cuidado de no pisarla cuando se aproximó para saludarme. Lo hizo con un abrazo que no pedí, pero que se sintió reconfortante después del día de mierda con el que había lidiado. Sus brazos me envolvieron el cuello con un poco más de intensidad después de que los míos se aferraran a su cintura con fuerza.

Sus palabras se silenciaron de golpe contra mi boca, cuando la sujeté por la nuca para besarla. Aby separó los labios despacio, como si estuviera jugando con mi paciencia, al mismo tiempo que el suave tacto de sus manos dejaba una estela caliente sobre mis hombros, que acarició con lentitud. El suspiro que dejé salir tras sentir la delicada caricia que me ofreció fue de satisfacción. Jamás experimenté tanto placer por un simple beso.

La caricia de sus manos ascendió por mi cuello hasta que sentí la yema de sus dedos paseándose entre mi pelo. Era un toque suave que logró apaciguar mis ganas de obligarla a besarme a mi ritmo, y no al suyo. Aby debió darse cuenta de la lucha que perdí porque sonrió sobre mis labios unos segundos antes de besarme una vez más.

—¿De qué te ríes?

—Me dejaste besarte, nunca lo haces.

Solo para silenciar el dulce sonido de su risa le sujeté la cara entre las manos, usando un poco de fuerza para inmovilizarla, a la que ella no se resistió. Se mostró dispuesta a dejarme hacer lo que quisiera, tan dócil que me fue sencillo apretarla contra mi cuerpo para besarla como se me diera la gana, hasta robarle el aire casi por completo.

Separé mis labios de los suyos hasta que me palmeó los hombros, sofocada por la falta de aliento. Observé sus mejillas sonrojadas y el amago de una sonrisa que se extendió poco a poco a medida que recuperaba el aire

—¿Viste la carrera? Le pateé el culo a todos —Tomé asiento con ella encima, me negaba a que hubiera distancia entre nosotros

Mi pregunta no pudo obtener una respuesta al instante, pues mi teléfono vibró. Aby se levantó solo un poco para que pudiera sacarlo de mi bolsillo. Por la hora intuí que era una urgencia, pero vi el nombre de Daisy en la pantalla.

—¿Por qué no le respondes?

—Porque no me llama para algo importante.

Aby me quitó el teléfono de las manos y deslizó el dedo en la pantalla para aceptar la comunicación. Debía ponerle límites, estaba harto de que creyera que podía hacer lo que se le diera la gana conmigo.

—¿Christian? —La voz de Daisy fue más suave que de costumbre—. ¿Por qué no respondías?

—No escuché el teléfono sonar. ¿Qué haces despierta a esta hora? Es tarde.

—¿Por qué no viniste? Quería que pasaras la noche en casa.

—Daisy, estoy bien.

—No sé por qué no te creo. ¿Cenaste algo? Te había preparado algo de comer y tenía tu cuarto listo.

—Aún no, pero voy a cenar con Abril.

—¿Estás con ella? Hola, Abril, cuídamelo mucho, por favor.

—Dios, dame paciencia —rechisté de inmediato. Aby se mostró ajena a mi queja y asintió viendo fijamente la pantalla.

—No te preocupes, yo lo cuido.

—Les envío un beso a los dos, descansen.

Aby me golpeó el hombro en cuanto dejé el teléfono sobre la mesa, actuando como una tonta que se sonrojaba sin motivo. Permaneció solo un momento más sobre mí y se levantó después de ofrecerme otro beso en los labios. Tiró de mi mano para que la siguiera, y lo hice solo porque recordé que ella tenía hambre.

—Daisy estaba preocupada por ti.

Rehuí de su comentario con facilidad, me bastó con ofrecerle mi ayuda para servir la cena. Cuando se negó tomé asiento frente a la barra, aguardando a que olvidara el asunto. Para mi mala suerte, Aby no cedió con facilidad. En cuanto terminó de servir la cena y se sentó a mi lado me preguntó directamente el motivo.

—Te lo dije antes, cree que soy un niño todavía. Tuve un viaje largo en un vuelo comercial, solo quiere que esté cómodo al llegar a casa.

—¿Por qué me mientes?

Me sentía cada vez más imbécil por creer que podía leer mi mente, pero no podía evitarlo. La seguridad con la que me hizo esa pregunta me llevó a creer que sabía que le mentía.

—Hoy fue el cumpleaños de mi papá —confesé, me concentré en el plato frente a mí para no verle la cara.

—¿Sigues enojado con él?

—Lo odio, Abril, no es algo tan simple como estar enojado. Pero esto no tiene nada que ver con él.

—¿Entonces?

Aby había puesto una copa de agua frente a mí, y tuve que tomar un largo sorbo para quitarme el mal sabor de boca que dejaban los recuerdos. Tenía que odiar a mi madre con la misma intensidad con la que odiaba al borracho, porque probablemente ella había dejado más traumas en mi vida.

—Descubrí que mi mamá tenía una relación con mi entrenador precisamente el día del cumpleaños de mi papá. Estaba en el circuito cuando la vi llegar, pensé que había llegado temprano por mí porque iríamos a cenar para celebrar el cumpleaños del alcohólico, entonces salí del circuito y la seguí hasta los vestidores. Ahí fue donde la encontré siendo arrinconada por el imbécil al que le pagaban por entrenarme.

—¿Entonces tú sabías de ella y de él desde antes?

—Sí. Ella me obligó a quedarme callado, se victimizó, y como era un estúpido le creí.

—No eras estúpido, eras un niño. Es horrible lo que hicieron.

—Lloró pidiéndome que no dijera nada, porque papá podía hacer algo horrible. Me prometió que lo que vi no iba a suceder de nuevo, y yo le creí. Odio la deslealtad, y ella me obligó a cometerla. Me arrepiento todos los días de no haber abierto la boca en cuanto me enteré de todo.

Mi confesión provocó que Abril dejara los cubiertos a un lado y que me observara con una evidente conmoción, pero para mi alivio sin un ápice de lástima en la mirada.

—Mi amor, eras un niño. No fuiste desleal, solo hiciste lo que te pidió que hicieras la persona más importante para ti.

—Supongo que sí. Odio pensar en eso, hace años golpeé al amante de esa mujer precisamente el día del cumpleaños de mi papá, y como cometí el error de contarle a Javi, desde ese momento no me deja tranquilo, piensa que voy a intentar matarme o algo parecido —agregué, intentando restarle importancia al asunto—. De ahí su preocupación.

—¿Puedo darte un abrazo?

—No, cena, Aby. Estoy bien, de verdad, pasó mucho tiempo. Javi pagó una terapeuta con la que he hablado de esto ciento de veces.

—Voy a dártelo de todas formas.

—Abril, necesitas límites. En serio —agregué, cuando rio a mi oído, me estaba abrazando en contra de mi voluntad—. No puedes hacer lo que se te dé la gana conmigo, no soy tu imbécil.

—¿Hago lo que se me da la gana contigo?

—Todo el tiempo.

—Entonces deberías terminar conmigo si te molesta tanto.

Mi carcajada seca llenó el silencio que se impuso por largos segundos, no tenía ni una pizca de humor, ella era consciente de eso. Me observó con seriedad y sin parpadear.

—Te tengo una mala noticia. No hay forma de que te libres de mí. Te jodiste, Aby. Jamás debiste entrar a esa bodega conmigo.

—Me estoy riendo, pero estoy preocupada. Debería recoger mis cosas, tomar a mi perra e irme a buscar una orden de alejamiento.

—¿Tu perra? ¿Cuál? Nala no es solo tuya, ángel. Es nuestra.

Para cuando terminamos de cenar y me ofrecí a recoger los platos, Aby estaba hablando con la misma soltura de siempre. Me puso al tanto de lo que hizo durante mi ausencia y preguntó con mucho interés por mi fin de semana en el *paddock*.

—Tengo algo para ti.

Su comentario me tomó desprevenido, la vi levantarse en un solo impulso de la silla y caminar hacia la sala, hasta donde la seguí. Mi mirada se apartó de sus movimientos hasta que vi a Nala, recostada en uno de los sillones, profundamente dormida, como si no hubiera comprado dos camas para ella. Mi intención de quejarme desapareció cuando Aby volteó y me observó.

—¿Qué es?

—Un amuleto de protección, hice uno para ti y uno para mí, el cuarzo ya está activo —me explicó con una seriedad que me obligó a contener la risa. Se acercó con una pulsera entre las manos, hecha de pequeñas piedras negras y una sola rosa.

—Aby, parezco un puto árbol de navidad con tantos adornos encima. Me has llenado de pulseras la muñeca.

Mi comentario la hizo reír a carcajadas, sus ojos brillaron por la risa, y su cuerpo dio pequeños saltos que solo acabaron cuando escondió la cara en mi pecho. Le besé la cabeza en un impulso que me invadió al sentirla cerca.

—Christian, apenas tienes dos pulseras.

—Dame tu brazo derecho. Es un cuarzo rosa —me explicó, tras sostenerme la muñeca—. En una de tus mesas de noche dejé varios, no los quites de ahí. Para que funcione debemos tenerlos ambos.

—¿Para qué se supone que sirve esto?

La pulsera se ajustó a mi muñeca a la perfección. Aby la giró hasta que la piedra rosa quedó sobre la parte interna de mi antebrazo.

—Para proteger nuestra relación y a nosotros dos.

—¿Protegernos de qué?

—De malas energías y malos deseos. De lo que sea que pueda pasar entre los dos. El tipo de vínculo que tenemos está expuesto a muchos obstáculos. Vamos a atravesarlos todos protegidos, para que sean menos dolorosos y sanemos lo que tengamos que sanar con prisa.

No debí reír, puesto que Aby se había puesto sensible de nuevo. Sin embargo, no podía tomarla en serio. La abracé al notar su ceño fruncido, buscando la forma de esquivar su molestia por mi falta de seriedad. No sabía cuál de los dos estaba peor, ella por creer en ese tipo de cosas, o yo por permitir que me arrastrara a ello. Para ese punto no me importó mucho averiguarlo. Si necesitaba ponerme una puta pulsera para que estuviera tranquila, iba a hacerlo sin rechistar.

***

Abril estaba desnuda sobre mi cama, con la respiración acelerada y los ojos brillantes. Aquella imagen me trastornaba tanto que el control de mis propios impulsos se iba de mis manos. Había dejado de pelear con mi falta de dominio, me era más sencillo admitir que ante ella, desnuda, no tenía ni una pizca de fuerza de voluntad.

—Me vuelves loco, ángel —confesé, antes de llevarme uno de sus pechos a la boca, su pezón se endureció sobre mi lengua y un jadeo lo suficientemente alto para escucharlo salió de los labios de Aby.

—Acordamos que estabas loco antes de encontrarme.

Le di la razón en silencio, percibiendo cómo la piel se me erizaba por el paso de las palmas de sus manos por mi espalda. Era un roce simple que me afectaba solo porque sentir que me tocaba me alteraba la respiración y me agitaba la sangre. Aby gimió en un tono más fuerte ofreciéndome más de sus pechos mientras se arqueaba. La luz de la mesa de noche me permitía ver la expresión de satisfacción en su cara, la imagen alimentaba mi deseo de continuar tocándola, de alargar aquel momento en el que se hallaba con las piernas separadas, desnuda y jadeando bajo mi cuerpo.

El reloj sobre el buró emitió un sonido que avisaba el cambio de una nueva hora, debía estar agotado no solo por el viaje, también por los contratiempos, pero tenía tanta energía que dormir ni siquiera pasaba por mi cabeza. Tampoco por la de Aby, aunque había bostezado constantemente mientras estábamos abajo. En ese momento estaba con todos los sentidos alertas, moviendo las caderas para que la tocara.

La habría hecho esperar un poco más; no obstante, aquello se sentía más como un castigo para mí que para ella. Jadeando por aire sobre su boca, deslicé los dedos entre sus piernas, provocándole un largo gemido que hizo que mi verga se sacudiera con violencia, de una manera casi dolorosa. Un intenso escalofrío me recorrió todo el cuerpo al sentirla tan húmeda y resbaladiza.

—Voy a recordar esto cada vez que te hagas la tímida —dije al escuchar otro gemido. En lugar de cohibirse apretó las piernas, atrapando mi mano entre ellas. Como si quisiera asegurarse de que no la dejaría de tocar me sujetó la muñeca con ambas manos.

—Quiero que me dejes hacer algo.

Su voz débil afectó mi pulso, la besé en un impulso irrefrenable que me dejó sin aliento. Abril deslizando la lengua sobre la mía era mi perdición.

—Lo que quieras, soy tuyo.

Abril no movió los labios, estuve seguro de ello, pero pude escuchar su voz diciéndome «te amo». Me erguí sobre ella de inmediato, sosteniendo mi peso sobre mis brazos para poder observarla. Descubrí en segundos que estaba ajena a mi desconcierto, con la mirada encandilada y con el firme deseo de continuar con lo que hacíamos.

Me tomó desprevenido y me hizo girar sujetándose de mis hombros; en un parpadeo se encontraba sobre mí, con el pelo suelto cayéndole sobre uno de sus hombros. Mi cuerpo reaccionó al estímulo que me ofrecía su cuerpo desnudo; sin embargo, mi mente estaba procesando lo que acababa de pasar. Lo mismo que ocurrió la noche en la terraza de su casa.

—Chris, bésame.

La besé pensando que de verdad estaba mal de la cabeza, por comenzar a creer que era cierto todo lo que decía, y preguntándome por qué diablos había escuchado su voz. Cualquier pensamiento se disipó al sentir cómo se frotaba sobre mi verga y movía las caderas sin dejar de besarme, tentándome a sujetarle la cintura y a obligarla a sentarse de verdad para terminar dentro de ella.

Sus besos se volvieron más sosegados poco a poco hasta que de la nada se irguió y tomó mi mano izquierda para ponerla sobre su pecho, para luego apoyar la suya sobre el mío. No tenía idea de lo que estaba haciendo, pero le seguí la corriente. Me di cuenta de que nuestros latidos comenzaron a acompasarse hasta llegar a tener el mismo ritmo. Ya nada debía sorprenderme, pero terminé impresionado.

—¿Qué haces?

—Necesito que los dos estemos tranquilos.

No cuestioné nada, aparté la mano solo cuando ella la soltó y me relajé sobre la cama. El deseo estaba punzando, lo sentía en cada parte de mi cuerpo, pero crepitaba a fuego lento, con la intensidad necesaria para mantenerme controlado. Una de sus manos se deslizó por mi pecho, y solo se detuvo cuando estuvo bajo mi ombligo. La suave presión que hizo con la palma abierta me estremeció, una sensación intensa que acabó cuando se inclinó hacia adelante para besarme el cuello mientras me sujetaba la verga para deslizarse en ella.

La sensación que experimenté de inmediato fue como un estruendo que me sacudió el pecho. Me erguí en un acto reflejo al placer desmesurado que me hizo gemir contra los pechos de Abril, en donde escondí la cara.

—Aby, Aby, espera —le supliqué ante un apenas perceptible movimiento—. ¿Qué hiciste?

No reconocí mi voz, tampoco tenía el dominio de mi cuerpo. Mis manos aferradas a su cintura apretándola con fuerza eran el reflejo de ello. Había pasado de cero a cien en cuestión de segundos. Estaba jadeando para recuperar el aliento, percibiendo cómo el aire entre los dos estaba hirviendo.

Nunca fui tan consciente de los latidos irregulares de mi corazón como en ese instante, parecía que iba a salirse de mi pecho por la fuerza con la que latía.

Abril no me ofreció una respuesta, solo buscó la manera de besarme, con una urgencia que alteró mis sentidos y me llevó a mordisquearle los labios. Me era difícil llevar aire mis pulmones, la sensación de encontrarme tan dentro de ella se tornó intoxicante en cuanto comenzó a moverse.

Su cintura hizo movimientos circulares que me robaron el poco aliento que conservaba. La manera en la que estaba gimiendo lo empeoró todo.

No tenía idea de lo que estaba pasando, solo tenía la certeza de que jamás había sentido algo parecido. El suave vaivén de sus caderas se percibía como pequeños choques eléctricos que mantenían mi piel erizada.

Estaba fuera de mí, lo reconocí cuando comenzó a moverse con más constancia y todo se tornó aún más caliente. Con un suave empujón me instó a recostarme sobre la cama y no tuve fuerza de voluntad para evitarlo. Respirando por la boca la contemplé, embelesado por la imagen de su cuerpo desnudo sobre el mío, meciéndose como si quisiera torturarme.

Las manos me temblaron mientras le apretaba las caderas, mi cuerpo entero lo hacía por la satisfacción sofocante que experimentaba. Sus palmas se apoyaron sobre mi pecho y el ángulo que adoptó me provocó espasmos al sentirme tan dentro de ella.

Estábamos en una especie de trance, en el que ninguno de los dos tenía el control de lo que pasaba, pero en el que también éramos conscientes de cada cosa que sucedía. En algún punto me erguí de nuevo y todo se tornó aún más denso. Sus pechos saltaban frente a mi cara, mientras Aby subía y bajaba en movimientos hipnóticos que me mantenían trepidando.

Me estaba cogiendo como si me leyera la mente, moviéndose como yo quería que lo hiciera, besándome en el momento donde deseaba que lo hiciera, tan conectada conmigo que tomábamos aire a la vez.

—¿Puedes sentirlo?

No tenía idea de lo que hablaba, pero asentí antes de enterrar la cara entre sus pechos, sucumbiendo a un deseo más fuerte que cualquier otra cosa. Su voz jadeante se quedó haciendo eco en mi cabeza hasta que el volumen de sus gemidos aumentó, y lo poco que quedaba de mi cordura desapareció.

Rodamos sobre la cama como si nos hubiéramos puesto de acuerdo en una sincronización que comenzaba a preocuparme. Para ese punto me hallaba convencido de que Abril era bruja de verdad.

Mi peso la hundió sobre el colchón, pero ella pareció no preocuparse por ello, me abrazó con los brazos y las piernas, desapareciendo cualquier mínima distancia entre los dos. Físicamente no podíamos estar más juntos, sin embargo, continuaba experimentando la necesidad de tenerla cerca.

Sabía que besarla era peligroso; aun así, caía en la tentación de sus labios entreabiertos que se separaron por completo para comerme la boca en un beso húmedo y profundo que solo acabó en el momento que empujé con más fuerza dentro de ella, y su cuerpo se meció como consecuencia. Aby echó la cabeza hacia atrás en un gesto que reflejaba un placer que podía sentir, apretándome entre sus paredes mientras gemía con los ojos cerrados.

Todo se volvió tan frenético que el reloj de la mesa noche cayó al piso por la forma en la que la cama se movía. Me hallé jadeando cada vez más fuerte mientras las uñas de Abril me astillaban la espalda al enterrarse en mi piel. Podía sentir lo cerca que estaba en cada una de mis respiraciones y en el calor sofocante en el que me hallaba envuelto. Aby contrayéndose una y otra vez hizo que fuera más difícil controlarme. Me dejé llevar por ella en un placer desconcertante, hasta correrme en medio de temblores que me dejaron debilitado. Por un momento no fui capaz de sostener mi peso, me desplomé sobre su cuerpo, buscando aire para respirar y con todos los sentidos alterados.

Perdí la noción del tiempo mientras recuperaba el aliento, no supe cuántos minutos transcurrieron, tampoco en qué momento rodé sobre la cama para dejar de aplastar a Aby. Por un largo lapso lo único que hice fue respirar, escuchando el eco de la respiración de la mujer que se encontraba a mi lado, sujeta a mi mano, como si tuviera miedo de que me alejara.

En medio del silencio de la madrugada me di cuenta de lo que tenía con Abril no era normal. No podía serlo en ningún sentido.

El cansancio me azotó de golpe y con contundencia, fue como si toda mi energía se hubiera escapado, me sentí tan agotado que seguir hablando con Abril fue imposible. Su voz se fue haciendo lejana, hasta que todo se apagó en mi cabeza. Debí quedarme dormido de inmediato y con tanta profundidad que desperté hasta la mañana siguiente, sintiéndome descansado por completo y con Nala sobre la cama.

No tenía idea de cómo había llegado ahí. Me estiré para despejarme y busqué mi teléfono, el cual hallé en el piso. Aby había recogido el desastre que hicimos en la madrugada. Aun así, se percibía la misma atmósfera caótica dentro de la habitación. Me sorprendió ver la hora en la pantalla, pues aunque no tenía nada programado para ese día, me molestaba despertar tan tarde. Más aún con varias llamadas que solo auguraban problemas.

Todas eran de Abel y Cristal. Opté por marcarle primero a mi jefe de prensa, con quien tenía asuntos pendientes que tratar. Lo hice mientras me lavaba la cara, aún somnoliento.

—¿Qué necesitas, Abel? —pregunté directamente cuando el tono cesó.

—Las fotos de Lena con el modelo se hicieron virales. Quieren entrevistarte.

—No, no aceptes ninguna entrevista. No voy a hablar más de eso. Ayer cerré el tema.

—Podemos hundirla más.

—No, no quiero tocar más el tema. ¿Eso era todo lo que necesitas?

Del otro lado de la línea escuché el largo suspiro de fastidio que dejó escapar, suspiro que denotaba una frustración que no me interesaba. Quería hundir a Lena, pero no iba a humillarme más en público. Me bastaba con que todo el mundo se enterara de que me engañó, hablar de ello no era necesario.

—La campaña con tu perra. ¿Vas a hacerla?

—Sí. Dijiste que era buena idea, y últimamente confío en ti. Habla con Cristal para agendar la grabación, y necesito indicaciones antes para que el entrenador de Nala la prepare.

—¿Te veo en la oficina hoy?

—No, voy a descansar.

—Está bien, hablamos luego.

No tenía la intención de hablar con nadie. Silencié mi teléfono y me cepillé los dientes mientras leía algunos mensajes de mi asistente. Había enviado fragmentos de la entrevista que hicieron en el aeropuerto, y algunos pantallazos de las fotos de Lena con el modelo que se cogía.

Nada había salido como planeé; sin embargo, las cosas estaban marchando a mi favor. En mi guerra con Lena llevaba una amplia ventaja que estaba a punto de hacerme ganador. Me faltaba un último gran golpe, y ya lo tenía preparado: publicar la información de su malversación de las donaciones. Era una necesidad que iba a terminar satisfaciendo tarde o temprano.

Nala no despertó con el ruido que hice antes de salir del cuarto, me di cuenta en el último vistazo que le eché tras abrir la puerta. Estaba muy cómoda, recostada sobre la almohada sobre la que durmió

Abril. El único motivo por el que no la desperté y la mandé al piso fue mi necesidad de tranquilidad.

Nala no podía estar quieta por más de un minuto, y me negaba a lidiar con su exceso de energía.

—¿Aby?… ¿Abril?

La llamé un par de veces más hasta que llegué abajo, sin obtener ningún tipo de respuesta de su parte. Observé a mi alrededor buscando algún rastro de ella, y al no hallarla recordé a Miriam, pues se suponía que debía estar ahí, y tampoco parecía encontrarse en algún lado.

De reojo observé un reflejo distorsionado desde la puerta de cristal en la terraza, me asomé para averiguar de quién se trataba y respiré con algo de alivio al observar a Abril recostada sobre el barandal, con el teléfono pegado a la oreja y moviendo las manos mientras hablaba. Sintió mi mirada y volteó el rostro para ofrecerme una sonrisa amplia. Me hizo un gesto con la mano para pedirme un momento.

Fueron pocos los segundos los que aguardé. Colgó la llamada y volteó sonriente para acercarse, sus pies descalzos la llevaron con prisa hacia mí. Llevaba un pijama que me llenó de recuerdos.

Esa era la misma que tenía puesta la mañana en la que se suponía íbamos a desayunar juntos, un desayuno que el perdedor de mierda estuvo a punto de echar a perder por sus chismes.

—Pensé que dormirías más tiempo.

—Me gusta tu pijama, ángel. —La mitad de su culo quedaba expuesto por el short que se subió un poco cuando la abracé, lo apreté y ella sonrió sobre mis labios, en lugar de moverse para que la soltara.

—A mí no. Mariam me vio así.

—¿Dónde está?

—Salió a hacer unas compras. No le presté mucha atención porque estaba resolviendo algunas cosas de la tienda. Vamos adentro, tengo que hablar contigo.

—¿De qué?

—¿Quieres café?

—¿De qué quieres hablar?

Abril se movió por la cocina con confianza, atándose el pelo en el proceso. Noté la pulsera que se había puesto la noche anterior en su muñeca. Era igual a la mía, la que no había podido quitarme solo porque ella lo pidió.

—¿Sabías que el abogado se encargó de romper el contrato que firmé con Franco?

—Sí, se supone que eso haría.

—No, creí que solo iba a analizar si se podía romper.

—Se pudo y eso fue lo que hizo. ¿Por qué? Acaso no querías romperlo.

—Christian —rechistó con agotamiento. Dejó la taza a un lado para rodear la barra y darme un breve beso en los labios—, no discutamos. ¿Quieres? Lo pregunté porque me tomó por sorpresa. Sí, quería hacerlo, pero no así, sin enterarme de ello.

—¿Cómo te enteraste de lo del contrato?

—Franco me llamó, quiere hablar conmigo.

—No vas a hablar con él.

—Para aclarar todo lo que pasó —me explicó, ignorando lo que había dicho.

—No. No hay nada que aclarar.

—Christian, no me hables así. Sabes que no me gusta que me des órdenes. Ya hablamos de esto antes. ¿Lo recuerdas?

—Dijiste que no querías discutir.

—Solo te estoy contando que quiere hablar conmigo.

—Solo te estaba respondiendo que no va a hablar contigo. ¿Puedes quedarte conmigo por el resto del día? —le pregunté, ansioso por cambiar el tema—. Quiero descansar contigo.

—Lo supuse, por eso llamé a la tienda.

Cualquier rastro de hostilidad entre los dos desapareció cuando me sonrió, un gesto insignificante que aquella mañana fue trascendental porque me llevó a aceptar en silencio que no había algo de ella que no encontrara fascinante. Quería a Aby, me había cansado de negármelo.

—Me gusta cómo te ves en mi cocina, deberías quedarte aquí para siempre.

—Debes saber que, si sigo tu sugerencia, Nala, tu hija, vendría conmigo —soltó una larga carcajada que hizo que la mañana se sintiera aún más perfecta—. Diana me envió tu entrevista, sé que seguramente Abel te pidió que dijeras eso, pero sonó lindo. Cuando vi el mensaje le dije a Nala que eres su papá y dejé que se recostara contigo.

—No soy el papá de Nala, soy su dueño.

—Eres su papá, Christian, no puedes renegar de tu paternidad después de reconocerla.

—Te aprovechas de lo imbécil que soy contigo.

—No eres imbécil. No digas eso.

Abril rodeó la barra una vez más, ahora con la intención de abrazarme. La envolví con uno de mis brazos y permití que me llenara de besos las mejillas, besos dulces a los que ya me había acostumbrado y de los que no huía porque no quería rechazarla ni bromeando.

Adoraba a Aby de una manera inexplicable y profunda.

El timbre sonó y ambos nos sobresaltamos. Dejó un último beso sobre mis labios y fue a abrirle la puerta a Mariam, pues supusimos que había olvidado las llaves.

—¿Mi amor? ¿Es Mariam?

Mi pregunta no tuvo una respuesta inmediata, por lo que me levanté para ir hacia la sala. Mis pasos se detuvieron en seco al llegar ahí, pues vi a Lena en el umbral de la puerta, observando perpleja a Abril, que se quedó congelada por la impresión.

—¿Tu amor? ¿Te cogiste a la organizadora de nuestra boda? ¡Eres un hijo de puta, Christian!

CAPÍTULO 31

Abril

—¡Lo sabía! Sabía que todo esto era por otra mujer.

Aturdida por la impresión, me quedé inmóvil tras el grito de Lena. Su presencia me tomó tan desprevenida que solo el paso de los segundos me hizo ser consciente de que estaba ahí, frente a nosotros, observándonos como si le hubiéramos hecho algo horrible.

—¿Cómo mierda entraste aquí? Vete, Lena, no me toques las pelotas que sabes que no me voy a quedar con los brazos cruzados. ¡Sal de aquí por las buenas antes de que te saque yo!

La animosidad en el tono de voz de Christian y su mirada fuerte no tuvieron ningún efecto en Lena. Dio un paso adelante que la dejó a mi lado y sus labios se curvaron en una sonrisa fría que me llenó de incomodidad.

—Hice una cita para ver el departamento que voy a rentar. Así que no te sirvió de nada pedirles a los porteros que no me dejaran pasar. —La expresión en el rostro de Christian se endureció mucho más ante aquella respuesta. Se acercó sin vacilar solo unos segundos después, provocando que Lena retrocediera—. Si me tocas diré que me golpeaste. Tienes fama de violento en la pista, Christian, puedo darte fama de golpeador de mujeres con facilidad.

—Christian, no te le acerques.

Christian ignoró mi petición, se acercó con prisa obligándome a reaccionar más rápido. Pese a que la impresión no se diluía del todo, fui capaz de atravesarme en su camino para impedir que llegara hasta ella.

—Tienes cinco malditos segundos para salir de aquí. ¡Hazlo ahora, Lena!

—Da un paso atrás, no te le acerques. —Mi tono suave y persuasivo pareció ser incapaz de penetrar la oscuridad que lo rodeaba. Era como si no pudiera escucharme, como si no fuera capaz de reaccionar con racionalidad. Mis palmas se aplastaron con fuerza en su pecho para evitar que se siguiera moviendo.

—No voy a irme, después de todo lo que me has hecho no tienes derecho a pedirme nada.

—Llama a seguridad, que ellos se encarguen de sacarla de aquí. No caigas en sus provocaciones —dije a su oído, para evitar que ella pudiera escucharme.

—Encima de que me engañaste, te negaste a ayudarme. Te cuidé cuando te lesionaste y nadie quería estar cerca de ti. ¿Y cómo me pagaste? Cogiéndote a la organizadora de nuestra boda.

Pese a la agitación del momento, sus palabras hicieron eco en mi cabeza, porque sonaban a un reclamo que estaba fuera de lugar. El ruido de sus pasos me hizo voltear para observarla, y lo que vi me puso aún más nerviosa. Lena se aprovechó de que me encontraba sujetando a Christian para entrar al departamento. Caminó por la sala con confianza, como si conociera aquel sitio a la perfección.

—¡Sal de aquí, maldita sea, Lena!

Solté a Christian con la intención de tomar su teléfono y llamar a la seguridad del edificio; sin embargo, Lena se me adelantó y lo tomó de la mesa. El corazón me latió con prisa cuando vi que lo manipulaba. No podía intentar quitárselo y al mismo tiempo evitar que Christian se le acercara. Así que, en medio de la conmoción, fui a la cocina por el teléfono inalámbrico con el que había visto a Mariam comunicarse con el portero, rogando que él actuara con racionalidad en mi ausencia.

—Ponme un dedo encima, solo uno y te juro que esto será un escándalo gigante.

Cuando regresé, Christian estaba a solo pocos centímetros de Lena, con la intención clara de arrebatarle el teléfono de las manos. Me acerqué con prisa para tirar de su brazo y alejarlo, pero como mi fuerza no fue suficiente, me puse en medio de ambos. Marqué a seguridad aun sirviendo como un escudo para la mujer manipuladora que solo provocaba a Christian.

—Buenos días, necesitamos que envíe a alguien de seguridad con urgencia. Una mujer entró sin consentimiento al departamento.

Mi voz se robó la atención de Lena por completo, cuestión que aproveché para arrebatarle el teléfono de las manos. Fue un impulso que llegó gracias a toda la adrenalina del momento, y que la tomó por sorpresa.

—¡No te atrevas a tocarla, Lena! —gritó Christian, ante su clara intención de írseme encima.

La exigencia hecha con un tono oscuro y frío me llenó de escalofrío. Percibí toda la rabia que habitaba en él. Christian me quitó el otro teléfono de las manos para hablar directamente con los porteros, lo hizo con un solo brazo, el otro se enroscó en mi cintura para tirar de mí. Me quería alejar de ella.

—Vete, no ganas nada haciendo esto. Las cosas podrían empeorar para todos.

—Tú a mí no me dices que me vaya —me respondió con agresividad—. Te metiste con mi prometido y te atreves a llamar a seguridad. ¿Qué tipo de zorra descarada eres?

—Con ella no te metas, esto es entre tú y yo. No la involucres.

—Ella está involucrada—dijo, viendo directamente a Christian—. Se metió en una relación con un hombre comprometido.

—¡No me metí en ninguna relación!

—Llegué con Christian a tu estúpida oficina. Lo viste conmigo, sabías que nos casaríamos en junio. ¿Cómo te atreves a decir que no te metiste en una relación?

Un fuerte ladrido sonó por encima de la voz de Lena. Nala bajó las escaleras ladrando de una manera violenta que me causó impresión. Corrió para ponerse frente a mí en una clara posición de ataque, y Lena, en lugar de mostrarse asustada por ello, tomó un cojín e hizo el amago de lanzárselo. La sangre hirvió en mis venas como lava incandescente en cuestión de segundos. Sin pensarlo le sujeté el brazo, evitando que consiguiera tirarlo, con tanta fuerza que mis uñas rasparon su piel.

—No vas a lastimar a mi perra, ni siquiera vas a acercarte a ella.

—Entonces la perra es tuya —dijo, como si estuviera teniendo una revelación—. ¿Desde hace cuánto duermes con mi prometido?

—Dios, ¿qué está pasando aquí? —Reaccioné cuando Mariam apareció. Sonó tan alarmada que me vi obligada a soltar el brazo de

Lena, noté de inmediato las marcas de medias lunas que dejaron mis uñas en su piel enrojecida. Lena también las vio, bajó la mirada luciendo enardecida.

—Esto no se va a quedar así. Voy a advertirle a todas las novias que tengan pensado buscar tus servicios los riesgos que pueden correr. Así como te metiste con mi prometido, puedes hacerlo con cualquiera. Seguramente es una práctica que dominas muy bien.

—En el primer momento que se te ocurra hacer algo voy a sacar a la luz tus fraudes con las donaciones. Te lo juro, Lena, puedo arruinarte con una sola llamada.

—Mariam, por favor, llama de nuevo a seguridad —le supliqué, más nerviosa.

Lena apretó algo en su teléfono, me di cuenta del sonido breve que hizo el aparato, di un paso hacia el frente para intentar ver algo más en su pantalla, y entonces me di cuenta de que estaba grabando.

—¿Desde cuándo te la coges, Christian? ¿Desde cuándo duermes con la mujer que iba a organizar nuestra boda?

—Está grabando, Christian —susurré, con prisa.

—¿Desde cuándo te coges al modelo con el que llevas un año viéndote? No estás embarazada, Lena, también graba esto. Sé todo de ti, hasta lo que creías que me ocultabas. Así que vete de una maldita vez.

—¿Con qué cara te paras frente a mí después de lo que me hiciste? —Lena se dirigió directamente a mí, ignorando a Christian—. Fui con mi prometido a tu oficina, nos atendiste a ambos, nos viste juntos y eso no te detuvo. ¿Eso haces con todas las novias a las que atiendes? ¿Te involucras con los prometidos que te gustan?

—¡Tu relación con Christian no fue real! Deja de actuar como si lo fuera. Si tienes algo que reclamar, no soy la persona con la que tienes que hacerlo.

—¿No viste mi anillo, estúpida? Nos íbamos a casar. —Lena me sujetó con fuerza por la muñeca, enterrándome las uñas como yo lo había hecho con ella.

—Suéltame.

Un brazo pasó por encima del de ambas de inmediato, y Christian fue directo a su muñeca, y sus dedos la apretaron en un fuerte agarre.

—Me estás lastimando, Christian, me estás lastimando —repitió, alterada.

—Suéltala, porque puedo usar más fuerza.

Los nudillos de Christian sobresalieron de su puño, y entonces supe que su agarre se tornó más fuerte. Una sensación lacerante atravesándome la piel evitó que pudiera concentrarme más en ello. Lena me soltó, no sin antes deslizar las uñas por mi antebrazo, enterrándolas para provocarme dolor. En cuanto me vi liberada observé mi muñeca, las huellas de sus uñas estaban llenas de mi sangre.

—Christian, suéltala.

Lo hizo con un movimiento brusco al que ella reaccionó con exageración, gritó como si le doliera algo, sujetando su muñeca contra su pecho. Todo estaba siendo registrado por su teléfono, la sola idea de que utilizara aquel audio para perjudicar a Christian me llevó a actuar con determinación. Con prisa, y aprovechando su descuido, le quité el teléfono de la mano, me alejé con él directo hacia la cocina en donde borré el audio. Ignorando la punzada en los rasguños, entré a la papelera de archivos para encargarme de que no quedara una copia de él. Estaba tan nerviosa que el teléfono se resbaló de mis manos. En el justo momento en que me incliné para recogerlo, ella se acercó por detrás para tirarse al suelo y sujetarlo.

Dos hombres cruzaron con prisa la puerta abierta, y su sola presencia hizo que Lena se moviera. Se acomodó el bolso sobre el hombro y caminó hacia la puerta, hasta que tropezó con Mariam.

—Tú eres otra que no tienes cara para verme después de lo que hiciste. Christian metió a otra aquí y no tuviste la descendencia de decírmelo. ¿Conoces el término sororidad?

Mariam no le respondió a Lena, tampoco reaccionó cuando uno de los hombres de seguridad se acercó a ellas. Mantuvo la compostura todo el tiempo, incluso cuando Lena levantó el bolso para golpear a los hombres que intentaron sacarla. Envidié su serenidad, la tranquilidad con la que avanzó por la sala para encargarse de cerrar la puerta, en medio del ruido de los gritos y los ladridos de Nala, que no habían parado.

El clic de la puerta al cerrarse no me dio el alivio que esperaba; respiré hondo mientras observaba las marcas que dejó Lena en mi antebrazo. El corazón me latía con prisa, y mi respiración seguía siendo irregular, todo pasó tan rápido que en ese momento me sentía sumida como en una especie de limbo, intentando recapitular lo que había ocurrido.

—¿Qué te hizo? Déjame ver tu brazo.

La voz de Christian fue como un eco, un sonido lejano al que no reaccioné. Abrumada, parpadeé varias veces, desesperada por salir del estado letárgico en el que me encontraba por culpa de la conmoción, y que no acabó cuando Christian se acercó para sujetarme con cuidado el antebrazo.

—Estoy bien —alcancé a decir, mi voz también sonó lejana.

—Ven, vamos a limpiarte.

Le fue fácil moverme porque no puse ningún tipo de objeción a su orden. Fuimos hasta la cocina, él aún sujetando mi antebrazo. Se veía preocupado, tan tenso que apretaba la mandíbula sin darse cuenta; estaba concentrado en las marcas en mi piel, que lavó con agua del fregadero.

—Ay, arde un poco —me quejé cuando puso jabón antibacterial en mi brazo. Se lo había llevado Mariam, quien se estaba moviendo rápido, preocupada por auxiliarme, como si no fueran unos simples rasguños, apareció con una botella de alcohol y algodón que le alcanzó a Christian de inmediato. Cerré los ojos al verlo empapar las pequeñas bolas en alcohol y retuve la respiración cuando los pasó por mi piel. El escozor me llevó a apartar el brazo, pero él me sujetó con algo de fuerza y se encargó de limpiar los rasguños que lastimaron mi piel.

—¿Borraste el audio que grababa, cierto?

—Sí, pero no alcancé a hacer algo más. Ella tuvo mucho tiempo tu teléfono, no sabemos qué hizo con él.

—No te preocupes, no hará nada en contra tuya. Lamento mucho esto, Aby.

—Me preocupa que la tienda de mi tía termine involucrada en esto. Si ella habla de mi trabajo estoy arruinada.

—No hará nada, voy a asegurarme de eso.

Su frente descansó sobre la mía, propiciando un acercamiento que no esperaba, y que me dejó aún más desconcertada. Me encontraba con las ideas revueltas, en el limbo, aún reponiéndome de la fuerte sacudida que provocó la presencia de Lena en una mañana que parecía ser la más tranquila del mundo.

Cerré los ojos por instinto al sentirme rodeada del aroma de Christian. En ese largo momento pude percibir con claridad una angustia que no era mía, que venía de él, y me llenó de muchas dudas más. ¿Por qué él sentía tanto miedo? ¿Por qué me miraba con tanta desesperación? Sin mediar palabras me sujetó la nuca, para chocar su boca con la mía en un beso tosco, poco dulce y un tanto torpe, que me dejó claro que estaba a punto de perder el control.

—Voy a llamar a Abel, dame un momento.

Asentí, observando cómo se alejaba hacia la terraza con el teléfono en la mano, mientras su ama de llaves rodeaba la barra para llegar atrás de ella. Pese a mi estado de confusión, me di cuenta de que también estaba nerviosa.

—¿Mariam? —Mi voz sonó temblorosa, me aclaré la garganta, a la vez que daba pasos cortos para acercarme—. ¿Lena siempre fue así de problemática?

—Siempre fue así, impulsiva y temperamental. No sé cómo lograron salir por varios meses, porque peleaban muy fuerte y seguido. Lo que hizo hoy sobrepasó todo lo que hizo antes.

—¿Pasaban mucho tiempo juntos? —pregunté con temor.

—No. El señor siempre ha viajado mucho. Se veían ocasionalmente, pero siempre terminaban peleando, porque él solía echarla cuando se cansaba de verla.

—¿Entonces fue una relación tormentosa? —Miré por encima del hombro hacia atrás, para asegurarme de que Christian no estuviera cerca. Su ama de llaves parecía tensa tocando ese tema, imaginé que temía que nos escuchara.

—Nunca me pareció una relación como tal. Porque no hablaban mucho, solo… Ella pasaba directamente a su habitación —dijo, luciendo incómoda—, por eso me sorprendió cuando se comprometieron.

Algo me golpeó el pecho. De la nada los ojos se me llenaron de lágrimas y un nudo se formó en mi garganta. Eran celos. Me repetí en silencio que lo que sentía era eso: celos, al ser consciente de que él se acostó con ella, que probablemente tuvieron sexo en la misma cama en la que dormía conmigo. Pese a mi evidente conmoción levanté la vista e intenté sonreírle a Mariam para agradecerle aquella conversación.

—No le diré nada de esto a Christian. —Quería tranquilizarla porque noté la preocupación en su mirada.

Mariam no tenía por qué saber de su acuerdo con Lena, pensé tras ver la breve sonrisa que me ofreció después de escucharme. Imaginé que había firmado un acuerdo de confidencialidad como el que yo firmé con Franco, ese era el tipo de cosas que se hacían en contratos de relaciones falsas.

Aún nerviosa me puse de pie para salir a la terraza. La voz de Christian sonaba fuerte y clara; sin embargo, no pude concentrarme en la conversación que mantenía con su jefe de prensa porque estaba enfocada en entender el motivo por el que Lena actuó así. En algún momento Christian volteó, y la angustia que venía de él se tornó más fuerte. Aunque continuó hablando, su mirada no se apartó de mí. Colgó y se acercó sin quitarme la vista de encima.

—Abel se va a comunicar con la representante de Lena. Si menciona tu nombre o el de la tienda se meterá en problemas legales que no va a poder resolver. Tenemos cómo frenarla, no te preocupes.

Aún no me reponía de la sacudida, me sentí mareada, confundida por tantas emociones experimentadas en tan poco tiempo. Los brazos de Christian siempre se sintieron como el sitio correcto, como si mi lugar se hallara entre ellos, por eso no entendí la hostilidad que percibí en ese instante.

—Estoy mareada.

—Estás nerviosa todavía. Vamos, come algo, aún no desayunas.

***

No había probado ni un solo bocado del desayuno que Mariam preparó para mí. Tenía un plato lleno de frutas a un lado, pan francés en otro y un vaso lleno de jugo de naranja que estaba intacto. El aire fresco de la mañana me sacudió el pelo mientras observaba a Christian, que comía mientras escribía mensajes en su teléfono con prisa. No estaba tranquilo como quería aparentar, podía sentir su inquietud por lo conectados que estábamos.

—Abril, come algo.

—No tengo hambre, de verdad.

—Debes tener algo en el estómago, por favor, hazlo por mí.

Tomé el vaso y sorbí de manera automática, solo porque él lo pidió por favor, fue un acto inconsciente, un impulso por complacerlo, que nacía de todo el amor que le tenía. Entonces entendí que, pese a todos mis esfuerzos, el hombre frente a mí me había consumido por completo. Christian no solo era dueño de mi voluntad… yo era suya por completo.

—¿Qué tanto te dice Abel? —No tenía ni el más pequeño interés en conocer lo que hablaba con su jefe de prensa, solo quería desviar su atención, porque si me pedía que comiera más terminaría haciéndolo.

—Está intentando solucionar todo. Aunque Lena no hable de ti directamente puede hacer algo. Para prevenir, Abel cree que es mejor que dejemos de escondernos de una vez. Así nosotros vamos a tener el control de la narrativa. —No entendí por qué me asustó tanto lo que escuché, experimenté un temor que por un segundo me dejó callada. Negué, provocando que Christian me viera con el ceño fruncido.

—Christian, acabas de anunciar que terminaron.

—Fue hace más de un mes, casi dos.

—Pero…

—Ángel, es lo mejor. Busca reemplazo para tus eventos del fin de semana, tienes que venir conmigo a la carrera. Vamos a mostrarnos juntos, no tenemos nada que esconder.

Escuché sus palabras, pero mi mente daba vueltas. Cuando dejé el vaso sobre la mesa separé los labios, dispuesta a hablar, pero mi intento nunca llegó a concretarse. Un sentimiento se extendió por todo mi pecho… era miedo, tenía miedo de continuar buscando respuestas, de enfrentarme a algo que no quería ver.

—No me siento bien, quiero ir adentro.

—¿Por qué estás tan tensa?

—Tú lo estás, Christian.

—Tienes razón, Lena nos jodió la mañana. —Respiró hondo con la vista en el suelo para luego observarme una vez más—. Vamos a darnos una ducha, intentemos relajarnos.

Sus dedos apenas rozaron los míos cuando los enganché con una confianza ciega, porque estaba dispuesta a dejarlo guiarme a donde él quisiera. Christian me llevó hacia adentro, con el teléfono en una mano mientras me sujetaba con la otra. El silencio, que nunca fue incómodo entre los dos, en ese momento era sofocante, debido a la agitación de Christian. Estaba tenso, por mí; tenía miedo, por mí. Lo sabía.

Mientras Christian se desvestía me observé en el espejo y me di cuenta de la tristeza que había en mis ojos. Me quedé viendo mi imagen, hasta que el ruido de la puerta que se cerraba me sobresaltó.

—Dame un segundo —le respondí a Christian cuando me apresuró.

Me desnudé con paciencia, alargando aquel momento, no a propósito. Me encontraba distraída de verdad, sumida en una serie de pensamientos de los que quería deshacerme, pero que con cada segundo que pasaba parecía más difícil. Christian corrió la puerta y me observó de pies a cabeza, como si fuera la primera vez que me tenía así frente a él. Era ridículo que su mirada me hiciera sentir cohibida, conocía mi cuerpo a la perfección, lo había tocado tantas veces que mi piel memorizó su tacto; sin embargo, no pude evitar sentirme intimidada.

Mi inseguridad acabó de golpe al sentirlo a mi espalda, un beso sobre mi hombro hizo que mi cuerpo diera un pequeño salto. Christian soltó una breve risa por mi reacción, la escuché en mi oído porque con un firme movimiento me pegó contra él.

—Aby, no soporto verte tan callada y pensativa.

No supe qué decirle, tampoco qué hacer cuando me volteó y me apresó contra la mampara del baño. Parpadeé varias veces mientras lo observaba de cerca. Su pelo negro estaba hacia atrás por el agua, las gotas recorrían su rostro de una belleza masculina oscura y dominante que me atraía tanto. Era una imagen incitadora, pero que no encandiló mi cuerpo como solía hacerlo.

Christian me besó antes de que pudiera hacer algo para reaccionar.

Con el mismo control de siempre me sujetó la nuca y deslizó su lengua entre mis labios, ofreciéndome una caricia desaforada que no me emocionó. Cerré los ojos deseando que mi mente se centrara en el estímulo que le ofrecía a mi cuerpo mientras me besaba; sin embargo, tras varios segundos aquello no sucedió.

Mis latidos no estaban acelerados, mi respiración no era irregular, no había calor en mi vientre bajo, tampoco mis pechos se sentían pesados, ansiosos por su tacto. Fue un momento largo en el que me sentí confundida por no sentir lo de siempre. Pero eso terminó cuando deslizó los labios por mi cuello, pues la piel se me erizó enseguida.

Las manos de Christian recorrieron mis caderas y en respuesta enrollé los brazos alrededor de su cuello. Quería que mi cabeza se llenara de las sensaciones electrizantes que me dejaban sus caricias, tal vez por eso accedí a que me volteara, a que me comiera el cuello a besos mientras sus manos me acariciaban los pechos.

Una idea comenzó a tomar forma en mi cabeza, una respuesta a todas mis preguntas, pero en la que no pude ahondar porque fue demasiado tarde. La mano de Christian ya se deslizaba peligrosamente por mi vientre bajo. Quise apartarla, moverme y evitarlo, pero en cuanto sentí el roce de las yemas de sus dedos en mi entrepierna, solo pude jadear como respuesta.

Mi cuerpo estaba excitado, sentía la necesidad de que me siguiera tocando. Sin embargo, mi cabeza estaba fría, llena de ruido y lejana a aquel lugar en el que nos encontrábamos los dos, desnudos y mojados.

Fue como si estuviera desconectada, sabía que me estaba tocando, estimulándome con sus dedos dentro de mí y besándome el cuello en el proceso, pero no estaba viviendo el momento, solo sentía un placer vacío que jamás había experimentado con Christian. Con él todo había sido intenso.

En algún punto volvió a voltearme, y cuanto lo tuve de frente fue completamente diferente. Había ardor en sus ojos, era más que un deseo carnal. Vi desesperación en su mirada, la necesidad de tocarme para comprobar que aún estaba ahí, y que era de él. El aire se escapó de mis pulmones cuando levantó una de mis piernas, su erección se presionó en el punto exacto en donde explotaba el placer, mi cuerpo dio señales de satisfacción, aunque aún me sentía ajena a lo que ocurría.

Por primera vez fue doloroso sentirlo dentro. No me encontraba lo suficiente estimulada para expandirme en torno a él, y Christian se dio cuenta de inmediato. Me vio con el ceño fruncido, buscando en mi mirada una respuesta a lo que ocurría. Solía estar lista cada vez que me tocaba de esa forma, tan húmeda que me avergonzaba que mi cuerpo mostrara cuánto me calentaba. Era evidente que algo ocurría.

—Solo sigue —pedí, desesperada por relajarme.

La mirada de Christian no se apartó de mí, mientras balanceaba las caderas hacia adelante, abriéndome con una suavidad impropia en él. Apreté los ojos con fuerza cuando lo tuve todo dentro, temblando por un escalofrío incómodo que me causó el dolor punzante. Mi mente y mi cuerpo se habían puesto de acuerdo al fin. No quería sexo, quería respuestas.

Christian emitió un sonido de satisfacción masculina al moverse una vez más. Su piel estaba erizada y sus labios me estaban besando el cuello. Podía sentir el calor que emanaba de él, pero mi piel no reaccionaba. Cerré los ojos sintiendo cada estocada profunda, mientras tomaba aire con los labios separados.

—¿Qué pasa, Aby? —Estaba enterrado al fondo de mí cuando hizo esa pregunta, lo sentí punzar mientras esperaba una respuesta—. No estás aquí.

—Lo siento, estoy aún un poco alterada, pero no importa.

El primer jadeo alto que salió de mis labios llegó en ese justo momento, cuando se salió de mí con tanta prisa que me sentí vacía. Mi espalda se deslizó por la mampara lentamente cuando decidió ponerme en el piso.

—No voy a usarte como una muñeca inflable, mi amor.

Christian no podía aceptar el rechazo, pero la suavidad con la que me habló me dejó claro que no se encontraba perturbado por ello. Más bien su rostro tenía una expresión de preocupación que aumentó la tensión entre ambos.

—¿Podemos hablar?

Mi corazón punzó con fuerza ante mi propia pregunta. Una

sensación paralizante, que había experimentado muchas veces antes, me recorrió en segundos. Era la antesala de una desgracia, de un suceso doloroso, como los tantos que había vivido.

—Sí.

***

La vulnerabilidad en la que me vi envuelta estaba provocándome náuseas nerviosas. Podía reconocerlo porque cada vez que me había enfrentado a una situación estresante me ocurría lo mismo. Aún enrollada en la toalla caminé por el cuarto de Christian. El ruido del agua cayendo llenaba el silencio que hasta ese momento solo era roto por los latidos irregulares de mi corazón. Me senté sobre la cama mientras luchaba con mi conciencia, que se oponía a lo que quería hacer. Estaba mal, lo sabía; sin embargo, en ese momento era la única manera en la que podía averiguar algo que temía preguntar. Mi corazón latió más fuerte y un temor indescriptible se expandió por todo mi pecho; aun así, alargué el brazo para tomar el teléfono de Christian que yacía en la mesa de noche.

Nunca fui tan consciente de mi respiración como en ese momento, en el que deslizaba el dedo por su pantalla, buscando sus conversaciones con Lena, a las que llegué con facilidad, pese a la torpeza con la que actuaba por los nervios. El agua continuaba cayendo, aun así, tenía miedo de que Christian saliera del baño. Mientras retrocedía hasta su primer intercambio de mensajes, me di cuenta de que me preocupaba más lo que podía encontrar que ser atrapada por Christian.

En un impulso me levanté con el teléfono en la mano y me dirigí directamente al clóset. Cerré la puerta despacio y me recargué sobre ella para comenzar a leer los mensajes. Ella había escrito primero, saludando con un hola y diciéndole que ese era su número, también agregó que le gustó mucho conocerlo. Christian respondió varios minutos después con un: «Igualmente», al que ella replicó con un emoji de beso. Solo un par de mensajes más abajo encontré la primera señal extraña. Christian dijo que quería verla, ella le envió una foto que él elogió diciéndole que se veía hermosa.

Los siguientes mensajes eran interacciones triviales, en las que identifiqué un coqueteo directo. Ella solía mandarle fotos, él reaccionaba a todas. Con prisa continué leyendo, notando cómo la forma cambiaba. La frecuencia con la que se enviaban mensajes disminuyó. Ella comenzó a llamarlo «bebé», y él a responderle de forma más espaciada. En ninguna sola línea que leí encontré algo acerca de su relación falsa, tampoco la mención de tener que asistir a algo por obligación. Me quedaba claro que ella era la que insistía en verse, y que él había perdido el interés pronto.

Quería dejar de leer, pero mi curiosidad o mi necesidad de saber la verdad me llevó a continuar pegada a la pantalla, con el corazón acelerado, y unas fuertes ganas de vomitar, por los nervios. Fue así como llegué al mes de agosto, hacía casi un año atrás. Para ese punto apenas intercambiaban mensajes, por lo que moví el dedo con prisa hasta que una foto me obligó a detenerme. Era una *selfie* en la que estaban juntos, recostados sobre una cama. Lena en primer plano cubriéndose con una sábana y Christian atrás, recostado en el respaldo, ambos sudados y sonriendo, como si hubieran querido capturar el momento en el que habían terminado de tener sexo.

No quería ver más, me sentí tan asqueada que lo único que deseé fue tirar el teléfono. No obstante, no podía seguirme torturando con dudas. Seguí leyendo hasta llegar a octubre, en donde sus conversaciones cesaron por completo. Todos los siguientes eran mensajes de Lena que Christian no respondía, reclamos que él ignoraba.

—¡Abril! ¿Dónde estás?

Estaba llorando, y no me di cuenta de ello hasta que me sobresalté por el grito de Christian. Tomé aire en un fallido intento de recomponerme y abrí la puerta, pese a que mi cuerpo temblaba por completo. Había una mezcla de emociones en mi pecho que me llevaron a actuar con valentía. No oculté que tenía su teléfono en la mano. Caminé con pasos cortos hasta la cama, en donde lo lancé con suavidad, mientras Christian me observaba enrollado en su toalla blanca.

—Quiero preguntarte algo, y que me respondas con la verdad.

La expresión en su cara cambió drásticamente tras escucharme. De inmediato desvió la vista hasta su teléfono en la cama para un segundo después asentir, fingiendo frialdad, como si pudiera ocultarme su preocupación.

—No me gusta el tono que estás usando.

—No estoy usando ningún tono —repliqué tan alterada que fue muy difícil abrir el bolso en el que estaban mis cosas. A diferencia de Christian, que tenía un hueco en mi clóset en el que había muchas de sus cosas, yo apenas había dejado algo mío en su espacio—. Estoy hablándote con normalidad.

—Háblame con cariño, como lo haces siempre.

En otras circunstancias habría reído con él ante aquel comentario, pero en ese momento todo estaba tan tenso que no había algo que pudiera cortar esa sensación pesada en el ambiente. Dándole la espalda me puse la ropa interior, porque me negaba a tener esa conversación desnuda. Los ojos de Christian seguían todos mis movimientos, podía sentirlos acariciándome la piel en un silencio absoluto. Cuando volteé, después de deslizar mis piernas en un short, observé a Christian medio vestido, tenía una camiseta negra en la mano que tiró a la cama en el momento que hicimos contacto visual. Los dos sabíamos que algo ocurría, estaba implícito en cada cosa que hicimos en silencio.

—¿Por qué Lena te reclamó así? —Pese a todo, mi voz no sonó titubeante, hablé con una firmeza que no supe de dónde saqué. Christian reaccionó con tranquilidad ante mi pregunta, encogió los hombros sin apartarme los ojos de encima.

—Porque es una adicta que está mal de la cabeza.

—Christian, ella está dolida, se sentía con el derecho de hacer todos esos reclamos. Quiero saber por qué... Creo que lo sé —agregué, y mi fortaleza se tambaleó—, pero quiero que tú me lo digas.

—Siéntate, Aby, vamos a hablar con más calma.

Nunca me dolió tanto escucharlo llamarme «Aby» con aquella voz suave que casi nunca usaba. Sus ojos, que me atraían como polilla hacia la luz, me observaron con una angustia que me caló y avivó mi nerviosismo. Negué, porque no pude moverme, no fui capaz de dar un solo paso y él pareció entenderlo.

—Voy a escucharte aquí. Con la verdad, Christian. Por favor.

—Cuanto te conté lo de Lena alteré algunos detalles por las

circunstancias. Tú me habías besado, y luego dijiste algo de convertirte en el tipo de mujer que besa a un hombre comprometido, entonces…

—Me engañaste, me dijiste que no estabas comprometido cuando sí lo estabas.

No quería interrumpirlo, no quería desbordarme de aquella manera, pero me sentí tan estúpida que quedarme callada fue imposible. El pecho me punzó por culpa del llanto contenido, por más que intentara tomar aire no pude controlarme.

—No estaba comprometido, Aby.

—¿No? ¿En qué mentiste entonces?

Christian no bajaba la mirada ante nadie, y verlo mirar hacia el piso me robó el poco aliento que me quedaba. Un sollozo se escapó de mis labios y entonces él volvió sus ojos a mí. Había culpa en ellos, la cual no solía sentir con frecuencia.

—Mi relación con ella no fue como tal un plan de prensa. La conocí, hubo atracción y, tras salir con ella un par de veces, Abel me recomendó continuar con ello. Mis números en redes crecieron y obtuve más patrocinadores.

Una lágrima escapó y se deslizó lentamente en mi mejilla, él la vio y se quedó callado, como si no supiera qué hacer al respecto.

—Continúa. Esa no fue la única mentira.

—Salí con ella, pero después de un mes me hartó. Me lesioné y Lena se quedó conmigo, acompañándome, por lo que no pude terminar con ella cuando me recuperé. Solo dejé de verla seguido, era como si no existiera en mi vida, porque estaba concentrado en recuperar todos los puntos que perdí por culpa de la lesión.

—Entonces ella siempre fue tu novia, y yo…

—Abril, no —me interrumpió—. Antes de que tú llegaras a mi vida lo mío y lo de ella ya había acabado. El día que te conocí descubrí a Lena cogiéndose al modelo, fui a buscarla para que me acompañara a la fiesta. La encontré en su cama con él.

Di un paso hacia atrás, hasta que quedé recostada por completo en la pared. Fue la impresión de escucharlo, porque no me estaba mintiendo. Lo que acababa de decir había ocurrido, lo supe con certeza.

—No entiendo, porque después de eso tú llegaste con ella a la tienda, estaban comprometidos. No se acabó nada.

—Se acabó todo, no volví a tocarla, no volví a tener algo con ella, ni un maldito beso.

—¡Se comprometieron!

—¡No! Puse un puto anillo en su dedo para hacerle creer que iba a casarme con ella, lo único que quería era dejarla plantada, humillarla. Nunca me comprometí de verdad.

Me quedé rígida por lo que se sintió una eternidad, congelada por la impresión, inmersa en sus palabras que se repetían en mi cabeza, como si necesitara continuar convenciéndome de lo que escuché.

—Siempre estuvieron juntos —murmuré, con la mirada fija en él.

—¿No me escuchaste? Todo acabó el día que te conocí.

—Para ti, pero no para ella, pero no para todos. Maldita sea, ella tiene razón, me metí en una relación. —Agitada, intenté despegarme de la pared, pero no fui capaz de moverme. Estaba tan aturdida que el suelo pareció tambalearse bajo mis pies.

—Abril, mírame —me ordenó mientras se ponía de pie. Se acercó hasta acorralarme, —. No estábamos juntos, no había nada entre los dos. Todo había terminado.

—¡Mentira! Terminaste todo hasta hace un mes. Todo este tiempo estuviste con las dos. Ella como tu prometida, y yo, ¿cómo qué, Christian?

Mi voz se quebró y el llanto se desbordó sin control. Me moví, ansiosa por romper el contacto al que me tenía sometida. Sus manos me sujetaban las mejillas, su cuerpo me aplastaba contra la pared.

—Necesito que te calmes, Aby, estás alterada y por eso no estás viendo las cosas con realmente son. Ella nunca fue mi puta prometida. Jamás lo fue, en serio. Nunca.

—Suéltame, suéltame, por favor. —Lo hizo, sus manos dejaron de sostenerme, pero su cuerpo no me dio tregua, continuaba tan cerca del mío que sentía su corazón latiendo desbocado.

—Lena no era mi prometida. Javi sabía lo que pensaba hacer, porque le dije que íbamos a casarnos, podemos preguntarle si no crees en mí. Él no va a mentir para cubrirme jamás, no es de ese tipo de personas.

—¿Cómo eras capaz de reclamarme por Franco cuando tú me hacías esto? ¡Tú sí tenías a alguien en tu vida!

—¡Que no! ¡Maldita sea! No había nada entre los dos.

—Christian, no me toques, no quiero que me toques. —Horrorizado por mi petición, dio un paso hacia atrás. Me miró con los ojos bien abiertos y una expresión de conmoción que no me atormentó. Lo estaba rechazando, pero él me había causado más dolor.

—Estás haciendo una tormenta en un vaso de agua por una tontería. Desde el día que te apareciste en mi camino vestida de ángel no ha habido otra cosa en mi cabeza. Te busqué como un imbécil, propicié cada uno de nuestros acercamientos, porque no salías de aquí —dijo, tocando su frente—. Lo nuestro no se mezcla en absoluto con el asunto de Lena. Eso fue una venganza que mandé a la mierda cuando puse por encima nuestra relación.

—¡Christian, me mentiste! Sí estabas con ella, esa relación no se rompió.

—Estaba rota.

—¡Ella no lo sabía! Nadie lo sabía, tenían planes de boda y yo estaba en medio de todo. —Mi reflexión me comprimió en pecho en un sentimiento insostenible de angustia—. Ella era tu prometida de verdad, no era una farsa.

—¡No me iba a casar! ¡Entiende, con un demonio!

—Ella tu prometida y yo tu amante. Tu amante durante todo este tiempo.

—Estás diciendo estupideces, Abril. ¿Mi amante?

—Sí, eso fui para ti todo este tiempo. Nunca definiste nada entre los dos, porque no podías hacerlo cuando ya tenías una novia.

—¿Todo esto es por un puto título? ¿Eso es? ¿Querías que te pidiera que fueras mi novia? Si es así…

—No entiendes una mierda.

Christian alargó el brazo para tomar el teléfono que dejé sobre el colchón, apretó la pantalla y luego lo llevó hacia su oreja con una expresión de seriedad que no ocultaba su angustia. Él sabía lo que estaba pasando, la gravedad de lo que ocurría.

—Pon a Edward —dijo a la persona con la que se comunicaba. Confundida, lo contemplé fijamente, preguntándome por qué estaba llamando a su abogado, al mismo que me ayudó con el contrato con Franco—. Edward, soy Christian. Quiero casarme lo más pronto posible, ¿cuántos días tardarías en tener todo listo?… ¿Qué documentos de Abril necesitas?

Me cubrí la cara con ambas manos, para frenar el llanto que parecía no tener fin. Me dolía tanto el pecho que respirar era una tortura que no podía alargar más. Christian hizo más preguntas a las que no le presté atención. Recogí valor y fuerzas para despegarme de la pared al fin. Busqué la camisa dentro de mi bolso y me la puse con torpeza para luego hacer lo mismo con los zapatos.

—No te me acerques —pedí, al sentirlo a mi espalda.

—¿Qué estás haciendo?

—Me voy, no quiero estar aquí.

—Querías un título, vamos a casarnos y se acabó esto.

—¡No! —grité al enfrentarlo, y su expresión fue de absoluta sorpresa—. No vas a manipularme de esa forma. No quería un título, quería tu honestidad. Una que no me diste. El matrimonio es algo serio, no algo que usas para vengarte o para retener a una mujer.

—No necesito retenerte, porque tú nunca te vas a alejar de mí. —Un escalofrío recorrió todo mi cuerpo porque él tenía razón, estábamos conectados de por vida, podría haber distancia física entre los dos, pero nunca una real—. No te estoy manipulando, solo intento definir lo que tenemos. Te pediría que fueras mi novia solo para complacerte, pero el término me parece insuficiente.

—No quiero casarme con alguien que me miente, que me engaña, que hace cosas que sabe que van a hacerme daño. Christian, ¿por qué no me dijiste la verdad? —lo enfrenté.

—Porque eres como Javi, incapaz de entender lo que significa para mí hacerle pagar a esa estúpida todo lo que me hizo.

—Pudiste frenar todo cuando lo de nosotros comenzó a ser serio.

—Siempre fue serio para mí, desde el primer momento.

—¡No parece! No detuviste tu venganza… si es que es cierto que solo buscabas una. Ahora no estoy segura de nada, porque si me mentiste una vez pudiste hacerlo siempre. —Tomé mi teléfono, escribí solo un par de palabras y envié la ubicación del departamento de Christian, esperando que cualquiera de mis tres amigas fuera por mí. En cuanto acabé tiré el teléfono al fondo de bolso y continué guardando mis cosas—. Christian, no me toques, de verdad hoy no quiero que me toques.

—De aquí no sales, Abril.

—Todo se terminó, no quiero estar un momento más aquí.

—Nada se terminó. Vamos a hablar con más calma. Sin gritos, sin llantos... Ángel, deja tus cosas donde estaban.

—Me engañaste.

—No, mi amor, nunca. Aby, escúchame, por favor —me suplicó. No tuve fuerzas para oponerme cuando me obligó a voltear, sus manos heladas apretaron mis mejillas y un sollozo más largo salió de mis labios—. Debí contarte lo de Lena, lo acepto, fue un error.

—No, lo de nosotros lo fue. No debiste llegar a mí en este momento.

—Eres lo único que me importa. Quiero que te tranquilices para que hablemos de esto con calma.

—No hay nada que hablar. Yo confiaba en ti y tú rompiste eso, jamás algo será igual. Me lastimaste solo por una venganza, me pusiste como la segunda en tu vida con tal de cumplir tu objetivo de hacer sentir mal a Lena.

—¿Estás terminando conmigo por esta estupidez?

Estaba sorprendido por la decisión con la que le hablé, por el dolor en mi voz. Parecía no poder comprender la gravedad de su falta, la deslealtad en ella. Sus ojos me perforaron el pecho, así sentí su mirada, que se tornó oscura de repente, su mandíbula se puso tensa y yo solo tomé aire.

—Dijiste que eras leal, y esto solo demuestra lo contrario. No es una estupidez, es un engaño. Si te importo tanto como dices, me dejarás irme, porque ahora mismo estar aquí solo me hace más daño.

Estaba frente a mí, bloqueando mi camino con su cuerpo alto y fuerte, observándome con una mirada retadora. Di un paso hacia adelante con mi bolso en la mano y él no se movió. Sollocé, porque todo era demasiado para poder contenerlo, y las lágrimas volvieron a bañarme la cara.

—Tú no quieres irte, quieres quedarte conmigo, Aby.

—No, no quiero estar cerca de ti. —Silencio de nuevo, un silencio denso, agotador y agobiante que solo rompía el sonido de nuestras respiraciones aceleradas.

—¿Así fue antes? Dices que nos conocemos de otras vidas. ¿Así te fuiste antes?

—No intentes manipularme, solo empeoras todo.

—No lo intento, solo te hice una pregunta. Tal vez te dejé irte antes, pero no voy a hacerlo ahora, no en esta vida, Abril.

Sus ojos ardieron en un sentimiento en el que me vi reflejada, un anhelo añejo que llevábamos siglos alimentando. No era nuestra primera despedida, nos habíamos enfrentado a tantas que nuestras almas lo recordaron. Sumida en ese sentimiento lo observé dar un paso hacia atrás para despejar mi camino, con una expresión que reflejaba una lucha interna.

—No —susurré, ante su intento de tocarme la mano.

—Voy a buscarte cuando estés tranquila, esto no se ha terminado en lo absoluto, Abril. No quiero verte más alterada, no quiero que llores más, por eso dejaré que te vayas, pero de mí no vas a librarte, porque tampoco quieres hacerlo.

Salí del cuarto con toda la prisa con la que mis pies podían moverse, porque tenía miedo de que cambiara de opinión e hiciera de aquel momento algo más difícil.

Bajé las escaleras llorando, sin importar que Mariam me viera en ese estado, para ese punto ya estaba enterada de todo por nuestros gritos. Mis pasos torpes me llevaron hacia abajo, donde mi perra dormía en una de las camas sofisticadas y costosas que Christian compró para ella.

—Nala, vámonos, mi amor, ven conmigo.

—Señorita, ¿puedo ayudarla en algo?

—No, Mariam… ¡Nala! —la llamé con impotencia porque no hacía caso.

Me acerqué para levantarla, con tanta torpeza que me costó trabajo enganchar la correa al collar. Cuando lo conseguí fui directo al elevador, ignorando el ruido de los pasos de Christian que bajaban por las escaleras.

—Abril, no te vayas así. Llamaré a Jimmy para que te lleve.

—No es necesario, Christian —respondí, sin verlo. Las puertas se abrieron y me metí con prisa al interior, luchando con Nala que al escucharlo no quería moverse.

—Por favor, detente.

La angustia en su voz me causó un dolor intenso. Estaba desesperado, se sentía impotente por no poder hacer algo, frustrado porque no podía retenerme. Lo sentí todo por el breve momento en el que nos vimos a los ojos antes de que las puertas se cerraran y entonces la explosión dentro de mi pecho fue más intensa.

Me recosté sobre la pared aferrada a la correa, llorando con desconsuelo, provocando que Nala emitiera sonido de lamentos por mi culpa. No supe cómo fui capaz de mantenerme en pie, tampoco cómo me recompuse antes de cruzar las puertas. Solo caminé por inercia a través del lobby, con la cara empapada en lágrimas y el corazón aún latiendo con prisa.

—¡Ahí está!

En medio del llanto, del dolor y mi confusión, la voz de Diana llegó hasta mí. La persona de recepción no las dejaba pasar. A su lado estaba Mich, con unas llaves entre las manos. Como siempre, habían llegado por mí, para recordarme que no estaba todo perdido. Las tenía a ellas.

—Sáquenme de aquí, por favor —supliqué, rompiendo en llanto frente al portero.

Mich me envolvió en un abrazo. Diana se encargó de mis cosas y de mi perra, y solo entonces encontré algo de alivio en medio de toda la angustia. Me limpié las lágrimas y caminé abrazada a mi amiga hacia donde estacionó su camioneta, mientras Diana me observaba con preocupación, sin hacer preguntas, solo acompañándome.

—Aby, sube, vamos a casa.

—No, no quiero ir a mi casa, él va a buscarme ahí.

Me acomodé dentro del auto, al lado de Nala en el asiento trasero, mientras mis amigas se subieron adelante. Observé el edificio una vez más, una larga mirada que acabó cuando el motor hizo un ruido y Mich se puso en marcha.

—¿Quieres agua? ¿Quieres que paremos por algo?

—No, solo quiero alejarme de aquí.

—¿Por qué estás así? ¿Por lo de las fotos?

—¿Qué fotos?

Diana y Mich se miraron rápidamente, antes de que Diana volteara para verme directamente a mí. Había una mezcla de curiosidad y de desconcierto en su mirada que me llevó a sentirme más angustiada.

—Hay una nota de una página de esas de chisme de Instagram con fotos tuyas, pensé que por eso estabas así.

—¿Qué fotos?

—Tuyas con Franco y con Christian.

—¿Qué?

—¿No sabías? ¿Entonces por qué lloras así, Aby?

—Dame tu teléfono, muéstrame por favor.

No tuve que pedírselo dos veces, Diana estiró el brazo para alcanzarme su teléfono, mis ojos llorosos enfocaron mi cara en la pantalla. Estaba en dos fotos, una al lado de la otra. En la primera aparecía de la mano de Franco, en la segunda estaba recostada en el pecho de Christian mientras él sonreía viendo la cámara.

—¿Aby, no lo sabías?

—«Este año el título de campeón mundial no es lo único que está en juego para estos dos pilotos, también compiten fuera de la pista por Abril Rizzo, la mujer con la que ambos se han visto en situaciones más que amistosas» —leí en voz alta, lo que decía bajo las imágenes.

CAPÍTULO 32

Christian

La satisfacción vacía que alcancé al ganar la carrera se esfumó por completo en cuestión de minutos. Tenía un puto hueco en el pecho que solo la adrenalina que segregué en la pista llenó mediamente. En ese momento, solo en mi caravana, la sangre no bullía con intensidad y la molestia era más fuerte.

Desde la última vez que vi a Abril no había encontrado algo parecido a la tranquilidad. La sensación de hallarme desorientado, incómodo e irritado se volvió persistente. Me estaba asfixiando en la desesperación de no poder arreglar las cosas de una maldita vez por todas.

Mi vida parecía haberse detenido el martes por la tarde, cuando ella salió del departamento. Desde ese momento lo único que tenía en la cabeza era la manera de hacerla volver. En todos los días que transcurrieron agoté cada puta posibilidad de contacto.

La busqué en la tienda, en su casa, llamé a sus amigas, a todas, incluso a Maia, y todo seguía igual. No sabía nada de ella, ni de Nala. No quería verme, y en lugar de aceptarlo y seguir con mi miserable existencia estaba enloqueciendo por su ausencia.

El ruido de pasos me hizo maldecir en voz alta, había pedido que no me molestaran. La puerta se abrió unos segundos después y la voz de Abel sonó con claridad.

—¿Por qué saliste así del *box*?

—No quiero entrevistas y lo sabes.

—Christian, no se trata de querer o no querer, debes dar entrevistas. ¡Ganaste! —Su exaltación me hizo apretar la lata que acababa de sacar del refrigerador. Estaba esperando la más mínima provocación para explotar, y su grito fue peligroso—. Entiendo que tienes problemas personales, voy a resolverlos, pero no actúes así.

—¡Tienes tres días intentando solucionar esta mierda y no has conseguido nada! No voy a dar ninguna entrevista.

—Pero te están esperando.

—No es mi asunto, resuelve al menos eso y sal de aquí. Quiero estar solo.

Lena se había valido de sus contactos para filtrar las fotos que se robó de mi teléfono, con la clara intención de arrastrar a Abril a un escándalo que comenzaba a hacer ruido. Las mismas páginas de chismes que llevaban semanas hablando de Lena y nuestra ruptura, se ensañaron en exponer la supuesta relación que Aby mantenía con Franco y conmigo al mismo tiempo.

La culpa me perturbaba. Las palabras de Javi se repetían en mi cabeza una y otra vez, intensificando mi inquietud. Odiaba darle la razón. Odiaba no tener el control de lo que sucedía. Odiaba tener que recurrir a otro imbécil para arreglarlo. Respiré hondo aguardando que Cristal apareciera con el perdedor de mierda tal y como se lo pedí. No tenía idea de cuánto tiempo habría transcurrido desde que salió a buscarlo. Desde el martes cada puto minuto parecía ser más lento. Para cuando mi asistente al fin abrió la puerta mi paciencia se había acabado. Tenía una nueva lata entre las manos, que apreté con fuerza cuando la sombra de un hombre se asomó detrás de ella. Franco entró con una actitud soberbia, observándome directamente a los ojos e ignorando a Cristal, que con un tono amable lo invitó a sentarse.

Mis pasos sonaron con firmeza al abandonar la cocina y fui directo a la sala en donde él se encontraba, observándome fijamente. La tensión hizo que el aire se sintiera espeso y difícil de respirar. Había mucha rabia entre los dos. Me detuve a un par de pasos de distancia, cuestionándome la razón por la que aún no le partía la cara como quería.

—¿Necesitas algo, Christian?

—Nada, Cristal. Muchas gracias —enfaticé mi agradecimiento para que el imbécil que tenía en frente se diera cuenta de que me molestó su falta de modales con mi asistente—. Déjanos solos, por favor.

Al quedarme solo con Franco la rabia que llevaba reprimida pidió salir a gritos. Después de todo, él también tenía la culpa de todo lo que pasaba. Si no se hubiera aprovechado del absurdo y ridículo interés que Abril tuvo por él, tendría un problema menos que arreglar. Di un paso hacia atrás cuando mi autocontrol se tambaleó, no podía golpearlo, al menos no en ese momento.

—Muy valiente de tu parte enviar a una mujer a buscarme, en lugar de hacerlo tú.

—¿Acaso insinúas que te tengo miedo? —cuestioné, con ironía—. El único motivo por el que lo hice fue porque no quiero que nadie nos vea juntos. En la pocilga en la que duermes no hay ni la más mínima privacidad. Supongo que imaginas por qué estás aquí, así que haremos esto rápido y de una vez…

—Porque metiste en problemas a Aby —me interrumpió—. Como tanto se lo advertí a ella. Sabía que todo esto iba a terminar así.

La rabia efervescente dentro de mí me empujó a actuar con poca inteligencia. Debía hablar con ese imbécil, no sujetarlo de su traje con fuerza hasta apoyarlo contra la pared. Quería golpearlo, los nudillos me hormiguearon cuando me empujó buscando distancia.

—Abril, se llama Abril. No vuelvas a llamarla Aby, menos frente a mí.

—¿Quién mierda te crees? ¡La conozco de toda la vida! No eres su maldito dueño, enfermo.

Me di cuenta de que no podía contenerme más, por eso, tras agarrarlo del cuello de su traje, nuevamente lo empujé contra la pared. Mi respiración irregular resonó por toda la estancia. La rabia me mantenía agitado, inquieto y atormentado. Era una maldita bomba de tiempo a punto de explotar.

—Debemos hacer algo para frenar todo lo que se está diciendo de Abril. —Pese a mi esfuerzo para controlarme, las palabras salieron de mis labios cargadas de furia.

—Mi equipo de prensa está al tanto de la situación, creen que hablar solo empeorará todo. Me aconsejaron que ignorara el tema para que muera más rápido y evitar que cause más daño.

Abel me había hecho la misma puta sugerencia, que no pensaba seguir. Me negaba a permitir que la gente hablara de manera despectiva de Aby. Ella no se lo merecía.

—Tu equipo de prensa se puede ir a la mierda y tú también. Hablas de la promesa que le hiciste a su hermano muerto y…

—Nunca dije que iba a obedecerlos —dijo, interrumpiéndome de nuevo—. Por algo estoy aquí, idiota. No voy a ignorar lo que le está pasando a Aby.

Me estaba provocando, y no pude no caer en ello. La lata que aún tenía entre las manos voló por el aire y se estrelló justo a su lado, empapando la pared con el energizante.

—Vas a negar tu relación con ella. Di que nunca existió, si no lo haces sacaré a la luz tu relación con la doctora que tiene un marido e hijos. —El imbécil me observó con evidente sorpresa, para luego bajar la mirada hacia el piso, analizando la situación en silencio.

—¿Por qué tengo que negarlo yo? Es más conveniente que lo hagas tú. —Necesité otra lata vacía para lanzarla de nuevo, esta vez asegurándome de que se estrellara en su cara. Lamenté no tenerla cerca, porque quería golpearlo, con la misma intensidad con la que quería ver a Aby después de tantos días—. Dado que soy el único racional, no me respondas, redactaré un comunicado diciendo que nuestra relación terminó hace varios meses y que lo único por lo que quedamos unidos es por una larga amistad.

—No, no quiero que la relacionen contigo en ninguna circunstancia.

—Esto no se trata de ti, se trata de ella. Por ella estoy aquí hablando contigo.

El maldito perdedor tenía razón, y aceptarlo fue tan amargo como todas las putas noches que llevaba sin dormir bien. La impotencia se hizo más fuerte mientras lo analizaba. Tras respirar hondo le sostuve la mirada, conteniéndome.

—Hazlo de una maldita vez.

—¿Qué harás tú?

—Hacer público que está conmigo.

—¿Y hundirla más?

No quería darle todos los detalles, ni siquiera quería pensar en ellos, porque me jodía minimizar tanto lo que teníamos. Desvié la mirada hacia la pared, buscando la manera de tranquilizarme. Franco aclaró la garganta y yo deseé estrangularlo en ese momento.

—Diré que nos estamos conociendo, que empezamos a vernos hace poco, para no perjudicarla más. Daré una entrevista y ahí aclararé todo, pero antes debes negar todo tú primero.

—Lo haré ya mismo. Soy el más interesado en limpiar el nombre de Abril.

Como si intuyera que no podría controlarme más, se levantó del sillón en un solo impulso y caminó hacia la puerta con pasos rápidos, la que cerró con un fuerte portazo.

***

Marqué el número de Abril por quinta vez consecutiva, obteniendo el mismo resultado. Quería explicarle que había dado una entrevista en la que hablé de nosotros, en donde afirmé que apenas estábamos conociéndonos, solo para ayudar a controlar los rumores. Solté un largo suspiro de cansancio y clavé la mirada en la puerta principal de la casa de Javi. Estar ahí solo era un reflejo de mi desesperación. Odiaba las intromisiones en mi vida, odiaba reconocer que me había equivocado, y dirigirme directamente hacia la persona que me había advertido de mis errores era una puta locura.

Aún sobre mi moto contemplé la posibilidad de marcharme. Desde el jardín interior se podían ver todas las luces apagadas, y por la hora intuí que Daysi y Javi estaban dormidos. Yo debía estar en casa, descansado después de un fin de semana largo en el circuito, pero me quedé en el mismo sitio, con el teléfono todavía entre las manos. Tras unos momentos de recriminaciones busqué alguna respuesta a todos los mensajes que le envié. No hallé ni una sola, lo único que leí fueron mis lamentables muestras de desesperación: «Aby, por favor, responde». «Lo siento, nada debió haber pasado así». «¿Dónde estás?». «Perdóname, ángel». «Abril, maldita sea, responde». «Lamento toda esta mierda, habla conmigo, por favor». «Abril, solo llámame. Las cosas se arreglan hablando». «Te extraño». «Quiero verte». «Necesito verte».

Abril había visto todos mis mensajes, pero optó por no responder ninguno. Si aquello era una venganza, estaba saliendo mejor de lo que seguramente imaginó. No podía tolerar que me ignorara así. Su silencio lo sentía como golpes continuos en mi estómago que me dejaban sin aire. Bajé de la moto y entré a la casa. La cabeza me punzó con cada paso, era culpa del agotamiento, del *jet lag*, y de todo lo que tenía acumulado. Aunque las luces estaban apagadas identifiqué el eco de voces que llegaba desde la cocina. Tras una honda respiración me dirigí hacia ahí, como si fuera habitual irrumpir a esas horas.

—Buenas noches.

La primera en reaccionar a mi voz fue Daisy, dio un pequeño salto sobre la silla al mismo tiempo que se llevaba la mano al pecho. Javi, en cambio, no pareció sorprendido por mi presencia. Me miró desde detrás de la barra, con una expresión de serenidad que envidiaba.

—¿Estás bien? ¿Qué haces aquí?

—Mierda, Daisy, esperé que me dijeras que te da gusto verme.

—Christian, no uses ningún tipo de grosería conmigo —me reprendió, después de ponerse de pie. Una bata larga y blanca cubría su cuerpo, la ajustó a su cintura antes de acercarse para saludarme. Lo hizo con un beso en la mejilla, del que no pude escapar—. ¿Qué estás haciendo aquí a esta hora?

—¿No puedo visitarlos?

—Esta es tu casa. Lo pregunto porque deberías estar descansando después de un vuelo largo. Pero, ven, siéntate. ¿Quieres comer algo?

—No, gracias.

Me sujetó la mano con firmeza para guiarme hacia la silla alta, en la que me senté para huir de su agarre. Javi observó cada uno de mis movimientos sin decir una sola palabra, analizándome en silencio porque me conocía mejor que nadie.

—¿Seguro? Te ves ojeroso, nunca duermes bien. ¿Un vaso de leche?

—Daisy, no tengo diez años.

—¿Una cerveza?

—¿Desde cuándo me ofreces alcohol?

—Desde que te apareces en mi cocina casi a medianoche con una mirada melancólica. ¿Todo bien?

El silencio incómodo que quedó tras su pregunta me llevó a preguntarme qué estaba haciendo con mi vida, por qué estaba ahí, y cuál era la razón por la que no podía ignorar lo que pasaba y continuar con mi maldita rutina.

—Todo bien —respondí, al ser consciente de las miradas que se pusieron fijas sobre mí. En todo el tiempo que viví con ellos aprendí a identificar la manera en la que se comunicaban en silencio. Por eso no fue necesario siquiera que intercambiaran palabras, tras una larga mirada entre ellos, el viejo chismoso frente a mí le señaló la puerta con la barbilla, realizando un gesto muy sutil.

—Estoy cansada, voy a subir a dormir de una vez. Deberías quedarte —agregó en el momento en que se acercó para darme otro beso en la mejilla—. Mañana podrías acompañarme a desayunar. Cosa que nunca haces por más que te lo pida.

Apreté su mano cuando sujetó la mía y a cambio me ofreció una amplia sonrisa. La observé por encima del hombro hasta que cruzó la puerta y entonces la incomodidad se tornó más fuerte. Javi me escrutó con la mirada, presionándome en silencio a hablar.

Él sabía que yo estaba ahí por eso, que mi desesperación era lo suficientemente grande como para recurrir a él.

—Te dejamos en casa para que descansaras. ¿Por qué saliste de nuevo?

—Necesito tu ayuda. —Mi mandíbula se tensó tras decirlo en voz alta. Javi debió de darse cuenta de todo mi esfuerzo, porque dejó escapar un largo suspiro y me observó con menos desdén—. Abril se enteró de lo de Lena, del supuesto compromiso, y lo tomó muy mal.

Levanté la vista esperando que se regodeara de la situación, que me echara en cara todas las veces que me lo advirtió, que dejara claro que él tenía razón; sin embargo, lo único que encontré fue una expresión de seriedad que hizo más difícil sostenerle la mirada.

—¿Cómo voy a ayudarte?

—Quiero que hables con ella, que le digas que nunca pensé en casarme de verdad con Lena. Cuéntale lo que sabes, porque a mí no me cree.

—Christian, eres un idiota —soltó al fin; bajó la cabeza por un momento luciendo pensativo en el proceso, para luego observarme una vez más—. ¿Cuándo pasó esto?

—La semana pasada, el martes.

—Ahora entiendo todo.

—Bien, hazlo y me avisas si logras convencerla. —La despreocupación en mi respuesta era una vil mentira y Javi lo sabía. La manera en la que me observó me dio la certeza de ello.

—Ven acá —me ordenó, en cuanto me puse de pie—. ¿A dónde vas?

—A casa.

—Quédate, Christian. Toma algo conmigo y mañana desayuna con Daisy, para ella es importante ese tipo de cosas. La conoces.

—¡Maldita sea, Javi! No voy a quedarme para que me abraces y me palmees la espalda. Estoy bien, no necesito tomar nada contigo, ni desayunar con Daisy para sentirme mejor. Solo peleé con Abril. El mundo no va a acabarse porque me mandó a la mierda.

—Eres el mismo idiota de siempre, siendo un cretino con los demás cuando se siente mal. Los años pasan y sigues siendo el mismo. Lo único diferente es que ya no eres un niño. Nada de esto estaría pasando si algún día hubieras tomado en serio la terapia.

—¿Qué mierda tiene que ver la terapia con lo que está pasando?

—Todo… Si no me importaras tanto me habría alejado de ti en cuanto cumpliste dieciocho. Es agotador lidiar contigo.

—No tienes por qué lidiar conmigo, eres mi maldito *coach*, no mi papá. Eres tú el que insiste en verme como un hijo. Nunca te pedí que llenaras tus vacíos conmigo. —El rencor se filtró en cada una de mis palabras, un rencor que sentía por todo y por todos, que él no había alimentado, pero que necesité sacar. Algo punzó en mi pecho al verlo a los ojos, algo parecido al arrepentimiento. La sensación se disipó rápido, toda la irritación que me consumía fue más fuerte.

—¿Entonces qué haces aquí, Christian? Si solo soy tu maldito *coach*, ¿por qué me buscas? ¿Por qué soy al primero que llamas cuando te pasa algo? ¿Por qué estás en mi casa fuera de horario laboral?

—Me voy. Dile a Daisy que tengo cosas que hacer mañana.

—Si cruzas esa puerta renuncio a todo, incluyéndote a ti. Aunque a Daisy le duela mucho hacerlo, la obligaré a no buscarte más. Mi paciencia no es infinita, hoy se agotó. Intento ser comprensivo contigo todo el maldito tiempo. Esta semana más que nunca, porque fue evidente que te pasaba algo, pero tú no pones de tu parte. Lo que acabas de decirme es la gota que derramó el vaso.

Su amenaza hizo que la rabia latente saliera a flote con facilidad y el deseo de mandarlo a la mierda se manifestara con más fuerza.

Volteé para salir porque no pensaba someterme a sus chantajes emocionales; sin embargo, un par de pasos antes de llegar a la puerta la cara de Daisy llegó a mi mente. Quise seguir adelante, pero mis pies se sintieron pesados cuando lo intenté. Recordé aquella conversación que tuve con Aby, cuando me preguntó si quería a Daisy. En esa ocasión respondí que creía que sí, en ese instante tenía la certeza de que sí la quería. Antes de Abril ni siquiera lo había considerado, ella y su estúpido sentimentalismo me habían calado con profundidad.

—¿Vas a irte, Christian?

El recuerdo de mi primer encuentro con ella me hizo sentir algo en el pecho. Daisy me sonrió cuando Javi me obligó a saludarla, y luego pasó los dedos entre mis cejas para desfruncirme el ceño. Era solo un poco más bajo que ella; aun así, se inclinó para acomodar mi pelo que se había despeinado por culpa de un casco. Desde el primer momento contrarrestó mi hostilidad con sonrisas a las que me había acostumbrado demasiado como para dejar de verlas.

—No voy a pedirte perdón por lo que dije. Si no me voy es por ella.

—No quiero que lo hagas, solo responde una de mis preguntas. ¿Por qué me buscas siempre?

Apreté los puños con impotencia, al sentirme expuesto de aquella manera y volteé lentamente hasta estar frente a él y solo tomé aire. Agotado, regresé a la barra para tomar asiento una vez más, mientras me cuestionaba por qué todo había llegado hasta ahí.

Javi tomó un vaso de agua y lo puso frente a mí. Me vio fijamente aguardando una respuesta. Aquella discusión se percibía distinta a cualquiera que hayamos tenido antes. Él quería escuchar algo que yo no quería decir, pero que, para mi desgracia, no pude callarme.

—Tú y ella son lo más parecido que tengo a unos padres —reconocí, sosteniéndole la mirada.

En sus ojos brilló una satisfacción genuina por largos segundos. Fue como si mi respuesta le hubiera ofrecido algo de tranquilidad. Había esperado otro tipo de gestos, tal vez un comentario soberbio o una risa burlona, por ello no supe cómo reaccionar a su serenidad.

—Entonces no soy el único que llena vacíos, estamos a mano. ¿Qué quieres tomar, Christian?

—Con el agua es suficiente. —Le di un largo sorbo al vaso esperando que me ayudara con la sensación extrañaba que sentía por debajo de la garganta, justo en el inicio del pecho. Era un puto hueco que no experimenté antes y que me impedía respirar con normalidad.

—¿Qué tanto sabía Abril de tu relación con Lena?

—Le mentí. Le dije que desde el inicio todo fue falso. Ahora que sabe la verdad cree que fue mi amante —agregué, negando por lo ridículo que sonaba eso—. Por eso quiero que hables con ella, para que le expliques que nunca pretendí casarme de verdad, y que lo que tuve con Lena terminó hace tiempo.

—Te dije mil veces que terminaras con ella de una vez. Sabía que algo así pasaría. ¿Has hablado con Abril?

—No sé dónde se metió. Probablemente esté con una de sus estúpidas amigas, pero ninguna me responde. La he estado buscando desde que pasó todo.

—Deja de buscarla, dale tiempo de procesar todo para que puedan hablar cuando las cosas estén más tranquilas.

—Ya pasó una puta semana, ¿qué más tiempo necesita? No puedo esperar más, hay muchas cosas pasando, quiero hablar con ella de eso.

—¿Qué cosas?

—Chismes, estupideces en las que la involucró Lena… Lo sé, me lo dijiste. No tienes por qué reprocharme nada, yo me lo reprocho a diario desde que abro los ojos.

—Yo sí quiero algo de tomar —comentó tras escucharme—. Esto es peor de lo que esperé, yo no sabía nada de esos chismes. ¿Te das cuenta de que esto es un puto desastre? Te dije mil veces que Abril se iba a llevar la peor parte. ¿Abel está haciendo algo para controlar todo?

—Me sugirió ignorar los chismes para no darle más relevancia. Pero ayer di una entrevista en la que admití estar saliendo con ella.

—Al menos actuaste con decencia.

Tomé del vaso de agua de nuevo, percibiendo cómo la desesperación ganaba más terreno. Si pensar en Abril me afectaba, hablar de ella era nocivo. Quería sacarla por un puto momento de mi cabeza para tener algo de tranquilidad. Extrañaba mi vida de antes, en donde no estaba ella y yo podía existir sin sentir que me faltaba una parte del cuerpo solo porque no la tenía cerca.

—Quiero que intentes hablar con ella mañana mismo. Lo mejor sería que intentes comunicarte con ella por teléfono. A mí no me responde, pero tal vez a ti sí te tome la llamada.

—Lo haré, pero si quieres que las cosas se solucionen, dale espacio por unos días. Deja que se calme, que se enfríe un poco todo. Mientras tanto intenta no hacer ninguna estupidez.

***

No pude seguir el consejo de Javi, o probablemente no me esforcé lo suficiente. El jueves llegué a mi límite durante mi entrenamiento en la pista. Fue después de perder el control de la moto por la velocidad a la que iba, y la manera imprudente en la que entré a una curva. La caída, además de dejarme un fuerte golpe en el hombro lesionado, me llevó a tener la certeza de que, si no hacía algo de inmediato iba a terminar muerto o loco.

La adrenalina había sido la anestesia que hizo la situación más tolerable; sin embargo, entendía que seguir usándola para tranquilizarme era peligroso. Así que esa misma tarde, tras abandonar el circuito, conduje hacia el único sitio en el que aún no había intentado ubicarla, siendo plenamente consciente de lo poco inteligente que era aquella acción.

No obtuve ninguna objeción al presentarme a la guardería con la firme intención de llevarme a la perra. Todos sabían que era tan mía como de Abril. Fue sencillo sacarla de ahí, subirla a mi auto y llevarla a casa. Ahora esperar era la parte complicada. Tenía tres horas con Nala, durante cada minuto que transcurrió estuve aguardando cualquier señal de ella. Para sobrellevar la espera me ejercité un poco, me duché e intenté tomar una siesta, pero no lo conseguí Y ahí estaba, tirado en el sillón con Nala sobre mí pecho, con una confianza que no le di, observándome con sus ojos chispeantes, cómoda como si fuera habitual que le permitiera algo así.

Le acaricié la cabeza y sentí una tranquilidad que, por supuesto, no la había provocado directamente la perra. Mi mente enferma por

Aby asociaba a Nala con ella. Tenerla cerca aliviaba medianamente los efectos de la ausencia de su dueña.

La primera señal llegó. Mi teléfono vibró sobre la mesa al mismo tiempo en el que la pantalla se iluminaba y la palabra ángel quedaba fija en ella. Los latidos de mi corazón aumentaron con violencia ante una llamada que llevaba días esperando, y la satisfacción me recorrió en segundos. No respondí, a pesar de que la mano me hormigueó por la ansiedad de hacerlo. Dejé que la llamada terminara y respiré hondo. No quería solamente hablar con Abril, quería verla. Ignorarla era mi única alternativa para conseguir que llegara a buscarme.

Abril no volvió a llamar, tampoco envió un mensaje, pero no me preocupé por ello, porque no tenía idea de cómo, pero sabía que estaba en camino. Los minutos pasaron sin que sucediera mucho a mi alrededor, más que Nala durmiendo con comodidad sobre mí, hasta que de la nada sentí un ardor en el pecho que me inquietó tanto que tuve la necesidad de levantarme. Nunca experimenté un malestar parecido, por ello no supe qué hacer. Me dirigí hacia la cocina a buscar agua; sin embargo, nunca llegué hasta ahí. Unos pasos antes de que yo llegara sonó el timbre del elevador y Nala emitió un fuerte ladrido que hizo eco en mi cabeza. Regresé justo a donde estaba, con el pulso alterado y la respiración más agitada, como si la breve caminata me hubiera supuesto un esfuerzo físico.

Todo lo que estuve esperando desde el martes por la tarde llegó al fin. Abril cruzó el *hall* y se dirigió a la sala, con pasos lentos cargados de dudas y una expresión de agobio en la cara, que se acentuó en cuanto nuestros ojos se encontraron. Hubo estática en el aire, una sensación extraña que me erizó la piel y me punzó en el pecho. Aby no pestañeó, sus ojos se quedaron anclados en los míos mientras su perra la olfateaba, emocionada por verla. Si las miradas fueran tangibles, la suya me habría golpeado. Su enojo hacia mí era tan perceptible como la decepción que trasmitía la manera en que me observaba.

Odié lo que trasmitía su mirada, por ello no fui capaz de seguir contemplando sus ojos. Deslicé la vista por su cara y noté la ausencia de maquillaje y los ojos cargados de lágrimas. Su nariz estaba ligeramente roja, señal inequívoca de que estuvo llorando. Pude percatarme de su esfuerzo para respirar con normalidad y entonces me di cuenta de que los dos nos sentíamos mal.

—¿Cómo te atreviste?

No supe a qué se refería, pero quise creer que hablaba de Nala. Aby tenía muchas cosas que recriminarme, recordarlo me obligó a dar un paso hacia el frente, al que ella reaccionó con sorpresa. Pese a su expresión me acerqué sin dudar hasta que sus pechos me rozaron el torso y su respiración me golpeó la cara.

Los nueve malditos días sin verla pesaron más que nunca en ese momento en el que respiré el olor dulce de su perfume y sentí el calor de su piel. Abril me había vuelto loco. Se había metido tan profundo dentro de mí que un efímero roce bastó para disipar toda mi hostilidad de los últimos días. Debía odiarla por ignorarme, por evitarme, por desprenderse tan fácil de mí, pero lo único que quería era que se pusiera en puntitas como hacía siempre para darme uno de esos abrazos de los que siempre renegaba.

Agaché la cabeza y ella se sobresaltó. Presioné los labios sobre su hombro desnudo y recosté la frente solo un breve momento ahí, desesperado por alargar aquella dosis de paz que obtuve por una cercanía que forcé. Abril no me apartó, pero tampoco me abrazó como solía hacerlo. Se quedó rígida hasta que di un paso atrás y pude observar sus ojos llorosos. Una lágrima que limpió rápidamente se deslizó por una de sus mejillas.

—No vuelvas a sacar a Nala de la guardería. No tienes derecho a robarme la tranquilidad de esta manera. Nala es un ser vivo, no un juguete que tomas para divertirte.

—Quería verte —confesé, como si necesitara humillarme más—. Llevas nueve días evitándome.

—Eso no es una excusa para ir por mi perra y llevártela sin mi consentimiento. Si te sientes con el derecho de hacerlo porque en la guardería te llaman su papá y pagas porque ella esté ahí, la llevaré a otro sitio.

—Quiero que hablemos —dije, ignorando todo lo que salió de su boca—. La última vez estábamos alterados. Necesito que aclaremos todo lo que pasó.

—No hay nada que aclarar, en los últimos días me he empapado por completo de la situación. ¿Te dieron la mochila de Nala? Quiero irme ya. Abajo me está esperando un taxi.

—¿Dónde te estás quedando?

—Está bien, me iré sin la mochila. Vamos, Nala.

—¿Entonces qué pretendes? ¿No hablarme más? —Mis dedos se cerraron alrededor de su muñeca ante su impulso de voltear. Sentí su pulso fuera de control mientras observaba la pulsera con el cuarzo rosa, la misma que yo tenía puesta; y entonces la necesidad de comprobar que mi inicial estuviera en su cuello me llevó a levantar la mirada.

—Cuando las personas rompen cortan toda comunicación.

—Tú y yo no hemos terminado. —Mi inicial pendía de su cadena, el cuarzo que protegía nuestra relación estaba en su muñeca; aun así, en su mirada había una decisión que me heló la sangre y me llevó a enroscar con más fuerza los dedos alrededor de su muñeca—. Así que quieres dejarme, ángel.

—¿Puedes soltarme? Necesito irme.

—¿Por qué tanta prisa?

—Porque no quiero estar cerca de ti después de todo lo que ha pasado. ¡Se acabó, Christian! Y no porque yo quise dejarte. Fue por tus mentiras, por todo lo que has hecho y sigues haciendo sin detenerte a pensar en mí.

—Te extraño mucho. —Abril solía decirme eso cada vez que me ausentaba por alguna carrera, escucharlo de mis labios le causó una ligera impresión de la que se repuso rápido—. Habla conmigo para que arreglemos todo.

—Jugaste conmigo, me mentiste con descaro y también me metiste en muchos problemas. Solo déjame tranquila y sigue con tu vida y tu venganza y esas cosas que te llenan y te hacen feliz.

—¿Así de fácil? ¿Terminamos y ya? —La calma que mantuve hasta ese momento se tambaleó al darme cuenta de que ella hablaba en serio. Abril no quería tenerme cerca—. ¿Y toda la mierda de conocernos de otras vidas, de que nunca tendría algo igual con nadie más?

—Toda esa mierda, como la llamas, no me obliga a quedarme con alguien que me hace daño sin ningún tipo de remordimiento.

¿Pensabas dejar a Lena plantada en el altar y seguir conmigo como si nada? Creías que iba a aplaudirte por hacer algo así.

—Nunca he tenido la intención de hacerte daño a ti. Maldita sea, Aby, soy tu imbécil. ¿Cómo se te ocurre que quiero hacerte daño?

—Me mentiste, me expusiste sin detenerte a pensar en cuánto iba a terminar perjudicada. Y todavía te atreves a mencionar mi nombre en una entrevista. Christian, lo único que a ti te importa es vengarte de Lena, eso es lo único que te llena. Pusiste tu venganza por encima de mí. En la balanza pesó más cobrarte el engaño de tu novia que hacerme sentir mal.

—Nada pesa más que tú. Estoy rogándote como un imbécil, humillándome por ti. Eres lo más importante en mi vida, no hay nada por encima de ti. Nada, te lo juro. Eres todo para mí. —Di un paso atrás porque necesité acentuar la distancia tras confesarle aquello, el pecho me estaba punzando con fuerza por culpa de su indiferencia, y la firmeza en su mirada me hacía creer que aquel momento era el final de todo.

—Si eso fuera verdad, ahora mismo no estaría recibiendo ataques de gente que no me conoce, ni intentando arreglar los problemas que han dejado las cancelaciones de última hora que han hecho en la tienda. Llevamos tres en esta semana. Todo esto es tu culpa, Christian.

—Di una maldita entrevista para acabar con esos rumores. Y todo paró, Abril. Abel no ha dejado de hacer control de daños.

—¿Paró porque no hay más noticias en sitios de chismes? ¿Porque no salió en la televisión? ¿Eso es lo que crees? Entra a las cuentas de la tienda. Lee todo lo que dicen de mí, cómo las novias dicen tener miedo de que me robe a sus prometidos como me robé al de Lena. La magnitud del escándalo a lo mejor a ti no te impresiona, pero a mí no deja de afectarme. Yo soy a la que están señalando, mientras tú sigues con tu vida tranquila, ganando carreras y dando entrevistas en donde dices me estás conociendo.

—Dije eso porque no quiero que te sigan señalando.

—Cada cosa que ocurre solo hace que me sienta más decepcionada de esto, de ti. Dices que me extrañas, pero hay noticias de Lena otra vez, chismes que seguramente tu jefe de prensa soltó. No tuviste tiempo de extrañarme si sigues enfocado en una venganza que me hunde más a mí. Lena se ensaña conmigo, envía a sus fans a escribirme cosas horribles, pero eres tan egoísta que no te das cuenta o simplemente no te importa.

La fortaleza que había mostrado hasta ese momento se derrumbó frente a mis ojos. Abril soltó un largo sollozo y su llanto se volvió ruidoso. Se agachó para abrazar a Nala, que escondió la cabeza en su cuello.

—Voy a arreglarlo, lo juro. Por lo de la tienda no te preocupes, las pérdidas económicas las asumo yo. Abel te buscará algún plan de marketing efectivo para que las cosas mejoren. Dejaremos esto en manos de expertos. —Cada una de mis palabras provocó más lágrimas. Desesperado por calmarla, la tomé del brazo para obligarla a levantarse, su piel caliente bajo mi tacto se erizó cuando la toqué, pude notarlo aunque apartó el brazo de inmediato.

—¿Crees que así se soluciona todo? ¿Y mi confianza cómo vas a recuperarla? Me engañaste, Christian.

—No te engañé, he estado solamente contigo.

—Aún no lo entiendes, y no vas a hacerlo nunca porque eres orgulloso, terco y egoísta. Nala, vamos, es hora de irnos.

Aby se pasó las manos por el vestido corto y holgado con nerviosismo, mientras observaba a su perra moviéndose entre los dos. Se veía frágil, pero decidida a irse y dejarme a un lado, como si no le costara desprenderse de mí. La garganta se me tensó al verla ponerle la correa a Nala. Se iba a ir de nuevo, y lo único que sentí fue rabia, la cual por un momento llenó el hueco que ella dejó en mi pecho.

—Nala no se va. No puedes llevártela, ella se queda conmigo. —Una risa triste y sin una pizca de humor salió de sus labios. Pasó la correa por su muñeca y me observó con detenimiento—. Legalmente es de los dos, quiero quedarme con ella, ya pasó varios días contigo.

—No tienes derecho de pedir algo así. La hoja de inscripción en la guardería no es un documento legal.

—Abril, la perra es de ambos, firmamos un acuerdo de propiedad en conjunto.

—Jamás firmé algo así.

—Lo hiciste cuando firmaste la autorización para que la entrenaran en la guardería.

—¿Qué? —No obtuve ningún tipo de satisfacción en su respuesta. Abril estaba terminando conmigo. Así que pensé rápido, aunque no disfruté la situación.

—Que es de ambos y tengo derecho a verla y a pasar tiempo con ella.

—No.

—Te la llevaste por nueve días y no me dejaste verla. Si insistes en hacer algo igual de nuevo me veré obligado a resolver esto con abogados. Y mis abogados son buenos.

La tensión creció de golpe. La mirada dulce de Aby que había estado teñida de tristeza cambió drásticamente en cuestión de segundos. El rencor resplandeció en ella mientras me observaba con una expresión de reproche que me dolió.

—¿Vas a hacerme esto, Christian? —Pese a las lágrimas en sus ojos, la voz de Aby fue firme y confrontativa.

—Me estás dejando. Tú me estás haciendo algo peor.

—No sé cómo llegué a creer que me querías, no entiendo cómo se me pasó por la cabeza algo así. Nunca necesité que lo dijeras porque creí saberlo, pero esto solo demuestra que estuve equivocada todo el tiempo. Tú solo te quieres a ti. Eres un egoísta, narcisista y manipulador.

Su cuerpo dio un pequeño salto por el llanto, mientras en mi cabeza resonaban esas palabras que había escuchado muchas veces, pero que en ese momento se sintieron diferente.

—Tienes razón, ángel. No te quiero. Para tu mala suerte te amo de una manera visceral y compleja, y eso es peor.

CAPÍTULO 33

Abril

El peso de aquella confesión que no vi llegar me atravesó el pecho y me cortó la respiración por un largo momento. En ese lapso mis latidos y los de Christian fueron audibles, al igual que nuestras respiraciones superficiales. El resto del ruido a mi alrededor se silenció, como si el universo hubiera deseado que lo único que resonaran fueran sus palabras.

Parpadeé tratando de procesar lo que estaba ocurriendo, porque pese a mi aturdimiento, entendía que aquel momento era trascendental para ambos. Christian había roto una de sus corazas, y aunque lo que dijo sonó más a una amenaza que a una declaración de amor, escucharlo me caló con profundidad. Mi larga inhalación rompió el silencio tenso que nos rodeaba. Necesitaba aire para enfrentarlo, porque me había quedado sin él, y en cuanto lo tuve mis ojos se vieron arrastrados hacia los de él con la misma fuerza invisible de siempre.

—El amor no manipula, tampoco es egoísta y… —Las palabras se me acabaron al darme cuenta de que estaba buscando la manera de negar lo que era evidente. Sabía que Christian no mentía, que cada palabra que salió de su boca fue tan honesta como su mirada directa. Pese a sus acciones no tenía argumentos para contradecirlo, porque sabía lo que había en su interior.

—Sé lo que dirás, toda esa mierda de «si me quieres, déjame ser feliz» no va conmigo, ángel. Te amo con egoísmo, porque lo único que me importa es que estés conmigo. El resto se puede ir a la mierda.

El eco de su voz rebotó dentro de mí, ocasionándome un escalofrío que se deslizó por toda mi piel. La franqueza de cada palabra pronunciada me traspasó e impactó con tanta profundidad que sentí los pequeños fragmentos incrustándose en mi pecho. Iba a conservar aquel instante en mi memoria para siempre, estuve segura de ello mientras me esforzaba por respirar con normalidad.

Asentí tras largos segundos, asimilando lo que estaba ocurriendo en medio del silencio espeso que se formó entre los dos. Christian no podía amarme de otra manera, su amor era exigente, egoísta y tan intenso que me consumía.

Mientras libraba una lucha interna, mi instinto de supervivencia sacó la cara por mí. Extender aquella conversación era peligroso por el daño que podía causarme, Christian no daría su brazo a torcer, y yo no tenía fuerza para enfrentarlo. Así que, tras tomar aire, me incliné en el piso hasta estar a la altura de Nala y la abracé soportando el doloroso nudo en mi garganta.

—Vendré por ti mañana, te quedas con Christian —le dije con la voz quebrada por el sentimiento—. Él va a cuidarte y tú te portarás bien, ¿verdad?

—¿Te vas? —La voz de Christian, casi tan oscura como su energía, hizo que mi cuerpo diera un ligero salto. No le respondí, opté por acomodar mi bolso sobre el hombro y caminar hacia la puerta. Decidí marcharme por ella en lugar de usar el elevador, para evitar a toda costa que intentara detenerme. Aquello fue tonto, Christian no iba a rogarme, no después de aquella declaración de amor o de venganza que a él también lo había desconcertado.

No me sentí más fuerte al cerrar la puerta; tampoco recobré algo de tranquilidad cuando salí del edificio y subí al taxi que me esperaba. Nada mejoró incluso en el camino, algo sombrío me envolvió en el instante en el que me alejé de él, y parecía que nada, ni nadie, podía sacarme de esa oscuridad.

Los siguientes acontecimientos de ese día pasaron como una nube gris que se movía lentamente y nublaba mi visión. Llegué a casa de Maia, en donde me estaba quedando, y fui directo a su cuarto para recostarme, con la excusa de sentirme aturdida por un fuerte dolor de cabeza. Esa noche me permití ser vulnerable, sin cuestionarme nada, solo dejando que mi vieja amiga, la tristeza, fluyera por cada célula de mi cuerpo, con la esperanza de que la mañana siguiente fuera mejor.

***

El panorama no cambió con la luminosidad de los rayos del sol; a mi alrededor todo seguía siendo oscuro, denso y frío. Sin embargo, nada frenó mi intención de recuperar a mi perra. Fui por ella antes de mediodía, aprovechándome de la ausencia de Christian. Los viernes solía entrenar toda la mañana en el circuito local, y eso me hizo entrar a su departamento. Mariam no se inmutó ante mi irrupción, fue como si me hubiera estado esperando. Tampoco dijo nada cuando le comuniqué que estaba ahí por Nala. Se limitó a buscar la mochila con sus cosas y a ofrecerme un abrazo de despedida.

Pese a lo vulnerable que me sentía, mi mente encontró la suficiente claridad para tener la certeza de que Christian no iba a quedarse tranquilo con lo que hice. No dudé que fuera capaz de involucrar abogados y quitarme sin ningún tipo de remordimiento a Nala. Así que, mientras esperaba a que uno de los taxis que transitaban en la calle hiciera caso a mi señal, pensé en alguna salida de aquel problema. La idea llegó después de varios minutos, en el momento que acomodé a Nala en los asientos traseros del auto que se detuvo. Tras darle la dirección al conductor busqué en mi teléfono el número de teléfono de una persona que podía ayudarme. Aquello me llevó a ver un mensaje que llevaba días ignorando, porque no tenía idea de cómo responderlo. Me mordí los labios por los nervios y leí el párrafo enorme que me envió Javi.

Javi 16:54: Hola, Abril. Espero esté todo bien. Te llamé, pero no respondiste, imagino que estás ocupada. Quería hablar contigo respecto a Christian, me contó lo que pasó y de verdad me apena mucho que estés en esta situación, porque eres la que menos merece algo así. Christian no tiene ninguna relación con Lena desde octubre del año pasado, ella lo engañó y él, en lugar de terminarla como una persona normal, decidió que quería vengarse. Me lo contó desde que empezó con todo ese asunto del anillo de compromiso. Lo aconsejé, pero supongo que ya lo conoces, hizo lo que se le dio la gana. Es un idiota, pero no te engañó con ella. No había nada entre los dos, te lo garantizo, si no fuera así, yo no tendría cara para intervenir. Tal vez no creas mis palabras, pero pienso que debo decirte que nunca vi a Christian ni medianamente entusiasmado con alguien como lo estuvo contigo desde el primer momento. Conozco a Christian desde que es un niño y no tengo ninguna duda de que se enamoró de ti. Me atrevo a decir que en este momento eres más importante para él que el campeonato, y él vive para ganar cada competencia. Espero que puedan arreglar sus problemas, tienes mi aprecio y el de Daisy por siempre, por todo lo que hiciste por nuestro hijo en este tiempo.

La razón por la que había huido de releer el largo mensaje era las emociones que sabía que me iba a despertar. El dolor punzante en mi pecho se tornó más fuerte, y mis ojos se llenaron de lágrimas reprimidas. Tenía un hueco en el corazón que nada ni nadie iba a llenar.

No lloré a pesar de mi debilidad, tomé aire y lo saqué lentamente para tranquilizarme, y cuando lo conseguí le marqué a Daisy. Estaba segura de que no se negaría a ayudarme, no había alguien mejor que ella para que fuera la mediadora en el asunto de Nala.

Si Christian quería ver a mi perra lo haría a través de ella, porque yo no estaba dispuesta a caer en aquel juego con el que únicamente buscaba evitar que yo pusiera distancia de forma permanente entre los dos.

Los siguientes días pasaron como un nubarrón gris de lo que recordaba poco. Me vi envuelta en una tristeza profunda que parecía haberse aferrado a mí, y de la que no podía librarme. Aun así, intenté continuar con mi vida. Volví a casa, sumida en el temor de que él llegara a buscarme ahí, y en compañía de Mich, que se ofreció a quedarse unos días conmigo.

No permanecí aislada dentro de las cuatro paredes que me resguardaban, aunque ese hubiera sido mi deseo. Los problemas que tenía la tienda de mi tía me obligaron a hacerle frente a la situación. Así que me encontraba ahí, pese a que corría el riesgo enorme de encontrar a Christian en aquel sitio.

Él sabía que nosotros nos estábamos encargando de la boda de su compañero de equipo, y tenía la certeza de que no dejaría escapar aquella oportunidad.

—¿Estás segura de que estás bien? —preguntó Michelle mientras apagaba el motor. La antigua administradora de mi tía, se había robado a casi la mitad de mi personal, así que tuve que convencer a

Mich de que me ayudara aquella noche—. Yo puedo cubrirte en todo lo que sea necesario. He trabajado en un par de bodas, tengo una noción de lo que debo hacer.

—Mich, esta es mi responsabilidad —dije, observando las luces que iluminaban el jardín; el equipo estaba reunido ahí, afinando los últimos detalles.

Me retorcí las manos con impotencia, sintiendo una presión sofocante en el pecho, que empeoró cuando puse un pie fuera del coche. Nunca me arrepentí tanto de algo como de aquella decisión. Tras una reunión con el equipo y un recorrido por todo el sitio, comencé a experimentar la angustia que me llevó a renegar por haber rechazado la propuesta de Mich.

A medida que la hora de inicio se acercaba, la zozobra tomó control de mí. La posibilidad de verlo me provocó la sensación de un hueco en el estómago que se profundizaba al compás de la aguja segundera del reloj en mi muñeca.

Intenté alejarme a toda costa de cualquier actividad que me dejara cerca de la puerta de acceso; sin embargo, mi mirada se las arreglaba para terminar fija en aquel lugar, aguardando la llegada o la ausencia de la persona que me mantenía en aquel estado. La distracción que obtuve mientras ayudaba a supervisar el área de la cena no fue lo suficientemente fuerte como para controlar mi pulso.

Un ardor intenso me erizó la piel en cuestión de segundos y afectó mis latidos. Levanté la vista en un impulso irrefrenable, sintiendo cómo la sangre se me agolpaba en los oídos por culpa de la agitación repentina y entonces nuestras miradas se encontraron.

El ruido a mi alrededor se silenció de golpe al darme cuenta de que estaba ahí, y no era una alucinación causada por mi temor de encontrarlo, que me observaba como yo a él, con la misma conmoción que ninguno pudo ocultar. Nos separaban varios metros de distancia; aun así, sentí el calor de su presencia deslizarse por toda mi piel mientras intentaba respirar con normalidad.

Ninguno de los dos pudo apartar la mirada, nos quedamos suspendidos en el momento, hasta que una mano femenina sobre su hombro rompió la burbuja que me mantenía inmersa en él. Le di la espalda de inmediato. El aire me faltaba. Estuve a punto de perder el equilibrio por culpa del movimiento brusco, pero me sostuve a tiempo de uno de los meseros que se movilizaba por el lugar.

—¿Está bien? —Asentí con prisa, luchando por retomar la compostura, aunque no lo conseguí. Mis pasos carecían de firmeza y mi corazón latía descontrolado.

—Aby, ¿me escuchas? —Presioné el auricular con fuerza, la escuchaba perfectamente. Mi gesto solo fue un reflejo de mi nerviosismo.

—Está aquí —dije con dificultad. Mi voz salió temblorosa, por culpa del dolor agudo en el pecho.

—Lo vi, acaba de llegar.

—Trajo a alguien. Estoy temblando —confesé—. Tengo ganas de vomitar por los nervios.

—No trajo a nadie. Está con su asistente.

No debí voltear de nuevo, pero no pude contener el impulso. Me tomó varios segundos ver a la mujer a su lado, y tal como Mich me informó, comprobé que era Cristal.

—Él me vio.

—¿Quieres irte?

—No. Debo enfrentar esto, no puedo huir siempre de Christian, voy a tener que topármelo alguna vez.

Me estaba convenciendo a mí misma al decirlo en voz alta, porque en ese instante no me sentí capaz de conseguirlo. La emoción se arremolinó en mi estómago y provocó que los ojos se me llenaran de lágrimas nuevamente. Las contuve tras respirar hondo y, en lugar de alejarme, retomé mi camino. La mirada de Christian me alcanzó apenas estuve a su alcance. Los pequeños piquetes en mi piel eran consecuencia de la electricidad entre ambos. Ignoré todo y me moví con discreción, hasta subir a una pequeña plataforma en la que se encontraba el DJ. Las luces se apagaron de repente y los suaves acordes de una canción lenta comenzaron a sonar. Los novios aparecieron en la pista, eran los únicos iluminados, para resaltar su presencia. Sabía que era imposible que mi corazón se detuviera; sin embargo, aquella fue la sensación que experimenté tras reconocer la melodía. La misma que había ignorado por días cada vez que él me llamaba y que me hacía recordarlo. Mi respiración se tornó pesada al ritmo del coro, y solo fui capaz de sujetarme a la mesa que sostenía la consola.

Caminé en dirección al baño, con los acordes de la canción que me atormentaba aún sonando. Mich me interceptó antes de que consiguiera entrar ahí; llegó trotando hacia mí sobre unos tacones altos y un vestido incómodo del que se había quejado varias veces.

—Ven, vamos al baño. —Me tomó de la mano para guiarme. Con el cuerpo temblando por el llanto abrí la puerta del primer cubículo y me resguardé ahí, dejando desconcertada a Mich.

—Solo quiero un momento —pedí en voz baja, al oírla tocar.

—En unos meses vas a superar esto.

—Yo nunca voy a superar a Christian. Me dijo «te amo» y no le respondí. No pude decirle nada, ni siquiera un «yo también». Y yo lo amo, Mich. Llevo muchas vidas amándolo.

—No era necesario que respondieras, ya sé que me amas. Abre la puerta, ángel, sal de ahí.

El silencio en el que me sumí al escuchar la voz profunda de Christian hizo audibles los susurros que venían de afuera. Era Mich pidiéndole que se fuera en voz baja, mientras sentía cómo el piso bajo mis pies desaparecía por la impresión.

—¡Con un demonio, Christian, vete!

—Aby, abre o abro a la fuerza —dijo él, ignorando a Mich.

Me limpié las lágrimas con insistencia, hasta que mis mejillas húmedas estuvieron libres de ellas. Con un poco más de entereza abrí la puerta, dejando que el ruido de afuera se filtrara. Había música, risas y ni un solo rastro de las voces de Christian y Mich. Estaba a punto de dar un paso hacia afuera cuando lo vi frente a mí. Vestido con un traje negro y usando una corbata se veía más imponente que de costumbre. Su mirada se detuvo en mis ojos llorosos y, tras suspirar, dio un paso hacia adentro, obligándome a dar uno hacia atrás. Antes de que pudiera reaccionar cerró la puerta con seguro, dejándonos a ambos dentro.

Las emociones contenidas, el dolor agudo y profundo en mi pecho y una necesidad que no era física, me llevaron a buscar consuelo en la persona que me provocó todo el daño que me mantenía en ese estado.

Sin cuestionar mi comportamiento me pegué a su cuerpo buscando un abrazo que no tardó en ofrecerme. Cerré los ojos y contuve la respiración mientras sus brazos me rodeaban la cintura con tanta fuerza que fui capaz de sentir los latidos descontrolados de su corazón. Me encontré rota, con la cabeza recostada en su pecho y temblando mientras respiraba hondo el embriagador aroma de su perfume.

—Vamos a hablar, ángel. Los dos tranquilos, no como la última vez. —Los susurros de Christian a mi oído me otorgaron aún más calma. Respiré hondo con la nariz pegada a su camisa blanca que se asomaba a través del saco, percibiendo una pequeña dosis de calma—. Sin gritos y sin llanto.

—¿Cómo vas a solucionar esto? —reclamé con impotencia—. ¿Cómo voy a perdonarte si no sientes arrepentimiento de todo lo que hiciste? Christian, ni siquiera sabes por qué estoy tan dolida contigo.

—Porque te mentí, ya lo entendí.

—Me expusiste, actuaste como si yo no te importara ni un poco. Sabías que tarde o temprano todo iba a explotar y, aun así, no te detuviste. ¿Y sabes por qué? Porque no estás listo para esto —le dije mientras me soltaba de su abrazo—. Porque pones tu necesidad de vengarte encima de tu propio bienestar. No tienes idea de cómo me siento cada vez que pienso que mientras estabas conmigo ella estaba haciendo planes para su boda contigo.

—Lo haces sonar como si ese compromiso hubiera sido real.

—No quiero hablar más de esto. Quiero irme, por favor, deja que salga.

—¿Entonces todo terminó y ya? Dímelo viéndome la cara, ángel. No bajes la mirada.

—Para mí, sí. Jamás podré estar contigo después de esto.

El silencio tenso llenó la cabina, un espacio reducido que se sintió más pequeño tras mi respuesta. La mirada de Christian cambió poco a poco hasta que el rencor brilló en ella, dándome aún más razones para desistir de cualquier vínculo entre ambos. Él no estaba listo y yo me había cansado de luchar. No era nuestro momento, o tal vez no era en esta vida, y saberlo hacía que respirar fuera doloroso.

—Está bien, no voy a volverte a pedir que hablemos. No esperes que me pase la vida rogándote.

—No quiero que me ruegues —repliqué, dolida por la manera en la que me observaba—. Quiero que sigas con tu vida, haciendo lo que se te da la gana, como siempre, sin pensar en nadie más.

—Es mil veces mejor vivir así, sin ser el imbécil de nadie.

—Tienes razón, déjame salir y vive tu vida como se te plazca.

—Lo haré, no te preocupes, pero comenzaré a quedarme con Nala varios días a la semana.

—¿Qué ganas con esto? ¿Castigarme quitándomela porque no quiero estar contigo?

—No eres el centro de mi mundo, Abril. No todo tiene que ver contigo —escupió con rabia—. Tal vez solo me encariñé con la perra.

—Mi perra.

—Nuestra. Mía y tuya. La conozco desde que es un cachorro, la cuidé muchas veces antes.

—Déjame salir, si quieres verla habla con Daisy. Ella y yo acordaremos cuándo puedes hacerlo. Porque yo no quiero hablar contigo.

Me di cuenta de cómo lo afectó lo que dije en el momento que me quedé callada. Christian abrió la puerta de inmediato y salió primero, demostrando que no había una pizca de caballerosidad en él. Tomé una gran bocanada de aire en cuanto crucé la puerta, porque me estaba ahogando con todos los sentimientos mezclados dentro de mí. Además, me quedaba con la incertidumbre de no estar haciendo lo correcto.

***

Me sentí como una completa maleducada por no buscar a Javi y a Daisy para despedirme o saludarlos. Aunque con el transcurso de las horas me había controlado, seguía teniendo la misma necesidad de marcharme sin que nadie me viera. Caminaba a paso lento al lado de Mich, que se quejaba del dolor que le provocaban los incómodos tacones, por ello no insistí en apresurarla. Bajamos un par de escalones de concreto para llegar al estacionamiento, y cuando nos encontrábamos a punto de acercarnos al auto una sombra apareció detrás de nosotras.

No fue necesario voltear para saber de quién se trataba, mi cuerpo reaccionó a su energía, como lo hacía siempre. Toda la piel se me erizó al mismo tiempo en el que mi pulso se aceleró un poco. Sin quererlo apreté la mano de Mich, que sí volteó, para luego resoplar con fastidio.

—Lo sé —murmuré cuando se acercó a mi oído para advertirme de la presencia de Christian.

Él pasó a nuestro lado sin detenerse ni mirarnos, caminó con paso rápido por el estacionamiento, como si tuviera prisa por alejarse, y yo me aferré a la mano de mi amiga. Parecía buscar su auto en medio de la docena de coches estacionados de ese lado. Unos pasos resonaron en el silencio y las dos volteamos para ver de qué se trataba. Era Cristal, que corría en tacones hacia nuestra dirección.

—¡Hola, Abril!, ¡Hola, Michelle! —saludó sin detenerse, sus tacones resonaron en el pavimento por la prisa con la que se movió—. Christian, espérame.

—¿Qué pasa?

—¡Quiere conducir, y tomó lo suficiente como para estrellarse! —me respondió a gritos.

—¡Mierda! —Mich y yo nos quejamos al unísono.

Como si nos hubiéramos puesto de acuerdo, ambas terminamos de salir del coche para acercarnos a ellos. Mi vida estaba marcada por accidentes trágicos, y solo pensar en uno hizo que mi respiración se tornara superficial y que mi angustia se disparara. Mich me conocía tanto que no sugirió que nos marcháramos o algo parecido.

—Christian, dale las llaves. —Christian movió la cabeza lentamente hasta que su mirada se quedó fija en la mía. Tenía la mandíbula tensa y los ojos levemente enrojecidos. La expresión de enojo permanente estaba más presente que nunca, y me cohibió tanto que di un pequeño paso atrás.

—Creo que tú y yo acordamos que ya no soy el imbécil de nadie.

—Christian, mírame —pedí, tras acercarme a la ventana—. No puedes conducir, es arriesgado que lo hagas así. Dale las llaves a Cristal, ella te llevará a casa.

—A la única que puedo darle las llaves es a ti.

—Está bien, dámelas y cámbiate de asiento. Cristal te llevará.

Di un paso hacia atrás al ver su intención de salir. La puerta se abrió un momento después y el cuerpo de Christian se irguió para bajar. Cristal y Mich estaban a mi espalda, atentas a lo que ocurría con el terco frente a mí. Por breves segundos me permití observarlo sin reparo. Se había quitado el saco del traje y la corbata, estaba despeinado y tenía los labios un poco enrojecidos por apretarlos o por el alcohol.

—Es un Maserati —anunció, tras extenderme las llaves—, no dejaré que Cristal lo conduzca. Solo tú puedes conducirlo, ella no.

—Christian, hay más posibilidades de que yo le cause algún daño a tu auto, a que Cristal haga algo parecido.

—Si tú lo haces no me importará en lo absoluto. Si lo hace ella habrá graves problemas.

—Este inventó la manipulación. —No debí reír ante el comentario de Mich, pero me fue imposible mantenerme seria. A Cristal le sucedió lo mismo, rio con soltura hasta que la mala mirada de Christian nos silenció a todas. —¿Aby, lo llevarás?

—Sí, Mich.

—¿Segura?

—Michelle, búscate una vida, un novio, o lo que sea, pero deja a Abril tranquila.

—¡Christian, cierra la boca! —exigí, molesta.

No me puse en marcha de inmediato, me tomé mi tiempo entre respiraciones hondas y un trabajo de autoconvencimiento mental con el que me sentí satisfecha varios minutos después. En cuanto lo conseguí, aceleré despacio para salir del estacionamiento, ignorando mi pulso agitado. El silencio en el que nos sumimos hizo que mi respiración se tornara audible; quería romperlo, pero no me atrevía a ponerle atención a otra cosa que no fuera el frente. Aceleré con un poco más de precaución al salir a la calle, con mis dedos aferrados al volante. Los primeros cinco minutos fueron largos y tensos, la autopista estaba tan cerca que en lo único que podía pensar era en no acercarme tanto al resto de los autos.

—Odio que te veas tan bonita conduciendo.

Pese a lo alterada que estaba, era consciente de la fuerte presencia a mi lado, de su mirada y de su energía oscura, que se iba imponiendo.

—¿Por qué?

—Porque no quiero verte y no puedo dejar de hacerlo.

—La última vez que te vi borracho fuiste dulce y cariñoso; prefiero esa versión de ti que esta.

—¿Quién dice que estoy borracho, Abril? Acelera, no dejes que el idiota de al lado te rebase.

En lugar de frenar para detenerme y bajar de su idiota auto, continué conduciendo a la misma velocidad lenta, por mi miedo, y también por mi deseo de fastidiarlo. Observé de reojo cómo desabotonó la camisa para doblar las mangas por sus brazos, dejando a la vista la pulsera con el cuarzo rosa que aún rodeaba su muñeca. Tenía la mía conmigo, al igual que su inicial, que aún colgaba de mi cuello. Christian no se imaginaba lo difícil que me era desprenderme de él, me dolía tanto que decidí que, pasara lo que pasara, jamás me desharía de todo lo que me lo recordara.

Conduje como si no sintiera que me estaba quedando sin aire, como si no percibiera el dolor de Christian también dentro de mí. Fueron tortuosos minutos que no se acabaron cuando me estacioné fuera de su edificio. El sufrimiento se prolongó al apagar al motor y verlo a los ojos.

—Rompe el efecto de los besos de bruja, quiero vivir mi vida como antes. —No supe qué decirle, apreté los labios para contener un sollozo, huyendo de su mirada insistente—. Acompáñame arriba, dame un puto momento más contigo.

—Tengo que irme.

—Dame un abrazo antes de que bajes.

Y mierda, no pude contener mi deseo de complacerlo. Mi cuerpo se volcó hacia el suyo, abrazándolo como si mi vida dependiera de ello. Cerré los ojos con la cabeza recostada en su hombro, tan debilitada que deseé quedarme ahí para siempre.

—Te extraño todos los días. No eres alguien reemplazable, nunca lo serás.

—Ven conmigo, no puedo dejarte ir hoy.

Abrí la puerta, pero en lugar de caminar hacia el coche de mi amiga, lo esperé a unos pasos, mientras le escribía un mensaje a Mich para que se marchara. Christian apoyó la mano en mi espalda y me guio hacia el interior en un silencio que acabó cuando nos encontramos dentro del elevador, uno frente al otro, en un espacio que se sintió más pequeño. Las puertas se abrieron y yo entré con dudas, un par de pasos que me dejaron en medio del *hall*. La mano de Christian en mi espalda se sintió pesada, me moví sin poder librarme de su toque.

—Voy a devolverte las llaves que me diste.

—No, quédatelas. Pierdes el tiempo si pretendes que te devuelva las tuyas. No voy a hacerlo, si no quieres que entre a tu casa, cambia las cerraduras de todas tus puertas.

—Quieres pasar encima de mi voluntad sin detenerte a considerarme.

—No estamos aquí para discutir, Aby. Hablemos, busquemos una solución.

—Ya me diste tu solución, quieres que me mude contigo y actúe como si aquí no hubiera pasado nada.

—Sé que hay problemas, lo entiendo, y también sé que no se van a solucionar rápido, pero será mejor si permaneces aquí, conmigo.

—Mejor para ti.

—Para los dos, ángel. No soy el único que la está pasando mal. No te hagas la fuerte, estás a un par de ataques de llanto de terminar deshidratada —dijo, con nada de tacto y sorbió un largo trago de su vaso—. Estaremos mejor juntos.

—Eres un idiota, Christian. —Me levanté dispuesta a irme, pero no llegué demasiado lejos. Él se levantó con paciencia y me alcanzó con facilidad, con la mano libre me rodeó la muñeca para detenerme y luego me volteó con un movimiento firme.

—Si quieres no voy a hablarte, pero quédate, por favor. Te necesito, Aby.

Mi necesidad de reconfortarlo fue más fuerte que mi prudencia, lo abracé con tanta urgencia que su cuerpo se balanceó por culpa del impacto. Estaba segura de que estaba cometiendo un error, y que cuando la debilidad cesara iba a arrepentirme de ello. Aun así, disfruté de ese abrazo largo, del calor de su cuerpo, de su olor y el ritmo lento de su respiración.

—¿Me estás dando besos en la mejilla?

Christian era tan astuto que no me sorprendía que mostrara un lado dulce para convencerme. De la nada, un fuerte tirón hizo que mi cabeza se moviera un poco hacia atrás. Sus dedos empuñaron mi chongo suelto para inmovilizarme, dejando mi cara frente a la suya.

—Quiero besarte, pero si me rechazas no voy a perdonarte. Dime si lo harás para no intentarlo. —No podía besarlo, porque si lo hacía todo estaría perdido. Me conocía, lo conocía. Su mirada se tornó dura y su agarre se suavizó—. ¿Me vas a negar un beso, ángel?

La respuesta debía ser sí, y mi siguiente acción alejarme. Sin embargo, mi prudencia y mis deseos no se pusieron de acuerdo. Le sujeté las mejillas con ambas manos y lo atraje hacia mí, propiciando que nuestros labios se rozaran. Probé el sabor del alcohol en su boca mientras nuestros alientos se fundían en un beso que necesitaba darle. Había pasado tanto tiempo que había olvidado lo mucho que me gustaba besarlo y abrazarlo a la vez.

Fue un beso profundo, mesurado y largo, que solo acabó cuando eché la cabeza hacia atrás. Tomé aire y Christian aprovechó mi descuido para sujetarme una vez más. Me apretó contra su cuerpo mientras su lengua se deslizaba entre mis labios ofreciéndome un beso distinto. Desaforado, hambriento, exigente. Apretada contra su pecho duro me moví en vano, no me liberó de la presión de sus brazos, no dejó de besarme como si estuviera sediento y yo fuera su agua. El calor me golpeó pronto, con tanta intensidad que jadeé por aire.

—¿Para esto querías que subiera contigo? —Sus manos deslizando mi vestido hacia arriba se detuvieron, Christian dejó de besarme y me observó a la breve distancia para negar con seriedad.

—Si te digo que no, no vas a creerme. Así que no sé qué responderte.

Mi intento de replicar murió sobre su boca, porque volvió a besarme. Lo hizo con la misma intensidad, subiéndome el vestido en el proceso. No intenté frenarlo, dejé que lo levantara hasta que se quedó atrapado en mi cintura para que pudiera tocarme a su antojo.

Christian y yo habíamos tenido sexo tantas veces que sabía qué estaba a punto de pasar. Mi mente, desconectada de toda la realidad, estaba encandilada por sus manos apretándome contra su pelvis, con su respiración acelerada y el sabor de su boca sobre la mía. Así que cuando me instó a dar un par de pasos hacia atrás solo me dejé llevar. Permití que me recostara sobre el sofá y se acomodara sobre mí con naturalidad.

Hubo algo primitivo en la manera en la que nos tocábamos, una necesidad que iba más allá del entendimiento. Ambos estábamos vestidos, moviéndonos con dificultad para propiciar el roce que mitigaba la ansiedad. Me separó las piernas en medio de un beso que me robó el aliento, y empujó con suavidad, presionando su erección directamente entre mis muslos.

—Si lo hacemos terminaremos más afectados. El sexo es un intercambio energético y…

—Honestamente, me importa una mierda —me interrumpió. Deslizó los tirantes del vestido por mis hombros, uno de ellos se rompió en el proceso por lo apretado que me quedaba. Rechisté porque no era mío, era de Mich, y él me silenció con un beso en el inicio de mis pechos.

Mi reacción lo alentó a continuar, arrastró las manos y apretó uno, provocándome un pequeño gemido. Tenía una debilidad por Christian tocándome; sin embargo, en aquel momento lo único que quería era sentirlo dentro de mí. Me sentí invadida de una prisa propia de la desesperación que había experimentado por días y que a él no lo tomó por sorpresa. Actuó con naturalidad cuando mis manos trabajaron en el botón y la cremallera de su pantalón, jadeando sobre mi boca por culpa de la agitación cuando le bajé el pantalón hasta la mitad de las piernas.

Los dos experimentamos la misma necesidad, no fuimos capaces de desvestirnos, de tomarnos un tiempo para alargar el momento. Christian arrastró hacia un lado mi ropa interior mojada y tras rozar su erección sobre mis labios resbalosos un par de veces, sentí la presión de tenerlo dentro. Mi reacción fue empuñar la tela de su camisa, y jadear con tanta fuerza que el sonido hizo eco en mi cabeza.

—Extrañaba tanto esto —confesé, un poco embriaga en el placer de sentirlo deslizarse dentro de mí. Mi voz lo alteró tanto que se movió con más fuerza hasta enterrarse con profundidad. Le mordí los labios y él sonrió, un breve gesto que me llevó a contraerme.

—Si me muerdes…

—Me morderás —lo interrumpí—. No importa, puedes hacerlo.

Mordisqueó mis labios, mi cuello y el inicio de mis pechos, mientras balanceaba sus caderas una y otra vez, sacudiéndome con cada estocada. El calor se tornó sofocante después de varios segundos, el vaivén de nuestros cuerpos se aceleró un poco, al igual que nuestras respiraciones.

—¿Qué anticonceptivo usas? —Abrí los ojos y lo observé, lamiéndome los labios. Estaba ardiendo, pero mi mente encontró la lucidez para entender lo que pasaba.

—No es tu asunto, Christian.

—¿No? —La breve risa que salió de sus labios se convirtió en un jadeo cuando empujó las caderas penetrándome con más fuerza—. ¿No lo es, ángel?

Mi cuerpo se arqueó en reflejo a la satisfacción escandalosa que experimenté de golpe. Debía golpearlo, no rodearlo con las piernas para asegurarme de obtener otra dosis de su rudeza.

—No.

Otro empellón me sacudió e hizo que el sofá se moviera. Oculté la cara en su pecho y el idiota volvió a soltar otra risa. No esperó a que me repusiera, volvió a moverse enérgicamente, usando su fuerza para arrancarme jadeos y gemidos. Una y otra y otra vez, hasta que simplemente no pude soportarlo más. No podría sentarme al día siguiente si continuaba a ese ritmo.

—Un DIU —respondí, con mi voz jadeante—. Algo que está dentro de mi útero y no vas a poder sabotear para embarazarme.

Una carcajada estruendosa sonó por encima de mi respiración fuera de control. Christian estaba riendo, se quedó quieto dentro de mí para reírse a su antojo hasta que un suspiro lo silenció.

—¿Me crees capaz de algo así?

—Sí.

—Me gusta mucho que me conozcas tanto. Pero no lo pregunté por eso.

—¿Por qué?

Mi pregunta se quedó un largo rato sin respuesta. Arrugué la camisa de Christian por la fuerza con que la sujeté, y sentí que algo crujía en su pecho, pero no pude concentrarme en ello. El escalofrío que me recorrió de pies a cabeza acabó con mi cordura. Fui consciente de que continuaba sobre mí, moviéndose frenéticamente; sin embargo, me hallé tan sumida en mi propio placer que me perdí el espectáculo ardiente de su cara al correrse, y de los sonidos de satisfacción que dejaba escapar mientras lo hacía. Se desplomó sobre mí, con su cuerpo hundiéndome sobre el sofá sin ningún tipo de cuidado; tuve que palmear sus hombros para recordarle que estaba bajo su peso.

—Porque… —hizo una pausa para tomar aire— soñé que estabas embarazada, tres noches seguidas.

El calor del momento hizo que no entendiera de primer momento lo que dijo. Tuve que analizarlo para comprender que era la respuesta a mi pregunta. Christian hundió la cara sobre mis pechos, obligándome a recobrar fuerzas para sostenerla entre mis manos y propiciar que nos viéramos a los ojos de nuevo.

—¿Era yo? ¿Mi cara? O solo sabías que era yo, pero parecía otra persona.

—Eras tú, ángel.

—No fue un recuerdo de vidas pasadas, puede ser una señal —pensé en voz alta.

El peso de su cuerpo sobre el mío desapareció y solo entonces me concentré de nuevo en lo que pasaba. En lugar de levantarse, Christian se recostó del otro extremo del sofá, sujetándome del brazo para llevarme consigo. Accedí sin oponerme, tan agotada que no me molesté en arreglar mi vestido. Apoyé la cabeza sobre su pecho y acomodé mi cuerpo a un lado del suyo, en el pequeño espacio que quedaba. Mis muslos goteaban, la respiración no se me acompasaba y terminaría con el brazo entumecido, pero me sentí tan cómoda y llena de calidez que ni siquiera pensé en moverme.

El silencio nos rodeó y solo nuestras respiraciones resonaban en todo el departamento. Había mucho que discutir, mucho que cuestionar, pero en aquel instante nada pareció más importante que aquella paz que nos embargaba. Levanté la mirada al sentir la suya sobre mí, y lo contemplé como él lo hacía conmigo. Fue un momento largó que terminó cuando el bostezó.

El tiempo transcurrió en el mismo ambiente silencioso y cargado de melancolía; tras un largo rato me percaté de que la respiración de Christian se había ralentizado. Levanté la mirada y solo entonces me di cuenta de que dormía. Por largos segundos contemplé sus ojos cerrados y la expresión de calma completamente atípica en él, hasta que mi brazo izquierdo hormigueando por la posición me hizo moverme.

Christian dormía con tanta profundidad que no se inmutó cuando apoyé la palma de mi mano sobre su pecho para buscar equilibrio. Algo crujió de nuevo bajo mi mano y la curiosidad me llevó a buscar la causa. Me moví por encima de Chris hasta levantarme. Me bajé el vestido con la mirada puesta en su cara, para luego sentarme en el pequeño espacio que quedaba disponible a la orilla.

—¿Christian? ¿Mi amor?

No reaccionó a mi voz; aun así, abrí los primeros botones de su camisa con sumo cuidado. Había algo transparente cubriendo su piel, y la curiosidad me llevó a buscar de qué se trataba. Levanté la vista antes de descubrir su pecho. Tras asegurarme de que continuaba dormido, mis ojos se arrastraron hasta el plástico adherente que cubría su pectoral izquierdo, protegiendo un tatuaje que no estaba ahí antes.

El dibujo en su piel recién hecho se extendía a lo largo de todo su pectoral, justo sobre su corazón. Era la constelación de Aries, el llanto se atoró en mi garganta al percatarme de ello.

CAPÍTULO 34

Christian

La imagen de Abril recostada sobre mi pecho era lo primero en mi cabeza cada vez que abría los ojos. Recordaba cada puto detalle de esa noche, incluso los más irrelevantes. Sus ojos enrojecidos por culpa de llanto, la manera superficial en la que respiraba, el olor dulce de su perfume que se mezclaba con el de su pelo, y hasta el aburrido vestido negro que no le quité. Odiaba que mi memoria hubiera guardado con tanta exactitud aquel momento, porque tras despertar olvidaba que solo era un recuerdo. Mi mente aturdida me hacía creer que ella todavía estaba ahí, que no se había marchado como una cobarde en medio de la madrugada, sin despedirse, sin darme la cara.

Aquella mañana el aturdimiento fue más breve. Hallarme en otro cuarto que no era el mío provocó que mi cerebro se despejara más rápido, y la brisa de una respiración caliente golpeándome la mejilla me obligó a sentarme en un solo impulso sobre la cama.

El golpe de realidad me provocaba una sacudida interna a la que no me acostumbraba, pese al paso de los días. La cabeza me punzó con intensidad como consecuencia mientras observaba con detenimiento el otro extremo del colchón, en donde Nala dormía.

—¿Piensas quedarte acostada sobre la cama todo el día? —cuestioné, al ver cómo se estiraba, aún con los ojos cerrados.

Me levanté sin prestarle atención a su reacción, ansioso por comenzar el día. Mantenerme ocupado me ayudaba a no sobrepensar, ahora evitaba a toda costa el silencio y la soledad, algo que había disfrutado gran parte de mi vida. Una pequeña dosis de satisfacción que Abril arruinó por completo. Debía odiarla por eso, pero no podía, ni quería hacerlo.

Había dormido duarante más de diez horas; aun así, mi reflejo en el espejo evidenciaba mi gran cansancio. Estaba acostumbrado a los vuelos, a las carreras y las ruedas de prensa; sin embargo, ese fin de semana me fue difícil lidiar con todo eso. Salí del baño sintiendo que cargaba con una gran sensación de hartazgo que lo único que hacía era aumentar, pese a todos los intentos que hacía por ignorarla.

Tras vestirme y dejar la habitación me encontré a Daisy en la cocina. Había una amplia sonrisa en sus labios que evidenciaba qué tan contenta se encontraba aquella mañana. Daisy era feliz cada vez que pasaba la noche bajo su techo.

—¿A qué hora vendrá Abril por Nala?

Daisy me observó atenta, detenidamente y con un nerviosismo evidente que se le había manifestado siempre, durante las pocas veces que hablé de Abril con ella.

Estaba cumpliendo su labor de intermediaria al pie de la letra, pues pese a todo el cariño que presumía tenerme, cada vez que intentaba obtener algún tipo de información que podía usar para mi beneficio se mostraba renuente a ofrecérmela.

—No lo sé, ella quedó en llamarme.

—Te acaba de enviar un mensaje, supongo que quiere saber si ya puede venir, dile que venga ahora mismo, que más tarde estarás muy ocupada.

—No voy a hacer eso, Christian. Dame mi teléfono, ¿por qué lees mis mensajes?

—¿Por qué no vas a hacerlo? Te lo estoy pidiendo yo.

La pequeña sonrisa en mis labios tenía el objetivo de convencerla. Aquello era todo lo que necesitaba hacer para obtener algo de ella, sonreírle y ofrecerle una que otra muestra de afecto. Lo aprendí a los quince, cuando Javi quería controlarme más de la cuenta y solo ella lo hacía cambiar de opinión.

—Porque Abril aún no está bien. Dale tiempo, deja que las cosas se calmen. —Me puse de pie en el justo momento en que Nala regresaba del jardín. Daisy se concentró una vez más en la perra, por ello no se dio cuenta de mi intención de acercarme. Reaccionó con un breve sobresalto cuando la rodeé con los brazos, y luego soltó una corta risa mientras me devolvía el abrazo—. Tus abrazos nunca fueron gratuitos, pero esta vez no vas a convencerme. Comienzo a creer que el único motivo por el que te quedaste ayer fue porque pretendías verla cuando ella viniera por Nala.

—Estaba cansado, fue un vuelo largo. Además, dices que esta es mi casa. ¿No puedo quedarme cuando se me dé la gana?

—Christian, no intentes llevar la conversación por otro rumbo. Esta es tu casa, y lo sabes muy bien.

—Llama a Abril y dile que venga por Nala.

—No. Si lo hago no va a volver a confiar en mí, y tú no verás a Nala de nuevo, porque no dejaré que se la quites con tus abogados. Si lo haces dejaré de hablarte. Yo no te crie para que te comportaras así.

—No vas a dejar de hablarme por eso, ni tú te lo crees.

—¿Quieres apostar? —La solté y di un par de pasos hacia atrás, negando. Le creía, conocía ese tono en su voz—. Siéntate, voy a prepararte el desayuno.

—Voy a desayunar después de entrenar. ¿Dónde está Javi?

—No puedes entrenar sin comer, vas a desmayarte.

—Iré a buscarlo.

—¡Christian, vuelve aquí!

Salí de la cocina con Nala siguiendo mis pasos, e ignorando la voz de Daisy que me llamó un par de veces más. Estaba molesto con ella y mis circunstancias. Me encontraba pisando mis límites, harto de la situación en la que me hallaba, y sin tener idea de cómo salir de ella. Irritado por la actitud de Daisy me dirigí hacia el gimnasio. Se encontraba frente a la piscina, por ello Nala se mostró más entusiasmada. Hallé a Javi sobre la bicicleta fija, atento a la puerta que crucé en compañía de la perra.

—¿Por qué Daisy actúa como si fuera una de las amigas de Abril?

—¿Estás bien?

Estaba harto de que cada vez que me tuviera en frente me hiciera la misma pregunta, fastidiado de las largas miradas con las que me analizaba en silencio. El reproche en mis ojos no tuvo ningún efecto en él, continuó observándome mientras yo subía a la caminadora y la programaba para comenzarla a usar.

—¡Sí! Deja de verme así y responde mi pregunta.

—¿Intentaste manipularla otra vez para que hablara con Abril a favor tuyo?

—No, solo quería que le pidiera que viniera por Nala de una vez. —La risa seca de Javi no me distrajo ni por un segundo, continué trotando para calentar, como si no me molestara que no se tomara nada en serio.

—Christian, Daisy solo está siendo prudente. No estarías en todos estos problemas de haberme escuchado, así que préstame atención. Dale espacio, necesita este momento de distancia por todo lo que está pasando. No solo por lo que descubrió de ti y de Lena, la están atacando por todas partes. Te escuché hablar con Abel de esto. Me dio tanta curiosidad que terminé pidiéndole ayuda a Cristal para ver los comentarios desagradables, y es horrible lo que está viviendo esa pobre muchacha.

Apreté la mandíbula por la impotencia que sentía al respecto. El equipo que Abel contrató para manejar la crisis había logrado hacerles frente a los ataques que Aby recibía; sin embargo, aún no conseguían frenarlos del todo.

—Le he dado el tiempo suficiente para calmarse y tomé cartas en el asunto con respecto a lo que le está pasando. Y no he dejado de pedirle perdón. No tengo nada que esperar, ya esperé suficiente. —La velocidad con la que movía las piernas aumentó por la frustración. Abril no quería estar conmigo y la sola idea me sofocaba tanto que me costaba respirar con normalidad.

—Christian, entre más la acoses, más va a huir. Lo que hiciste te hizo quedar como un imbécil, sin ningún tipo de consideración por ella. Si continúas insistiendo, sabiendo que está mal, solo demuestras que no te importa su bienestar.

—Abril está bien conmigo.

—De ser así no estaría tan decidida a no querer verte. Todo lo que pasó fue grave, no es algo que se va a arreglar de un día para otro, son muchas cosas que procesar. Le ocultaste que había una mujer que creía ser tu prometida. Esa mujer hizo que ante los ojos de los demás Abril quedara como la tercera en discordia, y como si no fuera suficiente, la amenazaste con quitarle a su perra. Necesita espacio. ¿Es tan difícil entenderlo?

Lo era, pero no le respondí a Javi. Me negué a explicarle que mi cordura, o lo poco que me quedaba de ella, se encontraba en juego.

Estaba enloqueciendo por culpa de Abril, trastornado por su ausencia, enfermo por la necesidad de tenerla cerca. Opté por quedarme en silencio, trotando a una velocidad cada vez más rápida, lidiando con la frustración de la única manera que conocía, con esfuerzo físico.

—A la mierda con Abril. —A través del reflejo del espejo pude ver cómo Javi asintió—. No voy a rogarle eternamente, intenté resolverlo y no se pudo, fin de la historia.

—Tengo que felicitar a Román, tu resistencia está en su mejor punto.

No lo estaba, me hallaba a punto de boquear por aire. El primer indicio de cansancio llegó como un ligero temblor en mis rodillas. No me detuve, seguí el mismo ritmo, pisadas fuertes y rápidas que mantenían a la máquina sonando.

—No la necesito, no necesito sus…

Mi falta de aliento evitó que continuara hablando, más no corriendo. Ignoré el ardor en las pantorrillas y mi dificultad para respirar, moví las piernas como si el cansancio no me estuviera debilitando, hasta que la asfixia por la falta de aire me obligó a parar.

Tropecé al bajar de la caminadora y mis piernas débiles por el esfuerzo dificultaron que consiguiera retomar el equilibrio. Estaba temblando, las gotas de sudor se deslizaban por mi piel, empapándome la camiseta.

Me senté en el piso, respirando a grandes bocanadas para recuperar el aliento, mientras Javi me observaba inexpresivo.

—Tal vez lo único que no necesitas es hacer este tipo de estupideces. Toma, está limpia —agregó, ofreciéndome una pequeña toalla blanca que me pasé por la cara de inmediato.

—Que se tome todo el tiempo y el espacio del mundo. Estoy mejor sin ella.

—¿Y ese tatuaje?

Apreté los párpados por un largo momento tras escuchar la pregunta de Javi. La agitación del momento y la rabia que sentía provocaron que casi me olvidara de él. Cuando abrí los ojos encontré la mirada de Javi fija en mi pecho.

—Es nuevo —respondí, tajante.

—¿Por qué te lo hiciste?

Jamás me molestó tanto que Javi fuera tan metiche como en ese momento. Le ofrecí una mala mirada, dejándole claro que no quería hablar del tema. Como siempre, la ignoró, y se movió de la bicicleta para acercarse y verlo mejor.

—Porque se me dio la gana. No hay un motivo especial. Estaba borracho, llamé a Lance y listo.

Le mentí a Javi con descaro y no quería ahondar en ello. No había una sola gota de alcohol en mi sistema cuando hablé con Lance para que lo diseñara, tampoco mientras la aguja se enterró en mi piel. Estaba completamente consciente y tan desesperado por sentirla cerca que terminé con un tatuaje que se extendía por mi pectoral izquierdo, debajo de donde se suponía estaba mi corazón. El lugar en el que se metió ella.

—La constelación de Aries. Interesante, naciste en octubre, no eres aries.

—¿Desde cuándo sabes de esas estupideces?

—¿Quién es aries? ¿Abril?

Me senté otra vez y tomé la botella de agua que estaba a su lado, con la clara intención de darle un largo sorbo para huir de sus cuestionamientos. Me negaba a ahondar en más detalles, por ello levanté la espalda del piso de nuevo, sin darle una respuesta, y tras recoger mi camiseta mojada lo observé.

—No es tu asunto. —Di la vuelta para marcharme, porque de quedarme un momento más se habría desatado una larga discusión en la que no quería participar. Al menos no aquella mañana, que me sentía tan irritado.

—Comienzo a desconocerte y a preocuparme. Te tatuaste por ella. No sabía que se te daban ese tipo de gestos románticos.

—¡No me toques las pelotas, Javi! —le grité desde la puerta, como si aquella advertencia fuera a silenciar su molesta carcajada.

—Christian, estás jodido.

—¿Crees que no lo sé?

***

La llamada del portero para anunciar a un visitante no me tomó desprevenido. Abel me puso al tanto de los planes de Lena. Su representante se había comunicado con él para implorarle una tregua. Al no conseguirla aseguró que Lena intentaría buscarme. Mientras la tensión se apoderaba de nuevo de mi cuerpo dejé el teléfono a un lado, dispuesto a bajar. No le permití el acceso a Lena, si quería hablar conmigo lo haría en el estacionamiento, sin ningún tipo de consideración.

Cuando llegué observé que estaba recargada sobre el coche, con los brazos cruzados y la mirada puesta en el suelo. Todo el desprecio que sentía por ella estaba intacto, lo sentí burbujear en mis venas mientras me clavaba sus ojos cargados de lágrimas; sin embargo, aún continuaba sin disfrutar mi victoria. Un largo sollozo sonó cuando estuve frente a ella, y entonces la vi llorar de verdad. No estaba fingiendo, la conocía, aquel llanto era real.

Antes de Aby, Lena era la única mujer a la que le había ofrecido una que otra atención por la fuerte atracción física que sentía por ella. Lo que pasó en los seis meses que estuvimos juntos me resultó tan insignificante que me pregunté cómo dejé que todo avanzara tanto hasta hallarnos en aquel punto. Debí terminar con ella después del segundo mes que salimos, cuando el sexo había dejado de ser novedad y mi interés se desapareció.

—Necesito hablar contigo.

—¿De verdad crees que me importa lo que necesites?

—Sé que no —respondió, tras limpiarse las lágrimas—, pero te lo pido por los buenos momentos entre los dos.

—¿De qué mierda hablas? No hubo ninguno, Lena. —La irritación resplandeció en su mirada tras escucharme y un poco de diversión al fin se encendió en mi pecho.

—Para mí sí hubo buenos momentos.

—Estuve dispuesto a escucharte, pero acabas de joder todo con tu hipocresía. No es necesario que mientas. Mi desprecio por ti se hace más grande cuando lo haces.

Mis palabras la afectaron, aunque luchó por mostrar indiferencia. Parpadeó varias veces como si estuviera conteniendo las lágrimas y finalmente respiró hondo, dispuesta a responderme.

—Los hubo, Christian. Sentía cosas por ti, me ilusioné porque pensé que podríamos tener algo diferente. Cuando entendí que tú no querías lo mismo todo cambió. Conocí a otra persona y tú sabes lo que pasó después. Perdóname por lo que hice, no quiero justificarme, pero creí que tú también mirabas a más personas.

—No te perdonaría así te pusieras de rodillas, y no porque me importes. No soporto que me quieran ver la cara de imbécil. Debiste terminar conmigo, te habrías ahorrado muchos problemas.

—Si no te importo, ¿por qué estás tan molesto?

—Te has encargado de hacer uso de todo lo que está a tu alcance para perjudicar a Abril. Todos esos comentarios absurdos de tus seguidoras han afectado su trabajo. Medio internet la está llamando zorra, cuando la única que se comportó como una fuiste tú. No vi a nadie mientras estuvimos juntos. Y esto ni siquiera te incumbe, pero te lo dejaré claro. Lo mío y lo de ella inició después de la mierda que hiciste.

—Christian… —mi nombre salió de sus labios con una voz temblorosa que evidenció el llanto contenido— solo quiero continuar con mi vida sin tener que estarme cuidando la espalda. Lo entiendo, cometí un error y aprendí la lección. Tú ganaste, yo perdí. Estás con alguien más y ella sí te importa, se nota, a mí nunca me viste así, tampoco me hablabas de esa forma. Sé feliz con ella y ya dejemos de hacer esto.

La verdad me explotó la cara, mientras las palabras de la idiota de Lena se repetían en mi mente una y otra vez. No había ganado absolutamente nada. Y había perdido tanto que no podía experimentar ni la más pequeña satisfacción por ese momento en el que ella se humillaba. Le gané a Lena, pero perdí todo, porque Aby no estaba conmigo.

—Si quieres que esto acabe habla de tu relación con el maldito imbécil que te coges, haz públicos todos los detalles. Así como expusiste falsamente a Abril, cuenta lo que tienes con él. Quiero que dejen de señalar a Abril por tu maldita culpa. Deja claro que entre nosotros todo se había acabado desde mucho antes y no tendrás que preocuparte por perder otro contrato, ni tu nombre se ensuciará una vez más.

No me quedé a esperar su respuesta. Caminé por el estacionamiento directo hacia el elevador, porque en ese momento quería estar solo, sin nada de ruido a mi alrededor que perturbara mi ya muy jodida cabeza. Para mi mala suerte mi teléfono se interpuso.

—¿Hablaste con Lena? —preguntó Abel, en cuanto acepté la llamada—. ¿Habrá una tregua? Tengo una nueva idea. —Resoplé, harto, tan agotado que la frustración me taladró el pecho.

—Estoy harto de Lena y de toda la mierda que la rodea. Te respondí porque quiero saber si conseguiste arreglar el asunto de Abril.

—Logramos controlar la situación —respondió de mala gana. Algo parecido al alivio quitó un poco de la opresión ya permanente en mi pecho—. Las interacciones malintencionadas en los perfiles de la tienda de novias cesaron casi por completo. En cuanto a la imagen de Abril no se puede hacer mucho. No es una persona pública, no sigue ninguna de las estrategias que le propuse. Intenté comunicarme con ella, pero solo aceptó la ayuda para lo de la tienda.

—¿Entonces con ella todo sigue igual?

—Christian, en un par de semanas nadie recordará esos rumores, internet se mueve más rápido de lo que crees, pronto saldrá a la luz otro chisme que entretendrá a las masas, y listo. Es mejor que mantenga el perfil bajo, y la relación de ustedes siga así, discreta, por un tiempo más.

Colgué, maldiciéndome mentalmente mientras empujaba mi puerta. El silencio que me rodeó apenas entré al departamento, en lugar de otorgarme la tranquilidad que necesitaba, empeoró mi desesperación. Intenté en vano entretenerme entrenando, tomando una ducha, luchando por conciliar el sueño. Harto de todo, opté por tomar las llaves y marcharme.

Bajé con mi casco en la mano. En mi impulsividad olvidé la chamarra, y en lugar de regresar por ella encendí el motor y aceleré, con la firme intención de tener una noche más tranquila, y para conseguirlo no podía quedarme solo. Mi propósito de conducir hasta la casa de Javi cambió a mitad del camino. Fue un arranque que no cuestioné y solo seguí sin pensarlo. Giré en U y tomé otro camino, que quince minutos después me dejó frente a la casa de Aby. El único lugar en el que iba a obtener tranquilidad.

Aún con el motor encendido observé la pequeña luz que parecía provenir de la cocina. Las ventanas estaban cerradas y el resto de la casa parecía estar a oscuras, incluso la terraza en la que Abril solía pasar gran parte del tiempo. Pese a ello, sabía que ella estaba ahí, lo sentí cuando el pecho me ardió como me había pasado las últimas veces antes de verla.

Me acerqué sin dudar hasta la puerta con la llave en la mano. Aunque existía la posibilidad de que hubiera cambiado la cerradura, como se lo propuse, tuve la certeza de que no lo había hecho, de que no había tomado las medidas necesarias para sacarme de verdad de su vida. La puerta se abrió al primer intento y una sensación de satisfacción aminoró mi malestar momentáneamente. Con el casco entre las manos caminé por el jardín, las llaves tintinearon por el movimiento y una sombra se asomó en la ventana cerrada. Era Nala, vi su silueta que se movía de un lado a otro con inquietud.

—Nala, silencio —le ordené cuando estuve frente a la puerta principal. La cerradura también cedió, y antes de que pudiera reaccionar tenía a Nala frente a mí, parada en dos patas—. Tranquila, cálmate —pese a que hablé en voz baja, la firmeza de mi tono la llevó a obedecerme.

Entré y cerré la puerta tras de mí, con la perra de veintitantos kilos que actuaba como un cachorro entre mis brazos. Estaba cometiendo un error. Aunque lo sabía, me desplacé hacia el interior con la confianza que me daba el hecho de que Abril no hubiera cambiado la cerradura. El aroma que flotaba en el aire me destensó los músculos, era una mezcla de olores que me resultaban familiares y que cada vez que identificaba uno por separado me hacían recordar aquel sitio. Dejé el casco sobre una mesa y puse a Nala sobre el suelo. No tenía idea de cómo reaccionaría Abril al verme, y aunque existía la posibilidad de que todo saliera mal, mi necesidad por tenerla cerca me llevó a subir las escaleras de inmediato.

Al abrir la puerta de su cuarto, dirigí de inmediato la mirada hacia la cama, y entonces mi inquietud latente mermó un poco al observar la silueta de Abril. Estaba dándome la espalda, con el pelo suelto extendido por toda las sábanas, y abrazada a una almohada.

Por un largo momento fui incapaz de moverme, me quedé en el umbral de su puerta, contemplándola dormir como un maldito desquiciado. No entendía cómo alguien podía afectarme tanto, hasta el punto de dejarme congelado, ni tampoco de dónde venía el peso extra que inundó mi pecho por el ambiente que se respiraba dentro de esas cuatro paredes. Abril tenía una tristeza profunda, y me resultaba inexplicable poder experimentarla. La cola de Nala me golpeó una pierna cuando pasó a mi lado moviéndola, saltó hacia la cama, y tras dar un par de vueltas se acomodó a los pies de Abril, para luego observarme con atención, como si estuviera esperando que hiciera algo. La vela que iluminaba todo se encontraba sobre su tocador, me acerqué para apagarla, y recordé todas las veces que me quejé por su mal hábito de dormir con velas encendidas. Nunca tomó en serio mis advertencias de lo peligroso que podía ser que Nala tirara alguna, y su voz llamándome «exagerado» sonó en mi cabeza cuando me incliné para soplarle. Tal vez porque deseaba que despertara, que se diera cuenta de que me encontraba ahí, con ella.

Mi intención de apagar la vela quedó a medias al observar las fotos que conservaba alrededor del espejo de su tocador. Fotos instantáneas que tomó durante nuestras vacaciones, y en las que aparecíamos ambos. No se había deshecho de ninguna, la idea de que todas las mañanas al pararse frente al espejo nos observara sonriendo, abrazados y besándonos fue como otra señal de que no todo estaba perdido, porque para ese punto era lo único en lo que quería creer. Tomé una de las fotos con la intención de quedarme con ella. Era la única que tenía anotada en la parte inferior la fecha en la que se tomó. Esperaba que notara su ausencia, quería que supiera que me la había llevado. Tras apagar la vela me acerqué hasta la cama, en medio de la oscuridad en la que me vi envuelto, observé a Aby que yacía sobre la cama en la misma posición, inmóvil, durmiendo con una profundidad envidiable y ajena a la angustia que me mantenía intranquilo.

No pensé en las consecuencias de lo que estaba haciendo, ni en la manera en la que ella reaccionaría. Me quité los zapatos y levanté la sábana que la cubría para meterme a la cama, a su lado. Había cometido errores peores con ella, minimicé mi egoísmo y solo permití que el olor que desprendía su pelo extendido por la almohada terminara de relajarme.

Abril tenía un sueño profundo, y con aquella certeza la arrastré suavemente por el colchón hasta que su espalda chocó con mi pecho y me vi inundado de la tranquilidad que necesitaba. Mis brazos, helados por el aire de la noche, la envolvieron sin obtener ningún tipo de reacción. Su cuerpo blando y cálido se quedó quieto, pegado al mío, mientras el sonido de su respiración acompasada llenaba el silencio.

Todo el peso extra que llevaba en el pecho desapareció cuando hundí la nariz en su pelo, aspirando el olor dulce, que debió tener algún efecto somnífero. Todo el sueño que no había conciliado en días llegó de golpe, mis párpados se sintieron pesados y bostecé como acto reflejo a mi cansancio. Los labios me hormiguearon cuando dejé un beso sobre sus hombros, por ello los dejé ahí, pegados a su piel hasta que Aby se movió y mi respiración se tornó superficial como respuesta.

El calor de su mano en mi antebrazo me disparó el pulso. Lo levantó para aflojar el agarre y, para mi sorpresa, volteó hasta terminar de cara a mí. Pese a la oscuridad pude ver sus ojos cerrados y la manera en la que su garganta se flexionaba como si estuviera conteniendo el llanto. Su siguiente movimiento fue tan rápido que reaccionar me fue imposible, acomodó la cabeza sobre mi hombro y alargó el brazo para abrazarme.

Me tomó un par de segundos reunir la claridad para cercar mi brazo alrededor de su cintura, pegándola contra mi pecho todo lo que me fue posible. Los latidos de su corazón me eran perceptibles, y también el cambio de su respiración, que se alteró cuando le besé la frente.

—¿Ángel? —No hubo respuesta ante ninguno de mis intentos de hacerla reaccionar. Ella fingió dormir, y yo fingí creerle para extender la paz que por fin tenía.

***

Regresé de la carrera del fin de semana el martes al final de la tarde, no el lunes, como supuse. Lo hice con un trofeo entre las manos y con una cantidad ridícula de sermones escuchados por culpa de mi supuesta imprudencia en la pista. Aun así, cuando el avión aterrizó estaba tan de buen humor que no me alejé de Javi y lo dejé que siguiera quejándose, porque realmente no lo estaba escuchando.

Tenía la cabeza en otro lado, en Aby y mis ganas de verla de nuevo. Aunque me marché antes de que ella despertara después de pasar la noche juntos, sentía que las cosas habían cambiado. Ella estuvo despierta gran parte de esa madrugada, dejando besos mustios sobre mis mejillas constantemente y abrazándome cuando, dormido, me alejaba. Durante todo el fin de semana pensé que lo mejor sería propiciar una nueva conversación antes de que ella volviera a reunir fuerza de voluntad para mandarme a la mierda.

Mientras caminaba por el estacionamiento arrastrando mi maleta, desbloqueé la pantalla de mi teléfono con la intensión de ver la hora. La foto de Aby posando en el palco con la gorra que yo le obsequié evitó que le prestara atención de primer momento al reloj. Ignoré un par de mensajes y volví a bloquearlo, deliberando cuál sería el mejor momento para buscarla.

Para cuando entré a mi departamento había llegado a la conclusión de que lo haría en ese momento. Tenía el hábito de buscarla cada vez que aterrizaba después de un fin de semana de competencias, decidido a no romperlo, dejé la maleta y tomé las llaves que estaban sobre la mesa para ir a verla. Por la hora, supuse que aún se encontraba en la tienda. Sujeté mi casco y salí de nuevo, como si no estuviera cansado, con la certeza de que iba a ser bien recibido.

El tráfico era una mierda por culpa de los constantes desvíos por reparaciones. Lo sorteé pisando el límite de la velocidad permitida, y aun así tardé más que de costumbre en llegar a la tienda. Me orillé despacio, notando cómo el pulso se me aceleró ligeramente. No solía ponerme nervioso con facilidad, odiaba a Abril por hacerme pasar por este tipo de mierdas. Dejé el casco sobre la moto y recorrí el breve camino que precedía los escalones de concreto que llevaban hasta la puerta de cristal. La empujé con confianza y crucé, ignorando las miradas curiosas.

No había dado más que un par de pasos cuando percibí un repentino escalofrío. Deslicé la mirada hacia la derecha, a la recepción, y la tranquilidad y todo mi buen humor se fue a la mierda en cuestión de segundos. Abril estaba a varios pasos de distancia, frente al hijo de puta de Franco, que sostenía un regalo entre las manos.

Estuve seguro de que mi temperatura cambió de golpe, que la

sangre bulló en mis venas y que la tensión se disparó por todo mi cuerpo. Sonreí con ironía observando la escena frente a mí: a Abril, que palideció al verme, y al perdedor de mierda que negó como si lamentara de antemano lo que estaba a punto de pasar.

Mis pies se movieron hasta ellos, cada paso resonó en mi cabeza hasta que me detuve, pues Abril salió rápidamente a mi encuentro. Su pelo suelto se meció con libertad y sus pulseras tintinearon al ritmo de su andar. Mi inicial aún colgaba en su cuello, y la pulsera rosa estaba todavía en su muñeca. Tuve la necesidad de escanearla en los breves segundos que tardó en acercarse con su vestido largo y holgado por el que se asomaba una de sus piernas.

—Vamos afuera, por favor.

Llevaba días desesperado por escuchar su voz, y que aquello fuera lo primero que me dijera empeoró las cosas. Su mano se apoyó sobre mi estómago obligándome a detenerme.

—¿Así vas a saludarme, Abril?

—Christian, no hagas esto. No discutamos aquí —pidió con suavidad—. Vamos a afuera.

—¿Los interrumpí?

Su atención se apartó de mí por pocos segundos, cuando volteó para ver cómo Franco se acercaba. Lo hizo despacio, con el regalo entre las manos y una sonrisa estúpida dedicada a Abril, que solo aumentó mi deseo de partirle la cara.

—Franco, vete, por favor.

—No te preocupes, Aby, lo haré.

Apreté los ojos buscando un control que no tenía. Me estaba provocando al llamarla de aquella manera frente a mí, presionando los botones correctos para sacarme de mis casillas. Lo observé directamente a los ojos, notando cómo era incapaz de sostenerme la mirada. Estaba concentrado en Abril y en su evidente nerviosismo.

—Gracias.

—Acércate, inténtalo —lo reté, al ver su intención de acercarse a ella para despedirse con un beso en la mejilla.

—No eres su dueño, maldito enfermo. Te lo dije antes y te lo repito. Abril ha estado en mi vida desde siempre y no va a dejar de estar solo porque tú lo dices.

—Franco, cállate y vete.

—No, Abril. Alguien tiene que poner en su lugar a este tipo. Estás asustada porque él está aquí. ¿Te ha hecho algo? ¿Por qué le tienes miedo?

La irritación creció tanto que contenerla fue imposible. Su insinuación y la manera en la que observó a Abril acabaron con el poco control que tenía. Como si supiera lo que estaba a punto de hacer, Abril se puso en medio de ambos, dándome la espalda para ver de frente al imbécil que la observaba con suma atención.

—¡No! No le tengo miedo a Christian. ¿Qué te pasa?

—Si me entero de que le has hecho algo, vas a arrepentirte toda la vida. La tienes tan manipulada que es capaz de encubrirte. Abril no está sola, estoy yo para defenderla.

Rodeé a Abril porque no pude contenerme, y cuando lo tuve de frente lo tomé de la camisa con tanta fuerza que escuché a lo lejos el sonido de sorpresa que dejó salir una de las personas que estaban cerca.

—Christian, por favor, no.

Aunque escuché a Aby con claridad lo llevé hasta la pared, en donde lo empujé de frente, fui más rápido al evitar que volteara. Con mi brazo flexionado presionando su espalda, lo mantuve de cara a la pared.

—¿Intentas hacerte el superhéroe cuando el único que se ha aprovechado de ella eres tú? —Lo presioné con más fuerza hasta que mis brazos temblaron por el esfuerzo—. Acércate a ella una vez más, llámala Aby frente a mí, y te mostraré qué tan enfermo estoy. Vete a la mierda antes de que te parta la cara frente a ella.

—Golpéame, es lo que estoy esperando. Quiero que ella vea de lo que eres capaz.

—Suéltalo y sube conmigo a mi oficina, Christian.

—Toda esa rabia que me tienes es innecesaria. Nunca me cogí a Aby, aunque pude hacerlo, ella siempre quiso que lo hiciera —agregó, en un tono tan bajo que estuve seguro de que fui el único que lo escuchó.

Mi visión se enrojeció y la rabia emergió con tanta fuerza que no fui capaz de pensar. Lo volteé y estrellé mi puño dos veces contra su cara, haciendo que su cabeza rebotara contra la pared en ambas ocasiones. Alguien me sujetó por la espalda para alejarme de él, fue el vigilante, del que pude zafarme con facilidad, porque tenía la necesidad de golpearlo hasta dejarlo inconsciente. Lo único que me detuvo fue Abril, pues se colocó frente a él, con el cuerpo temblando por el nerviosismo.

—Da un paso hacia atrás y no te le acerques. Suficiente, Christian, suficiente —repitió, con la voz temblorosa—. Vete de una vez, Franco.

La nariz del perdedor de mierda estaba sangrando, se movió con torpeza dejando su regalo tirado en el piso y caminó hacia la puerta ante la mirada atenta de todos los curiosos que se reunieron en la recepción.

Guiado por la rabia visceral que sentía por él, lo seguí hasta alcanzarlo en la puerta, al darse cuenta de mi presencia, volteó y soltó un golpe que impactó directo sobre mi pómulo.

—¿Crees que me voy a quedar con los brazos cruzados? Aquí no está Abril, maldito imbécil.

Se abalanzó una vez más, pero como no estaba del todo desprevenido evadí su puño. Aun así, llegó a impactar en parte de mi barbilla. Lo empujé con fuerza por los escalones, con rabia. Y cuando cayó al piso supe que aquella era mi única oportunidad. Hizo el intento de ponerse de pie, pero fui más rápido que él, y justo en el último escalón salté sobre su rodilla flexionada y repetí el movimiento una vez más, hasta que crujió y se quejó por el dolor.

—¿Christian, qué hiciste? —preguntó Aby desde arriba, lucía despavorida—. ¿Christian, qué hiciste? —repitió, esta vez con lágrimas en los ojos.

Varias personas salieron a la vez, un par de ellas lo rodearon y yo me hice a un lado, contemplando cómo se quejaba por el dolor. Fue un momento breve en el que mi atención estuvo en él, en cuanto vi a Abril salir con un bolso en la mano la seguí.

—¿Adónde vas?

—Lejos de ti, no me toques, Christian.

Pude alcanzarla, pero respeté su orden de no tocarla. Dejé que saliera y luego que cruzara la calle. En cuanto avanzó subí a la motocicleta y la seguí, manteniendo distancia y a una velocidad ridícula.

Sabía que se dirigía a su casa, por ello no opté por intentar convencerla de detenerse. En cuanto llegó y yo me detuve, noté que su llanto era incontrolable. Aguardé a que abriera la puerta para entrar tras ella, sin una invitación de su parte.

—¡Me harté! —gritó como nunca lo había hecho, en cuanto entró a la sala—. ¿Qué es esto que acabas de hacer? —Nala apareció desde la cocina, moviendo la cola con una evidente alegría que mutó en cuanto nos vio a ambos—. Yo te importo una mierda, yo no soy nada para ti.

—¿Qué estás diciendo, Abril?

—Acabas de golpear a un hombre en mi tienda, frente a todos. En mi lugar de trabajo, que se ha visto perjudicado por los rumores en los que me envolvieron por tu culpa. Frente a todas esas personas a las que intento convencer de que todo es una mentira, de que nunca estuve con los dos a la vez, de que no rompí ninguna relación ajena. ¡De nuevo no pensaste en mí, de nuevo pasaste por encima de mí para conseguir hacerle daño a alguien!

—¡Maldita sea, Aby, no mezcles las cosas!

—Jamás vas a cambiar y ya me cansé de esperar un milagro. No te quiero cerca de mí. No puedo seguir metida en esto que no es sano. No soy capaz de hacer esto, no tengo fuerzas para lidiar con algo así.

Me dio la espalda y se dirigió hacia la cocina, estaba llorando con un desconsuelo que me atormentaba. Una mano apretaba su pecho, como buscando calma, mientras Nala la seguía sin cansancio. Di un paso hacia el frente al verla regresar, lo hizo con pasos lentos y con cerillos en las manos.

—Toma agua, iré por ella —me atreví a decir cuando vi que se limpiaba las lágrimas. Me ignoró y encendió un cerillo, que acercó a una vela.

—No quiero agua. Quiero romper todo vínculo contigo, cualquier hilo que nos haya mantenido unidos —me respondió, con la mirada fija en la vela que encendió—. Quiero alejar toda la energía que me una a ti, y deshacer cada nudo que nos mantiene atados.

—¿Eso es lo que quieres? ¿Terminar para siempre conmigo?

—Sí —respondió, levantando la mirada al fin—. Es lo quiero. Nos vemos en otra vida de nuevo, porque en esta no va a pasar nada entre los dos.

La decisión en su mirada me atravesó el pecho, trastocó mi ya jodida tranquilidad y me dejó sin aire por varios segundos. El cuerpo de Abril temblaba por el llanto, pero no cedió, estaba decidida a acabar con todo en ese instante. Algo humedeció mi mejilla, levanté la mirada buscando la causa en el techo, tardé un par de segundos en darme cuenta de que era una lágrima. La limpié con prisa antes de quitarme las pulseras en mis muñecas y tirarlas al suelo, en un gesto estúpido. Tenía un tatuaje por ella en el pecho que me la iba a recordar siempre, porque no lo pensaba borrar.

—Espero no volver a verte nunca.

Limpié otra lágrima y salí, sin ver a Nala, que lloró cuando azoté la puerta. No dudé ni un solo momento, caminé con largas zancadas hacia afuera y subí a la moto con prisa. Aceleré en cuanto el motor estuvo encendido, haciendo que el ruido resonara en el vecindario silencioso que no pensaba volver a pisar. La manera en la que Abril me estaba echando de su vida abrió una herida que nunca cerraría, la rabia con la que recordé aquel pasaje de mi vida me afectó tanto que aceleré para que la adrenalina sustituyera cualquier otra emoción.

Me concentré tanto en conseguirlo que me distraje del camino. No vi el auto que venía hacia mí, entrando a la calle por la que yo pretendía salir, con una velocidad tan alta que me fue imposible frenar. Pese a mis intentos y mis habilidades perdí el control, y en menos de un parpadeo terminé impactándome de frente.

CAPÍTULO 35

Abril

El ruido del cristal haciéndose añicos erizó cada vello de mi cuerpo. Horrorizada, bajé la mirada hacia el piso, en donde los restos de la vela se encontraban desperdigados. La llama se apagó, pese a que no hubo ninguna corriente de aire. Mis sentidos se agudizaron cuando la vela cayó al piso de la nada, por ello fui consciente de todo lo que sucedía a mi alrededor, incluso del frenazo en el exterior, que se quedó resonando en mi cabeza.

En medio de la conmoción por esa horrible despedida, experimenté una sensación lacerante que se deslizó por todo mi pecho hasta asentarse en mi estómago. Era una emoción que experimenté antes, pero que en ese momento no identifiqué, por el dolor que me provocó ver salir a Christian. Rota, me incliné para recoger los trozos de vidrio. Lo hice con los dedos temblorosos y con el cuerpo dando pequeños saltos por culpa de un llanto desconsolado que me cortaba la respiración constantemente.

Había pasado muchos dolores a lo largo de mi vida; sin embargo, aquel me tomó desprevenida por completo. No tenía fuerza para enfrentarlo, dejar ir a Christian fue tan devastador que reponerme parecía imposible. Era como haber perdido una parte de mí.

Ante mi desconsuelo mi perra se mostró más sensible que de costumbre. La escuché llorar, un chillido insistente que se intensificó cuando no le permití acercarse por el temor de que terminara lastimada por los trozos de cristal aún desperdigados. Pese a lo débil que me sentía, me levanté para terminar de recogerlos. Me moví sin darme cuenta, sudando frío sin una razón aparente y con un peso extra en el pecho que hacía que respirar fuera doloroso.

Fueron largos minutos en los que mi mente no estuvo conectada a mis acciones. Puse los trozos de cristal sobre una toalla de papel mientras mi cuerpo no dejaba de temblar por culpa del llanto. Todavía tenía algunos restos de los vidrios en las manos cuando mi intuición le ganó la batalla al dolor en el que estaba sumida. Identifiqué la zozobra que estaba padeciendo, aquel mal presentimiento que era como la antesala de una gran desgracia. La sangre se me heló solo de pensar en ello, al mismo tiempo en el que el timbre sonaba con insistencia.

—¡Aby! ¡Abril, abre! —La voz de Maia sonó cargada de un nerviosismo que me puso los vellos de punta. La llegada inesperada de Franco y Christian a la oficina había provocado que me olvidara por completo de que ella también estaba ahí. Maia estaba conmigo cuando me avisaron que Franco me esperaba abajo. Tensa, por el estado en el que la escuché, me acerqué hasta la puerta, que abrí con una sola mano, la otra estaba ocupada. Todo parecía estar pasando en cámara lenta.

—Christian… —Mi pecho punzó con intensidad al decir su nombre, porque mi intuición desarrollada me había advertido de un peligro que identifiqué hasta ese momento.

—Aby, deja a Nala adentro vamos a…

—¿Qué le pasó? —la interrumpí, con una calma angustiante que contrastó con el tono agitado y nervioso con el que ella me habló—. ¡Maia! ¡¿Qué le pasó?! —agregué, ya alterada por su silencio.

—Un choque, se estrelló contra un auto. Venía a buscarte porque en la tienda me dijeron que saliste, y miré el accidente. Me acerqué para intentar saber algo, pensé que estabas con él, tuve tanto miedo. Se lo llevaron los paramédicos, tenemos que ir, vamos. Pedí un auto, conseguí los datos del… ¡Abril! —gritó horrorizada.

Habló tan rápido que mi mente aturdida no pudo concentrarse en nada, ni en la expresión de angustia que surgió de pronto en la cara de mi amiga. No pude reaccionar ni cuando sujetó mi muñeca para levantarme la mano. Lo único que logró sacarme del estupor fue la sangre que se deslizaba entre mis dedos.

Un dolor lacerante me atravesó en cuestión de segundos, y entonces comprendí el grito de Maia. En un impulso apreté la mano en la que aún sostenía los trozos de vidrio, al abrirla noté dos cortes en mi palma que sangraban sin parar. Maia me obligó a entrar a la casa, y sujetando mi muñeca me llevó directo a la cocina. Las emociones habían bloqueado de nuevo el dolor, por eso no sentí nada cuando metió mi mano bajo el agua del fregadero, ni tampoco cuando retiró dos trozos de vidrio incrustados en mi piel. Estaba llorando por la desesperación de no saber nada de Christian, no por la sangre que brotaba de mi palma herida.

***

Las pertenencias de Christian estaban entre mis manos: su reloj, la billetera y el teléfono. Decidieron entregármelas a mí después de que me identifiqué como su novia, porque no había otro familiar con él, solo su asistente.

Cristal había llegado al hospital antes que nosotras, era su contacto de emergencia, aun así, se negaron a ofrecerle información. Christian llegó inconsciente y aún continuaba en ese estado. Los médicos estaban con él, por eso no pudieron darnos más datos. Luché por mantenerme serena, incluso cuando todo se volvió más real en mi cabeza.

—Aby, hay que examinar tu mano. Mientras esperamos algún médico puede hacerlo.

Negué con un movimiento de cabeza y seguí a Cristal, quien se dirigía al piso número tres, en donde nos pidieron que esperáramos. Me negué a soltar sus cosas, caminé sujetándolas contra mi pecho para no tirarlas mientras Maia intentaba convencerme de buscar a un doctor.

—Que el casco esté intacto es una buena señal —el comentario de Cristal tuvo la intención de animarme. Me mostró el casco que colgaba de su brazo y forzó una sonrisa que no pude corresponder. El elevador comenzó a subir con las tres dentro y yo tuve que recargarme en la pared porque me sentía tan debilitada que me costaba trabajo mantenerme de pie—. Christian ha sufrido muchas caídas en motocicletas, sabe cómo caer para no lastimarse de verdad. Lo más importante siempre es proteger la cabeza de cualquier golpe.

—Cristal, no fue una caída, chocó con un auto.

—Pero es Christian —me respondió en un tono esperanzador—,

no le va a pasar nada. Al menos no nada grave, te aseguro que mañana estará como si nada, gritándonos por cualquier cosa.

—Aby, tu mano —insistió Maia, la pañoleta rosa en la que la envolví antes de salir de casa se había teñido de rojo. Sin embargo, seguía sin experimentar dolor, tal vez porque el que tenía en el pecho era más intenso.

—Cuando sepa algo de Christian buscaremos un médico. Antes no.

Las puertas se abrieron frente a nosotras y fui la primera en cruzarlas pese al aturdimiento con el que me movía. Siguiendo las señales en la pared, llegué a la sala de espera, en donde tomé asiento con prisa. La pequeña calma que encontré se terminó de forma abrupta al acomodar sobre mis piernas el reloj, la billetera y el teléfono de Christian. Contuve las lágrimas hasta que desbloqueé la pantalla, y cuando miré mi foto en ella se resquebrajo mi frágil control. Mi pequeño sollozo alertó a Maia, quien se corrió sobre el asiento para acercarme más hasta que pude ocultar mi cara en su hombro para llorar con la seguridad de que no me observaran.

—¿Abril, quieres que te busque algo de tomar?

—No tomará nada, la conozco —respondió Maia, abrazándome.

El llanto que apretaba mi garganta impidió que pudiera recomponerme de inmediato. Christian tenía mi foto en su teléfono a pesar de todas las veces que le dije que no quería estar con él. Con todo y su incapacidad para gestionar el rechazo seguía teniéndome presente, y el darme cuenta de ello me destrozó. Su mirada cargada de dolor me martirizaba, y no podía sacarme ese recuerdo de la cabeza.

—Pero no puede estar así. Su mano está sangrando.

—Lo sé, pero ya la escuchaste, no quiere que la atiendan.

—Convéncela, si Christian se da cuenta de que la vi así y no hice nada me gritará como un loco.

Aunque hablaban en voz baja podía escuchar sus murmullos, que solo cesaron cuando llegó alguien. Maia se irguió sobre su silla, obligándome a levantarme también. No le presté atención a lo que pasaba frente a mí, me puse el reloj de Christian, que me quedaba grande, y volví a contemplar su fondo de pantalla.

—¿Son doctores? —La pregunta de Maia me obligó a levantar la mirada, y solo entonces me di cuenta de que Javi estaba ahí, caminando con prisa al lado de dos hombres que se movían con la misma rapidez.

—Sí, son los médicos de Christian. Falta uno más, seguro Javi no pudo localizarlo.

—¿Por qué trae médicos? —continuó Maia interrogando.

—Cualquier accidente de Christian debe ser atendido por sus doctores, que son los que tienen su historial médico. Hay viejas lesiones que deben evaluar, nadie lo toca al menos que sea una emergencia. Siempre ha sido así, cualquier lesión mal tratada podría ocasionar graves problemas, estamos a mitad del campeonato.

Javi se movió con tanta prisa que no se percató de nuestra presencia. Intenté ponerme de pie para alcanzarlo, pero mi movimiento quedó a medias al ver a Daisy acercarse a nosotras. En cuanto nuestras miradas se encontraron me pude dar cuenta de su preocupación, estaba pálida y ligeramente despeinada, algo impropio en ella, que siempre lucía perfecta. Su expresión de angustia se acentuó cuando se detuvo frente a nosotras, como si mi desánimo le hubiera quitado entereza.

—¿Qué fue lo que pasó? —me cuestionó directamente. Me levanté para saludarla y Daisy decidió abrazarme, aquello solo empeoró mi debilidad. No toleraba que me abrazaran cuando me encontraba así de rota, porque llorar me era inevitable.

—No lo sé bien, se estrelló contra un auto.

—¿Lo viste?

—No, aún no.

Sus brazos me cercaron con más fuerza, provocando que el nudo en mi garganta se tensara mucho más. Tomé una bocanada de aire al mismo tiempo en el que rompía el abrazo. Daisy, aunque preocupada, mantuvo el control, bajó la mirada hacia mi mano herida y entonces fue imposible evitar la revisión médica. Me llevó hasta un consultorio, ignorando todas mis protestas. No le importó mi disposición de no moverme hasta saber de él. Le pidió a Maia y a Cristal que nos pusieran al tanto de cualquier cosa porque decidió quedarse conmigo hasta que el doctor que encontramos en un pasillo viera mi palma.

Los cortes no eran tan superficiales como creí, al momento de limpiarlos experimenté dolor de verdad por primera vez, que me llevó a removerme por el ardor. Necesité un par de puntos en uno de los cortes, y tuve que permanecer más tiempo con el brazo extendido, soportando el escozor. De alguna manera el dolor físico me distrajo, pues cuando salimos del consultorio me sentí más tranquila, aunque la preocupación persistía.

—Tu vestido está manchado. —Bajé la mirada ante la observación de Daisy, había gotas de sangre por varias partes. Ella insistió en que debía tomar algo para los nervios, pero yo solo quise sentarme en cuanto llegué.

—Está estable. —Me hallaba tan concentrada en mi vestido que la voz de Javi me sobresaltó. Él me dio un beso en la mejilla y observó a su esposa, como si quisiera calmarla—. Ya está consciente, el traumatólogo lo está examinando. Los doctores quieren mantenerlo en observación para descartar una contusión, por el tiempo que permaneció inconsciente.

—Gracias a Dios —dijo Daisy, apretando mi mano.

—¿Está despierto? ¿Puedo verlo?

—El doctor está con él, Abril, pero en cuanto salga creo que podremos verlo. ¿Qué te pasó?

—Me herí con un pedazo de vidrio. ¿Todo está bien de verdad?

—Bueno, no del todo, pero dentro de lo que cabe, sí. Pudo ser peor. El doctor cree que tiene una lesión fuerte en una pierna y otra en el mismo hombro que la temporada pasada, la cual casi lo deja fuera del campeonato. No sabremos la gravedad de esto hasta que no hayan hecho todos los exámenes. Una lesión así puede dejarlo fuera de la pista por semanas. No creo que repita la hazaña de recuperar cada punto perdido. Christian está completamente desconcentrado.

La culpa que ya padecía aumentó al escuchar aquella información. Me solté del agarre de Daisy y en voz baja manifesté mi deseo de sentarme. Lo único que quería era alejarme porque verlos a los ojos me fue imposible. Yo era el motivo por el que Christian hubiera estado desconcentrado, incluso por el que estaba en un hospital.

—Lo de tu mano es algo serio, ¿cierto?

Negué y busqué refugió en Maia, recostando la cabeza sobre su hombro. Quería descanso porque todas las emociones me habían desgastado de una manera inexplicable. Permanecí un rato ahí hasta que retomé algo de fuerza y decidí torturarme al desbloquear de nuevo el teléfono de Christian. Tras ver mi foto de nuevo y dejarlo a un lado abrí su billetera. Maia bajó la mirada, pero no emitió ningún comentario al verme sacando su permiso de conducir, solo mi repentina inquietud la hizo reaccionar con un largo suspiro.

—Cumple años el veinticuatro de octubre.

—¿No lo sabías?

—No. Todas las veces que le pregunté cuando nació, me envió a googlearlo. Y no quise hacerlo, porque estaba esperando que él me lo dijera.

—Aby, no tiene nada grave —dijo, al darse cuenta de lo afectada que sonó mi voz.

Me volví a recostar sobre el hombro de mi amiga hasta que un largo rato después Daisy se sentó en la silla vacía a mi lado. Me apretó la mano en un gesto cariñoso que interrumpió la presencia de Cristal.

—¿Daisy, puedo ayudar en algo? —preguntó con amabilidad.

—Creo que deberías ir a descansar, Cristal. Seguramente mañana tendrán muchas cosas por hacer. Yo le diré a Javi que te pedí que te marcharas. Vete tranquila.

—Está bien, tendré mi teléfono encendido por si se ofrece algo.

Daisy agradeció con una sonrisa la amabilidad de la asistente de Christian. Yo, en cambio, no pude corresponder a la que ella me ofreció al momento de despedirse. La cantidad de emociones intensas que experimenté en una sola noche me había desgastado. Cristal se marchó dejándonos a las tres solas de nuevo, en un silencio triste que un doctor rompió cuando dijo el nombre de Javi en voz alta.

Mi mirada se quedó fija en el pasillo por el que Javi y el doctor se marcharon, mientras mi mente me llevó de nuevo a la última discusión que sostuvimos. Había una mezcla de arrepentimiento y confusión dentro de mí. Una vorágine de sentimientos que no me permitía pensar con claridad y me mantenía sumida en un desconsuelo que se incrementaba con el paso de los minutos. Todo lo que ocurrió en las últimas horas era demasiado como para poder procesarlo de golpe: Franco apareciendo para hablar conmigo de la entrevista que dio, Christian llegando de sorpresa y la pelea física entre ambos. Mi vida entera era un caos, y aunque sabía que debía atravesar todo aquello, en aquel momento no me sentí capaz de hacerlo.

—Christian acababa de volver, se suponía que debía estar en casa descansando.

Pese a que Daisy hablaba con Maia, mi atención se volcó en ella. Sonó tan angustiada, y casi tan impaciente por la espera como me encontraba yo. Maia le frotó el hombro queriendo reconfortarla, como intentó hacerlo conmigo.

—Fue a buscarme —confesé, y percibí cómo crecía el peso de la culpa—. Discutimos y salió molesto de mi casa.

—Christian va por la vida molesto todo el tiempo. Esto no fue por su enojo, es por su terquedad, por su imprudencia. Javi ha intentado hablar con él de todas las maneras posibles.

—Lamento todo esto, Daisy.

—No es tu culpa. No tienes de qué disculparte, Abril.

Aquella afirmación hecha con convicción no me quitó el peso extra en el pecho, tampoco me ayudó a lidiar con la culpa que sentía. El recuerdo de su mirada me hundía en una inquietud que no experimenté antes y de la que no sabía cómo salir. Intenté todo en los siguientes minutos, respiré hondo, caminé por el pasillo e intenté concentrarme en la energía de los cuarzos que guardaba en mi bolso; sin embargo, no logré relajarme. La tensión solo crecía hasta el punto de desesperarme.

—¿Estás bien? ¿Te duele la mano?

Negué a las dos preguntas de Maia, notando cómo la ansiedad estaba afectando mi forma de respirar. Me erguí un poco para acomodarme mejor sobre el sillón, y escuché el ruido de pasos. No fui la única en percatarme de que alguien se acercaba. Daisy se puso de pie para ir al encuentro de su esposo, que lucía más serio que antes. Intercambiaron un par de palabras en las que no pude concentrarme, ver a Javi detenerse frente a mí me alteró.

—Ya puedes entrar a verlo. La enfermera va a indicarte la habitación.

El corazón me latió con más fuerza ante aquella indicación. Tomé mi bolso, le di un largo sorbo a la botella de agua que me había ofrecido Maia y me puse de pie, mostrando una entereza que no sentía, porque las piernas me temblaban a pesar de no haber dado ningún paso.

—¿Hablaste de nuevo con los doctores? ¿Te dijeron algo peor?

—La lesión es seria, pero no es lo que más me preocupa—le respondió en voz baja a su esposa.

Terminé de recoger valor y finalmente me moví, impulsada por mi necesidad de no escuchar lo que Javi iba a decir. Mis pasos fueron firmes, caminé sin titubear hasta la enfermera, que me esperaba al inicio del pasillo. Ella me guio en completo silencio hacia la habitación que señaló con el dedo índice y luego se marchó con rapidez.

Mis pies se detuvieron apenas entré. Lo observé fijamente. Mi respiración se tornó superficial. Christian yacía sobre la cama con el pecho descubierto y con una de las piernas extendida e inmovilizada. Estaba conectado a un aparato que parecía medir sus pulsaciones, y emitía un sonido que me resultó inquietante. Sus ojos cerrados se abrieron poco a poco, como si hubiera sentido mi presencia. En ese momento, llevar aire a mis pulmones fue todo un desafío.

La mirada fuerte de Christian se quedó en la mía por largos segundos, provocando que mi piel se erizara de inmediato. Me lamí los labios por los nervios, a lo cual él prestó toda su atención. Cohibida por la tensión entre ambos, di un paso hacia adelante. Contemplé su rostro para buscar algún golpe, que afortunadamente no hallé.

—¿Qué te pasó en la mano? —Su voz hizo eco en mi cabeza y me llenó los ojos de lágrimas. Mi mayor miedo en todos los minutos que transcurrieron desde que supe lo que pasó fue no volver a escucharla. Con la emoción atorada en la garganta bajé la mirada hacia mi mano vendada, que de repente comenzó a punzar por el dolor.

—Me corté por accidente —respondí, haciendo un esfuerzo por sonar controlada.

—Hay sangre en tu vestido. ¿Te atendió un médico?

—Sí, no es nada. ¿Cómo te sientes?

Algo cambió en su mirada tras mi pregunta. Fue como si la calidez que siempre nos rodeaba cuando estábamos juntos se disipara de golpe, y el frío la sustituyera sin darme tiempo de adecuarme a ello. Lo miré a los ojos fijamente, y me di cuenta de que mi Christian, el lado blando de él, el que solo yo conocía, no estaba ahí. Las corazas se levantaron de nuevo, y frente a mí, sobre la cama, se hallaba el hombre de mal carácter y distante que todos conocían.

Respiré hondo, esforzándome por controlar el ligero temblor en mi cuerpo. Aún me encontraba asustada. La posibilidad de perderlo me dejó en un estado de nerviosismo. Christian aclaró la garganta sin apartar su mirada de mi mano.

—No tan mal como parece. ¿Qué haces aquí, Abril? —Pese a la hostilidad con la que habló, di otro paso hacia al frente para acercarme más. Quería extinguir la incomodidad que se respiraba, aun sabiendo que sería complicado conseguirlo. Ambos nos habíamos herido lo suficiente en nuestras últimas conversaciones.

—Quería verte —respondí, levantando la mirada una vez más—. Saber de ti.

—Eres la última persona que esperé que quisiera verme.

—Sé que todo se ha salido de nuestras manos en las últimas semanas, pero no puedo dejar de preocuparme por ti.

—He perdido la cuenta de todos los accidentes que he tenido en mi vida. No pasa nada, Abril. En unas semanas estaré como si nada. Pero tú no deberías estar aquí. Sé firme con tu decisión de mantenerte alejada de mí. Ya puedes irte. Querías romper cualquier vínculo que tenías conmigo y lo conseguiste. Yo no quiero verte.

—Sé que estás enojado, pero…

—¿Enojado? —me interrumpió, una pequeña risa sarcástica sonó unos segundos después, en los que no pude dejar de observarlo—. Abril, tengo la capacidad de ser cruel, hiriente y el peor de los cretinos con cualquier persona, pero no quiero serlo contigo. Vete antes de que no pueda controlarlo. Yo no quiero verte, para mí todo terminó hace horas, cuando salí de tu casa.

—Chris…

—Haremos de cuenta que nunca nos conocimos. Si coincidimos alguna vez no me detendré a saludarte. Aquí no pasó nada.

—Pasó todo —refuté, y apreté los labios para controlar la emoción que no me dejaba respirar.

—No volveré a buscar a Nala para no propiciar ningún tipo de acercamiento entre los dos. Eso no quiere decir que la perra dejó de ser mía. Quiero que continúe siendo bien cuidada. Seguirá en la misma guardería todo el tiempo que sea necesario, y si te niegas a aceptarlo buscaré la forma de quitártela del todo con mis abogados, y puedo conseguirlo con facilidad.

Había tomado una decisión de manera definitiva. Lo noté en su mirada, lo sentí en su energía; por ello mi entereza, o lo poco que me quedaba de ella, se tambaleó. Las lágrimas cayeron por mis mejillas, y él solo parpadeó casi mostrando hastío.

—Tienes un nuevo tatuaje. —Bajó la mirada hacia su pecho y asintió con una expresión que no pude descifrar. Me hallé tan afectada que no fui capaz de ver más allá de la frialdad que mostraba en ese instante.

—Estaba borracho. Soy un imbécil de mierda cuando hay alcohol en mi sangre. Pero no te preocupes, no hay nada que un par de sesiones de láser no solucionen.

Me tragué el llanto y asentí percibiendo cómo el dolor crecía. Él quería que me fuera, lo sabía; sin embargo, no podía moverme. Procesar lo que ocurría era complicado. Christian y yo alcanzamos un nivel de intimidad que jamás tendríamos con nadie. La idea de que actuáramos como dos desconocidos me destrozaba . No podía fingir que no había pasado nada, ni olvidar todo lo que sentía, llevábamos tantas vidas amándonos que me fue inconcebible hacerlo.

—Quiero darte un abrazo. ¿Puedo hacerlo?

—No. Ahorrémonos ese tipo de idioteces. Hace unas horas dejaste claro que no querías tener algo conmigo, abrazarnos es innecesario. Vete, Abril.

Si quería castigarme por lo mal que pude haberlo hecho sentir, consiguió su objetivo. Porque su indiferencia me lastimó de modo inefable. Alargué el brazo para sujetarle la mano, y él la apartó al darse cuenta de mi intención. Ese fue el impulso que necesité para moverme. Volteé y caminé hasta la puerta, percibiendo cómo el calor en mi pecho se tornaba más fuerte con cada paso. No miré atrás, salí y cerré suavemente, reuniendo toda mi fuerza de voluntad para no llorar más.

Maia fue la primera en darse cuenta de que me estaba acercando. Alertó a Daisy, que de inmediato caminó hacia mi dirección. Su entusiasmo no tenía nada que ver conmigo, ella quería ver a Christian, me quedó claro al verla sonreír. Pasó a mi lado, me apretó el hombro y avanzó con prisa por el pasillo que la llevaría hacia él. No tuve tiempo de decirle algo, quería despedirme de ella antes de marcharme.

—¿Estás bien? —cuestionó Maia.

—Sí. ¿Nos vamos?

—Abril, ¿puedo hablar contigo? —Javi me sujetó con cuidado el brazo al verme asentir, y me alejó un par de pasos de mi amiga. Lo observé intrigada, notando cómo buscaba algo en su chamarra. Me ofreció un pañuelo blanco que tomé, porque las lágrimas salían solas sin que pudiera hacer algo para detenerlas.

—Muchas gracias.

—Daisy y yo tenemos un cariño genuino por ti. ¿Lo sabes, cierto?

—Lo sé.

—No me gusta pedirte esto, pero en este momento creo que lo mejor es que no veas a Christian. No está bien. Desarrolló una dependencia emocional contigo que tiene que superar. —Aunque Javi fue cuidadoso hasta en el tono de voz que empleó, escucharlo me impactó—. Cuando hablé con él, fue como ver al Christian que conocí: cerrado, distante, retraído. Esto no es tu culpa. Él tiene muchos problemas desde su infancia, y nunca le interesó sanarlos. Prefiere guardar rencor por todo.

—Lo amo, de verdad —dije, saciando mi necesidad de dejarlo claro porque en ese momento sentía que todos lo ponían en duda—. No quería que nada de esto pasara.

—Lo sé, Abril. Sé el motivo por el que terminaron, y le advertí hasta el cansancio a Christian que esto iba a suceder. No te estoy pidiendo que te alejes de él porque ponga en duda tus sentimientos, es por su bienestar. Esto lo ha afectado en todos los aspectos. Ha tenido ataques de ansiedad, tiene problemas para dormir y cambios bruscos de humor. No solo me preocupa que gane al final de la temporada, me preocupa él. Christian es mi hijo. Quiero verlo bien.

Cuando se quedó callado lo abracé en un impulso irrefrenable, buscando un consuelo que nadie podía darme.

***

A lo largo de mi vida había atravesado por muchos duelos, pérdidas dolorosas que me dejaron sumida en una soledad que no se podía llenar. Pensé que tendría la experiencia para afrontar lo que estaba pasando desde que salí del hospital, pero la desesperación que padecí tras aquella noche fue tan novedosa e intensa que me tomó desprevenida y sin fuerzas para hacerle frente. Mi relación con Christian había acabado hacía varias semanas; sin embargo, me encontré sufriendo como en el día uno, en el que aún no asimilaba que ya no estábamos juntos, que todo lo que tuvimos se terminó de golpe y tenía que continuar viviendo sin él.

Me di cuenta de que estaba pasando por una noche oscura para mi alma, que nuestra relación de verdad estaba rota y que aquella desolación era la consecuencia de la que tanto estuve huyendo desde que entendí el tipo de vínculo que nos unía. Sabía que todo iba a pasar, que las cosas mejorarían para ambos, que padecer esto era necesario para sanar. No obstante, soportarlo era tan agobiante que busqué con desesperación algo de consuelo que me ayudara a sobrellevarlo.

En el transcurso de las dos semanas posteriores intenté encontrarlo en todo lo que estuvo a mi alcance, pero nada ayudó con la tristeza que me había abrazado con todas sus fuerzas. Los baños de sol, los de luna, los rituales que me enseñó mi tía, la compañía de mis amigas y de Nala no funcionaron para desaparecer el intenso dolor dentro de mi pecho, la soledad que vivía, ni la constante sensación de hallarme fuera de lugar.

Aunque me comportaba como una persona funcional, estaba viviendo en una persistente agonía, que me llevó a enfrentarme a uno de los grandes temores que desarrollé cuando nos encontramos: descubrir qué fue lo que ocurrió en nuestras vidas anteriores que nos impidió estar juntos. Pese a todas las reservas que tenía al respecto, y al miedo paralizante que me causaba lo que fuera a encontrar, usé la preciada libreta de contactos de mi tía para reunirme con una persona que podía ayudarme.

No titubeé, como de costumbre, pues desde que hice la primera llamada y acudí a la primera sesión me sentí acompañada. La presencia de mi tía estuvo conmigo en cada uno de mis pasos, aquella fue la razón por la que actué con tanta firmeza e ignoré mis temores.

Sabía que si mi tía estaba conmigo en ese momento era porque me hallaba haciendo lo correcto.

Y ahí estaba, recostada sobre un sillón, temblando como una hoja, sintiendo el peor dolor que experimenté y llorando como pocas veces lo había hecho, mientras Ana, la amiga de mi tía, me guiaba para sacarme del estado al que me había inducido. Su voz sonó lejana y poco clara, mi consciencia estaba alterada, sumida en el momento fatídico que presenciaba en medio del trance. Nos había tomado tres sesiones prepararme para ese momento. Ana tenía dones, como mi tía, y conocimientos psiquiátricos, estaba en las manos correctas, lo sabía. Aun así sentí miedo, un terror inexplicable que por un momento me hizo sentir asfixiada. Mi sensibilidad me hacía más vulnerable a lo que estaba viviendo, al sufrimiento crudo que experimentaba en ese instante.

—Abril, alejémonos un poco —me indicó, su voz llegó a través de la neblina en la que me sentí envuelta, un chasquido resonó y percibí cómo mi cuerpo fue empujado para poner distancia—. Vamos a regresar juntas, estoy contigo. ¿Qué ves?

—Una luz… violeta —agregué, tras sollozar.

—Atraviésala, es una energía sanadora, y de amor, es tuya…

Sus indicaciones continuaron por un largo momento más, y tras seguirlas comencé a ser más consciente de mi cuerpo. Mis párpados dejaron de percibirse pesados, mis músculos se destensaron poco a poco y mi respiración se relajó gradualmente. Lo primero que moví fueron las manos, que llevé hasta mis mejillas para limpiar las copiosas lágrimas.

—Estoy mareada.

—Es normal, no te preocupes. Tómate tu tiempo, con calma.

No pude obedecer aquella petición porque todo lo que vi me alteró de manera desmesurada. Cuando abrí los ojos la luz que iluminaba el lugar terminó de despejarme. El dolor de cabeza me mantenía aturdida. Quise sentarme, pero no pude moverme, al menos no de inmediato.

—Me siento agobiada.

—También es normal, no te asustes —pidió, su tono gentil fue reconfortante. Se acercó para sentarse frente a mí, y luego me vi obligada a parpadear—. Retrocedimos muchísimo, estarás un poco cansada, incluso agobiada, pero pronto pasará. Harás los ejercicios de respiración de los que hablamos. ¿Quieres hablar de lo que viste?

—A mi mamá… pude verla a ella. No la recordaba. —Se levantó para ofrecerme agua, que tomé de sorbo en sorbo, pues el nudo en mi garganta evitaba que diera tragos largos.

—¿Fue agradable hacerlo?

—No. La extraño muchísimo… También estaba en mi otra vida… mi hermana, o alguien muy cercano.

—Siempre estamos rodeados de los seres que han sido importantes para nosotros. ¿Qué más viste?

—A él… Nuestra última despedida, la manera en que morí.

El llanto se volvió desolado, revivir todos esos dolores fue tan fuerte que me fue imposible controlar la emoción. Ana no pareció sorprendida, guio mi respiración para ayudarme a encontrar calma, y cuando lo consiguió me pidió que anotara todo lo que observé. De primer momento no me hallé convencida de hacerlo, pero después de empezar sentí una tranquilidad reconfortante. Estaba haciendo catarsis, sanando mientras escribía con letra poco legible las emociones que experimenté y los hechos que viví. El dolor de cabeza no disminuyó cuando terminé, tampoco cuando me tomé el té que me ofreció la amiga de mi tía. Se quedó conmigo. Incluso al salir de ahí me dijo que no dejaría que me marchara sola, pese a que le repetí una y mil veces que no era necesario.

—Tu tía jamás me lo hubiera perdonado —me dijo, justo cuando nos encontrábamos dentro de su auto, aguardando a que la luz del semáforo cambiara.

La sensibilidad de Ana era perceptible. Emanaba una energía luminosa y mucha sabiduría, me recordaba a mi tía. Me fue inevitable extrañarla mientras conversaba con Ana.

—No seguí instruyéndome —le respondí, cuando me lo cuestionó—. Mi tía enfermó y nos enfocamos en la tienda. Pero aprendí muchas cosas con ella.

—¿Tus dones están despiertos?

—Lo están.

—¿Sabes que tendremos que vernos de nuevo? Aún no hemos terminado. —Asentí acongojada por lo mucho que me afectó lo que acababa de pasar. No me sentía lista para repetir el proceso, pero había cosas por sanar. Ana accedió a ayudarme.

—Aún me siento agitada.

—Prende una vela, relájate como sabes hacerlo. Esta noche será complicada. Sé que el panorama es un poco desalentador, pero sabes que todo lo que te espera después de esto será la mejor recompensa. Deberás enfocarte en ti, soltar y confiar, es lo mejor que puedes hacer para sanar.

Sonreí aún con los ojos cargados de lágrimas y la emoción atorada en la garganta. Aquella posibilidad hizo que me sintiera más tranquila al bajar del auto y despedirme. Quería hacerlo, quería concentrarme en mí, curarme de todas las maneras posibles para poder encontrar la paz que necesitaba.

Nala me recibió, y su alegría me reconfortó más de lo que esperé. Tras dejar mis cosas a un lado para acariciarla, revisé los mensajes que ignoré gran parte del día. Todos eran de mis amigas, las únicas con las que mantenía comunicación. Christian me había mostrado que habló en serio cuando dijo que no quería verme. No me buscó, no me llamó, tampoco me escribió e ignoró todos mis intentos de comunicarme con él. Mi única manera de saber algo de su recuperación era a través de Daisy, a quien me atreví a llamar en medio de mi desesperación.

Daisy me aseguró que lo estaban atendiendo bien, y que anímicamente era el mismo de siempre. Debía sentirme tranquila porque las cosas estaban marchando bien para él, pero lo extrañaba tanto que no podía sentir ni una pequeña dosis de alegría.

Diana me dijo que la lesión en la pierna lo dejaría fuera de las pistas por tres fechas, que perdería una cantidad de puntos importantes y que la posibilidad de que ganara el campeonato era casi inexistente. No respondí los mensajes de Diana. Tampoco le devolví las llamadas a Mich. Estaba tan cansada por la sesión y las horas que pasé trabajando en la tienda que opté por quedarme recostada sobre el sofá, abrazando a mi perra, que se acurrucó a mi lado porque sabía que la necesitaba.

Debí quedarme dormida casi de inmediato y entonces la pesadilla comenzó. Sabía que era un sueño, que podía despertar, pero no lograba hacerlo. Estaba atrapada en la desgracia, observando momentos con Christian en otras realidades que eran tan dolorosas que se percibían como una tortura que no acabó hasta que por fin desperté.

Me senté de golpe en cuanto abrí los ojos, el corazón rebotaba dentro de mi pecho y mi pulso estaba fuera de control. Nala se dio cuenta de que algo me ocurría porque saltó al sofá para acercarse. Solo cuando la abracé sentí algo de alivio, pero mi cuerpo temblaba agitado, y todos los ejercicios de respiración no me ayudaron.

Por la siguiente media hora busqué con desesperación la manera de controlarme, pero no tuve éxito. Fue entonces que decidí pedir ayuda. Le marqué a Mich, la única de mis amigas que siempre respondía sin importar la hora o el día, y aguardé con impaciencia con el teléfono pegado a la oreja. Contener el llanto era doloroso, mientas escuchaba el sonido que llamaba me esforcé por no volver a llorar.

—Te llamé mil veces, no puedo creer que te atrevieras a devolverme las llamadas hasta ahora… ¿Aby? —agregó, ante mi sollozo.

—Quiero ver a Christian —confesé, mi voz sonó completamente afectada por el llanto—. Necesito hacerlo.

—No lo necesitas, Aby. Solo lo extrañas y es normal.

—Lo necesito, no lo entiendes. Nos vi, Mich, vi nuestra última despedida, y estoy sintiendo la misma desesperación, de que no hay nada más para él y para mí.

—Ya estaba en la cama, pero me cambiaré para ir a verte. Espérame, no tardo.

—No, no salgas de tu casa si ya estabas en la cama. Te llamo después, necesito colgar.

—Espera, Abril. ¿Qué harás?

—Verlo —respondí, evidentemente desesperada.

—¿Irás a buscarlo ahora mismo? Dijiste que él no quería verte.

—No me importa, lo necesito. Conduciré hasta ahí.

—¿Conduciendo? ¿Vas a conducir? —Su incredulidad no me tomó por sorpresa, yo misma no podía creer lo que iba a hacer. Fui directo hacia el garaje, que abrí con Nala detrás de mí, y Mich esperando una respuesta.

—Sé conducir —repliqué cuando volvió a preguntarme si pensaba hacerlo.

—Maldita sea, Aby, me vas a volver loca. ¿Puedes llamarme en cuanto estés ahí? ¿Y avisarme si ese idiota te hace sentir mal? ¿Está bien?

—Sí.

La decisión con la que me conduje tras colgar no me permitió detenerme a pensar lo que estaba haciendo. Me aseguré de dejar a Nala adentro, tomé mis cosas y subí al auto que encendí sin ningún tipo de problema. No experimenté ningún indicio de arrepentimiento en los siguientes segundos. Ni siquiera cuando me puse en marcha y me di cuenta de que me hallaba sola, detrás de un volante y con los nervios alterados.

Debí de actuar en piloto automático, sin analizar con detenimiento mis acciones, porque conduje con prisa, sin titubeos y con la firme intención de verlo, así él no quisiera permitirlo. Para cuando llegué al edificio de Christian las lágrimas se habían controlado. Mis ojos y mi nariz enrojecida eran la única evidencia del llanto. Me limpié la cara y, tras estacionarme, bajé y recorrí el lobby, como tantas veces lo había hecho, como si fuera bienvenida en ese lugar.

Pese a la probabilidad de no encontrarlo, mis pasos fueron firmes hasta que se detuvieron en la puerta de su cuarto. En el momento en que puse la mano sobre la manija tuve la certeza de que lo estaba buscando en el lugar adecuado, y solo entonces el nerviosismo se manifestó. Tomé aire para suprimir mis náuseas, que solo reflejaban mi alteración, y la empujé suavemente.

Christian estaba tendido sobre la cama, con los ojos abiertos y la vista puesta en el techo. La luz de la lámpara sobre el buró iluminaba solo un poco la habitación, por ello pude apreciar el gesto en su cara al verme. La sorpresa, la incredulidad y algo parecido al miedo se reflejó en su mirada en cuestión de segundos.

La desesperación me empujó a ser valiente. Me moví como si no temiera que me echara, que se comportara tan cretino como la última vez que lo vi. Dejé mi bolso en el sillón y luego me acerqué a la cama, actuando con una entereza que no tenía idea de dónde la había sacado.

Christian se tapó la cara con ambas manos, en un gesto claro de enojo y fastidio que no se molestó en disfrazar. Noté cómo sus músculos se tensaban a pesar de que respiró hondo, en busca de calma. La intranquilidad que yo padecía empeoró en segundos, aquella angustia no era mía, venía de él, de lo mucho que lo afectó verme. Me limité a sentarme al otro extremo del colchón, al pie de la cama, manteniendo una distancia que solo me lastimaba.

—¿Qué demonios haces aquí, Abril?

Su pregunta fue un golpe contundente que me dejó sin aire. Yo creía que estaba preparada para eso; sin embargo, su hostilidad trastocó mi frágil estabilidad. Al tomar aire para dejar ir la emoción, me di cuenta del peso extra en todo mi pecho. Era un dolor que también era suyo. Estaba tan receptiva a sus emociones que contener el llanto fue complicado.

—¿Recuerdas cuando me preguntaste cómo éramos en nuestras otras vidas?

—Toma —dijo, tras alagar el brazo para sujetar su teléfono—. Llama a una de tus amigas, que vengan por ti. —Lanzó el teléfono suavemente, que quedó cerca de una de mis rodillas. La pantalla iluminada no solo me permitió ver la hora, también hizo que me percatara de que mi foto ya no estaba ahí. Había sido reemplazada por una imagen del trofeo que ganó la temporada anterior.

—Comencé una terapia de regresión —le expliqué, ignorando su sugerencia—. Encontré a alguien que me pudo ayudar con eso y pude vernos. A ti y a mí… en otras vidas.

—Abril, no quiero saber nada al respecto.

—Hemos estado juntos muchas veces, pero solo pude ver con profundidad la última de todas ellas. —Christian maldijo entre dientes ante mi audible sollozo, evidenciando hastío. Me llevé la mano al pecho buscando apaciguar el dolor, que era tan intenso como el que experimenté en el trance—. Me llevabas varios años y ambos estábamos casados, con distintas personas, fuimos amantes.

—Dame el maldito teléfono, las llamaré yo.

—Por eso me dolió tanto lo que pasó, porque es una herida profunda de nuestra vida pasada. Una lección no aprendida. —Mi voz completamente rota, o el llanto desolado que me puso a temblar, hizo que la expresión en su cara cambiara. Bajó la mirada hacia sus manos por largos segundos, hasta que finalmente suspiró y negó casi al instante.

—¿A quién prefieres que llame? ¿A Michelle o a Diana? A Maia no pienso hablarle.

—Teníamos la misma conexión, igual de fuerte, sabíamos que estaba mal lo que hacíamos, pero no podíamos hacer nada para evitarlo. Estaba embarazada, pensábamos escapar juntos, pero las mentiras y todos los problemas nos fueron desgastando. Vi nuestra última despedida. La pelea que tuvimos porque yo no quería irme contigo esa misma noche. Estaba lloviendo, era un pueblo lejano a todo, porque hablabas de viajar toda una noche —hice una pausa porque otro sollozo no me dejó hablar y entonces noté que la atención de Christian estaba totalmente en mí—. Te fuiste, me dejaste ahí en medio de un lugar boscoso, que me hacía sentir amenazada. Cuando volví a casa...

El dolor en el pecho fue paralizante, por un momento no pude hacer otra cosa que intentar respirar con normalidad.

Ana me había advertido lo difícil que sería esa noche, jamás mencionó la tortura que iba a enfrentar.

—¡Abril! —me gritó molesto, como si lo hubiera ignorado antes—. Bebe agua, toma la botella.

—Cuando volvía a casa tuve un accidente. Morí esa noche, pude verlo, pude sentir esa desesperación.

El silencio fue sepulcral en cuanto me quedé callada, lo único que lo rompía eran los pequeños sollozos que salían de mis labios, y mi respiración aún acelerada. Christian se quedó inmóvil, con la espalda apoyada en el respaldo de la cama y la mirada puesta en un punto fijo en la pared.

Pese a la conmoción que estaba atravesando, al verlo noté que los vellos de sus brazos estaban erizados y su respiración estaba tan alterada como la mía.

—Yo no confiaba en ti, y tú tampoco en mí, nuestro amor era caótico, pero queríamos tanto estar juntos —dije, aunque Christian parecía no poder prestarme atención—. De todas las veces que hemos estado juntos, la última fue la más trágica. Lo sé, lo siento, por eso creo que nos encontramos tan jóvenes en esta vida y sin tantos obstáculos entre nosotros. El pacto entre nuestras almas se cumplió más rápido para tener más tiempo.

—En cuanto te calmes llamaré a Michelle para que venga por ti.

Su indiferencia no me lastimó porque percibí el desconcierto que escondía. Christian estaba experimentando una confusión densa, porque todo lo que dije resonó dentro de él. Sus viejos recuerdos, o mi sufrimiento, hubo algo que penetró todas sus corazas.

—Nunca hemos logrado llegar a la armonía, jamás nos casamos, jamás tuvimos una vida en común, nunca tuvimos un hijo... Solamente fuimos momentos, instantes que no llegaron a más, y planes que no se concretaron.

—Y seguiremos siendo eso, porque todo terminó, Abril. Toma más agua, cálmate para que pueda decirle a una de tus amigas que venga por ti.

—No me quiero ir, hoy no. Esta noche será horrible para mí. Estoy reviviendo todo el dolor de la última vez —murmuré, recostándome sobre el suave colchón.

Christian rechistó por lo bajo, se quejó entre dientes y maldijo en un tono más alto, pero no me pidió otra vez que me fuera, y tampoco se levantó de la cama. Pasaron largos minutos, tal vez treinta o quizás más, en donde lo único que hizo fue quedarse ahí, a mi lado, en silencio. Hasta que finalmente apagó la luz sobre el buró y lo sentí moverse sobre el colchón para acomodarse sobre su almohada.

Christian durmió con profundidad a mi lado, fingiéndose ajeno a mi presencia, cuando en realidad estaba agitado y perturbado por todo lo que escuchó. Aunque no lo tuve cerca como quise, obtuve una pizca de tranquilidad para lograr conciliar el sueño un largo rato después. Tal vez fue su calor corporal o el olor de su perfume impregnado en las sábanas lo que me ayudó a dormir con profundidad hasta la mañana siguiente.

Cuando desperté, él no estaba ahí. No fue necesario que lo buscara en todo el departamento. Supe con certeza que se había marchado, que lo hizo para evitar un enfrentamiento entre ambos, y aunque me dolió más de lo que podía explicar, me negué a lamentarme por ello.

***

Me asomé a la ventana antes de dirigirme a la cocina, estaba anocheciendo y el bullicio en la calle era cada vez más fuerte. No me gustaba Halloween, la densa energía que se percibía desgastaba la mía. Esa fue la razón por la que esa tarde no vi a Ana, como solía hacerlo todos los martes.

—Oye, ¿estás bien? —Maia me tomó desprevenida, su voz suave me provocó un pequeño respingo. Ella rio por mi reacción, la escuché cuando volteé para estar frente a ella, con la camisa mojada porque el susto había hecho que tirara un poco de agua.

—Sí, solo moría de sed.

—Si no quieres estar sola me puedo quedar para hacerte compañía —propuso por tercera vez consecutiva. Parecía que a mis amigas les era inconcebible que me quedara encerrada en casa, en lugar de disfrazarme e irme de fiesta con ellas.

—No, ve a divertirte, no pasa nada, estoy bien. Ve a prepararte. No pierdas tiempo.

—Tu teléfono estaba sonando.

Lo tomé cuando lo extendió, pero no vi la notificación que flotaba en la pantalla, aguardé que volteara y se marchara para desbloquear la pantalla y así leer el mensaje que había recibido. Era de Franco, solía escribirme una vez al mes para saludarme, forzando una relación que ya no quería sostener por todo el daño que me causó. Lo ignoré, como lo hice con el anterior, y dejé el teléfono sobre la isla de la cocina, sin ningún tipo de remordimiento.

Había dejado de sentirme mal por la lesión que lo sacó de la temporada de MotoGP, entendí que los tomaron la decisión de agredirse fueron él y Christian, y que yo no tuve nada que ver en ello. Aun así, lamentaba que le pasara algo así.

—Aby, ¿parezco una chica gótica? —Asentí observando a Mich, que apareció en la cocina con un vestido negro corto y ajustado, tenía el pelo suelto y varios de mis anillos en una mano.

—Sí, te ves perfecta.

—¿Entonces por qué Diana dice que no?

—¡Porque no soy mentirosa! —gritó desde mi cuarto. La risa que solté al oírla se silenció de golpe ante el sonido del timbre de la casa.

Nala ladró tras asomarse a la ventana, con la misma inquietud que mostraba cuando un desconocido se acercaba, y me obligó a llegar a la ventana con prisa, para ver quién estaba afuera.

—¿Esperabas a alguien?

—No. Es un mensajero. Tampoco esperaba ningún paquete, menos a esta hora.

—Iré por él, estás descalza.

Me mantuve asomada a la ventana y observé cómo Mich cruzó el jardín, Nala iba tras ella, ladrando de manera molesta al mensajero que parecía un poco embobado por mi amiga. Me centré tanto en los gestos de ambos que me tomó por sorpresa verla voltear con un inmenso ramo de rosas blancas. Fruncí el ceño y levanté la mano queriendo llamar su atención; sin embargo, ella ignoró mi gesto. Caminó de regreso a la casa con una seriedad que no comprendí.

—¿Qué es eso? ¿Se equivocaron?

—No, son para ti.

—¿Para mí?

Tomé el ramo entre mis manos, experimentando una mezcla de sorpresa y confusión. El ruido de pasos apresurados me distrajo por un momento, eran Diana y Maia, que corrieron al darse cuenta de que algo ocurría, por el ruido que hizo Nala. Puse el ramo sobre la encimera, era tan grande que no encontré la forma de colocarlo. Lo dejé de lado con torpeza para poder tomar la tarjeta con bordes dorados que sobresalía de él.

—¿Qué dice la tarjeta? —preguntó Diana, sonando ansiosa, justo detrás de mí.

—Feliz aniversario —leí en voz alta, antes de que la tarjeta se deslizara de mis dedos por culpa de la impresión.

CAPÍTULO 36

Christian

Los exámenes médicos eran una mierda, la fisioterapia era una mierda, la presión a la que estaba sometido era una mierda, el contacto cero era una mierda, mi vida entera lo era. Con aquel pensamiento anclado en la cabeza apreté la mandíbula en un gesto reflejo a la pequeña incomodidad que sentía mientras la aguja pinchaba mi piel. Estaba sentado sobre un sillón con el brazo extendido para que Lance, mi tatuador, trabajara sobre él.

Mi atención se concentraba en el dibujo que plasmaba en mi piel, había quedado igual a la foto en la que Abril estaba de espaldas en un balcón, vestida de ángel, con el pelo suelto y las alas puestas. La imagen desataba recuerdos de los que quería deshacerme. Momentos, risas, olores y una sensación de calor en el pecho a la que me había acostumbrado. Probablemente estaba siendo masoquista al obligarme a verla todos los días, pero tenía la certeza de que aquello era lo que precisaba para dejarla atrás. Era una especie de terapia de choque a la que me estaba sometiendo por la desesperación que padecía. Necesitaba insensibilizarme a ella, conseguir que me diera igual su existencia, hacerme a la idea de que ya no había nada entre los dos.

Apreté los labios con frustración, presionando el colgante de media luna que me había llevado a la boca sin darme cuenta. No lo solté cuando me di cuenta de lo que estaba haciendo, lo sostuve ahí varios segundos más, cuestionándome por qué no me había deshecho de él desde la mañana en el que la encontré sobre mi buró.

—¿Un nuevo tatuaje? —preguntó Javi, tras alzar las cejas en señal de sorpresa cuando entró a la habitación. Asentí y él se pasó la mano por la barbilla, no lo aprobaba, aquel gesto lo evidenció—. A este paso terminarás como un baño público, lleno de garabatos. —Lance soltó otra risa corta, tomando con humor el comentario ácido del idiota que se mantenía con los brazos cruzados a varios pasos de distancia.

—Esto es arte —respondió, con buen humor. Asentí y Javi negó; sin embargo, sonrió cuando Lance lo miró por encima del hombro.

—Christian, quiero que hablemos de algo importante y urgente.

Identifiqué la seriedad del asunto en el tono de su voz, por ello le pedí a Lance que nos diera unos minutos. Lo hice con calma y sin exaltarme, pese a lo mucho que me jodían las interrupciones.

—¿Qué mierda tienes? Accedí a las putas terapias, no he discutido con nadie del equipo y he llamado dos veces esta semana a Daisy.

—El asunto con el novato está escalando, necesito que me digas con honestidad lo que pasó. Porque los comisionados fallaron a tu favor, y ahora su equipo nos amenazó con denunciarte directamente con la federación.

El perdedor de mierda y su equipo habían expuesto nuestro altercado con las autoridades. No había manera de que me sancionaran, por ello lo tomé con calma desde el primer momento. Sabía que nadie lo iba a tomar en serio.

—Ah, esa mierda. Pensé que era algo más importante. —Javi abrió los ojos de par en par por mi respuesta. Mi relajación pareció irritarlo, y solo para provocarlo estiré mi cuerpo por el sillón para adoptar una posición más cómoda.

—¡Maldita sea, Christian! ¿En qué fallé contigo? Intenté hacerte un hombre sensato y responsable, pero no eres ninguna de las dos cosas. ¿No entiendes lo que te estoy diciendo? Te va a denunciar ante la federación de motociclismo. Si ellos fallan a su favor no solo te van a sacar del campeonato de este año, sino que no volverás a correr profesionalmente nunca. Nunca —remarcó, molesto.

—Javi, no van a fallar a su favor, y tú lo sabes muy bien. Soy el niño consentido de los comisionados, hago que las gradas estén llenas, que los medios hablen. Y la federación tampoco les hará caso. No les conviene deshacerse de mí, hasta mis detractores son conscientes de ello. Debes relajarte, la denuncia no tiene ni pies ni cabeza. Tuvimos un problema fuera de las pistas.

—Christian, te está acusando de romperle la pierna de manera deliberada. Si no hubiera un contrato de confidencialidad en este tipo de asuntos esto ya estaría en los medios, y con la fama que tienes…

—Pero existe el contrato —lo contradije—. Relájate, Javi. No va a pasar nada.

—¿Lo hiciste? ¿Le rompiste la pierna intencionalmente?

—Lo golpeé hasta hacerle sangrar la nariz, estaba aturdido y se tropezó. No es mi culpa que sea un imbécil.

—¿Por qué lo hiciste? —Reí, aunque no debí hacerlo. Que Javi diera por hecho que le estaba mintiendo me resultó divertido. El idiota me conocía mejor que nadie—. ¿Qué tiene de gracioso todo esto? La lesión lo dejó fuera de la competencia.

—Dijo «coger» y «Abril» en la misma frase. Debí romperle las dos piernas, no solo una.

Llevé mi brazo derecho atrás de mi cabeza, evidenciando qué tan relajado estaba. Javi me vio con indignación, pero no me recriminó nada, al menos no acerca de ese asunto. Mencionar a Abril hacía que todos a mi alrededor actuaran diferente. Era como si para todo el mundo fuera evidente lo miserable que estaba siendo sin ella.

***

Desde que Abril se apareció en mi cuarto estaba teniendo sueños extraños y cada vez más recurrentes. El montón de estupideces que soltó en medio de sollozos terminaron por sugestionarme. Cada sueño estaba relacionado con algunas de las cosas que dijo la madrugada en la que llegó a verme alterada. Aunque la mayoría de las veces olvidaba todo cuando despertaba, en ese día estaba siendo distinto. Habían transcurrido varias horas desde que salí de la cama y todo seguía intacto en mi cabeza. La mirada de la mujer que no conocía, pero sabía que era Abril. La sensación de que me había sido arrebatado algo de las manos. El dolor agudo en el pecho que me dejó una pérdida. Y la frustración de no poder hacer algo por evitarlo. Para ese punto comenzaba a creer que me estaba volviendo loco.

—Estás distraído. ¿Todavía te duele la pierna? —Ignoré a Cristal y aceleré, sabiendo que me encontraba cerca de nuestro destino. Sufrí varias lesiones desde que me subí a una moto por primera vez;

sin embargo, aquella era una de las peores. Mi movilidad se había visto afectada, me dolía el hombro, la pierna y tenía un puto vacío en el pecho que no se llenaba con nada. Estaba jodido por completo

—No vuelvas a hacer ese tipo de preguntas, Cristal. Estoy bien.

Bajé la velocidad al notar que nos adentrábamos a la calle en donde se encontraba el sitio que buscábamos. Mientras Cristal recogía sus cosas me cuestioné mi comportamiento. Mi asistente me había demostrado que podía confiar en ella, estaba al tanto de cosas que todo mi entorno desconocía, como mis visitas a la guardería para ver a Nala y los detalles de mi ruptura con Abril. La confianza que de alguna manera le ofrecía era lo que la llevaba a cruzar la línea de vez en cuando. Me encontraba convencido de que a veces creía que era mi amiga.

—Es ahí —dije, observando la pintoresca casa frente a nosotros. Cristal la miró con curiosidad antes de voltear el rostro hacía mí—. Recuerda el contrato de confidencialidad.

—Esto es lo más emocionante que me has pedido. Nunca pensé que volveríamos a hablar con la tarotista que te tiró las cartas.

—Compórtate con seriedad y quédate cerca de ella todo el tiempo mientras dure la llamada.

La única razón por la que quería hablar con aquella mujer era mi necesidad de tener en mis manos información que podría ser útil, en caso de ceder a mis impulsos, de propiciar un nuevo acercamiento con Abril. No pretendía más que eso. Necesitaba sentirme con una ventaja en aquella situación. Mi idea de no arriesgarme a verme envuelto en otro rumor me llevó a involucrar a mi asistente en este asunto. Quería hablar con la tarotista, pero no pisar su casa una vez más. Hacerlo a través del teléfono de Cristal me daba la seguridad de que la llamada no sería grabada.

—Lo prometo. —Salió con prisa del auto, sin ver atrás, y con un par de lentes oscuros que ocultaban algo de su cara. No pasó mucho para que mi teléfono vibrara entre mis manos—. Ya estoy aquí —anunció Cristal, en un tono de voz bajo—. Le voy a dar el contrato en cuanto me permitan pasar con ella.

—He firmado varios de estos antes —escuché a lo lejos—. Muchos deportistas me han consultado, gente importante, políticos —agregó.

—Él ya está esperando —identifiqué la voz de Cristal y el crujido que hizo el teléfono cuando otras manos lo tomaron.

—Buenas tardes, ¿cómo estás?

—Lleno de preguntas —respondí, con la mirada fija en el tatuaje en mi antebrazo, que ya había sanado.

—Le decía a tu amiga que no puedo canalizarte a través de una llamada. Sé que quieres discreción, si lo prefieres podemos vernos en tu espacio. Puedo hacer una lectura en cualquier sitio

—No quiero una lectura, solamente necesito hacerte un par de preguntas.

—Las escucho. Solo recuérdame cuál es tu signo.

—Escorpión.

—¿Tu ascendente?

—No tengo una puta idea. Mi pregunta no tiene nada que ver con ese asunto. —Escuché el largo suspiro del otro lado de la línea, y los latidos acelerados de mi corazón. Estaba agitado por sentir que me estaba doblegando, por recurrir a aquella estupidez.

—¿Cómo puedo ayudarte?

—¿Qué se supone que debe pasar para que las llamas gemelas estén juntas? Para que consigan la…

—¿Armonía? —agregó, al notar que no recordaba la puta palabra.

—Sí.

—¿Estás seguro de que no podemos vernos? Me gustaría canalizarte.

—Solo quiero que respondas mis preguntas —la interrumpí, sin ocultar mi fastidio. Comenzaba a arrepentirme, a experimentar el impulso de cortar la llamada, el rechazo que sentía hacia mí, por culpa del puto sentimentalismo que manipulaba mis acciones.

—Transitar una serie de etapas que te llevan a abrir la conciencia, a tener un despertar espiritual, sin el ego de por medio, así pueden llegar a la rendición y entonces reencontrarse. Pero todo esto debe pasar de manera individual, cada uno tiene que experimentar su propia noche oscura y luego el universo pondrá todo en su lugar.

—Ahora explícamelo con claridad, sin ningún tipo de concepto místico. —Hubo una corta risa que me sentó mal, no estaba bromeando, no había nada de chistoso en toda la ridícula situación.

—Es imposible que dejemos el misticismo a un lado cuando estamos hablando de uno de los vínculos más poderosos que existen. Pero creo que puedo explicártelo de esta forma: después de conocerse, sentir la conexión, vivir la parte más intensa de la relación, experimentar conflictos y llegar a la separación física, cada uno debe de crecer, sanar viejas heridas, aprender a ver todo de otra manera, todo esto sin buscar al otro. Cuando lo consigan y acepten el vínculo, de la misma forma en la que se encontraron, volverán a reencontrarse.

—Tu respuesta sigue sin servirme —respondí, con impaciencia.

—¿Sigues en comunicación con ella?

—¿Qué te hace creer que te lo pregunto por alguien en específico?

—Te hice una lectura y puedo sentirlo. Voy a suponer que tu respuesta es un no —agregó, al darse cuenta de mi nula intención de hablar—. Entonces debes enfocarte en ti, hacer mucha autorreflexión para buscar en qué ámbito de tu vida debes trabajar. A medida que sanes, ella también irá sanando, experimentarán señales, sueños.

—¿Qué tipo de señales?

—Pueden ser sueños, sincronicidades, cualquier cosa que te rodee puede darte una señal. Tal vez su nombre aparecerá en algún sitio, algún número que represente una fecha importante para ambos, no lo sé. El universo, no tiene límites cuando nos quiere mostrar algo.

Mi postura cambió tras aquella respuesta. Me puse más cómodo, experimentando entusiasmo por primera vez. Comenzaba a llegar al punto que me interesaba, el único por el que hice aquella llamada.

—¿Si ella ve esas señales, entonces…?

—No debes enfocarte en ella. Durante todo este proceso solo debes poner atención en tu camino, en lo que debes cambiar. Suéltala. Si lo haces, transitar la última etapa será más fácil.

—¿Pero ella debe ver señales? —insistí—. Sin misticismo, solo quiero saber si ella tiene que ver las putas señales para saber que la última etapa terminó.

—Sí, ella verá señales, experimentará su propia transformación también. Cuando los dos estén listos van a rendirse voluntariamente, a aceptar la conexión y llegará la armonía.

—Está bien, gracias.

—Quiero ofrecerte mi ayuda —dijo, con prisa, como si pudiera intuir que me hallaba listo para apretar el botón rojo—. El camino de las llamas gemelas es un proceso intenso, más aún cuando no has tenido ningún tipo de despertar espiritual. Puedo acompañarte, darte apoyo intuitivo y guiarte a una transformación.

No debí reír, pero no pude evitarlo. Encontré tan gracioso aquel ofrecimiento que no me pude contener. Tal vez porque hacía mucho tiempo nada me divertía.

—Agradezco mucho tu ofrecimiento, pero no voy a aceptarlo.

—Vas a ganar el campeonato. Lo consulté en cuanto tu asistente me llamó. Pero ya lo sabías, alguien te lo dijo antes que yo. ¿Cierto?

—No. —Mentí. Recordé a Abril jugando a la bruja en la cocina de la casa de verano de Javi—. Gracias de nuevo.

Colgué sin darle la oportunidad de intentar convencerme de algo, estaba un poco harto de mi falta de dominio y de mi comportamiento tan estúpido.

Me merecía que Javi se riera de mí. Lo pensé mientras tiraba el teléfono hacia un lado y me recostaba para relajarme de verdad.

Estaba a punto de jugarme todo el esfuerzo de un año en una puta carrera. Debía pensar solo en ello, en lugar de perder el tiempo consultando a una bruja.

Cristal apareció varios minutos después, con una sonrisa en los labios y una expresión de autosuficiencia que aquella mañana me fastidió más que nunca.

—Nadie grabó nada, ella y yo éramos las únicas en el espacio en el que me recibió. ¿Necesitas algo más? Quiero terminar todos mis pendientes temprano para no retrasarme mañana, nuestro vuelo sale temprano.

—Sí —dije, sin pensarlo, como llevaba meses actuando—. Llama a la tienda de Abril y haz una cita.

—¿Una cita para mí o para ti?

—Para nadie, solo llamarás y dirás que vas a casarte y quieres una cita. Cuando te pregunten tus datos dirás que te llamas Abril y que tu novio se llama Christian.

—¿Para qué? —cuestionó, con su imprudencia de siempre.

—Para asegurarme de que Abril esté recibiendo señales. Solo hazlo, y sé convincente. Todo lo que digas debe sonar creíble. Necesito que tu solicitud llegue a manos de Abril. No quiero un solo error.

—Me nominarán al Óscar después de esa actuación, te lo prometo.

***

La terapia de choque no había funcionado en lo absoluto. No me insensibilicé a ella, solo alimenté la melancolía absurda que me rodeaba. Quería ver a Abril, y para ese punto no tenía problemas en admitirlo. Le había dado vueltas al asunto una y otra vez, desde que pude procesar toda la información que recibí en la llamada. Necesitaba que Aby creyera que estaba cambiando y, para mi mala suerte, la hija de mi mamá era mi mejor opción para conseguirlo.

Que nos vieran juntos era mi primer paso, y que fuera vecina de una de sus amigas era una ventaja a la que quería sacarle el máximo provecho.

Antonella me había escrito cuatro meses atrás, fue un extenso párrafo en el que se presentaba apelando a un sentimentalismo que me provocó asco. No fue complicado ponerme en contacto. La elegí a ella porque la idea de reunirme con mi madre me era inconcebible. Era dueña de gran parte de todo el rencor que llevaba años guardando. Aunque su hija también me causaba rechazo, podría manejarlo mejor con ella. O al menos eso creí en ese momento.

Debí odiar a Abril por obligarme a hacer algo así, por hacer que me acercara a alguien que solo me generaba rechazo. Para mi mala suerte, no podía odiarla. Mi capacidad para albergar rencor se veía anulada cuando se trataba de ella.

De todas las estupideces que hice por ella, esta era la peor de todas. Lo pensé mientras esperaba sentado en las mesas del exterior de la cafetería que la bastarda me indicó. Había reunido toda mi fuerza de voluntad para estar ahí, actuando con una serenidad que no tenía, reprimiendo mi deseo de abandonar aquella idea que se hacía más fuerte a medida que las agujas del reloj avanzaban.

La hija de mi mamá me estaba haciendo esperar. Ese fue el primer indicio de que aquella reunión sería un desastre. El segundo llegó casi diez minutos después de la hora que acordamos cuando vi su cara de nuevo. Antonella se quedó a un par de pasos de la puerta, congelada cuando nuestras miradas se encontraron.

Quise apartar mis ojos de ella, ignorarla como había hecho las pocas veces que la tuve enfrente, pero me fue imposible. La curiosidad mantuvo mi mirada anclada en ella. Tenía el pelo suelto, largos mechones negros caían sobre sus hombros. Su piel, más pálida que la mía, lucía sonrojada, y pese a la distancia me di cuenta de que respiraba con algo de agitación, visiblemente nerviosa. Lucía intimidada; aun así, me sostuvo la mirada. Transcurrió un largo momento antes de que pudiera reunir valor para moverse. Lo hizo con pasos lentos, cargados de dudas y algo de torpeza. Pero no dejó de ver hacia mi dirección, como si se estuviera esforzando por mostrarse relajada.

Jugó con el suéter amarrado en su cintura hasta que rompió del todo la distancia. Se detuvo frente a la mesa y, tomándome desprevenido por completo, se inclinó para darme un beso en la mejilla del que no pude huir. Un beso que no hubiera querido recibir, porque su presencia solo me fastidiaba.

—Perdón por llegar tarde. Tuve un pequeño problema.

Mi primera reacción fue observarla, estudiar con detenimiento su cara, reconociendo en ella todos los detalles que me recordaban a su mamá. Tenía pecas en las mejillas, las pestañas largas como ella, y sus labios eran idénticos a los míos. La tensión se tornó más fuerte en el momento en que se sentó frente a mí. Odiaba reconocer algo mío en ella, porque prefería hacer de cuenta que no nos unía ningún vínculo.

—Ordena lo que quieras.

Deslicé un billete sobre la mesa, que ella dudó en tomar, fueron un par de segundos que se percibieron eternos, porque decidió verme a los ojos. Llevaba una camisa negra como la mía, y odié aquella coincidencia.

—Traje mi propio dinero.

—Solo pide algo y regresa para que podamos hablar —cada palabra salió con una aspereza que pareció intimidarla.

—¿Tú quieres algo? Puedo invitarte.

Bajé la mirada porque la situación me pareció hilarante. No quería que me viera reír, no quería que se sintiera cómoda conmigo.

Admiré el valor que demostró, porque me estaba invitando algo pese a su lucha por ocultar lo asustada que estaba.

—No, no quiero nada.

El aire llegó con fuerza a mis pulmones cuando se levantó. Su presencia me había estado apretando el pecho, dificultándome respirar con normalidad. Antonella era el recordatorio viviente de que no fui suficiente, no para su madre, que eligió cuidarla a ella y a abandonarme a mí.

Para mi mala suerte el alivio me duró poco, Antonella regresó solo unos minutos después con dos vasos entre las manos. La sonrisa tensa en sus labios murió cuando estuvo frente a mí.

—Te traje un moca de chocolate amargo. Es mi favorito.

—Te dije que no quería nada.

—Estoy siendo cortés contigo, solo acéptalo. —Puso el vaso frente a mí, propiciando que nuestros brazos se rozaran. Sonrió al darse cuenta de que la estaba observando, antes de tomar asiento con prisa.

—No es necesario que seas cortés conmigo. No te pedí algo así.

—Qué lindo, me gusta —dijo mientras alargaba el brazo; no entendí a qué se refería hasta que tomó el colgante de media luna que estaba fuera de mi camiseta—. ¿Qué decías?

Bajé la cabeza y negué, desesperado por lo que estaba pasando. Me había puesto en aquella situación sin tener idea de cómo manejarla.

—En tus mensajes decías que querías verme. ¿Qué quieres?

Le dio un largo sorbo a su café, mostrando algo de entusiasmo. Me di cuenta, mientras ella sonreía, que las personas a nuestro alrededor nos veían con algo de curiosidad. Era una niña y yo un adulto, la situación podía malinterpretarse, por ello me puse la gorra para intentar ocultarme.

—Eres mi hermano, ¿no es obvio? Quería pasar tiempo contigo, porque no sé casi nada de ti, solo lo que veo en los medios.

—Vamos a dejar claro esto de una vez. No soy tu hermano.

—Eres hijo de mi mamá, Christian. Eres mi hermano, estuvimos en el mismo útero, salimos por el mismo lugar —agregó, haciéndose la lista.

—Eso no nos hace hermanos.

—¿No fuiste a la escuela? Genéticamente somos hermanos.

—Que compartamos información genética no te convierte en mi hermana. ¿Acaso no lo entiendes? —Sorbí el café que me llevó solo por lo molesto que me encontré por su culpa. La manera en la que me contradecía me irritó, porque parecía no sentirse intimidada.

—Estás enojado con mamá, por eso no quieres saber nada de mí. Eso lo entiendo, pero no niegues que somos hermanos, porque nos parecemos un poco.

—Yo no me parezco a ti —solté con indignación—. Y solo para que lo sepas, no estoy enojado con tu mamá. La odio, es algo distinto.

—¿Por qué me escribiste?

—Tú querías verme. ¿No?

—Quería hablar contigo, conocerte, preguntarte por qué nunca nos visitas y por qué estás tan enojado con mamá. No tengo más hermanos, solo tú, y no sé… Pensé que te gustaría que hiciéramos cosas juntos o algo así.

Javi decía que ella no tenía la culpa de nada, y lo sabía, pero aun así no podía controlar lo mucho que me irritaba verla.

Su inocencia trastocó mi rabia, apaciguó un poco el rencor y me permitió relajarme un poco. Tomé aire con los ojos cerrados, para controlarme.

—¿No sabes lo que me hizo tu mamá?

—Se separó de tu papá, para casarse con el mío.

—No. Engañó a mi papá con tu papá.

—No, creo que tu papá te contó mal lo que pasó porque…

—A la que le contaron todo mal fue a ti —la corté de golpe—. No solo engañaba a mi papá, me dejó con él para hacer su vida sin ningún tipo de estorbo.

—Eso no es así —me contradijo con tanta firmeza que reconocí que era valiente—. Te quedaste con él para continuar con tu carrera. Mi mamá dice que desde niño eras talentoso y que todos le decían que tenían que prepararte porque tenías madera para ser un gran piloto.

—¿Te dijo esa mierda? —Mi risa amarga le sentó mal. Noté cómo la expresión en su cara cambió en cuestión de segundos—. Me dejó con un alcohólico que ni siquiera me llevaba a mis entrenamientos.

Mi carrera se hubiera ido a la mierda si no fuera por otra persona que no tiene ningún vínculo sanguíneo conmigo.

—Mamá no te haría eso. —Sus ojos se llenaron de lágrimas, entonces me obligué a calmarme.

—No solo me hizo eso, cada vez que fui a buscarla para que me dejara quedarme con ella, llamaba a mi papá para que fuera por mí.

—No, ella te quiere mucho. En serio, te lo juro. No te haría algo así.

—Me quiere tanto que cuando el hombre que se hizo cargo de mí quiso adoptarme se negó a firmar los documentos, solo para seguir quedándose con el dinero que ganaba. Ella y mi papá, que nunca se ponían de acuerdo para algo, se negaron a aceptar.

—¿Esto es cierto? ¿De verdad esto pasó?

Las largas lágrimas que rodaron por sus mejillas me tomaron desprevenido. Asentí, maldiciendo en silencio mi decisión de estar ahí, de exponerme a esa situación. Había una niña de catorce años llorando frente a mí, y no tenía idea de cómo actuar.

—Háblalo con ella. Pregúntaselo. Querías saber por qué no las visito, esa es la razón.

—Quiero irme, llévame a casa.

—¿Que te lleve a casa?

—No quiero irme sola en un taxi. Me estás tratando de una manera horrible. Yo no sabía esto, no había ni nacido. Lo soltaste todo de golpe, sin tacto.

—Te voy a llevar a tu casa, vamos. —Me puse de pie, esperando que Antonella hiciera lo mismo, y solo cuando la tuve al lado caminé hacia el estacionamiento, manteniendo una distancia que ella se negaba a respetar.

—Me llamo Antonella.

—Lo sé —respondí, tras señalarle la moto—. No traje un auto.

—No importa, esto es mejor. —Su semblante cambió un poco, y la culpa pesó menos—. Si sabes mi nombre, ¿porque nunca me dices Antonella?

Me puse el casco y subí a la moto, esforzándome en no pensar en lo que estaba haciendo. Antonella se apoyó en mi hombro lesionado para subir. Fue solo un breve momento que desató un dolor punzante.

—Agárrate de mi camisa, tengo una lesión en el hombro.

Quería que el ruido del motor y el viento le restara hostilidad a aquel momento, pero lo que siempre solía relajarme, no funcionó. Era consciente de que llevaba a la hija de mi madre detrás de mí, abrazada a mi cuerpo, como si tuviéramos algún tipo de confianza. El camino me pareció muy largo. Me sumí tanto en mis pensamientos que no me di cuenta de cuándo me adentré a su calle.

Antonella se tambaleó al bajar, y en cuanto aterrizó en el piso estaba listo para acelerar, pero un repentino escalofrío me dejó congelado. Me quité el casco por la corriente eléctrica que me recorrió en segundos, tan fuerte que dejé de sentir la vibración del motor encendido. Mi mirada fue atraída hacia la derecha y de inmediato pude entender lo que ocurría.

Abril estaba a unos metros de distancia, al lado de su amiga, contemplándome con la misma impresión con la que yo la miré a ella. La saludé a lo lejos con un simple movimiento de cabeza, tan afectado que mi respiración se detuvo por un momento. Casi tres malditos meses sin verla hicieron estragos en cuestión de un parpadeo.

—Gracias por traerme. —Obligué a mi cerebro a actuar rápido, a salir del estupor del momento. En medio de mi densa confusión sujeté el brazo de Antonella, evitando que se alejara.

—Quiero verte de nuevo, y eso de pasar tiempo juntos me parece buena idea.

—¿Qué?

—Ya me escuchaste. Te llamaré en unos días para ponernos de acuerdo.

Antonella se impulsó hacia mí para abrazarme, y entonces descubrí que lo mucho que quería que Abril estuviera conmigo era suficiente para soportar ese y el resto de los abrazos que tuviera que darle.

—Te veo en unos días. —Sonreí cuando se despidió con un beso, y me puse en marcha ignorando la mirada de las dos mujeres que me observaron con incredulidad.

CAPÍTULO 37

Abril

El ruido del motor al encenderlo me generó una dosis de satisfacción que alivió momentáneamente el malestar que sentía por lo mal que dormí. Conducir era una de mis grandes victorias. Un temor que vencí la noche en la que fui a buscar a Christian. Él formaba parte de cada uno de los logros que había alcanzado desde que lo conocí. Christian tenía la misión de sacudir mis miedos, de empujarme más allá de mis límites para cumplir con mis propios propósitos. Mientras me desplazaba por la calle tranquila me pregunté si él sería consciente de lo mucho que me ayudó, de la manera en la que cambió el rumbo de mi vida desde que llegó a ella. O si el rencor que sentía por mí no le permitía ahondar en lo que fuimos.

Las dudas siguieron rondando mi cabeza hasta que llegué a la guardería. El rechinar de unas llantas resonó en el estacionamiento en el instante en el que abrí la puerta para sacar a mi perra. No fui la única que reaccionó al estrepitoso sonido, Nala ladró en dirección a la moto negra que salía hacia la calle a gran velocidad. Le acaricié la cabeza mientras la emoción me apretaba la garganta. Nala lo extrañaba.

—Vamos adentro, Nala, no es quien piensas.

Mi perra ladró como si hubiera sido capaz de entenderme. Su vista estaba fija en el punto en el que la motocicleta desapareció, tan atenta a cualquier movimiento que se negó a moverse cuando le puse la correa. La cargué con dificultad después de un par de segundos, y con ella entre mis brazos avancé tambaleándome hacia la entrada del sitio.

Tras dejarla me dejé llevar por un impulso, actuando de manera compulsiva en lugar de conducir a la tienda, en donde varios pendientes me esperaban, me puse en marcha directo al consultorio de

Ana. Quería respuestas que probablemente solo ella podría ayudarme a encontrar. Al llegar avancé por la recepción más relajada, con una sonrisa en los labios que se amplió cuando la recepcionista me informó que Ana se encontraba, esperando al primer paciente que llegaría en veinte minutos.

Me dirigí con confianza hasta la puerta, que toqué solo un par de veces. Ana me pidió que pasara. La expresión en su rostro denotó sorpresa en cuanto asomé la cabeza. Me habría gustado sonreírle con la misma amabilidad con la que ella lo hizo, pero mis dudas me lo impidieron.

—No te esperaba. ¿Cómo estás?

—Un poco nerviosa —confesé, tras besarle la mejilla—. Perdón por llegar así, pero necesitaba verte. Ayer me pasó algo inesperado y necesito hablarlo con alguien.

—Primero, siéntate —me indicó, con un tono suave que tenía la capacidad de tranquilizarme. Se levantó de su silla para ir directo hacia las ventanas. Las abrió, permitiendo que entrara el aire fresco de la mañana—. ¿Qué pasó?... ¿Lo viste? —agregó, tras la honda respiración que tomé tras escuchar su primera pregunta.

—Sí, lo vi ayer haciendo algo que jamás esperé ver. Él tiene problemas muy serios con su mamá —expliqué, notando toda la disposición que tenía Ana para escucharme—. Ayer lo vi llegando a su casa, con su hermana. Una hermana de la que no habla y de la que no quería saber nada. Parecía que la estaba llevando de regreso a casa, se despidieron con un abrazo.

—¿Qué pasó cuando se vieron? ¿Hubo alguna interacción entre ustedes?

—No. Solo me saludó a lo lejos, el saludo más frío e impersonal del mundo. Verlo con su hermana fue extraño. Lo primero que pasó por mi cabeza es que era una clara señal de que él está avanzando. Que solo moviera la cabeza en lugar de acercarse fue un poco triste y me envió señales ambiguas.

—Entonces, ¿te llenó de dudas que esté recuperando su relación con su hermana y que te ignorara a ti?

—No —respondí, con honestidad—. Me sorprendió verlo con su hermana, que me tratara con frialdad era algo que esperaba. Christian es orgulloso, está herido por la manera en la que lo terminé, lo sé. Si está avanzando, ¿no debería dejar el orgullo a un lado?

—Abril —el tono de su voz me puso alerta—, no puedes cuestionar su proceso. Cada uno decide cómo enfrentar este camino.

—Lo sé, lo sé —repetí agitada. Tuve que bajar la mirada por un momento porque me sentí un tanto expuesta—, pero es difícil. Han estado ocurriendo cosas, casualidades que no sé si tomar como señales o si es una simple sugestión.

—Las señales las puedes sentir a la perfección, Abril —dijo, con prisa—. Eres sensible a las energías.

—Lo sé, pero ha sido confuso. El otro día, mientras agendaba citas para la tienda, leí mi nombre y el suyo en la información de los novios. También alguien me llamó por teléfono y dijeron su nombre. La persona se había confundido de número, buscaba a alguien con su nombre, pero con otro apellido.

—¿Para ti fueron señales?

—No lo sé, no sé si en medio de mi desesperación espero que lo sean. A veces siento que mi perra huele a su perfume, he encontrado plumas blancas en la puerta de mi casa, él me llamaba ángel —expliqué ante su desconcierto—. Son circunstancias extrañas, pero que se asemejan a otras que sí serían claramente señales.

—Cuando lleguen, toma un momento para analizarlas. Si no las percibes como tal, déjalas ir y sigue con lo tuyo. Sin ver atrás, sin detenerte a pensar en lo que él está haciendo. Sin consultarle al tarot —pronunció con más fuerza la última frase y me sentí tan evidenciada que no pude sostenerle la mirada—. No detengas tu propio proceso. Las señales son un buen indicio, Abril. Lo sabes, pero no confías en ellas porque no crees que él pueda dar el paso.

***

Nala comenzó a ladrar en cuanto escuchó que nos estacionamos. Salí del coche ignorando los chillidos de mi perra, para concentrarme en ayudar a sacar las cosas que compramos en el supermercado.

Tras abrir la puerta de mi casa y hacer malabares para que Nala no me tirara al piso, fui a la cocina para dejar las bolsas que llevaba conmigo. La conversación que sostuvieron mis amigas en el camino, mientras yo fingía dormir, hizo eco en mi mente. Diana había murmurado su deseo de ver la carrera de ese domingo, Mich y Maia la reprendieron de inmediato. La culpa palpitaba en mi pecho. Todas conocíamos la afición de Diana por cada gran premio, me pareció injusto que solo por ahorrarme un mal momento, se privara de algo que ella disfrutaba. Por ello, después de dejar las cosas sobre la mesa, insté a Nala a acompañarme a la sala. Tomé el control de la pantalla, la encendí para buscar el programa previo a la carrera que, según mi reloj, ya debía haber iniciado.

—Aby, vas a ayudarnos a coci… —La voz de Diana se silenció de golpe al ver la pantalla de la televisión. Me miró a mí, luego a Maia, que apareció a su lado, con una expresión más tensa que la de nuestra amiga.

—Aby, puedo ver el resumen más tarde. No es como si fuera una de las últimas fechas y la competencia se encontrara más emocionante que nunca. Puedo esperar a ver los resultados.

—¿Por qué está emocionante? —gritó Mich, desde la cocina.

—Los dos pilotos de Ducati se pelean el primer lugar en puntuación. Solo hay veinticinco puntos de diferencia entre ellos. Si uno pierde, el otro puede ser campeón. Hace mucho tiempo no pasaba algo igual. ¿Lo entiendes? Es decir, es el puto Chris… campeón mundial peleando con su compañero de equipo para no perder el título de este año.

—Puedes decir su nombre, no pasa nada. —Todas me vieron como si no creyeran en mis palabras, y no podía culparlas. Las tres me habían visto llorar incontables veces por él, y por nuestra dolorosa ruptura. Sabían lo importante que seguía siendo para mí, aunque todas evitaran hablar de él y de lo mucho que su presencia me alteraba.

—¿Si Christian gana esta carrera ya es campeón?

—¡Michelle! —la reprendieron a la vez.

—¿Qué? Aby dijo que podíamos decir su nombre.

Nala ladró porque no le gustaban los gritos, por ello me incliné para abrazarla. Su respuesta fue tirarme al piso para lamerme la cara, suavizando, sin darse cuenta, un momento incómodo.

—No, faltan dos fechas más después de esta. Hasta la última carrera no hay un ganador definitivo —respondió a gritos para que Mich pudiera escucharla—. Aby, ¿de verdad estás bien?

—Sí, si no me desmayé la tarde que lo vi cara a cara, no va a pasarme nada por verlo en una pantalla.

Estaba segura de que así sería, pero preferí no ponerme a prueba. En lugar de quedarme recostada sobre el sillón al lado de Diana, como mi cuerpo me lo pedía, me refugié en la cocina, con la excusa de ayudar a Mich. Pese a mi poco entusiasmo por seguir instrucciones piqué verduras, preparé el horno y lavé todos los platos que Mich me ordenó. El sonido de mi teléfono me salvó de continuar bajo el yugo de mi amiga. Sin pensarlo tomé la llamada de Marina, la administradora, y salí al pórtico para huir del ruido de las risas.

El interés que Marina mostraba por la tienda me llenaba de un alivio reconfortante. Estaba tan desesperada como yo por encontrar una nueva diseñadora que se uniera a nuestro equipo. El escándalo en el que me vi envuelta dejó consecuencias no solo con nuestros clientes. Dona, la diseñadora que por muchos años trabajó con mi tía, renunció en nuestra etapa más crítica. No me percaté de qué tanto tiempo estuve al teléfono hasta que entré de nuevo y vi a mis amigas reunidas en la sala. Mich llevó las botanas que serví, todas estaban entretenidas con ellas. Me dejé caer al lado de Maia, la única ajena a la carrera que aún no iniciaba.

—¿Con quién hablabas tanto?

—Con Marina. Tenemos un nuevo diseñador. Espero que todo salga bien, necesito reemplazar a Dona lo más pronto posible. ¿Por qué esa cara?

Mi repentino cambio de tema la tomó desprevenida. Alejó con prisa el teléfono de mi campo visual, y encogió los hombros en un gesto de nerviosismo que identifiqué a la perfección. Algo que vio ahí la impresionó, pude notarlo.

—No es nada, te estaba escuchando.

—¿Qué viste? Muéstrame.

—Nada, Aby.

—¿Estás saliendo con alguien y no quieres contarme?

—No, no es eso. En serio.

—¿Entonces?

—¡Silencio! —gritó Diana, pues el tono de nuestras voces no la dejaba escuchar a los comentaristas en la previa de la carrera. Mich negó entre risas al ver nuestras caras de indignación.

—Antonella está ahí. —El susurro de Maia fue inentendible para nuestras otras dos amigas. Alargué el brazo para tomar su teléfono, sin ningún impedimento de su parte. La pantalla se iluminó en cuanto la toqué, y entonces pude ver el *collage* de imágenes que había compartido, en el que pude reconocer el avión de Christian, la zona en el *paddock* de su equipo y a él mismo sobre su moto en una de las prácticas. Parpadeé varias veces como si necesitara comprobar que aquello era real, mientras Maia me observaba fijamente.

—¿La llevó para que lo acompañara?

—Parece. Es un avión privado, ¿no?

—Sí, es el de Christian. ¿No has hablado con ella?

—No, no la he visto. Tampoco me lo he encontrado de nuevo llevándola a casa. Pero es evidente que ellos siguen viéndose.

—¿Qué hace con ella?

—Aby, es su hermana.

—Pero no quería saber nada de su mamá, ni nada que tuviera que ver con ella. Daisy me lo contó, que la sola existencia de Antonella lo perturbaba, por eso nunca intenté intervenir por ella.

—Tal vez entró en razón y entendió que su hermana no tiene la culpa de los problemas que pueda tener con su mamá.

Respiré hondo procesando todo lo que acababa de ver, pues me resultaba muy difícil comprender ese acercamiento. En ese instante pensé en Ana y en el ejercicio que me sugirió. Creí que tal vez mi desconfianza en su disposición para sanar podría estar causando un bloqueo a nuestra unión. Mi frustración debió haber sido evidente, porque Maia me apretó la rodilla en un gesto cariñoso. Me erguí y ella me rodeó con los brazos y me hizo caer sobre ella. Nuestras risas molestaron a Diana, que lanzó palomitas hacia ambas.

—Va a empezar, cállense.

—Podemos pasar a la mesa cuando quieran, la comida está lista —dijo Mich.

—Ni loca me muevo de aquí.

La respuesta de Diana nos hizo reír a las tres por un breve momento, que acabó cuando el cronista deportivo levantó el tono de su voz, emocionado por el inicio de la carrera.

Mis ojos se quedaron clavados en la pantalla en donde Christian apareció sobre su moto, en la posición privilegiada para empezar. Su imagen hizo que mis vellos se erizaran. Fue fuerte observarlo, así fuera a través de la televisión, porque me acordé de cuánto lo extrañaba.

No debía pensar en ello, pero me fue inevitable imaginar distintos escenarios en los que estaba ahí con él: observando la carrera desde los palcos, con una bandera roja, su gorra en mi cabeza y mi voz gritando su nombre para alentarlo, pese a lo mucho que me perturbaba el circuito.

—¿Su casco tiene alas?

Todas observamos la pantalla ante aquella pregunta de Diana. Mich incluso se puso de pie para ver mejor y, tras hacerlo, asintió con la boca llena de papas. Me cubrí la cara con las dos manos porque quería huir de las miradas, de la sensación de calor que se extendía por mi pecho, y del montón de dudas que rondaban por mi cabeza.

—No entiendo. ¿Qué tiene eso de relevante?

—Los pilotos eligen el diseño de sus cascos. Algunos los cambian en cada gran premio. Supongo que Christian eligió ponerle alas de ángel al suyo.

—¿Por qué lo hizo? Si cuando nos volvimos a ver ni siquiera se acercó a saludarme.

Le quité de las manos a Maia la lata que sostenía, para sorber un poco de refresco que ayudara a destensar el nudo en mi garganta. Las miradas de las tres sobre mí me incomodaron. No quería sonar tan dolida como me sentía, pero fue inevitable.

—Así son las rupturas. Un día un idiota es tu mundo entero y al otro son dos desconocidos.

—Lo sé —admití, dándole la razón a Mich—, pero no deja de ser extraño. No le hubiera costado nada bajar de su moto y acercarse para decirme un hola. Dormía conmigo, me abrazaba todas las noches, compartimos muchas cosas.

—Tienes razón, es un idiota. Al menos pudo acercarse y darte un beso en la mejilla. Se la chupabas, debería mostrar algo de cordialidad como recompensa.

—¡Michelle! —La reprendimos todas a la vez.

—Solo quería romper el momento dramático, admitan que al menos las hice reír.

Maia y yo fuimos las únicas que lo admitimos, Diana estaba concentrada en la carrera que Christian iba a ganar. Tenía la completa certeza de ello.

***

—Abril, ¿ya estás aquí?

—Sí, estoy llegando.

Colgué la llamada un tanto nerviosa por la reunión que sostendríamos con el diseñador. Si las cosas no salían como esperaba tendría otro problema al que enfrentarme. Alessandro era un diseñador emergente que estaba obteniendo muy buenos comentarios y recomendaciones. Apenas había caminado una breve distancia cuando el choque con otro cuerpo me obligó a detenerme. Levanté la vista para disculparme con el desconocido; sin embargo, antes de que pudiera decir algo, él me sonrió con suma amabilidad.

—Lo siento —dijo, disculpándose primero—. ¿Eres Abril, cierto? Estuve revisando las cuentas de tu tienda en las redes sociales.

—¿Alessandro? —asintió, con una sonrisa amplia en los labios. Le ofrecí mi mano, y aunque la tomó, se acercó para darme un beso suave sobre la mejilla—. Mucho gusto.

—El gusto es mío, Abril. Pensé que llegaba con algo de retraso, me alivia no ser el único. —Alessandro se mostró atento, caminando a mi lado sin dejar de verme, hasta que llegamos cerca de la puerta.

Un estremecimiento intenso y fugaz me recorrió el cuerpo entero y me dejó callada, tampoco pude moverme por un par de segundos. El peso de una mirada desató un calor que se extendió por todo mi pecho y me llevó a mover la cabeza de un lado a otro, buscándola. No tardé mucho en hallarla, me bastó con ver al frente para conseguirlo.

—¿Abril? —La voz de Alessandro me sacó del trance en el que me quedé sumida por la presencia de Christian. Di un paso hacia el frente, siguiendo la indicación de su brazo extendido, pero no pude desprender mi mirada del hombre que estaba tan hipnotizado como yo. El momento se rompió y observé cómo continuó su camino al lado de una mujer que parecía acompañarlo.

—Lo siento —me disculpé, cuando Alessandro volvió a decir mi nombre para atraer mi atención.

Christian caminó hacia las mesas de la zona izquierda del restaurante, nosotros lo hicimos hacia la derecha. Aun así, no podía evitar voltear de vez en cuando, y siempre me encontraba con su mirada.

—¡Llegaron juntos! —El entusiasmo de Marina me fue indiferente. La saludé, no sin antes alargar el cuello para seguir observando el otro extremo de la estancia—. Esperaba solo a uno y aparecieron los dos.

—¿Estás bien? —preguntó Alessandro, tras sentarse a mi lado.

—Sí, solo… me mareé un poco, debe ser el cansancio.

—Deberíamos pedir algo de tomar de una vez.

—¿Abril? ¿Qué quieres tomar?

—Alcohol, lo que sea con alcohol.

Mi respuesta automática hizo reír a Marina, que ya estaba en la mesa. Volví a concentrarme en lo que pasaba frente a mí, pero la imagen de la mujer que estaba al lado de Christian no salía de mi cabeza. ¿Qué hacía ahí con ella? ¿Tenían una relación? ¿Por qué compartían una mesa? Todas las preguntas se agolpaban en mi mente.

Mi respiración se tranquilizó al darme cuenta de que no se encontraba solo con ella. Había dos personas más acompañándolo, su jefe de prensa fue el único al que reconocí.

Para mi buena suerte, Marina tomó las riendas de nuestra inusual entrevista de trabajo. Se encargó de hacer preguntas, de hablarle de la tienda y de nuestro funcionamiento, también de resolver todas sus dudas. Yo me limité a permanecer sentada en mi silla, moviendo la cabeza de un lado a otro constantemente, para buscar al dueño de toda mi atención.

Mi percepción del tiempo estaba alterada, sentí que cada minuto transcurrió con una rapidez inusual. Mis ganas de quedarme más en ese sitio aumentaron cuando Alessandro se despidió de ambas.

—¿Por qué se fue tan rápido? —pregunté, igual de distante.

—Su novio llegó por él. Tienen una exposición de sus diseños, nos acaba de hablar de eso.

—Lo siento, no sé dónde tengo la cabeza. Mi perra está sola en casa. Y odia quedarse sola.

—¿Quieres que te lleve?

—Llegué en mi auto, muchas gracias.

Marina me cedió el paso en un gesto amable que agradecí con una sonrisa. La sensación de que alguien me observaba se hizo más fuerte en el momento en que me acerqué a la puerta. Hui, en lugar de voltear y enfrentar sus ojos, pues no me sentía capaz de lidiar con otro saludo impersonal y frío.

El primer contratiempo fue encontrar mis llaves. Marina pasó en su auto mientras yo seguía buscándolas dentro de mi bolso. Por fin las hallé, abrí la puerta y me acomodé sobre el asiento, dispuesta a alejarme de ese lugar. Y fue entonces cuando se presentó el segundo. Pese a todos mis intentos por echarlo andar, el motor no encendió.

No dejé que el pánico ganara terreno, tomé aire y volví a intentarlo, sin obtener un resultado diferente. En lugar de desesperarme busqué mi teléfono para pedirle ayuda a Maia, pero la poca calma que conservaba se acabó de golpe al darme cuenta de que se había descargado por completo.

—Maldita sea —me quejé, al salir del auto, por culpa de la llave que se deslizó de mis manos y cayó al piso.

—Pensé que los ángeles no maldecían.

Todo mi cuerpo se puso rígido y mi respiración se tornó agitada. La voz de Christian sonó tras mi espalda, su energía se percibía por todas partes. Apoyé la mano en la puerta que acababa de cerrar, buscando un punto de apoyo, porque la impresión me hizo tambalearme. Y volteé, inspirando hondo el poco aire que llegó a mis pulmones.

—Cuando las cosas no van bien todos maldecimos, sin excepción.

Pese a mi nerviosismo lo enfrenté con una tranquilidad fingida, para ocultar lo alterada que estaba. La sangre estaba burbujeando en mis venas por aquel encuentro que, aunque lo estaba esperando, me tomó desprevenida. Le ofrecí una sonrisa que observó con una atención que me causó escalofríos. Llevaba meses sin que me contemplaran de aquella manera intensa.

—¿Cómo estás?

Cuando dio un paso hacia el frente me sobresalté un poco, pero esperé que no lo hubiera notado. Tomé aire y aguardé aquel acercamiento que no estaba lista para enfrentar. Christian rozó su mejilla con la mía antes de ofrecerme un corto y doloroso beso. El recuerdo de nuestra última despedida llegó a mi cabeza. Él me aseguró que no iba a detenerse a saludarme, que actuaría como si nada nunca hubiera ocurrido entre los dos.

—Mal, tuve un problema con mi auto. No enciende, supongo que es la batería o algo así. No lo sé, la última vez que Diana lo usó pasó lo mismo y Maia tuvo que ir a rescatarla.

Me había desacostumbrado a la atención abrumante que Christian me ofrecía. Sus ojos estuvieron fijos en mis labios en todo momento.

—Estás conduciendo. —Mi asentimiento tímido obtuvo como recompensa un gesto que reflejó cierta impresión de su parte, que ocultó casi de inmediato—. Déjame ver qué puedo hacer.

Me hice a un lado, con un ligero temblor en las piernas por culpa de las emociones desatadas por tenerlo frente a mí. El olor de su perfume me embriagó y no pude evitar cerrar los ojos. Christian abrió la puerta y se coló en el interior de mi auto para intentar encenderlo, pero obtuvo el mismo resultado que yo.

—¿Tengo razón?

—Sí, dejaste las luces encendidas. ¿Por qué no te llevó tu amigo?

Que Christian hiciera una pregunta así no debía sorprenderme, pero me tomó desprevenida. Si no había sabido qué decirle cuando lo vi salir, menos supe cómo reaccionar ante la mirada de reproche que me estaba ofreciendo.

—No es mi amigo, es el diseñador que contratamos para la tienda. Todos se fueron antes que yo, no había manera de que supieran que esto iba a pasarme.

Mi explicación titubeante no cambió aquel brillo en su mirada, que reconocí con facilidad; tampoco le restó tensión al momento surreal que estábamos viviendo. Teníamos meses sin vernos, sin hablar, ese intercambio breve de palabras me tenía eufórica y aterrada por partes iguales.

—¿Por qué estás nerviosa, Abril?

—Porque estoy hablando contigo de nuevo, Christian.

Su pregunta directa me alentó a responderle de la misma forma, y solo entonces me percaté de que estaba incluso más alterado que yo. El movimiento de su pecho delataba su respiración acelerada y su pelo estaba desordenado porque se había pasado las manos por él varias veces en los últimos minutos. Su mirada insistente no se apartaba de mi boca.

—¿Pensabas no volver a hablarme de nuevo?

Solté una pequeña risa nerviosa y negué, sin atreverme a recordarle que fue él quien me aseguró que actuaría como si jamás nos hubiéramos conocido, y que renunció a Nala para no volver a verme. Quería marcharme, porque si continuaba hablando con él no sería capaz de contenerme.

—Mi teléfono se apagó. ¿Podrías prestarme el tuyo para llamar a Maia para que venga por mí?

—Llamaré a mi chofer para que venga por tu auto. Te llevo. ¿A dónde vas?

«¡No!», gritó fuerte la voz de mi conciencia, pero mi debilidad por él no escuchó nada. La posibilidad de poder alargar aquel encuentro pesó más que todas las advertencias. Bajé la mirada por un momento para tomar una decisión sin el peso de sus ojos en los míos.

—A casa.

—Perfecto.

Christian se recargó sobre mi auto tras sacar el teléfono del bolsillo para llevárselo a la oreja, adoptando una postura en la que pude apreciarlo sin ningún tipo de reparo. Había extrañado tanto verlo, tenerlo así de cerca y escuchar su voz, que no hice el intento de disimular mi fascinación. Lo miré con toda la melancolía que sentía, por todo lo que fuimos y ya no éramos, por todas las cosas que se quedaron pendientes entre los dos.

—¡Christian! —escuchamos a lo lejos.

Su jefe de prensa gritó su nombre y Christian, con un solo gesto, lo echó. Abel no se acercó a nosotros, caminó por el estacionamiento hacia otra dirección.

—Vendrá por él en un rato. Está con Cristal, haciéndose cargo de algunas cosas. Vamos.

Seguí el movimiento de su brazo extendido que señalaba la otra zona del estacionamiento, y di el primer paso, percibiendo cómo poco a poco mi respiración se acompasaba. Las llaves volvieron a deslizarse de mis manos, y esta vez no tuve que inclinarme para recogerlas. En un gesto atípico de caballerosidad, Christian se agachó para tomarlas del piso. Se incorporó con ellas entre las manos y mi mirada se quedó fija en su cuello, observando la cadena que se asomaba por su camisa gracias al movimiento. Era la mía, podía reconocerla con facilidad.

El calor de su mano en mi espalda no permitió que continuara observándola. Caminé procesando lo que acababa de ver. Él la volvió a ocultar con discreción. Christian me guio manteniendo la distancia hasta detenerse frente a una motocicleta negra. Tomó el casco que reposaba en el motor y se subió a ella tras sacar sus llaves.

—Pensé que habías llegado en un auto.

—¿Vendrás conmigo, ángel? —preguntó, antes de ponerse el casco.

CAPÍTULO 38

Christian

Percibí ese tímido y dudoso asentimiento como un *shot* de adrenalina en mis venas. La satisfacción que experimenté no solo fue porque aceptara que la llevara, sino porque estaba dispuesta a subirse a una motocicleta conmigo, con un aire de valentía que pocas veces vi en ella. Esforzándome por mostrarme sereno, alargué el brazo para darle el casco que sostenía en la mano derecha, aguardando a que se decidiera a tomarlo.

—Gracias.

Abril me sonrió al tomarlo, nerviosa. Por mi propio bien me obligué a dejar de verla, pero sentir el peso de su mano sobre mi hombro me tomó desprevenido. Se apoyó en él para subir a la moto, presionándome con fuerza por culpa del miedo que no ocultaba.

Mi pulso ya acelerado se descontroló un poco más al sentirla a mi espalda. Sus manos se entrelazaron justo sobre mi pecho, obligándome a actuar con prisa. Tomé sus muñecas para guiarlas hacia abajo, me negaba a que se diera cuenta de qué tan rápido me latía el corazón por su culpa.

—Así está mejor. En mi pecho limitas mis movimientos, por la lesión.

Aunque estuve seguro de que no soné nada convincente, sostuve mi mentira. Intenté relajarme antes de encender el motor, y casi lo conseguía cuando Abril sujetó la tela de mi camisa. El abdomen se me tensó de modo automático.

—Perdón, ¿te lastimé?

El roce de sus uñas sobre mi piel me generó todo, menos dolor. Negué y aceleré de golpe, molesto por la falta de dominio que siempre demostraba ante ella. La respuesta de Abril fue abrazarme, la tenía tan cerca que podía sentir sus pechos aplastándose en mi espalda, y el ritmo acelerado de su corazón retumbando con fuerza.

—Abril, juro por Dios que sé conducir una moto. No vas a caerte —grité, al sentirla temblar.

—Lo sé. Lo sé —repitió, en un tono apenas audible.

Desaceleré después de un par de calles, y noté cómo se relajaba y tomaba más confianza. Tras un breve trecho aflojó sus brazos y dejé de sentir sus pechos pegados a mi espalda. Estaba tranquila, pese a todo el temor que tenía. Aunque me diera gusto su confianza, en lo único que podía pensar era en tenerla todo lo cerca que fuera posible.

Aceleré una vez más en un gesto egoísta, y de inmediato la tuve de nuevo abrazada a mi espalda, con sus manos sujetas a mi camisa y su corazón latiendo desbocado contra mi cuerpo. Apreté los labios para no sonreír, al mismo tiempo en el que subía un poco más la velocidad, para que se sujetara con más fuerza. Cuando llegamos a un semáforo bajó los brazos. Podía escuchar su respiración acelerada, y su cuerpo temblando detrás del mío. Volteé la cara para ver cómo estaba y me encontré con su mirada atenta a mí.

—¿Por qué tiemblas tanto? No te va a pasar nada, Abril.

—Tengo mucho frío.

—¿Por qué no lo dijiste antes?

Me sentí un poco imbécil por no haber pensado que sus brazos desnudos estaban resintiendo el aire frío de la noche. Me quité la chamarra con la vista puesta en la luz roja que aún brillaba en el semáforo, y aunque cambió un momento después, solo arranqué hasta que volví a sentir cómo se sujetaba a mí.

—Gracias.

El tono suave de su voz se perdió por el ruido fuerte del viento. Aceleré una vez más, gradualmente, hasta que Aby terminó aferrada a mi espalda. Sus manos entrelazadas volvieron a situarse en mi pecho, y las bajé de la misma forma, esperando que no se hubiera percatado de lo rápido que latía mi corazón. Mientras me alejaba de la autopista para alargar el trayecto, pensé en repetir todos los exámenes médicos, porque me negaba a creer que ella me provocara la taquicardia.

Pese a correr el riesgo de que se percatara de qué tan afectado me tenía, tomé caminos alternos, para que tardáramos más en llegar a su casa. Fueron tantos desvíos innecesarios que Abril comenzó a darme indicaciones en voz alta. Me remordía la conciencia que fuera tan buena persona como para que no pasara por su mente la intención de mis desvíos. Odiaba aquel poder suyo para humanizarme con emociones absurdas.

—No pasó nada, llegamos sin ningún problema.

Aby soltó un largo suspiro que pude escuchar por lo lento que conducía. Estábamos a solo unos metros de su casa, demasiado cerca de una despedida que sentía precipitada. En las últimas semanas había luchado con mis ideas contradictorias respecto a Abril. No podía olvidar del todo que me mandó a la mierda sin ningún tipo de titubeo, pero tampoco conseguía deshacerme de las ganas de estar con ella, de propiciar un acercamiento del que no pudiera volver a huir. Todas mis acciones habían sido impulsivas y poco analizadas hasta ese momento, y tenía claro que prefería lamentarme por ser tan imbécil con ella, que extrañarla todos los putos días.

—Creo que ya vencí de manera definitiva mi miedo.

—¿Lo ponemos a prueba?

—¡No! ¡Christian! —gritó cuando aceleré de manera abrupta. Me habría detenido de no ser por la carcajada nerviosa que se le escapó, que me dejó ver que no estaba del todo aterrada. Sus manos retorcieron con más fuerza mi camisa y otra risa volvió a salir, más fuerte que la anterior—. Voy a matarte.

Su amenaza se convirtió en un grito cuando levanté la llanta delantera de la moto. Las uñas de Abril se encajaron en mi piel, incluso cuando la llanta regresó al pavimento. No me quejé por ello, porque escucharla reírse fue gratificante. Tras orillarme, Abril se quitó el casco. Aún con el motor encendido volteé para verla, tenía el pelo alborotado por el viento y una sonrisa nerviosa en los labios.

—¿Entonces vas a matarme? —le pregunté, cuando por mi bien dejé de verle los ojos.

—Debería hacerlo, no tienes ni un poco de tacto —se quejó, mientras llevaba la palma de la mano hasta su pecho. Me entregó el casco y bajó de la moto usando mi hombro sano como punto de apoyo—. Estuve a punto de morir de un ataque cardiaco todo el camino y se te ocurre hacer malabares peligrosos.

—Malabares peligrosos… —repetí, esforzándome por reprimir la risa que me provocó su comentario—. Estás aquí sana y salva.

El viento agitó su pelo, y ella lo apartó de su cara con un gesto suave y femenino que debí evitar ver. Odiaba que me pareciera tan bonita cuando se suponía que no debía contemplarla.

—Muchas gracias por traerme. No esperaba verte, pero me alegró mucho encontrarte.

Aunque Abril me estaba sonriendo, hubo una pizca de tristeza en el tono de su voz y en la manera en la que me miraba que llenó el ambiente de algo parecido a la melancolía.

—Cuando quieras, Abril. Jimmy traerá tu auto más tarde.

—Nala está inquieta, seguro ya te olfateó —dijo con la vista puesta en la casa, en la que se escuchaba cómo la perra llorona ladraba—. Gracias por prestarme tu chamarra —agregó con prisa, al mismo tiempo que empezaba a quitársela.

Reprimí mi deseo de insistir en el tema, porque era obvio que ella quería evitarlo, y me concentré en sus labios, que lamió con nerviosismo mientras esquivaba mi mirada. De su cuello seguía colgando mi inicial, lo observé tras echarle un rápido vistazo que se interrumpió por los ladridos escandalosos de su perra maleducada. La satisfacción que me provocó aquel detalle me llevó a volver a fijar los ojos ahí, como si necesitara comprobar que no lo había imaginado.

—Quédatela. Nala debe extrañar dormir sobre mi ropa.

Conocía ese largo suspiro de Aby y el gesto de rendición que adoptó su rostro, por ello pensé en apagar el motor y bajar de la moto para acercarme a ella. La conocía, nos conocíamos, sabía a la perfección que se encontraba expuesta a mi voluntad si me lo proponía. Sin embargo, opté por no dejarme llevar por ningún impulso y ser racional por primera vez con algo que tenía que ver con ella.

—Gracias. —La sonrisa que adornó su cara fue breve debido al ruido estrepitoso que sonó en el interior de la casa. Ambos volteamos a la vez, buscando lo que originó el sonido. Solo un momento después la respuesta llegó corriendo y ladrando al mismo tiempo. Nala se había salido por la puerta trasera, actuando como la loca que era.

—Abre la puerta, es capaz de saltar —le indiqué, al ver la velocidad con la que la perra se acercaba.

Mi intención de irme pronto quedó a un lado gracias a Nala. Abril abrió la puerta y ella corrió directo hacia mí, casi tirándome de la moto por la fuerza de su salto. Sus fuertes chillidos resonaron en mis oídos y conmovieron tanto a Abril que me vi obligado a no desaprovechar la situación. La aparté para bajar de la moto, y en cuanto lo hice la cargué entre mis brazos, permitiendo que me lamiera la cara y que llorara como una idiota a mi oído.

—Nala, tranquila.

—Te extrañé mucho, llorona.

Aquella era una vil mentira, no la extrañaba en lo absoluto, había pasado la tarde con ella dos días atrás. Le besé la cabeza y noté la conmoción de Abril, que nos estaba viendo sin parpadear, con los ojos llenos de lágrimas. Su sentimentalismo jugó a mi favor en ese momento, conmovida por la emoción de su perra, que actuaba como si tuviera meses sin verme.

—Nala, vas a lastimarte, tranquila.

Nala no reaccionó a la voz de Abril y continuó removiéndose en mis brazos, en donde no podía quedarse quieta, comportándose más eufórica que de costumbre. No luché con ella, la bajé y dejé que saltara a mi alrededor, que se parara en dos patas y que intentara escalar sobre mí como cuando era una cachorra. Fueron minutos eternos lidiando con su exceso de energía, hasta que por fin la cargué de nuevo y se quedó tranquila con el hocico oculto en mi cuello.

—Abre la puerta. —Abril no cuestionó lo que le pedí, abrió la puerta de hierro forjado de nuevo, atenta a su perra, que continuaba tranquila entre mis brazos—. Adentro, Nala. Vamos, obedece.

No fue necesario que levantara la voz, Nala me lamió la cara emitiendo los mismos chillidos desesperantes, y corrió hacia el interior, no sin antes detenerse a observarme. Le apunté la casa y ella corrió cabizbaja hacia el pórtico.

—Puedes verla cuando quieras —dijo, como si necesitara su permiso para hacerlo. Nala era también mía, me jodía un poco que no lo reconociera—. Nala se encariñó mucho contigo. La conoces desde que era una bebé y han pasado mucho tiempo juntos.

Asentí a su idea, preguntándome qué pensaría si se enterara de que la miraba al menos una vez a la semana. Di un paso hacia el frente y noté cómo su postura la ponía en evidencia. Abril se quedó quieta, como congelada ante mi intención de despedirme.

—Cuídate, Abril. Si Jimmy no trae tu auto en un rato, llámame, tienes mi número —le recordé.

Me negué a besarle la mejilla, aquello se sentía como una humillación a la que no volvería a someterme. Cuando estuve lo suficiente cerca, agaché la cabeza para darle un beso en el hombro derecho. Fue apenas un contacto breve que hizo que su cuerpo saltara por la sorpresa. Quería marcharme en ese momento en el que todavía tenía el control de lo que estaba pasando, por ello volteé con la firme intención de irme. No esperé la reacción impulsiva de Abril, que me sujetó el antebrazo para evitar que me moviera. Al verle la cara entendí que se había sorprendido por su impulso de detenerme, pálida bajó la mirada hacia la mano que me sujetaba, y su ceño se frunció de inmediato. Tuve que fijar la vista en el punto que ella observaba para comprender qué pasaba. Estaba viendo el tatuaje que la chamarra había mantenido oculto.

—Gracias por traerme —dijo, aturdida. Su mirada continuaba en mi antebrazo, que alejé en cuanto me soltó.

—Buenas noches, ángel.

—Buenas noches, Chris.

Ese tono dulce que a veces solía fastidiarme hizo que el ambiente se tornara más melancólico. Tomé el casco y subí a la moto. Percibía sus ojos sobre mí, observando todos mis movimientos. Volteé para verla, ella continuaba a unos pasos de su puerta, con los brazos cruzados y una sonrisa triste en los labios.

***

—Christian, mira la cámara. No apartes la mirada. Ahora, una sonrisa.

Cada indicación me fastidiaba más que la anterior, y no hice nada por ocultarlo. En cuanto la cámara dejó de enfocarme bajé un poco la cremallera del traje, por culpa del calor sofocante que me causaban las luces frente a mí.

—¿Quieres agua?

Asentí a la pregunta de mi asistente, que ignoró la mala mirada de todos en el set. Cristal trotó hacia mí con la caja de pañuelos desechables en las manos, con la que empezó a secarme el sudor de la frente, hasta que se lo arrebaté.

—Yo puedo solo, Cristal.

—Lo sé, Christian, solo quería ayudarte para que quitaras tu cara de enojo.

—Estoy harto de esta mierda.

—Deberías estar acostumbrado. Siempre, al final de cada temporada, tienes que grabar estos videos.

Había pasado gran parte del día en compañía de Cristal por todo el material promocional que debíamos grabar para la final del campeonato. Me encontraba un poco harto de lidiar con su desesperante buen humor y su incapacidad de permanecer callada.

—¿Hiciste lo que te pedí?

—¿Cuál de todas las cosas que me pediste? —El ruido a mi alrededor me indicó que la grabación volvería a reanudarse. Sorbí la botella de agua que me ofreció hasta acabármela toda en un solo trago, preparándome para permanecer parado como imbécil al lado de mi compañero de equipo.

—Las flores para Diana.

—Sí, le envié las flores y las cuatro invitaciones para la gala del campeón. Elegí un arreglo muy colorido y lindo, pensé en mandarle rosas, pero las rosas significan amor. Y tú solo querías disculparte, no es como que la estés cortejando. —Estaba convencido de que mi vida sería mejor el día que Cristal aprendiera solo responder lo que se le preguntaba, en lugar de soltar una sarta de comentarios.

—¿Hiciste lo que te pedí con la tarjeta?

—Sí, pedí que escribieran una disculpa por la entrevista que aún no le dabas, y lo de las invitaciones para compensar los contratiempos la firmé como si lo hubiera enviado tu oficina, no tú.

—Perfecto, Cristal.

—Christian, te estamos esperando para iniciar.

—¿No crees que me merezco unas vacaciones? —preguntó cuando volteé para colocarme de nuevo frente a la cámara.

—Creo que estás siendo muy impertinente, pero lo de tus vacaciones es un hecho. Me hará bien librarme de ti por un tiempo.

—¡Vas a extrañarme todos los días!

El silencio en el que se quedó el set propició que sus gritos se escucharan un poco más. Todos rieron a nuestro alrededor, menos yo, que de verdad comenzaba a cuestionarme qué tanta confianza le había dado a mi asistente en los últimos meses. La única razón por la que soportaba la impertinencia de Cristal era la lealtad que demostraba hasta en los detalles más pequeños. Nunca cuestionaba nada, siempre hacía todo lo posible para que las cosas salieran tal y como yo lo pedía.

Tomé de nuevo mi sitio, deseando que ninguna de las amigas de Abril intervinieran en mi plan. Quería verla en la estúpida gala en la que tenía que ser anfitrión, y confiaba en que Diana la convenciera para asistir. Yo sabía que las invitaciones eran una tentación a la que no iba a resistirse. No hacérselas llegar a mi nombre era parte de una estrategia que esperaba que no fallara. Necesitaba que nada pareciera forzado, y que todo fuesera lo más natural posible, como las estúpidas señales de las que la bruja habló.

***

El traje me hacía sentir asfixiado, me quejé constantemente de ello con Javi, que optó por no prestarme atención. Se encontraba atento a lo que ocurría a nuestro alrededor, saludando a quien se acercaba, luciendo más amable que de costumbre. Era la quinta vez que era anfitrión de la gala que se organizaba a las puertas del final de la temporada; aun así, no me encontraba cómodo moviéndome de un lado a otro, posando para fotos, dando entrevistas y saludando como si todos los que estaban ahí me agradaran. Javi decía que todos querrían estar en mi lugar, y yo habría estado encantando de cederles el lugar esa noche. Lo que sucedía a mi alrededor no me importaba en lo absoluto, lo único que tenía mi atención era la presencia de un grupo de amigas que se suponía debía estar ahí.

—Mira, el compañero de equipo del novato. —Javi señaló con discreción la otra mesa, en la que estaba sentado todo el equipo del perdedor de mierda. Aún no se acercaban a saludar, poniendo en evidencia su molestia por la resolución de los comisionados.

—¿Mi amigo el perdedor decidió no venir?

—Se supone que sigue recuperándose.

—Es una pena, quería reírme esta noche.

—Maldita sea, Christian.

—Anímate un poco, Javi. Iré a buscar algo de tomar.

—No tardes demasiado, cuando Daisy deje de socializar querrá que te sientes con ella.

Me levanté empujado por mi deseo de buscar a la única invitada que estaba esperando. Me moví con aburrimiento por todo el salón, harto de las sonrisas falsas y de todo el ambiente que se respiraba. La gala solía ser un evento importante para los patrocinadores, por ello había tantos invitados especiales con los que me veía obligado a interactuar. Ignoré a la mitad de ellos mientras me dirigía hacia uno de los meseros que cargaba entre sus manos una bandeja. Tomé una copa, sorbí de ella y salí hacia el jardín, en donde había pequeños grupos de personas conversando.

Estaba un poco ansioso, preguntándome si Diana terminaría mordiendo el anzuelo. Quería creer que sí, porque necesitaba ver a Aby. La copa no me relajó como esperé, las horas transcurrían sin tener una sola señal de que asistiría. Había visto gran parte del día el teléfono, esperando encontrar alguna foto o video que mostrara a Diana preparándose para esa noche.

—Christian. —Mi mirada permaneció fija en los arbustos iluminados, pese a haber escuchado la voz de Cristal. Mi asistente se acercó enfundada en su vestido de noche, apenas la volteé a ver.

—No quiero saludar a nadie.

—Pero no puedes huir toda la noche. ¿Sabes cómo se llama este evento? La Gala del Campeón. ¿Y quién es el campeón? Tú.

—Entraré un rato. ¿Estás segura de que Diana no llamó a la oficina para agradecer por las invitaciones?

—Supersegura.

—Está bien. Déjame solo.

—Iré a saludar por ti.

—Es buena idea… Cristal —mi asistente se detuvo en cuanto escuchó su nombre—. Le di una invitación a Antonella. Si las ves por ahí, vigílala. Es imprudente y un poco idiota.

—Como toda niña de su edad.

—¿Acaso te lo pregunté?

—Eres insoportable, Christian.

—Puedo echarte. ¿Lo sabes?

—Pensé que ya éramos amigos. —No permití que me viera reír. Aguardé a que diera la vuelta para divertirme con su impertinencia, a la que ya me había acostumbrado. Con la copa medio llena en una mano revisé de nuevo mi teléfono, buscando inútilmente alguna señal en perfiles de las cuatro.

Guardé el teléfono al no hallar ni una sola. En el momento en el que lo dejé dentro del bolsillo sentí el peso de una mano sobre mi hombro, y el calor se disparó por mi cuerpo de inmediato.

Con prisa sujeté la mano, pero no encontré lo que esperaba. Los dedos delicados de uñas largas y llenos de anillos no eran los que me estaban sujetando; eran unos nudillos un tanto arrugados, que me hicieron voltear con prisa.

—Hola, Chris. —Mi primera reacción fue dar un paso hacia atrás, actuando con la repulsión que sentía y lleno de un desconcierto que me dejó su presencia.

—¿Qué haces aquí?

Mi mamá me vio fijamente, un poco consternada por mi reacción. El corazón me latió con toda su prisa al ver cómo los ojos se le llenaron de lágrimas, así que volví a dar otro paso hacia atrás para acentuar la distancia entre las dos.

—Anto se sentía mal y no quería desaprovechar la invitación. Te ves muy apuesto, hijo. Desde niño siempre lucías lindo con trajes. ¿Recuerdas la primera que te pusiste uno? Fue para…

—¿Qué mierda haces aquí? —Antes de que me diera una respuesta la tomé por la muñeca, con un agarre firme que la sorprendió. La llevé paso rápido por el pasillo hasta detenerme frente a unas puertas dobles que abrí de par en par. Era un salón pequeño que se encontraba vacío y en el que podía hablar con ella lejos de las miradas que nos rodeaban.

—Christian, ¿qué te pasa?

—¿Por qué estás aquí? ¿Cómo se te ocurre aparecerte en este lugar?

—Quería verte —respondió, aún conmocionada. Antes de darle

la espalda me percaté de que se estaba acariciando la muñeca. Cerré la puerta con seguro y volví para enfrentarla.

—Invité a tu hija, no a ti. A ti no te quiero aquí.

—Mi amor, sé que no es el mejor momento, pero tú y yo tenemos una conversación pendiente. Podemos dejarla para después, quiero que disfrutes tu noche.

—No voy a disfrutarla contigo aquí, vete. ¡Vete!

—¡Christian! ¿Qué te pasa?

No lo sabía, no tenía claro cuál era la razón por la cual tenerla de frente fuera tan exasperante. Culpé a la maldita terapia que Javi me obligaba a tomar, porque había hablado de ella de nuevo, en lugar de seguir ignorando su existencia, como hacía siempre.

—No quiero verte, no tienes derecho de estar aquí.

—Eres mi hijo, solo quiero estar contigo en un momento especial.

—No soy tu hijo. Si no lo fui cuando era un niño y te necesitaba, no lo seré ahora que soy un hombre y solo me estorbas.

—Iré a buscarte algo para tomar, para que te calmes un poco y luego podemos hablar si quieres.

—Es que no tengo nada que hablar contigo. Solo quiero que te vayas.

—¿Por qué?

—¡Porque no quiero verte! —El sobresalto que le provocó mi grito no me pasó inadvertido. La miré fijamente, notando el temblor de su labio inferior, y la forma en la que tomó aire para respirar hondo.

—Hay muchas cosas que no sabes, que nunca pude decirte. Tal vez cuando me escuches cambies de opinión.

—No quiero cambiar de opinión. Solo quiero que te vayas. —La impotencia me inundó el pecho con una intensidad que llevaba años sin sentir. Todo lo que se había removido me afectó de la misma forma que antes. La sangre hirvió en mis venas por culpa de su cinismo—. Me echaste cada vez que llegué a buscarte, me viste rogarte y llorar y no te conmoviste. ¿Cómo te atreves a venir aquí?

—De eso he querido hablarte, pero tú no quieres escucharme. No podías quedarte conmigo porque tu papá tenía tu custodia legal. Me obligó a firmarla, me obligó…

—¡Mentira! —Su cuerpo saltó otra vez al escucharme gritar—. Te estorbaba para hacer tu nueva vida. No querías llevarme con tu nuevo marido porque iba a ser un problema para los dos.

—No es así, hijo. No tenía los medios para defenderme. Tu papá tenía dinero, abogados y muchos contactos. Yo estaba sola.

—Me dejaste en manos de un borracho que nunca me cuidó, al que no le importaba si comía, si dormía, si iba a la escuela, si estaba vivo. No te imaginas todo lo que pasé por tu culpa, todo lo que vi, todo lo que soporté.

—Christian…

—Llevaba mujeres a las que se cogía como si yo no estuviera ahí. Era un puto niño. ¡No necesitaba ver eso!

—No sabía que eso pasaba.

—¡Lo sabías! ¡Conocías sus alcances! Maldita sea, estabas casada con él.

—Estás alterado, hablemos de esto en otro momento y otro lugar.

—¡No! Ya estás aquí, ahora me vas a escuchar. ¿Cómo te atreves a aparecerte aquí cuando hiciste tu vida sin mí? ¡Tuviste otra hija a la que criaste! A la que nunca dejaste.

La garganta se me tensó por culpa del dolor lacerante en mi pecho. Un dolor dormido del que me había olvidado y que la presencia de ella trajo de nuevo a la luz. Me pasé las manos por el pelo sin que me importara despeinarme, buscando sofocar la impotencia que me atormentaba.

—Yo no quería dejarte a ti. Las circunstancias me obligaron, y sufro por ello todos los días. Mi vida no fue feliz, no hubo una sola noche que no me doliera el pecho por no tenerte conmigo.

—Querías deshacerte de mí para vivir tranquila con el hijo de puta con el que te largaste. Tuviste una hija con él, hicieron una familia. Mientras tú jugabas a la casita con ellos yo estaba limpiando el vómito de mi papá, cuidándome solo y cuidándolo a él.

—Te juro que me duele que hayas pasado por todo eso.

—Nunca te dolí en lo absoluto. Y toda la vida me pregunté por qué. Era aplicado, limpio y ordenado. Hacía deporte y era bueno en ello. ¿Qué fue lo que nunca te gustó de mí? ¿Qué es lo que te desagradaba? ¿Qué te hice? ¿Por qué no fui suficientemente bueno para ti?

Me aflojé la corbata con un movimiento brusco que me lastimó el cuello, pues la sensación de asfixia me impedía respirar. Había algo atorado en mi garganta, que hacía que respirar fuera doloroso.

—No hay algo que me desagrade de ti. Te amo, eres mi hijo.

—No sabes todas las veces que me vi en el espejo temiendo encontrar algún rasgo de él en mí, porque creía que por eso me habías dejado a mí también. Pero ni siquiera me parezco a él, me parezco a ti, a tu hija. La hija que sí cuidaste.

—Por favor, no te hagas daño de esa forma pensando ese tipo de cosas. Hay razones que tal vez no entiendas ahora mismo, pero que necesito que escuches.

—No dejaste que Javi y Daisy me adoptaran, porque querías el dinero que ganaba desde niño.

—Nunca vi un centavo de ese dinero. Lo de la adopción no fue posible porque tu papá se negó. Él se quedó con todo, por eso no dejó que te llevara conmigo. Cuando estuviste bajo su cuidado no pude acercarme. Luego Javi te llevó con él y tú nunca quisiste hablar conmigo.

—¿Qué mierda iba a hablar contigo?

—Quería explicarte todo, pero nadie me lo permitió. Javi decía que no era un buen momento porque te estabas adaptando a vivir con ellos, me prometió que en cuanto la psicóloga lo permitiera íbamos a tener una charla, pero ese momento nunca llegó. Intenté hablar con Daisy para que mediara, pero ellos dijeron que como tú no habías hecho la terapia no sabían si debíamos tener esa conversación. Daisy no tiene hijos, no entendió mi desesperación.

—Daisy tiene un hijo, soy yo. Ella solo me estaba protegiendo de ti.

—Yo nunca te haría daño.

—¡Es lo único que has hecho toda la vida!

Sus sollozos resonaron ante mi grito, y entonces me di cuenta de que estaba temblando por la falta de control, lleno de rabia. Tosí, pues estaba jadeando, y solo entonces me di cuenta de que estaba llorando.

Me limpié las mejillas con brusquedad y tomé la copa medio vacía que había dejado sobre una repisa para acabármela de golpe. Lo necesité para recuperar la compostura.

—Jamás tuve esa intención. Cometí errores, lo acepto, pero nunca quise lastimarte.

—Terminé esta conversación. Sal de mi vida y no regreses.

La prisa con la que abrí la puerta evitó que ella pudiera reaccionar. Cerré con un portazo que el ruido de la música que sonaba a lo lejos silenció, y avancé con largas zancadas y el cuerpo aún temblando por la impotencia.

—¡Aby, por aquí!

Levanté la vista en cuanto escuché el nombre en una voz que no identifiqué. Mi respiración se aceleró un poco más. Abril estaba ahí, con la mirada puesta en mí, en medio del pasillo, mientras sus amigas, en el otro lado, la llamaban con insistencia.

No estaba de blanco como la primera vez que la vi, pero su mirada cargada de anhelo, emoción y alegría, que acabó de golpe al ver mi cara, era la misma. Fui directo a ella, ignorando a todas las personas que se movían a mi alrededor. Abril abrió los brazos antes de que me detuviera, para rodearme con ellos y pegarse a mi pecho.

—Todo está bien, todo lo estará —dijo a mi oído, tras abrazarme con más fuerza.

CAPÍTULO 39

Abril

La manera en que Christian me abrazó hizo que mi cuerpo se tambaleara. Había dejado caer su peso sobre mí, sujetándome con tanta fuerza que tuve que hacer un esfuerzo extra para respirar. Recuperé el equilibrio mientras pasaba las manos por su espalda, acariciándolo de arriba hacia abajo con el único propósito de tranquilizarlo. No tenía idea de qué ocurría, pero pude percibir el profundo dolor que sentía.

—Tengo que irme. —La voz de Christian sonó rota como nunca antes la escuché. Mi reacción al darme cuenta fue apretarlo con más fuerza contra mi cuerpo, en lugar de dejarlo marcharse como pretendía. No luchó contra mi agarre, permaneció aferrado a mi cintura por otro largo momento hasta que me di cuenta de las miradas curiosas que nos rodeaban, y entonces lo solté poco a poco.

—¿A dónde?

—No lo sé, solo quiero irme.

—Voy contigo.

Christian esquivó mi mirada y volteó para marcharse por la misma puerta por la que yo acababa de entrar. Mi primer impulso fue seguirlo, pese a la presencia de mis amigas que me esperaban y las miradas quisquillosas fijas en nosotros. Los pasos de Christian fueron largos y presurosos, descendió los escalones de concreto que llevaban hacia el estacionamiento, ignorando mi voz que repitió su nombre un par de veces. Justo cuando estaba a punto de desistir giró de manera repentina, obligándome a detenerme.

—Abril, no es un buen momento.

—Lo sé. —Como no reaccionó ante mi respuesta me animé a reanudar mis pasos, lo hice despacio, mientras notaba sus ojos enrojecidos. Por un momento su mirada se quedó perdida hasta que se pasó las manos por la cara, como si se estuviera sacudiendo la conmoción—. ¿Qué necesitas?

—No lo sé.

Su barbilla tembló ante aquella respuesta, antes de que bajara la mirada. Mi cautela se acabó en ese momento. Me acerqué de golpe para abrazarlo otra vez, y aunque no me devolvió el abrazo de inmediato, no lo solté. Mi garganta se sintió pesada y no podía respirar con normalidad. Quería ofrecerle la calma que necesitaba, pero no pude hacerlo. Había un dolor lacerante en mi pecho, que no era mío, que me impidió lograrlo.

—¡Christian! ¡Christian!

Era la voz de su asistente. Christian le estaba dando la espalda, por eso fui la única que la vi acercarse. Lo sentí moverse entre mis brazos y solo segundos después me obligó a soltarlo. Sin decirme una sola palabra se dirigió a otra zona del estacionamiento y se detuvo frente a un auto negro, al que le quitó el seguro a distancia.

—Cristal, Christian no está bien —dije, interponiéndome en su camino. Por la manera en que reaccionó me di cuenta de que no me había visto. Se llevó la mano al pecho en señal de sorpresa y me besó la mejilla rápidamente.

—Me da mucho gusto verte. ¿Qué tiene?

—No lo sé, pero quiero estar solo. No está en condiciones de hablar con nadie.

—Abel lo está buscando, no puede desaparecer de la fiesta. Aún debe atender algunos invitados. También Javi me pidió que lo llevara con él. Tiene que ir, lo están esperando.

—De verdad, no creo que pueda.

—La gala es en honor a él, es el anfitrión.

Miré hacia los lados, pensando rápidamente en una solución. En medio de la desesperación del momento identifiqué la figura de una mujer caminando por la zona. Le clavé la mirada hasta que pude reconocer su cara, y entonces creí entender lo que ocurría. La mamá de Christian estaba ahí, secándose las lágrimas mientras caminaba como si estuviera buscando un auto. Ella se dio cuenta de que la estaba viendo, pero actuó como si no lo supiera. Tras un par de pasos, abrió la puerta de un auto y se acomodó en el interior de este con rapidez. Aguardé a que arrancara para moverme. Me disculpé con Cristal y fui a buscar a Christian.

Mis pasos resonaron en el estacionamiento silencioso, me detuve al lado de la ventana del conductor que estaba cerrada. Los vidrios oscuros no me dejaban ver a Christian, pero sabía que estaba ahí, por eso toqué con los nudillos un par de veces. Aunque no obtuve respuesta abrí la puerta, y Christian no se inmutó por ello. Lo encontré recostado sobre su asiento, con los ojos cerrados y una expresión endurecida.

—Christian, Cristal te está buscando. Te están esperando.

—Me importa una mierda Cristal, la fiesta y todo el mundo.

Su voz se entrecortó cuando terminó de hablar, como si estuviera conteniendo el llanto y tragándose un montón emociones que le hacían mal. Apoyé la mano sobre su hombro y solo entonces obtuve una reacción. Christian abrió los ojos poco a poco y me observó a través de una mirada sumamente triste.

Controlé mi impulso de consolarlo y de hablarle con dulzura para contrarrestar la amargura de la que estaba lleno, porque sabía lo complicado que era para él mostrarse vulnerable. Tal vez un ser humano normal habría apreciado un abrazo en un momento así, pero Christian no entraba en esa categoría.

—¿Puedo intentar hablar con él?

Christian negó de inmediato al escuchar a su asistente, que preguntó desde el punto en que me esperaba. La miré e imité el gesto de su jefe, rogándole con la mirada que no se acercara. Justo cuando creía que nada podía empeorar, observé a un hombre acercándose a paso rápido. En cuanto su cara quedó expuesta por las luces del lugar, la tensión que sentía se intensificó. Era el jefe de prensa de Christian.

—¿Dónde está Christian?

—¿Por qué mierda no me dejan en paz? —vociferó él de inmediato.

Oculté lo mucho que me afectó verlo así. Su voz nasal por un llanto que no dejaba salir del todo, los ojos brillantes y una expresión de desolación que me perturbó más que cualquier otra cosa. Actué antes de que todo terminara de complicarse. Abel se detuvo al ver mi intención de acercarme, se quedó a unos cuantos pasos del auto que mantenía la puerta abierta, observando hacia él, buscando con insistencia a Christian.

—Christian no se siente bien.

—¿Qué tiene? Voy a hablar con él.

—No —alargué el brazo evitándole el paso. Se quedó confundido por mi acción—. No es un buen momento. Sé que esto es importante, pero no está en condiciones para atender invitados.

—No puede irse así como así.

—No puede quedarse.

—Voy a hablar con él. —Me coloqué frente a él en un impulso irrefrenable, porque su intención de apartar mi brazo fue evidente—. Apártate, tengo que hablar con él. Esto es trabajo, no un juego. No nos hagas perder el tiempo.

—¡Cuida la maldita forma en la que le hablas! —El grito amenazante hizo eco en el estacionamiento, cada vello de mi cuerpo se erizó ante la rabia que se filtró en la voz de Christian, y solo segundos después me sobresalté por el portazo violento que sonó. Volteé en el acto y lo encontré acercándose de una manera tan intimidante que el estómago se me revolvió por el nerviosismo.

—Christian —le dije, buscando la manera de captar su atención. Sin embargo, su mirada estaba fija en Abel.

—¡¿Quién puta te crees para hablarle así?!

—Christian, no. ¡Christian! —insistí con desesperación, toda la ira que exudaba no la había provocado el idiota frente a mí, su explosividad obedecía a su deseo de desahogar lo que lo estaba atormentando—. No te le acerques, quédate aquí.

Me puse frente a él para evitar que se le fuera encima a su jefe de prensa, ante la mirada atónita de Cristal, que se encontraba congelada, con los ojos abiertos de par en par.

—Discúlpate con ella. ¡Pídele disculpas! —exigió, apuntando hacia Abel por encima de mi hombro.

Por un momento pensé que iba a confrontarlo, que reaccionaría a la provocación de Christian, que temblaba por la rabia. Pero cuando vi que Abel bajó la mirada y respiró hondo, me sentí aliviada.

—Discúlpame, no debí hablarte así.

La tensión que se percibía en el ambiente no se disipó por aquella disculpa. Abel solo estaba siendo prudente, podía identificar en su mirada el enojo contenido, la impotencia que sentía ante aquella situación. Asentí con prisa, forzando una sonrisa tensa para calmar las aguas.

—No te preocupes, no pasó nada.

—Cristal y yo nos haremos cargo de justificar la ausencia de Christian, perdona de nuevo el inconveniente.

En cuanto Abel se marchó, Cristal pareció despertar del trance en el que se había quedado. Me sonrió a manera de despedida y dio un tímido paso hacia el frente. Dudoso, cargado de temor.

—Christian, ¿puedo ayudarte en algo?

—En nada, Cristal —respondió más calmado.

Alcé la mano para despedirme de Cristal y seguí a Christian, que regresó al auto. No intentó cerrar la puerta tras entrar; se quedó en la misma posición en la que lo había encontrado, con los ojos cerrados y recostado en el asiento.

—¿Quieres que te lleva a algún lugar?

No hubo una respuesta, solo salió de nuevo del auto para rodearlo y acomodarse sobre el otro asiento, luciendo igual de perturbado, sumido en una tristeza profunda. Antes de tomar mi puesto detrás del volante, escribí un mensaje que envié al grupo de mis amigas, para informarles que me marchaba, y disculpándome por irme de aquella manera. No me percaté de lo nerviosa que estaba hasta que sentí mis dedos temblar mientras me abrochaba el cinturón. No se debía solo a la discusión, sentía una intensa energía en el ambiente que drenaba mi fuerza.

—No tengo a dónde ir.

El corazón se me estrujó de golpe por el dolor en cada una de esas palabras. Debía controlarme, lo sabía. No obstante, me fue imposible mantener la compostura. Christian se sentía perdido, solo y abandonado. Lo percibí con tanta claridad que contener el llanto para ese punto fue doloroso, tenía un nudo en mi garganta.

Tomé aire por la nariz y lo saqué lentamente por la boca. Hice lo mismo varias veces hasta que me sentí capaz de encender el auto y ponerme en marcha. El motor se apagó después de un breve trayecto, no por falta de destreza, sino por la conmoción que me invadía, que me hacía actuar con torpeza. En cuanto lo eché a andar de nuevo, Christian hizo que el respaldo de su asiento cayera hacia atrás, hasta que quedó recostado por completo, y se puso ambas manos sobre el rostro.

Verlo así evitó que controlara mi impulso de tocarlo. Solté la palanca de cambios por un momento para apretarle la rodilla, quería recordarle que estaba ahí, que en ese instante no estaba solo. No pretendía soltarlo tan pronto, pero la tensión me obligó a hacerlo. El zumbido de mi teléfono sobre el tablero provocó que estuviera a punto de caer. Lo tomé a tiempo y respondí como pude la llamada de Daisy.

—Abril, ¿qué fue lo que pasó? ¿Dónde está Christian? —La agitación de Daisy no me sorprendió, sabía que Cristal iba a contarle lo que ocurrió. Aun así, de primer momento no supe qué responderle. Le eché un vistazo a Christian, comprobando que estaba en la misma posición, recostado con los ojos cerrados.

—No lo sé, pero no está bien.

—Cecilia estaba aquí, Cristal la vio.

—Yo también.

—¿Está muy mal?

—Sí —respondí, esperando que Daisy entendiera que estaba siendo cortante porque lo tenía al lado.

—¿Puedes quedarte con él? Por favor —agregó, con una voz distinta—. Cuando esté más tranquilo, llámame, y Javi y yo lo buscaremos.

—Claro, eso pensaba hacer.

—Gracias, Abril.

De manera instintiva volví a apretar su rodilla en cuanto dejé el teléfono a un lado, y ya iba a soltarlo al darme cuenta de lo que había hecho cuando Christian me sujetó la mano. La apretó con fuerza, y entonces me fue más difícil que nunca contener la emoción atascada en mi garganta. Reuní toda la entereza que tenía para no doblegarme. Si lloraba, como querría hacerlo, no podría explicarle lo mucho que me afectaba verlo así, tan desolado.

El agarre férreo de sus dedos se acabó de golpe en cuanto un auto tocó el claxon detrás de nosotros. Aceleré y no volví a tocar a Christian, tampoco forcé una conversación, respeté su silencio y conduje hasta casa, un poco preocupada por su reacción cuando nos detuviéramos. Después de que me estacioné, Christian desvió la vista hacia la derecha, contemplando la sombra de Nala que se proyectaba a través de la ventana. Las luces de un auto que conducía en sentido contrario iluminaron parcialmente su cara. Tenía las mejillas húmedas, la mirada perdida y los labios tensos por apretarlos. Me quité el cinturón de seguridad y esperé a que tuviera una reacción. Sin embargo, parecía apático a todo, hasta que pasé la palma de la mano por su hombro, para abrazarlo.

—¿Puedes acompañarme? Por favor, no quiero estar sola.

Christian se tensó tanto que mejor decidí darle espacio. Asintió con pesadez y solo entonces me aparté un poco, esperando a que se quitara el cinturón de seguridad. El corazón me latió con desenfreno cuando estuve fuera del auto. Era consciente de lo que estaba haciendo y de lo peligroso que podía terminar siendo para mi bienestar.

Antes de que pudiera encontrar las llaves sentí la presencia de Christian a mi espalda. Abrí con dificultad, con los ladridos de Nala de fondo. En cuanto lo conseguí crucé la puerta y esperé a que él entrara. Le di espacio y no rompí el silencio, incluso cuando quería gritarle a mi perra que se callara. Nala no saltó hacia mí como lo hacía siempre cada vez que me veía, fue directo a Christian, que no dudó en cargarla. Dejé mi bolso sobre una mesa, mientras observaba la manera en la que la mantenía abrazada, apretándola fuerte contra su pecho, dejando que ella le lamiera las mejillas una y otra vez.

—Te estás aprovechando, ¿cierto?

Cada vez que Christian le hablaba a Nala experimentaba una calidez reconfortante, que en ese momento se mezcló con un sentimiento de culpa, porque de alguna forma yo era el motivo por el que habían dejado de verse. Me quedé un momento observándolos interactuar. Christian continuó con ella entre los brazos, incluso cuando caminó hacia el sillón en el que se sentó, solo entonces la puso en el suelo.

Mi perra volvió a saltar a sus piernas, y aproveché la distracción que le estaba ofreciendo para escabullirme hacia la cocina. Observé fugazmente mi reflejo en el espejo que me encontré en el pasillo, y me percaté de lo arreglada que estaba. Había puesto atención especial a mi imagen para la fiesta a la que no entré. Mi nerviosismo por ceder a mi impulso de ir silenció mi intuición, pero no me advirtió de aquel encuentro tan distinto al que preví.

Los chillidos de Nala eran audibles en la cocina. Estaba eufórica por Christian, aprovechándose de que la estaba dejando hacer lo que quisiera. Mientras ella lo llenaba de cariño, le preparé un té usando algunas hierbas de mi tía, y mucha de mi tranquilidad para que funcionara. En cuanto estuvo listo lo endulcé con miel, y serví otra taza para mí, para acompañarlo. Encontré a Christian recostado sobre el sillón, con Nala extendida encima de él. Dejé las tazas sobre la mesa para instarla a bajar, y aunque levantó la cabeza al verme, no cedió a mi primer intento.

—Nala está obsesionada contigo —dije, al percatarme de que había abierto los ojos—. Te hice un té. Te ayudará a relajarte un poco.

Se sentó rehuyendo de mi mirada, aún con la conmoción a flor de piel. Tras tomar la taza respiró hondo cerca de ella, estudiando su aroma.

—¿Es algún tipo de brebaje de bruja o algo parecido?

El ambiente se aligeró un poco por su pequeña broma, que me hizo sentir que, pese a todo, no estaba tan afectado. Me senté a su lado y le quité la taza de las manos para darle la mía. En respuesta, su ceño se frunció.

—Es solo un té, te di la mía para que te lo tomes sin ningún tipo de preocupación.

—Estaba bromeando, aunque fuera un brebaje de bruja me lo tomaría. Lo sabes. —Le dio un largo sorbo a mi taza, para luego intercambiarla con la suya y tomar de ella también. Aunque aún se encontraba intranquilo, me pareció que comenzaba a destensarse.

—¿Estás bien?

La manera en la que me observó me indicó que entendió la profundidad de aquella pregunta. Christian negó, tras sorber nuevamente el té aún humeante. Su mirada buscó la mía solo un momento después, y me percaté que de nuevo sus ojos estaban brillando.

—Ella llegó a buscarme. —Su disposición de hablar me dejó tan sorprendida que mi corazón se aceleró de la nada—. Mi mamá, ni siquiera debería llamarla así. Dijo que quería estar conmigo en una noche especial y no lo sé... Supongo que verla me hizo perder los estribos.

—Pero era un evento con invitación. ¿Cómo llegó ahí?

—Invité a su hija, no a ella. Le quitó la invitación, estoy convencido de ello.

—Probablemente no pensó que su presencia fuera a incomodarte tanto. Sé que hay problemas entre ustedes, pero no creo que tenga la intención de lastimarte. No pienses que lo hace a propósito, porque solo te haces daño.

—¿Sabes por qué no lo pensó? Porque es una egoísta de mierda que solo piensa en ella. Que pasa por encima del bienestar de cualquier persona por buscar su beneficio. También soy así, lo sé, pero no tengo un hijo. El día que lo tenga creo que no haré algo parecido.

Un impulso irrefrenable me llevó a correrme un poco por el sillón para acercarme a él. Christian se hallaba tan sumido en su tristeza que no se percató de mi movimiento. Por ello se sobresaltó cuando apoyé mi mano sobre su pierna. Me puso un poco más sensible lo último que dijo.

—Tienes razón, actuó con egoísmo.

—Siempre lo ha hecho. ¿Cómo se atreve a buscarme después de que me dejó de la manera en que lo hizo? El día que se marchó ni siquiera se despidió de mí. Huyó de noche, mientras yo dormía, creyendo que a la mañana siguiente ella me despertaría para no llegar tarde a la escuela. Hizo su vida sin preocuparse por mí. ¿Por qué mierda no me deja tranquilo?

—Tal vez quiere limpiar su conciencia.

—Que la limpie lejos de mí, no la quiero cerca. Fue un error buscar a su hija.

La frustración que sentía quedó en evidencia con el largo suspiro. Mi mano se paseó con libertad sobre su brazo, mientras me acercaba otro poco más.

—Creo que no lo es. Tu hermana no tiene ninguna responsabilidad en las acciones de ella. No tiene la culpa de que ella insista, tampoco de lo que pasó entre los dos. Vi tus fotos con ella y hasta pareces contento.

—Es manipuladora, impulsiva y un poco idiota.

Tuve que tomar de mi taza para reprimir mi deseo de decirle que se parecía un tanto a él, porque no era el momento para bromear de aquella manera.

—Pero te agrada. —No fue capaz de contradecirme, porque sabía que era cierto—. No tienes por qué alejarte de ella.

—No sé si pueda continuar viéndola. No quiero estar cerca de su madre, preguntándome qué puta cosa le hice para que fuera así conmigo.

—No tienes por qué hacerlo. Puedes ver a tu hermana sin necesidad de toparte con ella. Y Chris, tú no le hiciste nada. Ella fue egoísta, ella eligió actuar así por decisión propia, tú no tuviste nada que ver en ello. —Que mi voz se quebrara hizo que su atención se fijara en mí. Parpadeé varias veces, luchando por retener las lágrimas, hasta que fallé y un par se deslizaron por mis mejillas. Quedarme en mi sitio me fue imposible, dejé la taza a un lado y me senté en sus piernas, tomándolo tan desprevenido que derramó un poco de té sobre mi brazo.

—Abril…

Sus palabras se silenciaron de golpe cuando mis brazos le rodearon el cuello para abrazarlo. Fue como si no supiera reaccionar a aquella cercanía inesperada que impuse sin detenerme a pensar. Le costó trabajo corresponder mi abrazo, sujetarme de la misma forma en la que lo hacía antes.

—No fue tu culpa. Fuiste un niño tan valioso que tuviste la oportunidad de tener otra familia.

—Aby, vuelve a tu sitio.

Negué con un energético movimiento de cabeza, percibiendo cómo su respiración comenzaba a acelerarse. La tensión que reflejaba su cuerpo se disipó poco a poco hasta que terminó recostando la cabeza sobre mis pechos, apretándome con tanta fuerza que mis costillas lo resintieron. Ignoré el ardor en mi brazo, que se quemó por el té caliente, así como el dolor que me provocaban sus dedos hundiéndose en mi piel y me limité a abrazarlo todo lo que él permitiera. Su agarre se fue suavizando paulatinamente, pero su respiración se alteró mucho más. Christian estaba luchando con emociones que no quería dejar salir, lo percibí con claridad mientras pasaba los dedos entre su pelo, buscando la forma de tranquilizarlo.

El silencio nos rodeó por completo. Todo el ruido del exterior se apagó para que fuera más sencillo que el de su interior pudiera escucharse. Incluso Nala pareció entender que necesitábamos calma, se quedó callada y tranquila. La atmósfera que nos envolvía se tornó más cálida, mis manos continuaron paseándose entre su pelo una y otra vez, hasta que lo sentí sollozar sobre mis pechos. Pude respirar con tranquilidad en ese instante, gracias al alivio físico que experimenté. La presión alrededor de mi garganta desapareció, la tensión se aligeró y los latidos de mi corazón se acompasaron gradualmente.

Apoyé la barbilla sobre su cabeza y continué abrazándolo, siendo consciente de la manera en la que volvió a sujetarme con fuerza. Sus dedos iban a dejar marcas en mi piel, estuve segura de ello, pero no me moví, permanecí quieta sobre sus piernas, aferrada a él de la misma forma en la que él estaba aferrado a mí.

—Tengo que irme. —Levantó la cara de mis pechos y echó la cabeza hacia atrás, evitando cualquier otro tipo de contacto entre los dos. Con una pequeña palmada sobre uno de mis muslos me instó a levantarme, pero no me moví.

Quería distancia, pero no de mí, sino de todo lo que lo rodeaba, quería aislarse y sobrellevar aquel momento de la única forma que conocía, sumiéndose en el rencor. Había llorado recostado sobre mis pechos y Christian no sabía cómo manejar aquella vulnerabilidad. Podía sentirlo en su desconcierto y en la frustración que evidenciaba su lenguaje corporal.

—¿Puedes quedarte conmigo? No me siento bien. Por favor —agregué.

Christian soltó una honda respiración mientras se pasó las manos por la cara. Me levanté de sus piernas para sentarme a su lado, aguardando que me dijera algo. Tras un breve momento pude verle la cara de nuevo, sus ojos enrojecidos se quedaron clavados en los míos. Mi piel se erizó de la nada. Pese a hallarse perturbado, ya había algo de serenidad en su semblante triste, lo que me tranquilizó.

—Abril, tienes que aprender a mentir mejor. Es vergonzoso lo mal que lo haces.

La poca tensión que quedaba en mí se disipó al escucharlo. Aunque estaba serio, bromeaba. Mi breve sonrisa no fue correspondida, pero hubo un brillo de diversión en su mirada. Lucía agotado, con la piel pálida y los labios húmedos. Alargó el brazo para acariciar una de mis piernas, en un apretón cariñoso que me llevó a sonreírle.

—¿Por qué me siento tan...? ¿Extraño?

—¿Extraño?

—Tranquilo, soñoliento, con ganas de hablar. —Mi pequeña risa lo tomó por sorpresa, desvió la vista hacia la taza de té casi vacía sobre la mesa y luego regresó su mirada hacia mí—. ¿Era solo un té?

—Y dijiste que era mala mintiendo.

—Abril, ¿qué me diste?

Mi tímida sonrisa se convirtió en una carcajada por la expresión que adoptó su cara. Fue liberador reír de aquella forma después de todas las emociones fuertes de aquella noche. Eché el cuerpo hacia atrás hasta recostarme sobre el sillón, en un ataque de risa que me llevó a sujetarme el estómago mientras Nala ladraba, molesta por el ruido que yo hacía.

—Algo que solo te relajó —le respondí, cuando volvió a insistir.

—Esto es algo que hiciste antes, ¿cierto? Cada vez que cocinabas para mí o me ofrecías algo de tomar le ponías alguna poción extraña de bruja para tenerme así.

—Christian, no. —Mi risa sonó aún más fuerte.

—Estás mintiendo.

—¡No! —Me senté de nuevo, esta vez de rodillas, sin ponerle mucha atención a mi postura y lo expuesta que esta me dejaba por el vestido recogido. Mi mirada y la de Christian sostuvieron un duelo silencioso que terminé perdiendo cuando comencé a reír. Me cubrí la boca con una sola mano mientras Christian me observaba con el ceño fruncido—. Lo único que tal vez te hice alguna vez fue un endulzamiento, pero muy inofensivo —agregué ante la expresión de espanto en su rostro—: el champú de miel y canela que me animaste a hacer.

—¿Qué? Dijiste que tu tía lo había hecho para ti.

—Y no te mentí. El que hizo mi tía tenía el fin de agradarle a todo el mundo, atraer a las personas, la buena fortuna y la admiración.

Christian soltó la primera risa de la noche. Movió la cabeza negando, con sus ojos llorosos, esta vez brillando por la diversión del momento. Nala se levantó al escucharlo, saltó hacia el sillón y se acomodó en medio de ambos, buscando caricias que le ofrecimos a la vez.

—Lo hiciste para agradarle a todo el mundo, para…

—No, cuando lo hice solo fue por ti —lo interrumpí—, pero fue inofensivo, hecho desde el amor y sin ningún tipo de mala intención. Solo pretendía gustarte mucho y atormentarte un poco en el proceso.

—Nunca necesitaste de tus brujerías, Aby.

Mi corazón latió tan de prisa por la honestidad en sus palabras que experimenté un aleteo de mariposas en mi estómago. El té también había hecho efecto en mí, me dejó expuesta y sin filtros. Algo peligroso en ese momento en el que los dos estábamos tan vulnerables.

—¿Cómo estás tan seguro de ello? Tal vez has estado bajo el efecto de una desde la primera vez que nos vimos.

Bromear fue la única salida que encontré para no profundizar en el tema. Para mi buena suerte, Nala decidió ayudarme a desviar la atención y se levantó para sentarse sobre las piernas de Christian, lo olfateó con insistencia hasta acomodar la cabeza sobre su hombro. Para ese punto no sabía cuál de las dos estaba más enamorada de él.

—Estoy tan cansado.

—Necesitas dormir, no puedes conducir así.

No fue necesario que le pidiera de nuevo que se quedara, cuando me puse de pie se quitó a Nala de encima y decidió seguirme. Escuché su teléfono sonar mientras subía las escaleras. El sonido se silenció de golpe, pues apagó el teléfono sin dejar de moverse a mi lado, con el semblante aún triste, pero con un silencio reconfortante.

Encendí una vela para distraerme, y evitar sumirme en la nostalgia que me producía verlo ahí, como si nada hubiera pasado, a punto de recostarse sobre mi cama. El aroma a manzana, canela y sándalo comenzó a flotar en el aire tras un breve momento. Christian se quejó por mi vela y lo peligroso que era mantenerla encendida toda la noche, y solo pude sonreír por los recuerdos, pues aquella era nuestra pequeña discusión más recurrente.

—La apagaré pronto —respondí tras poner los ojos en blanco, con un poco de falso fastidio—. Ponte cómodo, iré por agua.

Fue innecesario que se lo dijera, Christian se había puesto cómodo desde que cruzó la puerta. Salí con mi teléfono entre las manos y fui directo a la cocina, y no por agua, como le aseguré a él. El único motivo por el que bajé fue para hablar con Daisy. Aunque no había posibilidad de que él me escuchara, hablé en voz baja y respondí con brevedad cada pregunta. Daisy se quedó tranquila en cuanto supo que se quedaría conmigo, me agradeció y se despidió, sonando un poco triste.

Al regresar a la habitación lo hallé tendido sobre la cama, con la vista fija en el techo. No reaccionó al sonido de la puerta cuando la cerré, parecía aislado en sus pensamientos. Me quité mis accesorios con la atención puesta en él. Aunque tenía una expresión más serena, se notaba que aún estaba consternado. Tan ensimismado estaba que no reaccionó cuando Nala saltó a la cama.

—Christian, ¿todo bien? —le pregunté cuando salí del baño y lo encontré en el mismo estado—. ¿Necesitas algo?

La desolación en su mirada aún estaba presente y trastocó un poco mi calma. Me acerqué a la cama con la vista puesta en su pecho descubierto, buscando el tatuaje que insinuó borraría. Estaba en el mismo sitio, justo sobre su corazón, como lo recordaba. Me lamí los labios, nerviosa al percatarme de que también llevaba mi cadena puesta, la que le dejé cuando me marché de su casa.

—Dormir.

Estaba distraído, no se percató de la manera en la que me quedé congelada frente a la cama, con la mirada puesta en su brazo izquierdo, que mantenía flexionado bajo su cabeza. Mis ojos no estaban en su bíceps, que sobresalía en aquella posición, sino en el tatuaje que había visto a medias la noche que me llevó a casa. La pequeña duda que albergaba se disipó tras procesar que no había sido producto de mi imaginación, que el nerviosismo de aquel momento no me llevó a imaginarlo. Mi foto estaba plasmada con tinta en su antebrazo.

Cuando mi cuerpo se hundió en el colchón, él reaccionó. Me acomodé de lado, con la cabeza a escasos centímetros de su antebrazo, para hacerle notar que lo había visto, que no había manera de ocultarlo. Su mirada se quedó en mí por pocos segundos en otro duelo silencioso que habría ganado de no ser por Nala, que de manera repentina subió a la cama.

—¿Te sientes mejor?

—Eso creo. Lo de hoy fue un maldito desastre.

—Mañana verás las cosas de otra manera.

—Es lo que espero.

Bostezó y lució agotado, más pensativo y menos distante. Aprovechando su somnolencia clavé de nuevo la mirada en el tatuaje de su pecho. Se dio cuenta de que mi atención se concentraba en él, porque no hice nada por ocultarla.

—Pensé que lo habías borrado. ¿Cambiaste de opinión?

—¿Cuándo dije que iba a borrarlo?

—Dijiste algo como: «No te preocupes, no hay nada que el láser no solucione».

Mi pobre imitación de su voz y sus gestos de superioridad le robaron una corta risa. A través de la luz de la lámpara sobre mi buró observé la expresión apacible de su rostro en ese momento. Me sostuvo la mirada.

—No voy a borrarlo. —Algo revoloteó dentro de mí, una ligera emoción que se extendió por todo mi pecho y se asentó ahí. Suspiré, llevaba meses sin experimentar nada parecido.

—¿Soy yo?

Los ojos de Christian siguieron el movimiento de mi índice, que se deslizó por el dibujo en su antebrazo. Su piel se erizó por el paso de la yema de mi dedo, haciéndome consciente del poder de un simple roce entre nosotros. Mi corazón latió más rápido al verlo negar, con una seriedad que no me engañaba.

—No. ¿Qué te hace creerlo?

—Ángel despistado.

—¿Qué?

—Eso escribiste en esa foto. «Ángel despistado», te escribí molesta para que lo borraras porque te dije que era inapropiado, y tú respondiste que te gustaba todo lo inapropiado.

—Qué buena memoria.

—Cosas de brujas —respondí, tras encoger los hombros. Una

sonrisa triste se dibujó en sus labios antes de que su atención estuviera de nuevo en mi dedo paseándose por el dibujo—. ¿Soy yo?

—¿Entonces sí eres una bruja?

—Me estoy reconciliando con mis dones. Fue parte de mi crecimiento, abrazarlos sin temor. Cuando mi tía murió, alguien me dijo que cuando una bruja muere, otra nace. Por mucho tiempo no quise aceptar la muerte de mi tía y todo lo que eso conllevaba, por eso también me molestaba tanto estar a cargo de la tienda. Estaba renegando de todo, de mis dones, de las responsabilidades, del hecho de saber que me había quedado sola. Pero no has respondido mi pregunta, tramposo.

—Fue mi terapia de choque, quería verlo todos los días hasta que dejaras de importarme.

Su honestidad no me sorprendió, tampoco la falta de tacto con la que hablaba. Me había adaptado tanto a Christian que me encontraba segura de que jamás iba a alcanzar con nadie ese nivel de comodidad que tenía con él.

—¿Funcionó?

—Claro, ya no me importas en lo absoluto.

El aire se atascó en mi garganta al ver el movimiento de su mano, que con delicadeza subió por mi hombro el delgado tirante de mi pijama.

Me pregunté cuántas veces habíamos vivido algo parecido, un momento como ese en el que una vieja añoranza nos envolvía.

—Aunque no estemos juntos siempre vas a tenerme, y yo siempre voy a tenerte a ti. Es normal que no deje de importarte.

La calma en medio de la tormenta fue reconfortante. La expresión de Christian se suavizó un poco al escucharme, antes de que un nuevo bostezo contagioso llegara. Se hallaba relajado por completo, incluso parecía estar a punto de quedarse dormido.

—No quiero hablar de eso, hoy he lidiado con demasiada mierda.

—Descansa, Chris.

Apagué la lámpara sobre mi mesa y de nuevo pasé mis dedos entre su pelo, recorriendo con suavidad su cuero cabelludo, sin romper la distancia que nos separaba. Sus ojos se cerraron poco a poco hasta que no volvieron a abrirse. Dejé de acariciarlo por breves segundos, pero aun con los ojos cerrados Christian sujetó mi muñeca para guiar mi mano hacia su cabeza de nuevo, sin decir una sola palabra.

—¿Yo lo sabía?

La voz soñolienta de Christian me tomó desprevenida. A través de la débil luz de la vela, aún encendida, me percaté de que mantenía la misma expresión tranquila.

—¿Qué?

—Dijiste que hiciste una terapia de regresión, que nos viste, que estabas embarazada. ¿Yo lo sabía?

Casi me atraganté ante esta pregunta. No pude seguir tocándolo, un impulso autoprotector evitó que continuara haciéndolo. Los ojos de Christian se abrieron y mi respiración se agitó en el momento que nuestras miradas chocaron. En las sesiones siguientes con Ana había evitado a toda costa volver a ese momento, no me sentía lista para revivir las sensaciones tortuosas que experimenté. Pese a ello, asentí, y noté cómo Christian parecía tranquilizarse.

—Por eso íbamos a huir.

Christian cerró los ojos y no volvió a abrirlos por el resto de la noche. Se limitó a alargar el brazo para dejarlo caer sobre mi cintura, ofreciéndome un poco de calor corporal con el que no me conformé. Más tarde, en esa madrugada, busqué su pecho, en el que finalmente descansé.

***

Nala se veía adorable con la gorra que Diana insistía en ponerle. Tal y como había sucedido en las otras tres ocasiones, sacudió la cabeza tirándola al suelo y corrió hacia el jardín por la puerta trasera que dejé abierta a propósito, para que pudiera escapar cuando se sintiera agobiada.

Me estiré sobre el sofá, ignorando el gesto de molestia en Diana y atenta a la pantalla que colgaba de la pared. Pese al ruido intenté relajarme, estaba soñolienta. El único motivo por el que no me hallaba durmiendo era por la penúltima fecha de MotoGP de la temporada. Aunque la carrera no me entusiasmaba tanto como a Diana, mi profundo deseo de ver a Christian me tenía sentada frente a la televisión, hambrienta y con pereza. Volví a leer el mensaje que dejó Christian la mañana en que se marchó.

Christian❤🔥 06:05: Gracias por no dejarme solo anoche y por todo lo que hiciste por mí. Tuve que irme rápido, por un puto compromiso de prensa, preferí no despertarte, no quería despedirme de ti. Eres un ángel, Abril.

Ninguno de los dos volvió a buscar la manera de comunicarse después de aquel día. Sabía que en el punto en el que nos hallábamos lo mejor era mantener la distancia, pero no podía evitar sentirme un tanto impaciente, preguntándome si en algún momento todo se alinearía para que pudiéramos estar juntos de verdad.

Tras un largo rato en el que lo único que hice fue ver las últimas fotos que posteó, me levanté para acercarme a mi perra. Nala movió la cola aún recostada sobre el césped, como si estuviera demasiado agotada para levantarse. Aprovechando su holgazanería le puse la gorra y le tomé una foto que le envié a Christian de inmediato, con el único fin de animarlo.

—¡Abril, ya va a empezar! —Mi momento de paz se vio interrumpido por el grito de Diana. Me levanté sin prisa para ir directo al baño y lavarme las manos, porque en lo único que podía pensar era en comer.

—Ahora entiendo por qué Maia no quiso venir. Diana se pone como loca —se quejó Mich cuando entré a la cocina.

—Si queda en segundo lugar pierde el campeonato, matemáticamente sería imposible ganarlo.

—¿Entonces por qué estás tan tranquila?

—Porque va a ganar. —Mi seguridad no se tambaleó en ningún momento, incluso cuando en el arranque de la carrera Christian tuvo un problema con la primera curva. Comí con tranquilidad la hamburguesa casera que Mich preparó, mientras Diana estaba de pie, dando pequeños saltos sobre el mismo sitio, observando la pantalla que mostraba a los pilotos recorrer el circuito a toda velocidad.

—¡Eso es! ¡Eso es! ¡Casi lo tienes! —Diana aplaudía mientras gritaba a la pantalla, como si Christian fuera a escucharla. Le robé una papa de su plato aprovechando su distracción, Mich me imitó—. ¡Vamos, Christian!

Su entusiasmo terminó contagiándome, dejé de robarle papas y me concentré en la última vuelta de la carrera. Christian estaba a la delantera, seguido muy de cerca por otro piloto y por su compañero de equipo, quien luchaba sin descanso para alcanzarlo. El ruido de los motores me ponía un tanto inquieta, pero no aparté mi atención de lo que sucedía en la pista. Observé cómo el cuerpo alto y fuerte de Christian sostenía la moto mientras giraba casi recostado en una curva.

—¿Cuántas curvas faltan?

—Dos —respondió Diana.

Justo antes de entrar a la última, Christian aceleró con potencia y los comentaristas levantaron la voz extasiados. Dejé mi plato a un lado y no aparté los ojos de la pantalla hasta que salió de la curva manteniendo la distancia que lo hacía el ganador.

—¡Sí! —gritamos Diana y yo a la vez, al verlo cruzar la meta con el brazo en alto, alentando a la gente que gritaba vibrando por la emoción.

No pude quedarme sentada, salté con Diana ignorando a Mich, que puso los ojos en blanco con fastidio. La celebración de Javi y el resto del equipo apareció en la pantalla, todos saltaban y gritaban haciendo gestos a la cámara. En medio del bullicio reconocí a Daisy a la orilla de la barda en que se encontraba el equipo, esperando a Christian. Daisy sonreía con orgullo, aguardando por él como todos.

—Tengo la piel erizada.

Ignoré a Diana porque lo único que pude ver fue la alegría con la que Christian saltó de su moto para correr hacia la barda, en donde lo esperaban para ofrecerle abrazos toscos y palmadas en la espalda. No me perdí ni uno solo de sus movimientos, lo vi quitarse el casco para acercarse hasta el punto en el que estaba Daisy, la única que lo abrazó con cariño y sin golpes.

Al verlos juntos tuve la certeza de que todo estaría bien, de que lo que había ocurrido solo sería un recuerdo doloroso, porque por primera vez parecía haberla dejado al fin tomar el puesto que le correspondía en su vida: el de su mamá.

***

—Por nada del mundo voy a ponerme un vestido de novia.

Alessandro me observó desde el otro lado del escritorio, casi ofendido por mi negativa. Le sonreí para restarle hostilidad al momento mientras contemplaba el diseño del nuevo catálogo ideado por Marina. Había una atmósfera más ligera en toda la tienda desde que comencé a dejar de verla como una prisión.

Extrañaba a Donna, y lo cerca que me hacía sentir de mi tía, pero me estaba adaptando al nuevo diseñador y a todos los cambios que estaba sufriendo el Bride's Paradise.

—Dame un solo motivo por el que no te quieres poner mi vestido.

—No es por tu vestido, mi regla aplica a cualquier vestido de novia. Es de mala suerte vestirte de novia si no vas a casarte.

—Pero necesitamos fotos para el catálogo, y la idea de Marina de que sean ustedes las modelos me parece tan bonita.

—Podríamos organizarlo con modelos de verdad, o con alguna famosa de internet. Hay una agencia que podría ayudarnos. —Todos se mostraron animados con mi idea, incluso Marina, la primera en asentir con entusiasmo.

—Teniendo eso claro, creo que terminamos. A menos que tengas otro punto que abordar.

Negué, esforzándome por no bostezar en el proceso. Había dormido poco por culpa de mis amigas, que se marcharon de casa casi a media noche. Todos se levantaron de sus sillas para marcharse, no sin antes dejar todo en orden dentro de mi oficina. Fueron saliendo de uno en uno, hasta que me hallé de nuevo sola, bostezando frente a la computadora encendida.

Mi pereza se acabó de golpe cuando sentí una corriente eléctrica que me recorrió de pies a cabeza en segundos. El corazón se me aceleró de la nada y un calor conocido me inundó el pecho. Agitada por mi intuición, concentré la mirada en mi puerta, que se abrió sin ningún tipo de advertencia.

El sonido de la madera chirriando se mezcló con el sonido de mi pulso, que palpitaba en mis oídos por la impresión de ver a Christian en mi umbral, vestido con la camisa roja de su equipo, usando una gorra que le cubría la cabeza y unos lentes negros que no me dejaron ver sus ojos de inmediato.

—Cambiaste de recepcionista, pero sigue siendo igual de inútil que la anterior. Deberías despedirla, subí sin ningún problema y nadie pareció enterarse.

Se quitó los lentes y solo entonces pude notar que en la mano izquierda sostenía un ramo de rosas blancas, y en la derecha lo que parecía un regalo envuelto con un moño rosa. Olvidé cómo respirar por la impresión. Había esperado todo, menos que Christian apareciera con flores y un regalo.

—Regresaste —fue lo único que pude decir. Me levanté de mi silla, como si las piernas no me estuvieran temblando.

—Bajé del avión hace un rato. ¿Cómo estás, Aby? —El rocé de sus labios en mis hombros hizo que mi cuerpo diera un pequeño respingo. Christian parecía incómodo dándome un beso en la mejilla, prefería saludarme besando otra parte de mi cuerpo—. Son para ti, y esto para Nala —agregó, y me entregó una especie de pelota, un juguete para perros—. Quería darles las gracias a las dos por lo de la última vez.

Parpadeé varias veces intentando ordenar mis ideas, mientras mi pulso descontrolado latía con fuerza por todo mi cuerpo. Tomé las rosas y las apreté contra mi pecho, sin ocultar lo mucho que me gustó aquel regalo.

—No tienes nada que agradecer. Felicidades por lo de ayer, estuvimos viendo la competencia. Te envié una foto de Nala.

—Lo sé, la vi hasta hoy. Todo fue una locura.

Christian dio un paso hacia atrás para darme un espacio que no sabía que necesitaba. Respiré buscando un poco de aire mientras él arrastraba una silla para sentarse.

El alivio que experimenté duró poco, pues sus ojos sobre mí, estudiándome con atención, me hicieron experimentar pequeñas descargas eléctricas. Christian me observó con detenimiento, sus ojos vagaron por mi falda larga y se detuvieron en la franja en que quedaba expuesto mi abdomen.

—¿Estás bien? ¿Todo está mejor?

—Algo así. Aunque ahora mismo todo el mundo debe de estarme buscando, debo grabar estupideces por lo de la final. Me gusta cómo estás vestida.

Su repentino cambio de tema hizo que las rosas, aún entre mis manos, estuvieran a punto de resbalarse. De reojo observé su risa, el idiota quería intimidarme, parecía disfrutar mi nerviosismo.

—Gracias, Christian.

Puse las rosas en el jarrón que se hallaba en una repisa en la pared, luchando para no seguir poniéndome en evidencia, mientras sus ojos estaban clavados en mi espalda, contemplando todos mis movimientos.

—¿Por qué estás nerviosa, ángel? —Volteé para enfrentarlo, con la firme intención de no dejarme intimidar. Mi nerviosismo obedecía a las circunstancias, muy distintas a las que nos rodearon la última vez que estuvimos juntos. Ahora no se encontraba vulnerable. Este Christian frente a mí no ocultaba su intención de ir por mí.

—Porque no esperaba verte.

—Tengo el mal hábito de buscarte cada vez que estoy de regreso. Deberías haberte acostumbrado. Te traje otra cosa —dijo, tras palmear uno de sus bolsillos. Se levantó para sacar algo de ahí y lo dejó sobre mi escritorio de inmediato—. Son pases para la final.

—¿Pases para la final?

—Sí, estos tres son para tus amigas que no tienen vida. Y este es el tuyo. Levantó los brazos para sacarse por la cabeza el gafete que colgaba de su cuello—. Quiero que estés conmigo en el *box* y que me acompañes al podio cuando gane.

Mi foto estaba en el gafete justo por encima de su nombre. De momento me desconcertó, porque todo me resultó inesperado. Lo tomé y lo sostuve entre mis manos, pese a no saber qué hacer.

—No hables así de mis amigas, Christian.

—Nunca me importó quién estaba ahí cada vez que levanté un trofeo. Esta vez es diferente. Quiero que estés ahí. Esa mierda de esperar señales y dejar que el universo haga lo suyo no es para mí, ángel. Reconozco nuestro vínculo, creo en todo lo que tú crees, no importa qué tan loco sea.

—Chris, las cosas no funcionan así —mi risa evidenció mis nervios.

—Funcionan como nosotros queramos que funcionen. Sé que fui el único culpable de que todo se jodiera entre los dos. Lo entendí, Aby. No volveré a hacer algo parecido jamás. Dijiste que nunca hemos conseguido estar juntos, que solo fuimos momentos, podemos ser más que eso esta vez.

—Pero...

—Todo depende de ti —volvió a interrumpirme—. Piénsalo y nos vemos el domingo. ¿Está bien? Si necesitas el avión solo llama a Cristal. Ella se va a encargar de todo, yo estaré ocupado todos estos días, pero te espero, ángel.

Cualquier intento de reaccionar quedó a medias cuando se inclinó sobre el escritorio para despedirse. Sin ningún tipo de vacilación rozó sus labios sobre los míos y se irguió de nuevo, para ponerse de pie como si no me hubiera dado un pequeño beso. No hubo otra sonrisa, no me dedicó ni una sola mirada. Salió como llegó, de manera inesperada, dejando los estragos de una tormenta peligrosa a su paso.

Tomar mi teléfono fue el primer impulso que pasó por mi cabeza y lo que hice de inmediato. Marqué el número de Ana y lo llevé hasta mi oreja, aún sintiendo el pulso acelerado.

—Espero no me estés llamando para cancelar nuestra cita —fue lo primero que dijo al atender la llamada.

—¿Cómo sé cuándo es el momento? ¿Cómo me voy a dar cuenta de que todo terminó y de que ya podemos estar juntos de verdad?

—Abril —suspiró con agotamiento.

—Lo sé, es muy pronto, ninguno de los dos ha sanado, nos vimos y nos extrañamos, es lo normal, lo sé. Debí mantener el contacto cero, debí evitar esto.

—Lo que debes evitar es tratar esto como si fuera un manual riguroso que debes seguir al pie de la letra. Escucha tu intuición, Abril, tú eres la única que tiene todas las respuestas.

CAPÍTULO 40

Christian

—¿Necesitas ayuda?

Ajeno a todo el ruido que me rodeaba contemplé mi reflejo en el espejo. La serenidad en la mirada y la falta de emoción en mi cara era una puta fachada. Estaba lleno de incertidumbre, oculta bajo una indiferencia que con cada segundo que transcurría me era más difícil sostener. Con movimientos rígidos bajé la camisa de compresión que se quedó atorada en medio de mi torso, renegando en silencio por el vacío que estaba padeciendo. Era un maldito hueco en mi pecho que me impedía concentrarme en el momento más importante de toda la temporada. Levanté la mirada para ver a Cristal a través del espejo. Había estado tan silenciosa que olvidé que se encontraba conmigo, más atenta que de costumbre.

—¿Abril no te ha escrito ni llamado?

Mi asistente apretó los labios antes de negar, en un gesto que evidenció tensión. Le había hecho la misma pregunta todos los días durante la última semana, sin obtener una maldita respuesta distinta.

—Hace un rato intenté averiguar si alguna de sus amigas hizo uso de sus pases en las actividades de ayer, y al parecer no lo hicieron. Creo que ninguna está aquí.

Dejé todo en manos de Abril, porque tenía la seguridad de que iba a terminar accediendo. En ese momento en el que la única certeza era que ella no estaba ahí, no tenía idea de cómo manejar la frustración que sentía. Debía hallarme rabiando por dentro, molesto por su maldita indecisión y su cobardía, tener alguna reacción visceral para desahogarme, pero en vez de eso experimentaba una pesadez que se extendía por todo mi cuerpo y hacía que todo se sintiera difícil, hasta las cosas más sencillas, como terminar de ponerme el puto traje.

—Ayúdame con el traje, Cristal.

—Tal vez llegue más tarde —dijo, antes de acercarse para ayudarme a subirlo por mis hombros—. Quizás no me llamó porque tomó un vuelo comercial. No te desanimes, ella te quiere mucho.

La rabia que tanto deseé sentir llegó en ese momento en el que mi asistente creyó que era una buena idea intentar consolarme. Mi mirada se clavó en ella a través del espejo y su reacción fue un repentino nerviosismo. Sus manos dejaron de tocarme de inmediato, antes de que diera un paso hacia atrás, poniendo distancia.

—Cristal, no estás aquí para hacer el ridículo intento de consolarme. No necesito que me palmeen la espalda. Lo sabes perfectamente, te lo he dejado claro siempre. ¿Cuál es la parte que no entiendes?

—Perdón por mostrarte algo de decencia humana —replicó con ironía.

—No es decencia humana, es impertinencia.

—¿Sabes, Christian? No es impertinencia preocuparse por un amigo. Sé que dices que no lo somos, pero si fuera solo tu asistente no me llamarías cada vez que tienes un problema de todo tipo. —Se plantó frente a mí para continuar ayudándome a ponerme el traje, como si no acababa de enfrentarme, viéndome a la cara.

—Eres mi asistente, Cristal. ¿A quién más voy a llamar?

—Para ayudarte a hacer cosas de trabajo, a mí; para ayudarte a fingir que estás borracho, para que Abril se vaya contigo, a una amiga. ¿Lo entiendes? —Estaba empleando un tono suave de voz que pretendía mantener bajo control mi irritación—. Soy la persona con la que pasas más tiempo, es normal que me hayas tomado cariño. No te sientas mal por eso. Hasta yo te lo tomé a ti, y eso que la mayoría del tiempo te comportas como un ogro.

Estaba a punto de volverme loco, llegué a esa conclusión al no poder frenar el impulso de reírme. Mi cuerpo dio un pequeño salto por culpa de las estupideces que estaba escuchando, mientras Cristal también reía sin dejar de acomodarme el traje. Por un momento su ataque de risa fue tan fuerte que tuvo que apoyar la frente en mi hombro para controlarse.

—Eres una idiota.

—Pero te agrado, no puedes negarlo. —Para mi mala suerte, tenía razón. Me agradaba más que cualquier persona de mi equipo, excluyendo a Javi. Todo el tiempo que había pasado con ella hizo que me adaptara a su fastidiosa forma de ser, incluso a que le tuviera algo de estima.

—A la mierda todo, necesito concentrarme en la carrera. No sé qué me pasa.

—Estás triste, se te nota en la mirada.

—No tientes a la suerte, Cristal. Probablemente me puedes agradar un poco, no lo eches a perder.

—¿Quieres que te deje solo para que intentes concentrarte?

—No hay tiempo. Vamos abajo de una vez.

Salí de mi cuarto con Cristal siguiendo mis pasos, luchando por encontrar la concentración que necesitaba para enfrentarme a la última carrera de la temporada. Bajé las breves y estrechas escaleras distraído con mi teléfono, leyendo el último mensaje que recibí de Antonella. Me deseó suerte y envió una foto suya con la gorra con mi número sobre su cabeza y una amplia sonrisa en los labios.

Aún no estaba seguro de lo que estaba haciendo con ella. Acepté continuar viéndola para poner a prueba la teoría de la terapeuta a la que Javi me obligaba a ir. Necesitaba descubrir si era cierto que sentía algún tipo de apego por esa pequeña manipuladora, porque me era muy difícil creerlo.

Las sospechas de la terapeuta estaban basadas en lo poco que le había hablado de ella. Aceptar en voz alta que su presencia no me incomodaba y que reconocía ciertos aspectos de mi forma de ser en ella la hicieron creer que tenía algún tipo de afinidad, en la que me aconsejó profundizar. Aunque no se me apetecía seguir su sugerencia, cuando hablé con Antonella de cómo estaba nuestra supuesta relación después de la pelea con su madre, le dije que entre nosotros no tenía por qué cambiar nada.

—Christian, ¿listo? —gritaron desde afuera. No lo estaba, pero roté los brazos para estirarme, luego tomé la botella llena de energizante que me ofreció Cristal y me preparé para salir.

Abandoné la caravana con una sonrisa falsa que enfocaron las cámaras. La moto estaba encendida. Palmeé el hombro del tipo que la sostenía y subí a ella, con una actitud controlada que ocultaba mi agitación interna. Se suponía que no debía ser así, pensé al recorrer los pocos metros que me separaban del *box*. Me había hecho a la idea de que Abril estaría ahí acompañándome, como se lo pedí.

Maldije en silencio mientras me estacionaba, notando cómo había más cámaras, trasmitiendo en vivo cada uno de mis movimientos. No ofrecí ninguna sonrisa, caminé ignorando a los tipos que me seguían para luego abrir la puerta del pasillo trasero del *box*, por donde siempre entraba.

El ruido de los motores, el olor de los neumáticos y el movimiento de mi equipo destensó un poco mis músculos. Saludé con palmadas en la espalda y fui directo hacia mi silla, en medio de murmullos. Antes de que pudiera llegar a mi sitio, Javi se acercó con una expresión de seriedad que solo ponía cuando estaba nervioso.

—¿Listo?

—Listo. —Le dio la espalda a la cámara para buscar un poco de privacidad y se acercó un poco más.

—Por favor, sigue la estrategia, un solo adelantamiento bien ejecutado es todo lo que necesitamos. Consigue algo de ventaja y mantenla hasta la última vuelta. No te vuelvas loco. No tienes por qué hacer algo extravagante para ganar. La única ventaja que tiene Marco sobre ti es la serenidad con la que actúa. Véncelo con inteligencia.

—Ayer hablamos de esto toda la noche.

—Pero nunca está de más recordártelo. Te conozco. Ahora sonríe como si te estuviera diciendo algo gracioso. Tengo que ir a disimular con Marco.

—Javi... —Se detuvo en cuanto dije su nombre. Me observó sin parpadear, esperando a que le dijera algo. Mi mente en blanco olvidó el motivo por el que lo llamó. Tomé aire y negué, pero Javi no continuó con su camino. Se quedó en el mismo sitio, estudiándome en silencio.

—¿Qué pasa?

—Nada, todo bien. Vete.

—Christian, dime... ¿Es por Abril? —se animó a preguntar, ante mi silencio—. Más tarde puedes buscarle solución a ese asunto. Por lo pronto, tu cabeza debe estar solo aquí.

Después de haber hecho todo por ella no existía ninguna solución. Mis reproches internos comenzaron apenas Javi volteó para marcharse. No podía mostrarme tenso, me esforcé por mantener a raya todo lo que me perturbaba, pero no logré conseguirlo. En medio de pensamientos inconexos y mi distracción bajé la cremallera del traje al sentir que el pecho se me calentaba de la nada. Una cámara hizo un acercamiento en ese justo momento, por ello mis labios se curvaron en una sonrisa falsa que no duró lo suficiente para ser convincente. Sentí un escalofrío que me recorrió en segundos, e inexplicablemente lo supe.

Levanté la mirada por instinto, como si un imán la hubiera atraído hacia la puerta de acceso del *box*, en donde otra moto se estaba acercando en ese mismo instante. El suave ronroneo del motor fue silenciado por mis latidos, que se descontrolaron en cuestión de segundos ante la imagen de Abril, que llegaba sujeta a uno de mis técnicos. Todo se detuvo al verla bajar, lo hizo con prisa, ajena a las miradas sobre ella.

Quise moverme, pero no pude. El alivio que experimenté al verla acercarse con el pelo contra el viento, y visiblemente agitada, me desconcertó. Sorbí de mi botella, actuando con una indiferencia más falsa que todos mis enojos hacia ella, fingiendo que no me sentía como un maldito imbécil al que le temblaron las rodillas solo por verla.

El ruido a mi alrededor se apagó a medida que se acercaba. Mi atención se concentró solo en ella, en su nerviosismo y en su respiración alterada. Olvidé las cámaras que me enfocaban, a los técnicos que rondaban el sitio, e hice a un lado toda la rabia que me hizo sentir por días al hacerme pensar que no estaría ahí.

—Creí que no llegaría a tiempo —fue lo primero que dijo al detenerse frente a mí. Se llevó la mano al pecho y me ofreció una sonrisa que por mi bien tenía que dejar de ver, tan amplia y tan genuina que no la quería compartir con nadie más—. Siento llegar así.

Ordenar mis ideas fue complicado, estaba experimentando una repentina falta de aliento por la impresión que me provocó verla.

—Comienzo a creer que te produce algún tipo de placer mantenerme como imbécil esperando por ti. —El sonido de mi propia voz hizo eco en mi cabeza. Estaba aturdido por su presencia, aún sumido en la sorpresa. Abril bajó la mirada por un breve momento al escucharme, y negó con una tímida sonrisa en los labios.

—Lo que dijiste es mentira, ¿cierto? Lo de reconocer nuestro vínculo, ¿solo lo dijiste para arreglar las cosas entre nosotros?

—Christian —me llamó uno de mis mecánicos. Aby movió la cabeza siguiendo el sonido de la voz, y entonces pude ver mi inicial aún colgando de su cuello. Con un gesto de la mano le pedí tiempo, atento a Abril, que regresó la mirada a mí.

—Si tú dices que es blanca —le respondí, apuntando mi motocicleta roja—, para mí será blanca. Si dices que nos conocimos en otra vida, y que pactamos encontrarnos en esta, entonces lo hicimos.

Pese a la presión de las miradas que me apresuraban en silencio, contemplé a Aby y su evidente conmoción. Sus ojos brillantes se encontraron con los míos por un breve lapso en el que me percaté de qué tan nerviosa estaba. Debí sacarla del *box* para conversar con ella en otro sitio, lo pensé al darme cuenta de que parecía estar a punto de llorar. Ni siquiera tuve tiempo de hacerlo, pues antes de que pudiera proponérselo Aby rompió toda la distancia para abrazarme, con tanta fuerza que mi cuerpo se meció por el impacto.

—Christian, ya casi es hora —me recordó uno de los técnicos, sonando tenso.

Aún con Abril pegada a mi pecho, y sin terminar de procesar lo que estaba pasando, lo miré con reproche y le exigí en silencio que cerrara la maldita boca. Tenía el corazón latiéndome en la garganta, quería mandar a la mierda a todos en ese instante en el que me apresuraban con miradas insistentes.

—Debes irte, lo sé. Hablamos cuando termine la carrera, ¿está bien? —Apartó su cuerpo con prisa del mío, pero sus manos permanecieron en mis hombros, esparciendo calor—. Ten cuidado, sal a patear traseros con prudencia. Te esperaré aquí —su voz se quebró y por un momento evitó mi mirada—. Toma, ponte esto.

No puse ninguna resistencia cuando tomó mi mano izquierda para ponerme la pulsera que acababa de quitarse de la muñeca. Había una cámara apuntándonos que los dos ignoramos, porque de repente parecía que todo había desaparecido alrededor.

—Christian, te están esperando. —Estaba tan concentrado en Abril, que ver a Javi detrás de ella me tomó desprevenido—. Me alegra mucho verte, Abril.

—Dame un puto momento —le exigí, molesto por su interrupción.

—No hay tiempo.

—Está bien, vete, te espero aquí. No me iré a ningún lado —aseguró con convicción, antes de ponerse en puntitas para abrazarme—. Cuídate mucho, por favor. Te amo.

Sus manos heladas se apoyaron en mis mejillas al mismo tiempo en el que me dio uno de los besos mustios de los que tanto renegaba. Apenas un roce de labios, que se sintió como una breve descarga eléctrica, y del que apenas pude reponerme porque Javi me apresuraba. Lo seguí con dudas, volteando constantemente para ver a Aby, que se quedó en el mismo sitio, observándome con los ojos brillantes y los brazos cruzados.

—Este no es un buen momento para distracciones, concéntrate.

—Estoy concentrado.

Estaba mintiendo. Javi lo sabía, al igual que el grupo de técnicos y el mecánico que se nos acercó. Mi atención se hallaba por completo en la mujer que acababa decirme «te amo», y que me observaba a la distancia, tan emocionada como yo. Asentí a las últimas indicaciones, un poco desesperado porque todo acabara para poder hablar con ella.

—¿Adónde vas, Christian?

—A buscar mis guantes y mi casco.

—Me alegra mucho que Abril esté aquí, sé lo que significa para ti, pero enfócate en otra cosa que no sea ella solo por esta vez.

—No es necesario que me lo pidas, sé lo que tengo que hacer.

Mi mandíbula tensa reflejaba la irritación que me provocaba escucharlo. Me alejé de él para buscar mis cosas y poder reunirme una vez más con Aby, así fuera un pequeño momento. Como si ella hubiera adivinado mi intención salió a mi encuentro y avanzó un par de pasos, sin prestarle atención a la cámara que me seguía.

—¿Todo bien? Te ves tenso.

—Quédate aquí, por favor. En cuanto termine la carrera te buscaré. No te vayas.

—No voy a hacerlo —me respondió con seguridad—. No iré a ningún lado, te lo dije antes. ¿Quieres que te ayude con eso?

Estaba tan desconcentrado que ponerme los guantes era una tarea difícil. Asentí al mismo tiempo que alargaba los brazos para que me los pusiera. Las manos de Aby trabajaron con rapidez, con sus ojos en mi cara todo el tiempo, atenta y sonriente, ajena al pequeño caos que nos rodeaba.

—¿Cómo llegaste aquí?

—Tener un pase en el cuello con tu nombre me facilitó mucho las cosas. En medio del camino alguien de tu equipo me reconoció y se ofreció a traerme en su moto —me explicó—. El universo conspiró a nuestro favor. ¿Te ayudo con la cremallera?

—Por favor, ángel.

No entendía por qué me era tan complicado respirar con normalidad, ni tampoco por qué Abril soltó una breve risa al escucharme. La palma de su mano izquierda se apoyó en mi pecho antes de que subiera con un solo movimiento la cremallera. Sus dedos temblorosos se pasearon por mis hombros por un breve momento que terminó cuando me abrazó una vez más. Pese a mi traje sentí cómo su corazón latía con la misma fuerza con que sus brazos me rodeaban la espalda. No pude hacer otra cosa que sujetarla con la misma firmeza, apretándola para comprobar que estaba ahí.

Una mano pesada palmeó mi espalda y rompió aquel momento. Aby debió de darse cuenta de que había alguien más cerca de nosotros porque me soltó de inmediato, con una sonrisa nerviosa en los labios.

—Debes salir a la pista, vamos —dijo Javi, alentándome a moverme—. Yo me quedo con Abril.

—Vuelvo pronto, Aby.

—¿Puedo ir contigo a la pista? —Mi intento de ponerme el casco quedó a medias al escuchar la pregunta de Abril. Javi me observó de inmediato, diciéndome un no rotundo, en silencio. La sonrisa en su cara se había borrado de golpe. Entendía su reacción, pero en ese instante me era imposible ser racional.

—Creo que lo mejor es que lo que esperes aquí, Aby. Necesita concentrarse.

—¿Quieres ir a la pista, ángel? —pregunté, ignorándolo.

—Christian —refunfuñó Javi.

—¿Quieres hacerlo? —Me importó una mierda la molestia de Javi y los gestos cargados de reproche de mi equipo, que me esperaba. En ese momento, el deseo de Abril de acompañarme, a pesar de sus temores, era lo único que me interesaba.

—Sí, pero entiendo que tienes que estar concentrado. No te preocupes, te espero.

Como si de verdad todo estuviera a nuestro favor, Cristal apareció en ese momento por el pasillo trasero. Con una sola mirada conseguí que se apresurara, mientras Javi renegaba en voz baja.

—Cristal, Aby saldrá conmigo a la pista. Encárgate de todo.

Pese a su evidente sorpresa asintió con prisa. Antes de que Javi tirara de mi brazo para que caminara observé que se quitó la chamarra para entregársela a Aby. No miré hacia atrás, pese a la urgencia que experimentaba por hacerlo. El ruido del motor ya encendido me hizo reaccionar.

—Concentrado y sereno, nadie va a quitarte lo que te mereces.

Asentí a las palabras que dijo Javi en voz baja, intentando disimular el nerviosismo tanto como él. Un fuerte apretón en mi hombro fue su despedida, dejó que continuara caminando solo hacia la moto, seguido por una estúpida cámara. Tras acomodarme el casco subí al fin, percibiendo cómo la adrenalina comenzaba a recorrerme.

El ruido del motor hizo que mi piel se erizara bajo el traje. Aceleré para recorrer la vuelta obligatoria, en la que me permití relajarme en el circuito. A medida que me acercaba a la línea de salida mi agitación se hacía más perceptible. Estaba arriesgando el campeonato por no poder tener el puto control de lo que me pasaba. Disminuí la velocidad al acercarme a la parrilla, y me di cuenta de que estaba igual de alterado.

Javi tenía razón en oponerse a que Abril estuviera en la pista, verla ahí esperándome fue desestabilizante. Me detuve en el tercer puesto, del que saldría por culpa de mi distracción en la clasificación, y noté que Aby parecía aterrada. Seguí el protocolo que sabía de memoria, tocando botones y haciendo las activaciones manuales con mi atención puesta en ella. Mi equipo me rodeó antes de que pudiera continuar observándola, colocaron las mantas térmicas e hicieron los últimos ajustes.

—¿Todo bien? ¿La vibración de ayer ya desapareció? ¿Notaste alguna irregularidad?

Asentí y negué un par de veces, atento a Aby, que se acercó aferrada al paraguas. Estaba tan nerviosa que su cuerpo daba pequeños saltos constantemente cuando escuchaba rugir los motores. Me habría gustado tranquilizarla, pero me obligué a apartar mi mirada de ella para concentrarme. Para lograrlo me quité el casco, lo dejé sobre el motor, apoyé la frente en él con los ojos cerrados y respiré hondo varias veces.

—Listo.

El ruido a nuestro alrededor no evitó que Aby me escuchara, se acercó un poco más con una sonrisa tensa en los labios que no ocultaba el temor que sentía. Su mirada, que había estado vagando de un lado a otro, observando con curiosidad al resto de los pilotos en la parrilla, se quedó fija en mí.

—Creo que la modelo que saldría contigo se enojó porque le robé su puesto.

—¿Te dijo algo que te hiciera sentir incómoda? ¿ Acaso Cristal no estaba contigo?

—Christian, estoy bromeando. No vi a la pobre chica, pero debe de estar algo decepcionada —explicó, entre risas—. Yo no debería estar aquí, te estoy desconcentrando, puedo sentirlo.

—Quiero que siempre estés aquí. —El ruido estrepitoso de otro motor la sobresaltó, sus manos sujetaron el paraguas con más fuerza mientras me dedicaba una sonrisa que parecía tener el objetivo de relajarme.

—Estoy muerta de miedo, pero puedo convertirme en tu chica de los paraguas. ¿Tendría que ponerme un vestido corto y con escote, como el de ellas?

—Nunca le presto atención al vestuario de las azafatas, ángel.

El sonido de su risa acabó de relajarme, fue largo, ligero y tan contagioso que terminé divirtiéndome, y casi olvidándome de lo que estaba a punto de pasar. La pista comenzó a despejarse tras la orden de los comisionados, y en lo único que pensé fue en mi urgencia porque todo acabara rápido para poder hablar con Abril. Debía estar molesto con ella por aparecerse en el último momento, cuando había tantas cosas por decir, y tan poco tiempo para hacerlo.

—Mucha suerte, patéales el trasero a todos.

—Quiero verte en el podio.

—Ahí estaré —aseguró con prisa, lista para alejarse—. Te amo.

La rapidez con la que se alejó evitó que pudiera responderle algo. Antes de abandonar la pista del todo volteó y se llevó la mano a los labios para enviarme un beso que estuvo a punto de robarme la poca concentración que había reunido. Me puse el casco y busqué mi posición de salida, ignorando la agitación de mis latidos. El ruido de las tribunas silenció mis pensamientos. Cerré los ojos por un momento más y busqué la serenidad de la que habló Javi. Repasé mentalmente la estrategia que trazamos y recordé sus palabras.

La tensión previa al momento de salida hizo que mi cuerpo entrara en calor. Saboreé aquella sensación e hice que mi mente se desconectara de todo y que mis ojos se quedaran fijos en los semáforos. Cuando estos se apagaron, aceleré con la adrenalina segregándose por mi torrente sanguíneo. Seguí la estrategia que formulamos y busqué ir a la cabeza de inmediato. Un adelantamiento prudente, como Javi me había aconsejado, desde adentro y con consistencia, que me dejó en el segundo puesto en ese momento.

La adrenalina se disparó a mayor velocidad por todo mi cuerpo ante la actitud de mi compañero de equipo, que parecía dispuesto a todo por pelear el primer puesto. Me acerqué de manera agresiva para ponerlo nervioso, desobedeciendo a Javi, que me había ordenado no hacer nada parecido, y busqué sin descanso el adelantamiento, que llegó en la cuarta curva.

El corazón me bombeó con prisa cuando tomé la delantera. Cada músculo de mi cuerpo trabajaba para mantener el ritmo y no ceder a la presión que intentaba generar mi compañero de equipo. Aumenté la velocidad en cuanto mis buenos reflejos me permitieron calcular la distancia con quien me seguía más de cerca.

El panel digital me permitió ver mi tiempo de ventaja, aun así, al pasar por la recta de los boxes mi mirada fue directo a la pizarra que cargaban los mecánicos, que mostraba la información de mis tiempos que había recopilado el ingeniero de pista. Debí sentir más seguridad por el tiempo récord que alcancé en la primera vuelta, pero no fue así. La sangre burbujeaba en mis venas por el hambre que tenía de ganar, la cual me empujó a rebasar mis límites.

Alcancé un segundo y dos décimas de ventaja en la sexta vuelta, y la emoción de mi equipo sosteniendo mi pizarra no me desconcentró. Cada músculo de mi cuerpo trabajaba para mantener la posición perfecta y entrar en cada curva con precisión, atento a quienes me seguían. Tenía urgencia por terminar la carrera, pero pude mantener a raya mi impulso de aumentar la velocidad. Siguiendo la sugerencia de Javi piloteé con consistencia y me aseguré de mantener el ritmo, pese a lo aburrido que me parecía ganar de aquella manera.

La adrenalina llegó a su tope en la última vuelta, cuando perdí medio segundo de ventaja, fue un puto error que corregí con prisa, pero que terminó dejando a mi compañero de equipo más cerca. Todos mis reflejos y sentidos se pusieron en alerta para conseguir llegar primero. La velocidad que alcancé disparó mi pulso, Marco presionó con insistencia, atacando mi punto débil, la prudencia. Mientras frenaba para entrar a una curva pude imaginar a Javi exigiéndome no caer en ninguna provocación que me hiciera perder el control, alentándome a contraatacar con la sensatez que no tenía.

Al llegar a la última recta aceleré para tomar distancia, siguiendo el plan que Javi no se había cansado de recordarme. La vibración de la moto me indicó que estaba sobrepasando el límite, aun así no me detuve hasta cruzar la meta a 340 kilómetros por hora, con el cuerpo temblando por una satisfacción a la que era adicto.

Todo el ruido que me rodeaba llegó en ese instante. Los gritos, el rugido de los motores y los latidos desbocados de mi corazón, los cuales escuchaba por encima de todo, hicieron eco en mi cabeza mientras desaceleraba y observaba la agitación en las tribunas. La emoción se desbordó cuando me levanté para celebrar, como cada vez que ganaba. Los mares de banderas rojas ondearon con descontrol, llenándome de una adrenalina que mantenía mi respiración acelerada.

La pantalla sobre la línea de meta proyectaba mi nombre y el nuevo título del que era dueño, mientras el humo rojo flotaba en el aire, avivando la atmósfera de celebración que se respiraba. Dejé de sostener el peso de la moto solo con mis piernas y me acomodé de nuevo sobre el asiento, observando a la distancia a mi equipo, que me esperaba en la zona de celebración en medio de saltos y euforia, gritando mi nombre tan fuerte que pude escucharlos antes de llegar a ellos.

La moto de Marco se acercó a la mía para saludarme. Las cámaras grabaron el momento en el que mi compañero de equipo me apretó el brazo mientras yo le palmeaba la espalda, felicitándolo también. Los aplausos y el júbilo fueron más perceptibles cuando ambos nos detuvimos para abrazarnos, un gesto amistoso que Javi nos obligaba a hacer siempre.

La emoción no se disipó pese a los minutos transcurridos. Con el entusiasmo intacto retomé mi camino hacia la zona de celebración, en donde nuestro equipo nos esperaba a ambos en medio de aplausos, gritos y risas. Todas las cámaras captaron cómo bajé de la moto para ir directo a la valla. El corazón me latió con más prisa por la mirada cargada de orgullo con la que Javi me esperaba. El recuerdo de cada una de mis victorias importantes pasó por mi mente en cuestión de segundos mientras acortaba la breve distancia.

Solía quejarme todo el tiempo del viejo impertinente que me esperaba, tal vez más contento que los demás, pero su presencia me era tan significativa que me resultaba imposible concebir la idea de celebrar una victoria sin él aplaudiendo emocionado. Javi me había enseñado a ganar, lo tenía tan presente que siempre era la primera persona a la que buscaba después de cada triunfo.

Mi salto hacia la barda lo tomó desprevenido, me abrazó mientras el resto golpeaba el casco y mi espalda, felicitándome en medio de una euforia contagiosa.

—Así se hace, gran trabajo, hijo. —Javi se permitía ser blando solo en momentos así. Estaba acostumbrado a recibir ese tipo de abrazos largos y a escucharlo llamarme «hijo» en circunstancias como esas, en la que emoción exacerbada provocaba que su voz se quebrara.

Correspondí el abrazo como pude, un poco aturdido por los empujones del resto del equipo. En cuanto tuve la oportunidad volví a mi sitio frente a la barda. Me quité el casco, lo dejé en manos de uno de los asistentes de pista y busqué con la mirada a Aby entre el bullicio frente a mí. Me tardé solo un par de segundos en hallarla, estaba en primera fila, al lado de Daisy.

—¡Christian! —Pese al ruido escuché la voz Daisy, quien, apenas me acerqué, se colgó de mi cuello y me dio besos dulces de los que no pude huir—. Qué orgullosa me siento de ti.

—Gracias por estar aquí.

Sus manos sujetaron mis mejillas y tronó un beso en mi frente antes de volver a darme un abrazo. La mirada de Aby estaba sobre nosotros. Alargué el brazo para sujetar su mano y en respuesta sonrió con amplitud. Daisy me soltó en cuanto se percató de mi intención de acercarme a Abril. En el momento en que mis brazos estuvieron libres la envolví con ellos hasta estrecharla contra mi pecho, percibiendo los latidos acelerados de su corazón.

Me tomé un momento para procesar que estaba ahí, como se lo había pedido, aferrada a mis brazos, mientras me acariciaba la espalda con la palma de las manos. Los pequeños golpes sobre mi hombro me indicaron que debía moverme. La apreté con un poco más de fuerza antes de soltarla, y noté que la cámara que me seguía se acercó para enfocarla mejor a ella. Estábamos siendo el foco de la atención, y me di cuenta de que Aby no se había percatado de ello cuando me dio un breve beso antes de que me alejara.

—Te están esperando para las entrevistas —me informó Abel, quien interrumpió mi abrazo con Aby—. Por cierto, felicidades, campeón.

Acepté el apretón de manos que me ofreció mientras caminaba hacia donde esperaban algunos medios. No había olvidado nada de lo que había pasado en la noche de la gala. No estaba dispuesto a perdonarlo por haberle levantado la voz a Abril, él lo sabía, por ello buscaba con desesperación la manera de congraciarse. Me detuve frente al primer periodista, y en unos instantes me rodearon las cámaras. Respondí cada una de las preguntas con la atención puesta en otro sitio, y constantemente miraba hacia atrás, por encima de mi hombro, buscando a Abril con insistencia.

La emoción por haber ganado me mantenía frenético, pero no podía ignorar mi necesidad de reunirme con ella. En cada paso que di hasta encontrarme sobre el podio no dejé de buscarla entre la gente. Mi obstinación por hallarla evitó que le prestara atención a Javi, que se acercó por detrás con una botella de champán que dejó caer casi por completo sobre mí.

En cuanto el otro piloto bajó, todo mi equipo subió, saltando y celebrando con botellas abiertas, con las que me empaparon. La euforia mermó un poco tras lanzarme un par de veces en al aire. Javi puso orden y todos posamos para el lente de las cámaras que nos fotografiaban desde abajo.

—Tranquilos, dejen pasar a Cristal —indicó Javi, queriendo frenar el descontrol a nuestra espalda. Cristal se abrió paso con dificultad hasta acercarse. Sabía que no solo posaría para las fotos, tenía la certeza de que intentaría, como siempre, sacarme de mis casillas, por eso no me tomó por sorpresa el abrazo largo que me ofreció.

—Felicidades…

El resto de sus palabras me fueron inentendibles por el ruido que nos rodeaba. Se quedó a mi lado hasta que Abel se encargó de hacerles gestos a todos para que bajaran. Aturdido, miré hacia abajo de nuevo, buscando a Aby inútilmente. Entre el extenso grupo de personas reunidas bajo la tarima me fue imposible hallarla.

Me encontraba a punto de pedirle a Cristal que la buscara cuando reconocí su cara en medio del caos que nos envolvía. Estaba intentando subir y acercarse, moviéndose con dificultad, hasta que logró atravesar el bullicio. Yo tenía la intención de bajar del podio para ir por ella, pero no fue necesario. Abril sonrió con genuina emoción al mismo tiempo en el que tomó la mano que le ofrecí para ayudarla a subir.

Con un suave tirón la llevé conmigo, y en cuanto la tuve frente a mí la estreché con fuerza entre mis brazos. La manera en la que Aby se sujetó de mi cuello hizo que la levantara. El sonido audible de su respiración acelerada se mezcló con el de una corta risa que sonó en el momento en el que sus piernas me rodearon las caderas. La sangre bulló en mis venas en una emoción distinta. No había experimentado una alegría parecida a la de ese momento.

—Lo que hiciste fue increíble. —Su exaltación fue más perceptible cuando sus manos heladas me sujetaron las mejillas. En un gesto impulsivo, del que se arrepintió casi de inmediato, aplastó sus labios en los míos. Antes de que le diera tiempo de echarse hacia atrás, como pretendía, le sujeté la nuca.

—¿Vas a negarme un beso, ángel?

Su largo suspiro de derrota fue la respuesta que había estado esperando. Tras una breve sonrisa negó y se acercó de nuevo para ofrecerme uno de sus besos mustios que la obligué a profundizar. Una cálida sensación de alivio me recorrió todo el cuerpo ante el roce húmedo de sus labios. La tensión que llevaba meses acumulando se disipó de golpe porque Abril me dejó que la besara como se me dio la gana hacerlo.

El bullicio a nuestro alrededor aumentó de la nada y la reacción de Aby fue alejarse de golpe. Sus mejillas se enrojecieron en una fracción de segundo, al darse cuenta de todas las miradas sobre nosotros. Había cámaras enfocándonos y mi equipo nos alentaba entre risas.

—Voy a desmayarme de la vergüenza.

La solté ante su clara intención de saltar para buscar distancia. Ignoré el ruido de los idiotas que nos rodeaban y solo me concentré en ella y en su absurda timidez. Aunque lo que dijo fue una broma, en ese instante parecía estar a punto de desvanecerse, su mano helada apretó con fuerza la mía, pidiéndome que hiciera algo. La atraje contra mi pecho, en donde escondió la cara de inmediato.

***

El suave ronroneo del motor acabó de golpe cuando nos estacionamos afuera del hotel en el que estaba hospedada Aby. Inhalé profundamente al mismo tiempo en que desbloqueaba la pantalla de mi teléfono, buscando un poco de control antes de hablar con ella. Tras relajarme un poco abrí la puerta, le pedí al chofer que me esperara y salí del auto. El descontrol que vivimos por mi victoria impidió que pudiéramos conversar como lo deseaba. Lo único que acordamos fue que pasaría por ella para ir a la fiesta de premiación juntos.

La corbata me hizo sentir asfixiado mientras caminaba hacia las puertas de cristal de la entrada, la aflojé a medio camino, maldiciendo por llevarla puesta. Me entretuve tanto con ella que mi intención de llamar a Abril de inmediato quedó a un lado. Ya sin esa presión recorrí los pasos restantes más tranquilo, hasta que antes de llegar mis ojos la identificaron a la distancia.

Aby estaba en medio de la recepción, con un vestido blanco que se robó toda mi atención y que me hizo detenerme. Me fue inevitable recordar la primera vez que la vi, vestida de blanco y con un aire angelical del que parecía no poder desprenderse. La analicé con detenimiento, contemplando a la distancia el escote que resaltaba sus pechos y la manera en la que la suave seda abrazaba la curva de su cintura.

Mientras mi mirada se deslizaba por ella, el teléfono vibró entre mis manos y me tomó por sorpresa. Con mi atención volcada en ella, observé que se llevó el teléfono a la oreja y entonces comprendí que era ella quien llamaba. Me percaté de la pequeña sonrisa en sus labios cuando acepté la llamada, que se amplió al escuchar mi honda respiración.

—Entonces no olvidaste mi número de teléfono —escuché su risa y vi sus labios curvándose. El pulso se me aceleró en el breve silencio en que nos quedamos sin hablar.

—Me lo sé de memoria.

—Tu respuesta no te ayuda en lo absoluto, prefiero creer que lo olvidaste a que elegiste no llamarme.

—Lo siento, estaba preparándome y mi teléfono se cargaba lejos de mí.

—¿Tus alas están en clóset? —Mi pregunta la hizo sonreír una vez más, miró hacia los lados con curiosidad, y hasta entonces me percaté del bolso que sostenía con la mano derecha.

—No, esta vez las dejé en mi maleta.

El sonido de su voz se mezcló con los latidos acelerados de mi corazón. Al percatarme de lo alterado que estaba mi ritmo cardiaco pensé en Javi burlándose de mí, de lo mucho que me alteraba esa mujer.

—Estaba a punto de llamarte.

—Lo sé, lo sentí. Estás aquí, ¿cierto?

—¿También puedes sentirlo?

—Sí.

—Pondré a prueba tus dotes de bruja, no te diré dónde, tendrás…

Me quedé callado al verla girar la cara hacia la derecha, donde encontró mi mirada que la contemplaba a varios metros de distancia. La manera en la que me observó suavizó todos sus rasgos, sus labios se curvaron por completo en una sonrisa amplia y su respiración se tornó audible a través del teléfono.

—Ya salgo.

—No, yo voy por ti.

Colgué la llamada y deslicé el teléfono dentro de mi bolsillo, sin despegar mi mirada de Aby. Su agitación se volvió más notoria a medida que me acercaba. Estaba nerviosa y yo no sabía bien la razón. Nuestra conversación pendiente nublaba mi panorama, por ello no quería esperar ni un momento más para aclarar del todo mis dudas.

Abril me rodeó con los brazos en cuanto estuve frente a ella, su pecho se pegó al mío con naturalidad y entonces sentí su fuerte agitación. Las ráfagas de su respiración chocaron en mi cuello mientras me abrazaba, como si tuviera siglos sin hacerlo.

—Gracias por venir por mí.

—¿Vas a saludarme con un abrazo? —No tenía ni la más pequeña intención de soltarme, sus brazos estaban aferrados a mi espalda, su cara oculta en mi pecho.

—Sí, Christian, estamos en la recepción de un hotel. Y tú no aceptas besos decentes.

—Ángel, hay cierta foto tuya besándome en el podio que está por todos lados. No debería preocuparte que te dé un beso indecente en la recepción de un hotel. —Sus brazos dejaron de sujetarme al mismo tiempo en el que una larga risa sonó. Dio un paso hacia atrás, permitiendo que viera su cara. Sin mediar otra palabra se acercó, titubeante, hasta rozar sus labios con los míos por un breve instante.

—¿Nos vamos?

—No, tenemos que hablar antes.

—¿Podemos hacerlo en el camino? Todos nos están observando.

—¿Tienes tu llave contigo?

—Sí. ¿Por qué?

—Dámela.

Para mi sorpresa lo hizo sin rechistar, la buscó dentro de su bolso y me la entregó. En cuanto la guardé le ofrecí mi mano, que tomó de inmediato. Sus dedos se entrelazaron con los míos y con un suave tirón me instó a caminar. En lugar de ceder me moví sin prisa, observándola de cerca de pies a cabeza.

—Christian —se quejó, un tanto intimidada.

—Me gusta tu vestido, Aby.

—Lo imaginé.

El largo paso que dio me permitió ver una de sus piernas, que sobresalía por la abertura del vestido. Llevaba puesta en el tobillo la pulsera que le había obsequiado, la idea de que nunca se la hubiera quitado me llenó de una oscura satisfacción, que se intensificó al ver mi inicial colgando en su cuello.

—También me gustas tú.

—Nunca lo pensé, eres tan discreto.

Llegamos al auto y se acomodó dentro. Saludó al chofer, que le respondió en voz baja, y me observó con desconcierto, porque no entré con ella, al menos no de inmediato.

—Espéranos afuera un momento, por favor.

—Enseguida, señor.

Apenas me aseguré de que estaba sola en el auto, me deslicé sobre el asiento y cerré la puerta. No pretendía tener ese tipo de conversación en los asientos traseros, menos antes de la estúpida ceremonia de premiación, solo me ajusté a las circunstancias, sin renegar.

—¿Lo vamos a hacer esperar?

—Necesito que hablemos de una vez porque me harté de adivinar qué es lo que está sucediendo. Soy un hombre con poca paciencia.

—Créeme que lo sé.

—¿Por qué estás aquí, Aby? —Su largo suspiro hizo crecer mi temor por su respuesta. Me sostuvo la mirada por un largo momento antes de que volviera a tomar aire, una larga bocanada.

—Porque quiero estar contigo. Lo que dijiste la última vez hizo que me diera cuenta de algunas cosas. —El alivio que experimenté me llevó a recostar la espalda sobre el asiento, dejando ir la última dosis de tensión que mantenía mi cuerpo.

—¿Cuándo dices que quieres estar conmigo te refieres a esta noche o a todo el tiempo? Habla claro, ángel, porque no respondo por mis actos si juegas a irte de la nada.

—Me preocupa que no me asuste lo que dices.

La breve risa que llenó el silencio que nos rodeó por pocos segundos hizo que el ambiente se aligerara. Aby me observó con los ojos brillantes y una sonrisa nerviosa en los labios.

—Dime lo que quiero saber.

—No voy a irme a ningún lado. Pretendo estar contigo todo el tiempo. Dijiste que podemos ser más que momentos, quiero que lo seamos. Sé que hay muchas cosas que trabajar entre los dos, pero tengo la certeza de que este es nuestro momento. No me preguntes por qué, porque no lo sé. Solo lo siento, y todo lo que pasa a nuestro alrededor lo confirma.

Todas las pulseras en su muñeca tintinearon cuando se acomodó el pelo en un gesto claro de inquietud. Jamás me sentí tan a gusto por una decisión. Las señales que le envié, aunque fueron algo estúpido, dieron resultado.

—¿Por qué esperaste hasta el último momento para venir? — Aby soltó una pequeña risa mientras sujetaba mi mano, permitiendo que sintiera su tacto helado.

—Quería llegar por mis propios medios, no imaginé que todo estaría colapsado por la final. No había espacio en ningún vuelo que llegara antes, estuve a punto de no encontrar hotel y me costó mucho trabajo hallar la manera de llegar al autódromo.

—Aby, puse un maldito avión a tu disposición. Cristal reservó una suite para tus amigas, iba a enviar a alguien para que te llevara adonde quisieras. Comienzo a creer que te gusta jugar con mi paciencia. Es como tu pasatiempo favorito.

—No, no lo es —negó, apretando mi mano con más fuerza—. Solo quiero que dejes de sentir que debes de tomarte tantas molestias para que esté contigo.

—No es ninguna molestia.

—Christian, mis amigas son una molestia para ti.

—Tienes razón —admití, robándole otra risa—, pero estoy dispuesto a aceptarlas sin problemas. Ese montón de desocupadas te hacen feliz.

—No las llames así.

Estrelló la palma de su mano en un golpe suave en mi pierna y, antes de que pudiera alejarse sujeté su muñeca e hice que se acercara un poco más. Aby estaba vulnerable en ese momento. Pese a su sonrisa podía sentir sus emociones contenidas bajo la suave expresión en su rostro.

—Ven aquí, ángel. —Una calidez absurda se instaló en mi cuerpo en cuanto hizo lo que le pedí, se arrastró sobre el asiento, teniendo cuidado con su vestido—. Vamos a estar bien, no tengas miedo.

El breve beso que dejé sobre su hombro desnudo le robó otro largo suspiro que terminó en el momento que recostó la cabeza sobre mi hombro. No podía ver su cara, pero podía imaginar que estaba a nada de romper en llanto. Podía sentirlo por su respiración acelerada y la manera en la que buscaba ocultarse en mí.

—Lo sé, sé que vamos a estar bien.

—Te amo.

—Yo también a ti.

Aby levantó la cara y me la acercó con una lentitud desesperante. Apenas tocó mis labios con los suyos y se echó hacia atrás, reforzando mi teoría de que le generaba algún tipo de satisfacción jugar con mi paciencia.

—Es ofensivo que me des besos así, te lo digo para que lo tengas en cuenta la próxima vez.

—Christian, estoy maquillada.

—Honestamente me importa una mierda, y lo sabes. Ven acá.

Cualquier intento de escape fue imposible por la manera en la que mis dedos se cerraron alrededor de su cuello. Me vi invadido por una oscura satisfacción cuando tuve acceso a sus labios entreabiertos. Aby reaccionó como había esperado, permitiendo que la besara como se me antojó hacerlo. Su aliento cálido se fundió con el mío en un beso húmedo y desesperado. El roce gentil de su lengua contrastó con la urgencia con la que la besé, sujetándola con fuerza por el temor de que se alejara.

—Chris, basta… —pidió, entre risas. Las palmas de sus manos se hundieron en mis hombros, apartándome con suavidad—. Hay alguien esperándonos afuera.

La pequeña dosis de prudencia con la que contaba me instó a poner algo de distancia. Tras bajar la ventana le pedí al chofer que entrara y solo un momento después se puso en marcha. Abril no volvió a su sitio, se quedó recostada en mi pecho, envuelta en mi brazo derecho, del que se sujetó como para cerciorarse de que no iba a alejarme. Aby estaba de vuelta con toda y su constante necesidad de contacto físico, y jamás estuve tan agradecido por algo. Permaneció recostada en mi pecho hasta que llegamos, y observó todo el bullicio que nos recibió. Como yo estaba acostumbrado a ese tipo de eventos, no pensé en lo intimidante que podía ser para Aby.

Nos abrieron la puerta y bajé primero que ella, al ofrecerle mi mano noté que su tranquilidad se había esfumado.

Mi agarre firme la sostuvo mientras salió del auto. Las cámaras estaban listas a varios metros de distancia, y su mirada fue directo a ellas antes de voltear a verme, un tanto impresionada.

—¿Hay una alfombra?

—Sí, vamos.

Antes de que pudiéramos movernos nos alertó el ruido de unos tacones que chocaban con el piso.

Cristal estaba sonriente, contenta, porque después de ese día tendría las vacaciones que tanto deseaba.

—Llegaron a tiempo. Te ves tan linda, Abril.

—Gracias, Cristal, tú también estás linda.

—Debiste verme hace un rato. ¿Están listos? —Levanté la mano para silenciar a Cristal con un sutil gesto. Mi atención fue hacia Aby, que parecía aún impresionada y tan nerviosa que su mano cambió de temperatura.

—¿Vas a acompañarme, Aby? —Aquella no era del todo una pregunta, ella y yo lo sabíamos. Ella asintió—. Gracias, ángel.

—No te preocupes por nada, Abril. Todo el mundo está reaccionando bien a ustedes dos. Su foto en el podio está en todos lados. Ve esto —agregó Cristal, al mismo tiempo que desbloqueaba su teléfono para mostrarle algo a Aby—. «El rey del motociclismo profesional presenta a su reina». De todos los titulares, es mi favorito. Hay muchos, te los enviaré.

El parloteo de Cristal, que solo puso más nerviosa a Abril, se silenció cuando apareció Abel. Se detuvo frente a nosotros, con una sonrisa tensa en los labios. Aún no sabía si iba a despedirlo, pero él temía que lo hiciera.

—¿Listos? —asentí—. Abril, podrían hacerte preguntas, responde con la máxima naturalidad posible, sonríe mucho, sé cándida y sonriente.

—¿Podemos evitarle las preguntas?

—Podríamos, pero es mejor que responda.

—Evítaselas.

—Me encargaré de eso —respondió, antes de dar la vuelta para marcharse.

Mi atención se volcó hacia Aby, que se soltó de mi mano para buscar algo en su bolso. Tras sacar su teléfono me mostró la pantalla en la que aparecía el nombre de Diana, y se alejó un poco para responder la llamada. Busqué la llave de Aby en mi bolsillo y se la entregué a mi curiosa asistente.

—Por favor, encárgate de que todas las cosas de Aby estén en mi suite antes de que esto termine.

—Así será, no te preocupes.

—Gracias, Cristal.

—¿Qué harías sin mí, Christian?

—Buscarme otra asistente —le respondí. De reojo observé que Aby volvía hacia nosotros, con el teléfono en la mano.

—No encontrarías una así de eficiente y que además fuera tu amiga. —Debía estar harto de la impertinencia de Cristal, pero tal vez Aby había cambiado tanto mi humor que encontré divertido aquel comentario.

—Tienes razón, Cristal. Así que mejor cállate, que no quiero echarte.

Aby se sujetó de mi hombro en cuanto estuvo cerca, le sonrió a Cristal y me señaló a Abel, que nos esperaba a pocos pasos de distancia. Me aseguré de que estuviera lista para guiarla hacia la alfombra. Su mano se entrelazó con fuerza a la mía y emitió un largo suspiro que la ayudó a relajarse.

Cuando sonrió para los fotógrafos, pegada a mí, parecía tan tranquila que la idea de que ese tipo de cosas la pusieran nerviosa me fue inconcebible.

***

—¿Pronto será tu turno?

El aliento de Aby me acarició la piel; me había hablado al oído, intentando ser discreta. Asentí, observando al presentador sobre el escenario, justo al lado del trofeo en el que pronto agregaría una placa más con mi nombre, la sexta consecutiva.

—¿Te aburriste ya, ángel?

—No, mi amor. Solo quiero que no me tomen desprevenida cuando digan tu nombre.

Aquella larga ceremonia solía aburrirme, pero aquella ocasión fue distinta, tal vez porque era la primera vez que no estaba solo con Daisy y Javi. Después de que mencionaron mi nombre hubo una serie de aplausos. Fui yo al que tomaron desprevenido, por ello me tomé un momento para ponerme de pie con una sonrisa falsa en los labios, que se tornó en un gesto honesto al bajar la mirada y observar a Aby aplaudiendo. Mi equipo entero, que se encontraba desperdigado por todo el sitio, hizo más ruido en el momento en que subí al escenario para aceptar la medalla que pusieron alrededor de mi cuello.

Odiaba permanecer tanto tiempo en el escenario, escuchando las increíbles marcas que rompí, todos los podios que conseguí y cada uno de mis récords. Aun así, conservé la sonrisa en mis labios. Los aplausos no paraban. Me entregaron la placa con mi nombre, que se añadiría al trofeo, y las cámaras captaron el momento en el que la coloqué. No solía emocionarme por ese tipo de cosas, pero experimenté una súbita alegría cuando observé a lo lejos a Daisy de pie, guardando aquel momento con su teléfono.

Tenía un discurso memorizado, redactado por Abel, y muy similar al que repetía todos los años. Sin embargo, en ese instante en que la observé tan sonriente, se me apeteció cambiarlo. Aquella había sido una temporada muy diferente, en todos los aspectos. De alguna manera cada una de mis relaciones se vio afectada, por la llegada de Aby o por algún cambio inesperado, no lo tenía del todo claro.

La única certeza que tenía en ese instante era mi necesidad de continuar envuelto en la atmósfera que me rodeaba aquella noche, en donde me sentía tan pleno como nunca antes. Los aplausos se silenciaron cuando estuve frente al micrófono, contemplando la medalla que colgaba de mi cuello.

—Este es el resultado no solo de mi esfuerzo, sino también del de todas las personas que forman parte de mi equipo —dije, siguiendo el discurso de Abel—. Quiero agradecerles a todos por haber dado lo mejor de cada uno en una temporada en la que nos enfrentamos a lesiones y a otros contratiempos. En especial quiero agradecerle a Javi, por enseñarme desde cómo frenar en una curva, hasta cómo debo comportarme.

—¡Te amamos, Javi! —gritó uno de los mecánicos desde atrás, haciendo reír a todos, incluso a mí.

—A Aby, por motivarme a ganar cada carrera. —Debió entender a qué me refería, la breve risa en sus labios me hizo pensarlo. Me aseguré de que la cámara captara aquel momento en el que también reía, para que el perdedor de mierda me viera desde su casa—. Y a Daisy, por todo lo que ha hecho por mí. Esto es para ti —aseguré, sujetando la medalla—. Gracias por elegir ser mi mamá.

Pese al ruido que me rodeó, pude ver la manera espontánea en que reaccionó. Bajó el teléfono, con el que me había estado grabando, y se llevó una mano al pecho, visiblemente emocionada, y aplaudió como todos lo hacían. Después de todas las felicitaciones sobre el escenario, bajé y fui directo a buscarla. Era la única que continuaba de pie, observándome conmovida.

Era la primera vez que tenía este comportamiento con ella. Aun así, me pareció exagerada su respuesta. Daisy sabía que la quería más que a Javi, aunque nunca se lo dijera.

—Voy a matarte por hacerme llorar en público —su voz sonó entrecortada, por ello la abracé con más fuerza—. Solo tú me haces perder la compostura.

—Debo ser muy especial entonces.

—Eres lo más especial para mí. Te quiero tanto, mi Christian.

Dejé que me besara las mejillas una y otra vez mientras Cristal grababa todo con su teléfono. Pese a mi resistencia por los abrazos no intenté alejarme. Su abrazo se suavizó cuando Javi se nos acercó.

—Gracias por eso. —Acepté el medio abrazo de Javi, y tras romperlo tomé asiento al lado de Aby, que me esperaba con la mano extendida y una enorme sonrisa en los labios.

—Eso fue muy lindo, Christian.

—Solo quería ganar puntos contigo.

—Mentiroso.

La ceremonia continuó por lo que me pareció una eternidad. Durante todo el tiempo Aby se mantuvo sujeta de mi mano, y agradecí lo cómoda que se veía con mi tacto porque no pretendía volverla a soltar. Estaba un poco obsesionado con Abril, o tal vez la atracción irracional que sentía venía de otras vidas, como ella pensaba.

Nunca lo sabría a ciencia cierta, me había adaptado a aquella idea. Cuando por fin acabó la ceremonia, para mi mala suerte tuve que posar para más fotos antes de marcharme. Aby me esperó con paciencia al lado de Cristal.

—¿Nos vamos? —Aby se sobresaltó por el peso de mi mano en su cintura. Asintió entusiasmada. El olor de su pelo se filtró en mi nariz con intensidad, cuando recostó la cabeza sobre mi hombro. Olía a canela, miel y otras hierbas, lo inhalé con profundidad, como si no supiera que era una más de sus brujerías.

—¿Podemos pasar antes a mi hotel para recoger unas cosas? Quiero quedarme contigo. —La sacudida interna que provocaron sus palabras me erizó la piel en ese instante. Reí y observé cómo sus ojos brillaban por la risa que contuvo ante mi reacción.

—Todas tus cosas ya están donde deben estar. No es necesario que vayamos por ellas.

—¿Por eso me pediste las llaves?

—Claro, ángel.

—¿Entonces supusiste que me quedaría contigo sin preguntármelo?

—No tienes otra opción, Abril. No volveré a pasar una noche sin ti.

—Ya lo decidiste.

—Desde hace un tiempo, de hecho.

Antes de que empezáramos a caminar juntos le robé un beso, largo y necesitado, sus manos se aferraron a mis hombros hasta que la falta de aliento me hizo soltarla.

—¿Nala también forma parte de tu plan de pasar las noches juntos?

—Claro que está incluida. No dejaría fuera de mis planes a esa llorona. Nunca.

—Eres muy tierno, Christian, por eso te amamos mucho las dos.

—Lo sé, Aby.

—Debes decir que también nos amas a las dos —mencionó, mientras tiraba de su mano con suavidad para subir al coche que nos esperaba.

—Te amo a ti, a ella la soporto.

—¿Nunca vas a admitirlo?

—¿Qué me darás a cambio? —Se puso frente a la puerta, evitando que pudiera abrirla, tan cerca que mis pensamientos se vieron nublados por el calor de su cuerpo. La miré fijamente, sintiendo cómo el pecho se me calentaba de nuevo de la nada, solo por verla sonreír.

—Lo que me pidas.

—Aby, estoy comenzando a perder el interés por ir a la fiesta. Prométélo.

Extendí mi mano separando mis dedos, hasta que mi meñique estuvo listo para engancharse al de ella. Abril soltó una ligera carcajada, que intensificó la plenitud que sentía.

—¿Cuántos años tienes, Christian?

—Veintiséis, pero una bruja me enseñó que estas promesas son válidas a cualquier edad.

—Lo prometo.

—Las amo a ambas, muchísimo. No puedo vivir sin ninguna de las dos.

—Sé que crees que estás mintiendo, pero no es así. Puedo sentirlo.

—Tal vez soy un buen mentiroso.

Sus manos me sostuvieron las mejillas antes de que acercara sus labios a los míos. Me ofreció un beso que me confirmó que cada cosa que había pasado, había valido la pena. La mejor parte de mi vida había comenzado. Lo supe mientras la abrazaba.

EPÍLOGO

Christian

Seis años después

Los murmullos a mi alrededor y el peso de todas las miradas clavadas en mi espalda me indicaron que mi idea de pasar desapercibido no había resultado. Aunque me jodía un poco que mi intención de mantener un perfil bajo se viera frustrada, actué con toda la naturalidad posible mientras me inclinaba frente a Noah para poder ver sus ojos de frente.

—¿Necesitas ayuda con eso? —Los mechones negros que caían sobre su frente se sacudieron al momento en el que asintió con un par de movimientos enérgicos. Lucía atento a todo lo que pasaba a su alrededor, contemplando con suma curiosidad al resto de los niños sobre sus minimotos. Recordaba muy poco de mi primera carrera en la cuna de pilotos, pero me hallaba seguro de que estaba mucho más asustado de lo que él parecía en ese momento, en el que mantenía los brazos extendidos para que le acomodara los guantes—. ¿Todo bien? —Me dio una de sus suaves miradas antes de negar reflejando algo de duda. Todos solían decir que tenía mis ojos, yo reconocía algo de Aby en ellos.

—Siento algo aquí —respondió, apoyando la mano sobre su abdomen. Conocía esa sensación, la tensión en el estómago antes de salir a la pista. El momento en que la expectación se deslizaba por todo el cuerpo era mi parte favorita de las carreras.

—Es normal. Solo estás entusiasmado. —Aunque no pareció convencido con mi respuesta, se quedó tranquilo mientras le ponía el casco. Lo ajusté con cuidado, para luego enganchar las correas. Sus ojos estuvieron atentos a mí todo el tiempo, ajeno al bullicio que nos rodeaba—. ¿Está bien así?

—¡Sí! —Levantó el brazo con entusiasmo—. ¿Dónde está mi abuelo? ¡Abuelo!

—Estoy aquí —respondió Javi a mi espalada. Estaba revisando la moto, al lado del entrenador de Noah. Un viejo amigo suyo que, en algún momento de mi niñez, también me entrenó—. Tu moto está lista, Noah. ¿Tú estás listo?

—Lo estoy.

Contemplé con suma atención la sonrisa que se quedó en sus labios tras responderle a Javi. Lucía más grande de lo que realmente era con su traje negro, y tan seguro de sí mismo que me recorrió una oleada de alivio al contemplarlo. Era consciente de la presión con la que tendría que lidiar si seguía mis pasos. Noah necesitaba seguridad, para que las expectativas de los demás no lo afectaran.

—Vamos, sube. —Lo ayudé a subir. Sin embargo, él se acomodó solo sobre su asiento, como si no fuera su primera carrera, y tras aferrar las manos en los manillares, hizo que el motor rugiera acelerando en seco. Me carcajeé de inmediato, disfrutando de una satisfacción profunda que nunca me imaginé experimentar. Con el pecho hinchado por el orgullo me incliné por última vez para chocar nuestras manos. Tenía solo cuatro años y más agallas que muchos de los pilotos que le triplicaban la edad—. Recuerda frenar antes de entrar a las curvas, y luego suelta despacio el freno delantero. ¿Está bien?

—Tu cuerpo más inclinado que la moto, como tu entrenador te enseñó.

—Se lo enseñé yo, no él —dijo Javi, que se puso en cuclillas a mi lado para continuar hablándole a Noah.

—Una de tus piernas sujeta al tanque, no lo olvides.

—No voy a olvidarlo —su voz aguda sonó distorsionada por el casco. Le bajé la visera y me erguí al percatarme de que todos estaban despejando la pista. —Quédate cerca, papá.

—Estaré ahí —respondí, apuntando la zona en la que Aby estaba fingiendo una sonrisa que no era nada convincente.

—Concentrado y sereno, Noah —le indicó Javi.

Palmeé su casco y me alejé con Javi, siguiendo las indicaciones del auxiliar de pista. El peso de la mirada de Noah me persiguió hasta que estuve del otro lado de la valla. Estaba acostumbrado a mi presencia en la pista en los entrenamientos. Era la primera vez que me quedaba del otro lado y lo dejaba solo con el tipo con el que entrenaba dos veces por semana, el resto de los días lo hacía conmigo. Y no me sentía del todo cómodo con la idea.

—Deberíamos enseñarle cómo frenar en la curva para que no pierda potencia.

—Tiene cuatro años, tú lo aprendiste cuando tenías el tamaño suficiente para soportar una caída.

Le di la razón a Javi en silencio mientras contemplaba a Aby, que continuaba en la misma posición, con los brazos recargados sobre la valla y la vista fija en el circuito, atenta a Noah, que estaba listo para ponerse en marcha. Era consciente del temor que le generaba la idea de que a Noah le ocurriera algo en la pista. El hecho de que estuviera ahí, comportándose con entereza, alimentó la fascinación que sentía por ella. Me acerqué por su espalda y le rodeé la cintura con uno de mis brazos para atraer su atención. Aby se recargó en mi pecho, emitiendo un largo suspiro que evidenció su nerviosismo.

—¿Está nervioso?

—En lo absoluto. Tiene más confianza en sí mismo que yo. Está loco, es increíble. —La enorme sonrisa en mis labios acentuó la expresión de preocupación en la cara de Aby.

—¿Por qué dejé que me convencieras de hacer esto?

—No fui yo quien lo hizo, fue Noah. —Enterré la nariz en su pelo, aun sabiendo que el olor a miel y a canela que desprendía tenía el fin de volverme más estúpido por ella—. Todo saldrá bien, intenta relajarte.

—Estoy relajada, ¿no se nota?

Apretándola contra mi pecho dejé un par de besos sobre su sien. Aunque abrazar no era mi actividad favorita, solía hacerlo seguido con Aby. Lo hacía de manera instintiva cada vez que la tenía así de cerca. Las miradas sobre los dos y los teléfonos grabándonos no la cohibieron, se relajó entre mis brazos, a pesar de que alguien casi frente a nosotros nos tomó una foto. Se había acostumbrado a la atención, a ir de mi mano a cualquier evento y a sonreír para las cámaras cada vez que era necesario. Su simpatía consiguió suavizar un poco mi imagen, por lo que mi equipo de prensa llevaba un par de años trabajando sin la presión de limpiarla constantemente.

Su cuerpo se sobresaltó cuando los motores rugieron. Apreté su cintura contemplando cómo Noah inclinaba su pequeño cuerpo para tomar la posición de salida que tanto habíamos practicado. Su mirada estaba fija en la bandera, sus manos listas sobre los manillares. Aceleró ante la orden de salida, y Aby se tensó entre mis brazos de inmediato. El corazón se me aceleró cuando lo vi alejarse, entre el resto de los niños que avanzaban a la misma velocidad.

—Fue una buena salida —dijo Javi con entusiasmo.

Su mirada buscó la mía de inmediato cuando Noah entró a la primera curva. Frenó antes de tiempo, con lo que perdió potencia y la moto se tambaleó un poco. Agradecí que Aby no se percatara de ello y que Noah recuperara el equilibrio de inmediato. Entró mejor en la siguiente curva, y Javi y yo lo celebramos aplaudiendo. Abril permanecía inmóvil recargada en mi pecho, seguramente con la mente lejos de ahí, para huir de sus miedos, mientras nuestro hijo avanzaba en la cuarta posición, con un buen ritmo.

—¡Vamos, Noah! —lo alenté cuando pasó a nuestro lado.

—¡Ten cuidado! —El grito de Aby sonó por debajo del mío y nos hizo reír a mí a Javi por lo chistoso que resultó. Abril me ofreció una mirada de reproche que suavicé al aplastar los labios sobre su hombro desnudo.

—Ni siquiera van tan rápido —susurré para tranquilizarla.

—Tengo el corazón fuera del pecho en este momento, para mí va a la misma velocidad que tú cuando conduces en la pista.

—Eres tan exagerada.

—A veces me parezco a ti. —La solté por su respuesta y ella se burló con una pequeña carcajada. Fingí estar molesto solo para entretenerla, pero ella quería que mis brazos volvieran a rodearla y sonrió, como si no estuviera nerviosa por Noah en la pista—. Si no me abrazas, no volveré a abrazarte jamás.

—¿Me estás amenazando, ángel?

—No, te estoy diciendo lo que pasará.

Dejé de luchar, aflojé mis brazos y permití que ella los llevara de nuevo hasta su cintura. Agradecí que Javi estuviera atento a la carrera, porque pese al paso del tiempo solía disfrutar echándome en cara lo jodido que me encontraba. Satisfecha por el abrazo, Aby levantó la cara para dejar uno de sus besos mustios sobre mis labios.

—Solo para que lo sepas, es ofensivo que me beses de esta forma. No soy tu puto amigo, Aby. Estamos casados.

Un repentino bullicio estalló ante la caída de un niño y rompió la pequeña burbuja que nos había envuelto. Aby se tensó entre mis brazos y contempló casi horrorizada cómo levantaban al pequeño piloto del piso. Fue un golpe inofensivo, pero ella se impresionó.

—Él está bien —dijo Javi, como si quisiera animarla—. Su moto apenas derrapó. La velocidad y la pista evitan que se lleven algún golpe de seriedad.

Aby no se mostró convencida del todo ante la explicación de Javi. Se mantuvo inmóvil entre mis brazos hasta que Noah pasó de nuevo cerca de nosotros. Esta vez no gritó, se limitó a contener el aliento y a apretar mis brazos hasta que volvió a alejarse.

Noah continuaba en el cuarto puesto, su ritmo había disminuido un poco y la carrera de tres vueltas estaba a punto de terminar. Era complicado que consiguiera un adelantamiento, pero me encontraba satisfecho por lo bien que lo estaba haciendo, la seguridad con la que piloteaba y la valentía que estaba demostrando. Para mi sorpresa, justo antes de llegar a la última recta aceleró, consiguiendo colarse en la tercera posición. Javi y yo no fuimos los únicos que reaccionamos. La gente que había estado pendiente de nosotros comenzó a aplaudir y a gritar en el acto. El bullicio creció en el momento que cruzaron la meta y una emoción de orgullo que no había experimentado antes me llevó a levantar los brazos para celebrar.

Abracé a Javi, percatándome de lo emocionado que también se encontraba. Su risa chocaba en mi oído, el corazón le latía acelerado. Quería a Noah como si llevara su sangre, de la misma forma en la que parecía quererme a mí. Y no podía sentirme más agradecido por ello, pese a que no estaba dispuesto a confesárselo.

—¿Lo viste, ángel? Lo hizo mejor de lo que esperé.

Abril tenía los ojos brillantes, mientras asentía con una enorme sonrisa en los labios. La tomé de la mano para llevarla conmigo a buscarlo. Javi nos siguió a paso lento hasta que nos detuvimos en la línea de llegada, donde su entrenador sostenía la moto y le hablaba inclinado frente a él. Noah era el único de los niños que seguía sobre su minimoto. Desconcertado, levanté la visera de su casco y me percaté de sus ojos rojos por el llanto.

—¿Qué pasa, Noah?

—Mi amor, ¿estás bien?

—¿Noah?

Los tres lo bombardeamos con preguntas al mismo tiempo, mientras el sonido de su llanto comenzaba a filtrarse. Sin esperar una respuesta lo levanté de la moto, cargándolo entre mis brazos. Abril se encargó de quitarle con cuidado el casco, para no lastimarlo por el ajuste preciso que tenía a su cabeza. Cuando lo consiguió, Noah ocultó la cara en mi hombro, dando pequeños saltos por el llanto.

—¿Te dijo algo? —le pregunté al entrenador.

—No, no ha dejado de llorar.

—Noah, dime qué te pasa. —Genéticamente debíamos de estar predispuestos a ceder ante Abril con facilidad, pues le bastó con escuchar la voz suave de su mamá para levantar por un momento la cara—. ¿Qué tienes, mi amor?

—Perdí. —Rompió de nuevo en llanto, aferrándose con más fuerza a mis brazos. Odié la atención sobre nosotros, porque en ese momento lo único que quería era calmarlo sin la sensación de estar siendo grabados—. Quiero irme de aquí.

—Noah, no perdiste. Quedaste en el tercer puesto y es tu primera carrera.

—Eso es perder.

—No, no lo es —dijo Aby, acariciándole la cabeza—. El tercer puesto es algo grandioso.

—Quiero irme a casa.

—¿No vas a quedarte a la premiación? —preguntó Javi, intentando animarlo.

—No, vámonos.

—Hoy pateaste un par de culos, en algún momento terminarás pateándolos todos. Te lo prometo.

—¡Christian! —rechistó Aby, y Javi se carcajeó.

—No fue una grosería, ángel.

—¡Lo fue!

—Eres muy bueno, Noah. Saliste de quinto y llegaste en tercero. No cualquiera hace eso. —La intervención de su entrenador frenó un poco el llanto. Noah levantó la cabeza para poder observarlo.

—Mi papá no pierde.

—He llegado de tercero muchas veces, y cuando era un niño, como tú, solía caerme constantemente.

—¿Es cierto, abuelo?

—A tu papá le pateaban el culo en la pista muy seguido.

—¡Javi! —Fue mi turno de reír por el reproche de Aby. Javi levantó las manos para disculparse y, para la sorpresa de todos, su gesto hizo que Noah también riera entre lágrimas. El sonido quitó la presión incómoda sobre mi pecho.

—¿Qué dices? ¿Vamos a la premiación?

Por un largo momento Noah contempló los brazos extendidos de Javi, hasta que finalmente asintió. Le limpié las lágrimas de la cara antes de entregárselo, y Aby se ocupó de pasar los dedos entre su pelo para peinarlo. Javi lo sostuvo contra su pecho y lo llevó al lado del entrenador, hacia el podio.

—¿De verdad perdías o solo querían animarlo?

—Corría con los pilotos que me llevaban un par de años, porque me había cansado de patearle el culo a los de mi edad.

—¿Y ganabas?

—A veces.

Aby soltó una larga risa al mismo tiempo en el que se recargaba sobre mi pecho. Con mi brazo rodeando sus hombros caminamos hasta acercarnos a la zona de premiación.

De las lágrimas de Noah no quedaba nada, estaba sonriendo, conversando con Javi, que permanecía a su lado. El viejo entrometido estaba enloquecido por él y ni siquiera se molestaba en ocultarlo.

La alegría de Noah se hizo más evidente en cuanto la ceremonia comenzó. Abril y yo registramos con nuestros teléfonos el momento en el que subió al podio y levantó los brazos para saludar a la gente, que aplaudió con más intensidad al escuchar su nombre sonando en los altavoces. Regaló varias sonrisas, que todas las cámaras captaron, y aunque parecía extasiado con la atención, su mirada se clavó en nosotros.

—¡Bravo, Noah! —El grito de Aby amplió más su sonrisa, que parecía permanente en sus labios. Por el brillo que había en sus ojos estaba convencido de que no sería la primera premiación en la que estaríamos.

—¿Vamos a casa, Noah? —Saltó a mis brazos antes de responder mi pregunta, sujetando el trofeo con una sola mano.

—¡Sí! Voy a enseñarle a Nala mi trofeo y mi medalla.

—Tu abuela nos está esperando para celebrar juntos.

—¿Mis tías también están en casa? —le preguntó a Aby.

—Para mí mala suerte, sí —respondí.

—¡Christian!

Apreté a Noah contra mi pecho y reí con libertad, huyendo de la mala mirada de Abril. Sus amigas habían dejado de molestarme hacía mucho. Me acostumbré a tenerlas en mi vida solo porque la hacían feliz a ella.

—Vamos a casa, quiero jugar con mi prima. —Se removió con inquietud para que lo pusiera en el suelo, y en cuanto lo consiguió corrió hacia el estacionamiento, obligando a Javi a seguirlo.

—¿Nos vamos, ángel?

—¿Qué harías si te digo que no porque estoy enojada contigo?

—Te cargaría y te obligaría a irte conmigo.

—Debería preocuparme que nada de lo que digas me asuste.

Borró la breve distancia que nos separaba con una sonrisa en los labios, observándome como lo había hecho la primera noche que apareció en mi camino, con la mirada cargada de un anhelo profundo que parecía llevar siglos guardando. Apenas sus dedos rozaron los míos, un calor familiar al que me había adaptado se extendió por todo mi cuerpo. No tenía claro si era mi energía reconociendo la suya, como ella solía decir, tampoco me interesaba averiguarlo. Me había resignado a creer que lo que decía acerca de nosotros era cierto, que todo estaba predestinado, porque no me imaginaba mi vida con alguien que no fuera ella.

AGRADECIMIENTOS

La mayor parte de este libro lo escribí a altas horas de la madrugada, con música sonando fuerte y envuelta en la soledad. Sin embargo, no habría sido posible que existiera sin las personas increíbles que estuvieron conmigo a lo largo de este proceso. Gracias a mi mamá y a mi papá por ser los primeros que creyeron en mí, sin su aliento no hubiera logrado nada.

Un millón de gracias a mis lectoras, que pedían ansiosas más de esta historia. Gracias por cada reseña, recomendación y por toda la intensidad con la que me han apoyado. Han sido el motor de mi creatividad incontables veces.

A Nancy, por escuchar mis ideas y alentarme a ir por ellas. A Karol, María Paula, Made y Esteffany, por acompañarme desde el primer día y celebrar cada una de mis victorias como suyas.

Gracias a mis amigas escritoras Ava, Bianca y Gaby, por sus consejos, sus risas y su apoyo. Sin ustedes, sumergirme en este mundo de libros no habría sido tan mágico.

A mi editora, Rebe, por creer en mi historia, mis personajes y guiarme con entusiasmo y compresión en este proceso novedoso para mí.

Agradezco a mi familia por ayudarme a distraerme en cada bloqueo que tuve, y por darme espacio cuando la inspiración brotaba. A Emily, G. Victoria y a Roberto, por obligarme a dejar mi escritorio para tomar aire fresco cuando era necesario.

Finalmente, gracias a ti que le estás dando la oportunidad a este libro. Espero que en estas páginas encuentres un motivo para sonreír y un nuevo novio literario.